Cloncurry
Mount Isa
Julia Creek
Winton
LIEN
QUEENSLAND
Sydney
Melbourne

Elizabeth Haran

DER GLANZ DES SÜDSTERNS

Weitere Titel der Autorin:

Im Land des Eukalyptusbaums (auch als Audio erschienen)
Der Ruf des Abendvogels
Im Glanz der roten Sonne
Ein Hoffnungsstern am Himmel
Am Fluss des Schicksals
Die Insel der roten Erde (auch als Audio erschienen)
Im Tal der flammenden Sonne (auch als Audio erschienen)
Im Schatten des Teebaums
Der Duft der Eukalyptusblüte
Im Hauch des Abendwindes
Leuchtende Sonne, weites Land

Titel in der Regel auch als E-Book erhältlich

ELIZABETH HARAN

DER GLANZ DES SÜDSTERNS

Roman

Übersetzung aus dem australischen Englisch von Isabell Lorenz

LÜBBE

Dieser Titel ist auch als Hörbuch und E-Book erschienen

Titel der australischen Originalausgabe:
»Beyond the Red Horizon«

Lektorat: Melanie Blank-Schröder
Landkarten: Reinhard Borner
Umschlaggestaltung: Gisela Kullowatz
Umschlagmotiv: © shutterstock/Christopher Meder – Photography
Satz: Dörlemann Satz, Lemförde
Gesetzt aus der Caslon
Druck und Einband: GGP Media GmbH, Pößneck

Printed in Germany
ISBN 978-3-431-03853-8

5 4 3 2 1

Sie finden uns im Internet unter: www.luebbe.de
Bitte beachten Sie auch: www.lesejury.de

Dieses Buch ist für Carola Casado,
meine junge deutsche Freundin.
In all den Höhen und Tiefen des Lebens
ist ein echter Freund niemals fern.

I

»Elena«, flüsterte Dr. Lyle MacAllister zärtlich, als er die junge Frau sanft an der Schulter berührte, um sie zu wecken.

Er sah sie an, und in einer Gefühlsaufwallung zog sich sein Herz zusammen. Sie sah so friedlich aus im Schlaf, so vollkommen – ein Engel inmitten des Chaos und der Hässlichkeit des Krieges. Er wusste, er war dabei, sich hoffnungslos zu verlieben, und er vermochte nichts dagegen zu tun.

Auf der Station 8C des Victoria Hospital in Blackpool war es ruhig. Nur ab und zu war ein ersticktes Stöhnen aus einem der Betten ganz hinten in der Nähe der verdunkelten Fenster zu hören. In einer Ecke brannte eine kleine Lampe, die gerade genug Licht gab, damit die Krankenschwestern nach den Patienten sehen konnten.

Lyle schaute auf die Uhr. Es war nach Mitternacht. Seit vierzehn Stunden war er jetzt auf den Beinen, den größten Teil dieser Zeit hatte er im Operationssaal verbracht. Kein Wunder, dass er erschöpft war. Irgendwo in der Ferne hörte er das Kreischen von Sirenen. Es hatte Wochen gedauert, aber inzwischen empfand er das Geräusch nicht mehr als so schreckenerregend wie zu Beginn des Krieges, ein trauriger Beweis dafür, dass man sich mit der Zeit an alles gewöhnte. Er nahm nicht einmal mehr den stechenden Geruch von Wundbrand wahr, auch nicht den des Desinfektionsmittels Lysol und genauso wenig den Gestank des Todes.

Schwester Elena Fabrizia saß auf einem Korbstuhl neben einem ihrer Patienten. Der Gefreite Norman Mason des Neunten Bataillons vom Royal Lancaster Regiment war auf dem Schlachtfeld in Passendale, Belgien, schwer verwundet worden. Elena hatte er erzählt, er stamme aus Derbyshire, sei verheiratet und habe siebenjährige Zwillingstöchter. Der Krieg dauerte nun schon vier Jahre an, und er hatte sie seit dem Sommer 1914 nicht mehr gesehen. Elena reckte sich und schlug die Augen auf, dann stöhnte sie leise, denn ihr Nacken war vom langen Sitzen steif geworden.

»Bist du etwa seit dem Ende deiner Schicht hier?«, fragte Lyle im Flüsterton.

Er wusste, dass ihre Schicht um sieben Uhr endete, und dachte, sie wäre nach Hause zu ihren Eltern gegangen, aber dass sie hier neben Norman Mason eingeschlafen war, wunderte ihn nicht sehr. Die Hingabe, mit der sie ihren Dienst versah, war nur eines der Dinge, die er an ihr lieben und bewundern gelernt hatte.

»Wie spät ist es denn?«, wollte Elena verschlafen wissen.

Sie richtete das weiße Schwesternhäubchen über ihrem langen dunklen, locker nach hinten gebundenen Haar. Ihre weiße Schürze mit dem großen roten Kreuz, das sie als Krankenschwester zu erkennen gab, trug sichtbare Zeichen der Schmutzarbeit, die sie an diesem Tag verrichtet hatte.

»Viertel nach zwölf«, antwortete Lyle leise.

»Ach du meine Güte. Meine Eltern werden sich Sorgen machen.« Elena richtete sich auf und schaute auf den Mann in dem Bett, neben dem sie saß. »Normans Bein sieht gar nicht gut aus.«

Ihre Stimme zitterte, als sie an den Preis dachte, den er vielleicht für seine Verwundung würde zahlen müssen. Ihre Ausbildung hatte sie in einem kleinen Krankenhaus erhalten, das keine verwundeten Soldaten aufnahm. Vor ein paar Monaten hatte sie sich ins Victoria Hospital versetzen lassen, weil man dort so verzweifelt Personal brauchte. Derart entsetzliche Verwundungen hatte Elena noch nie gesehen, aber sie war zweiundzwanzig und dachte, sie besitze die nötige Reife und genug Sachverstand, um Distanz zu wahren zu dem, was sie sah. Dass sie so sehr betroffen war, weckte bei ihr Zweifel an ihrer Berufung. Aber sie wurde gebraucht. Sie konnte nicht weglaufen.

Normans rechter Wadenmuskel war glatt durchtrennt, der

Muskel zwischen Knie und Knöchel völlig zerfetzt. Der Knochen in seinem linken Bein war so zerschmettert, dass er nicht mehr zu retten gewesen war. Das Bein hatte man ihm drei Tage zuvor oberhalb des Knies amputiert.

»Er hat so hohes Fieber, dass ich fürchte, sein Bein wird brandig werden«, fügte Elena hinzu.

Trotz der Kälte draußen stand ihrem Patienten der Schweiß auf der Stirn. Sie beugte sich über ihn und tupfte ihm den Schweiß sanft mit einem Tuch ab.

Am Ende ihrer zwölfstündigen Schicht war Elena noch einmal zu Norman ans Bett gegangen, um nach ihm zu sehen. Das Betäubungsmittel wirkte kaum gegen seine Schmerzen, und so war er über jede Abwechslung froh. Sie war erschöpft gewesen, aber der junge Soldat brauchte Gesellschaft, um ein wenig von seinen Schmerzen abgelenkt zu sein, und das wollte sie ihm nicht versagen. Anfangs war Norman voller Wut und Selbstmitleid wegen des verlorenen Beins gewesen, aber an diesem Abend war das anders. Sein Sinn für die Realität war erwacht, und das Selbstmitleid hatte sich in entsetzliche Angst verwandelt – Angst davor, dass er sterben und seine Mädchen nicht aufwachsen sehen könnte.

Lyle zog Elena weg von Norman. Wenn der junge Soldat auch in den Genuss einiger Minuten gnädigen Schlafs gekommen war, wollte er doch auf keinen Fall Gefahr laufen, dass er plötzlich aufwachte und mit anhörte, was er nun zu sagen hatte.

»Du weißt, dass er womöglich auch das andere Bein verlieren wird, Elena«, flüsterte Lyle. »Die Entscheidung fällt morgen. Falls wir sein Leben nur durch die Amputation retten können, werden wir keine Wahl haben.«

Elena war zu erschöpft, um ihre Gefühle unter Kontrolle halten zu können, und ihre dunkelbraunen Augen füllten sich mit Tränen.

»Ich weiß. Ich hoffe sehr, dass sein Bein gerettet werden kann. Er hat schon so viel verloren.«

»Ich bin sicher, Elena, seine Frau zieht es vor, einen Mann ohne Beine zu haben, als gar keinen Mann. So solltest du das sehen.«

Elena ließ den Kopf sinken. »Du hast Recht«, flüsterte sie. »Du bist so stark und klug, Lyle. Ich wünschte, ich wäre wie du.«

Bei der Bemerkung zuckte Lyle zusammen. »Ich bin alles andere als vollkommen, Elena. Ich bin bloß ein Mann, der versucht, sein Bestes zu geben. Und das gelingt mir keineswegs immer.«

»Du hast so vielen schon das Leben gerettet. Ich weiß gar nicht, was dieses Krankenhaus ohne dich anfangen sollte, Lyle, und wie ich ohne dich die Tage durchstehen könnte.«

»Du bist stärker, als du denkst, Elena, und du spendest Männern wie Norman so viel Trost. Du solltest nicht unterschätzen, was für ein besonderer Mensch du bist.«

Lyle nahm ihre Hand und führte sie noch weiter von Normans Bett fort. In einer nur schwach beleuchteten Ecke der Station standen sie einander gegenüber. Lyle sah Elena in die Augen. Er hatte gegen die Gefühle für sie angekämpft, aber es fiel ihm schwerer und schwerer, den Ruf seines Herzens zu ignorieren. Er wollte sie küssen, wollte sie wieder und immer wieder küssen.

Elena wurde jäh von ihren Empfindungen überwältigt. Lyle war der attraktivste Mann, den sie je gesehen hatte. Alle Schwestern im Victoria Hospital, egal wie alt sie waren, wurden beinahe ohnmächtig, wenn er in ihre Richtung schaute, er schien das jedoch nicht zu bemerken. Elena war durchaus empfänglich für sein gutes Aussehen, er war groß und blond und hatte grüne Augen, aber sie war aufrichtig davon überzeugt, dass sie als einzige der Schwestern begriff, dass da weit mehr an Dr. Lyle MacAllister war. Er war sensibel und auf eine witzige Art stets zum Flirten aufgelegt. Sogar inmitten all des Entsetzlichen, dem sie sich tagtäglich gegenübersahen, brachte er sie mit seinem wunderbaren Sinn für Humor zum Schmunzeln. Sie verstand gut, weshalb die Wärme seiner Stimme und sein ausgeprägter schottischer Akzent den Patienten solch ein Trost waren. Sie spürte das wahre Ausmaß seines Mitgefühls und seiner Hingabe an die Medizin. Er war ein außergewöhnlicher Mann, und sie hatte sich bis über beide Ohren in ihn verliebt.

Lyle hatte gerade seine Ausbildung in einem Krankenhaus in

Edinburgh beendet, als der Krieg ausbrach. Danach hatte er vier Jahre lang im Crichton Royal Hospital in Dumfries, Schottland, gearbeitet, ehe er zusammen mit einigen Kollegen nach England in die Stadt Blackpool ging. Es war eine große Enttäuschung für ihn, dass es ihm in den sechs Wochen seiner Tätigkeit in Blackpool nicht gelungen war, Verbesserungen auf den überbelegten Stationen durchzusetzen, aber die Medikamentenvorräte waren ärgerlich knapp. Ein weiteres Ärgernis, abgesehen von den Verwundeten, die schneller eingeliefert wurden, als man sie behandeln konnte, war die Tatsache, dass die Spanische Grippe Tausende von Menschen in ganz Europa dahinraffte.

In dem Moment, als Lyle Elena Fabrizia zum ersten Mal gesehen hatte, war seine ganze Welt auf den Kopf gestellt worden. Bevor er mit seiner Arbeit am Victoria Hospital begonnen hatte, war er damit zufrieden gewesen, das Leben zu führen, das diejenigen, die ihn liebten, für ihn geplant hatten. Jetzt kam ihm seine Zukunft vor wie ein Stapel Spielkarten, die an einem windigen Tag in alle Richtungen zerstreut worden waren.

»Du solltest deinen Mundschutz tragen, Elena. Allein in den vergangenen vier Tagen sind zwanzig Menschen in diesem Krankenhaus an der Grippe gestorben«, sagte Lyle besorgt. Er konnte den Gedanken nicht ertragen, sie womöglich zu verlieren.

Elena nickte nur. Sie war zu erschöpft zum Denken, zu erschöpft, sich auch nur zu regen. Im ersten Moment nahm sie kaum wahr, dass Lyle sie an sich zog. Aber dann nahm er ihr Gesicht in seine Hände, und sie erwiderte seinen Blick. Lyle zog sie in seine Arme, und ihre Lippen fanden sich wie so oft in der letzten Zeit. Sie hörten die Nachtschwestern auf der Station nebenan, also hatten sie einen Moment für sich allein, aber sie mussten vorsichtig sein. Geheimnisse ließen sich in der betriebsamen Umgebung eines Krankenhauses schwer wahren, und sie beide hatten ihre ganz eigenen Gründe dafür, die Tatsache, dass sie sich ineinander verliebt hatten, nicht bekannt werden zu lassen.

»Ich … muss nach Hause«, stammelte Elena benommen. Nicht

auszudenken, wie ihr Vater reagierte, wenn er herausfand, was sie hier tat. Zögerlich löste sie sich aus Lyles Umarmung. »Mein Vater könnte nach mir gucken kommen.«

Luigi Fabrizia war sehr streng. Er erlaubte es Elena nicht, mit Männern auszugehen. Auch wenn Luisa Fabrizia eine englische Mutter hatte, war es doch kein Geheimnis in Elenas Familie, dass ihr Vater von ihr erwartete, dass sie einen Italiener, einen Katholiken heiratete. Wüsste er, dass sie sich in einen schottischen Protestanten verliebt hatte, würde er sie zu seiner Familie nach Italien schicken. Deshalb blieben Lyle und Elena nur wenige gestohlene Momente, die sie genossen, wann immer sie konnten.

»Bevor du gehst, muss ich dir noch etwas sagen, Elena«, erklärte Lyle. Er zog sie weg von der Station, in die Abgeschiedenheit eines kleinen Besucherzimmers, in dem einige Holzstühle standen. Der Raum erinnerte Lyle an die vielen Male, die er den Familien seiner Patienten die schlimmsten Nachrichten überbracht hatte. Doch jetzt musste er mit Elena über etwas anderes reden als Patienten, Krankheiten und Tod. »Ich habe vier Tage Urlaub bekommen, Elena, von morgen früh an«, sagte er ernst. »Zeit genug, um nach Dumfries zu fahren.« Er beobachtete, wie sie darauf reagierte, und sah ihre Enttäuschung darüber, dass sie nicht ein wenig Zeit in diesen Tagen miteinander verbringen würden. »Ich muss zu meiner Familie«, fügte Lyle hinzu.

Verzweifelt wünschte er sich, ihr den wahren Grund für seine Fahrt nach Schottland sagen zu können, aber er durfte nicht Gefahr laufen, sie zu verlieren.

»Natürlich musst du nach Hause fahren«, erwiderte Elena und setzte eine tapfere Miene auf. »Deine Familie muss dich ja unendlich vermissen. Ganz sicher ist sie stolz auf die großartige Arbeit, die du leistest, aber ich werde dich vermissen.«

Lyle zögerte. Sollte er Elena mehr über sein Leben in Schottland erzählen? Nein, er brachte es nicht über sich, sie zu verletzen. »Versprich mir, dass du deinen Mundschutz trägst, wenn ich weg bin«, sagte er ernst.

Trotz ihrer Erschöpfung musste Elena lächeln. »Das werde ich«, antwortete sie.

»Elena!«, rief jemand auf dem Korridor.

Sie riss die Augen auf, als sie die Stimme ihres Vaters erkannte. »Das ist mein Papà«, flüsterte sie panisch. »Ich muss gehen. Auf Wiedersehen, Lyle. Pass auf dich auf, und komm zurück zu mir.«

Noch einmal küsste sie ihn flüchtig und eilte dann hinaus.

Es wurde schon dunkel, als Lyle am späten Nachmittag des kommenden Tages in seiner Heimatstadt Dumfries aus dem Zug stieg. Er verließ den Bahnhof, und es fing wie so oft in Schottland an zu regnen, aber er bemerkte es kaum. Seine Gefühle waren in Aufruhr. Lyle steuerte auf direktem Weg das bescheidene Häuschen seiner Eltern auf der Burns Street an.

Sein Vater Tom MacAllister arbeitete seit fast dreißig Jahren als Arzt. Früher hätte man ihn als unermüdlich beschreiben können, aber Mina MacAllister war sich bewusst, dass die Arthritis ihn langsamer machte. Immer öfter schlief er ein, kaum dass er einmal für ein paar Minuten ausruhen konnte. Im Winter, wenn die Schmerzen ihm zu schaffen machten, war er manchmal ruppig, aber seinen Patienten gegenüber stets voller Mitgefühl. Er konnte dickköpfig sein wie ein alter Esel, und doch überraschte er seine Frau Mina immer wieder damit, wie sensibel er seinen Beruf ausübte. Lyle verstand sich gut mit seinem Vater, und der Respekt und die tiefe Zuneigung, die sie füreinander empfanden, waren über die Zeit stetig gewachsen.

In den dreißig Jahren seiner engagierten Arbeit war es durchaus keine Seltenheit gewesen, dass Tom drei Generationen ein und derselben Familie behandelte. Er kümmerte sich um alles, von harmlosen Schnittwunden bis hin zu gebrochenen Herzen. Schon vor dem Krieg hatte er damit begonnen, eine Pastete oder ein Hühnchen, ein paar Eier oder ein Stück Käse als Honorar für seine Dienste zu akzeptieren, wenn die Menschen, die ihn um Hilfe baten, nicht zahlen konnten. Doch jetzt, da die Lebensmittel für alle rationiert waren, lehnte er auch das oftmals standhaft ab. Er wollte nicht, dass ein Kind seinetwegen hungerte. Viele seiner dankbaren Patienten hatten sich deshalb angewöhnt, ihm selbst gezogenes Gemüse vor die Haustür zu legen und dann zu leugnen, dass sie es gewesen waren. Am Vortag war es Lauch gewesen, also hatte Mina Suppe gekocht.

Lyles Mutter stammte ursprünglich aus den Highlands. Sie war eine kräftige, hart arbeitende Frau und oft kurz angebunden mit Leuten außerhalb ihrer engsten Familie. Wer ihr nahestand, kannte ihr weiches Herz und ihre große Liebe zu Tieren. Auch wenn sie selbst wenig zu essen hatten, fand sie immer noch etwas für einen hungrigen streunenden Hund oder eine herrenlose Katze.

Lyles Bruder Robbie war Kaplan bei der Armee. Sie hörten nicht oft von ihm. Sein letzter Brief war aus Italien gekommen, und seine Familie klammerte sich an das Wissen, dass er noch am Leben gewesen war, als er den Brief abgeschickt hatte.

Zu seiner Überraschung traf Lyle bei seiner Ankunft seine jüngere Schwester Aileen zu Hause an. Bei der Arbeit in einer Munitionsfabrik in Newcastle upon Tyne hatte sie sich an der Hand verletzt, und deshalb hatte man ihr zwei Wochen freigegeben.

Nach einem kleinen Schwatz mit Mutter und Schwester über einem dampfenden Teller Lauchsuppe, gefolgt von Hafermehlkuchen und Tee, gingen Lyle und sein Vater auf ein Bier ins Mulligan's Inn. Eine Weile plauderten sie miteinander über die Leute im Ort und Toms Meinung zu Robbies Arbeit als Kaplan, dann kamen sie auf das Victoria Hospital zu sprechen – auf die Medikamentenknappheit und den Ausbruch von Tuberkulose in Dumfries. Aber Tom spürte, dass Lyle aufgewühlt war, und das führte er nicht auf dessen Arbeit im Hospital zurück. Sein Instinkt funktionierte einwandfrei, wenn es um Menschen, vor allem um seine Familie, ging, und so nahm er an, dass das, was seinem Sohn zu schaffen machte, nichts mit dem Krieg zu tun hatte. Nach einem langen Schweigen brachte er seine Gedanken zur Sprache.

»Dir brennt etwas auf der Seele, mein Junge«, erklärte er sachlich. »Lass hören.« Tom richtete seinen Blick fest auf Lyle.

Plötzlich kam sich Lyle vor, als sei er wieder fünf Jahre alt. Er wusste nicht, was er sagen sollte. »Es ist nichts Wichtiges, Dad. Ich komm schon damit zurecht«, antwortete er. Er war nicht sicher, ob sein Vater ihn verstehen würde.

Tom überlegte einen Moment. »Bestimmt bekommst du die schlimmsten Auswirkungen des Krieges zu sehen, Lyle, da wo du arbeitest. Es ist keine Schande, wenn einen das betroffen macht.«

»Es muss einen einfach betroffen machen, wenn man sieht, wie sinnlos dieser Krieg ist, aber das ist es nicht, was mir auf der Seele brennt, Dad«, gestand Lyle.

»Wenn es nicht der Krieg ist, dann gibt es nur noch eines, das einem Mann die Sinne verwirrt, und das ist eine schöne Frau. Machst du dir Sorgen wegen Millie?«

Lyle trank seinen letzten Schluck Ale und spürte, wie ihm die Hitze ins Gesicht stieg. Er musste sich seine Schuld von der Seele reden, aber er hatte keine Ahnung, wie sein Vater reagieren würde. »Ich habe mich in eine Schwester aus dem Krankenhaus verliebt«, gestand er, ehe ihn sein Mut verließ. Er sah sich um, wollte sichergehen, dass keiner sein Geständnis gehört hatte, aber von ihnen beiden abgesehen hockten nur noch zwei Männer in einer Ecke der Gastwirtschaft und spielten Karten. »Solche Gefühle habe ich bisher nicht gekannt, Dad. Ich muss immerzu an sie denken, Tag und Nacht.«

Takt war nicht gerade Toms Stärke, aber er nahm sich einen Moment Zeit, um seine Worte sorgfältig abzuwägen. »In Kriegszeiten verhalten sich die Menschen anders, Junge. Sie wissen, dass sie jederzeit von einer Bombe getroffen werden können, also werden sie impulsiv und neigen dazu, nur für den Augenblick zu leben. Gefühle geraten außer Kontrolle.«

»Was willst du damit sagen, Dad? Dass meine Gefühle nicht echt sind?«

Tom sah, dass Lyle gekränkt war. »Deine Gefühle mögen ja echt sein, Junge, aber wenn der Krieg aus ist, und es heißt, das könne sehr bald der Fall sein, wird dieses Mädchen dann immer noch da sein, und wirst du dann immer noch dieselben Gefühle für es hegen?«

»Im Moment weiß ich nur eines sicher: Ich werde Elena Fabrizia lieben, solange ich lebe«, erklärte Lyle beharrlich.

»Wenn sie Fabrizia heißt, ist sie wohl Italienerin«, sagte Tom und runzelte die Stirn.

»Ja, ihre Eltern sind italienische Katholiken.«

»Dann steht dir ziemlich viel Ärger ins Haus, mein Sohn.«

»Wie meinst du das, Dad?«

»Ich habe doch wohl Recht, wenn ich annehme, dass du die Familie dieser Elena noch nicht kennengelernt und auch noch nicht den Segen dieser Leute hast?«

Lyle ließ den Kopf sinken. »Ja, aber unsere Beziehung ist auch erst ein paar Wochen alt.«

»Wenn mich mein Wissen über italienische Katholiken nicht trügt, wird ihr Vater erwarten, dass sie einen Landsmann, einen Katholiken, heiratet, und eine entsprechende Ehe arrangieren. Ein schottischer Protestant wird sein Haus gar nicht erst betreten dürfen.«

Lyle verließ der Mut. »Ich weiß, es wird Hindernisse geben, aber die werden wir aus dem Weg räumen.«

»Das Mädchen wird von der Familie verstoßen werden, Lyle. Hast du denn nicht schon genug Schwierigkeiten?«

Lyle war verzweifelt. »Ich liebe Elena so sehr. Kann ich denn gar nichts tun?«

»Was ist mit Millie? Sie glaubt, dass sie eines Tages deine Frau wird, das ist nicht gerade ein Geheimnis. Deiner Mutter hat sie erzählt, sie habe die Aussteuer zusammen und sogar das Hochzeitskleid schon ausgesucht.«

»Ich habe Millie noch keinen Heiratsantrag gemacht, Dad«, wehrte Lyle ab.

»Das stimmt. Aber sie ist sicher, dass ihr eine gemeinsame Zukunft haben werdet, sofern der Krieg das nicht verhindert. Du solltest sehr vorsichtig sein, ehe du das für etwas wegwirfst, was womöglich nur eine Kriegsromanze ist.«

Es war schon spät, aber Lyle beschloss, Millie noch an diesem Abend aufzusuchen, um mit ihr zu sprechen. Das Herz war ihm schwer, als er jetzt an die Tür des Hauses ihrer Familie klopfte. Lyle hatte seinen warmen Mantel eng um sich gezogen und den Kragen hochgeschlagen, aber er vermochte ihn nicht genügend vor Regen und Wind zu schützen.

Millie öffnete die Tür, und ihre Miene hellte sich auf, als ob hundert Kerzen angezündet würden. »Lyle!«

Sie warf sich Lyle in die Arme und gab ihm einen warmen Kuss auf die vor Kälte ganz blauen Lippen. Sein völlig durchnässter Mantel schien sie gar nicht zu stören.

Lyle hatte sich das Hirn zermartert bei dem Versuch, seine Gefühle für Millie mit denen für Elena zu vergleichen. Ja, er liebte Millie, aber es war nicht dieselbe Liebe, die er für Elena empfand. Wenn er an Millie dachte, dann mit Wärme und Zärtlichkeit. Seit der Schulzeit kannte er die quirlige junge Frau mit den Sommersprossen auf der Nase und den üppigen rostroten Locken, und in den letzten vier Jahren waren sie oft miteinander ausgegangen. Er fühlte sich wohl in ihrer Gegenwart.

Die Art Liebe, die er für Elena empfand, war völlig anders. Sein Herz raste, wann immer er sie sah. Er sehnte sich danach, sie zu berühren, und sei es auch nur für einen kurzen Augenblick. Der Gedanke, seine Zukunft mit ihr zu teilen und Kinder mit ihr zu haben, erfüllte ihn mit Freude.

»Wieso hast du mir denn nicht Bescheid gegeben, dass du kommst? Ich hätte mich doch hübsch für dich gemacht«, sprudelte es aus Millie heraus, während sie ihn ins Haus zog, weg aus dem kalten Wind. Der November war in diesem Jahr besonders rau. Es regnete und stürmte nahezu jeden Tag. Lyle konnte bis in das kleine Wohnzimmer sehen, in dem ein warmes und einladendes Feuer im Kamin brannte.

»Ich … mein Urlaub ergab sich ganz plötzlich, also dachte ich, ich nutze die Gelegenheit und fahre einfach nach Hause«, antwortete Lyle, als sie das gemütliche Zimmer betraten, wo er sich die

Hände am Kaminfeuer wärmte. Sie schwiegen, und in der Stille hörte Lyle jemanden in einem anderen Zimmer husten. »Wie geht es deinen Eltern?«

»Sie sind schon im Bett«, sagte Millie. Auch sie hatte sich bereits bettfertig gemacht. Sie trug einen Morgenmantel und Hausschuhe.

»Tut mir leid, dass ich so spät noch störe«, entschuldigte sich Lyle. »Nach einer Unterhaltung mit Mom und Aileen bin ich noch mit Dad auf ein Bier ins Mulligan's Inn gegangen. Aileen hat mir von Andrew erzählt. Es geht ihm gut.« Millies Bruder Andrew arbeitete in derselben Munitionsfabrik wie Aileen.

»Das ist schön. Es macht im Übrigen nichts, dass es schon spät ist, Lyle. Du bist da, und das ist die Hauptsache. Mom und Dad wird es leidtun, dass sie dich verpasst haben.« Sie nahm seinen Mantel und hängte ihn zu den anderen an einen Haken. »Eigentlich geht es Dad nicht so gut, deshalb sind Mom und er auch so früh schon ins Bett gegangen.«

Das beunruhigte Lyle. Er mochte Jock Evans. »Dann ist das dein Vater, der da hustet?«

»Ja, er hustet die ganze Nacht und hält uns alle wach.«

»Wie lange geht das schon?«

»Ein paar Tage.«

»War er bei einem Arzt?«

»Du weißt doch, wie mein Vater ist, Lyle.«

»Ja, er sagt, Ärzte sind für kranke Leute da.«

»Stimmt. Sein Husten ist fürchterlich, aber er gibt nicht viel drauf und geht trotzdem zur Arbeit.«

Lyle wusste, dass Jock noch sturer war als sein eigener Vater, aber er war auch ein großer, kräftiger Mann. Es fiel ihm schwer, ihn sich krank vorzustellen.

Lyle setzte sich aufs Sofa, dasselbe Sofa, auf dem er und Millie sich kurz vor seiner Abreise nach Blackpool geliebt hatten. Sie waren in genau der Gemütsverfassung gewesen, die sein Vater zuvor beschrieben hatte. Millie und er hatten sich für die Ehe aufgespart, hatten sich mit Intimitäten zurückgehalten, aber niemand konnte garantieren, dass das Victoria Hospital von Bomben verschont würde, und wenn Lyle nicht wieder nach Hause kommen würde, gäbe es keine gemeinsame Zukunft. So hatten sie etwas riskiert, was sie normalerweise nicht riskiert hätten – um ihre Liebe zu besiegeln.

Lyle starrte in die Flammen des Kaminfeuers und vermied den Blick in Millies vertrauensvolle strahlend blaue Augen. Er suchte nach Worten, um ihr zu sagen, dass er sich in eine andere Frau verliebt hatte, doch wenn sich die Worte auch in seinem Kopf zusammenfügten, wollten sie ihm doch nicht über die Lippen kommen.

»Ich hab dich so vermisst«, sagte Millie, setzte sich neben ihn und drückte ihm die kalten Hände. Sie hatte sich auch nicht so gut gefühlt, aber die Freude, Lyle wiederzusehen, wirkte wie eine Arznei. »Soll ich dir einen heißen Tee machen? Der wärmt dir die Knochen.«

»Nein, es geht schon«, antwortete Lyle.

»Wie ist es denn in Blackpool?«

»Ich habe kaum Gelegenheit, mir was von der Stadt anzusehen«, erwiderte Lyle wahrheitsgemäß. »Im Krankenhaus geht es ziemlich hektisch zu. Wir können kaum Schritt halten mit der nicht abreißenden Zahl von Verwundeten.« Lyle holte tief Luft. »Möglicherweise werde ich jetzt eine ganze Weile nicht mehr nach Hause kommen können, Millie.«

Er wollte ihr sagen, sie solle mit ihrem Leben fortfahren, statt auf ihn zu warten. Doch Millie kam ihm zuvor.

»Ich hoffe, du kannst dich genügend ausruhen, Lyle. Ich weiß ja, mit wie viel Hingabe du arbeitest, aber du brauchst auch Ruhe.«

Er sah, wie Millie enttäuscht die Stirn runzelte, sie hielt aber mit ihren Gefühlen zurück. Stattdessen sorgte sie sich um seine Gesundheit. Das sah Millie ähnlich. Lyle fühlte sich noch schuldiger.

»Mit mir ist alles in Ordnung«, sagte er. Verzweifelt suchte er nach Worten. Wie konnte er ihr sagen, was er ihr eigentlich sagen wollte? Er wechselte das Thema. »Und wie geht es dir?«

Millie erzählte von ihrer Arbeit als Lehrerin und berichtete von gemeinsamen Freunden in der Stadt. Lyle nahm wahr, dass er gar nicht richtig zuhörte. Mit seinen Gedanken war er bei Elena. Das durfte nicht sein. Er konnte Millie nicht weiter belügen. Er musste ihr die Wahrheit sagen. Und zwar jetzt.

»Lyle? Lyle, hörst du mir überhaupt zu? Geht es dir wirklich gut, Lyle? Du weißt, du kannst mir alles sagen«, meinte Millie voller Mitgefühl. »Der Krieg macht dir zu schaffen, nicht wahr? Die fürchterlichen Verwundungen, die du Tag für Tag siehst. Habe ich Recht?«

Lyle kam sich wie das niedrigste Wesen auf Erden vor. Sie merkte, dass etwas mit ihm nicht stimmte, er ertrug den Gedanken jedoch nicht, ihr das Herz zu brechen, gleichzeitig verachtete er sich dafür, dass er so verlogen und feige war.

»Mit den Folgen des Krieges umzugehen ist schwer, Millie. Das hat mich verändert. Ich sehe inzwischen vieles anders.«

»Das verstehe ich, Lyle.« Millie nahm sein Gesicht in ihre Hände. »Aber mich siehst du doch nicht anders, oder?«

Diesen Augenblick sah Lyle als seine Chance. »Du verdienst nur das Beste, Millie. Du bist ein guter Mensch … aber du solltest …« Du solltest dein Leben mit einem anderen Mann teilen, wollte er sagen, aber wieder war Millie schneller.

»Ich verstehe, was du durchmachst, Lyle«, unterbrach sie ihn.

»Wirklich?«, fragte Lyle. Vielleicht würde sie ihn ja wirklich verstehen.

»Ich habe damit gerechnet, dass diese Erfahrung dich verändern würde. Solange sich an deinen Gefühlen für mich nichts ändert, kann ich damit umgehen.«

»Millie, manchmal ändern sich die Umstände …«, versuchte er eine Erklärung, aber sie unterbrach ihn erneut.

»Wenn ich dich jetzt eine ganze Weile nicht sehe, lass mir eine Erinnerung, Lyle. Schlaf mit mir, bitte.«

Lyle war verzweifelt. Ehe er noch etwas sagen konnte, küsste sie ihn leidenschaftlich, zog ihn an sich und legte sich auf dem Sofa zurück. Das Feuer knisterte behaglich, als Millie ihm mit derselben Sehnsucht, die er schon einmal, vor seiner Abreise, bei ihr gesehen hatte, in die Augen schaute.

Lyle verkrampfte sich. »Dein Vater, Millie …«

»Der steht schon nicht auf. Keiner wird uns stören.«

Wieder suchte sie ungeduldig seinen Mund.

»Hör auf, Millie«, sagte Lyle, löste sich aus ihrer ungestümen Umarmung und setzte sich auf.

»Was ist denn?«, fragte Millie mit geröteten Wangen.

Lyle sah, dass sie gekränkt war. Sicherlich fragte sie sich, ob die furchtbaren Erlebnisse im Hospital dazu geführt hatten, dass er nicht mehr mit einer Frau zusammen sein konnte.

»Der Husten deines Vaters hört sich schlimm an. Ich fürchte, es könnte etwas Ernsthaftes sein.«

»Meinst du?« Millie richtete sich auf und zog den Gürtel ihres Morgenmantels, der sich gelöst hatte, zu.

Lyle stand auf. »Ja. Ich muss ihn mir mal ansehen.« Lyle fiel ein, dass er seine Arzttasche nicht bei sich hatte, aber er würde auch ohne sie einen ersten Eindruck vom Krankheitsbild Jocks gewinnen.

Millie erhob sich nun ebenfalls und ging zum Schlafzimmer ihrer Eltern. Als sie nach ihrer Mutter rief, machte diese fast sofort auf.

»Was ist denn, Millie?«, flüsterte sie.

Es war im Grunde nicht nötig zu flüstern, denn Jock konnte ohnehin nicht schlafen. Millie hörte, wie er nach Atem rang.

»Lyle ist hier, und er will sich Dad mal ansehen«, antwortete Millie mit drängendem Unterton.

Bonnie Evans war erleichtert. Noch eine schlaflose Nacht voller Sorgen würde sie nicht durchstehen.

»Das ist nicht nötig«, rief Jock. »Sag ihm, er soll nach Hause gehen.«

»Das mache ich ganz bestimmt nicht«, zischte Bonnie. Sie nahm ihren Morgenmantel von einem Haken an der Innenseite der Tür, verließ das Schlafzimmer und ging Millie nach in die Küche, wo Lyle wartete.

»Hallo, Lyle«, sagte sie und band sich den Morgenmantel zu, ehe sie vergebens versuchte, ihre widerspenstigen Locken zu zähmen.

»Tut mir leid, dass ich Sie aus dem Bett geholt habe, aber wie sich Jocks Husten anhört, gefällt mir gar nicht«, sagte Lyle.

»Der sture alte Esel will nicht zum Arzt«, jammerte Bonnie. »Ich habe solche Angst, dass er sich womöglich was eingefangen hat ... Die Spanische Grippe ist doch im Umlauf.«

»Ach, Mom, das meinst du nicht im Ernst, oder?«, fragte Millie entsetzt.

Bonnies blaue Augen füllten sich mit Tränen. »Doch«, antwortete sie.

»Wir wollen nichts übereilen«, sagte Lyle, während er gemeinsam mit Millies Mutter zum Schlafzimmer ging.

Lyle waren die dunklen Ringe unter Bonnies Augen aufgefallen, und er wusste, dass sie mehr als nur eine schlaflose Nacht gehabt hatte. Als Bonnie Licht im Schlafzimmer machte, fand er seine Vermutung bestätigt. Lyle sah Jock vornübergebeugt auf dem Bettrand sitzen, sein Gesicht hatte eine ungesunde graue Farbe. Mühsam rang er nach Atem. Dieser Zustand war sicherlich nicht innerhalb der letzten vierundzwanzig Stunden eingetreten – er währte schon länger. Lyle konnte sich nicht daran erinnern, Jock jemals so krank gesehen zu haben. Doch sein beharrlicher Stolz schien zu verhindern, dass er selbst das auch so sah. Einsicht war noch nie seine Stärke gewesen.

»Lyle wird nur mal kurz nach dir sehen, Jock«, sagte Bonnie.

»Mach nicht solch einen Aufstand, Frau«, grummelte er. »Ich hab mir bloß eine üble Erkältung eingefangen.«

Er hustete und atmete pfeifend, sein Gesicht lief dunkelrot an.

»Das ist keine Erkältung, und das wissen wir beide«, gab Bonnie verärgert zurück. »Jetzt lass Lyle nach dir sehen. Und du wirst alles tun, was er sagt.« Sie schob Lyle ins Schlafzimmer.

»Guten Abend, Mr. Evans«, sagte Lyle verlegen. »Ihnen geht es nicht ganz so gut, oder, Sir?«

»Ich bin bloß ein bisschen außer Atem, und in der Brust wird es mir so eng. Das vergeht schon wieder, Bonnie hätte Sie nicht belästigen sollen. Bestimmt haben Sie etwas Wichtigeres zu tun.«

»Nein, eigentlich nicht. Ich habe ein paar Tage Urlaub.«

»Dann sollten Sie sich erholen und sich nicht mit mir abgeben«, brummelte Jock, ehe ihn wieder ein krampfartiger Hustenanfall schüttelte.

»Das macht mir keine Mühe, Sir. Ich habe das im Übrigen von mir aus vorgeschlagen, als ich Sie husten hörte. Mir war klar, dass das kein gewöhnlicher Husten ist«, erwiderte Lyle.

Als er ans Bett trat und Jock gründlicher musterte, gab er sich Mühe, seine Besorgnis zu verbergen, weil Bonnie immer noch in der Tür stand – aber ihr entging das nicht. Stark wie ein Ochse, so kannte Lyle Millies Vater von früher, aber jetzt wirkte er sehr krank und doppelt so alt, wie er war.

»Eine Tasse Tee wäre schön, Mrs. Evans«, bat Lyle.

»Aber natürlich.« Bonnie verließ gleich das Schlafzimmer, um Tee zu kochen.

Lyle ging vor Jock in die Hocke. »Ich habe mein Stethoskop nicht dabei. Wenn Sie nichts dagegen haben, würde ich gern mein Ohr an Ihren Brustkorb legen, damit ich Ihre Lungen abhören kann, einverstanden?«

»Na schön«, meinte Jock, dem sichtlich unbehaglich zumute war. »Aber Sie vergeuden Ihre Zeit.«

Jock knöpfte seine Schlafanzugjacke auf, und Lyle legte ihm sein Ohr auf den Brustkorb. Er bat ihn, so tief einzuatmen, wie er nur konnte. Jock bemühte sich, aber das tiefe Einatmen führte zu einem weiteren Hustenanfall. Lyle bemerkte, dass sich Jock die

Seite hielt. Entweder hatte er Wasser in der Lunge oder einen Rippenbruch aufgrund des heftigen Hustens.

»Es ist doch bloß eine Erkältung, oder?«, fragte Jock, als er wieder Luft bekam.

»Es könnte eine Lungenentzündung sein, aber durchaus auch etwas anderes«, antwortete Lyle und setzte sich neben Jock aufs Bett. Dann sprach er im Flüsterton. »Mein Vater erzählte mir, jemand bei Ihnen auf der Arbeit habe Tuberkulose. Sie wissen doch, wie ansteckend das ist, nicht, Mr. Evans?«

»Herr im Himmel, sagen Sie bloß nichts zu Bonnie oder Millie«, erwiderte Jock leise und drehte sich zur Tür um.

»Das werde ich nicht, wenn Sie einverstanden sind, im Krankenhaus ein paar Untersuchungen machen zu lassen.«

Wider Erwarten war es nicht schwer, Jock davon zu überzeugen, dass dies unerlässlich war. Lyle verabschiedete sich von ihm und verließ das Schlafzimmer, um in die Küche zu gehen, wo Millie und ihre Mutter auf ihn warteten. Lyle erklärte ihnen gleich, seiner Meinung nach habe Jock nicht die Spanische Grippe.

»Es könnte eine Lungenentzündung sein, aber ehe sich das bestätigt, müssen im Krankenhaus ein paar Untersuchungen durchgeführt werden.«

»Im Krankenhaus«, sagte Bonnie. »Nie und nimmer kriege ich Jock ins Krankenhaus.« Sie reichte Lyle eine Tasse Tee und einen Teller mit Haferplätzchen.

»Er ist schon damit einverstanden«, erwiderte Lyle.

»Was? Mein Jock?«

»Ja, ich habe ihn überzeugt, dass er die Untersuchungen machen lassen muss. Ich glaube, er hätte jetzt auch gern eine Tasse Tee.«

Bonnie goss eine Tasse für ihren Mann ein und brachte sie ins Schlafzimmer.

Millie sah Lyle an. »Du musst meinem Vater ja gehörig Angst gemacht haben, dass er freiwillig ins Krankenhaus geht, Lyle. Sag mir die Wahrheit«, flüsterte sie. »Wird er wieder gesund?«

»Ich bin sicher, dass er wieder gesund wird. Ich habe einen Verdacht – Lungenentzündung.« Er wollte sie nicht beunruhigen und sagte deshalb nicht, dass er in Wirklichkeit Tuberkulose vermutete. Lyle wusste, dass einer von sieben Patienten mit Tuberkulose starb. »Dein Vater ist einer der kräftigsten Männer in Dumfries. Er wird sich wieder erholen.«

»Ich habe gehört, ein Mann bei Dad auf der Arbeit hat Tuberkulose«, sagte Millie. »Ted McNichol ist das. Du erinnerst dich doch noch an Ted, oder?«

»Ja, natürlich«, sagte Lyle. »Du hast doch deiner Mutter nicht von Ted erzählt, oder?«

»Nein«, antwortete Millie. Aber Lyles Frage machte sie nur noch besorgter. »Glaubst du, dass Dad sich angesteckt hat?«

»Schwer zu sagen, Millie. Er wird die Untersuchungen im Krankenhaus abwarten müssen.«

»Ach, Lyle, ich bin ja so froh, dass du hier bist«, sagte Millie. Sie umarmte ihn und fing an zu weinen.

Lyle fühlte sich hilflos. Konnte er ihr jetzt sagen, dass er eine andere liebte? Er hatte es sich so fest vorgenommen, aber es ging einfach nicht. Es war nicht der rechte Zeitpunkt.

Erleichtert und dankbar für den Aufschub verabschiedete Lyle sich von Millie, aber er wusste, er konnte nur vorübergehend aufatmen.

Jock wurde ins Krankenhaus eingewiesen und auf den Kopf gestellt. Als Lyle drei Tage später mit dem Zug nach Blackpool zurückfuhr, lagen die Testergebnisse, die eine Tuberkulose bestätigt oder ausgeschlossen hätten, allerdings noch nicht vor. Lyle hatte beschlossen, sich von Millie zu trennen, ohne ihr von Elena zu erzählen. Aber solange sie sich solche Sorgen um ihren Vater machte, brachte er das nicht übers Herz. Er überlegte, ob er ihre Freundschaft vielleicht per Brief lösen sollte, aber ihm war klar, dass Millie etwas Besseres verdiente. Er wollte nicht feige sein, er schwor sich, zurückzukommen und sich von ihr zu trennen, wenn es ihrem Vater wieder besser ging.

2

»Hier riecht es ja wunderbar«, sagte Elena zu ihrer Mutter, als sie in die Wohnküche des zweigeschossigen kleinen Reihenhäuschens auf der Warbreck Road kam. Es war ihr freier Tag, also hatte sich Elena in der Gemeinschaftswaschküche auf der High Street um die Wäsche der Familie gekümmert.

Luisa Fabrizia hatte die Wohnräume mit bunten Stoffen und kleinen Souvenirs aus ihren Jahren in Italien dekoriert, aber das über hundert Jahre alte Haus war in schlechtem Zustand, düster und feucht, und das ließ sich nicht verbergen. Die Fabrizias wohnten zur Miete, deshalb sah Luigi keinen Grund, sein hart verdientes Geld für die Reparatur der hängenden Decken und zerborstenen Dielenbretter, der gesprungenen Fensterscheiben und der schlecht schließenden Türen auszugeben. Bedauerlicherweise hatte auch der Vermieter nicht vor, Geld auszugeben.

»Wir haben einen Gast zum Abendessen, Elena. Bitte deck den Tisch mit dem guten Porzellan«, wies Luisa ihre Tochter an.

Ihr Vater kam mit einem Brennholzkorb aus dem Wohnzimmer. Er warf Elena, die ein Hauskleid und Hausschuhe trug, einen missbilligenden Blick zu.

»Zieh dir ein hübsches Kleid an heute Abend, Elena, und mach etwas Nettes mit deinen Haaren«, sagte er, ehe er durch die Hintertür nach draußen ging, um Holz für den Ofen zu holen.

»Was für ein Gast kommt denn heute Abend, Mamma?«, fragte Elena und begann, Besteck und Geschirr zum Tisch zu tragen.

»Aldo Corradeo ist der Sohn von einem Freund deines Großvaters aus Sardinien. Er kommt aus derselben Gegend wie dein Papà – aus Santa Maria Coghinas auf Sardinien.«

»Kennst du ihn?«, fragte Elena. Sie war dankbar für die Ablenkung, denn sie dachte die ganze Zeit nur an Lyle. Sie vermisste ihn so sehr.

»Er war bei unserer Hochzeitsfeier, aber da war er noch ein Kind, ich würde ihn nicht wiedererkennen. Dein Onkel Alfredo versichert, dass er zu einem sehr netten Mann herangewachsen ist«, fügte Luisa hinzu.

»Onkel Alfredo findet doch alle italienischen Männer nett, genau wie Papà«, flüsterte Elena ihrer Mutter zu. »Auch andere Männer sind sehr nett, einige Ärzte im Krankenhaus zum Beispiel.«

Luisa warf ihrer Tochter einen erschrockenen Blick zu. »Lass so was nur deinen Vater nicht hören«, zischte sie ihr zu.

»Wäre es denn so schrecklich, wenn ich mich in einen Mann verliebe, der kein Italiener ist?«, fragte Elena.

Ungläubig starrte Luisa ihre Tochter an. »An so was darfst du nicht mal denken«, sagte sie.

Gerade in dem Moment kam Luigi durch die Hintertür mit dem Brennholzkorb herein. »Worüber redet ihr?«, fragte er. Anscheinend war ihm die Anspannung der beiden Frauen in der Küche sofort aufgefallen.

»Ich meinte, Elena darf nicht mal daran denken, dass das Essen heute nicht gelingen könnte, da wir doch einen Gast haben«, antwortete Luisa.

»Du bist die beste Köchin, die ich kenne«, erklärte Luigi mit Nachdruck. »Natürlich wird das Essen gelingen.«

Luisa sah ihre Tochter an. Sie hoffte, dass Elena endlich einsah, was für ein unbeirrbarer Mann ihr Vater war, wenn es ihr nicht längst bewusst war. Als Luigi ins Wohnzimmer ging, um Holz nachzulegen, wandte sich Luisa erneut an ihre Tochter.

»Mit einem Arzt aus dem Krankenhaus anzubandeln, Elena, das schlag dir bloß aus dem Kopf«, sagte sie.

»Aber Mamma …«

»Da gibt es kein Aber, Elena«, erklärte Luisa energisch. »Und jetzt deck den Tisch.«

Luisa fuhr fort, das Essen zuzubereiten, Elena jedoch schwor sich, mit Lyle davonzulaufen, wenn es sein musste. Sie liebte ihre Eltern, aber der Gedanke, Lyle aufgeben zu müssen, war ihr unerträglich.

Eine Stunde später traf der Gast der Fabrizias ein. Elenas erster Eindruck von Aldo war, dass er sich in Gesellschaft von Frauen offenbar unbehaglich fühlte. Er war ein furchtbar dürrer Mann von Anfang dreißig mit ruhelosem Blick. Sein dunkler Teint und seine Adlernase gaben seinem Gesichtsausdruck etwas Strenges. Da er allein gekommen war, vermutete Elena, dass Aldo unverheiratet war. Jetzt, da sie auf diesem Gebiet eine gewisse Erfahrung hatte, bezweifelte sie sogar, dass er je verliebt gewesen war.

Luigi hieß Aldo überschwänglich willkommen. Er sagte ihm, wie sehr er und seine Frau sich freuten, ihn wiederzusehen und ihm ihre Tochter vorstellen zu können. Eine Weile unterhielten die beiden Männer sich über Santa Maria Coghinas. Luisa und Elena sahen, wie glücklich es Luigi machte, mit jemandem aus seinem Heimatort reden zu können. Er behauptete, er vermisse sein Leben in Italien nicht, aber manche Dinge vermisste er doch – das Klima, das Meer, die warme Sonne und die Olivenernte. Aldo berichtete, was sich seit dem Krieg verändert hatte. Das bestärkte Luigi in seinem Plan, nach Australien auszuwandern, nur noch.

»Sie sprechen ausgezeichnet Englisch, Mr. Corradeo«, sagte Elena. »Wie lange sind Sie schon in England?« Sie hielt ihm den Teller mit Brot hin, während ihre Mutter Suppe aufgab.

»Bitte nennen Sie mich doch einfach Aldo«, sagte er. Um Augenkontakt mit ihr zu suchen, war er offensichtlich zu befangen, aber jede Einzelheit der kleinen Wohnküche nahm er zur Kenntnis.

»Aldo«, wiederholte Elena.

»Ich war schon vor Kriegsbeginn einige Male in England, aber hier in Blackpool bin ich erst seit ein paar Tagen.«

»Aldo wohnt in einer Pension in der Nähe vom Victoria Hospital«, erklärte Luigi.

»Ich gehe nach Australien, sobald der Krieg zu Ende ist«, sagte Aldo lebhaft.

Elena fragte sich, weshalb er nicht direkt von Italien aus nach Australien gegangen war. »Haben Sie im Moment geschäftlich in England zu tun?«, fragte sie.

Aldo warf Luigi einen Blick zu. »Eigentlich nicht«, antwortete er. »Ich wollte nur Luigi und Luisa endlich einmal wiedersehen und über meine Pläne, nach Australien auszuwandern, reden.«

»Oh«, gab Elena arglos zurück. Hätten sich nicht all ihre Gedanken um Lyle gedreht, hätte sie seine Aussage womöglich ein wenig seltsam gefunden.

Nachdem das russische Zarenreich im Jahr 1917 untergegangen war und die Vereinigten Staaten sich den Alliierten angeschlossen hatten, weshalb amerikanische Soldaten ebenfalls in den Schützengräben kämpften, hofften alle, der Krieg würde bald vorüber sein. Seit gut einem Jahr redete Elenas Vater von seinen Plänen, nach Kriegsende nach Australien auszuwandern. Jetzt hörte sie zum ersten Mal, dass sich auch jemand aus seinem Heimatort auf dem fünften Kontinent ansiedeln wollte.

»Aldo hat vor, sich Land und Vieh zu kaufen«, erklärte Luigi stolz.

»Aha«, antwortete Elena scheinbar interessiert. »Waren Sie auch in Italien Farmer?«

»*Sì*, ich hatte Schafe und ein paar Kühe. Ich will mir Land in der Gegend von Winton kaufen. Das liegt in Central West Queensland. Da gibt es reichlich Sonne, und das Wasser kommt aus der Erde.«

»Aus der Erde?«, fragte Elena verblüfft und begann, ihre Suppe zu essen.

»*Sì*. Es ist sehr heiß, wenn es an die Oberfläche kommt, aber an der Luft kühlt es sich ab, und dann können die Stadtbewohner es nutzen und das Vieh kann getränkt werden. Man nennt es Bohrlochwasser. Offenbar gibt es reichlich davon in Australien.«

»Regnet es dort denn nicht?«, erkundigte sich Elena.

Aldo sah sie an und lächelte. Ihm gefielen ihre interessierten Fragen, aber schnell wandte er den Blick wieder ab. »*Sì*, aber es gibt lange Dürreperioden dort.«

»Das hört sich nicht gerade so an, als würde es viele Weiden geben, auf denen das Vieh grasen kann«, erklärte Elena ernst.

»Das Vieh in Australien hat sich angepasst und frisst allerlei Grünzeug«, erklärte Aldo. »Die Tiere sind widerstandsfähiger und robuster dort als in Europa.«

»Wir werden auch nach Winton ziehen«, sagte Luigi. »Ich glaube, in Australien hat man großartige Möglichkeiten. Ich kann eine Metzgerei aufmachen, und Aldo liefert mir das Fleisch. Ist das nicht eine wunderbare Idee? Was meinst du, Elena?«

»Wahrscheinlich schon, Papà«, antwortete Elena, die es seltsam fand, dass ihr Vater ihre Zustimmung suchte.

Wie konnte sie ihm nur sagen, dass sie den Plan, nach Australien auszuwandern, längst nicht mehr reizvoll fand? Plötzlich kam ihr ein furchtbarer Gedanke. Sie sah Aldo an, dann ihren Vater. Mit einem merkwürdigen Gesichtsausdruck schauten sie beide erst Elena, dann einander an. Bestimmt dachte ihr Vater doch nicht daran, dass sie und Aldo … Elena verließ der Mut.

»Du wirst Australien herrlich finden, Elena«, fügte ihr Vater begeistert hinzu und tunkte den Rest Suppe aus seinem Teller mit einem Stück Brot auf, das er geräuschvoll aufsog. Diese Gewohnheit hatte Elena immer innerlich zusammenzucken lassen, aber Aldo machte es genauso wie Luigi.

Elena sah ihre Mutter an, die sie mit wachem Blick musterte, beinahe, als wollte sie ihre Tochter herausfordern, sich den Plänen des Vaters entgegenzustellen. Jetzt, da sie Lyle begegnet war und sich in ihn verliebt hatte, wollte sie nicht mehr nach Australien auswandern. Auf gar keinen Fall.

»Mögen Sie die Sonne, die Wärme, Elena?«, fragte Aldo sie.

»Natürlich«, antwortete sie vorsichtig. »Ich liebe den Sommer in England. Dann sind die Tage so lang.« Elena merkte, dass ihr Vater sie aufmerksam beobachtete. Und er wartete auf Aldos Reaktion auf das, was sie gesagt hatte. Plötzlich wusste sie ohne jeden Zweifel, dass ihr Vater hoffte, sie würde Aldo Corradeo gern genug haben, um ihn zu heiraten. Das Herz wollte ihr schier zerspringen. »Wenn Sie mich bitte entschuldigen«, sagte sie jäh und sprang auf. »Ich habe Kopfschmerzen.« Sie fühlte sich plötzlich tatsächlich nicht wohl.

»Setz dich, Elena, wir haben schließlich einen Gast«, sagte ihr Vater mit strengem Tonfall.

Zögerlich setzte Elena sich wieder und sah Hilfe suchend ihre Mutter an. Luisa war sichtlich unbehaglich zumute. Sie sammelte die leeren Suppenteller ein und brachte sie zur Spüle. Dann stellte sie saubere Teller auf den Tisch und eine große Schüssel Nudeln mit Soße, die sie in dem launischen Ofen warmgehalten hatte. Luisa teilte die Nudeln aus, während Elena wie erstarrt dasaß. Sie hatte den Appetit verloren.

»Iss, Elena«, befahl ihr Vater. »Du arbeitest so viele Stunden im Krankenhaus, du musst bei Kräften bleiben.«

Elena schwieg. Sie stocherte in ihrem Essen herum, in dem Bewusstsein, dass Aldo sie beobachtete.

»Erzähl Aldo von deiner Arbeit im Krankenhaus«, schlug Luigi vor.

»Ich bin sicher, das interessiert niemanden, Papà«, erwiderte Elena, die nun mehr denn je davon überzeugt war, dass ihr Vater sie verheiraten wollte.

»Ich würde liebend gern etwas von Ihrer Arbeit hören, wenn Sie davon erzählen möchten«, sagte Aldo freundlich.

»Natürlich möchte sie das«, sagte Luigi. »Na los, Elena«, drängte er.

Elena wurde allmählich wütend. »Ich denke, die furchtbaren Verwundungen, die ich jeden Tag zu sehen bekomme, sind alles andere als ein angemessenes Gesprächsthema beim Essen, Papà«, sagte sie.

»Du musst ja nicht in die Einzelheiten gehen, Elena«, sagte ihr Vater entnervt.

Eine Weile schaute Elena auf ihren Teller, dann begann sie unwillig, Aldo von ihrer Arbeit im Krankenhaus zu erzählen. Da sie jetzt ganz sicher war, dass ihr Vater eine Verbindung zwischen ihr und Aldo im Sinn hatte, ertrug sie es kaum, Aldo in die Augen zu sehen. Sie wollte ihn auf keinen Fall auf irgendeine Art ermutigen, ihr Herz gehörte Lyle und niemand anderem. Aldo stellte ihr Fragen, und ihr Vater sang ihr ein Loblied, weil sie so viel arbeitete und so begabt und tüchtig war. Elena kam sich vor wie ein Tier, das auf einer Viehauktion angeboten wurde, aber nicht wie eine selbstständige junge Frau, die in der Lage war, sich allein einen Partner fürs Leben zu suchen. Es war demütigend.

Als die Männer ihren Kaffee mit ins Wohnzimmer nahmen und Elena zur Spüle ging, um ihrer Mutter beim Abwasch zu helfen, füllten sich ihre Augen mit Tränen.

»Was für ein netter Mann, Elena«, sagte Luisa sanft.

»Ich werde ihn nicht heiraten, Mamma. Es ist mir egal, was Papà sagt.« Beinahe wäre es aus ihr herausgeplatzt, dass sie einen anderen Mann liebte, aber so weit wollte sie noch nicht gehen.

»Das wird sich schon finden, Elena. Wenn erst einmal dieser schreckliche Krieg zu Ende ist und wir nach Australien übersiedeln, wird sich alles ändern. Wir werden ein besseres Leben haben. Die ganze Zeit wird es warm sein, und die Sonne wird scheinen. Australien ist ein so großes, weites Land. Ein wunderbares Land, um Kinder aufzuziehen.«

Elena begriff, dass sich ihre Mutter auf die Zukunft freute, aber sie beide hatten ganz unterschiedliche Meinungen von dem, was die Zukunft bringen sollte. Sie sagte nichts, doch sie dachte an ein Leben in Schottland mit Lyle. Ihre Kinder würden in den schottischen Highlands spielen, von denen er ihr erzählt hatte, und sonntags würden sie Picknicks machen an einem wunderschönen kleinen See, einem der typischen schottischen Lochs. Lyle würde eine Landarztpraxis eröffnen, und sie würde sich um die vielen gemeinsamen Kinder kümmern. Sie konnten in einem wunderhübschen Cottage mit einem großen Blumengarten leben. Als Elena an die Möglichkeit dachte, das Leben auf einer Farm verbringen zu müssen, in einer Gegend, in der es kaum einmal regnete, umgeben von Rinderweiden und staubigen, unbefestigten Wegen, zog sich alles in ihr zusammen. Nein, so stellte sie sich ihre Zukunft nicht vor.

»Wusstest du, dass Papà vorhat, mich mit Aldo Corradeo zu verheiraten, Mamma?«

»Ja, das wusste ich, Elena. Er hat es mir vor einiger Zeit schon erzählt, aber ich habe nichts gesagt, weil ich wollte, dass du ihm ohne Vorurteile begegnest, wenn du ihn kennenlernst.«

»Ich will mir meinen Ehemann selbst aussuchen. Ich will einen Mann heiraten, den ich liebe. Das verstehst du doch, Mamma, oder?« Tränen der Wut und der Enttäuschung liefen Elena die Wangen hinunter.

»Du weißt, dass das nicht möglich ist, Elena. Auch mein Vater hat meine Ehe mit deinem Papà arrangiert. So wird das nun mal gemacht, und ich bin glücklich geworden. Ich hätte gern mehr Kinder gehabt, und ich weiß, dein Papà hat sich einen Sohn gewünscht, aber das sollte nun mal nicht sein. Akzeptiere die Dinge einfach so, wie sie sind, Elena. Wir gehen nach Australien, sobald der Krieg zu Ende ist, und du wirst mit Aldo Corradeo ein glückliches Leben führen.«

3

Anfangs schien es, als würde der Badeort Blackpool während des Krieges zu leiden haben, doch es kam anders. Der Zustrom von zehntausend Soldaten und zweitausend Flüchtlingen aus Belgien erwies sich als Gewinn. Die vielen Menschen bedeuteten für Hotels, Geschäfte, Marktstände und die Gemeinde einen wirtschaftlichen Aufschwung. Viele der Flüchtlinge fanden eine Anstellung, nachdem etliche Deutsche die Stadt abrupt verlassen hatten, und die langen Strandabschnitte boten relative Sicherheit bei der Ausbildung von Soldaten und bei Truppenübungen.

Shirley Blinky hatte angefangen, Zimmer in ihrem Haus zu vermieten, nachdem ihr Mann im Juli 1916 in der Schlacht an der Somme in Frankreich gefallen war. Die Witwenrente einer Soldatenfrau deckte nicht die Kosten für den Unterhalt eines großen Hauses auf der Ashbourne Street. Mieter aufzunehmen, um sich etwas dazuzuverdienen, war deshalb eine Frage des Überlebens. Die Mieter füllten jedoch auch eine gewisse Leere in Shirleys Leben, da ihre beiden Kinder zu ihrer Schwester, die in Schottland auf dem Land lebte, evakuiert worden waren. Wie viele ihrer Nachbarn hätte auch Shirley Soldaten aufnehmen können, aber sie zog Ärzte vor, weil die besser zahlten und weniger laut und rauflustig waren.

Lyle MacAllister hatte zusammen mit Alain McKenzie Medizin studiert und dann mit ihm gemeinsam im Crichton Royal Hospital in Dumfries gearbeitet. Als sie ans Victoria Hospital versetzt worden waren, waren sie zusammen im Zug Richtung Süden gefahren und hatten bei Shirley Blinky eine Unterkunft gefunden.

Dritter Mieter bei Mrs. Blinky war eine junge Frau namens Bernadette Dobson, die ihre Eltern im Krieg verloren hatte. Da ihr einziger Bruder bei der Armee war, befand sich Bernadette in einer verletzlichen Lage. Sie war erst siebzehn, und Mrs. Blinky hatte ihre Eltern gut gekannt, also fühlte sie sich verpflichtet, das Mädchen unter ihre Fittiche zu nehmen. Das jedenfalls beteuerte sie.

Shirley war nicht klar gewesen, wie viel Arbeit Untermieter machten, also betrachtete sie die arme Bernadette als billige Arbeitskraft. Als Gegenleistung für die niedrige Miete erwartete sie von dem Mädchen, die Zimmer der Mieter zu putzen und den Abwasch zu machen. Abends, nach dem Abendessen, musste Bernadette aufräumen, während Shirley nach ihrem angeblich harten Tag die Beine hochlegte.

Am Dienstagabend kam Lyle aus Dumfries zurück. Er hatte den Spätzug nach Blackpool genommen. Weil er die Hausbewohner nicht aufwecken wollte, schlich er leise den Flur entlang, an dem die Zimmer der Mieter und der Vermieterin lagen. Vor Shirleys Schlafzimmertür hielt Lyle verblüfft inne. Er vernahm leise Geräusche. Aus Sorge, es könnte etwas passiert sein, horchte er, und ihm wurde klar, dass Shirley nicht allein in ihrem Zimmer war. Sein erster Gedanke war, dass sich seine Vermieterin mit Bernadette stritt. Dann hörte er Gelächter, gefolgt von der Stimme eines Mannes. Es klang nach Alain.

Eine Weile stand Lyle wie angewurzelt da und überlegte, weshalb sein Kollege in Shirleys Zimmer sein mochte. War Shirley krank? Dann hörte er sie wieder lachen. Er musste sich eingestehen, dass es nicht das Gelächter einer Kranken war. Lyle vernahm wieder Alains Stimme, auch Alain lachte. Das an sich war schon ungewöhnlich, aber was Lyle am meisten überraschte, war die Tatsache, dass es kein unbedarftes Lachen war, sondern vielmehr das intime Kichern von Verliebten.

Abgesehen davon, dass Alain und er als Ärzte arbeiteten, hatten die beiden Männer nichts gemeinsam. Lyle war extrovertiert und jovial, er betrieb gern Sportarten wie Eisstockschießen, Fußball und Darts, während es Alain vorzog, seine Freizeit mit Lesen zu verbringen. Am Krankenbett im Gespräch mit Patienten wirkte er eher zurückhaltend, und oft missverstand man seine ruhige und in sich gekehrte Art. Mit seinem schneidigen Aussehen zog Lyle die Krankenschwestern an wie ein Magnet, während Alain eher nicht die Sorte Mann war, die von Frauen beachtet wurde. Er war nicht unattraktiv, er fiel nur einfach nicht weiter auf.

Lyle war perplex. Shirley war mindestens zehn Jahre älter als Alain, vielleicht sogar fünfzehn. Und sie war sehr temperamentvoll. Lyle ging in sein Zimmer, doch bei aller Müdigkeit fand er keinen Schlaf. Immer wieder fragte er sich, wie lange zwischen Alain und Shirley schon etwas war und wieso er die Anzeichen dafür nicht bemerkt hatte. Aber schließlich war er ja meistens im Krankenhaus oder mit Elena zusammen. Er überlegte, ob die Affäre vielleicht begonnen hatte, als er in Dumfries war, aber glauben mochte er es so recht immer noch nicht.

Lyle lag noch Stunden wach. Als er aufhörte, über Alain und Shirley nachzudenken, quälte er sich mit Grübeleien über Millie und Elena und darüber, ob Alain wusste, wie es um ihn stand. Er war immer besonders wachsam gewesen, weil er niemandem gegenüber seine Gefühle für Elena offenbaren wollte. Lyle wollte nicht riskieren, dass Alain oder einer der anderen Ärzte aus Dumfries bei einem Besuch zu Hause Millie vorsätzlich oder auch unbedarft von seiner Beziehung zu Elena berichtete. Außerdem hatte er Sorge, Alain könnte das Thema Millie vor Elena zur Sprache bringen.

Schließlich sah er ein, dass er in dieser Nacht keines seiner Probleme mehr würde lösen können. Gegen drei Uhr morgens sank Lyle endlich erschöpft in den Schlaf.

Elena bekam die ganze Nacht kein Auge zu. Um sechs Uhr früh stand sie auf und zog sich an. Es war noch dunkel, und ihre Eltern lagen noch im Bett. Weil sie ihnen aus dem Weg gehen wollte, verließ sie das Haus vor sieben Uhr. Auch wenn sie nicht in Lyle verliebt gewesen wäre – Aldo Corradeo konnte sie nicht heiraten, das wusste sie mit Bestimmtheit. Er schien ja ganz nett zu sein, aber beim Gedanken an Intimitäten mit einem Mann, den sie nicht attraktiv fand, empfand Elena nur Ekel. Nie und nimmer würde sie das Bett mit ihm teilen wollen, und sie mochte nicht glauben, dass ihre Eltern so etwas von ihr erwarteten. Ihr Entschluss stand fest. Wenn ihr Vater ihr nicht erlaubte, sich mit Lyle zu treffen, würde sie einfach mit ihm davonlaufen.

Elenas Schicht begann an diesem Tag erst um zehn Uhr, also zog sie ihre Schwesterntracht noch nicht an, sondern nahm sie mit, als sie das Haus verließ. Sie wusste, Lyle sollte gegen Mittag mit seiner Schicht beginnen. Innerlich aufgewühlt ging sie zur Ashbourne Street. Lyle hatte ihr einmal das Haus gezeigt, in dem er ein Zimmer im ersten Stock bewohnte, und sie wusste, direkt gegenüber befand sich ein Café. Einmal hatten sie dort zusammen etwas getrunken.

Elena setzte sich in das Café, bestellte eine Tasse Tee, beobachtete das Haus, in dem Lyle das Zimmer angemietet hatte, und hoffte, er würde herauskommen. Sie sah Alain McKenzie aus dem Haus kommen. Offensichtlich machte er sich auf den Weg zur Arbeit. Eine Weile später sah sie ein dunkelhaariges, sechzehn oder siebzehn Jahre altes Mädchen mit einem Wäschesack das Haus verlassen. Lyle hatte ihr von Bernadette Dobson erzählt und davon, wie Mrs. Blinky das Mädchen behandelte, also wusste sie, dass sie es sein musste. Die Wäscherei war eine Straße weiter. Um halb neun sah Elena die Hausbesitzerin mit einer Einkaufstasche aus dem Haus kommen. Das bedeutete, Lyle war allein.

Als Mrs. Blinky außer Sichtweite war, zahlte Elena ihren Tee und klopfte an die Vordertür von Shirley Blinkys Haus, aber es machte niemand auf. Sie rief laut, aber es kam keine Reaktion. Sie vermutete, dass Lyle noch schlief. Elena vergewisserte sich, dass niemand sie sah, und ging seitlich am Haus vorbei durch ein kleines Tor, das in den Garten führte. Zum Glück war die Hintertür nicht abgeschlossen.

Elena schlüpfte ins Haus und lief sofort die Treppe hoch ins obere Stockwerk. Sie sah, dass drei Schlafzimmertüren offen standen. Die Betten waren abgezogen. Eine weitere Tür war geschlossen. Sie nahm an, dass dies Lyles Zimmer war. Sacht klopfte sie. Als Lyle nicht reagierte, machte sie leise die Tür auf. Sie lugte hinein und erkannte Lyle sofort. Er lag in seinem Bett und schlief tief und fest. Elena spürte, wie sie von der Liebe zu diesem Mann überwältigt wurde. Tränen schossen ihr in die Augen. Sie schlich sich in das Zimmer und schloss leise die Tür hinter sich.

»Lyle«, sagte sie sanft und berührte ihn an der Schulter. Er wachte nicht sofort auf, offensichtlich war er erschöpft. Elena hatte einen Moment lang ein schlechtes Gewissen, aber sie musste mit ihm reden. »Lyle«, flüsterte sie mit mehr Nachdruck.

Lyle öffnete die Augen und drehte sich zur Tür um. Er glaubte zu träumen. »Elena«, rief er.

»Ich musste einfach herkommen und mit dir reden, Lyle«, drängte Elena. Sie setzte sich auf den Bettrand und sah ihn an.

Besorgt schaute Lyle in Richtung Tür.

»Ich habe gesehen, dass alle das Haus verlassen haben, und bin durch die Hintertür hinein«, versuchte Elena ihn zu beruhigen.

»Bist du sicher, dass keiner hier ist?«, fragte Lyle, der jetzt ganz wach war.

»Ja«, antwortete Elena. »Dr. McKenzie ist zur Arbeit gegangen. Bernadette hat sich auf den Weg in die Wäscherei gemacht, und Mrs. Blinky ist einkaufen gegangen. Von dem Café auf der anderen Straßenseite aus habe ich sie alle das Haus verlassen sehen.«

»Wie schön, dich zu sehen. Aber weshalb bist du hier, Elena?«, fragte Lyle. »Ist … irgendwas passiert?«

Sein Herz fing an zu rasen. Einen schrecklichen Moment lang fragte er sich, ob einer der anderen Ärzte aus Dumfries ihr von Millie erzählt hatte.

Elena kämpfte die Schluchzer zurück, die ihr in der Kehle steckten. »Als du weg warst … hat mein Vater einen Gast zu uns nach Hause eingeladen.«

»Einen Gast?«, fragte Lyle und versuchte zu begreifen, weshalb sie ihm das erzählte.

»Ja, einen Mann.«

»Einen Mann?« Lyle verstand nicht.

»Lyle, mein Vater will, dass ich diesen Mann heirate«, schluchzte Elena. Sie wollte nicht weinen, aber sie konnte nicht dagegen an.

»Was?« Sofort erinnerte sich Lyle wieder an das, was sein Vater über Italiener zu ihm gesagt hatte, die eine Ehe für ihre Töchter arrangierten. Bei dem Gedanken, dass Elena einen anderen Mann heiraten könnte, geriet er in Panik. »Vielleicht sollte ich mit deinem Vater reden und ihm klarmachen, wie sehr ich dich liebe und dass ich dir ein schönes Leben bereiten kann.«

»Er würde überhaupt nicht zuhören, weil du kein Italiener bist und darüber hinaus kein Katholik.«

»Ich kann zum Katholizismus übertreten, wenn das das einzige ist, was zwischen uns steht.«

Elena wollte schier das Herz zerspringen vor lauter Liebe. »Das würdest du tun?«

»Ich würde alles für dich tun, Elena.«

»Ich glaube kaum, dass mein Vater seine Meinung ändern wird. Eher schickt er mich nach Italien, als dass er zulässt, dass ich dich heirate. Aber diesen anderen Mann kann ich nicht heiraten, Lyle. Ich liebe dich«, schniefte Elena.

Lyle schlang die Arme um sie und drückte sie fest an sich. »Deine Eltern werden mich irgendwann akzeptieren, Elena, meinst du nicht?«

Sie schüttelte den Kopf. »Wir werden gemeinsam davonlaufen müssen, Lyle«, schluchzte Elena.

»Nie im Leben wirst du glücklich, Elena, wenn wir das machen«, sagte Lyle.

»Ich will nicht ohne dich leben. Ich liebe meine Eltern, aber ihretwegen werde ich keinen anderen Mann heiraten. Ich liebe dich. Ich werde immer nur dich lieben. Das weiß ich ganz tief in meinem Herzen.«

»Und ich liebe dich, Elena, von ganzem Herzen. Auch ich könnte nicht ohne dich leben.«

All ihre so lange unter Verschluss gehaltenen Gefühle brachen sich Bahn, und sie klammerten sich aneinander, noch fester als zuvor. Lyle ließ einen ganzen Regen von Küssen auf Elena niedergehen, auf ihre Lippen, ihr Gesicht, ihren Hals, ihr Dekolleté.

»Schlaf mit mir, Lyle«, flüsterte Elena, und ihre Lippen streiften sein Ohr. »Liebe mich«, bat sie.

»Bist du auch ganz sicher, Elena?«, fragte Lyle. Er wollte es so sehr, aber er wollte nicht, dass sie es hinterher bereute.

»So wahr ich atme. Ich weiß, wir sind füreinander bestimmt. Nichts und niemand wird sich je zwischen uns stellen. Ich liebe dich so sehr, und das wird immer so bleiben, Lyle.«

Lyle vergaß all seine Sorgen. In diesem Moment zählte nur, dass er mit Elena zusammen war, dass er dasselbe für sie empfand wie sie für ihn. Sie war die Frau, die er liebte, die Frau, mit der er den Rest seines Lebens verbringen wollte.

Tom MacAllister machte sich auf den Weg ins Kreiskrankenhaus Dumfries, um Jock Evans einen Besuch abzustatten. Man hatte eine beidseitige Lungenentzündung bei Millies Vater festgestellt, aber der Verdacht auf Tuberkulose hatte sich nicht bestätigt. Millie und ihre Mutter saßen an Jocks Bett, als Tom das Krankenzimmer betrat.

»Tom, wie schön, Sie zu sehen«, sagte Bonnie, die Tom dankbar war, dass er ihren Mann besuchen kam.

Nun, da sie wusste, dass Jock weder die Spanische Grippe noch Tuberkulose hatte, ging es ihr viel besser. Aber es war ein ziemlicher Schock für sie gewesen, als sie erfuhr, dass man ihn überhaupt auf Tuberkulose hin untersucht hatte.

»Wie geht es Ihnen, Bonnie? Hallo, Millie«, sagte Tom. »Ehe Lyle zurück nach Blackpool fuhr, erzählte er mir, dass Jock ins Krankenhaus eingewiesen wurde, also dachte ich, ich komme mal vorbei und sehe nach ihm. Herzliche Grüße von Mina, sie lässt gute Besserung ausrichten.«

Tom hatte seinen Sohn gefragt, ob er seine Beziehung zu Millie beendet hatte. Der hatte geantwortet, er habe es vorgehabt, aber das müsse nun warten, bis es ihrem Vater besser gehe. Tom war überzeugt davon, dass sich Lyles Beziehung zu dieser Krankenschwester im Victoria Hospital abkühlen und dass er nach Hause kommen und Millie heiraten würde.

Tom musterte den Patienten aufmerksam. Jock schien stark abgenommen zu haben und in wenigen Tagen um zwanzig Jahre gealtert zu sein. »Wie fühlen Sie sich, Jock?«, fragte er.

»Als ob ich gerade den Ben Nevis bestiegen hätte und auf der anderen Seite wieder runtergerollt wäre«, antwortete Jock atemlos. Er hatte fürchterliche Lungenschmerzen.

Tom hatte großes Verständnis für Jock. Er hatte auch einmal eine Lungenentzündung gehabt und erinnerte sich noch gut, wie elend er sich gefühlt hatte. Dass er sich vorkam, als hätte er einen Berg bestiegen, war ein gutes Bild für sein Befinden.

»Sie werden sich eine ganze Weile noch sehr schwach fühlen, Jock, aber bald sind Sie wieder der Alte, stark und kräftig wie eh und je«, versprach er.

»Das will ich hoffen. Ich kann doch nicht die ganze Zeit hier herumliegen. Ich muss arbeiten und meine Familie ernähren. Von anderer Leute Mildtätigkeit will ich nicht leben.«

»Wenn Sie sich nicht in Ruhe auskurieren, werden Sie sich bald die Radieschen von unten angucken«, tadelte ihn Tom. Jock war nicht die Art Patient, die er wie ein rohes Ei behandeln musste. Bei ihm musste er schonungslos offen sein.

Jock verdrehte die Augen. »Im Moment kann ich sowieso nichts anderes tun, als mich auszuruhen. Das hier hat mich ganz schön umgehauen.«

Tom sah Millie an. »Haben Sie Lyle schon geschrieben? Ich bin sicher, es interessiert ihn sehr, wie es Ihrem Vater geht.«

»Heute Abend werde ich ihm schreiben, Dr. MacAllister«, sagte Millie. »Es tat so gut, ihn endlich einmal wiederzusehen.«

»Ja, das glaube ich. Seine Mutter und ich, wir haben ihn auch vermisst.«

»Haben Sie eine Ahnung, wann er das nächste Mal nach Hause kommen wird?«

»Nein, Kind. Nach allem, was ich weiß, haben sie in dem Krankenhaus da unten reichlich zu tun.«

»Darüber wollte ich ohnehin mit Ihnen sprechen, Dr. MacAllister«, sagte Millie. Sie stand auf, trat auf den Korridor und winkte Tom mit heraus.

»Was ist denn los, Kind?«, fragte Tom.

»Ich mache mir Sorgen um Lyle, Sir. Ich glaube, dass er so viele furchtbare Verwundungen behandeln muss, hat ihn sehr mitgenommen. Er hat so was angedeutet, aber ich glaube, sein Trauma ist schlimmer, als er zugeben möchte. Meinen Sie nicht auch?«

»Dass ihn das alles mitgenommen hat, da stimme ich Ihnen zu, aber ich bin sicher, alle Ärzte im Victoria Hospital sind ähnlich verstört von dem, was sie Tag für Tag mit ansehen. Er kommt schon darüber hinweg, wenn er erst wieder zu Hause ist. Wollen wir hoffen, dass es bald ist.«

Tom vermutete, dass Lyle Millie gegenüber distanziert gewesen war und dass sie den Verdacht hatte, dass sich seine Gefühle für sie veränderten.

»Er scheint nicht mehr er selbst zu sein«, sagte Millie. Je mehr sie darüber nachdachte, desto mehr Sorgen machte sie sich.

Tom klopfte der besorgten jungen Frau auf die Schulter. »Das wird schon wieder. Sie müssen einfach nur Geduld haben, Kindchen.«

Während sich Elena hastig für die Arbeit anzog, ging Lyle, der schon angekleidet war, nach unten, um sich zu vergewissern, dass immer noch niemand im Haus war. Überall schien es ruhig.

»Die Luft ist rein«, rief er Elena zu.

Elena kam die Treppe herunter, und Lyle nahm sie gleich in die Arme, um sie noch einmal leidenschaftlich zu küssen. »Es war so wunderbar mit dir«, sagte er.

»Ich sollte jetzt lieber gehen«, murmelte Elena. Nie zuvor in ihrem Leben war sie glücklicher gewesen.

»Ich werde dich bis zum Krankenhaus bringen«, sagte Lyle.

Als er die Haustür öffnete, hörten sie lauten Jubel auf den Straßen.

»Was ist denn da los?«, fragte er.

Er und Elena traten auf die Straße. Leute kamen aus ihren Häusern, andere liefen die Straßen auf und ab und schrien vor Freude.

»Was ist passiert?«, fragte Lyle eine Frau, die vor Entzücken lachte.

»Der Krieg ist aus«, rief sie begeistert.

»Sind Sie sicher?«, fragte Lyle.

»Ja. Haben Sie es denn nicht im Radio gehört?«

»Nein«, antwortete Lyle, der beinahe Angst hatte zu glauben, was sie sagte. »Wie ist das geschehen?«

»In Compiègne in Frankreich wurde ein Waffenstillstand zwischen den Alliierten und den Deutschen geschlossen. Die Kämpfe an der Westfront sind vorbei. Der Krieg ist aus!« Die Frau lief fort und verbreitete die Nachricht und ihre Freude darüber weiter.

»Hast du das gehört, Elena?« Lyle nahm sie hoch und wirbelte sie herum. »Der Krieg ist aus!«

Elena war begeistert, aber auch voller Sorge. Sie wusste, ihr Vater würde jetzt seine Pläne mit der Auswanderung nach Australien in die Tat umsetzen. Andererseits konnten nun auch Lyle und sie den Plan vom gemeinsamen Leben verwirklichen. Lyle küsste sie auf die Wange.

»Komm, lass uns gehen«, sagte er. »Ich bin gespannt, ob man es im Krankenhaus auch schon weiß.«

Die folgenden Tage wurden hektisch für Lyle und Elena. Wenn sie einmal eine freie Minute hatten, verbrachten sie diese zusammen. Niemand bemerkte ihre euphorische Stimmung, denn alle fühlten sich jetzt so. Der Krieg war aus. Das musste gefeiert werden. Die Stimmung im Krankenhaus war deutlich entspannter, obwohl es immer noch so viel zu tun gab. Dem Personal wurde mitgeteilt, dass Tausende Männer, die medizinische Versorgung brauchten, von der Front zurückkehren würden. Die Urlaubshotels in Blackpool wie auch in anderen Städten Englands wurden für die Männer, die Ruhe und Rekonvaleszenz brauchten, geöffnet. Gebäude am Squires Gate, einem ehemaligen Rennplatz, wurden für diejenigen vorbereitet, die mit relativ harmlosen Wunden aus dem Krieg zurückkamen. Ärzte und Schwestern standen unter größerer Belastung denn je.

Als Lyle eines Abends erschöpft nach Hause kam, fand er einen Brief von Millie vor. Er hatte schon darauf gewartet, er wollte unbedingt wissen, wie es Jock ging.

Liebster Lyle,

Dad geht es viel besser inzwischen. Er hatte eine beidseitige Lungenentzündung. Er ist nicht gerade der geduldigste Patient, wie Du Dir vorstellen kannst, und macht den Schwestern ziemlich viel Ärger. Er ist immer noch sehr schwach, aber Dr. McKintyre meint, er wird sich wieder erholen. Ganz unter uns – ich glaube, er wird froh sein, wenn Dad endlich nach Hause kann. Dass er überhaupt ins Krankenhaus kam, das haben wir Dir zu verdanken, Lyle. Wärst Du nicht nach Hause gekommen und hättest ihn überredet, wer weiß, was dann noch alles hätte passieren können.

Es war eine wunderbare Überraschung, Dich ein paar Tage zu Hause zu haben. Aber ich mache mir Sorgen um Dich. Ich weiß, Deine Aufgabe als Arzt verlangt Dir viel ab. Bitte pass gut auf Dich auf. Ich kann es kaum abwarten, bis Du wieder nach Hause kommst. Ich vermisse Dich so sehr.

Ich muss jetzt Klassenarbeiten durchsehen und den Unterricht vor-

bereiten, aber in den nächsten Tagen schreibe ich wieder und berichte Dir weiter darüber, wie Dad sich erholt. Ach, ehe ich es vergesse, Dein Vater war im Krankenhaus und hat ihn besucht. Mom und ich waren zu der Zeit auch gerade bei Dad. Er hat nicht viel geredet, weil er sich noch so elend fühlte, aber ich weiß, er war sehr dankbar für den Besuch Deines Vaters.

Alles Liebe, Millie.

Lyle verspürte mehr als nur einen Hauch von schlechtem Gewissen. Er wusste, er musste bald wieder nach Hause fahren und mit Millie reden. Er wollte zurückschreiben und versuchte es auch, aber jedes Wort, das er schrieb, fühlte sich wie eine Lüge an. Er hatte Pläne für eine Zukunft mit Elena.

Ein paar Tage später traf ein weiterer Brief von Millie ein.

Mein allerliebster Lyle,

ist es nicht wunderbar, dass dieser abscheuliche Krieg endlich aus ist? Alle hier in Dumfries feiern, alle, mit Ausnahme derjenigen natürlich, die einen geliebten Angehörigen verloren haben. Ich hoffte, von Dir zu hören. Wann kommst Du nach Hause? Ich habe Neuigkeiten für Dich, aber das möchte ich Dir lieber von Angesicht zu Angesicht sagen.

Alles Liebe, Millie.

Lyle nahm an, dass man Jock aus dem Krankenhaus entlassen hatte. Er wusste, Millie und ihre Mutter wären überglücklich deswegen. Er wusste auch, dass er das Gespräch mit Millie nicht länger aufschieben durfte. Es würde das Schwerste sein, was er je getan hatte, und je länger er es vor sich her schob, desto schwerer wurde es.

Lyle kam sich wie ein gemeiner Dreckskerl vor.

4

An dem Tag, als Millie diesen Brief an Lyle abschickte, stieß sie auf der High Street in Dumfries mit Alain McKenzie zusammen.

»Alain!«, rief Millie erfreut und dachte sofort an Lyle, weil sie wusste, dass die beiden Männer im selben Haus in Blackpool wohnten. »Ist Lyle auch nach Hause gekommen?«

»Nein. Im Krankenhaus geht es ziemlich hektisch zu, also wechseln wir uns ab mit dem Urlaub. Aber ich bin sicher, er wird bald auch ein paar Tage freihaben.«

»Ich kann es kaum erwarten, ihn endlich wiederzusehen«, sagte Millie, und ihre Wangen röteten sich vor lauter Vorfreude. »Ich vermisse ihn so sehr.«

Alain hatte Millie immer gemocht, weshalb ihm auch nicht gefiel, was Lyle trieb.

»Du siehst gut aus, Alain«, sagte Millie und dachte, dass etwas an ihm anders war. Er wirkte selbstbewusster, als sie ihn je erlebt hatte. Sie fand, seine Arbeit im Krankenhaus in Blackpool hatte ihm gutgetan, doch das konnte sie wohl kaum laut sagen.

»Mir geht es auch gut, Millie«, antwortete Alain und dachte an Shirley. Sie war immer in seinen Gedanken. Über ihre Beziehung konnte er mit niemandem reden, aber irgendwie wurde durch die Geheimnistuerei alles noch reizvoller. »Wir haben sehr lange Arbeitszeiten, aber es ist eine Arbeit, die der Mühe wert ist.«

»Ich wünschte, ich könnte sagen, dass Lyle das genauso sieht«, meinte Millie. »Bei seinem letzten Urlaub hier zu Hause schien er unter fürchterlichem Druck zu stehen. Er hat mir gestanden, dass ihm die grausigen Verwundungen, mit denen ihr im Krankenhaus umgehen müsst, schwer zu schaffen machen. Um ehrlich zu sein, Alain, ich mache mir ziemliche Sorgen um ihn.«

»Mir ist gar nicht aufgefallen, dass die Arbeit ihm so sehr zu schaffen macht. Er leistet Großartiges bei seinen Patienten, und in seiner Freizeit macht er einen ganz entspannten Eindruck«, erwiderte Alain. Er wollte schon sagen, dass Lyle richtig glücklich wirke, aber dann fiel ihm ein, dass das nicht angemessen war.

»Tatsächlich?« Millie war perplex. »Könnte es sein, dass er seine wahren Gefühle bei der Arbeit verbirgt?« Das schien ihr die einzig plausible Erklärung zu sein.

Alain hatte keine Ahnung, was er darauf antworten sollte, also schaute er aufs Straßenpflaster, und es kam zu einem Moment verlegenen Schweigens zwischen ihnen. »Nein, ich denke nicht, Millie«, sagte er schließlich.

»Dir muss doch etwas aufgefallen sein, Alain. Der Lyle, den du beschreibst, ist nicht der Lyle, den ich bei seinem letzten Besuch zu Hause zu Gesicht bekommen habe. Ist da etwas, das du mir nicht erzählen willst, Alain McKenzie?«, wollte Millie wissen.

»Aber natürlich nicht, Millie. Wie geht es dir denn eigentlich so?«, erkundigte sich Alain und wechselte das Thema.

»Ich war erkältet, aber ich nehme an, das ist nicht so interessant für dich«, erwiderte Millie, und ihr fiel auf, dass Alain auf einmal ganz verlegen geworden war. »Mein Vater hatte eine Lungenentzündung, aber er erholt sich recht gut.«

»Das freut mich«, sagte Alain und wollte schon weitergehen.

»Tut mir leid, Alain, wenn ich noch mal davon anfange, aber ich mache mir einfach Sorgen um Lyle. Er meinte, über vielerlei Dinge denke er jetzt anders, und ich würde gern wissen, wieso. Ich hatte gehofft, du könntest mir einen Hinweis geben.« Millie spürte, dass Alain ihr nicht die Wahrheit sagte.

»Ich glaube, darüber solltest du mit ihm reden, Millie«, antwortete Alain.

Er wusste sehr genau, was seinen Freund bedrückte. Lyles Heuchelei ihm gegenüber hatte ihn verärgert, aber er war sich nicht sicher, ob er deswegen so weit gehen und Millie die Wahrheit sagen sollte.

»Wir werden wahrscheinlich heiraten, sobald Lyle nach Dumfries zurückkommt«, sagte Millie. »Deshalb muss ich die Wahrheit wissen. Ich will ja Verständnis haben für das, was er erlitten hat, aber das fällt mir schwer, wenn ich nicht weiß, was da auf mich zukommt.«

»Heiraten! Ich hatte ja keine Ahnung«, sagte Alain. Auf einmal tat ihm Millie leid. Es war nicht recht, dass Lyle sich hinter ihrem Rücken mit Elena Fabrizia abgab, wo Millie doch fest damit rechnete, dass er nach Hause kommen und sie heiraten würde. »Hast du Zeit für eine Tasse Tee, Millie?«, fragte Alain und sah auf die Uhr. Ihm blieb noch eine Stunde, ehe er den Zug zurück nach Blackpool bekommen musste.

»Die Zeit nehme ich mir«, sagte Millie.

Lyle standen vom Krankenhaus zwei Tage Urlaub zu, nachdem er neun Tage am Stück jeweils zwölf Stunden gearbeitet hatte, also nahm er an einem Freitag den Abendzug nach Hause. Alain war zurückgekommen, aber er hatte über seinen Aufenthalt zu Hause nicht viel zu erzählen gehabt. Lyle erklärte Elena, dass ein Freund der Familie sehr krank sei und er deshalb fahren müsse, aber dass er so bald wie möglich zurückkäme. Es fiel ihm schwer, sie zu verlassen, und er hatte schreckliche Gewissensbisse, weil er sie anlog, aber er tröstete sich mit der Tatsache, dass es das letzte Mal gewesen war. Ausgiebig hatten sie über das Leben geredet, das sie zusammen führen wollten, und Elena war so glücklich gewesen. Lyle wusste, dass er sich auf ihre gemeinsame Zukunft konzentrieren musste, denn das war die einzige Möglichkeit für ihn, Millie und die Vergangenheit hinter sich zu lassen. Seine Zukunft mit Elena war das Allerwichtigste für ihn.

Auf der Fahrt nach Hause versuchte Lyle, nur an Elena zu denken und daran, wie sehr er sie liebte. Nur so hielt seine gute Stimmung an. Er fürchtete den Moment, in dem er Millie gestehen musste, dass er sich von ihr trennen wollte. Er hatte endgültig beschlossen, ihr nicht von Elena zu erzählen – es wäre zu grausam.

Statt erst seine Eltern aufzusuchen, ging Lyle direkt vom Bahnhof aus zu Millie. Er wusste nicht genau, ob Millie noch auf war, deshalb beruhigte es ihn, dass er Licht im Wohnzimmerfenster ihres Hauses sah. Er holte tief Luft und klopfte an die Tür.

»Tut mir leid, dass ich noch so spät störe«, sagte Lyle zu Millie, als sie die Tür öffnete.

»Sag doch so was nicht, Lyle, du bist jederzeit willkommen«, erwiderte Millie und bat ihn herein in die Wärme.

Als sie seinen Mantel nahm und aufhängte, dachte sie, der alte Lyle hätte sich keine Sorgen darüber gemacht, dass er womöglich zu spät störte. Er hatte sich immer als Teil ihrer Familie gesehen.

Millie und ihre Mutter waren an dem Abend im Krankenhaus gewesen. Nach einem leichten Abendessen war Bonnie ins Bett gegangen, aber Millie hatte noch am Kamin gesessen und an Lyle gedacht. Sie war überglücklich, ihn jetzt zu sehen, aber sie machte sich Gedanken über den Grund seines Besuchs bei ihr. Nachdem sie ihm das Neueste von ihrem Vater berichtet hatte, der am nächsten Tag nach Hause kommen sollte, bat sie ihn, sich aufs Sofa zu setzen, nahm seine Hände und meinte, sie habe noch andere aufregende Neuigkeiten zu berichten, etwas, das sie und ihn betreffe. Als Lyle das hörte, sank sein Mut, aber er war immer noch entschlossen zu tun, was er tun musste.

»Lass mich dir zuerst etwas sagen, Millie«, bat er. Er musste es endlich hinter sich bringen.

Millies Herz pochte. Sie glaubte zu wissen, was er sagen würde, aber das konnte sie nicht zulassen. Nicht jetzt, da sie ihm etwas zu berichten hatte, was alles ändern würde.

»Kann ich dir meine Neuigkeit nicht zuerst sagen, Lyle?«, fragte sie schmeichelnd.

»Na schön«, meinte Lyle. Nachdem er endlich den Mut gefunden hatte, mit Millie zu reden, war es qualvoll für ihn, noch warten zu müssen.

»Lyle«, begann Millie vorsichtig. »Du wirst doch jetzt bald für immer nach Hause kommen, oder?«, fragte sie.

»Ich … werde nicht …«, erwiderte Lyle und wollte gerade mit der vorbereiteten Rede beginnen, aber Millie unterbrach ihn.

»Ich weiß, die Truppen kommen nach Hause, und man wird dich im Krankenhaus noch eine Weile brauchen, aber hoffentlich nicht mehr lang, Lyle, denn …«, Millies blaue Augen funkelten voller Vorfreude, »… wir bekommen ein Baby«, platzte es aus ihr heraus. »Wir werden Eltern!«

Lyle klappte der Unterkiefer herunter, und ihm wurde auf einmal ganz schwindlig. Ungläubig starrte er Millie an. Er hoffte, er hätte sie missverstanden oder sich wenigstens verhört. Schließlich kam ihm ein einziges Wort über die Lippen. »Was?«

Millies Lächeln verblasste. »Wir werden ein Baby bekommen. Vor ein paar Tagen habe ich es erfahren. Seit Wochen ging es mir schon nicht so gut, aber ich hätte nie gedacht, dass ich schwanger bin, denn ich hatte eine schwere Erkältung, und mein Monatszyklus war nicht so regelmäßig. Bei einem meiner Besuche bei Dad im Krankenhaus suchte ich einen der Ärzte auf. Es war so qualvoll für mich, meine Neuigkeiten nicht mit dir teilen zu können, aber per Brief oder Telegramm wollte ich sie dir nicht mitteilen. Ich wollte dir ins Gesicht dabei sehen.« Sie musste sich eingestehen, dass Lyle alles andere als erfreut wirkte, aber sie war sicher, das würde sich ändern, sobald er die gute Nachricht verinnerlicht hätte. »Freust du dich auch so wie ich? Ich weiß ja, wir sind noch nicht verheiratet, aber Mom plant unsere Hochzeit schon. Anfangs war sie ein bisschen verärgert – du in Blackpool, ich hier, und wir beide noch nicht verheiratet, aber den Schock hat sie überwunden, und sie ist ganz außer sich vor Freude darüber, Großmutter zu werden. Dad werden wir es erst sagen, wenn er zu Hause ist, sich ein bisschen beruhigt hat und wir ein Datum für die Hochzeit festgesetzt haben.« Ausdruckslos starrte Lyle Millie an. Sein Verstand fasste einfach nicht, was sie ihm da sagte. Er konnte an nichts anderes denken, als daran, dass Elena in Blackpool auf ihn wartete. Wie aus weiter Ferne vernahm er Millies Stimme. »Gestern habe ich deine Mutter auf der High Street getroffen. Ich hätte es ihr so gern erzählt, aber ich dachte, du solltest es vor deiner Familie erfahren.« Millie schwieg, als ihr bewusst wurde, dass Lyle noch gar nichts gesagt hatte. Sie wusste, woran er dachte, und es brach ihr das Herz, aber sie durfte ihn nicht verlieren. Er brauchte Zeit, um nachzudenken, um zu erkennen, was wirklich wichtig war. Dann ergäbe sich alles andere von allein. »Du hast ja noch gar nichts gesagt, Lyle«, meinte Millie jetzt und musterte ihn gründlich.

Lyle stand auf, und seine Beine zitterten, als er zum Kamin ging, wo er die glühenden Holzscheite anstarrte. Alles, was er vor seinem inneren Auge sah, war Elenas bildschönes Gesicht, ihr Lächeln, ihre dunklen Augen. Es dauerte eine Weile, ehe er merkte, dass Millie ihn erwartungsvoll anschaute. Er konnte sie nicht ansehen, aber er wusste, sie erwartete eine Antwort.

»Ich weiß nicht genau, was ich dazu sagen soll, Millie. Die Neuigkeit kommt so ... unerwartet.« Er spürte ein Kribbeln in den Händen und auf dem Gesicht – eine Folge des Schocks.

Millie stand auf und ging zu ihm, und sie umklammerte eine seiner kalten Hände. Sie sah, dass die Farbe aus seinem Gesicht gewichen war. »Na ja, so unerwartet nun auch nicht, wenn du mal darüber nachdenkst«, sagte sie. Sie wollte ihn daran erinnern, wie schön es gewesen war, als sie sich geliebt hatten.

Lyle zwang sich, ihr in ihre blauen Augen zu schauen. Er verstand, was sie meinte. »Das stimmt«, sagte er, und es zerriss ihn innerlich. Er war am Boden zerstört. Er ging wieder zum Sofa und ließ sich darauffallen. »Ein Baby«, flüsterte er und konnte es immer noch nicht glauben.

»Genau«, sagte Millie und setzte sich neben ihn. »Du wirst Vater, Lyle, und du wirst der denkbar beste Vater von allen. Ich sehe dich schon mit deinem kleinen Jungen oder deinem kleinen Mädchen.« Sie hoffte, dass auch er das schon sah.

Millie sah, dass Lyle ihre Worte wahrnahm, er schien aber

nicht zu verstehen, was sie sagte. Er brachte kein Wort heraus. Sie hatte sich so auf diesen Moment gefreut, doch der erwies sich nun als große Enttäuschung. Millie war fest davon überzeugt gewesen, dass sich Lyle genauso freuen würde wie sie.

Plötzlich verspürte Lyle den verzweifelten Drang, wegzulaufen. Abrupt stand er auf und ging auf die Haustür zu. Er blieb nicht einmal stehen, um seinen Mantel von der Garderobe zu nehmen.

Millie lief ihm hinterher. »Wo gehst du hin, Lyle?«, fragte sie verwirrt.

»Mir ist nicht ganz … gut, Millie. Entschuldige mich bitte«, rief er über die Schulter zurück. »Wir reden morgen weiter.«

Lyle hörte Millie protestieren, doch er verließ ohne eine weitere Erklärung das Haus. Er lief und lief, immer weiter. Er musste laufen – so schnell er konnte, weglaufen vor den Worten, die er gerade gehört hatte. Er wollte in Elenas Arme laufen und in die Zukunft, die sie gemeinsam geplant hatten.

Millie hatte gespürt, dass Alain ihr etwas erzählen wollte, dann jedoch seine Meinung änderte. Warum, wusste sie nicht, aber sie war so besorgt darüber gewesen, dass sie Brid Carmichael aufsuchte, deren Schwester Georgette als Krankenschwester im Victoria Hospital arbeitete. Wie der Zufall es wollte, hatte auch Georgette Urlaub und war zu Hause, als Millie kam, jedoch gerade zum Einkaufen gegangen. Millie tischte Brid eine Lüge auf. Sie tat, als hätte Lyle einen kleinen Flirt mit jemandem aus dem Krankenhaus gestanden.

»So ein Schuft«, entrüstete sich Brid.

»Er ist einfach nicht mehr er selbst, Brid«, verteidigte Millie ihren Freund. »Diese entsetzlichen Verletzungen, mit denen er Tag für Tag zu tun hat, machen ihm schwer zu schaffen.«

»Du bist viel zu gut für ihn, Millie«, beharrte Brid. »Viel zu versöhnlich.«

»Ich will ihm nur helfen«, meinte Millie. »Ich muss einfach

wissen, was genau auf mich zukommt. Meinst du, Georgette kann mir etwas sagen?«

Mit Georgette kam man nicht so gut aus wie mit der herzensguten, sanften Brid.

»Das wird sie schon, wenn sie etwas weiß. Sie hat sich mit Shamus Connors getroffen, ehe sie als Krankenschwester nach Blackpool ging. Es würde mich gar nicht wundern, wenn sie jetzt bei ihm wäre.«

»Mach keine Witze«, sagte Millie. Shamus war in ganz Dumfries als Schwerenöter bekannt.

»In der Hinsicht ist sie völlig unvernünftig, aber wenn sie dir nicht sagt, was sie weiß, werde ich unseren Eltern von Shamus erzählen.«

Als Georgette vom Einkaufen zurückkam, offensichtlich ohne etwas gekauft zu haben, bat Brid, sie solle Millie alles über die Schwester erzählen, mit der Lyle bei der Arbeit etwas angefangen hatte. Georgette war ehrlich überrascht. Es hatte Gerede und Tratsch gegeben, aber sie wusste nicht, ob Lyle sich tatsächlich mit Elena Fabrizia traf.

»Jetzt red schon, Georgie«, bat Brid. »Sag Millie alles, was du weißt, sonst spreche ich heute Abend mal mit Dad über Shamus Connors.«

Georgette wurde rot. »Was soll denn mit Shamus sein?«

»Das weißt du ganz genau. Du treibst dich seit einiger Zeit schon mit diesem Tunichtgut herum.«

Es sah aus, als wollte Georgette jeden Moment in Tränen ausbrechen. Alle Welt wusste, dass sie als Kind ständig geweint hatte, und Millie befürchtete, dass Georgette, wenn sie nun damit begann, ihr keine große Hilfe mehr sein würde.

»Dann ist es also nichts Ernstes, Georgette«, sagte Millie in der Hoffnung, Georgette abzulenken.

»So würde ich das nicht gerade sagen«, antwortete Georgette.

Millie wusste nicht, was sie davon halten sollte. »Ist sie sehr hübsch?«, fragte sie.

Einen Moment lang sah Georgette sie ausdruckslos an. Sie mochte nicht sagen, dass Elena bildschön war. »Sie ist Italienerin«, erwiderte sie und drückte sich so um eine Antwort. »Sie darf sich mit keinem der Ärzte treffen. Offenbar ist es bei Italienern so, dass die Väter ihren Töchtern die Ehemänner aussuchen.«

»Das kann doch wohl nicht stimmen«, meinte Millie. Tatsächlich hatte sie davon noch nie etwas gehört.

»Offenbar doch«, sagte Georgette. »Eine andere Schwester bei uns ist auch Italienerin. Sie hat ihren Ehemann erst einen Monat vor der Hochzeit zu Gesicht bekommen.«

»Das ist ja furchtbar«, sagte Millie. Sie konnte sich nicht vorstellen, dass ihr Vater für sie den Mann aussuchte, den sie heiraten würde. Dann kam ihr etwas Schreckliches in den Sinn, und sie sprach ihre Befürchtungen schließlich laut aus. »Wenn Lyle und diese Elena ineinander verliebt sind, vielleicht laufen sie dann zusammen davon, damit sie auch gegen den Willen von Elenas Eltern heiraten können.«

»So was würde Lyle dir nicht antun«, sagte Georgette, die sich das nicht vorstellen konnte. »Oder doch?«

»Ich weiß nicht«, erwiderte Millie. Ihre Gefühle waren völlig in Aufruhr, plötzlich wusste sie gar nichts mehr sicher.

Es dauerte eine Weile, aber irgendwie konnten Brid und Georgette Millie schließlich davon überzeugen, dass Lyle sie nicht wegen eines kleinen Flirts bei der Arbeit verlassen würde, wenn es denn so etwas wie einen Flirt überhaupt gab.

Millie atmete auf. Sie war in anderen Umständen, allein deshalb durfte sie Lyle auf keinen Fall verlieren.

Tom MacAllister verließ Bertie Fairburns Haus und beschloss, noch ein Bier im Mulligan's Inn zu trinken, ehe er nach Hause ging. Es war ein besonders langer und mühsamer Tag gewesen. Obwohl Bertie an einer schmerzhaften Gürtelrose litt, konnte er immer noch reden wie ein Buch, und Tom hatte rasende Kopfschmerzen. So nötig wie noch nie brauchte er jetzt ein Bier.

Als Tom die Gastwirtschaft betrat, erfuhr er von Duncan, dem Wirt, dass sein Sohn hinten in der Ecke beim Kamin saß und schon beim dritten Bier war, obwohl er gerade mal eine halbe Stunde da war. Es war eine Überraschung für Tom, dass er Lyle hier antraf, und dass er so viel trank, war gar nicht seine Art. Neugierig darauf, was seinen Sohn umtrieb, nahm er sein Glas und setzte sich zu ihm. Es war kalt und windig draußen, aber Tom fiel auf, dass Lyle keinen Mantel trug und auch keinen bei sich zu haben schien. Das fand er seltsam.

»Hallo, mein Junge«, sagte Tom. »Ich wusste gar nicht, dass du wieder zurück bist.«

»Hallo, Dad«, brummelte Lyle geistesabwesend.

»Wo ist dein Mantel?«

»Den habe ich bei Millie gelassen.«

Das hatte er erst gemerkt, als er schon auf halbem Weg zum Mulligan's und ganz durchgefroren war. Das Ale hatte ihn ein wenig gewärmt und das Feuer auch, aber er war so niedergeschlagen, dass er am liebsten geweint hätte.

»Ich hatte einen wirklich üblen Tag«, erzählte Tom. »An Tagen wie diesen denke ich ernsthaft darüber nach, ob ich mich nicht bald zur Ruhe setzen soll. Kannst du mir sagen, wieso alle Babys mitten in der Nacht auf die Welt kommen wollen? Um drei Uhr heute früh lag Sally Sloan in den Wehen und kam nieder mit dem kräftigsten Jungen, den ich je gesehen habe. Bill hat ihn auf die Waage gelegt, und er wog beinahe elf Pfund. Ich muss wohl allmählich alt und verweichlicht geworden sein, denn es hat sich angefühlt, als hätte ich jede einzelne Wehe mit der armen Sally zusammen durchlitten. Gegen Mittag habe ich Angus Finlays Bein siebzehn Nähte verpasst, nachdem er bei einem Kampf mit einem seiner Widder nur Zweiter geworden war. Dann habe ich Hausbesuche gemacht, drei Patienten mit Grippe und zwei mit Mumps. Ich wollte gerade nach Hause und mich kurz aufs Ohr legen, da kam Maisie McTavish, zwei von ihrer Rasselbande hatten Furunkel, die geöffnet werden mussten. Ich habe ihr gesagt, sie soll später wiederkommen, aber sie hat gedroht, sie würde es selbst machen, wenn ich sie nicht gleich dran nähme. Die Gören waren auch schon ganz hysterisch. Dann kam Nessie Ramsey in die Sprechstunde und bat mich, zur Spittle Doup Farm rauszukommen und mich um die Gicht von Fergus zu kümmern. Sie meinte, wenn ich nicht käme, würde sie ihm eine Pfanne über den Schädel ziehen, denn er würde sie noch in den Wahnsinn treiben. Es scheint, wir Ärzte müssen genauso viele Ehen wie Leben retten. Als Letztes war ich bei Bertie Fairburn zu Hause. Er hat eine üble Gürtelrose, aber den Mund gestopft hat ihm das nicht. Du solltest dankbar sein, dass du nur Soldaten zu behandeln hast. Was habe ich jetzt für grausame Kopfschmerzen …«

Lyle hatte von seinem Glas nicht einmal hochgesehen. Tom musterte ihn und versuchte, seiner Stimmung auf den Grund zu kommen. Wenn er bei Millie gewesen war und seinen Mantel dort gelassen hatte, so folgerte er, dann musste er ihr mitgeteilt haben, dass er sich in Blackpool in eine Krankenschwester verliebt hatte. Tom überlegte, ob Bonnie ihn wohl aus ihrem Haus geworfen haben könnte, weil er Millie das Herz gebrochen hatte.

»Was ist denn passiert, Junge?«, fragte er, nachdem er eine ganze Zeit geschwiegen hatte.

»Millie ist schwanger«, sagte Lyle. Schon diese Worte auszusprechen, verursachte ihm Schmerzen.

Die Neuigkeit erschütterte Tom. »Na ja, ich hoffe, du hast ihr nicht gesagt, dass du dich in eine andere verliebt hast.«

»Nein, natürlich nicht. Wie hätte ich ihr das jetzt sagen können?«

»Das wäre auch nicht gegangen«, meinte Tom. »Was wirst du nun tun?«

»Ich habe keine Ahnung. Ich bin nach Hause gekommen, um mich von Millie zu trennen. Elena und ich, wir haben unsere gemeinsame Zukunft schon geplant.«

»Mit oder ohne den Segen ihrer Eltern?«

»Ohne. Elena sollte mit mir nach Schottland kommen. Wir wollten heiraten. Das ist das, was ich wollte, Dad. Das ist das, was wir beide wollten.«

»Und jetzt wirst du Vater.«

Lyle nickte. »Ich fasse es einfach nicht, dass das passiert ist, Dad. Ich fasse es nicht.«

»Manchmal übernimmt das Schicksal die Führung und mischt sich in unsere Pläne ein, Junge.«

»Das Schicksal hat einen Eimer Eiswasser auf meine Pläne geschüttet. Wie kann ich mich noch von Millie trennen?«

»Darauf gibt es eine ganz einfache Antwort. Du kannst dich überhaupt nicht von ihr trennen.« Lyle schaute seinen Vater an. »Du hast nun an ein Kind zu denken, Lyle, an einen kleinen Jungen oder ein kleines Mädchen, ein Kind, das abhängig von dir sein wird. Du kannst Millie nicht verlassen.«

»O mein Gott«, stöhnte Lyle und vergrub den Kopf in seinen Händen.

Am folgenden Tag ging Lyle erneut zu Millie. Er hatte eine schlaflose Nacht hinter sich und fühlte sich elend, aber er gab sich alle Mühe, tapfer dreinzuschauen und sich einzureden, dass Millies Schwangerschaft eine gute Neuigkeit war.

»Tut mir leid, Millie, dass ich gestern Abend einfach so weggelaufen bin«, sagte er. »Mir ging es nicht so gut.«

»Du warst tatsächlich nicht ganz du selbst, Lyle«, erwiderte Millie. »Ich wusste gar nicht, was ich davon halten sollte. Ich mochte nicht glauben, dass du dich wegen des Babys so aufgeregt hast.«

Sie fügte nicht hinzu, dass sie fast die ganze Nacht wach gelegen und geweint hatte, aber Lyle sah, dass ihre Augen verquollen waren, er wusste es also auch so. Und deshalb fühlte er sich noch schlechter.

»Das ist ein Segen, Millie. Ich weiß das ja«, sagte Lyle.

Tief in seinem Herzen wusste er tatsächlich, dass ein Baby ein

Segen war. Wie hätte er das auch nicht wissen sollen, wo er doch Arzt war? Es war nur nicht das, was er mit Millie wollte.

Lyle sprach eine Stunde lang mit Millie und Bonnie über die anstehende Hochzeit. Er war noch ganz benommen, als er zum Bahnhof ging und in den Zug nach Blackpool stieg, während Millie und Bonnie sich auf den Weg machten, um Jock aus dem Krankenhaus abzuholen.

Vor seiner Abreise versprach Lyle Millie, dass er so bald wie möglich zurückkommen werde, spätestens in vierzehn Tagen, sagte er. Bonnie wollte nicht, dass er sich allzu viel Zeit ließ, denn niemand sollte Millies Zustand im Hochzeitskleid erahnen.

5

Auf der Zugfahrt zurück nach Blackpool starrte Lyle auf die Landschaft, die am Fenster vorbeizog, doch er nahm nichts von den Schönheiten der Natur wahr – nicht die grünen Wiesen, auf denen hier und da wie hingetupft Hereford-Rinder oder schneeweiße Lincoln-Schafe standen. Nicht die Scheunen, die Cottages, auch nicht die ländlichen kleinen Kirchen oder die baumbestandenen Landstraßen. Nichts! Alles, was er fühlte, war sein Herzschmerz. Ihn plagten Schuldgefühle, weil er sich nicht über das Baby freute, das Millie und er erwarteten, wo er doch Elena so sehr liebte und nur mit ihr zusammen sein wollte. So viele Male hatte er sich diese Fahrt zurück nach Blackpool vorgestellt, aber nicht einmal in seinen kühnsten Träumen hatte er sich ausgemalt, dass er zurückkehren würde, um Elena das Herz zu brechen. Schlimmer noch, er wusste jetzt, dass Millie bereits schwanger gewesen war, als er Elena kennengelernt hatte, sie hatten also von Anfang an keine Chance gehabt. Lyle glaubte, dieses Schicksal zu verdienen.

Der junge Arzt ging vom Bahnhof direkt zur Ashbourne Street, um sein Zimmer bei Shirley Blinky zu kündigen, aber als er ankam, war seine Vermieterin nicht im Haus. Also begab er sich ins Krankenhaus, und sah nach den Patienten, um die er sich Sorgen machte. Mit Norman Masons Bein war es im Laufe der letzten Woche besser geworden, er war also einer der Glücklichen. Bei verwundeten Soldaten waren die seelischen Verletzungen oft schlimmer als die physischen, und Lyle nahm an, dass dies auch bei Norman der Fall war. Er war überzeugt davon, es hätte eine heilsame Wirkung, wenn er in der Nähe seiner jungen Familie wäre, aber da so viele Soldaten auf die eine oder andere Weise versorgt werden mussten, war es fast unmöglich, Norman in einem Genesungsheim in Derbyshire unterzubringen. Trotz diverser Rückschläge gab Lyle den Versuch aber nicht auf.

Bei seiner Rückkehr ins Krankenhaus musste Lyle feststellen, dass Normans Bett von einem anderen Soldaten belegt war, und das erschütterte ihn zutiefst. Er war daran gewöhnt, Patienten zu verlieren; das war immer wieder einmal unvermeidlich bei den Verletzungen, mit denen er zu tun hatte, aber Norman hatte er besonders ins Herz geschlossen. Auch Elena mochte ihn sehr und sprach häufig über ihn. Er wandte sich an eine Stationsschwester.

»Was ist denn passiert mit … mit Norman? Es schien ihm doch ganz gut zu gehen, als ich wegfuhr.«

»Ich weiß nicht, Dr. MacAllister. Ich hatte zwei Tage frei und habe gerade eben erst wieder meinen Dienst angetreten, aber manchmal ergibt sich eine Verschlimmerung in kürzester Zeit.«

»Erkundigen Sie sich, Schwester«, wies Lyle sie an.

Er mochte den jungen Soldaten wirklich gern und hatte seinen trockenen Humor, den er trotz seiner tragischen Erlebnisse im Krieg nicht verloren hatte, schätzen gelernt.

Die Schwester kam mit einer erfreulichen Auskunft zurück. »Norman geht es gut, Dr. MacAllister.«

Lyle seufzte vor Erleichterung. »Wirklich? Sind Sie sicher?«

»Ja, es ist ein Platz in einem Genesungsheim in Bradbourne frei geworden. Offenbar ergab sich das alles ziemlich schnell, vor gerade einer Stunde erst hat man ihn verlegt.«

»Ach, das sind ja gute Nachrichten«, sagte Lyle dankbar. Trotzdem tat es ihm leid, dass er ihn verpasst hatte. »Ich glaube, seine Frau wohnt mit den Kindern in Etwall, er wird also in ihrer Nähe sein. Ich freue mich sehr für Norman, denn das ist für ihn bestimmt die beste Medizin. Wir haben hier nur begrenzte Möglichkeiten. Und wenn wir getan haben, was wir tun können, brauchen die Patienten den Trost ihrer Lieben.«

Als sich Lyle kurz darauf Normans Krankenakte ansah, ehe sie in die Ablage kam, klopfte ihm jemand auf die Schulter.

»Was machen Sie denn hier, Lyle?«, fragte Dr. Jason Hayes. »Gerade eben habe ich auf den Dienstplan geschaut. Sie müssen doch erst morgen wieder anfangen.«

»Ich weiß. Ich wollte nur nach ein paar Patienten sehen«, antwortete Lyle.

Natürlich sagte er nicht, was ihn tatsächlich veranlasste, an seinem freien Tag ins Krankenhaus zu kommen. Er musste sich beschäftigen, sonst würden ihn seine Grübeleien noch in den Wahnsinn treiben.

»Sie sind sich schon bewusst, dass die Hingabe, mit der Sie Ihren Dienst versehen, uns alle ziemlich schlecht dastehen lässt?«, sagte Jason mit einer Spur Sarkasmus.

Lyle kannte Jasons spöttische Art und ging deshalb nicht auf seine Bemerkung ein. Jason arbeitete genauso hart und mit genauso viel Hingabe wie er selbst.

»Ich habe gerade erfahren, dass man Norman Mason nach Bradbourne, Derbyshire, verlegt hat. Das sind wunderbare Neuigkeiten.«

»Wie ein Schneekönig hat der sich gefreut«, meinte Jason und lächelte. »Ach, da fällt mir ein, ich habe hier einen Brief von Norman, den soll ich Ihnen geben.« Er fischte in seiner Tasche und holte einen Umschlag hervor. »Er hat es sehr bedauert, dass er sich nicht von Ihnen verabschieden konnte, aber er wollte Ihnen danken für alles, was Sie für ihn getan haben.«

»Ich habe nur meine Arbeit gemacht«, sagte Lyle, dem immer unbehaglich zumute war, wenn man ihn lobte.

Er steckte den Brief in die Jackentasche. Seine Patienten glücklich und gesund sehen, mehr wollte er nicht.

»Sich die Nächte um die Ohren schlagen und mit Patienten Karten spielen, die nicht schlafen können, gehört nicht zu Ihren Aufgaben. Sie machen weit mehr als Ihre Arbeit, und das wissen die Patienten zu schätzen, Lyle. Viele Soldaten, die hier behandelt wurden, werden nie vergessen, wie freundlich Sie zu ihnen gewesen sind. Norman hat auch einen Brief für Schwester Elena dagelassen. Auch sie war besonders freundlich zu ihm.«

Lyle ertrug es kaum, Elenas Namen zu hören, und seine innere Anspannung wuchs. »Sie kommt morgen früh, oder?«, fragte er, so lässig er konnte.

»Sie ist heute schon hier, auf Station 2A.«

Lyle war verwirrt. »Auf der Station arbeitet sie sonst doch nicht«, sagte er. Die Dienstpläne mussten geändert worden sein während seiner Abwesenheit. Station 2A war eine von drei Stationen, die speziell den Grippepatienten vorbehalten waren.

»Ach, Sie wissen es ja noch gar nicht«, sagte Jason und runzelte die Stirn.

»Was weiß ich noch gar nicht?« Lyles Herz fing an zu rasen.

»Elena ist als Patientin dort.«

Die Krankenakte entglitt Lyles Händen und fiel zu Boden, die einzelnen Blätter flogen in alle Richtungen.

»Geht es Ihnen gut, Lyle?«, fragte Jason besorgt, als aus Lyles Gesicht alle Farbe wich.

Ohne ein Wort zu sagen, eilte Lyle davon.

Elena lag in einem der acht Betten der Station 2A und war kaum wiederzuerkennen. Sie war in Schweiß gebadet und leichenblass. Eine Schwester wollte sie gerade mit einem nassen Schwamm abreiben, um die Temperatur zu senken, als Lyle an Elenas Bett trat, aber sie wurde zu einer anderen Patientin gerufen. Lyle schickte sie weg. Er tauchte den Schwamm in das kalte Wasser und begann, Elenas Gesicht, ihren Hals, ihre Schultern und ihre Arme zu betupfen. Es brach ihm das Herz, sie so krank zu sehen. Sie wirkte so klein und verletzlich, und er machte sich große Sorgen um sie. Tausende gesunde und kräftige Menschen in ganz Europa, darunter Soldaten von beiden Seiten des Krieges, waren an der Spanischen Grippe gestorben. Elena konnte man kaum robust nennen. Sie hatte dennoch immer so lange gearbeitet und so viele Überstunden gemacht, und meistens war sie sehr erschöpft gewesen. Wie mochten ihre Chancen stehen?

Als die Schwester zurückkam, fragte Lyle, wie lange Elena schon krank sei. Er fand heraus, dass Elena nur Stunden nach seiner Abreise nach Dumfries zusammengebrochen war. Lyle fuhr durch den Kopf, dass Bonnie ihm vorgeschlagen hatte, gar nicht nach Blackpool zurückzugehen. Er ertrug den Gedanken an das, was dann hätte passieren können, nicht. Und er machte sich Vorwürfe, weil er tatsächlich über ihren Vorschlag nachgedacht hatte.

Lyle sah sich Elenas Krankenakte an. Ein geschätzter Kollege hatte die Diagnose gestellt. Eine Bronchopneumonie hatte er ausgeschlossen.

»Ich bin im Moment nicht im Dienst, deshalb werde ich mich heute Abend um Elena kümmern, Schwester«, sagte Lyle und setzte sich neben das Bett.

Die Schwestern waren völlig überarbeitet und erschöpft, also nahm er sich vor, sein Möglichstes zu tun und Elena eine besonders aufmerksame Pflege angedeihen zu lassen.

»Na schön, Doktor«, sagte die Schwester leicht verblüfft. »Ist Miss Fabrizia eine Freundin der Familie?« Sandra Smith war neu im Krankenhaus, also kannte sie weder den jungen Arzt noch Elena gut.

»Wir sind Kollegen«, antwortete Lyle. »Und gute Freunde«, fügte er hinzu. Mehr durfte er nicht sagen, denn er musste Elenas guten Ruf wahren.

Als die Schwester gegangen war, nahm Lyle Elenas Hand. Als habe sie seine Berührung gespürt, flackerten ihre Lider, und kurz öffnete sie die Augen. Sie rang sich ein schwaches Lächeln ab, ehe sie die Augen wieder schloss.

»Du bist wieder da«, flüsterte sie.

Wie alle, die auf den Grippestationen zu tun hatten, trug auch Lyle einen Mundschutz. Das war zur eigenen Sicherheit, der der anderen Ärzte und Schwestern und der Patienten unbedingt nötig.

Es gab keine besondere Behandlung bei der Spanischen Grippe, nur viel Bettruhe und viel Flüssigkeit. Man musste der Krankheit ihren Lauf lassen.

»Ja, mein Liebes«, sagte er und beugte sich zu ihr hinunter. »Ich bin wieder da. Und du konzentrierst dich jetzt einfach darauf, wieder gesund zu werden.« Er wusste, ihr stand der Kampf ihres Lebens bevor.

»Das werde ich«, flüsterte Elena, ehe sie wieder einschlief.

Die ganze Nacht über blieb Lyle an Elenas Bett sitzen. Immer wieder nickte er kurz ein. Einmal wachte Elena auf und rang sich ein mattes Lächeln ab, als sie sah, dass er noch immer an ihrer Seite war. Aber sie war so schwach und krank, dass Lyle große Angst hatte, sie würde es nicht schaffen.

Am Morgen schlüpfte er in einen weißen Kittel, trank eine Tasse Kaffee und trat seinen Dienst an. Lyle wies die Tagschwester an, ihn sofort zu rufen, wenn sich an Elenas Zustand etwas ändern sollte. Es brachte ihn schier um, Elena allein lassen zu müssen, aber wenn er seine anderen Patienten vernachlässigte, würde er deren Leben aufs Spiel setzen. In jeder freien Minute ging er zu ihr, um nach ihr zu sehen. Gegen Abend war er wieder an ihrer Seite. Ihm war klar, dass das Personal auf der Station 2A schon darüber spekulierte, wieso er sich derart um Elena bemühte, aber daran konnte er nichts ändern. Elenas Genesung war alles, was im Moment für ihn zählte.

Irgendwann am späten Abend nickte Lyle auf dem Stuhl neben Elenas Bett ein. Er wachte auf, als er hörte, dass sie seinen Namen rief. Es musste ein Fiebertraum gewesen sein, aber Lyle war sofort hellwach.

»Ich bin ja bei dir, Liebes«, sagte er zärtlich.

»Ich dachte schon, ich hätte geträumt, als ich dich hier sitzen sah«, flüsterte sie.

Lyle richtete sich auf. Er war ganz steif vom langen Sitzen, und ihm taten alle Knochen weh. »Du hast nicht geträumt«, sagte er. »Ich bleibe hier bei dir, bis du wieder ganz gesund bist«, fügte er hinzu, nahm ihre Hand und küsste sie. »Du musst wieder gesund werden, Elena. Du musst einfach.«

»Das werde ich, mein Liebling«, versprach Elena schwach. »Wir haben doch unser ganzes Leben vor uns, auf das wir uns so freuen.«

Bei ihren Worten wurde Lyle das Herz schwer.

Er dachte an Luisa und Luigi Fabrizia, die am Nachmittag im Krankenhaus gewesen waren. Elenas Vater hatte über Aldo und über seine Pläne gesprochen, nach Australien auszuwandern. Aber Elena hatte nichts davon hören wollen, also hatte sie die Augen geschlossen und so getan, als schliefe sie. Er konnte nicht einfach die Augen verschließen vor dem, was ihn erwartete. Wie sollte er all das nur überstehen?

Im Laufe der nächsten Tage verschlimmerte sich Elenas Zustand dramatisch, und Lyle fürchtete, sie zu verlieren. Aber dann, eines Morgens, ging es ihr etwas besser. Sie machte nur sehr langsam gesundheitliche Fortschritte, aber dank Lyles besonderer Zuwendung ging es ihr wenigstens nicht schlechter. Elenas Eltern kamen tagsüber, und Lyle blieb während der Nacht bei ihr. Sobald die junge Frau wieder etwas bei Kräften war, redete sie ihm ins Gewissen. Sie verlangte, er solle in sein Pensionszimmer gehen und sich richtig ausschlafen, da er furchtbar aussehe. Und als er stur blieb und sich weigerte zu gehen, meinte sie, er würde sich auch noch die Spanische Grippe einfangen, wenn er nicht achtsam mit sich umginge.

»Ich bin hier der Arzt«, protestierte Lyle.

»Und ich bin die Schwester«, widersprach Elena.

In diesem Moment kam der behandelnde Arzt zu Elena. Er stellte sich ans Fußende ihres Bettes und notierte etwas in der Krankenakte.

»Möchten Sie Lyle nicht sagen, dass er nach Hause gehen und sich ausruhen soll, Dr. Benson?«, fragte sie müde. »Auf mich hört er nicht. Er hat seit Tagen schon nicht mehr richtig geschlafen. Und höchstwahrscheinlich isst er auch nicht ordentlich.«

Gordon Benson schaute Lyle über den Rand seiner Brille hinweg an. »Sie sehen wirklich übel aus, MacAllister«, erklärte er unverblümt. »Gehen Sie nach Hause, und schlafen Sie sich aus. Das ist eine ärztliche Anweisung.«

»Irgendwie will es mir gar nicht gefallen, dass Sie beide Partei gegen mich ergreifen«, beklagte sich Lyle.

Er leugnete schlicht, dass er am Rande eines Zusammenbruchs stand, auch wenn er sich oft schwindlig fühlte, und ihm war klar, dass er abgenommen hatte, weil er seinen Gürtel enger schnallen musste.

»Ich bin sicher, Elena ist inzwischen über den Berg«, sagte Gordon verständnisvoll. »Gehen Sie nach Hause und schlafen Sie sich aus, sonst sind Sie bald Patient hier, und ich werde Sie ganz bestimmt nicht mit Samthandschuhen anfassen«, drohte er.

Lyle konnte kaum glauben, dass Elena die Krise wirklich überstanden hatte, denn nur wenige überlebten die Spanische Grippe.

»Na schön«, meinte er zögerlich. »Aber ich bin bald wieder da.«

Lyle schlief zehn Stunden und schreckte panisch aus dem Schlaf auf. Er eilte ins Krankenhaus zurück, sah nach seinen Patienten und ging dann wieder zu Elena. Eine Schwester versuchte gerade, Elena dazu zu bewegen, etwas Suppe zu trinken, aber sie weigerte sich.

»Ich habe keinen Appetit«, beklagte sie sich. »Ich ertrage den Geruch von Essen nicht.«

Lyle war bestürzt. Er schickte die Schwester weg und setzte sich neben Elena. »Wie willst du denn nur kräftig genug werden, um endlich wieder dieses Bett verlassen zu können, wenn du nichts isst?«, fragte er streng und nutzte das Überraschungsmoment. Er nahm den Löffel, tauchte ihn in die klare Suppe und bot ihn Elena an. Sie weigerte sich jedoch hartnäckig.

Lyle machte sich ernstlich Sorgen. Elena war immer noch nicht ganz außer Gefahr. Ihr Zustand konnte sich erneut verschlimmern.

»Je schneller du wieder zu Kräften kommst, desto eher kommst du raus hier«, ermutigte er sie. »Der Krieg ist aus, und du verpasst all die Nachkriegspartys und Feierlichkeiten.«

»Du weißt, ich mache mir nichts aus Partys, Lyle, aber dass mir Zeit entgeht, die ich mit dir verbringen könnte, das gefällt mir gar nicht«, erwiderte Elena. Sie nahm ein winziges bisschen Suppe von dem Löffel.

Lyle schaute ihr in die vertrauensvollen Augen, und sofort musste er den Blick senken. Er konnte sie nicht anlügen, während er sie ansah.

»Na siehst du«, sagte er. Er verabscheute sich dafür, dass er Elena hinters Licht führte, aber solange sie so krank war, konnte er ihr unmöglich von Millie und dem Baby erzählen. Er wusste, wenn er das tat, würde sich ihr Gesundheitszustand von Neuem verschlechtern. »Ich vermisse dich auch.«

Im Laufe der nächsten Tage erholte sich Elena allmählich ein wenig. Das Weihnachtsfest kam schnell näher, und sie freute sich darauf, rechtzeitig aus dem Krankenhaus zu kommen, um mit Lyle zu feiern. Sie sprach mit ihm über ihre gemeinsame Zukunft, was ihr Kraft zu geben schien. Um ihretwillen machte Lyle mit. Mehr als alles auf der Welt wünschte er sich, dass sie wieder gesund wurde. Seine Tage waren ausgefüllt mit der Arbeit auf den Stationen und damit, dass er jeden freien Moment bei Elena verbrachte. Aber sie bestand darauf, dass er immer wieder kurz in sein Zimmer an der Ashbourne Street ging, um zu schlafen.

Eines Nachmittags fand Lyle beim Nachhausekommen einen Brief von Millie vor. Ihm war klar, dass sie ihn so schnell wie möglich wieder in Dumfries sehen wollte, und so fühlte er sich schon schuldig, bevor er den Brief überhaupt öffnete. Als er dann las, was sie geschrieben hatte, wurde er noch betrübter, als er schon war. Millie freute sich unbändig auf ihre bevorstehende Hochzeit, die, wie sie ihn erinnerte, schon eifrig von Bonnie geplant wurde. Das Baby erwähnte sie nicht, aber das brauchte sie auch nicht. Lyle kannte Millie. Die Aussicht, Mutter zu werden, entzückte sie. Das hatte sie immer schon gewollt, und schon seit Langem freute sie sich darauf. Der Brief setzte Lyle unter Zeitdruck. Millie rechnete damit, dass er sehr bald kam, aber Elena ging es noch nicht gut genug. Er konnte ihr einfach noch nicht sagen, dass sie beide keine gemeinsame Zukunft haben würden.

Die folgenden Tage vergingen wie in Trance. Lyle behandelte seine Patienten und ging anschließend zu Elena. Wenn er freihatte, verbrachte er jeden nur möglichen Augenblick bei ihr. Aber um Elena zu schonen, ging er ihren Eltern aus dem Weg.

Als Lyle eines Sonntagnachmittags seine Schicht beendet hatte, erkundigte er sich bei Dr. Gordon Benson nach der Prognose für Elena. Seit dem Ausbruch ihrer Krankheit waren einige Wochen vergangen. Gordon meinte, sie sei auf dem Weg der Besserung, sei jedoch immer noch sehr schwach. Lyle war derselben Meinung, daher überraschte es ihn, als Gordon vorschlug, sie an einem der nächsten Tage in die Obhut ihrer Familie zu entlassen.

»Halten Sie das wirklich für klug?«, fragte Lyle. Er machte sich Sorgen um Elena, aber auf Gordons Urteilsvermögen hatte er sich bisher immer verlassen. Er war einer der wenigen Ärzte, dem er voll und ganz vertraute.

»Elenas Mutter drängt mich seit einiger Zeit, sie zu entlassen, Lyle. Sie ist der Ansicht, und ich stimme mit ihr darin überein, dass Elena jetzt, da sie auf dem Weg der Besserung scheint, zu Hause gut aufgehoben ist. Ihre Mutter wird ihr ihre Lieblingsgerichte kochen, Essen, an das sie gewöhnt ist, und es hebt vielleicht auch ihre Stimmung, wenn sie in ihrer vertrauten Umgebung ist. Meinen Sie nicht auch?«

Gordon stammte nicht aus Dumfries, also wusste er auch nicht von Millie. Allerdings hatten er und Lyle eine Zeit lang in Edinburgh zusammen studiert, und ihm waren Lyles wahre Gefühle für Elena nicht entgangen. Ihm war auch aufgefallen, dass sein Kollege Elenas Eltern aus dem Weg ging, aber er verstand, dass die Fabrizias als Italiener recht feste Vorstellungen von der Zukunft ihrer einzigen Tochter hatten und davon, mit welchen Männern sie sich abgab.

Lyle wusste, die Zeit wurde knapp. Er musste Elena dic Wahrheit sagen, ehe sie aus dem Krankenhaus entlassen wurde. »Ja, die Liebe und die Fürsorge ihrer Eltern wird in den kommenden Monaten eine große Stütze für sie sein«, sagte er.

Er hoffte sehr, dass seine Worte sich bewahrheiteten.

Am nächsten Tag nahm Lyle all seinen Mut zusammen und machte sich auf den Weg zu Elenas Station. Vor der Tür des Krankensaals, in dem sie lag, hielt er einen Augenblick inne, um sich Mut zuzusprechen. Er musste mit ihr reden, und er musste es jetzt tun. Lyle holte tief Luft und öffnete die Tür.

»Lyle, Lyle! Sieh mal, wer hier ist!« Lyle fuhr erschrocken herum, und ehe er noch wusste, wie ihm geschah, warf Millie ihm die Arme um den Hals und drückte ihn fest. »Ach, Lyle, ich hab dich ja so vermisst«, rief sie hocherfreut und drückte ihm einen Kuss auf den Mund.

Lyle trat einen Schritt zurück, denn ihm war bewusst, dass er die Aufmerksamkeit von Gordon und die mehrerer Schwestern erregt hatte.

»Millie«, sagte er erschüttert. Sie war der letzte Mensch, mit dem er hier gerechnet hatte. »Was machst du denn …«

Er schaute panisch in den Krankensaal, um zu sehen, ob Elena sie beobachtete, aber Millie ließ ihn nicht zur Besinnung kommen. Sie nahm die Arme von Lyles Hals, hielt aber seine Hände fest.

»Ich habe zu Hause gewartet und gehofft, dass du endlich kommst«, sagte sie fröhlich. »Du hast auf meinen letzten Brief nicht geantwortet, also habe ich mir Sorgen gemacht.«

Lyle konnte keinen klaren Gedanken fassen. Wieder schaute er in den Krankensaal, und jetzt sah er Elenas verwirrten Gesichtsausdruck. Sie musste mit angehört haben, was Millie gesagt hatte, und ganz bestimmt hatte sie gesehen, mit wie viel Zärtlichkeit

Millie ihn begrüßt hatte. Er zog Millie von der Tür weg, bis sie außer Sichtweite waren.

»Was machst du hier, Millie?«, fragte er in scharfem Tonfall.

Millies Lächeln verblasste. »Freust du dich denn nicht, mich zu sehen, Lyle?«, fragte sie gekränkt.

»Doch, doch, natürlich. Ich bin bloß … überrascht«, sagte Lyle. »Ich hatte nicht mit dir gerechnet.«

»Als ich nichts von dir hörte, dachte ich, es könnte etwas passiert sein.«

»Solltest du denn in deinem Zustand auf Reisen gehen?«, fragte Lyle.

Er merkte, dass er zwar mit Millie sprach, aber seine Gedanken waren bei Elena. Was mochte sie jetzt denken?

»Wieso sollte ich denn nicht reisen können, Lyle? Ich bin nicht krank, ich bin nur in anderen Umständen.«

»Stimmt«, erwiderte Lyle zerstreut. »Aber das hier ist die Station für die Grippepatienten, und du trägst keinen Mundschutz. Du solltest nicht hier sein«, sagte er, nahm ihren Arm und führte sie den Korridor hinunter.

»Ich wusste gar nicht, dass du mit Grippepatienten arbeitest, Lyle«, sagte Millie, die Mühe hatte, mit ihm Schritt zu halten.

»Ich arbeite nicht … ich bin bloß … ich habe mich mit einem Kollegen beraten.«

»Oh«, erwiderte Millie. Lyle hatte einmal von der Station 8C erzählt, also war sie auf der Suche nach ihm dort hingegangen. Alain McKenzie hatte ihr schließlich erzählt, wo sie Lyle finden könne, aber das sagte sie nicht. »Wieso hast du meinen letzten Brief nicht beantwortet, Lyle?« Sie standen am Ende des Korridors, wo es etwas ruhiger war.

»Ich war … erschöpft und … sehr beschäftigt. Die Zeit rast hier nur so dahin«, antwortete er. Er wusste, dass es Millie nicht gefiel, dass er sie so vernachlässigt hatte, aber sie sagte nichts dazu. »Spätestens in einer Woche bin ich zu Hause … versprochen«, fuhr Lyle fort.

»Können wir wenigstens zusammen zu Mittag essen, bevor ich wieder fahre?«, bat Millie. Ihr war aufgefallen, wie furchtbar Lyle aussah und dass er abgenommen hatte. »Wir haben noch so viel wegen der Hochzeit zu besprechen, und ich habe die lange Fahrt gemacht, nur um dich zu sehen.«

Lyle wünschte sich verzweifelt, er hätte Nein sagen können, denn er musste Elena doch erklären, weshalb er mit ihr nicht ehrlich gewesen war, aber das ging jetzt natürlich nicht.

»Ja, gut, aber ich muss noch nach einigen Patienten sehen«, sagte er angespannt. »Ich weiß nicht, wie lange das dauern wird. Kannst du bitte auf mich in meiner Unterkunft warten?«

Millie stimmte zu und verließ das Krankenhaus.

Lyle ging zur Station zurück. Schon von der Tür des Krankensaals aus sah er, dass Elena erregt war. Er wusste, es würde nicht zu ihrer Genesung beitragen, wenn sie sich ängstigte oder wütend wurde, und deshalb fühlte er sich nur umso schuldiger. Er ging zu ihrem Bett und zog den Vorhang ganz um sie herum zu, damit sie etwas Abgeschiedenheit hatten. Lyle setzte sich und nahm Elenas Hand, aber den Kopf hielt er gesenkt.

»Ich muss dir etwas erklären«, flüsterte er.

»Ja, in der Tat«, sagte Elena, die nur mühsam dem Drang widerstand, ihm ihre Hand zu entziehen. »Wer war diese Frau?«

Lyle hob den Kopf und sah der Frau, die er so sehr liebte, in ihre dunklen Augen. Sie waren voller Schmerz. »Ich hätte dir von Millie erzählen sollen, als wir zwei uns kennenlernten, Elena«, sagte er. Elena antwortete nicht, aber sie mochte kaum glauben, was sie da hörte. In Lyles Vergangenheit gab es eine andere Frau, und er hatte ihr nichts davon erzählt. »Ich kenne Millie seit Jahren«, fügte Lyle hinzu.

»Du kennst sie? Und was genau, bitte schön, soll das heißen?«

Lyle überlegte, wie er den Schock mildern könnte. Aber das war nicht möglich. Er schaute wieder weg. »Wir sind miteinander gegangen«, sagte er ganz leise. Auch Elena wandte den Blick ab. »Dann bin ich nach Blackpool gezogen und habe dich kennengelernt«, sagte Lyle. Jetzt sah sie ihn wieder an. »Ich habe mich in dich verliebt, Elena. Was ich für dich fühle, habe ich noch für keinen anderen Menschen empfunden. Millie und ich empfinden Zuneigung füreinander, aber meine Liebe für dich ist etwas, das ich noch nie zuvor erlebt habe. So werde ich nie mehr lieben. Niemals mehr!« Er sah die Skepsis in Elenas Blick, die Enttäuschung. Sie wusste nicht, was sie von dieser Situation halten sollte, und das konnte er ihr nicht übel nehmen. »Bitte, du musst mir glauben, dass ich dich immer lieben werde, Elena. Du bist die einzige Frau, der je mein Herz gehören wird.«

»Aber diese Millie weiß nicht, dass du mich liebst, oder doch, Lyle?«

»Nein. Ich bin nach Hause gefahren, um meine Beziehung zu Millie zu beenden, aber dann wurde ihr Vater schwer krank und sie brauchte meine Unterstützung. Es schien nicht der rechte Zeitpunkt, ihr das Herz zu brechen.« Elena starrte ihn an. »Ich weiß, ich bin ein Feigling, Elena. Ich hätte mit euch beiden ins Reine kommen sollen, ihr habt es beide nicht verdient, verletzt zu werden.«

»Du hast gesagt, du bist nach Hause gefahren …« Elena begriff, dass Lyle sie angelogen hatte, was seine Fahrten nach Hause betraf. »Warum hast du mir nicht erzählt, was diese Fahrten nach Hause wirklich für einen Zweck hatten, Lyle? Warst du dir meiner Gefühle für dich nicht sicher?«

»Ich hätte es dir sagen sollen, aber ich wollte einfach nicht die Enttäuschung in deinen Augen sehen, die Enttäuschung, die ich jetzt sehe. Ich wollte einen klaren Schlussstrich unter die Sache mit Millie ziehen und dann mein Leben mit dir beginnen.«

Elena kamen die Tränen. »Das ist kein Grund, mich zu betrügen«, flüsterte sie.

»Es tut mir so leid, Elena«, sagte Lyle und beugte sich vor. »Du musst mir glauben. Ich liebe dich …«

»Dann wirst du also Millie von uns erzählen, und das heute«, sagte Elena.

Wieder senkte Lyle den Kopf. »Ich wünschte, das könnte ich, Elena.«

Elena starrte ihn an. »Wieso kannst du das nicht? Ich werde dich nicht mit einer anderen teilen, Lyle.« Ihre Stimme zitterte ob des heftigen Ansturms der Gefühle. Und dann wurde ihr bewusst, dass Lyle noch etwas anderes beschäftigte. »Du hast mir noch nicht alles gesagt, oder?«, fragte sie. »Da gibt es noch etwas.«

Lyle nickte und versuchte, den Kloß in seinem Hals zu schlucken. »Das letzte Mal, als ich nach Hause fuhr, um endgültig mit Millie Schluss zu machen, erzählte sie mir, dass sie … ein Kind erwartet«, sagte er.

Lyle schloss die Augen, um den Schmerz nicht zu sehen, den er in Elenas Blick vermutete. Er verabscheute sich dafür, dass er sie so verletzte.

Elena rang um Atem. »Ein … Kind?«, brachte sie hervor. »*Dein* … Kind?«

Elena riss ihre Hand weg, als Lyle nickte.

»Ich war am Boden zerstört, als ich das erfuhr, Elena. Ich war zurückgefahren, um mit ihr Schluss zu machen und ein neues Leben mit dir zu beginnen. Ich war so glücklich und hatte mich so auf unsere gemeinsame Zukunft gefreut. Und dann sagt sie mir das mit dem Baby.« Er legte den Kopf in die Hände. »Was hätte ich denn machen sollen?«, fragte er gequält.

»Das weiß ich nicht«, stieß Elena wütend aus. Sie mochte nicht glauben, dass das hier passierte. »Was hast du denn dann gemacht? Hast du Millie geheiratet, Lyle?«

»Nein«, antwortete Lyle hastig. Seine Augen füllten sich mit Tränen, und die Kehle schnürte sich ihm zusammen, so aufgewühlt war er.

»Bist du mit Millie intim geworden, als du dich schon mit mir getroffen hast?«, wollte Elena wissen. Das könnte sie ihm nie verzeihen.

»Nein, Elena. Das war, bevor ich dich kennenlernte. Ich schwöre es beim Leben meiner Mutter.«

»Und was willst du jetzt machen? Für dein Kind musst du natürlich sorgen.«

Lyle hob den Kopf und sah Elena in die Augen. Er begriff, dass sie die Hoffnung hegte, es gebe immer noch eine Chance für sie beide. Diese Hoffnung musste er ihr nehmen

»Ich habe keine andere Wahl. Es gibt nur eins, was ich tun kann, Elena. Ich liebe dich von ganzem Herzen, aber wie könnte ich … Millie und das Baby im Stich lassen? Wir kommen aus einer kleinen Stadt, wo jeder jeden kennt. Meine Eltern wären der Schande ausgesetzt. Das kann ich nicht tun. Ich kann das Kind nicht ohne seinen Vater lassen.« Er stützte den Kopf auf das Bett und begann zu schluchzen.

Elena verstand, was Lyle tun musste, und sie verstand auch, wieso. Er wollte sich von ihr trennen und nach Schottland zurückgehen, um da mit Millie und dem Baby zu leben. Sie sah, dass die Situation ihn innerlich zerriss, aber er hatte sich entschieden, das Richtige, das Ehrenhafte, zu tun. Und das würde er nun auch tun. Doch das nahm ihr nicht ihren Drang, vor Enttäuschung zu schreien.

»Dann sagen wir uns also jetzt Lebewohl, mein Liebster«, flüsterte Elena. »Dem Schicksal ist es gelungen, uns auseinanderzureißen. Dein Sohn oder deine Tochter muss die Liebe und die Unterstützung eines Vaters kennenlernen. Ich verstehe, dass du dein Kind nicht verlassen willst.« Ihr Herz fühlte sich an, als sei es in eine Million Teile zersprungen, aber ihr Stolz hielt sie davon ab zu zeigen, wie tief verletzt sie sich fühlte. Sie musste die Starke sein, denn wenn sie zusammenbrach, wäre Lyle völlig verloren. »Geh jetzt«, sagte sie. »Geh!«

Lyle stand auf, sein Gesicht nass von Tränen. Er schaute auf seine geliebte Elena, aber sie sah ihn nicht an. Ihr Gesicht war völlig ausdruckslos. Sie musste ihn für das verachten, was er ihr angetan hatte.

Lyle drehte sich um, schob den Vorhang zur Seite und ging wie gelähmt davon.

Elena schloss fassungslos die Augen. Sie konnte nicht zusehen, wie er durch die Tür ging – aus ihrem Leben heraus. Sie konnte es einfach nicht.

Am nächsten Tag kam Lyle noch einmal auf die Grippestation. Er hatte die schlimmste Nacht seines Lebens verbracht und musste sich davon überzeugen, dass mit Elena alles in Ordnung war. Sie war nicht mehr da. Gordon erzählte ihm, sie habe sich am Nachmittag zuvor selbst entlassen und sei nach Hause zu ihren Eltern gegangen. Lyle wusste, es war unwahrscheinlich, dass er sie je wiedersehen würde. Er reichte im Krankenhaus seine Kündigung ein. Ein paar Tage später saß er im Zug auf dem Weg zurück nach Dumfries, um sein neues Leben zu beginnen, sein Leben mit Millie und dem Baby, das sie beide erwarteten.

6

Der erste Weihnachtsfeiertag des Jahres 1918 war ein besonderer, wenn auch zurückhaltend begangener Festtag für die kleine Ortschaft Dumfries. Heiligabend hatte es heftig geschneit, die Landschaft war bedeckt von einem weißen Tuch, das in dem wässrigen Morgenlicht wie flauschige Watte aussah. Die Temperatur war unter null Grad gefallen, aber im Allgemeinen herrschte gehobene Stimmung unter den Einwohnern des Städtchens. Der Krieg war aus, und alle hofften auf eine bessere Zukunft. Wer von den Soldaten dazu in der Lage war, kehrte zu seiner Familie zurück, auch alle, die in der Rüstungsindustrie gearbeitet hatten, wie Millies Bruder Andrew und Lyles Schwester Aileen, kamen zurück. Doch niemand konnte oder wollte die Männer vergessen, die nicht heimgekehrt waren.

Zu Mittag aß Lyle zusammen mit seinen Geschwistern Aileen und Robbie bei seinen Eltern. Seit fünf Uhr früh war Mina MacAllister mit dem Kochen beschäftigt gewesen, aber sie hielt sich für eine der glücklichsten Mütter auf Erden. Ihr Mann und alle Kinder waren am Esstisch versammelt, als sie den Gänsebraten mit Röstkartoffeln, Pastinaken und Möhren auftrug. Es war Tradition bei ihnen, anschließend am Kamin zu sitzen, während Mina zum Nachtisch beschwipsten Rhabarber-Crumble mit Sahne servierte. Die mit Whisky aromatisierte Nachspeise aßen sie alle zu Weihnachten besonders gern. Als das Kaminfeuer die freudigen Gesichter zum Glühen gebracht hatte, konnte Mina sich entspannen. Sie durfte sich auf eine verheißungsvolle Zukunft freuen, auf eine Hochzeit und ein Enkelkind.

Später am Nachmittag ging Lyle zu Fuß die drei Meilen durch knietiefen, pulvrigen Schnee zu Millies Familie. Sein Vater hatte ihm sein altes Pferd Wee-Willie und den Einspänner angeboten, aber er wollte lieber laufen, damit er wenigstens eine kleine Weile mit seinen Gedanken allein sein konnte. Als er bei Millie ankam, war er bis auf die Knochen durchgefroren, aber der Körperteil, den er sich taub und gefühllos wünschte, sein Herz, schmerzte immer noch, wenn er an Elena dachte. Und er dachte ohne Unterlass an sie. Bei Millie trank er heiße Milch mit viel Whisky und hoffte, so seine Gedanken verscheuchen zu können, aber er versagte kläglich.

Jock Evans ging es von Tag zu Tag besser, aber ganz war er körperlich immer noch nicht wieder auf der Höhe, was ihn sehr frustrierte. Es wurde viel über die bevorstehende Hochzeit geredet, und man schmiedete Pläne für den Neujahrstag. Lyle lächelte, wenn es angebracht war, und stimmte allem zu, was Millie vorschlug, aber mit dem Herzen war er nicht bei der Sache. Er hoffte, dass das niemandem auffiel.

Aber Millie fiel es auf. Sie kannte Lyle lange genug, und so sah sie, dass er nicht er selbst war. Es brach ihr das Herz, doch genau wie er gab sie sich Mühe, eine fröhliche Fassade zur Schau zu tragen. Sie nahm an, dass allein das Baby der Grund dafür war, dass Lyle an ihrer Seite blieb, trotzdem war sie dankbar für seine Anwesenheit. Sie tröstete sich mit dem Wissen, dass das Baby sie beide als Familie zusammenschweißen würde. Als Bonnie eine Bemerkung über die Veränderungen machte, die in Lyle vorgegangen war, erzählte Millie ihrer Mutter, er sei sehr mitgenommen von all dem Entsetzlichen, mit dem er im Krankenhaus konfrontiert gewesen war. Bonnie war voller Mitgefühl und versicherte Millie, dass mit der Zeit alles besser würde. Millie betete, sie möge Recht haben.

Die Tage zwischen Weihnachten und Neujahr gingen schleppend langsam vorüber. Am Silvesterabend trank Lyle so viel, dass er zusammenbrach. Für eine kurze Zeit konnte er dem Schmerz in seinem Herzen entfliehen, doch der folgende Morgen war umso schlimmer. Sein Hochzeitstag. Lyle stand auf und zog sich einen eleganten Anzug an. In seinem Kopf hämmerte es, als ob eine Lokomotive hindurchführe. Die beiden Familien MacAllister und Evans, dazu einige enge Freunde, versammelten sich um zehn Uhr in der presbyterianischen Kirche von Dumfries. Robbie war Lyles Trauzeuge und Brid Carmichael Millies Brautjungfer. Der Reverend war derselbe, der Lyle und Millie schon getauft hatte, sodass ihre Verbindung einen warmherzigen und persönlichen Segen erhielt. Lyle nahm wie geistesabwesend an der Zeremonie teil. Mit den Gedanken war er meilenweit entfernt ... in Blackpool, bei Elena.

Bis in den Januar hinein fühlte Elena sich noch krank. Nacht für Nacht weinte sie um Lyle, aber tagsüber verbarg sie ihre Gefühle, so gut sie konnte. Appetit hatte sie immer noch nicht, sie war lethargisch und musste sich oft übergeben. Luisa machte sich Sorgen. Gegen Elenas Wunsch bat sie einen Arzt um einen Hausbesuch. Luigi hatte vorgehabt, Ende Januar nach Australien zu reisen, und erwartete, dass Elena und seine Frau ihn begleiteten; es musste ihr bis dahin also körperlich gut genug gehen, damit sie die mehrwöchige Schiffsreise überstand.

Elena hatte sich natürlich nicht einverstanden erklärt mitzukommen, aber ihre Meinung spielte keine Rolle. Luisa wusste, dass Elena daran festhielt, Aldo Corradeo nicht heiraten zu wollen, und sie wusste auch, dass man ihre Tochter nicht mit physischer Gewalt zu der Ehe zwingen konnte, aber sie war auch davon überzeugt, dass sich Luigi seine Pläne nicht von einer eigensinnigen Tochter verderben lassen würde. Falls Elena sich weigerte, nach Australien mitzukommen, würde er sie vermutlich enterben. Luisa liebte Elena, aber Luigi war ihr Ehemann, und seine Wertvorstellungen stammten noch aus der alten Heimat. Sie fühlte sich innerlich wie in zwei Teile gerissen.

Dr. Pritchard, der Hausarzt der Familie, erklärte, er sei sicher,

Elena habe die Spanische Grippe inzwischen völlig überstanden. Sie hatte kein Fieber mehr, deshalb überraschte es ihn, dass sie sich immer noch krank fühlte. Er sah, dass sie stark abgemagert war und wunderte sich über ihre depressive Stimmung. Nachdem er Elenas Bauch abgetastet hatte, bat er Luisa, den Raum zu verlassen.

»Wann hatten Sie Ihre letzte Periode?«, fragte er die junge Frau, die von der Frage völlig überrascht wurde.

Elena dachte nach. »Als ich krank war, nicht mehr, es muss also Ende Oktober gewesen sein«, antwortete sie.

»Das ist über zwei Monate her«, meinte Dr. Pritchard.

»Aber ich war doch so krank. Kann so etwas nicht den Monatszyklus durcheinanderbringen?«

»Möglich ist das schon, aber Ihre Gebärmutter ist leicht vergrößert. Das kann ich deutlich spüren, weil Sie so dünn sind. Könnte es eventuell sein, dass Sie ein Kind erwarten?«

Elena errötete bis zu den Haarwurzeln. »Das könnte … eventuell sein«, flüsterte sie, denn sie hatte Angst, ihre Eltern würden sie hören. »Am Tag, als der Waffenstillstand bekannt gegeben wurde, war ich mit einem Mann zusammen. Aber Sie meinen doch nicht …«

»Mit Sicherheit kann ich es nicht sagen, aber die Übelkeit und die Tatsache, dass Ihre Monatsblutung ausgeblieben ist, legen doch nahe, dass ich mit meiner Vermutung richtigliege. Haben Sie sich in letzter Zeit auch morgens übergeben?«

»Ja. Kaum dass ich eine Tasse Tee trinke, kommt alles schon wieder raus.« Elenas Gesicht nahm die Farbe ihres Bettlakens an. »Aber seit ich mir die Grippe eingefangen habe, geht es mir schon schlecht. Ich kann den Geruch von Essen nicht ertragen, nicht einmal von Sachen, die ich vorher gern gegessen habe«, sagte sie.

»War die morgendliche Übelkeit in den vergangenen Wochen schlimmer?«

Elena überlegte, und der Mund blieb ihr offen stehen. »Ja«, flüsterte sie, als ihr einfiel, dass ihr seit längerer Zeit jeden Morgen schlecht war.

»Ich bin mir beinahe sicher, dass Sie schwanger sind«, sagte der Arzt. »Aber das erklären Sie Ihrer Mutter lieber selbst.«

Der Arzt verabschiedete sich von Elena und verließ das Haus, ohne mit Luisa gesprochen zu haben. Mit besorgtem Gesichtsausdruck kam diese ins Zimmer ihrer Tochter zurück.

»Ist alles in Ordnung, Elena?«, fragte sie. »Dr. Pritchard wollte mir nichts sagen, als ich ihn fragte.«

Elena blieb wie vom Donner gerührt sitzen. Das kann doch einfach nicht so passiert sein, dachte sie. Lyle hatte sie verlassen, und sie erwartete höchstwahrscheinlich sein Kind. Aber wenn er Millie vielleicht doch nicht geheiratet hatte, nur vielleicht, dann gäbe es noch Hoffnung für sie. Er würde bestimmt nicht ihr gemeinsames Kind im Stich lassen wollen, nicht, wo sie sich so sehr liebten. Wenn sie doch nur mit ihm reden könnte, aber sie hatte gehört, dass er das Krankenhaus verlassen hatte, kurz nachdem sie nach Hause gegangen war.

»Wo ist Papà?«, fragte Elena ihre Mutter.

»Er ist Benito Cappi und dessen Bruder Carmine besuchen gegangen. Sie wollen etwas über Australien hören, sie glauben nämlich, sie könnten auch dahin auswandern und Trauben anbauen und Wein machen. Was ist denn los, Elena?«

Elenas Hand fuhr an ihren Bauch. Sie konnte es kaum fassen, dass möglicherweise ein winziges Leben in ihr heranwuchs. Lyles Baby. Es war ein Wunder. Ein Lächeln zeigte sich auf ihrem Gesicht. Aber dann sah sie ihre Mutter an und bekam Angst. Luisa musste sie vor ihrem Vater beschützen. Ihre Mutter musste ihr einen Rat geben.

»Mamma, ich muss dir etwas sagen«, flüsterte sie. Sie betete, ihre Mutter würde sich auf ihre Seite stellen.

»Was ist denn nun, Elena?«, fragte Luisa und setzte sich neben ihre Tochter aufs Bett.

»Versprichst du mir auch, dass du nicht böse wirst, Mamma?«

»Das kann ich dir nicht versprechen, Elena«, erwiderte Luisa. Sie brauste schnell auf, aber normalerweise beruhigte sie sich auch rasch wieder. Als sie Elena anschaute, hatte sie auf einmal ein flaues Gefühl im Magen. »Sag mir sofort, was los ist, ehe ich noch durchdrehe.«

»Mamma, ich habe mich in einen Arzt aus dem Krankenhaus verliebt«, sagte Elena.

»Ah, può la Vergine benedetta perdonarla mia figlia«, sagte Luisa.

»Die Vergebung der geheiligten Jungfrau brauche ich nicht, Mamma«, gab Elena zurück. »Ich brauche etwas anderes. Du sollst nämlich verstehen, dass ich diesen Mann liebe.«

»Dein Vater, er wird kein Verständnis für dich haben, Elena. Du musst diesen Arzt vergessen.«

»Das werde ich nie und nimmer, Mamma.«

»Natürlich wirst du das. Du musst!«

»Das kann ich nicht. Jetzt nicht mehr.«

»Was soll das heißen, Elena? Jetzt nicht mehr.«

»Dr. Pritchard denkt, ich könnte möglicherweise in anderen Umständen sein«, sagte Elena leise.

Luisa war erschüttert. »Ist das … denn überhaupt möglich?«

Elena wusste sofort, was ihre Mutter meinte, und nickte, den Blick gesenkt.

»Ach, Elena. Möge Gott dir vergeben. So haben wir dich doch nicht erzogen.«

Sie stand auf, streckte die Arme in die Luft und rief laut Gott um Vergebung für die Schande an, die ihre Tochter über die Familie gebracht hatte.

»Es tut mir leid, Mamma«, sagte Elena und begann zu weinen. Sie wusste, sie brachte ihre Mutter in eine schreckliche Lage. Sie barg das Gesicht in den Händen und ließ ihren Tränen freien Lauf.

Luisa sah den Kummer und die Verzweiflung ihrer Tochter. Sie setzte sich auf den Bettrand und versuchte, sich zu beruhigen.

»Vielleicht bist du ja gar nicht in anderen Umständen, Elena. Wann hattest du deine letzte Periode?«

»Ende Oktober«, sagte Elena. »Ich habe nicht geahnt, dass irgendetwas nicht in Ordnung ist, weil ich doch so krank war, aber der Doktor findet, meine Gebärmutter fühlt sich leicht vergrößert an.«

»Alle Frauen meiner Familie haben ein bestimmtes Zeichen an sich, wenn sie schwanger sind, Elena. Meine Mamma hatte es, meine Nonna und deren Mamma. Ich hatte es auch, also wird es auch bei dir so sein.«

»Was ist das für ein Zeichen, Mamma?«, fragte Elena. Sie hörte davon zum ersten Mal.

»Deine Brustwarzen werden eine bräunliche Farbe angenommen haben. Das passiert bei den Frauen meiner Familie fast sofort zu Beginn einer Schwangerschaft. Guck nach.«

Elena knöpfte den obersten Knopf ihres Kleides auf, schaute unter ihre Unterwäsche und zeigte ihrer Mutter dann ihre Brustwarzen, die nicht mehr rosig waren, sondern walnussbraun.

Luisa holte hörbar Luft und musterte ihre Tochter. »Ah, *sì*, es stimmt also. Du erwartest tatsächlich ein *bebè*. Dafür brauche ich keinen Doktor, der mir das bestätigt.«

»Bist du sicher, Mamma?« Elena senkte die Stimme, nur für den Fall, dass ihr Vater zurückgekommen war.

»So wahr ich hier sitze. Und was jetzt?« Luisa begann, im Zimmer auf und ab zu gehen, und überlegte, wie Luigi wohl reagieren mochte. Sie machte sich Sorgen, er könne womöglich einen Herzinfarkt bekommen, wenn er von der Sache erfuhr. »Ein Arzt hätte es besser wissen müssen, er hätte dich nicht schwängern dürfen, Elena«, sagte sie wütend. Aber dabei strich sie Elena über das schöne dunkle Haar. »Wo ist er jetzt? Dein Vater wird ihm die Männlichkeit abschneiden.«

»Er ist nach Schottland zurückgegangen«, antwortete Elena.

Luisa verdrehte die Augen. »Ein Schotte – womöglich noch ein Protestant. Noch schlimmer hätte es wohl nicht kommen können, was? Ich nehme an, du willst ihn heiraten«, sagte sie.

Luisa machte sich innerlich darauf gefasst, dass sie Elena an diesen Mann verlieren würde. Auf keinen Fall würde Luigi ihn in der Familie willkommen heißen. Es zerriss ihr das Herz, denn dann würde sie nie ihr Enkelkind in den Armen halten.

»Er ist nach Hause zurückgefahren, um eine andere Frau zu heiraten«, erwiderte Elena traurig.

Luisa riss die Augen auf. »Liebt er dich denn nicht, Elena?« Am liebsten hätte sie sich den Kerl sofort geschnappt und ihn umgebracht. Er hatte es gewagt, sich an ihrer Tochter zu vergehen, nur um seines Vergnügens willen.

»Doch, Mamma, aber diese andere Frau ist auch von ihm schwanger. Das ist passiert, ehe er mich kennenlernte. Das wusste er aber zu dem Zeitpunkt nicht, Mamma. Erst vor ein paar Wochen hat er das erfahren, in der Zeit, als ich krank war. Und weil er ein guter, rechtschaffener Mann ist, will er das Richtige für sein Kind tun und bei ihr bleiben. Aber vielleicht wird er ja jetzt seine Meinung ändern«, sagte Elena voller Hoffnung. »Er liebt mich doch so sehr.«

Luisa glaubte, sich verhört zu haben. »Er hat eine andere Frau geschwängert?«, fragte sie ungläubig. »Was ist das denn für ein Kerl? Ein Gockel offenbar! Und du sagst, er hat sich entschlossen, diese andere Frau zu heiraten?«

»Ja, Mamma. Lyle ist ein guter Mann. Es hat ihm das Herz gebrochen, als er mich verlassen musste.«

»Dein Vater bringt ihn um, Elena«, sagte Luisa. »*Ich* bringe ihn um.« Sie ging im Zimmer auf und ab. »Wach endlich auf, Elena. Dieser Mann hat dir eine andere Frau vorgezogen. Dass sie schwanger ist, spielt keine Rolle. Würde er dich lieben, wäre er bei dir geblieben.«

»Er wollte bei seinem Kind bleiben, Mamma. Das zeigt dir doch, dass er ein guter Mensch ist.«

»Wahrscheinlich hat er diese Frau schon geheiratet, das kann also nicht mehr rückgängig gemacht werden. Offenbar hatte er eine Affäre mit ihr.«

Das konnte Elena nicht abstreiten. Die Beziehung zwischen den beiden bestand schon seit vielen Jahren. Das hatte Lyle selbst gesagt. Und ihre Mutter hatte Recht. Lyle hatte Millie wahrscheinlich schon geheiratet.

»Wenn du deine letzte Periode im Oktober hattest, dann bist du gerade erst am Ende des zweiten Monats«, sagte Luisa nachdenklich. »Ich habe eine Idee, Elena. Du wirst so bald wie möglich Aldo Corradeo heiraten. Dann wird er glauben, das *bebè* sei von ihm. Das ist die einzige Lösung.«

»Nein, Mamma. Das kann ich nicht, auf gar keinen Fall. Du fährst mit Papà nach Australien, und ich bleibe hier und bekomme mein Kind.«

»Und wovon willst du leben, Elena? Wie willst du zurechtkommen?«, rief Luisa erregt. Sie musste erreichen, dass Elena zur Vernunft kam.

»Ich weiß nicht«, erwiderte Elena verzweifelt. »Ich werde … wieder als Krankenschwester arbeiten.«

»Und wer wird sich um das *bebè* kümmern? Fremde Leute? Das geht nicht, Elena. Du wirst auf der Straße landen, und was wird dann mit euch beiden geschehen?«

Elena wusste, dass ihre Mutter Recht hatte. Die Vorstellung, allein in England zu bleiben, war erschreckend.

»Aldo würde nicht glauben, dass das Baby von ihm ist, Mamma. Das kann nicht funktionieren.«

»Natürlich funktioniert das. Ich war Hebamme in Italien. Ich werde dein Baby auf die Welt holen und ihm sagen, es sei zu früh gekommen. So was passiert andauernd.«

Elena fing an zu schluchzen. Sie saß auf dem Bett mit angezogenen Beinen und stützte den Kopf auf die Knie. So elend wie in diesem Moment hatte sie sich noch nie gefühlt. Luisa legte die Arme um ihre Tochter.

»Es wird schon alles gut, Elena. Ich bin ja bei dir. Du wirst einen Ehemann haben und deine Familie, die sich um dich und das Baby kümmern.«

Als Luigi nach Hause kam, wartete Luisa schon auf ihn.

»Ich finde, Elena und Aldo sollten heiraten, ehe wir nach Australien fahren«, sagte sie wie nebenbei und stellte ihrem Mann Tee und Gebäck hin. Luigi war verblüfft. Bisher hatte sich seine Frau noch nicht positiv über eine mögliche Heirat zwischen Elena und Aldo geäußert. »So könnte die Fahrt nach Australien für die beiden eine Hochzeitsreise sein«, fügte Luisa hinzu.

Luigi musterte seine Frau und versuchte herauszufinden, was in ihrem Kopf vorging. »Ich hatte geplant, die zwei in Australien heiraten zu lassen«, sagte er.

»Wir haben nie eine Hochzeitsreise gemacht, Luigi. Es wäre doch schön, wenn wenigstens Elena Flitterwochen hätte. Das ist etwas, woran sich eine Frau immer erinnert.«

Sentimentaler Kram, dachte Luigi. Frauen waren sentimental, und das war etwas, das Männer einfach nicht verstanden. »Was sagt Elena dazu?«, fragte er.

»Wir haben darüber gesprochen, und Elena hat es akzeptiert. Sie meint auch, das sei eine gute Idee.«

Luisa hatte nicht gelogen. Elena akzeptierte ihr Schicksal. Sie hatte keine andere Wahl.

Eine Woche später heirateten Elena und Aldo. Hätte man Elena zum Galgen geführt, sie wäre kaum verzweifelter gewesen. Vor dem Priester zu stehen, diesen Fremden zu heiraten, einen Mann, für den sie nichts empfand, fühlte sich so falsch an. Ganz bestimmt war es nicht der Hochzeitstag, wie sie ihn sich vorgestellt hatte. Elena musste einräumen, dass Aldo nett und aufmerksam war, aber sie hatte große Angst vor dem, was sie an diesem Abend noch erwartete.

Die Eheschließung fand während einer Messe in der katholischen Kirche Sankt Peter ganz in ihrer Nähe statt. Die eine Stunde kam Elena wie die längste Stunde ihres Lebens vor. Benito Cappi und seine Frau Magdalena waren die Trauzeugen. Sonst gab es keine geladenen Gäste. Luigi hatte Elena gefragt, ob sie nicht ein paar Freundinnen einladen wolle, Schwestern aus dem Krankenhaus, aber gleichzeitig stellte er eine Bedingung: Sie müssten Italienerinnen sein. Das wollte Elena nicht. Luisa hatte ein besonderes Mittagessen vorbereitet, das sie anschließend zu Hause einnahmen. Aldo und Luigi tranken etliche Gläser von Benitos hausgemachtem Wein, aber Elena trank nichts und hatte auch keinen Appetit. Sie schob ihre gerade erst überstandene Krankheit als Grund vor.

Für ihre Hochzeitsnacht hatte Aldo ein Zimmer in einem Hotel gebucht. Es war eine bescheidene Unterkunft, ironischerweise mit Blick auf das Victoria Hospital. Das Zimmer war winzig wie eine Schuhschachtel, jedenfalls kam es Elena so vor. Als sie allein waren, fühlte sie sich wie ein vom Fuchs in die Enge getriebenes Kaninchen, was Aldo ihr offenbar anmerkte.

»Ich habe Verständnis dafür, wenn es dir nicht gut genug geht, die Ehe zu vollziehen«, sagte er.

Elena sah, dass er trotz seiner Worte schrecklich enttäuscht sein würde, wenn sie sich ihm nicht hingäbe. Wegen seiner rücksichtsvollen Art hätte er in ihrer Wertschätzung sogar steigen können, wäre er nicht so betrunken gewesen, doch sie wusste, all dies war nicht wichtig. Wichtig war allein, dass sie nicht länger warten durfte. Sie mussten die Ehe vollziehen, damit Aldo davon überzeugt sein würde, dass es sein Baby war, das sie unter dem Herzen trug.

»Mir geht es gut«, log Elena, denn allein schon bei dem Gedanken, Aldo zu berühren, wurde ihr übel. Schnell wandte sie sich ab von ihm, um sich auszuziehen. Sie wünschte, sie könnte Wein trinken, um ihre Sinne zu betäuben. Es würde das, was sie zu tun hatte, etwas erleichtern. »Und es ist meine Pflicht, eine gute Ehefrau zu sein«, fügte sie hinzu, als sie aus ihrem Kleid schlüpfte.

Das Entzücken in Aldos Blick sah Elena nicht, aber sie spürte seine glühenden Augen auf ihrem Rücken und konnte sich seinen Gesichtsausdruck gut vorstellen. Kaum lagen sie beide ausgezogen auf dem Bett, legte Aldo sich auf sie, betatschte sie ungelenk und drang stöhnend und keuchend in sie ein. Elena hatte die Augen im Dunkeln fest geschlossen, konnte die Tränen jedoch nicht zurückhalten. Als Aldo sich kurze Zeit später von ihr heruntergerollt hatte, drehte sie ihm den Rücken zu und kämpfte gegen die Schluchzer an, die ihr die Kehle zusammenschnürten. Erst als sie ihn schließlich schnarchen hörte, stand Elena auf und ging über den Hotelkorridor zum Badezimmer, wo sie sich auf den Boden setzte und hemmungslos zu weinen begann.

Irgendwann gelang es ihr, sich zu fassen, und sie legte liebevoll ihre Hand auf den Bauch. »Ich habe das für dich getan, Kleines«, flüsterte sie.

Elena dachte an Lyle und an die Liebe, die sie beide verband, und fragte Gott, weshalb ihr Leben diese Wende genommen hatte. Aber ihr Glaube brachte sie zu der Überzeugung, dass Gott einen Grund für all das hatte, einen Plan. Und diese Überzeugung war das Einzige, was sie aufrecht hielt.

7

Eine Woche nach der Eheschließung mit Millie kaufte Lyle ein Reihenhaus aus Stein in der Brooms Road in Dumfries. Das Geschäft war ziemlich übereilt zustande gekommen, aber Lyle mochte nicht länger abwarten, er wollte unbedingt fort aus dem Haus seiner Schwiegereltern. So hatte er sich für das nächstbeste Haus entschieden, das Millie und er besichtigt hatten. Millie wäre ein frei stehendes Häuschen weiter außerhalb lieber gewesen, etwas ohne Treppe, aber solch ein Häuschen hatte Lyle mit Elena geplant, also wollte er es nicht mit Millie bewohnen. Das wäre irgendwie nicht richtig gewesen. Es dauerte eine Weile, bis er Millie von den Vorzügen des kleinen Reihenhauses überzeugt hatte, und als er erklärte, es sei eine praktische Wohnlage für einen Arzt und außerdem befänden sich viele Geschäfte in fußläufiger Entfernung, schloss sie sich seiner Meinung an.

Schon immer hatte sich Lyle vorgestellt, eines Tages seine eigene Arztpraxis zu haben, aber er wusste auch, dass es nicht einfach sein würde. Nachdem er seinem Vater einige Wochen assistiert hatte, merkte er, dass Tom es kaum noch schaffte, sich um seine ständig wachsende Patientenschar zu kümmern. Das ging so weit, dass manchen Patienten nicht mehr die nötige Aufmerksamkeit zuteilwurde, trotzdem musste sein Vater bis zum Umfallen schuften. Lyle war völlig klar, dass Tom nicht jünger wurde, und er machte sich Sorgen, denn er sah, dass seine Gesundheit bereits Schaden nahm.

Nach einer vertraulichen Unterredung mit seiner Mutter brachte Lyle das Thema seinem Vater gegenüber zur Sprache, und er schlug vor, eine Gemeinschaftspraxis zu eröffnen. Auch wenn sie großen Respekt voreinander hatten, waren sie doch sehr verschieden und hatten unterschiedliche Ansichten über die Behandlung von Patienten. Lyle war sich nicht sicher, wie ihre Zusammenarbeit sich entwickeln würde, aber er wusste mit Gewissheit, dass Tom Hilfe brauchte. Zu Lyles großer Überraschung erklärte sein Vater, er wolle über den Vorschlag nachdenken.

Ein paar Tage später stimmte Tom zu, mit Lyle eine gemeinsame Praxis zu eröffnen, solange er so weiterarbeiten könnte, wie er es gewohnt war. Lyle unterschrieb einen Mietvertrag für ein Gebäude mitten in der Stadt auf der Castle Street, in der Nähe der Brücke über den Nith River. Sie engagierten die junge Cindy Branston, die sich um Termine und Abrechnungen und das Wartezimmer kümmern sollte, und die beiden Männer empfingen Patienten in ihren Praxisräumen oder machten Hausbesuche. Sie waren so beschäftigt, dass sie einander kaum zu Gesicht bekamen, und so lief die Praxis eine Zeitlang reibungslos.

Schließlich wurde offensichtlich, dass Tom, obwohl Lyle ihm viel Arbeit abnahm, immer langsamer wurde. Lyle sprach das nicht laut aus, aber er machte sich Gedanken darüber, wie es auf Dauer mit ihnen weitergehen sollte. Er stellte fest, dass sein Vater zu vielen Patienten nicht sofort kommen konnte, weil er mit anderen Tee trank oder sich ihre Sorgen anhörte, und es fiel ihm äußerst schwer, Bargeld für seine Dienste anzunehmen. Lyle wusste nicht, wie er mit dem Problem umgehen sollte, aber mit Kohlköpfen und Lauchstangen konnte er die Miete für die Praxisräume nicht zahlen.

Als Tom dann immer häufiger Schwindelanfälle bekam und seiner Arbeit somit noch weniger nachkommen konnte, engagierte Lyle einen jungen Arzt von der medizinischen Fakultät in Edinburgh, der gerade erst seinen Abschluss gemacht hatte. Tom war nicht gerade froh darüber, weil er das Gefühl hatte, er werde in den Ruhestand gedrängt, aber Lyle beharrte darauf, dass sie Hilfe brauchten. Er erklärte seinem Vater, der junge Dougal Duff könne wertvolle Erfahrungen sammeln, wenn er mit einem Kleinstadtarzt mit gut dreißigjähriger Berufspraxis zusammenarbeitete, aber Tom hatte an allem etwas auszusetzen, was der junge Mann machte, und er wurde mürrischer denn je. Lyle bat Dougal, Toms Stimmungsschwankungen nicht persönlich zu nehmen. Dann wies er seinen Vater sanft darauf hin, dass die jungen Leute in Dumfries Dougal mochten und gut auf ihn ansprachen.

Schließlich, nachdem Dougal schon einige Wochen mit ihnen zusammenarbeitete, konnte Tom nicht mehr leugnen, dass ein junger Arzt in ihrer Praxis durchaus seinen Platz hatte. Bald fand er sogar, dass der junge Dougal ein vielversprechender Arzt werden konnte, obwohl er lieber mitten im Winter durch den Nith River geschwommen wäre, als das zuzugeben.

Die Monate nach Millies und Lyles Hochzeit vergingen wie im Flug. Millie war beschäftigt damit, Möbel zu kaufen und den gemeinsamen Haushalt zu organisieren. Sich ein Nest zu bauen, wie Lyle das nannte. Sie setzte ihre ganze Kraft ein, einen der Räume als Kinderzimmer für das Baby einzurichten. Der Niederkunft sah sie mit ziemlicher Sorge entgegen, deshalb drängte sie Lyle in den letzten Wochen der Schwangerschaft ständig, in ihrer Nähe zu bleiben, falls das Baby käme. Lyle wusste, dass dies nicht immer möglich war, also sorgte er dafür, dass ununterbrochen eine Hebamme auf Abruf bereitstand, aber davon wusste nur Bonnie.

Am Morgen des 22. Mai, einem herrlichen Sommertag, suchte ein Nachbar von Frankie McTavish die Praxis in der Castle Street auf und richtete aus, Frankie brauche einen Arzt, könne aber nicht in den Ort kommen. Tom meinte, er würde gern zur Glenbracken Farm fahren, aber diese lag zehn Meilen weit die Küste rauf, und so bestand Lyle darauf, den Hausbesuch bei Frankie auf der Farm zu machen.

»Du solltest lieber hierbleiben, falls bei Millie die Wehen einsetzen«, widersprach Tom.

Er hatte den Eindruck, Lyle behandle ihn wie einen alten, kranken Mann, wie jemanden, den man hätscheln musste, und das gefiel ihm gar nicht. Da die Tage kurz vor Beginn des Sommers bereits wärmer gewesen waren, als es der Jahreszeit entsprach, taten ihm die alten Knochen nicht ganz so weh, weshalb ihn Lyles Sorge um seine Gesundheit nur umso mehr störte.

»Der errechnete Geburtstermin ist erst in einer Woche, und die meisten ersten Babys kommen zu spät, Dad«, antwortete Lyle.

Die Wahrheit war, dass er unbedingt einmal aus der Stadt herauskommen und etwas Zeit für sich haben wollte. Millie war so fordernd und anhänglich geworden, dass er sich in den letzten Monaten wie erstickt fühlte.

»Babys kommen, wenn sie bereit sind«, meinte Tom. »Und das könnte jetzt jederzeit der Fall sein.«

»Robbie Barnsdales Mutter braucht heute Vormittag einen Arzt, und du weißt, sie will nur dich«, sagte Lyle zu seinem Vater. »Gegen Mittag bin ich wieder zurück«, fügte er in einem Tonfall hinzu, der weitere Diskussionen über das Thema ausschließen sollte. »Und während wir beide unterwegs sind, kann sich Dougal um alle Patienten kümmern, die in die Praxis kommen.«

Als Lyle gerade mal eine Stunde fort war, platzte bei Millie die Fruchtblase. Sie stand in einer Pfütze an der Hintertür und schrie nach Lainie von nebenan, die zufällig gerade draußen die Wäsche zum Trocknen aufhängte. Weinend bat Millie Lainie, in die Praxis zu laufen, um Lyle zu holen, aber die kam zurück und berichtete, dass er nicht dort war.

»Was ist mit seinem Vater oder dem jungen Doktor, den sie engagiert haben?«, fragte Millie nervös.

»Die sind beide auch nicht in der Praxis«, sagte Lainie. »Der alte Dr. MacAllister besucht Patienten, und der junge Dr. Duff wurde zu einem Notfall gerufen.«

Millie geriet in Panik, aber Lainie tätschelte ihren Arm und beruhigte sie.

»Kameron kann zu Bonnie laufen«, sagte sie und hastete gleich in ihr Haus zurück, um ihren Sohn auf den Weg zu schicken.

Kurze Zeit später kam Bonnie zum Haus ihrer Tochter, sie war noch schnell bei der Hebamme vorbeigegangen und brachte sie gleich mit.

»Wo ist Lyle? Ich will Lyle«, jammerte Millie und wand sich auf dem schmiedeeisernen Bett mit der hübschen Porzellanzierleiste, das ihr und Lyles Ehebett war.

Eine weitere heftige Wehe durchfuhr sie, und sie schrie und krümmte sich zusammen. Bonnie war bei ihr, aber sie kam sich ungefähr so nützlich vor wie eine Kerze in heftigem Wind. Nichts, was sie sagte oder tat, vermochte Millie zu beruhigen. Bonnie war wütend auf Lyle, weil er jetzt, da er so dringend gebraucht wurde, nicht bei Millie war. Sie hörte nicht auf Marjorie, die Hebamme, die schon vielen Babys auf die Welt geholfen hatte, und geschickt und voller Zuversicht alles für die Geburt vorbereitete, sondern beauftragte Kameron von nebenan, nach ihrem Schwiegersohn zu suchen.

Die Zeit verging quälend langsam. Zwei Stunden später war Kameron noch nicht zurückgekommen, und mit Millie ging es nicht voran. Selbst die Hebamme machte sich allmählich Sorgen. Lainie hatte noch einmal nachgesehen, ob Lyle inzwischen vielleicht wieder in der Praxis war, aber Cindy ließ sie wissen, dass Lyle zu einer Farm aufs Land gefahren und noch nicht zurückgekehrt war. Dr. MacAllister senior und der neue junge Arzt waren noch bei ihren Hausbesuchen, aber Dr. Dougal sollte bald wieder da sein. Lainie rief Bonnie aus Millies Zimmer und berichtete, was sie herausgefunden hatte. Sie sagte, sie habe eine Nachricht für Lyle hinterlassen, die er sofort bei seiner Rückkehr bekommen würde.

»Einmal braucht Millie ihren Mann, und dann ist er nicht da. Na, der soll mir unterkommen«, drohte Bonnie entnervt.

»Hat Lainie Lyle gefunden?«, fragte Millie, als Bonnie wieder in ihr Eheschlafzimmer kam.

»Nein«, antwortete Bonnie. »Aber mach dir keine Sorgen.

Marjorie hat schon unzähligen Babys auf die Welt geholfen. Sie weiß, was sie tut.«

Eine weitere Stunde verging, und Millies Kräfte ließen langsam nach. »Wieso dauert denn das so lange?«, jammerte sie, als es mit der Geburt nicht weiter voranzugehen schien. Millie wirkte völlig erschöpft.

»Das Kind ist sehr groß«, erklärte Marjorie, nachdem sie Millie noch einmal untersucht hatte, »und hat es offenbar nicht eilig.«

»Wo ist Lyle?«, jammerte Millie wieder und wieder.

Bonnie und Marjorie hatten keine Antwort darauf.

Nachdem Lyle Frankie McTavish behandelt hatte, einen Mann Anfang sechzig, der wegen seiner Krampfadern kaum gehen konnte, brachte er es nicht übers Herz, gleich wieder zu fahren. Die Milchkühe standen brüllend im Stall, niemand war da, der ihnen an diesem Morgen Erleichterung verschaffte. Mildred, die Frau des Farmers, konnte sich wegen einer Hüftarthrose nur humpelnd fortbewegen, so nahm Lyle den McTavishs das Melken ab. Eine ganze Stunde brachte er damit zu, dann nötigte Mildred dem jungen Arzt noch Tee und Haferplätzchen auf, ehe er sich endlich auf den Rückweg machen konnte. Inzwischen war es elf Uhr, sodass Lyle nicht mehr hoffen konnte, Dumfries vor Mittag zu erreichen.

Die Kutschfahrt aufs Land genoss Lyle sehr, er hatte es deshalb auch gar nicht eilig, wieder zurückzukommen. Keine Menschenseele war unterwegs, zur einen Seite hatte er die Hügel, zur anderen die Klippen und die See. Er liebte den Frühsommer. Die Hügel und Täler waren grün, und die Sonne glitzerte auf dem Nordatlantik. Tief atmete er die frische salzige Luft ein. Er hätte sich wie einer der glücklichsten Menschen auf Erden fühlen können, aber er wusste, solch ein Mensch konnte er nie mehr sein, nicht ohne Elena. Trotzdem war er mit etwas Gutem gesegnet, und das wusste er: Er freute sich auf die Begegnung mit seinem Sohn oder seiner Tochter. Nur das hielt Lyle aufrecht.

»Ich glaube, deine Kleine kriegt ernste Probleme«, flüsterte Marjorie Bonnie zu. Sie war wie Millie in Schweiß gebadet. »Ich werde sie ins Krankenhaus bringen.«

Bonnie geriet in Panik. »Wie stellst du dir das vor? Wir können sie nicht allein die Treppe hinunterbekommen, in dem Zustand, in dem sie sich befindet«, klagte sie.

Millie war körperlich am Ende und wütend, weil Lyle nicht bei ihr war. All ihre schlimmsten Befürchtungen hatten sich bewahrheitet. Sie hatte viele Albträume gehabt und sich immer Sorgen gemacht, dass etwas schiefgehen könnte bei der Geburt und dass Lyle nicht bei ihr wäre.

»Was ist denn los? Was stimmt denn nicht?«, fragte Millie atemlos und völlig verängstigt. »Ich weiß, dass etwas nicht stimmt. Holt dieses Baby endlich aus mir raus.« Erneut wurde sie von einer Wehe überrollt und schrie ihren Schmerz heraus.

»Ich werde dich ins Krankenhaus bringen, Millie«, sagte Marjorie. »Ein Arzt muss sich um dich kümmern.«

»Ich bin mit einem verdammten Arzt verheiratet«, schrie Millie. »Wo zum Teufel ist mein Mann?«

Jetzt wusste Bonnie, dass ihre Tochter wirklich mit ihren Kräften am Ende war, denn sie fluchte sonst nie.

»Er besucht einen Patienten, Schätzchen, aber Lainie hat in seiner Praxis eine Nachricht hinterlassen«, sagte Bonnie besänftigend. Sie bekam immer größere Angst, Millie oder das Baby oder alle beide zu verlieren. »Inzwischen werden wir dich ins Krankenhaus bringen.«

Wieder schrie Millie, es war ein ohrenbetäubender Schrei. Bonnie reagierte, indem sie nach unten lief und an Lainies Haustür klopfte.

Kameron machte auf. »Schaff schnell ein Pferd und einen Einspänner ran«, sagte sie. »Ist mir egal, wie du das anstellst, sorg einfach dafür, dass in fünf Minuten ein Pferd mit Wagen hier unten steht. Meine Tochter muss dringend ins Krankenhaus.«

»Mrs. Evans, nehme ich an? Kann ich irgendwie behilflich sein?«

Schwungvoll drehte sich Bonnie um und sah hinter sich einen jungen Mann. »Wer sind Sie?«, fragte sie angespannt. Dann merkte sie, dass er eine schwarze Arzttasche bei sich trug. »Ach, Sie sind der junge Doktor, der mit Lyle zusammenarbeitet, oder?«

»Ganz recht, Dougal Duff. Und Sie sind Millies Mutter. Ich erinnere mich, wir haben uns kurz kennengelernt, als Sie einmal mit Millie in die Praxis kamen. Ich bin gerade auf dem Weg zurück dorthin. Aber habe ich recht gehört? Sagten Sie, dass Millie ärztliche Hilfe braucht?«

»Genau, und Sie sind im rechten Moment gekommen!« Bonnie fragte sich, wie sie einen so gut aussehenden Mann wie Dr. Duff hatte vergessen können. Sie drehte sich wieder zu Kameron um. »Pferd und Wagen brauchen wir jetzt nicht mehr, Kam.«

Noch ehe Dougal wusste, wie ihm geschah, packte ihn Bonnie am Ärmel und zerrte ihn zu Millies und Lyles Haus.

»Wie viele Babys haben Sie schon auf die Welt geholt?«, fragte sie und schob Dougal die Treppe herauf.

»Allein noch keines, aber ich habe bei vielen Geburten assistiert«, antwortete Dougal, als sie die Schlafzimmertür erreichten. »Hat Millie schon Wehen? Es ist doch noch gar nicht so weit, oder?«

Bonnie blieb wie angewurzelt stehen und sah ihn an. »Sie ist eine Woche zu früh, aber erzählen Sie ihr nicht, dass Sie noch kein Baby allein auf die Welt geholt haben«, sagte sie. »Ich kenne sie, und ich bin sicher, das größte Problem bei dieser Entbindung ist ihre Angst. Sie will Lyle bei sich haben, aber er ist nicht da, also müssen Sie genügen.« Sie hoffte, dass Millie ihren Mann mit der Unterstützung des attraktiven Dr. Duff eine Weile vergessen würde. »Und seien Sie besonders rücksichtsvoll, Dr. Duff. Sie werden Ihre Manieren und Ihre Nerven brauchen.«

Millie schrie aus Leibeskräften, als Dougal das Zimmer betrat, aber als sie ihn sah, hörte sie abrupt auf. Der junge Arzt nickte ihr zu und schätzte die Situation kurz ein. Er wusste sofort, dass Bonnie Recht hatte. Millie hatte Angst und wollte einfach nur ihren Ehemann. Er war sich darüber im Klaren, dass ihre Angst möglicherweise den Geburtsvorgang aufhielt, aber er musste sie untersuchen, ehe er das mit Sicherheit sagen konnte.

Millie war so abgelenkt durch das unerwartete Erscheinen des jungen Arztes, dass sie für einen Moment ihre Schmerzen vergaß. Verblüfft stellte sie fest, wie attraktiv Dougal war. Als sie ihn kennengelernt hatte, war ihr sein dunkles Haar aufgefallen, und sie erinnerte sich daran, dass er die blauesten Augen besaß, die sie je gesehen hatte, aber sie hatte vergessen, wie stattlich er war.

»Millie, Dr. Duff wird dir helfen«, sagte Bonnie und trat ans Bett ihrer Tochter. »Jetzt wird alles gut. Er wird das Baby bald auf die Welt geholt haben.«

»Wo ist Lyle?«, gab Millie zurück und gab sich wieder ganz ihrem Leid hin.

»Hallo, Mrs. MacAllister«, sagte Dougal und lächelte sie freundlich an. »Lyle ist immer noch nicht von der Glenbracken Farm zurück, aber wir werden schon ohne ihn zurechtkommen.«

Einen kurzen Moment dachte Millie, der junge Dougal sei viel zu attraktiv, um sich ihren Unterleib zu betrachten, aber dann durchfuhr sie wieder eine Welle des Schmerzes, und alle Schamhaftigkeit flog zum Fenster hinaus.

»Lyle sollte jetzt hier bei mir sein«, jammerte Millie, als sie nach einer weiteren schmerzhaften Wehe wieder durchatmete. »Er hat versprochen, hier zu sein, wenn die Geburt beginnt.«

»Na ja, nun müssen Sie mit mir vorliebnehmen«, sagte Dougal und drückte ihr die Hand.

»Lyle kommt ja vielleicht noch, Millie, aber einstweilen bist du in sicheren Händen«, beschied Bonnie ihre Tochter.

Sie stellte Dougal der Hebamme vor, die froh war, die Zügel dem jungen Doktor überlassen zu können. Sie hatte keine Ahnung, weshalb es mit der Geburt nicht voranging. Sie hatte vorher schon große, kräftige Babys zur Welt gebracht, aber sie war unzufrieden mit der Art, wie Millie presste. Es war, als würde sie auf

Lyle warten, und Marjorie machte sich Sorgen, dass das Baby in Gefahr sein könnte.

Innerhalb kürzester Zeit hatte sich Dougal die Hände gewaschen und sich die Ärmel hochgerollt. Gleichzeitig redete er Millie gut zu, munterte sie auf und versicherte ihr, wie leicht sie dieses Baby gebären werde und wie stolz Lyle dann wäre. Dann wies er sie an, wann und wie kräftig sie zu pressen hatte.

Von irgendwoher nahm Millie plötzlich die Kraft, entsprechend zu agieren. Sie sah ihm in seine blauen Augen und hörte aus seiner Stimme die ruhige Zuversicht heraus. Es war nicht so, dass sie der Hebamme nicht das Leben ihres Kindes anvertraute, aber einen Arzt bei sich zu haben, machte für sie einen großen Unterschied aus.

Dougal machte sich ein wenig Sorgen um das Baby, als er dessen Herztöne abhörte, aber er bemühte sich, das nicht zu zeigen. Er fühlte sich unter Druck, weil Millie die Frau eines Kollegen war, aber diesen Gedanken verbannte er ganz schnell wieder tief in sein Innerstes.

»Wir werden das schaffen, Millie«, sagte er bestimmt. »Aber ich glaube, es wird leichter für Sie, wenn Sie sich hinhocken. So gebären Frauen im Orient ihre Kinder. Sie hocken sich hin.«

»Was?«, fragte Millie ungläubig. Sie konnte sich nicht einmal vorstellen, in der Lage zu sein, sich aufzurichten.

»So wird die Geburt einfacher«, beharrte Dougal.

Millie warf Bonnie einen Blick zu. Auch die fand den Vorschlag des jungen Arztes seltsam, aber auf die traditionelle Weise lief es nicht gerade gut für Millie, also hielt sie sich mit ihren Bedenken zurück.

Mit Bonnies und Marjories Hilfe hockte sich Millie mit gespreizten Beinen hin. Sie sah Dougal an und hoffte, dass er wusste, was er tat. Mehr noch – sie hatte den Eindruck, die Sache jetzt etwas unter Kontrolle zu haben. Wieder durchfuhr sie eine heftige Wehe.

»Und jetzt pressen Sie, so fest Sie können!«, rief Dougal und setzte sich neben sie auf das Bett. »Pressen Sie!«

Millie presste, bis ihr Gesicht knallrot anlief. Bonnie stand neben ihr, wischte ihr mit einem angefeuchteten Tuch den Schweiß von der Stirn und sprach ihr Mut zu.

Dougal war ganz aufgeregt, als er das Köpfchen des Babys sah. »Das war sehr gut, Millie. Ich sehe Ihr Baby«, sagte er. »Wir sind ein ganzes Stück vorangekommen.« Er sah Millie ermutigend in die Augen, als sich die nächste Wehe bemerkbar machte. »Noch einmal kräftig pressen, und dann hören Sie auf, wenn ich es Ihnen sage«, ermutigte er Millie.

»Ich kann nicht«, rief Millie erschöpft. So kraftlos und müde hatte sie sich in ihrem ganzen Leben noch nicht gefühlt.

Dougal rieb ihr den Rücken, der schmerzte, als sei er gebrochen. »Sie können das, Millie«, sagte er zuversichtlich. »Ich weiß, dass Sie das können. Ihr Baby ist fast da. In ein paar Minuten haben Sie es geschafft. Sie werden das Kleine in Ihren Armen halten, und das wird herrlich sein.«

Millie holte noch einmal tief Luft. Bonnie wischte ihr erneut den Schweiß von der Stirn und sprach ihr weiter Mut zu. Millie klammerte sich an das schmiedeeiserne Kopfende des Bettes, drückte das Kinn auf den Brustkorb und presste mit aller Macht, als die Wehe auf ihrem Höhepunkt war.

»So ist es gut, Millie. Nur schön weiter so«, sagte Dougal. »Das Köpfchen des Babys ist draußen, Millie«, fügte er glücklich hinzu. »Jetzt nicht mehr pressen, nur noch leicht hecheln.«

Millie nahm alle Kraft, die ihr noch geblieben war, zusammen, nicht zu pressen, obwohl sie den Drang verspürte. Sie sah, dass Dougal dem Baby einen Finger an den Hals legte, wohl um sich zu vergewissern, dass sich die Nabelschnur nicht darumgeschlungen hatte. Dann holte er dem Baby Schleim aus der Nase.

»Na schön, Millie, jetzt pressen, aber nur einmal ganz kurz«, sagte er, als er merkte, dass der richtige Moment gekommen war. Er nahm vorsichtig den Kopf des Babys und drehte ihn sacht. Die eine Schulter zeigte sich, dann die andere. »Spüren Sie das, Millie?«, fragte Dougal aufgeregt. »Schauen Sie, es ist schon fast da.«

Millie sah eine winzige Hand, und dann war das Baby endlich da. Ein Lächeln zeigte sich auf Millies Gesicht.

»Es ist ein Junge«, sagte Dougal begeistert. »Sie haben einen Sohn, Millie.«

Millie strahlte, und Tränen traten ihr in die Augen.

»Ein Junge«, sagte Bonnie stolz. »Warte nur, was Lyle sagt, wenn er erfährt, dass er einen Sohn hat.«

Mit einem Stück Schnur, das Marjorie ihm gab, band Dougal die Nabelschnur ab, dann reichte die Hebamme ihm eine Schere, mit der er sie durchschnitt. Marjorie nahm ihm das Baby ab und wickelte es in ein Handtuch.

Millie hörte einen schwachen Schrei.

»Gut gemacht, Doktor«, sagte Marjorie sichtlich erleichtert. Sie hatte genügend Babys auf die Welt geholfen, um zu wissen, wie schwierig eine Geburt verlaufen konnte. Ihr war ganz klar, dass Dougal auf dem Gebiet der Geburtshilfe noch ein Neuling war, aber sie bewunderte die Art, wie er mit Millies Ängsten umgegangen war.

Dougal half Millie, sich hinzulegen, dann wies er sie an, die Nachgeburt herauszupressen. Während er noch mit Millie beschäftigt war, kümmerte sich Marjorie um den kleinen Jungen, wusch ihn und trocknete ihn ab.

»Doktor!«, rief Marjorie.

Die Besorgnis in ihrer Stimme versetzte Dougal sofort in Alarmbereitschaft, und er ging gleich zu ihr.

»Stimmt etwas nicht?«, fragte Bonnie. Sie hörte Marjorie flüstern, und sie betete, dass nichts Ernstes mit dem Baby war. Hatte die Hebamme gesagt, der Kleine atme nicht richtig? Nein, sie musste sich verhört haben.

Millie stützte sich auf die Ellenbogen. Alarmiert sah sie zuerst ihre Mutter, dann den Arzt und die Hebamme an. »Stimmt etwas nicht mit meinem Baby, Mom?«, fragte sie besorgt. Irrte sie sich, oder hatte ihr Sohn eine leicht bläuliche Gesichtsfarbe? »Sagt es mir! Warum spricht niemand mit mir?«

Bonnie sah, wie Dougal sich an dem winzigen Säugling zu schaffen machte. Er massierte ihn und vergewisserte sich, dass seine Atemwege frei von Schleim waren. Bonnie glaubte, ihr Herz bliebe stehen. »Atme, mein Kleiner«, murmelte sie. Ein paar angespannte Momente vergingen, ehe das Baby plötzlich einen lauten Schrei ausstieß und nach Luft schnappte. Sofort nahm es eine rosige Farbe an.

Dougal warf Marjorie einen vielsagenden Blick zu und seufzte erleichtert.

»Mom«, rief Millie besorgt. »Was ist denn los? Sag es mir doch.«

»Nichts, es ist alles in Ordnung«, gab Bonnie zurück. Sie ließ den kleinen Jungen nicht aus den Augen. Er atmete. Er atmete tatsächlich.

»Bring mir mein Baby«, verlangte Millie. Sie musste selbst sehen, dass alles in Ordnung war.

Marjorie wickelte den Jungen in ein sauberes Tuch, damit er es warm hatte, und brachte ihn zu Millie. Strahlend legte sie ihn ihr in die Arme.

»Wird auch alles gut mit ihm?«, fragte Millie ängstlich.

»Ich würde ihn gern im Krankenhaus untersuchen lassen, Millie. Das ist eine reine Vorsichtsmaßnahme, aber ich bin sicher, er ist völlig gesund«, sagte Dougal und sprach ein stilles Dankgebet. Minuten zuvor war er sich nicht so sicher gewesen.

»Muss das sein?«, fragte Bonnie.

»Lyle wird gut auf ihn aufpassen, aber es ist besser, wir sind vorsichtig«, erklärte Dougal.

Plötzlich wurde Millie schwindlig. Alle Farbe wich aus ihrem Gesicht. Sie spürte, wie sich ein Strom warmer Flüssigkeit aus ihrem Körper ergoss. »Ich … mir … ist gar nicht gut«, stammelte sie. »Nimm … das Baby, Mom, bitte.«

Bonnie nahm ihrer Tochter schnell den Säugling ab, und Dougal lief zu Millie.

»Sie hat eine Blutung!«, rief er. »Wir müssen sie schnell ins Krankenhaus schaffen.«

8

Lyle hatte die Praxistür noch nicht ganz geöffnet, als seine Sprechstundenhilfe aufsprang.

»Dr. MacAllister, Sie müssen sofort ins Krankenhaus«, drängte Cindy. »Dr. Duff hat Ihre Frau und Ihr Baby hingebracht.«

Dougal hatte ausrichten lassen, dass Millie zu Hause niedergekommen sei und dass sie und das Baby sich jetzt im Krankenhaus befänden. Er wollte, dass Lyle so schnell wie möglich hinkam.

Lyle blieb der Mund offen stehen. »Meine Frau und mein *Baby!*«

»Baby! Sie haben ja gar nichts von einem Baby gesagt«, beschwerte sich Fenella McBride bei Cindy.

Seit fast einer Stunde saß sie schon im Wartezimmer und hoffte, einen der drei Ärzte sprechen zu können, und sie war empört, dass Cindy, eine gute Freundin ihrer Enkelin, kein Wort davon gesagt hatte, dass der junge Dr. MacAllister Vater geworden war. Sie hatten über etliche Einwohner von Dumfries gesprochen, über manche sogar ganz persönlich, das heißt, sie hatte gesprochen. Wenn sie es recht bedachte, hatte Cindy zu dem Gespräch nicht viel beigetragen. Und auf jeden Fall nichts über ein Baby gesagt!

Cindy seufzte leicht verärgert. Sie machte den Mund auf und wollte etwas sagen, aber wenig überraschend kam Fenella ihr zuvor.

»Herzlichen Glückwunsch, Dr. MacAllister«, sagte sie in einem Tonfall, in dem mehr Gekränktheit als gute Wünsche lagen. »Ist es ein Junge oder ein kleines Mädchen?« Sie warf einen strafenden Seitenblick auf Cindy. »Vielleicht weiß Ihre Sprechstundenhilfe das ja, und sie behält es für sich.«

»Nein, ich weiß das nicht«, fauchte Cindy.

Wie es Lyle sonst gar nicht entsprach, herrschte einen Augenblick lang in seinem Kopf völlige Leere. Er versuchte, sich zusammenzureißen. »Wann ist das gewesen, Cindy?« Seine normalerweise durch nichts zu erschütternde Haltung geriet ins Wanken, und er fühlte sich völlig überwältigt. »Wieso sind sie im Krankenhaus? Geht es ihnen … geht es ihnen nicht gut?«

»Ich weiß nur, dass Mrs. MacAllister zu Hause entbunden hat. Dr. Duff war bei ihr und hat sie dann ins Krankenhaus gebracht. Ich wünschte, ich könnte Ihnen mehr sagen, Dr. MacAllister, aber die Nachricht war nur kurz«, sagte Cindy. »Ich nehme an, Sie sollten schnell ins Krankenhaus fahren, ich werde Ihrem Vater Bescheid sagen, wenn er zurückkommt.«

Lyle eilte hinaus, und Fenella warf Cindy einen bösen Blick zu. »Wieso haben Sie denn nicht gesagt, dass Dr. MacAllisters Baby zur Welt kam, als er Krankenbesuche machte, Cindy?« Sie war ehrlich empört.

»Ich bin nicht verpflichtet, das Privatleben der Ärzte mit den Patienten zu erörtern, Mrs. McBride«, antwortete Cindy. »Aber nun, da Sie es wissen, wird es wohl kaum nötig sein, dass Dr. MacAllister die Geburt seines Babys in der Zeitung annonciert, nicht wahr?« Fenella McBride war die größte Klatschtante in Dumfries, und alle wussten es.

Fenella schnaufte. »Dann kann ich jetzt ja nach Hause gehen«, meinte sie wütend, stand auf und ging auf die Tür zu.

»Tut mir leid, dass Sie ganz umsonst so lange warten mussten, Mrs. McBride«, erwiderte Cindy. Sie schaffte es kaum, die Unaufrichtigkeit aus ihrer Stimme zu halten. »Aber Dr. Tom MacAllister dürfte bald wieder da sein, wenn Sie warten möchten.«

»Der macht einen Hausbesuch bei Aileen McConnell, also ist er womöglich den ganzen Tag unterwegs«, sagte Fenella voller Entrüstung. Schlecht gelaunt verließ sie die Praxis und schlug die Tür hinter sich zu.

»Woher um alles in der Welt weiß sie denn nun schon wieder,

wo Dr. Tom MacAllister ist«, murmelte Cindy. In der Praxis gab es einige neugierige Patientinnen, aber Fenella McBride verblüffte sie immer wieder.

Millie hatte einen Kampf auf Leben und Tod ausgefochten, aber Dougal war es gelungen, ihre Blutung zum Stillstand zu bringen. Dann hatte man ihr eine Bluttransfusion verabreicht, etwas noch recht Neues auf dem Gebiet der Medizin. Das Baby lag in einem Wärmebettchen und erholte sich von den Strapazen der Geburt.

Bonnie lief unruhig auf dem Flur auf und ab. Sie hatte Millie nicht auf die Station begleiten dürfen, aber man erlaubte ihr, im Foyer des Krankenhauses zu warten. Jetzt sah sie, wie die Eingangstür aufgestoßen wurde, gleich darauf kam Lyle außer Atem auf sie zugelaufen.

»Ist mit Millie alles in Ordnung? Und was ist mit dem Baby?«

Auf eine Antwort wartete er allerdings gar nicht erst, sondern eilte sofort auf die Station, auf der er Millie und das Baby vermutete, nicht wissend, dass er gut daran tat, Bonnie aus dem Weg zu gehen. Seine Schwiegermutter hatte sich nämlich vorgenommen, ihm eine ordentliche Standpauke zu halten, weil er nicht da gewesen war, als Millie ihn gebraucht hatte. Man hatte ihr gesagt, Millie gehe es gut, aber das würde sie erst glauben, wenn sie es mit eigenen Augen sah. Was bedeutete, dass Lyle den Großteil ihres Ärgers hätte ausbaden müssen.

»Millie«, rief Lyle und eilte an ihre Seite. »Geht es dir gut? Was ist passiert?«

Dougal kam aus einem kleinen Nebenraum des Krankensaals, in dem die Ärzte sich besprachen. In der Hand hielt er Millies Krankenakte und einen Stift. »Sie ist geschwächt, Lyle, aber ich denke, nach viel Ruhe kommt sie wieder ganz auf die Beine.«

»Was ist denn passiert? Wo ist das Baby?«

»Der Kleine liegt hier in einem Wärmebettchen. Eine reine Vorsichtsmaßnahme. Aber wir sollten ihn lieber ein paar Tage im Auge behalten.«

»Wieso?«

Dougal winkte Lyle von Millies Bett weg und informierte ihn über alles, was passiert war, einschließlich der Komplikationen mit Millie und dem kleinen Jungen.

»Millie hatte eine Blutung!« Lyle stand sichtlich unter Schock. Er schaute zu dem Bett, in dem seine Frau lag. Sie war so weiß wie das Laken.

»Ja, sie hat tatsächlich sehr viel Blut verloren, und einen Moment lang sah es gar nicht so gut für sie aus, aber ich konnte die Blutung zum Stillstand bringen und ihr eine Infusion geben«, flüsterte Dougal.

»O mein Gott«, sagte Lyle, als er begriff, wie viel Glück Millie hatte, dass sie noch am Leben war. »Ist mit dem Baby alles in Ordnung? Sie sagten, es gab einen Atemstillstand. Moment mal, Sie sagten doch, mit dem *kleinen Jungen*, nicht? Habe ich einen … Sohn?«

»Ja, er ist gesund und wiegt 3234 Gramm, und von Minute zu Minute scheint er kräftiger zu werden. Aber ich habe mir große Sorgen um ihn gemacht.«

Lyle konnte kaum fassen, dass sein Kind auf der Welt war und dass er seine dramatische Ankunft auf Erden verpasste hatte. Er mochte gar nicht daran denken, wie sehr er die Rückfahrt von der Farm genossen hatte – und wie viel Zeit er sich gelassen hatte. »O mein Gott!«, stieß er erneut aus.

»Es liegt natürlich ganz bei Millie und Ihnen, ob wir ihn unter Beobachtung stellen. Auch Ihre Frau sollte mindestens noch ein paar Tage hierbleiben, aber auch das liegt selbstverständlich bei Ihnen. Vielleicht wollen Sie sie ja nach Hause holen und sich dort um sie kümmern.«

»Sie sollte meiner Meinung nach auf jeden Fall noch ein paar Tage im Krankenhaus bleiben, aber Millie hat ihren eigenen Kopf, also will ich mal hören, was sie darüber denkt. Wenn sie unbedingt nach Hause will, wird sie ein paar Wochen im Bett liegen bleiben. Dafür werde ich schon sorgen«, erwiderte Lyle. Er konnte es kaum abwarten, seinen Sohn zu sehen, aber erst musste er mit Millie sprechen. »Ich kann Ihnen gar nicht genug dafür danken, dass Sie da waren, als Millie Sie brauchte«, sagte Lyle überschwänglich. Dougal hatte ihm erzählt, dass er zufällig an Lyles Haus vorbeigekommen war, als Bonnie gerade Pferd und Wagen kommen lassen und Millie ins Krankenhaus hatte schaffen wollen. »Ich hätte heute Morgen auf meinen Vater hören und nicht zur Glenbracken Farm rausfahren sollen. Er wollte ursprünglich hin, aber ich habe mich stur gestellt.«

»Sie haben getan, was Sie in dem Moment für richtig hielten«, sagte Dougal, der wusste, wie sehr sich Lyle um seinen Vater sorgte.

»Aber es war dann eben doch nicht richtig …«

»Lyle«, rief Millie schwach. »Wo bist du?«

Lyle eilte an ihre Seite. »Ich bin hier, Millie.«

»Ich dachte, du wärst schon gegangen«, flüsterte Millie.

»Ich habe nur kurz mit Dougal gesprochen.« Lyle zog sich einen Stuhl an Millies Bett. »Es tut mir so leid, dass ich nicht bei dir war, Millie. Kannst du mir verzeihen?«

Er fühlte sich furchtbar schuldig. Während er seine Freiheit und den Sonnenschein und die frische Seeluft genossen hatte und seinen Gedanken an Elena nachgegangen war, hatte Millie um ihr Leben gekämpft.

»Ist schon gut, Lyle«, entgegnete Millie schwach. »Dougal Duff hat das ganz wunderbar gemacht. Wäre er nicht gewesen …«

Lyle wusste, er schuldete Dougal unendlich viel, weit mehr, als er je wiedergutmachen konnte.

»Wie fühlst du dich, Millie? Hört sich ganz so an, als hättest du ordentlich was mitgemacht.«

»Das habe ich. Es war schrecklich«, sagte Millie. Tränen schossen ihr in die Augen und rannen ihre Wangen hinunter. »Und ich wollte so sehr, dass du bei mir bist. Ach Lyle, du hast deinen kleinen Jungen nicht auf die Welt kommen sehen. Es war … es war … zuerst ganz schrecklich … und dann … dann war es ganz wunderbar.«

»Ich weiß, und das werde ich bis ans Ende meines Lebens bereuen. Aber über die Geburt müssen wir jetzt nicht reden, da du so erschöpft bist. Du musst erst wieder zu Kräften kommen«, sagte Lyle.

»Doch! Wir müssen darüber reden, Lyle«, flüsterte Millie. »Denn ich muss dir etwas sagen.«

»Was denn?«, fragte Lyle. Sein Herz fing an zu rasen, wie so häufig in der letzten Zeit. »Dougal hat doch gesagt, dass alles mit dem Baby in Ordnung ist, oder? Das stimmt doch, ja?«

»Ja, er ist ein süßer kleiner Junge. Er sieht genau wie sein Vater aus.« In ihren Augenwinkeln zeigten sich kleine Lachfältchen. »Denke ich. Mom hat einer der Schwestern erzählt, er sähe so aus wie ich, als ich ein Baby war.« Millies Lächeln verblasste. »Lyle, wegen der Geburt, ich werde nie mehr … ich kann nicht …« Die Worte blieben ihr im Hals stecken, als ihr die Auswirkungen klar wurden.

»Was denn, Millie?«, fragte Lyle sanft. Er überlegte, ob sie ihm sagen wollte, dass sie das Baby vielleicht nicht würde stillen können.

Millie holte tief Luft. Sie musste es Lyle sagen. »Unser Sohn ist mein erstes Kind … aber er wird auch mein letztes sein«, sagte sie, und wieder rannen ihr Tränen die Wangen hinunter.

Lyle zog ein Taschentuch heraus und tupfte ihr die Wangen ab. »Das denkst du jetzt, Millie, und das ist nur zu verständlich, nach allem, was du durchgemacht hast, aber vielleicht änderst du deine Meinung ja wieder.« Er wusste, wie sehr Millie Kinder liebte.

»Es geht nicht darum, dass ich vielleicht meine Meinung ändern könnte, Lyle.«

»Was meinst du, Millie?«, fragte Lyle verwirrt.

»Die Verletzungen waren zu schlimm«, antwortete Millie traurig. »Ich werde nie mehr ein Kind bekommen können.«

Lyle war erschüttert. »Aber Dougal hat gar nichts davon gesagt …«

»Ich habe ihn darum gebeten. Dir das zu sagen ist meine Aufgabe.«

Lyle wusste nicht, was er fühlen sollte. Er war entsetzt und traurig um Millies willen. »Wir haben einen gesunden Sohn, das ist alles, was zählt«, sagte er. Sicherlich war es das, was Millie hören wollte.

Millie schaute ihrem Mann in die Augen. »Bist du dir auch sicher, dass du so darüber denkst, Lyle?« Sie wollte endlich die Wahrheit wissen. »Es war immer mein Traum, mit dir eine große Familie zu haben«, sagte sie, und die Kehle schnürte sich ihr zusammen. Die junge Frau war nicht in der Lage, ihre Gefühle unter Kontrolle zu halten. Sie hätte jubeln können, gleichzeitig glaubte sie, in tiefste Verzweiflung zu versinken. »Und jetzt muss ich damit leben, dass Jamie das einzige Kind ist, das wir je haben werden.«

»Jamie also, ja?« Lyle lächelte und drückte Millies Hand. Sollte es ein Junge werden, hatten sie ihn eigentlich Duncan nennen wollen.

»Jamie Duncan, wenn du damit einverstanden bist. Ich kann es nicht erklären, aber für mich sieht er einfach wie ein Jamie aus.«

»Der Name gefällt mir«, sagte Lyle. »Und ich werde dem kleinen Jamie nur zu gern all meine Liebe geben. Er ist ein Geschenk des Himmels, Millie.«

Dass er lebte, obwohl seine Atmung kurz nach der Geburt ausgesetzt hatte, hieß, dass sie von Glück reden konnten, ihn zu haben. Er mochte sich gar nicht vorstellen, wie furchtbar es hätte kommen können.

»Ich bin müde, Lyle. Ich will jetzt schlafen, und du gehst dir deinen Sohn anschauen.«

Lyle nickte und küsste Millie auf die Stirn.

Schwester McFarlane auf der Säuglingsstation erwartete Lyle schon. Als er hereinkam, präsentierte sie ihm seinen kleinen Sohn. »Herzlichen Glückwunsch, Dr. MacAllister. Er ist ein prachtvoller kleiner Bursche«, sagte sie und lächelte.

Mit zitternden Händen nahm Lyle das winzige Bündel. Er

hatte früher schon Babys gehalten, viele Babys, aber diesmal war es völlig anders. Dieses kleine Bündel war ein Teil von ihm. Sein Sohn! Er sah hinunter auf Jamies niedliches Gesichtchen, und eine Welle intensiven Glücksgefühls überrollte ihn. Tränen traten ihm in die Augen, und einen Moment lang sah er nur verschwommen. Das Gefühl war so unerwartet, dass Lyle auf einmal ganz schwindlig wurde. Er drehte sich weg von Schwester McFarlane und setzte sich auf einen Stuhl ans Fenster, der normalerweise Müttern, die ihre Babys stillten, vorbehalten war.

Als wollte eine höhere Macht Jamie segnen, rissen plötzlich die Wolken am Himmel auf, und helles Sonnenlicht strömte durch das Fenster herein – Jamie war wie umhüllt von goldenem Glanz. Der feine, helle Flaum auf Jamies Kopf ähnelte im Sonnenlicht fein gesponnenem Gold, und als Lyle dem Kleinen sacht über das Köpfchen strich, mochte er kaum glauben, dass sein Haar so weich war wie die kostbarste Seide. Er streichelte Jamies rosa Wangen, und sie fühlten sich an wie Samt. Lyle nahm eine seiner kleinen Hände zwischen seine Finger und bewunderte die vollendete Form bis hin zu den winzigen Fingernägeln. Jamie ballte die Hand zur Faust, dann öffnete er sie unerwartet und umklammerte Lyles Zeigefinger. Lyle hielt den Atem an, als er den sachten Druck spürte. Eine wunderbare Verbindung war zwischen ihm und diesem vollkommenen kleinen Geschöpf entstanden.

Plötzlich öffnete Jamie die Augen. Lyle lächelte. Er sah hinunter in sein niedliches, unschuldiges Gesichtchen. »Hallo, mein Sohn«, flüsterte er gerührt. »Wir zwei werden viel Zeit miteinander verbringen. Natürlich muss ich zur Arbeit gehen, und dann wirst du bei deiner Mutter sein, aber den Rest der Zeit werden wir gemeinsam etwas unternehmen. Ich habe deine Ankunft auf der Welt verpasst, von jetzt an bin ich für dich da«, gelobte er. Jamie schien seinem Vater fasziniert zuzuhören. »Ich werde dir alles beibringen, was ein Junge wissen muss.«

Lyle sah sie beide zusammen zum Angeln gehen, Fußball spielen, Picknicks und Fahrradausflüge machen, und zufrieden seufzte er. Jetzt war er dankbarer denn je, dass der Krieg vorbei war. Er betete, es möge keinen weiteren Krieg geben.

Nichts sonst auf der Welt zählte mehr für Lyle, als er seinem Sohn in die Augen schaute. Absolut nichts! Jamie hatte sein Herz gewonnen, ganz und gar. Lyle wurde von einer Liebe überwältigt, die er vorher nicht für möglich gehalten hatte. Zum ersten Mal seit der Hochzeit mit Millie dachte Lyle nicht mehr an all das, was er aufgegeben hatte. Und so sollte es von jetzt an bleiben. Jamie sollte sein Leben sein.

9

Die Stille auf der Barkaroola Farm war zermürbend. Elena spürte, dass es wieder mal einer der Tage war, an denen die Einsamkeit ihr aufs Gemüt schlug. Sie öffnete die Verandatür und trat nach draußen. Nur heraus aus dem deprimierenden Haus. Apathisch starrte sie auf die nicht enden wollende graubraune Ebene, die sich so weit erstreckte, wie das Auge reichte. Hin und wieder hörte sie eine Krähe krächzen oder einen Rosakakadu kreischen, aber das waren die einzigen Geräusche, die die unheimliche Stille im Outback von Queensland durchbrachen.

In den Monaten, die Elena in der Gegend von Winton lebte, war sie in Gedanken oft zu dem Tag zurückgekehrt, an dem sie ihr neues Zuhause zum ersten Mal gesehen hatte. Zwei Tage hatten sie und Aldo, Luigi und Luisa sich in einer Pension in Winton eingemietet, sodass sie keine Zeit gehabt hatte, sich zu orientieren. Aldo hatte sich so gefreut, ihr und ihren Eltern die Farm zu zeigen, die er gekauft hatte, doch es war einer der traurigsten Tage in Elenas Leben gewesen, trauriger, als sie sich das je hätte vorstellen können.

Ein Blick auf die Barkaroola Farm von der Straße aus hatte genügt, und Elena war in Tränen ausgebrochen. Angesichts ihrer Reaktion war Aldo erstaunt und gekränkt gewesen, Luigi war wütend geworden, weil seine Tochter sich seiner Meinung nach dagegen sträubte, den Lebenstraum ihres Mannes zu unterstützen. Luisa hatte Elena damit entschuldigt, dass ihr die Hitze zu schaffen machte, dass sie Zeit brauchte, um sich einzugewöhnen und von der strapaziösen Reise zu erholen. Das stimmte zum Teil, aber was Luisa nicht erwähnte, war, dass sie Verständnis für die Gefühle ihrer Tochter hatte, die darüber hinaus unter der hormonellen Veränderung ihres Körpers litt. Sie mussten an das Baby denken und daran, dass Elena einen Ehemann brauchte, um es großzuziehen. Ihr Vater durfte niemals erfahren, dass sie ihre Jungfräulichkeit an einen Schotten, einen Protestanten noch dazu, verloren und dass der sie wegen einer anderen verlassen hatte.

Das Wohngebäude der Farm lag ein Stück von der unbefestigten Straße zurückversetzt am Ende einer staubigen Auffahrt. Irgendjemand hatte vor langer Zeit ein Stück Holz darangenagelt und *Barkaroola* daraufgepinselt. Das kleine Holzhaus war so grau wie die Umgebung und in katastrophalem Zustand. Sein Wellblechdach war wie ein Sieb durchlöchert, die baufällige Veranda mit Schutzblechen verkleidet, die sicherlich schon seit Jahren vor sich hin rosteten. Elena war versucht zu glauben, dass einzig die Spinnweben das Haus vor dem Zusammenfall bewahrten, aber das sprach sie nicht laut aus. Begeistert versicherte Aldo seiner Frau, die Farm – die er gekauft hatte, ohne sich mit ihr zu beraten – bald in Ordnung zu bringen, dann wäre sie im Umkreis von vielen Hundert Meilen die hübscheste. Elena äußerte sich dazu nicht, sie hatte Angst, zu weit zu gehen, aber in Gedanken riss sie das Haus ab und baute ein ganz neues, hübsches, das ihren Vorstellungen entsprach.

Kaum waren sie eingezogen, hatte Aldo Rinder und Pferde gekauft und eine Hilfe angestellt, Billy-Ray, einen eingeborenen Viehtreiber mit viel Erfahrung. Seitdem sah man an den meisten Tagen vom Morgengrauen bis zur Abenddämmerung nichts von ihm. Für Reparaturen am Haus blieb keine Zeit. Elena tat, was sie konnte, um die drei kleinen Räume bewohnbar zu machen, aber mit dem Herzen war sie nicht bei der Sache. An den meisten Tagen weinte sie sich die Augen aus dem Kopf. Nur wenn ihre Eltern zum Tee kamen, setzte sie eine fröhliche Miene auf.

Jetzt war der zweite Tag im Monat August, der letzte Wintermonat in Australien, und nach Luisas Berechnungen musste die Geburt von Elenas Baby unmittelbar bevorstehen. Aldo war irgendwo auf ihrem großen Besitz mit Billy-Ray unterwegs, um Vieh zusammenzutreiben, er ahnte nicht, dass das Baby bald kommen würde. Doch Elena und Luisa hatten sich einen Plan zurechtgelegt. Sobald bei Elena die Wehen einsetzten, sollte sie sich über Funk im Gemischtwarenladen im Ort melden, der neben der Fleischerei Fabrizia lag. Sie würde dem Ladenbesitzer Mr. Kestle sagen, sie habe eine Botschaft für ihre Mutter, die daraufhin zur Farm herauskommen wollte. Der Plan bereitete Elena einige Sorgen, denn sie hatte Angst, das Baby könnte kommen, wenn sie allein war, aber Luisa hatte ihr versichert, dass es bei einer Erstgeburt niemals allzu schnell ging.

Es waren milde zwanzig Grad im Schatten, aber wenn man sich länger als nur ein paar Minuten draußen aufhielt, konnte die Sonne schon recht unangenehm werden – der Frühling schien sich in diesem Jahr früh anzukündigen. Nachts sank die Temperatur allerdings auf knapp zehn Grad, wobei es sich wenigstens einigermaßen gut schlafen ließ. Das Winterklima war angenehm, verglichen mit dem Sommer, von dem Elena schon wusste, dass das Thermometer tagsüber auf vierzig Grad klettern konnte, selbst nachts würden immer noch zwanzig Grad erreicht. Bei dieser Hitze war es kein Wunder, dass die Wandfarbe abblätterte, das Holz brüchig und das Metall so heiß wurde, dass es verbog.

Elena wischte sich den Schweiß von der Stirn, dann ließ sie ihre Gedanken wieder in die Vergangenheit schweifen. Im Januar dieses Jahres hatten sie England mit dem Schiff verlassen, einem Ozeandampfer der White Star Line. Bei ihrer Abreise aus Southampton hatten Minusgrade geherrscht, aber sie waren im März in Australien eingetroffen und hatten die letzten Ausläufer eines besonders langen, heißen Sommers erlebt.

Die Reise war für Elena ein Albtraum gewesen. Sie hatte ihre morgendliche Übelkeit überspielt, indem sie behauptete, seekrank zu sein, aber schließlich hatte sie nicht mehr gewusst, weshalb es ihr so schlecht ging. Sie wollte nur noch sterben, und sei es lediglich, um ihrem Leiden ein Ende zu setzen. Mindestens die Hälfte der siebenwöchigen Schiffsfahrt bekam sie weder das Oberdeck noch die See zu Gesicht, stattdessen verbrachte sie endlose Tage in ihrer Koje mit einem Eimer neben sich. Elena bemühte sich, wenigstens einmal am Tag etwas zu essen, aber sie konnte nichts bei sich behalten. Sie hatte so stark abgenommen, dass sie sich kaum noch auf den Beinen halten konnte.

Auch der Gedanke daran, dass sie ihr Ziel irgendwann erreichen würden, tröstete Elena nicht – eine glückliche Zukunft in Australien konnte sie sich beim besten Willen nicht vorstellen. Nicht mit ihrem gebrochenen Herzen. Vor ihrer Abreise nach Australien hatte Elena mit Schrecken daran gedacht, wie es wohl wäre, das Land zu betreten, das ihre neue Heimat werden sollte, aber nach den langen Wochen auf See wollte sie nur noch herunter vom Schiff, ihr Gleichgewicht wiederfinden und sich endlich nicht mehr so elend fühlen.

Elenas Freude darüber, wieder an Land zu sein, war von kurzer Dauer. Das Schiff hatte an der Nordostküste Australiens angelegt, in Townsville, einem Ort, in dem Zuckerrohr angebaut wurde. Dort hatten sie die Nacht in einem Hotel verbracht. Sie schliefen unter Moskitonetzen, und die Luftfeuchtigkeit war so hoch, dass Elena meinte zu ersticken. Am nächsten Morgen nahmen sie den Frühzug in die ehemalige Goldgräberstadt Charters Towers, wo am Heiligen Abend des Jahres 1871 ein Aborigine-Junge namens Jupiter Mosman Gold gefunden hatte.

Jupiter war mit einer Gruppe Goldsucher unterwegs, als der Blitz eines Sommergewitters ihre Pferde scheuen ließ. Die Tiere gingen durch. Auf der Suche nach den Pferden fand er einen Goldklumpen in einem ausgetrockneten Bachbett nahe Towers Hill. Es folgten wirtschaftlich segensreiche Jahre, doch der Erste Weltkrieg hatte der Zeit des Wohlstands ein Ende gemacht, da Arbeitskräfte nur noch schwer zu bekommen waren. In bereits bestehenden Minen kam es zu Problemen mit Belüftung und Wasser. Schließlich wurden sie verlassen. Minen in anderen Gegenden Australiens erlitten dasselbe Schicksal, als die Goldpreise festgeschrieben wurden. Die steigenden Kosten verhinderten die Rentabilität. Orte, in denen es zu einem immensen Anstieg der Einwohnerzahlen gekommen war, erlebten nun eine völlige Kehrtwende. Männer brachten ihre Familien auf der Suche nach einer Anstellung zurück in die Großstädte, ländliche Orte, die aufgeblüht waren, verkümmerten. Oft blieben nur einige Hundert Einwohner, manchmal noch weniger. Andere Städte waren ganz verwaist. Die noch existierenden wurden abhängig von Farmergemeinden, in denen Einwanderer wie Aldo oder Luigi Land kauften, in der Zuversicht, sich mit Viehzucht und dem Verkauf von Fleisch ihren Lebensunterhalt verdienen zu können.

Am Morgen des zweiten Tages in Australien fuhren Aldo, Elena und ihre Eltern von Charters Towers nach Hughenden. Die Stadt war benannt nach Hughenden Manor in England, dem Landsitz des früheren britischen Premierministers Benjamin Disraeli. Die Gegend um Hughenden war ein bedeutendes Zentrum der Rinder- und Schafzucht. Von dort aus ging es weiter nach Winton. Nach Regenfällen wuchs das Gras in diesem Teil des Landes auf dem fruchtbaren braunen Lehmboden sehr schnell, doch in Dürreperioden vertrocknete es, und der Viehbestand nahm rapide ab.

Am Tag ihrer Ankunft in Winton lag die Temperatur bei vierundvierzig Grad im Schatten. Elena war immer noch geschwächt von der Schiffspassage, und bei der Hitze hatte sie kaum Appetit. Sie hatte das Zugfenster geöffnet und auf etwas frische Luft gehofft, da sie viel zu warm angezogen war, doch ein sengend heißer Wind schlug ihr entgegen, der sich anfühlte, als käme er aus dem Feuer einer Schmiede. Als der Zug in den Bahnhof von Winton einfuhr, war Elena schweißgebadet und völlig dehydriert. Sie stieg aus dem Zug, warf einen kurzen Blick auf die Staubwolken um sie herum und das verdorrte Gras und hatte nur einen Gedanken: Wenn ich nicht Lyles Kind unter dem Herzen trüge, führe ich mit dem nächsten Schiff zurück nach England. Dann fiel sie in Ohnmacht.

Auf einer Liege im Bahnhofshäuschen von Winton kam Elena wieder zu sich. Luisa reichte ihr ein Glas Wasser, und Aldo beugte sich besorgt über sie.

»Wir werden gleich einen Arzt aufsuchen«, sagte er aufgeregt.

Luisa tat seine Bedenken ab. »Nein, nein, das ist nicht nötig«, winkte sie rasch ab. »Elena ist einfach nur die Hitze nicht gewöhnt, und sie hat sich noch nicht von der Schiffsreise erholt. Wenn sie etwas trinkt, wird es ihr bald besser gehen.« Luisa wollte auf jeden Fall vermeiden, dass ein Arzt Aldo über Elenas Zustand aufklärte. Nicht auszudenken, was geschah, wenn er erfuhr, dass die Schwangerschaft weiter fortgeschritten war, als Elena ihren Mann und ihre Umgebung glauben machen wollte. »Wir werden sie in die Pension bringen, dann kann sie sich hinlegen und ausruhen, bis ihr Männer eure Geschäfte erledigt habt.«

Aldo kaufte also die Barkaroola Farm, zweihundert Hektar offenes Land mit einem baufälligen Wohnhaus darauf. Die Farm lag zehn Meilen außerhalb der Stadt Winton, in der dreihundertsechzig Bürger wohnten, gut einhundert weitere Menschen lebten in der näheren Umgebung auf Schaf- und Rinderfarmen.

Winton, vierhundertfünfzig Meilen vom Meer entfernt, war aus einem Ort namens Pelican Waterhole hervorgegangen. Ein ehemaliger Polizist hatte im Jahr 1876 einen Laden mit Hotel dort eröffnet – eine günstig gelegene Durchreisestation und eine praktische Abholstelle für Postlieferungen. Kurz darauf wurde der Ort in Winton umbenannt, zu Ehren eines Dorfes drei Meilen von Bournemouth, England, entfernt, und das Hotel North Gregory eröffnet. Im Jahr 1882, als die Bevölkerung auf hundertfünfzig Einwohner angewachsen war, wurde ein Krankenhaus gegründet. Drei Jahre später nahm eine Grundschule ihren Betrieb auf, und schließlich wurde das Zeitungsbüro des *Winton Herald* gegründet.

Als Elena ihrem Mann mitgeteilt hatte, dass sie ein Kind erwartete, war Aldo ein wenig überrascht gewesen, dass das so schnell geschehen war, aber die Aussicht, Vater zu werden, machte ihn überglücklich. Weil sie nicht zugenommen hatte, ahnte er nicht, dass die Schwangerschaft tatsächlich schon zwei Monate weiter fortgeschritten war, als er dachte.

Ein dumpfer Schmerz tief unten in ihrem Rücken riss Elena abrupt in die Gegenwart zurück. Er war derart heftig, dass sie sich an einem der maroden Verandapfosten festhalten musste. Sie krümmte sich zusammen, hielt sich den Bauch und stolperte ins Haus. Plötzlich lief ihr Wasser die Beine hinunter. Elena geriet in Panik. War ihre Fruchtblase geplatzt? Ein neuerlicher Schmerz schoss ihr durch den Rücken.

Elena begriff, dass die Wehen eingesetzt hatten. Mamma, dachte sie, hilf mir, lass mich nicht allein. Als der Schmerz nachließ, schleppte sie sich zur Funkstation. Das pedalbetriebene Gerät konnte zuweilen recht launisch sein, und Elena betete, dass dies keiner der unberechenbaren Momente war. Hektisch drückte sie den Knopf, der die Verbindung zum Gemischtwarenladen in der Stadt herstellte.

Knisternd und rauschend empörte sich der kleine Apparat, aber nichts tat sich. Dann endlich, nach einer scheinbaren Ewigkeit, meldete sich Mr. Kestle.

»Hier ist Elena Corradeo, Mr. Kestle«, rief Elena.

»Ach, Elena. Ist alles in Ordnung?«

»Nein, ich brauche meine Mutter, Mr. Kestle. Können Sie ihr bitte sagen, sie soll sofort auf die Barkaroola Farm kommen?«

»Das mache ich gern, Elena. Kann ich irgendetwas für Sie tun?«

Elena stöhnte laut auf, als eine weitere Schmerzwelle sie durchfuhr.

»Elena, was ist los? Stimmt etwas nicht mit Ihnen?«

»Ich glaube, das Baby kommt«, sagte sie.

Es wäre sinnlos gewesen, hätte sie etwas anderes behauptet. Ihr stand auch nicht der Kopf danach, sich irgendeine Geschichte auszudenken. Am nächsten Morgen würden sowieso alle in der kleinen Stadt wissen, dass das Enkelkind des Fleischers Luigi Fabrizia auf die Welt gekommen war.

»Das ist doch zu früh, oder?«

»Ja, das stimmt. Bitte sagen Sie meiner Mutter, sie soll sofort kommen. Schnell! Over und Ende.«

Joe Kestle lief gleich nach nebenan in Fabrizias Fleischerei, wo Luisa gerade eine Bestellung für einen Kunden zusammenstellte.

»Luisa, rasch! Ich glaube, wir müssen einen Doktor rausschicken auf die Farm Ihrer Tochter. Das Baby kommt«, rief Joe aufgeregt. Es passierte nicht oft etwas in Winton, und so war er für jede kleine Aufregung dankbar.

»Das ist nicht nötig, Joe«, erwiderte Luisa ruhig. »Ich habe früher als Hebamme gearbeitet. Wenn bei Elena die Wehen eingesetzt haben, komme ich schon klar.«

Luigi bediente gerade einen Kunden, aber jetzt horchte er auf. »Das Baby kommt? Es ist doch noch zu früh für Elenas Baby. Irgendwas stimmt da nicht.«

Luisa hatte schon ihre Schürze abgenommen und war auf dem Weg zur Ladentür. »Mach dir keine Sorgen, ich bin sicher, mit Elena und dem Baby ist alles in Ordnung«, beharrte sie.

Draußen vor der Tür stand der Lieferwagen, den Luigi kurz nach ihrer Ankunft gekauft hatte. Luisa hatte darauf bestanden, fahren zu lernen. Ihrem Mann hatte sie gesagt, sie könne dann die Fleischlieferungen auf die Farmen übernehmen, so müssten sie niemanden extra dafür einstellen. In Wahrheit hatte sie nur an ihre Tochter gedacht. Sie wollte so schnell wie möglich bei ihr sein, wenn die Wehen einsetzten.

Als Luisa auf Barkaroola eintraf, lag ihre Tochter auf dem Bett und war schweißgebadet. Elena stöhnte vor Schmerz. Noch nie war sie so dankbar gewesen, ihre Mutter zu sehen. Luisa untersuchte Elena und stellte fest, dass der Muttermund schon weit geöffnet war. Das Baby würde bald kommen. Schnell schätzte sie die Situation ein.

»Jetzt dauert es nicht mehr lang, Elena«, sagte sie und lief zum Herd, um Wasser zu erhitzen.

»Das musst du mir nicht erst erzählen, Mamma!« Elena

stöhnte und wischte sich den Schweiß von der Stirn. »Ich habe schon gedacht, du schaffst es nicht mehr rechtzeitig.« Sie hatte eine Heidenangst gehabt so ganz allein und hatte gebetet, dass Luisa rechtzeitig kommen würde.

Wieder wurde Elena von einer Schmerzwelle überrollt. Die Wehen kamen jetzt in sehr kurzen Abständen. Sie hatte kaum Zeit, sich zwischendurch zu erholen.

»Ich sehe das Köpfchen schon!«, rief Luisa überrascht, als sie mit dem heißen Wasser ans Bett zurückkam und ihre Tochter noch einmal untersuchte.

In weniger als einer Stunde war alles vorbei. Luisa hatte zu Hause in Italien einigen Kindern auf die Welt geholfen, aber nie war es so schnell gegangen. Es war auch schon viele Jahre her, und sie war stolz auf sich, dass die Geburt so unkompliziert verlaufen war. Jetzt band sie die Nabelschnur ab und klopfte dem Kleinen sachte auf den Rücken. Sofort begann er, laut protestierend zu schreien.

»Du hast einen gesunden Jungen«, sagte Luisa strahlend, rieb das Baby trocken, wickelte es in ein Tuch und legte es ihrer Tochter in den Arm. »Er ist klein, aber das ist nur gut, denn so wird Aldo glauben, er wäre ein Siebenmonatskind.«

»Bist du sicher, es ist alles in Ordnung mit ihm?«, fragte Elena, die den winzigen Säugling gründlich musterte.

Tränen der Erleichterung rollten ihr die Wangen hinunter. Sie hatte solche Ängste ausgestanden, dass dem Baby etwas fehlen würde, weil sie so krank gewesen war während der Schwangerschaft und so niedergeschlagen.

»Er sieht gesund aus«, versicherte ihr Luisa.

Als Elena das Tuch ein wenig zurückstreifte und ihrem kleinen Jungen über das Köpfchen strich, erschrak sie. Er hatte helles Haar. Das Haar seines Vaters! Aldo hatte einen olivfarbenen Teint und schwarzes Haar, genau wie sie. Sie geriet in Panik.

»Mamma, ich hatte gehofft, dass Baby wäre dunkel wie ich, damit Aldo keinen Verdacht schöpft, aber jetzt sieh doch nur!«

»Mach dir keine Sorgen! Ob du es glaubst oder nicht, du hattest auch helle Haare als Neugeborenes. Die hellen Haare verliert der Kleine schon noch, und dann wird er dunkle Haare bekommen wie du, Elena. Aldo wird keinen Verdacht schöpfen. Das garantiere ich dir.«

Luisa hatte Recht. Als Aldo nach Hause kam, stellte er zu seinem großen Schrecken fest, dass das Baby geboren war, aber als Luisa ihm versicherte, das Kind sei ganz gesund, zählte nichts anderes mehr. Sein männlicher Stolz angesichts der Tatsache, dass er einen Sohn, einen Erben für sein Viehzuchtimperium, in die Welt gesetzt hatte, ließ ihn übers ganze Gesicht strahlen.

»Er ist so winzig«, stellte Aldo fest, als Elena ihm das gewickelte Baby in die Arme legte.

»Er ist zu früh gekommen, aber das wird er schon noch aufholen. Er wird wachsen und groß und stark werden«, sagte Luisa rasch.

Es kränkte Elena, den Stolz in den Augen ihres Mannes zu sehen. Sie dachte an Lyle und dass es sein Sohn war, den Aldo in den Armen hielt. Aber dann kam ihr Millie in den Sinn, deren Baby inzwischen auf der Welt sein musste. Lyle würde das Baby, das er mit Millie hatte, lieben. Das Baby, das sie beide auseinandergerissen hatte.

»Welchen Namen habt ihr denn für mein erstes Enkelkind ausgesucht?«, fragte Luisa und schaute mit aufrichtigem Stolz auf den Kleinen.

»Ich mag den Namen Marcus«, sagte Elena. »Was meinst du, Aldo?«

Sie hatte es nicht über sich gebracht, über Namen zu sprechen, seit Aldo von ihrer Schwangerschaft wusste. Ihr Herz raste, als er das Baby jetzt anschaute. Würden ihm das helle Haar und der helle Teint des Jungen auffallen? Würde er in seinen Zügen nach einer Ähnlichkeit mit sich selbst oder seiner Familie suchen?

»Das ist ein guter, ein starker Name«, erklärte Aldo erfreut. Er lief mit dem Kleinen nach draußen und rief Billy-Ray aus dem Stall her, damit er ihm seinen Sohn präsentieren konnte.

»Siehst du, Elena«, flüsterte Luisa. »Dein Mann schöpft keinen Verdacht.«

Elena fühlte sich, als sei ihr ein Riesengewicht von den Schultern genommen. Vor diesem Augenblick hatte sie sich seit ihrer Hochzeit mit Aldo gefürchtet. Sie hatte Angst davor gehabt, er würde Zweifel an der Vaterschaft hegen, wenn das Kind so früh käme. Hätte er ihr misstraut, wäre sie nicht in der Lage gewesen zu leugnen, dass sie ihn angelogen hatte.

10

Der Winter des Jahres 1926 war der kälteste und härteste seit zehn Jahren, sogar für Dumfries-Verhältnisse. Schon Anfang November war es bitterkalt, es war sogar schon Schnee gefallen. Für die Nacht war erneuter kräftiger Schneefall, von starken Stürmen begleitet, vorausgesagt.

Jamie aß einen Teller Suppe, während Millie an der Spüle in der gemütlichen kleinen Küche stand und Töpfe abwusch. Sie hörte, wie der Wind um das Haus pfiff und sah durch das Fenster hinaus. Das kleine Gärtchen hinter dem Haus war unter einer dichten, im Licht des Küchenfensters glitzernden Schneedecke verborgen. Sie hoffte inständig, Lyle käme bald nach Hause. Bei schlechtem Wetter machte sie sich immer Sorgen um ihn.

Millie war mit ihren Gedanken meilenweit weg, als sie plötzlich einen dumpfen Aufprall hinter sich hörte. Sie fuhr zusammen und drehte sich abrupt um. Jamie lag auf dem Fußboden ausgestreckt. Er schlug mit Armen und Beinen wild um sich, sein Körper zuckte unkontrolliert.

»Jamie«, schrie Millie und lief zu ihm. »Jamie!« Die Muskeln ihres Sohnes verkrampften sich und entspannten sich kurz, dann verkrampften sie sich erneut, Schaum stand ihm vor dem Mund. Er schien auf ihre Stimme nicht zu reagieren und verdrehte die Augen. »Jamie, kannst du mich hören?«, fragte Millie panisch.

Seit sich Tom MacAllister zwei Jahre zuvor nach einem leichten Schlaganfall zur Ruhe gesetzt hatte, war noch ein weiterer Arzt von Lyle engagiert worden, aber in der Praxis gab es mehr zu tun denn je, vor allem wegen der Erkältungen und grippalen

Infekte, die stets mit dem Herbst kamen und den ganzen Winter über anhielten. Das bedeutete, dass er oft spät nach Hause kam.

Millie rannte ans Fenster und öffnete es. Eisige Luft schlug ihr entgegen, die ihr den Atem nahm. »Hilfe! Ich brauche Hilfe!«, rief sie, aber der Wind peitschte ihre Stimme weg. Was sollte sie tun? Bei dem Wetter konnte sie nicht in die Praxis laufen. Aber selbst wenn es besser gewesen wäre – niemals würde sie Jamie in diesem Zustand allein lassen. Sie schlug das Fenster wieder zu und lief zu Jamie zurück. Millie strich ihm über das schweißverklebte Haar, wischte ihm den Schaum vom Mund und wimmerte verzweifelt. »Mein Kleiner, alles wird gut. Ich bin bei dir.«

Millie sah erleichtert, dass die Muskelkrämpfe etwas nachließen. Jamie zuckte nur noch leicht. Millie hätte ihn gern hochgehoben und auf die Couch gelegt, aber für seine sieben Jahre war er ein kräftiger Junge, und sie wusste, dass er zu schwer für sie war. Was ist nur mit ihm?, dachte sie verzweifelt. Er hatte eine Erkältung, aber die hatte fast jeder bei diesem Wetter. Das konnte nicht der Grund dafür sein, dass es ihm so schlecht ging.

In dem Moment hörte sie die Haustür.

»Lyle«, rief Millie. »Lyle, komm schnell!«

Lyle hörte die Dringlichkeit in ihrer Stimme und kam durch das Wohnzimmer in die Küche gelaufen, seine Arzttasche hielt er noch unter dem Arm. Als er seinen Sohn auf dem Boden liegen sah, blieb Lyle beinahe das Herz stehen.

»Was ist passiert?«, erkundigte er sich, kniete sich neben den Jungen. Mit dem Auge des Arztes erfasste er schnell seinen Zustand.

»Ich weiß nicht«, rief Millie. »Ich stand mit dem Rücken zu ihm an der Spüle. Er hat sein Abendessen gegessen, und dann muss er vom Stuhl gefallen sein. Was ist mit unserem Jungen, Lyle?« Nun, da ihr Mann zu Hause war, gab Millie ihren Gefühlen nach und ließ den Tränen freien Lauf.

Verwirrt sah Millie, wie Lyle seinen Sohn hochhob und ihn auf den Teppich im Wohnzimmer legte. Lyle zog seinen schweren Wintermantel aus und dann das Jackett, das er Jamie unter den Kopf legte, schließlich schob er die Möbel so weit weg von ihm, wie er konnte. Speichel lief Jamie aus den Mundwinkeln, und als Lyle die Stirn des Jungen berührte, merkte er, dass sie sehr heiß war. Er lockerte Jamie die Kleidung und drehte ihn dann auf die Seite.

»Sag mir, was du beobachtet hast, Millie«, verlangte er.

»Was meinst du? Ich hab dir doch erzählt …«

Lyle richtete sich auf und sah seine Frau eindringlich an. Es war noch nie Millies Art gewesen, ihre Gefühle im Zaum zu halten oder in einer Krise einen kühlen Kopf zu bewahren.

»Die Einzelheiten sind wichtig, Millie. Sag mir alles, was du beobachtet hast.« Irritiert schaute Millie auf ihr Kind. »Haben sich seine Muskeln verkrampft und wieder entspannt?«

Millie dachte nach. »Ja, und er hat die Augen verdreht, bis nur noch das Weiße zu sehen war. Das ist das Erschreckendste, was ich je erlebt habe, Lyle. Was ist mit ihm? Sag es mir! Wird er wieder gesund?«

»Hat er die Zähne zusammengebissen?«

»Ich weiß nicht … doch, ich denke, ja.«

»Wie lange hat der Krampf gedauert?«

»Der Krampf?« Millie sah ihren Mann angsterfüllt an.

»Beruhige dich«, sagte Lyle, als er ihre Furcht sah. »Er scheint Fieber zu haben, und das kann bei einem Kind Muskelkrämpfe verursachen.« Lyle sagte nicht, dass es bei Kindern, die älter als sechs Jahre waren, nur sehr selten vorkam. Im Mai war Jamie sieben geworden. »War irgendwas an seinem Verhalten vor dem Krampf ungewöhnlich?«

»Nein … ich glaube nicht. Wir haben über die Schule geredet und seine Freunde …«

»Hat er grundlos gelacht, oder ist er grundlos wütend geworden?«

»Nein.«

»Hat er sich an der Kleidung gerissen?«

Millie riss die Augen auf. »Das hat er tatsächlich gemacht. Ich habe ihm gesagt, er soll das lassen.« Auf einmal wurde sie von Schuldgefühlen überwältigt. »Ich habe ja nicht gewusst, dass das etwas zu bedeuten hatte.«

»Das hättest du auch gar nicht wissen können, Millie. Ich will ihn ins Krankenhaus bringen und ein paar Untersuchungen machen lassen.«

»Bei dem Wetter kannst du ihn doch nicht rausbringen. Ich habe ihn heute aus der Schule gelassen wegen seiner Erkältung.«

Millie war immer schon überängstlich gewesen, aber Lyle verstand das – Jamie war schließlich ihr einziges Kind. Millie hatte auf ein Wunder gehofft, hatte sich gewünscht, vielleicht doch noch einmal schwanger zu werden, aber das war nicht passiert.

»Heute Abend bringe ich ihn nicht mehr ins Krankenhaus, es sei denn, es geht nicht anders«, sagte Lyle. Er wusste, es sollte einen Schneesturm geben. Er war kaum gegen den Wind angekommen, als er nach Hause gegangen war, und als er jetzt zum Fenster hinausschaute, sah er nichts als Schneeflocken.

»Meinst du, es passiert heute Nacht noch einmal?«, fragte Millie besorgt.

»Das weiß ich nicht, aber es ist unwahrscheinlich. Ich werde in seinem Zimmer schlafen, damit ich ihn im Auge behalten kann. Wenn so etwas noch mal vorkommt, Millie, und ich bin gerade nicht da, musst du ein paar Vorsichtsmaßnahmen ergreifen.«

Millie sah Lyle verängstigt an. »Was denn?«

»Du musst dafür sorgen, dass Jamie auf dem Boden liegt, notfalls schieb die Möbel zur Seite, damit er sich nicht selbst verletzt. Leg ihm ein flaches Kissen unter den Kopf. Wenn er sich übergibt, dreh ihn auf die Seite, damit er nicht erstickt. Lockere seine Kleidung, und vor allem bleib bei ihm, bis der Krampf vorbei ist. Verstehst du das, Millie?«

Millie stand wie erstarrt da und nickte nur stumm. Sie wusste nicht, was sie machen würde, sollte Jamie je etwas geschehen.

Am nächsten Morgen brachten Millie und Lyle Jamie ins Krankenhaus. Die Ärzte machten einige Untersuchungen, etwas Ernstes wurde jedoch nicht gefunden. Er hatte eine leichte Atemwegsinfektion, die auf seine Erkältung zurückzuführen war, und etwas erhöhte Temperatur, deshalb war sich Lyle sicher, dies sei die Ursache für den Krampf gewesen. Er beruhigte Millie und meinte, es würde wahrscheinlich nicht noch einmal vorkommen. Erleichtert fuhr sie mit ihrem Sohn nach Hause.

Eine Woche später geschah es erneut. Jamie bekam plötzlich hohes Fieber und einen Krampfanfall, gerade als sie mit dem Schlitten nach draußen wollten. Dieses Mal war Lyle zufällig zu Hause. Er brachte Jamie wieder ins Krankenhaus, wo weitere umfangreiche Tests gemacht wurden. Seine Atemwegsinfektion war ausgeheilt, und die Ärzte waren ratlos, weil sie nichts Offensichtliches fanden. Lyle forschte intensiv nach, konnte aber auch keinen Grund für Jamies erneuten plötzlichen Krampfanfall finden. Wieder fuhren sie heim ohne eine Diagnose. Von jetzt an sorgten Millie und Lyle sich ständig um den Jungen, vor allem, wenn er mit seinen Freunden zum Spielen nach draußen in den Schnee wollte. Von einem normalen Leben konnten sie ihn schließlich nicht fernhalten.

Das dritte Mal geschah es in der Schule. Jamie bekam während einer Sportstunde einen besonders schweren Krampfanfall, und die Lehrer wollten ihn daraufhin nicht mehr am Sportunterricht teilnehmen lassen. Sie sorgten sich um die anderen Kinder, die einen großen Schreck bekommen hatten. Lyle fühlte sich hilflos.

Kurz vor Weihnachten traf er sich mit seinem Vater im Mulligan's Inn. Seitdem sie sich das letzte Mal gesehen hatten, waren mehrere Wochen vergangen. Lyle war mit der Praxis schrecklich beschäftigt gewesen, und Tom ging seit seinem Schlaganfall nicht mehr oft von zu Hause weg. Aber Lyle wusste, dass sein Vater über einen großen Schatz an Wissen und Erfahrung verfügte, also hoffte er, dass Tom ihm ein paar Informationen zu Jamies Problem geben konnte.

»Ich mache mir wirklich Sorgen, Dad«, sagte er, als sie vor dem bullernden Kaminfeuer der Gastwirtschaft ein Ale zusammen tranken. Lyle hatte seinem Vater ausführlich erklärt, welche Untersuchungen die Ärzte im Krankenhaus gemacht hatten. Es war bitterkalt draußen, aber er war froh, dass sein Vater auf ein Bier mit ihm rausgegangen war. Es fühlte sich an wie in alten Zeiten. »Ich weiß nicht, was die Ursache für Jamies Krämpfe ist, aber sie scheinen immer heftiger zu werden. Nach dem Zwischenfall in der Schule hatte er noch mehrere Anfälle. Der letzte war sehr peinlich für ihn, weil er die Kontrolle über seinen Darm verloren hatte. Zum Glück war er zu Hause. Wir versuchen zu vertuschen, was passiert ist, aber Jamie ist ein schlauer kleiner Bursche. Und jetzt hat Millie große Mühe, ihn dazu zu bringen, in die Schule zu gehen, und mit seinen Freunden draußen spielen will er auch nicht mehr. Es gefällt mir gar nicht, meinen Sohn so zurückgezogen zu erleben. Das ist nicht natürlich und auch nicht gesund. So die Kontrolle über seine Körperfunktionen zu verlieren ist für jeden schlimm, erst recht für einen Jungen in seinem Alter – er tut mir wirklich leid. Jamie erwartet zudem, dass sein Vater sein Problem löst, weil er doch Arzt ist. Ich bin mit meinem Latein am Ende.«

»Ich verstehe, wie du dich fühlst, Junge«, sagte Tom.

»Zum Glück gibt es bald Weihnachtsferien, dann muss er nicht in die Schule.«

»Hat er irgendwo am Körper einen Hautausschlag?«, erkundigte sich Tom nachdenklich.

Es gefiel ihm, dass Lyle ihn um Rat fragte. So hatte er das Gefühl, noch nützlich zu sein. Trotzdem wäre es ihm lieber gewesen, wenn es nicht sein Enkel wäre, um den sie sich sorgten.

»Nein, einen Hautausschlag hat er nicht. Mit seinen Hirnströmen scheint auch alles normal zu sein, ich glaube also, dass keine neurologischen Probleme vorliegen. Beim ersten Krampfanfall hatte er einen grippalen Infekt, aber der ist längst ausgeheilt, und die Krämpfe kommen trotzdem immer wieder.«

»Weißt du, dass Robbie als Kind ein ganz ähnliches Problem

hatte?«, fragte Tom. Das hatte er beinahe schon vergessen. Es war so viele Jahre her.

»Nein, das weiß ich nicht.«

»Das überrascht mich nicht. Du warst ja noch ganz klein damals und Robbie kaum aus dem Säuglingsalter heraus, als es das erste Mal passierte. Als er in die Schule kam, war er aus dem Problem herausgewachsen.«

»Hast du die Ursache gefunden?«

»Schließlich ja, aber es hat eine ganze Weile gedauert. Es war Tetanie, und Ursache war, soweit ich noch weiß, Kalziummangel. Mina hat dafür gesorgt, dass er mehr Kalzium mit der Nahrung bekam, und die Krämpfe ließen nach, bis sie sich dann ganz einstellten. Wenn ich jetzt so darüber nachdenke, fällt es mir wieder ein; ich habe mal gelesen, dass es eine erblich bedingte Krankheit ist, allerdings hatte ich davon in unserer Familie vorher noch nicht gehört. Natürlich haben wir auf der Seite deiner Mutter nicht viel, worauf wir uns stützen können. In den hinteren Highlands wurden nur sehr wenige Dokumente aufbewahrt.«

»Du könntest da wirklich auf etwas gestoßen sein, Dad«, meinte Lyle, der ganz aufgeregt war, weil sie womöglich die Ursache für die plötzliche Erkrankung seines Sohnes gefunden hatten. »Ich werde gleich morgen ein paar Bluttests machen.«

»Als ich damals wegen Robbies Problem Nachforschungen anstellte, konnte ich ein paar ungewöhnliche Ursachen für Fieber bei Patienten feststellen. Schon im 17. Jahrhundert tauchte eine milde Form von Malaria in feuchten Niederungsgebieten in Europa auf, darunter auch auf den Britischen Inseln.«

»Wer hätte gedacht, dass es in Europa Malaria gibt.«

»Die Krankheit trat in den letzten Jahren wieder vermehrt auf. Ich will nicht behaupten, dass Malaria die Ursache für die Probleme des kleinen Jamie ist, aber das sollte man im Auge behalten, wenn hohes Fieber andauert, jedoch kein offensichtlicher Grund zu finden ist.« Plötzlich lachte Tom auf. »Einmal hatte Angus Ferguson andauernde hohe Temperatur, und ich meinte spaßeshalber, er habe vielleicht Malaria. Du weißt ja, er hat immer gern Geschichten erzählt über Sachen, die er in seiner Jugend gemacht hat. Wir haben ihm nie ein Wort davon geglaubt, aber jedem, der es hören wollte, erzählte er, ich hätte Malaria bei ihm festgestellt, weil er fand, das klänge so exotisch. Und bei der Gelegenheit tischte er immer eine wilde Dschungelgeschichte auf. Die fällt mir jetzt nicht mehr ein, aber ich glaube, sie hatte zu tun mit einer Dschungeltour im Amazonasgebiet. Später stellte sich heraus, er hatte eine Blasenentzündung, aber von den Symptomen hatte er mir nichts gesagt, weil er nicht wollte, dass ich bei ihm Inkontinenz vermutete. Sogar, als ich dann irgendwann die richtige Diagnose stellte, stritt er es ab. Er bestand darauf, Malaria zu haben.«

Lyle musste schmunzeln. »Aber ich glaube, du bist mit diesem Kalziummangel wirklich auf etwas gestoßen, Dad. Der kleine Jamie weigert sich, Milch zu trinken, und Käse mag er auch nicht.«

11

Elena stand wie jeden Freitagabend auf der Veranda ihres Hauses auf der Barkaroola Farm und hielt Ausschau nach der großen Staubwolke, die Luigis und Luisas Lieferwagen ankündigte. Wenn sie diese sah, lächelte sie, denn das bedeutete, dass ihr ältester Sohn nach Hause kam. Marcus war inzwischen sieben Jahre alt und wohnte unter der Woche in der Stadt bei ihren Eltern, damit er zur Schule gehen konnte. Freitagabends fuhr Luisa ihn dann immer zurück auf die Farm. Auf die Freitage freute Elena sich die ganze Woche. Es war das Einzige, worauf sie sich in ihrem neuen Leben in Australien freute. Als der Wagen vor dem Haus hielt, sprang Marcus heraus und flog ihr in die Arme. Dann begrüßte er fröhlich seine Geschwister.

Der November war brütend heiß wie in jedem Jahr, seit sie nach Winton gezogen war. Die beiden Kleinen, Maria und Dominic, waren immer zu Streichen aufgelegt und viel zu energiegeladen in der Hitze, weshalb sich die Woche endlos hinzog. Elena sah in ihnen immer nur ihren Vater. Sie hatten Aldos dunkles Haar und seinen olivfarbenen Teint geerbt. Gegen Ende des Sommers waren sie so von der Sonne gebräunt, dass man sie für Billy-Rays Kinder hätte halten können. Auch Marcus war ganz der Vater. Sein helles Haar war inzwischen mittelbraun geworden, genau wie Luisa es vorhergesagt hatte, doch seine Haut war hell geblieben, hell wie Lyles Haut, und er holte sich leicht einen Sonnenbrand.

Und als wäre die Hitze nicht schon übel genug, führte Elena einen ständigen Kampf gegen Ameisen, Tausendfüßler, Heuschrecken und Spinnen. Auch eine Mäuseplage hatte sie überstanden und sich geschworen, dass sie so etwas nie wieder erleben wollte. Den Versuch, die Fliegen vom Haus fernzuhalten, hatte sie aufgegeben, sie konzentrierte sich nur noch darauf, sie von den Lebensmitteln fernzuhalten. Das Haus erlebte außerdem immer wieder Invasionen von allerlei Krabbelgetier, das sie nicht einmal hätte benennen können, doch am meisten fürchtete Elena sich vor den Schlangen. In Australien waren einundzwanzig der fünfundzwanzig tödlichsten Schlangen der Welt heimisch, und mehrmals im Jahr kroch eine Schlange ins Haus, um der Hitze zu entgehen. Elena flüchtete dann immer mit den Kindern in die Stallungen, wo sie den ganzen Tag blieben, bis Aldo abends nach Hause kam und die Schlange hinausschaffte.

Und erst der Staub! Mit dem Staubputzen kam sie nie nach. Ständig musste sie Wasser aus dem Bohrloch ins Haus schaffen, um sauber machen zu können. Am Anfang hatte Elena sich noch die Mühe gemacht, die Gardinen immer wieder zu waschen, aber das hatte sie bald aufgegeben, denn es war eine Schlacht, die sie nicht gewinnen konnte. Wenn sie Maria und Dominic morgens saubere Sachen anzog, hatten diese fünf Minuten später dieselbe Farbe wie der Staub. Elena hatte sich deshalb angewöhnt, ihnen täglich saubere Kleidung herauszulegen. Es sah sie ohnehin niemand, denn sie bekamen nie Besuch. Elena fühlte sich ständig erschöpft und ausgebrannt, und sie hasste ihr Leben auf Barkaroola, aber sie wusste nicht, wohin sie sonst hätte gehen sollen. Das war die deprimierende Tatsache.

Aldo arbeitete hart auf dem Land und kam oft hundemüde und zu Tode erschöpft nach Hause. Er roch nach Schweiß und war über und über von Staub bedeckt. Oft hatte er sich bei der Arbeit auf den Viehweiden verletzt. Elena wagte es nicht, sich zu beklagen, obwohl sie das gern getan hätte. Sie wusste, Aldo glaubte, ihre Arbeit im Haus sei leicht verglichen mit seiner Arbeit mit dem Vieh, aber sie war anderer Meinung. Am Ende eines Tages war sie ganz genauso erschöpft wie er.

Aldo erwartete eine Mahlzeit auf dem Tisch, und Elena war klar, dass es ihre Pflicht war, sich darum zu kümmern, aber an manchen Tagen war es ihr so zuwider, ihren Pflichten nachzugehen, dass sie nur noch schreien wollte. Das Leben hatte sie maßlos enttäuscht.

Der einzige Mensch, bei dem Elena sich traute, sich zu beklagen, war Luisa. Ihre Mutter hörte immer zu und nahm immer Anteil, aber ihr eigenes Leben war nicht viel besser. Sie arbeitete hart mit Luigi in der Fleischerei und sah Elena nur, wenn sie freitagabends Marcus auf die Farm zurückbrachte und ihn am Sonntagabend wieder abholte. Sonntags begleitete Luigi sie meistens, der Freitagabend war also die einzige Zeit, während der die beiden Frauen wirklich reden konnten. Dann saßen sie auf der Veranda, plauderten über die Woche, die hinter ihnen lag, und schütteten sich gegenseitig ihr Herz aus.

»Wie ist es dir mit deinem Mann diese Woche ergangen?«, erkundigte sich Luisa jetzt, als Elena eine Kanne Tee nach draußen auf die Veranda brachte. Dort war es auch nicht viel kühler als im Haus, aber wenigstens nicht so stickig.

»Müde und schlecht gelaunt«, antwortete Elena, »aber das bin ich ja auch. Und wie geht es Papà?«

Über Aldo sprach sie nicht gern. Sie hatte ihr Leben mit ihm schließlich akzeptiert, aber Liebe empfand sie für ihn nicht, und Elena wusste, dass es so für immer bleiben würde. Sie fand, dass er zu streng mit den Kindern war, vor allem mit Marcus. Er erwartete zu viel von dem kleinen Jungen. Und wenn sie für Marcus eintrat, erklärte Aldo zum wiederholten Mal, dass auch er als Kind hart hatte arbeiten müssen und dass dies der einzige Weg sei, Verantwortungsgefühl zu erlangen. Elena zweifelte oft an seiner Objektivität. Es war zwar unwahrscheinlich nach der langen Zeit, aber manchmal fragte sie sich, ob Aldo tief in seinem Innern womöglich spürte, dass Marcus nicht sein Sohn war. Der Junge war so anders als er selbst. Er liebte Bücher und hatte rasend schnell lesen gelernt. Er lernte leidenschaftlich gern und hatte einen unstillbaren Wissensdurst. Dominic und Maria waren das genaue Gegenteil. Sie waren am liebsten die ganze Zeit draußen und spielten im Staub. Maria, die schon fünf Jahre alt war, tat sich mit dem Lernen schwer. Dominic war erst drei, aber es war abzusehen, dass er genau wie seine Schwester war.

Elena reagierte verärgert, wenn Aldo darauf bestand, dass Marcus am Wochenende diverse Aufgaben für ihn erledigte, er ließ ihn von seiner Ankunft auf der Farm an bis zum Sonntagabend, wenn Luisa und Luigi ihn wieder abholten, arbeiten. Sie wollte Zeit mit ihm verbringen, wollte hören, wie es ihm die Woche über ergangen war. Aber Aldo ließ ihn Ställe ausmisten, Wassertröge ausschrubben und Holz hacken. Der Abend, kurz bevor er ins Bett ging, war die einzige Zeit, zu der er seine Wochenendhausaufgaben machen konnte, und da war er dann hundemüde. Aldo fand, Hausaufgaben seien nicht so wichtig wie die Arbeit auf der Farm – er beharrte darauf, dass sein Sohn eines Tages Farmer würde. Der Junge solle schön mit den Beinen auf dem Boden bleiben, sagte er. Elena war voller Groll. Sie war dankbar, dass Luigi ihn nach der Schule nicht auch noch den Fleischerladen putzen ließ.

»Deinem Vater geht es gut und den Geschäften auch«, sagte Luisa. »Zwei neue Familien sind in die Stadt gezogen.« Sie fand, dass ihre Tochter müde wirkte. »Hattest du eine anstrengende Woche mit Maria und Dominic?« Sie sah Marcus nach, der auf dem Weg in die Stallungen war, die er ausmisten sollte. Aldo war mit Billy-Ray bei den Viehweiden.

»Dominic ist vom Stalldach gefallen. Er kann von Glück sagen, dass es bei ein paar Prellungen und Abschürfungen geblieben ist und er sich nicht ein Bein oder einen Arm gebrochen hat. Gestern habe ich gebacken, und als ich mich nur einen Moment wegdrehte, um eine Spinne aus dem Haus zu scheuchen, hatte Maria das ganze Mehl verstreut. Stundenlang war ich mit dem Säubern beschäftigt, am Abend bin ich dann völlig erschöpft ins Bett gefallen. Als ob ich nicht schon genug zu tun hätte. Und pausenlos zanken sich die zwei. Sie sind wirklich anstrengend.«

»Wenigstens fängt Maria im neuen Jahr mit der Schule an«, sagte Luisa. »Das wird sie die Woche über beschäftigen, und du musst dich nur noch um Dominic kümmern. Womöglich benimmt er sich ja besser, wenn seine Schwester nicht mehr da ist und ihn ärgert und zu dummen Streichen veranlasst.«

»Wahrscheinlich wird er sie vermissen und mich in den Wahnsinn treiben«, sagte Elena. »Ich weiß, Marcus macht euch keine Mühe, aber ich mache mir Sorgen darüber, wie ihr es tagaus, tagein mit Maria zu Hause aushalten werdet.«

Sie hatte Schuldgefühle, weil sich ihre Mutter unter der Woche um ihre Kinder kümmern musste, aber sie hatte keine Möglichkeit, sie zur Schule zu bringen und wieder abzuholen, und sie konnte auch nicht von ihrer Mutter verlangen, zweimal am Tag nach Barkaroola rauszufahren. Luisa hatte genug zu tun. Aldo konnte sich kein Auto leisten, also nahmen sie immer noch den Pferdewagen für die Fahrten in die Stadt und wieder zurück, wenn sie einmal im Monat Vorräte einkauften. Es war eine lange, langsame Fahrt in der Hitze. Noch etwas, das Elena verabscheute.

»Mach dir keine Gedanken. Ich kann es kaum erwarten«, sagte Luisa aufrichtig. »Es wird herrlich, wieder ein kleines Mädchen im Haus zu haben.« Sie warf ihrer Tochter einen zärtlichen Blick zu, aber es blieb ihr nicht verborgen, dass kein Funken Leben in ihren Augen lag. »Ich weiß, es ist schwer hier draußen, Elena, aber ist denn dein Leben eine einzige bittere Enttäuschung? Ist es denn wirklich so schrecklich?«

»Es ist, was es ist, Mamma«, antwortete Elena müde. Es verging kein Tag, an dem sie nicht an Lyle dachte und an das, was hätte sein können. Vergessen konnte sie ihn kaum, denn Marcus hatte seine grünen Augen, seine Empfindsamkeit und auch manche seiner Eigenheiten geerbt. Sie liebte all ihre Kinder, aber sie konnte nicht leugnen, dass sie einen ganz besonderen Platz in ihrem Herzen für Marcus reserviert hatte. »Enttäuscht kann ich wohl kaum sein, denn ich habe ja nie erwartet, dass mein Leben anders sein würde«, sagte sie mit einem Hauch Traurigkeit.

Manchmal wünschte Elena, sie hätte den Mut gehabt, allein zu bleiben, als sie feststellen musste, dass sie von Lyle schwanger war, aber sie wusste, dass es sinnlos war, der Vergangenheit nachzutrauern. Trotzdem träumte sie gern von dem, was hätte sein können. In ihren Gedanken liefen verschiedene Szenarien ab – Millie verlor das Baby oder ließ sich von Lyle scheiden. Dann hatte sie immer ein sehr schlechtes Gewissen. Oft träumte sie auch davon, dass er auf der Suche nach ihr nach Blackpool zurückgekommen war. Aber das waren nur Fantasien, Tagträume, die ihr dabei halfen, die traurige Zeit durchzustehen. Manchmal drängte sich auch die Vorstellung in Elenas Gedanken, dass Lyle und Millie weitere Kinder bekommen hatten. Dann versuchte sie mit aller Macht, die Vergangenheit aus ihren Gedanken zu verbannen. Sie musste nach vorn schauen. Sie war gesegnet mit drei Kindern. Die Kinder waren ihr Leben.

Das Wochenende verging viel zu schnell. Als Luisa am späten Sonntagnachmittag mit ihrem Mann kam, brachte sie einen selbst gebackenen Kuchen mit. Den ganzen Samstag und auch den Sonntagmorgen hatte sie über Elena nachgedacht und wollte sie nun etwas aufheitern. Es tat ihr weh zu sehen, wie enttäuscht ihre Tochter vom Leben war. Aber eine Wahl hatte sie ja nicht gehabt. Sie war schwanger gewesen und hatte den Vater des Babys nicht heiraten können, also hatte sie Aldo heiraten müssen. Jetzt ging es darum, das Beste daraus zu machen.

»Aldo, Marcus, kommt zum Tee. Es gibt Kuchen!«

Marcus machte die Wassertröge, die er säubern musste, fertig, so schnell er konnte, dann kam er aufgeregt zum Haus gelaufen. Herzlich begrüßte er seine Großeltern. Elena schnitt den Kuchen an, während Marcus sich die Hände in der Waschschüssel wusch. Es machte sie glücklich, die Freude in seinem Gesicht zu sehen. Sie war ihrer Mutter so dankbar für alles, was sie für ihren Sohn tat.

Aldo begrüßte die Fabrizias wie immer schlecht gelaunt. »Du solltest doch die Wassertröge sauber machen, Marcus«, brüllte er wütend.

Marcus duckte sich. »Hab ich doch.«

»Sie sind immer noch schmutzig. Willst du, dass die Pferde aus dreckigen Trögen saufen, nachdem sie den ganzen Tag hart gearbeitet haben?«

Marcus ließ den Kopf hängen. Er wusste, er hatte die Arbeit flüchtig und schnell erledigt, weil er müde war, weil er zurück zum Haus wollte, um seine Großeltern zu sehen, und weil er Kuchen essen wollte. »Nein, Papà. Ich mache es noch einmal, wenn ich meinen Kuchen gegessen habe.«

»Du kriegst keinen Kuchen, Marcus. Und jetzt geh und mach die Tröge richtig sauber!«

»Aldo!« Elena war aufgebracht.

»Der Junge muss bestraft werden, weil er seine Aufgabe nicht ordentlich erledigt hat«, fauchte Aldo und setzte sich dann auf seinen Platz am Tisch.

Elena war wütend. Sie nahm die Platte mit dem Kuchen hoch. »Wenn Marcus keinen Kuchen bekommt, essen wir anderen auch keinen«, sagte sie entschieden. Sie stellte die Platte zurück in den Karton, den Luisa mitgebracht hatte. »Nimm den Kuchen wieder mit, Mamma«, beschied sie ihre Mutter.

Maria und Dominic fingen an zu weinen, aber Elena ließ sich nicht erweichen. Sie besänftigte ihre beiden Jüngsten, indem sie ihnen ein Stück Brot mit Marmelade schmierte, und Aldo stürmte wütend aus dem Haus.

Als Marcus sich eine Stunde später von seiner Mutter verabschiedete, war von Aldo nichts zu sehen. Er war von den Viehweiden nicht zurückgekommen, um seinem Sohn auf Wiedersehen zu sagen, was Elena ärgerte. Sie kannte ihren Sohn nur zu gut. Er war gekränkt, kämpfte seine Gefühle jedoch nieder. Er wollte nicht weinen, er wollte ein tapferer großer Junge sein. Sie drückte ihn fest an sich und küsste ihn auf die Wange. Wenn sie allein waren, weinte Marcus oft an ihrer Schulter und beklagte sich, dass sein Vater nie zufrieden war mit dem, was er machte. In diesen Momenten wünschte Elena sich verzweifelt, ihm sagen zu dürfen, dass Aldo nicht sein Vater war und dass sein richtiger Vater ihn niemals so behandelt hätte, wie Aldo das tat. Aber das konnte sie nicht, und es brach ihr das Herz.

»Wie wäre es, möchtest du gern den Van auf dem Nachhauseweg lenken?«, fragte Luigi seinen Enkel. Er fand es furchtbar, den Jungen so niedergeschlagen zu sehen.

Marcus wurde gleich ein bisschen fröhlicher. »Kann ich, Nonno?«

Luigi nickte, nahm ihn bei der Hand und führte ihn zu seinem Wagen. Schon mehrmals hatte er sich Marcus auf die Knie gesetzt und ihn auf dem Rückweg in die Stadt den Wagen lenken lassen. Das machte den Jungen richtig glücklich.

»Ich gebe ihm ein Stück Kuchen, wenn wir zu Hause sind«, flüsterte Luisa, als sie Elena auf die Wange küsste.

Als sie fort waren, wusch Elena Dominic und Maria und brachte die beiden ins Bett. Dann ging sie hinaus und setzte sich auf die Veranda. Sie blickte in den Himmel, der übersät war mit Sternen, und verlor sich in ihren Fantasien, träumte wie immer von einem anderen Leben, einem Leben, das sie niemals haben würde.

Elena schreckte aus ihren Gedanken, als sie ihren Mann durch die Schatten der Dunkelheit von den Viehweiden aus auf sie zukommen sah. Sie schaute weg, um sein Gesicht nicht sehen zu müssen. Das würde sie an diesem Abend nicht ertragen.

Aldo stieg die Treppen zur Veranda hoch und blieb vor Elena stehen. »Du bist nicht glücklich mit mir, Elena«, erklärte er in genau dem Tonfall, der Streit verhieß.

Elena wollte Marcus verteidigen, wollte sich mit all ihrer Kraft für ihren Sohn einsetzen, aber sie wusste, dass es keinen Sinn hatte. Wenn sie jetzt sagte, was sie zu sagen hatte, würde Aldo nur noch wütender werden. Es würde zu nichts führen, er hätte nur einen noch heftigeren Groll gegenüber dem Jungen.

Elena holte tief Luft und stand auf. »Ich will nicht mit dir streiten, Aldo«, sagte sie leise und ging ohne ein weiteres Wort zu den Ställen.

Elena konnte ihre Tränen gerade noch zurückhalten, bis sie dort war, dann begann sie bitterlich zu weinen. Büßte Marcus womöglich für ihre Sünden? Dafür, dass sie Aldo belogen, ihn in dem Glauben gelassen hatte, dass er sein Sohn war? Sie glaubte, in ihrem Kummer ertrinken zu müssen.

12

»Elena, was machst du denn in der Stadt?«, fragte Luisa verblüfft, als ihre Tochter die Fleischerei betrat. Es war Mittwochvormittag, und Luigi schnitt gerade Rindfleisch für Mrs. Hugal, die sechs schlaksige Söhne zu ernähren hatte, von denen keiner kleiner als eins neunzig war. Elena begrüßte ihren Vater und Mrs. Hugal, dann umarmte sie ihre Mutter. »Ist irgendwas passiert?«, fragte Luisa.

Elena und Aldo waren in der vergangenen Woche in der Stadt gewesen, um ihre Vorräte aufzufüllen, deshalb war sie überrascht, ihre Tochter zu sehen.

»Ich hatte einen Termin bei Dr. Robinson«, antwortete Elena.

»Bist du krank?«, erkundigte sich Luisa besorgt.

Krank sah Elena allerdings nicht aus. Tatsächlich fand Luisa, dass sie in ihrem hübschen Sonntagskleid und mit den frisch gewaschenen Haaren ganz reizend aussah. Sie hatte sogar etwas Puder aufgetragen. In der Regel sah Luisa ihre Tochter nicht ohne Schürze.

»Nein, Mamma. Hast du Zeit für eine Tasse Tee?« Erwartungsvoll schaute Elena zu ihrem Vater hinüber.

Luigi nickte, womit er Luisa entließ, aber er rief ihr hinterher: »Bleib nicht zu lang«, nachdem zwei weitere Kunden den Laden betreten hatten.

Das Haus der Fabrizias lag direkt neben dem Geschäft. Dort wohnten auch Elenas drei Kinder die Woche über, denn inzwischen besuchten sie alle drei die Schule. Zwei Jahre zuvor, als Dominic fünf geworden war, war auch er eingeschult worden. Wie Elena vorausgesehen hatte, waren ihr jüngster Sohn und ihre

Tochter nicht annähernd so schlau wie Marcus, der mit seinen elf Jahren stets Klassenbester war. Seine Lehrerin Miss Wilmington hatte Mühe, Aufgaben im Unterricht zu finden, die eine echte Herausforderung für ihn waren. Sie meinte, er könne mit Leichtigkeit dasselbe Pensum leisten wie weit ältere Schüler.

Manches Mal fühlte Elena Stolz auf ihren ältesten Sohn. Er war ihre ganze Freude, aber immer noch machte sie sich Sorgen um ihn, da Aldo entschlossen schien, ihn in den Beruf des Farmers zu drängen. Das kam Elena so sinnlos vor, wenn sie bedachte, wie hart sie zu kämpfen hatten, um von ihrem Land leben zu können. Aber wann immer sie versuchte, mit Aldo darüber zu reden, gerieten sie in Streit.

»Ich habe mich bei Dr. Robinson um eine Stelle beworben«, erzählte Elena ihrer Mutter, als sie sich zum Teetrinken hinsetzten.

»Ach ja?«

Luisa war überrascht, aber als sie einen Moment über das nachdachte, was ihre Tochter ihr gerade erzählt hatte, musste sie zugeben, dass es nicht so erstaunlich war. Elena hatte ihr erzählt, dass Aldo den Viehbestand der Farm abbaute, denn es gab wenig, manchmal sogar gar kein Futter für die Rinder. In den letzten drei Jahren hatte es fürchterliche Dürreperioden gegeben, und Aldo hatte nicht wie sonst den Bestand wieder aufstocken können, denn der Regen, der normalerweise auf die Trockenheit folgte, war ausgeblieben.

»Die Heuschrecken haben die wenigen Futterpflanzen vernichtet, die Aldo anbauen konnte, und das Futter hätten wir so dringend gebraucht. Pferde und Rinder finden auf dem Land einfach nichts mehr zu fressen. Am Montag musste Aldo die letzten Rinder zum Markt bringen. Ich muss etwas unternehmen, Mamma, wir brauchen das Geld. Vorige Woche haben wir noch ein paar Vorräte kaufen können, aber jetzt haben wir nichts mehr, und Aldo ist zu stolz, um sich Arbeit zu suchen, denn er will sich nicht eingestehen müssen, dass er ein Versager ist.«

»Ach, Elena. Wieso hast du denn nicht längst schon etwas gesagt? Du hast nie erwähnt, dass es so schlimm um euch steht. Dein Papà und ich, wir hätten euch doch geholfen. Unser Laden läuft wirklich gut.«

Seit einiger Zeit schon kaufte Luigi Fleisch von anderen Farmen. Als Aldo das herausfand, war er alles andere als glücklich gewesen, da er jahrelang Luigis Hauptlieferant gewesen war. Aber den Fabrizias war klar geworden, dass Aldo mit vielem längst nicht mehr glücklich war, also hatten sie es nicht persönlich genommen. Wenn sie ihren Laden am Laufen halten wollten, mussten sie auch von anderen Lieferanten Fleisch beziehen. Elena hatte ihrer Mutter jedoch absichtlich verschwiegen, wie schlimm es inzwischen stand. Sie wollte nicht, dass sie sich Sorgen machte.

»Du weißt doch, Aldo würde von dir und Papà niemals Hilfe annehmen«, sagte sie. Ein Mann mit so viel falschem Stolz war ihr noch nie begegnet. »Milde Gaben wird er nicht annehmen, nicht mal von der eigenen Familie. Vor ein paar Monaten hat ihm sein Vater etwas Geld geschickt, und weißt du, was dieser Sturkopf getan hat? Er hat es zurückgeschickt. Er hat seinem Vater gesagt, er brauche es nicht, weil er vorhabe, eine neuartige Futterpflanze für das Vieh anzubauen. Ich war so wütend, denn die Kinder brauchten Schuhe. Seitdem haben wir das Vieh nach und nach verkaufen müssen, und für die Pferde mussten wir Futter zukaufen.« Sie erzählte Luisa nicht, dass sie ihre kostbare Nähmaschine an eine Nachbarin verkauft hatte, damit sie den Kindern Schuhe kaufen konnte. »Wir haben keine Einkünfte mehr und in naher Zukunft auch nicht die Aussicht auf Geld.«

»Hast du denn für dich und die Kinder genug zu essen gehabt, Elena? Die *bambini* haben doch wohl nicht an den Wochenenden hungern müssen, oder?«

Gelegentlich brachte Luisa ein paar Koteletts oder etwas Rindfleisch mit, wenn sie freitagabends die Kinder auf die Farm fuhr, aber in letzter Zeit machte sie das nicht mehr, weil Aldo nicht einverstanden zu sein schien.

»Wir essen Eier, ein paar konnte ich auch an die Nachbarn verkaufen. Manchmal hat Aldo ein Känguru oder ein Emu geschossen.«

Luisa verzog das Gesicht. »Und das haben die Kinder gegessen?«

»Das Kängurufleisch habe ich zu verfeinern versucht, weil es so einen strengen Geschmack hat, aber ich muss zugeben, dass Maria es trotzdem verweigert hat, und die Jungs waren auch nicht gerade wild darauf«, gab Elena zurück. Aldo war deshalb mal wieder wütend geworden und hatte Elena vorgeworfen, sie verwöhne die Kinder. »Aber das Emufleisch schmeckt gebraten recht gut.« Sie runzelte die Stirn. »Das jetzt nur ganz unter uns, Mamma: Aldo hat zweimal von unseren Nachbarn, den Crawleys, ein Schaf gestohlen.«

»Ach, Elena. Dafür könnte man ihn hängen in diesem Land.«

»Ich weiß, Mamma. Und deshalb darfst du auch keiner Menschenseele etwas davon sagen, auch Papà nicht. Aldo schämt sich so sehr dafür, und deshalb ist seine Laune noch mieser geworden.«

»Hatten die Nachbarn euch in Verdacht?«, fragte Luisa.

»Mrs. Crawley kam eines Tages zu uns und fragte, ob wir etwas von den verschwundenen Schafen wüssten – gerade in dem Moment, als ich eine Lammkeule briet.«

»Ach herrje, Elena!«

»Sie bat mich, Papà zu sagen, er solle Ausschau halten nach einem, der ein ganzes Schaf verkaufen will. Uns hatte sie wegen eures Ladens nicht im Verdacht. Schließlich konnte ich sie überzeugen, dass wohl ein Landstreicher, der zufällig in der Gegend war, das Schaf gestohlen hat. Aldo wird so was jedenfalls nicht mehr machen.«

Luisa begriff, dass Elena in einer argen Notlage war. »Wie wird Aldo damit umgehen, dass du arbeiten gehst, Elena?«, fragte sie. Sie fürchtete seine Reaktion.

»Es wird ihm überhaupt nicht gefallen, aber wir brauchen Geld, um Essen und Kleidung für die Kinder zu kaufen. Also dieses eine Mal wird er seinen dummen Stolz schlucken müssen, und ich hoffe, er erstickt daran.«

Elena wurde rot, als sie begriff, was sie da laut ausgesprochen hatte. Sie verhielt sich ihrem Mann gegenüber wenig respektvoll und rechnete schon damit, dass ihre Mutter sie rügen würde, aber in diesem Moment war nur Trotz in ihr. Der Streit, den sie am Morgen mit Aldo gehabt hatte, war ihr noch lebhaft im Gedächtnis. Er war nicht einverstanden, aber als sie darauf hinwies, dass die Geschäfte in der Stadt ihnen keinen Kredit mehr gaben und die Bank ihnen auch kein Geld mehr leihen wollte, weil sie kein Vieh mehr als Sicherheit hatten, das sie verkaufen konnten, wusste er darauf nichts zu sagen.

Der Bankdirektor Mr. Bishop wohnte in Winton, wo jeder jeden kannte und alle alles voneinander wussten. Es war weithin bekannt, dass es um die Barkaroola Farm nicht gut bestellt war. Anderen Farmen erging es ganz ähnlich. Mr. Bishop wusste auch ganz genau, dass die Farm nicht viel wert war. Das Land war karg, und am Haus mussten immer noch viele Reparaturen durchgeführt werden.

»Aldo tut mir ja durchaus leid«, sagte Elena zerknirscht. »Aber er ist immer nur übellaunig, und das macht es so schwer, mit ihm zu leben.«

Luisa tätschelte ihrer Tochter die Hand. Sie verstand Elena, Aldos Launen waren ihr auch nicht entgangen. »Du sagst, die Futterpflanzen, die Aldo angebaut hat, sind vertrocknet. Ist denn gar nichts mehr übrig geblieben?«

»Nichts! Zur Bewässerung hat Aldo Wasser aus dem Bohrloch genommen, aber am Montag kamen plötzlich die Heuschrecken und haben bis auf den letzten Rest alles aufgefressen. Etwas von meinem Gemüse konnte ich gerade noch abdecken, aber nicht die ganze Fläche, also habe ich das meiste davon auch verloren.«

Vor ihrem geistigen Auge sah Elena Aldo außer sich vor Wut auf dem Feld mit den Futterpflanzen stehen, die er angebaut hatte, und sie hörte, wie er den Insektenschwarm anschrie. So viele wie nur möglich hatte er zertreten, aber das war ein sinnloses Unterfangen. Innerhalb einer Stunde war sein Feld nur noch eine Staubwüste, und bald fielen die Ameisen über die toten Heuschrecken her.

»Wir hatten sogar in der Stadt hier mit den Heuschrecken zu kämpfen«, erzählte Luisa. »Stundenlang habe ich gefegt, um sie aus dem Laden rauszukriegen. Mit jedem neuen Kunden, der hereinkam, kamen auch einige Hundert Heuschrecken. Dein Vater hat einen Tobsuchtsanfall bekommen. Du weißt ja, was er über Insekten im Laden denkt.«

»Gestern hat Aldo Futtersaat gekauft, damit wir was zum Füttern der Pferde haben. Das Saatgut war sehr billig, aber als er die Säcke öffnete, fand er heraus, warum.«

»Lass mich raten. Es war verdorben«, sagte Luisa.

»Genau, Mamma«, antwortete Elena. »Nichts gelingt ihm, und wir haben zu leiden. Am Montag sprach ich über Funk mit Cora Blake, die im Gemischtwarenladen arbeitet, wegen eines Ballens Stoff, den ich vor einiger Zeit bestellt hatte. Ich musste ihr sagen, dass ich ihn mir nicht mehr leisten kann. Sie erzählte mir, Mrs. Dogarty gehe in Rente, und Dr. Robinson suche einen Ersatz für sie. Cora weiß, dass ich vor meiner Heirat als Krankenschwester gearbeitet habe, und dachte, ich hätte vielleicht Interesse daran, mich um Mrs. Dogartys Stelle zu bewerben, da ich mir doch den Stoff nicht mehr leisten konnte, den ich bestellt hatte. Zuerst vermutete ich, Aldo würde mir sowieso nie erlauben, arbeiten zu gehen, also zog ich Coras Vorschlag gar nicht ernsthaft in Erwägung. Aber dann habe ich mich geärgert, über mich selbst und darüber, dass ich mir Sorgen um seine Reaktion mache, wo wir das Geld doch dringend brauchen. Ich beschloss, das zu tun, was getan werden musste. Also funkte ich Cora erneut an und bat sie, für mich einen Termin bei Dr. Robinson zu machen. Ich war gerade bei ihm, und er sagte, am Montag könne ich gleich anfangen. Er war heilfroh, einen Ersatz für Mrs. Dogarty gefunden zu haben.«

»Das ist ja wunderbar, Elena«, sagte Luisa.

Auch wenn sie wusste, dass Aldo nicht begeistert war, freute sie sich für ihre Tochter, und sie war entzückt darüber, Elena nun jeden Tag in der Stadt sehen zu können. Sie wusste, Elena vermisste ihre Kinder sehr, aber jetzt konnte sie die drei regelmäßig besuchen.

»Um ehrlich zu sein, Mamma, auch wenn ich ein bisschen nervös bin, weil ich doch seit Kriegsende gar keine Berufspraxis mehr habe, bin ich heilfroh, aus diesem Haus herauszukommen. Als Dominic eingeschult wurde, wollte ich schon wieder anfangen zu arbeiten. Du weißt vielleicht noch, dass ich Aldo vorschlug, ich könnte im Krankenhaus nachfragen, ob vielleicht Krankenschwestern gebraucht würden, und da bekam er einen richtigen Wutanfall. Er behauptete, ich ließe ihn wie einen Idioten dastehen, der seine Familie nicht ernähren kann.«

»Ja, das weiß ich noch«, sagte Luisa. Sie hatte Luigi davon erzählt, der tatsächlich einer Meinung mit Aldo war, also hatten auch sie sich gestritten.

»Es ist nur dieser blöde männliche Stolz! Ich weiß, er vermisst die Kinder während der Woche, und ich weiß, der Gedanke, ganz allein auf dieser gottverdammten Farm zu sein, während seine Familie in der Stadt ist, behagt ihm gar nicht, aber ich bin inzwischen so weit, dass mir das total egal ist, Mamma. Ich weiß, das hört sich schrecklich an, aber wir brauchen das Geld so dringend, und ich halte die Einsamkeit dort nicht mehr aus. Ich muss unter Menschen, muss mal mit anderen Leuten reden. Ich tauge nicht zur Farmersfrau. Ich habe mir alle nur erdenkliche Mühe gegeben, mich anzupassen, aber jetzt geht es einfach nicht mehr. Ob ihm die Vorstellung gefällt, dass ich in der Stadt arbeite, kümmert mich nicht. Ich mache es auf jeden Fall. Ich muss einfach.«

Luisa verstand das. Sie sah mit eigenen Augen, wie es Elena veränderte, nichts als Hausarbeit zu verrichten. Sie war eine gute Krankenschwester gewesen, und sie brauchte den Anreiz, Menschen helfen zu können.

»Für Aldo war es gar nicht so schlimm, als er noch mit Billy-

Ray arbeiten konnte, aber als wir dann den Viehbestand verloren und Aldo ihn nicht mehr bezahlen konnte, musste er ihn auch gehen lassen.«

Auch wenn Elena sich bei ihrer Mutter noch so tapfer gegeben hatte, war sie doch voller Angst, als sie nach Hause fuhr.

»Ich habe eine Stelle bei Dr. Robinson angenommen«, sagte sie zu Aldo, als der am Abend von der Feldarbeit heimkam.

Seine Augen wurden ganz klein, und er presste die Lippen zusammen. »Du wirst mich zum allgemeinen Gespött in Winton machen«, fuhr er Elena an, als er sich vom ersten Schreck erholt hatte.

»Andere Leute sind in der gleichen Lage, Aldo«, sagte Elena so gleichmütig, wie sie konnte.

»Und haben deren Frauen auch eine Arbeit in der Stadt angenommen?«

»Wenn nicht, dann werden sie das bald tun müssen«, gab sie zurück. »Schluck deinen Stolz, Aldo. Ich lasse nicht zu, dass es meinen Kindern an etwas fehlt, nur weil du dir Sorgen darüber machst, was die Leute denken.« Seine Einstellung machte sie wirklich wütend. »Und überhaupt, ich habe die Nase voll davon, hier draußen so völlig vereinsamt zu sein.«

Das hatte Elena ihrem Mann gar nicht sagen wollen, aber sie war einfach zu ärgerlich, um sich diese Bemerkung zu verkneifen.

Aldo sagte kein Wort. Er sah Elena einfach nur an, als hätte sie ihm gerade ein Messer ins Herz gestoßen. Ihr war klar, dass er eine Entschuldigung erwartete, dass sie zurücknahm, was sie gesagt hatte, aber das konnte Elena nicht. Was sie gesagt hatte, war die Wahrheit, und die wollte sie für kein Geld auf der Welt mehr leugnen.

13

Der Spätfrühling des Jahres 1931 war der wärmste, den Dumfries seit etlichen Jahren erlebt hatte. An den meisten Tagen schien die Sonne, und die hohen Temperaturen ließen die Gartenpflanzen früher als gewöhnlich blühen. Es kam immer wieder vor, dass die Leute eine Ausrede fanden, um nach draußen zu gehen und sich am Sonnenschein zu erfreuen.

Der 22. Mai war Jamies zwölfter Geburtstag. Lyle verwöhnte seinen Sohn zu dieser Gelegenheit stets, und dieses Jahr war keine Ausnahme. Er erzählte Jamie, er werde ihm eine neue Angelrute kaufen, und dann überraschte er ihn mit einem brandneuen Fahrrad, das er in einem Geschäft in Glasgow bestellt hatte.

»Oh, Dad, das ist ja wunderschön«, rief Jamie erfreut, als Lyle das Rad aus dem Gartenschuppen holte. »So eines habe ich noch nie gesehen!«

Lyle war überglücklich, als er sah, dass ihm die Überraschung gelungen war. Für solche Momente lebte er.

Aufgeregt zeigte Jamie seinen Großeltern das Rad, als sie zum Nachmittagstee ins Haus kamen. Tom und Jock sahen es mit glühendem Interesse an.

»Das ist das beste Rad, das ich je gesehen habe!«, rief Jock.

»Es ist wirklich ein prächtiges Rad«, fügte Tom hinzu, aber seinem Tonfall entnahm Lyle, dass er das Geschenk für übertrieben hielt, in einer Zeit, in der das Vereinigte Königreich sich in einem wirtschaftlichen Tief befand. Die amerikanische Wirtschaftskrise hatte mit dem Zusammenbruch der Börse im Jahr 1929 eingesetzt.

Jamie konnte es gar nicht erwarten, seinen Freunden das Rad

zu zeigen. Da es abends inzwischen länger hell war, fragte er seine Eltern, ob er noch zum Kricketspielen mit ein paar Jungen in den Park dürfe.

»Es ist schon spät, Jamie«, meinte Millie ängstlich, als sie auf die Küchenuhr schaute.

»Ein Weilchen können wir ihn doch noch rauslassen, oder, Mom?«, witzelte Lyle. »Du willst unbedingt dein neues Rad ausprobieren, hab ich Recht, Junge?«

»Ja, Dad«, rief Jamie aufgeregt. Er sah zu seiner Mutter. »*Bitte*, Mom.«

»Na schön«, sagte Millie zögerlich.

»Versprich mir, dass du nicht auf der Straße fährst«, sagte Lyle zu Jamie, als der auf sein neues Rad sprang.

Dieses Versprechen forderte er jedes Mal ein, wenn sein Sohn mit dem Rad rauswollte, aber Lyle machte sich tatsächlich Sorgen. Mit jeder Woche gab es mehr Autos auf den Straßen. Allein im vergangenen Jahr hatte sich die Zahl der Automobile verdoppelt.

»Und sei ja zu Hause, ehe es dunkel wird«, ermahnte ihn Millie.

Immer noch fiel es ihr schwer, wenn sie Jamie aus den Augen lassen musste, auch wenn er seit gut drei Jahren schon frei von Krampfanfällen war – alles was sie hatten tun müssen, war, seine Kalziumzufuhr zu erhöhen. Lyle und Millie waren so froh, als sie sahen, dass Jamie allmählich wieder selbstbewusster wurde, aber immer noch beobachteten sie ihn genau. Es war schwer für sie, die erschreckenden Krampfanfälle zu vergessen, besonders für Millie, die sich Mühe gab, ein bisschen großzügiger zu sein. Jamie war ihr einziges Kind, und für sie gab es keinen, der an ihren Jungen heranreichte. Sie war völlig vernarrt in ihn.

»Und vergiss nicht, wir fahren morgen mit dem Boot raus«, erinnerte Lyle seinen Sohn.

»Das vergesse ich schon nicht, ich kann es doch kaum abwarten«, sagte Jamie begeistert. Auf die Boots- und Angeltouren mit seinem Vater freute er sich immer sehr.

Jamie versprach seinen Eltern, dass er sich an alles halten

würde, und dann machte er sich mit ein paar Freunden auf den Weg. Unterwegs wollten sie sich mit drei weiteren Jungen treffen.

»Du verwöhnst ihn«, brummte Tom, nachdem er Jamie beim Wegfahren nachgeschaut hatte. »Ein gebrauchtes Fahrrad wäre gut genug gewesen für ihn. Es ist nicht richtig, extravagante Anschaffungen zu machen, wenn die Zeiten für die einfachen Leute so hart sind.«

Zweieinhalb Millionen Menschen waren arbeitslos in Großbritannien, nachdem als Notmaßnahme gegen die Depression Handelsschranken und Zölle festgesetzt worden waren. Die Auswirkungen auf die englischen Industriegebiete waren unverzüglich eingetreten und verheerend gewesen, was auch in Schottland zu spüren war.

»Ich kann einfach nicht anders, Dad«, gab Lyle unumwunden zu. »Und außerdem – bei gut zehn Prozent Arbeitslosigkeit in Glasgow wusste der Ladenbesitzer den Verkauf eines Fahrrades durchaus zu schätzen.«

Dagegen konnte Tom nichts sagen. In ganz Schottland und England standen Millionen Menschen Schlange an den Suppenküchen. »Das mag ja sein, aber du hast auch eine Verantwortung. Du solltest Zurückhaltung zeigen, wo doch so viele deiner Patienten große Mühe haben, überhaupt etwas zu essen auf den Tisch zu bringen.«

»Jamie hat nur eine Kindheit, Dad. Ich will, dass er sie genießt. Außerdem ist die Lenkstange seines alten Rades verbogen. Ich will ja nur, dass er ein sicheres Fahrrad hat.«

»Wahrscheinlich fällt er wieder hin und verbiegt auch die Lenkstange seines neuen, er fährt nämlich viel zu schnell«, beklagte sich Tom.

Lyle grinste. Seit einiger Zeit bewegte sich sein Vater so langsam wie eine Schnecke fort, also strafte er alles, was sich schneller bewegte, mit Verachtung, sogar Frauen, die einen Kinderwagen schoben.

»Ich sorge schon dafür, dass er nicht das Rad nimmt, wenn

Bürgersteige und Straßen vereist sind«, versprach Lyle. »Aber im Sommer soll er ruhig seinen Spaß haben und sich an der frischen Luft bewegen.«

Jamie und seine Freunde fuhren mit den Rädern in den nächstgelegenen Park, der groß genug zum Kricketspielen war. Es war Freitagabend, und sie nutzten die länger werdenden Tage aus, die auf den Sommer hinführten. Es war wirklich ungewöhnlich warm für die Jahreszeit. Sie hatten jede freie Minute genutzt, um zu angeln, Fußball zu spielen und Himbeeren zu sammeln, und waren überall in der Gegend mit ihren Fahrrädern herumgefahren. Jamie war gewachsen im vergangenen Jahr, er war körperlich in guter Verfassung.

Die Jungen legten die anderthalb Meilen zum Park in Windeseile zurück und lieferten sich dabei ein Wettrennen. Dann spielten sie eine Stunde lang Kricket, und schließlich machten sie sich wieder auf die Heimfahrt. Als sie zur Queensbury Street kamen, fuhren vier der Jungen in eine andere Richtung weiter als Jamie, Andy, Tommy und dessen jüngerer Bruder George. Zwar waren sie erschöpft, nachdem sie einem Kricketball durch den ganzen Park nachgejagt waren, trotzdem lieferten sich Jamie und die drei anderen wieder ein Wettrennen.

Natürlich wollte Jamie beweisen, wie schnell sein neues Rad sein konnte, also versuchte er, die ganze Zeit an der Spitze zu bleiben. Er fuhr seinem Vater zuliebe auf dem Bürgersteig, fand es aber nervig, immer wieder Fußgängern ausweichen zu müssen. Stets übernahm dann Andy oder einer der anderen die Führung. Als Jamie sich wieder an die Spitze setzen konnte, kam Tommy zu seiner Linken heran. Weiter vorn war eine Baustelle auf dem Bürgersteig, also hatte er keine andere Wahl, er musste auf die Fahrbahn hinunter. Als er die Baustelle passiert hatte, konnte er nicht wieder auf den Bürgersteig zurück, weil ihm eine Frau mit Kinderwagen entgegenkam. Jamie raste die Queensbury Street herunter – endlich wurde er nicht mehr aufgehalten. Weiter vorne, an der English Street, sah er einen Wagen anhalten, der wohl in die Queensbury Street abbiegen wollte. Vor ihm fuhr ein Pferd mit Wagen, also fuhr Jamie zum Überholen auf die Straßenmitte, voller Schadenfreude darüber, dass seine Freunde auf dem Bürgersteig abbremsen musste, um vorsichtig um das Auto, das an der Ecke English Street wartete, herumzufahren.

Alfred Fitzsimons, pensionierter Filialleiter der Bank of Scotland in Dumfries, sah den herankommenden Pferdewagen und erkannte in dem Fahrer Hubert Soll, den Kohlenmann. Er überlegte, um den Pferdewagen herumzufahren, der viel langsamer war als er. Als er aufs Gaspedal trat, gab es einen lauten Knall – Fitzsimons' Limousine hatte eine Fehlzündung, und der Motor starb ab. Er sah, wie Bertie, das Zugpferd, das vor den Kohlenwagen gespannt war, erschrak und sich laut wiehernd auf seine massigen Hinterbeine aufrichtete. Die Jungen, die genau in diesem Moment Fitzsimons' Limousine erreichten, hörten eine Autohupe und ein schlitterndes Geräusch und sprangen von ihren Fahrrädern. Ein Lieferwagen, der aus der entgegengesetzten Richtung herangekommen war, bremste scharf ab und kam neben dem Pferdewagen zum Stehen. Den Fahrer kannten die Jungen. Er war ein zwanzig Jahre alter Mann, der vor einiger Zeit in Andys Nachbarschaft gezogen war und vor Kurzem den Führerschein gemacht hatte.

Hubert Soll bekam Bertie mit Mühe unter Kontrolle. Das Pferd war noch jung und nicht oft mit ihm unterwegs gewesen, deshalb war es Straßenlärm nicht gewohnt. Als Hubert es geschafft hatte, sahen die drei Jungen ihn hinter seinem Wagen verschwinden. Alfred Fitzsimons stieg aus seinem Auto und folgte ihm.

»Ist das nicht Jamies Rad?«, fragte George seinen Bruder und deutete nach vorn auf die Straße, wo ein rotes Fahrrad mit einem verbogenen Reifen lag. Es sah nicht mehr ganz so aus wie Jamies glänzendes neues Rad, aber sie erkannten, dass es seines war.

»Aber wo ist Jamie, wenn das sein Rad ist?«, fragte Andy in Panik.

George zuckte mit den Schultern. Er war verwirrt. »Jamie hat bestimmt ein paar ordentliche Schürfwunden abbekommen. Vielleicht hat er sich sogar etwas gebrochen«, sagte er verängstigt.

»Jamie!«, rief Andy und ließ sein Rad auf den Boden fallen. »Wo bist du?«

»Er muss sich wehgetan haben, als er vom Rad fiel«, meinte Tommy und warf seinen Freunden und seinem Bruder einen besorgten Blick zu.

Die Jungen ließen ihre Räder auf dem Bürgersteig liegen und gingen um den Pferdewagen herum. Sie begriffen nicht, weshalb so viele Fußgänger stehen geblieben waren. Sie wirkten ganz erschrocken. Zwei Frauen begannen zu schluchzen. Niemand schien etwas zu tun, was die Jungen noch mehr verwirrte, und immer noch sahen sie Jamie nicht. Sie sahen, wie Hubert Soll, Alfred Fitzsimons und der Lieferwagenfahrer auf dem Boden hockten und unter den Lieferwagen schauten. Dann fing der Lieferwagenfahrer an zu würgen. Tommy deutete auf einen Schuh, der auf der Straße lag.

»Ist der nicht von ... Jamie?«, stammelte er.

»Ich glaube, ja«, antwortete Andy und wurde ganz bleich.

Eine ganze Weile standen die Jungen da und starrten auf den Schuh. Sie waren sich nicht sicher, ob das, was sie sahen, die Realität war.

»Kommt, wir schauen, wo Jamie ist«, sagte Tommy, und die drei versuchten, sich einen Weg durch die Menschenmenge zu bahnen, aber ein paar Erwachsene drängten sie zurück.

»Geht nach Hause«, sagten sie.

»Wir suchen unseren Freund«, erklärte Andy einem der Umstehenden.

»Geh heim, Junge«, sagte eine Frau. Ihre Stimme klang sehr traurig.

»Was sollen wir jetzt machen?«, fragte Tommy. »Wir können doch nicht ohne Jamie nach Hause gehen.«

Jemand zog an seiner Hose, und Tommy richtete seinen Blick

nach unten. George hockte auf der Straße und versuchte, den Umstehenden zwischen den Beinen hindurchzusehen. Andy und er ließen sich ebenfalls auf die Knie fallen. Doch was sie dann sahen, erschütterte sie so sehr, dass sie alle drei haltlos zu schluchzen begannen.

Lyle und Millie setzten sich ins Wohnzimmer, nachdem ihre Eltern nach Hause gegangen waren, und versuchten, sich zu entspannen. Sicherlich würde Jamie bald kommen. Es war ein schöner Nachmittag gewesen, ein vollkommener Tag. Es kam selten vor, dass Lyle einmal nicht zu einem Patienten gerufen wurde, doch Dougal hatte versprochen, für ihn einzuspringen, damit Lyle Jamies Geburtstag im Kreis der Familie verbringen konnte.

Zum hundertsten Mal sah Millie auf die Uhr. »Jetzt sollte Jamie aber allmählich zu Hause sein, Lyle. Es wird schon dunkel.«

Auch Lyle begann, sich zu sorgen. Er zog ernsthaft in Erwägung, sich nach Jamie auf die Suche zu machen, aber er antwortete leichthin, um Millie nicht noch mehr zu ängstigen. »Er wird jeden Moment hier sein«, sagte er. »Jungs vergessen gern mal die Zeit, wenn sie Spaß haben.«

»Ich hoffe, er fährt nicht auf der Straße«, sorgte sich Millie. »Am Abend sehen die Autofahrer einen Jungen auf einem Fahrrad bestimmt nicht so gut.«

»Wir haben ihm oft genug gesagt, dass er von der Straße fernbleiben soll, Millie«, meinte Lyle.

»Aber wird er sich auch daran halten?«

»Ich denke schon«, antwortete Lyle. »Bis zu einem gewissen Punkt müssen wir ihm eben einfach vertrauen.« Er warf einen Blick durchs Fenster und sah, dass Tommy, George und Andy am Gartentor von ihren Rädern sprangen. »Da kommt er, und es sieht ganz so aus, als hätte er seine Freunde mitgebracht. Hast du noch etwas von dem Geburtstagskuchen übrig, Millie?«

Millie lächelte. »Ja, habe ich«, sagte sie erleichtert.

Als Lyle die Haustür öffnete, um Jamies Freunde auf ein Stück

Kuchen hereinzubitten, sah er Fred Macintosh durch das Tor kommen. Fred war der Polizist in ihrem Viertel. Sein erster Gedanke war, dass die Jungen in Schwierigkeiten waren, weil sie zu schnell auf dem Bürgersteig durch die Stadt gerast waren, aber er beschloss, mit Jamie nicht zu streng zu sein, weil es doch sein Geburtstag war.

Lyle stand in der geöffneten Haustür mit einem Lächeln auf den Lippen. Er beschloss, Fred einen Whisky anzubieten, um die Sache wieder geradezubiegen.

»Hallo, Constable«, sagte er mit gespielter Strenge. »Was für einen Unsinn haben die Jungen denn heute wieder angestellt?«

Andy, Tommy und George standen mit ihren Rädern immer noch am Gartentor, Jamie sah er nicht. Sicher brachte er sein neues Rad in den Schuppen. Und dann fiel ihm auf, dass George weinte.

Fred Macintosh sah Lyle an, der so glücklich und sorglos schien und keine Ahnung hatte, dass sein Leben von diesem Augenblick an nicht mehr dasselbe sein würde. »Darf ich hereinkommen, Doktor?«, fragte er.

Lyles Gesichtsausdruck veränderte sich, als er Freds ernsten Tonfall vernahm und die Tatsache bemerkte, dass ihm unbehaglich zumute war. »Stimmt irgendetwas nicht, Fred?«, wollte er wissen. Als der Polizist nicht sofort antwortete, ging Lyle an ihm vorbei und lief auf die Jungen zu. »Wo ist Jamie?«, fragte er die drei.

»Lyle«, rief Fred und ging ihm hinterher. »Lassen Sie uns reingehen.«

Millie, die sich wunderte, mit wem Lyle draußen redete, kam an die Tür gelaufen. »Wo ist Jamie?«, fragte sie und geriet gleich in Panik, als sie Fred sah. »Wo ist mein Sohn?«

Lyle ging durch das Tor und packte Andy bei den Schultern. »Wo ist Jamie?«, fragte er besorgt. »Ist er verletzt? Muss ich ins Krankenhaus?« Andy antwortete nicht. »Verdammt. Mach den Mund auf, Junge«, schimpfte Lyle entnervt.

Jetzt begannen auch Andy und Tommy zu schluchzen.

Fred legte Lyle eine Hand auf die Schulter. »Können wir hineingehen, Lyle, *bitte?*«

Lyle schwenkte herum. »Nein, ich will wissen, wo Jamie ist. Ich habe ein Recht darauf, das zu erfahren. Sagt mir das jetzt endlich jemand?«, verlangte er wütend.

»Er ist vom Rad gefallen, und … und ein Lieferwagen … hat ihn überfahren«, sagte Tommy mit tränenerstickter Stimme. Das Bild von Jamies blutüberströmten, zerschmetterten Beinen, die unter dem Lieferwagen hervorgeragt hatten, würde er bis ans Ende seines Lebens nicht mehr aus dem Kopf bekommen.

»Was?«, fragte Lyle, und es war, als wollte ihm das Herz stehen bleiben.

Unzählige Male hatte er Leute behandelt, die unter Schock standen, aber er hatte einen Schock noch nie am eigenen Leib erlebt. Die Welle schlug über ihm zusammen wie ein Guss eiskaltes Wasser. Seine Arme und Beine kamen ihm zu schwer vor, als dass er sie hätte bewegen können, und es war, als sei die Zeit stehen geblieben, als Tommys Worte in seinem Kopf widerhallten. Schwarze Flecken tanzten vor seinen Augen, und er taumelte gegen die Gartenmauer.

»Wo ist er? Wo ist Jamie?«, kreischte Millie aus dem Vorgarten. Als sie Freds Gesichtsausdruck sah, wusste sie, dass ihr schlimmster Albtraum wahr geworden war. »Er ist doch nicht … sagen Sie mir, dass mit meinem Sohn wieder alles gut wird«, schrie sie und sank auf die Knie, das Gesicht verzerrt vor Schmerz.

»Ich wünschte, das könnte ich, Mrs. MacAllister«, sagte Fred und ließ den Kopf sinken.

Lyle starrte die Jungen an. Er wollte fragen, ob Jamie überlebt hatte, ob er nur schwer verletzt war, aber tief in seinem Innern kannte er die Antwort bereits.

»Vielleicht kann ich ja etwas tun«, sagte Lyle. »Wo ist Jamie? Ich werde ihm helfen.« Die Jungen antworteten nicht. »Wo ist er?«, brüllte Lyle.

»Es gibt nichts, was Sie tun können«, sagte Fred. »Ihr Sohn

wurde ins Leichenschauhaus des Hospitals gebracht. Es tut mir sehr leid. Wirklich sehr, sehr leid.«

»Das ist alles deine Schuld, Lyle«, schrie Millie. »Du hast ihm dieses verfluchte Fahrrad geschenkt.« Sie warf sich auf den Boden und schluchzte. »Nein, nein«, schrie sie. »Jamie! Ich will meinen Jamie.«

Lyle sah seine Frau an, aber er fühlte sich wie gelähmt. Er war nicht in der Lage, zu ihr zu gehen, denn er wusste, dass sie Recht hatte. Er hatte seinem Sohn das Fahrrad gekauft. Und jetzt hatte er ihn verloren.

Ohne nachzudenken, machte er sich auf den Weg die Straße hinunter in Richtung Queensbury Street. Er wusste, da waren die Jungen entlanggefahren, als sie vom Park zurückkamen. Lyle kam an Leuten vorbei, die ihn ansprachen, aber er hörte kein einziges Wort. Vor seinem geistigen Auge sah er nur Jamies strahlendes Lächeln, als er sein rotes Fahrrad bekommen hatte. So glücklich hatte er ihn noch nie zuvor gesehen.

14

In den Wochen nach Jamies Beerdigung sprachen seine Eltern kaum ein Wort miteinander. Millie weinte den ganzen Tag und die ganze Nacht und ließ ihre Verzweiflung und Wut an Lyle aus, was sein eigenes Leid nur noch vergrößerte – wenn das überhaupt möglich war. Mehr als einmal wurde Millie so hysterisch, dass Tom MacAllister ihr ein Beruhigungsmittel geben musste. Lyles Anblick allein brachte sie schon in Rage. Sie ertrug es nicht, mit ihrem Mann im selben Zimmer zu sein, geschweige denn ein Gespräch mit ihm zu führen. Schließlich wurde es so schlimm, dass Bonnie Millie zu sich nach Hause holte.

Lyle war zerfressen von Schuld – eine Last, die beinahe zu schwer war, als dass er sie hätte tragen können. Das leere Haus brachte ihm seinen Verlust nur noch mehr zu Bewusstsein, also verbrachte er seine Tage mit Spaziergängen über einsame Wege, allein mit seinen quälenden Gedanken. So verging Stunde um Stunde, und oft kehrte er erst in die Stadt zurück, wenn es schon dunkel war. Er aß kaum genug, um bei Kräften zu bleiben, und weil er nachts auch nicht zur Ruhe kam, streifte er durch die dunklen Straßen von Dumfries. Der Milchmann und der Bäcker sahen ihn manchmal, aber sie erkannten den angesehenen Arzt, der eher aussah wie ein heruntergekommener, ausgezehrter Landstreicher, kaum wieder.

Seinen Patienten konnte Lyle nicht mehr in die Augen sehen, für sie war sein Anblick mehr als besorgniserregend. Freunde und Verwandte versuchten ihm seine Schuldgefühle zu nehmen, indem sie ihm wiederholt erklärten, dass er den Unfall seines Sohnes nicht hätte verhindern können. Doch Lyles Gefühle schwankten zwischen Wut, Trauer, Kummer und unerträglichem Schmerz. Seine einzige Quelle der Lebensfreude war nicht mehr. Er wollte nicht mehr leben, aber er hatte auch nicht den Mut, aus dem Leben zu scheiden.

Irgendwann kam der Tag, an dem Millies Schmerz in eine andere Phase trat. Gegen Bonnies Rat bestand sie darauf, wieder zu Hause einzuziehen, denn sie glaubte, Lyle zu brauchen. Aber nichts hatte sie auf Lyles Anblick vorbereitet. Sie versuchte, mit ihm zu reden, doch er hatte sich völlig zurückgezogen und ihr nichts zu sagen. Lyle ignorierte jeden Versuch Millies, ihm zu helfen. Als sie nicht mehr weiterwusste, schlug sie vor, den Priester der Familie um ein Gespräch zu bitten, aber Lyle weigerte sich beharrlich auch dagegen. Millie wurde schließlich wütend, denn sie sah seine Haltung als Zurückweisung ihrer Person.

Tom und Mina MacAllister wollten einschreiten, aber Lyle lehnte auch die Hilfe seiner Eltern ab. Dann verschwand er für Wochen. Alle waren krank vor Sorge. Millie weigerte sich zu glauben, dass er sie tatsächlich verlassen hatte, und so ließ sie die Leute nach ihm suchen, darunter auch die örtliche Polizei. Eines Tages tauchte Lyle wieder auf. Er war ausgezehrter denn je und emotional genauso distanziert wie zuvor, aber er sah gepflegter aus. Er gab keinerlei Erklärungen für seine Abwesenheit ab und wollte niemandem sagen, wo er gewesen war. Lyle bestand jedoch darauf, wieder arbeiten gehen zu können.

Im Laufe der nächsten Wochen spielte sich im Leben der MacAllisters eine gewisse Routine ein. Millie und Lyle redeten zwar nicht wieder miteinander, Lyle kehrte jedoch in seine Praxis zurück. Nach und nach nahm er zu. Er kümmerte sich um seine Patienten, aber emotional blieb er distanziert, vor allem Millie gegenüber.

Das Schweigen im Haus war eine Qual für Millie. Sie versuchte immer wieder, Lyle in ein Gespräch zu ziehen, aber seine Antworten waren einsilbig, und über Jamie wollte er gar nicht reden. Millie war enttäuscht, dann wandelte sich die Enttäuschung in Wut. Wenn sie vor lauter Verzweiflung einen Wutausbruch bekam, verließ Lyle einfach das Haus und ging spazieren, was Millie nur noch wütender machte. Sie entschuldigte sich dafür, dass sie ihm die Schuld an Jamies Tod gegeben hatte, aber auch darauf reagierte Lyle nicht. Sie versuchte, über den Schmerz zu sprechen, den der Verlust ihres Sohnes bei ihr ausgelöst hatte, versuchte, sich mehr und mehr zu öffnen, doch Lyle schwieg beharrlich. Schließlich fragte Millie ihn, ob er die Scheidung wolle.

»Willst *du* die Scheidung?«, war seine Antwort.

»Nein, Lyle. Ich will meinen Mann zurück«, erwiderte Millie.

Lyle schwieg. Dieses Mal verließ Millie das Haus.

In den kommenden Monaten begann Millie, mit ihren Eltern auszugehen. Sie spielte Bingo mit ihrer Mutter oder sah ihrem Vater zu, wenn er Darts spielte. Millie hatte nie viel Alkohol getrunken, aber das änderte sich jetzt. Sie stellte fest, dass es ihr besser ging, wenn sie ein paar Gläser Whisky trank. Sie und Lyle sahen sich kaum noch. Er arbeitete viel, und wenn er einmal ein paar Stunden freihatte, ging er spazieren, allein. Dass Lyle darauf bestand, in Jamies Bett zu schlafen, empfand Millie als eine weitere Zurückweisung, als ein Zeichen dafür, dass sie ihren Mann nie zurückbekommen würde.

Lyle fiel es kaum auf, dass Millie immer später am Abend nach Hause kam. Auch dass sie getrunken hatte, fiel ihm nicht auf, bis es so schlimm wurde, dass sie nachts immer wieder stolperte und fiel und sich blaue Flecken oder sogar schlimmere Verletzungen zuzog. Lyle begann, sich Sorgen zu machen. Er begriff, dass das Millies Art war, mit Jamies Tod umzugehen, aber er wusste, dass sie sich auf einen gefährlichen Weg begeben hatte.

»Du solltest nicht so viel trinken«, sagte er eines Morgens, als sie am Küchentisch saß und ihren schmerzenden Kopf mit der Hand stützte. Es waren die ersten Worte, die er seit einer Woche an sie richtete, und es klang mehr wie Kritik, nicht wie Sorge.

Millie wurde wütend. »Warum nicht?«, fuhr sie ihren Mann an.

»Du schadest deiner Gesundheit«, erklärte Lyle kühl.

Millie traute ihren Ohren nicht. Ärger kochte in ihr hoch. »Ach, tatsächlich, Dr. MacAllister? Vielleicht würde ich nicht so viel trinken, wenn ich einen Mann hätte, zu dem ich nach Hause kommen könnte, aber leider habe ich keinen. Ich habe einen Mann ohne Gefühle, einen Mann, der alle Menschen aus seinem Leben ausgeschlossen hat«, fauchte sie. Millie verlor den Kampf gegen ihre Emotionen und fing an zu weinen, was sie nur noch wütender machte.

Lyle ertrug es kaum, für noch etwas anderes die Schuld zugewiesen zu bekommen. Er merkte, wie seine Gefühle außer Kontrolle gerieten, aber er wollte keinen erneuten Rückschlag. Wortlos verließ er das Haus.

Das war der Tropfen, der für Millie das Fass zum Überlaufen brachte. Sie hätte einen tröstenden Arm gebraucht, ein Zeichen von Lyle, dass alles vielleicht wieder normal würde, doch das hatte sie nicht bekommen. Was konnte sie nur tun?

Es dauerte eine Weile, bis Lyle merkte, dass Millie nicht mehr so häufig trank. Sie schien ein wenig Abstand gewonnen zu haben. Obwohl sie noch sehr um Jamie trauerte und es kaum aushielt, wenn etwas sie an ihn erinnerte, hatte er sie morgens auch schon einmal ein Liedchen summen hören, wenn sie die Hausarbeit machte. Sie verbrachte immer noch viel Zeit außer Haus, aber es kam ihm nie in den Sinn, dass es einen bestimmten Grund dafür geben könne.

Tom MacAllister war es schließlich, der das Gespräch mit Lyle suchte.

»Ich habe Gerüchte dahingehend gehört, dass Millie sich mit einem anderen Mann trifft«, begann Tom vorsichtig. »Ich war mir nicht sicher, ob ich dir das erzählen sollte, aber ich finde besser, du hörst es von mir als von einem anderen.« Lyle sah seinen Vater nachdenklich an. »Du führst doch sowieso keine richtige Ehe mehr seit dem Tod des kleinen Jamie«, sagte Tom. Sie saßen im Mulligan's Inn und tranken ein Bier, das erste Bier seit Jamies Tod. »Vielleicht ist es an der Zeit, dass ihr das Haus verkauft und euch trennt. Machst du das nicht, wirst du wie ein Idiot dastehen, Junge.«

Eine Scheidung war normalerweise nicht das, wozu Tom raten würde, aber er hatte Millie einfach nicht vergeben können, dass sie seinem Sohn die Schuld am Tod seines Enkels gab. Er war davon überzeugt, dass ihr Verhalten Lyle beinahe zerstört hätte.

»Bist du dir da auch sicher, Dad?«, fragte Lyle.

Er konnte sich kaum vorstellen, dass es stimmte, was sein Vater ihm da erzählte. Eine Überraschung hätte es eigentlich nicht sein sollen, denn Millie war jung, und ihre ehelichen Beziehungen hatten sie längst eingestellt, doch die Tatsache, dass er daran nie gedacht hatte, erschütterte Lyle.

»Ich habe es aus verschiedenen Quellen, also würde ich sagen, es muss wohl was Wahres dran sein. Überraschend ist es im Grunde nicht, oder, Junge? Seit dem Tod des kleinen Jamie habt ihr doch gar kein richtiges Leben mehr geführt. Ich verstehe ja, wie du dich fühlst, aber emotional so kühl und distanziert zu sein führt immer zu Problemen.«

Es entstand ein langes Schweigen. Dann begann Lyle zu sprechen. »Jamie war der einzige Grund dafür, dass ich Millie geheiratet habe«, gab er zu. Es war das erste Mal, dass er das laut aussprach, seit er seinem Vater von Millies Schwangerschaft erzählt hatte. »Wäre sie nicht schwanger gewesen, hätte ich Elena Fabrizia geheiratet, die Frau, die ich geliebt habe, das wissen wir beide.«

»Und nun, da du Jamie verloren hast, bist du verbittert«, sagte Tom.

»Ich kann nicht ändern, was geschehen ist, aber es gibt keine Freude mehr in meinem Leben, Dad. Jamie war mein Leben. Er war der Grund dafür, dass ich morgens aufgestanden bin. Mich um die Kranken in Dumfries zu kümmern ist einfach nicht genug. Und wahrscheinlich wird es auch nie genug für mich sein.«

Tom war erschüttert, als er seinen Sohn so reden hörte. »Du bist ein guter Arzt, Lyle. Einer der besten. Ich glaube, du leidest unter Depressionen, und das ist nur verständlich. Aber es dauert schon zu lange. Ich mache mir Sorgen um dich.«

»Ich mag vielleicht nie mehr glücklich werden, aber ich komme schon wieder in Ordnung, Dad«, antwortete Lyle.

Tom war sich da nicht so sicher. Das war nicht das, was er hatte hören wollen.

Lyle stellte Millie nicht zur Rede, aber er beobachtete sie fortan genauer. Sie verwandte tatsächlich mehr Sorgfalt auf ihre äußere Erscheinung und verbrachte einen Großteil ihrer Zeit außer Haus. Oft kam sie erst in den frühen Morgenstunden wieder zurück. Es war durchaus möglich, dass sie eine Affäre hatte.

Eines Sonntagnachmittags beschloss Lyle, Millie zu folgen, als sie das Haus verließ. Sie hatte erzählt, sie wolle zu ihrer Mutter und würde erst spät wieder zurückkommen. Normalerweise gab seine Frau ihm nie Auskunft darüber, wohin sie ging, also war Lyles Argwohn geweckt. Tom hatte nicht sagen können, wer ihr angeblicher Liebhaber war, aber Lyle wollte es wissen. Eifersucht empfand er nicht, doch wenn es stimmte, dass Millie Trost in den Armen eines anderen Mannes gefunden hatte, würde sich ihrer beider Leben ändern.

Lyle blieb in diskreter Entfernung zu Millie. Ihr Ziel war tatsächlich das Haus ihrer Mutter. Eine halbe Stunde lang hielt er Wache von einem nahe gelegenen Geschäft aus, dann zog er den Schluss, sein Vater müsse sich geirrt haben. Millie schien ihm nichts zu verschweigen. Lyle glaubte, die Klatschmäuler verbreiteten Lügen, weil er und Millie so viel Zeit ohne einander verbrachten. Erleichtert ging er nach Hause und wurde bald aufs Land zu einem kranken Kind gerufen.

Als Lyle gegen sieben Uhr nach Hause kam, rechnete er damit, Millie anzutreffen, sie war aber nicht dort. Erst kurz vor Mitternacht hörte er, wie sich der Schlüssel in der Haustür drehte. Millie kam herein, schloss leise die Tür und begann, die Treppe hinaufzuschleichen, ohne Licht zu machen. Ihren Mann, der im Dunkeln im Wohnzimmer saß, sah sie nicht.

»Du bist aber lange bei deiner Mutter gewesen, Millie«, sagte Lyle.

Millie schrak zusammen und wirbelte herum, die Hand aufs Herz gepresst. »Du hast mir einen Schrecken eingejagt, Lyle«, sagte sie atemlos. »Was sitzt du denn hier im Dunkeln?«

Lyle ignorierte ihre Frage. »Bonnie und Jock gehen früh zu Bett, also was kannst du bis um diese Zeit in ihrem Haus gemacht haben?«

»Ich … habe Sylvia McDonald besucht. Ihr geht es seit einiger Zeit nicht so gut.« Kaum hatte Millie das gesagt, bereute sie ihre Worte auch schon.

»Sie war noch gar nicht in der Praxis«, sagte Lyle, stand auf und ging auf die Treppe zu. Millies Gesicht wurde vom Licht der Straßenlaterne, das durch die Glasscheibe neben der Haustür schien, erhellt.

»Das stimmt. Das war sie nicht …«, stotterte Millie. »Aber ich habe ihr dazu geraten.«

»Ich mache morgen einen Besuch bei ihr«, sagte Lyle.

Millie erschrak sichtlich. »Das musst du nicht, Lyle. Sie kommt schon in die Praxis, wenn sie einen Arzt braucht.«

»Das macht mir keine Mühe«, erklärte Lyle bestimmt.

Millie presste die Lippen fest zusammen. »Lass gut sein, Lyle«, sagte sie dann und machte sich daran, die Treppe weiter hochzugehen.

Doch Lyle hielt sie auf. »Wieso, Millie? Wird Sylvia etwa sagen, dass du heute Abend gar nicht bei ihr warst, wenn ich sie frage?«

Millie drehte sich um und funkelte ihren Mann wütend an. Es überraschte ihn, den Trotz in ihrer Miene zu sehen.

»Willst du … mir etwas Bestimmtes vorwerfen, Lyle?« An ihrer Ehrlichkeit hatte er bisher nie gezweifelt.

»Ich möchte wissen, ob du mir die Wahrheit sagst, Millie. Ist das die Wahrheit?«

»Und wenn ich nicht die Wahrheit sage, würde dir das etwas ausmachen?«

»Ich möchte nur wissen, woran ich mit dir bin. Das ist doch nicht zu viel verlangt.«

»Seltsam, dass ausgerechnet du das sagst«, meinte Millie. Langsam kam sie die Treppe wieder herunter. Auf der ersten Stufe blieb sie stehen, sodass sie beinahe so groß war wie Lyle, was ihr Selbstbewusstsein zu stärken schien. »Ich weiß seit einiger Zeit schon nicht mehr, woran ich mit dir bin.«

»Ich weiß, ich war nicht mehr ich selbst«, gab Lyle zu. »Aber untreu bin ich dir nie gewesen.«

»Gib es doch zu, Lyle. Du hast mich nur geheiratet, weil wir Jamie erwarteten. Jetzt, wo es ihn nicht mehr gibt, ist nichts mehr übrig geblieben.«

»Triffst du dich deshalb mit einem anderen?«

»Das habe ich nicht gesagt«, sagte Millie abwehrend. Sie fühlte sich verletzt, weil er nicht einmal versucht hatte, ihren Vorwurf zu entkräften.

»Es macht schon in der ganzen Stadt die Runde. Ich bin wahrscheinlich der Letzte, der davon erfährt.«

»Seit Monaten bist du so kalt zu mir, Lyle. Du hast durch nichts zu erkennen gegeben, dass wir je wieder eine richtige Ehe führen werden. Du schläfst sogar in Jamies Zimmer. Es sollte dich also nicht allzu sehr überraschen, dass ich eine Freundschaft mit einem anderen Mann eingegangen bin.«

»*Freundschaft* nennst du das«, sagte Lyle wütend.

»Stimmt genau«, antwortete Millie auftrumpfend.

»Und mit wem unterhältst du diese *Freundschaft?*«, fragte Lyle sarkastisch.

»Das geht dich nichts an.«

»Es dürfte nicht allzu schwer herauszufinden sein«, knurrte Lyle. »Und ich glaube nicht, dass diese sogenannte *Freundschaft* rein platonisch ist.«

»Was kümmert dich das?«, fragte Millie verbittert. »Du willst mich doch nicht. Also wieso stört es dich, dass ein anderer mich will?«

Lyle war, als hätte er einen Schlag in den Magen bekommen. Er drehte sich weg von Millie, schnappte sich seinen Mantel vom Garderobenständer und ging zur Haustür.

»Ja, los, geh wieder weg, Lyle. Das kannst du sowieso am besten«, rief Millie voller Abscheu.

Lyle schlug die Tür zu, als er das Haus verließ. Er warf sich den Mantel über die Schultern und lief durch den Vorgarten auf das kleine Gartentor zu. Es stimmt also, dachte er. Mit Riesenschritten ging er weiter, um zwischen sich und Millie schnell eine große Entfernung zu bringen. Sie hatte zugegeben, dass sie sich mit einem anderen Mann traf. Lyle war schockiert. Er wusste, er würde herausfinden, wer der andere war. Aber wollte er das wirklich wissen?

15

Am Tag vor dem Weihnachtsfest, dem ersten, das er und Mina seit Jamies Geburt ohne ihr Enkelkind feiern würden, ging Tom MacAllister nach draußen, um auf dem Weg, der von der Hintertür zum Holzschuppen führte, Schnee zu schaufeln.

»Pass auf, dass du nicht ausrutscht!«, warnte Mina, als sie hinter ihm die Küchentür schloss, um die eisige Kälte aus dem Haus fernzuhalten.

Das Feuer im Herd brannte im Winter Tag und Nacht, damit sie jederzeit Wasser heiß machen und kochen konnten, aber auch, damit sie es im Haus behaglich hatten, und Mina wollte die kostbare Wärme nicht entweichen lassen.

Am Morgen hatte sich Tom nicht ganz wohlgefühlt, aber zu seiner Frau hatte er nichts gesagt. Der Tod ihres Enkels hatte Mina schwer getroffen, und er wollte ihr nicht noch mehr Sorgen machen, erst recht nicht so kurz vor dem Weihnachtsfest. Als Tom die Hälfte des Weges freigeräumt hatte, merkte er, dass er ungewöhnlich stark schwitzte und Probleme beim Atmen hatte. Er versuchte, sich den obersten Mantelknopf aufzumachen, aber seine Handschuhe hinderten ihn daran. Verärgert ließ er die Schaufel fallen, um seine Handschuhe auszuziehen, aber seine Finger waren steif vor Kälte, und so schaffte er es nicht. Auf einmal fuhr ein Schmerz durch seinen linken Arm, und ihm wurde schwindlig. Ich brauche Hilfe, dachte Tom. In der Hoffnung, Mina dort zu sehen, drehte er sich zum Küchenfenster um, aber sie war nicht da.

Als Mina ein paar Minuten später zur Spüle ging, von wo sie in den Garten sehen konnte, blieb ihr das Herz stehen. Ihr

Mann lag neben einem Haufen Schnee auf dem halb freigeräumten Weg.

»Tom«, schrie sie, als sie zur Hintertür stürzte, sie aufriss und hinausrannte. »Tom!«

Er muss ausgerutscht sein, dachte sie, er wird sich verletzt haben. Als Mina ihren Mann erreichte, klopfte sie ihm auf die Wangen.

»Tom! Was ist mit dir? Tom!«, rief sie immer und immer wieder, aber es kam keine Reaktion von ihm.

Tom war tot.

Der plötzliche Verlust seines Vaters, der an einem schweren Herzinfarkt gestorben war, warf Lyle völlig aus der Bahn. Gerade sieben Monate war es her, seit sie Jamie verloren hatten, und sein Vater und sein Sohn waren die beiden Menschen auf der Welt gewesen, denen er sich am nächsten gefühlt hatte. Lyle war am Boden zerstört.

Obwohl Millie sicher war, dass sie zurückgewiesen werden würde, versuchte sie, Lyle zu trösten. Wie erwartet, machte er jegliche ihrer Versuche, Mitgefühl zu zeigen, zunichte und behauptete, ihre Gesten seien unaufrichtig.

Auf ihre gewohnte stoische Art beharrte Mina darauf, am ersten Weihnachtsfeiertag in die Kirche zu gehen. Sie sagte zu ihrer Familie, Tom hätte gewollt, dass sie so weitermachten wie bisher, und sie müsse einmal weg aus dem Haus und von dem beständigen Strom von Menschen, die ihr kondolieren wollten. Aileen und Robbie gaben ihr Recht und begleiteten Mina mitsamt ihren Ehepartnern und Kindern zur Kirche, Lyle weigerte sich jedoch mitzukommen. Seine Mutter war verärgert, aber wie seine Geschwister verstand sie letztendlich, dass ihm nicht der Sinn nach Weihnachten stand. Das hielt sie allerdings nicht davon ab, sich Sorgen um Lyles Gemütsverfassung zu machen. Sie nahmen ihm das Versprechen ab, zur Mittagszeit wieder zu Hause zu sein, ehe er sich in dem sacht fallenden Schnee zu seinem Spaziergang aufmachte.

Lyle vergaß die Zeit und marschierte Meile um Meile. Der Schnee fiel nun dichter, aber das nahm er kaum wahr. In seinem Kopf herrschte ein solcher Aufruhr, dass er gar nicht spürte, wie die Temperatur unter null Grad sank.

Nach einer Weile verlor Lyle die Orientierung. Er versuchte, sich wieder zurechtzufinden, aber die Landschaft war so verschneit, dass er nichts erkannte, woran er sich hätte orientieren können, und die Wege waren schlecht ausgeschildert. Lyle mochte es kaum glauben, aber zum ersten Mal in seinem Leben hatte er sich hoffnungslos verirrt. Er hatte keine Ahnung, in welche Richtung er gehen sollte.

Lyle irrte noch eine Weile umher, dann ließ er sich erschöpft und steif vor Kälte auf eine verschneite Bank sinken, die am Wegrand stand. Er spürte, wie ihm die Sinne schwanden, aber er wusste, er durfte nicht einschlafen, dann würde er den Tod durch Unterkühlung finden.

Plötzlich nahm er aus der Ferne ein Geräusch wahr – das Schnauben eines Pferdes. Lyle sah erleichtert, wie sich ein Fuhrwerk näherte. Der Farmer hielt an, half ihm auf den Bock und brachte ihn zu dem nächstgelegenen Haus, denn er war sich nicht sicher, ob der Mann, den er am Wegrand aufgelesen hatte, es noch lange in der Kälte aushielt, und seine Farm war ein ganzes Stück weit entfernt.

Das Haus, an dem sie anklopften, war in den Sommermonaten eine Gastwirtschaft, die den Winter über geschlossen hatte. Der Besitzer und seine Frau waren allein und schon recht alt, aber sie nahmen Lyle freundlich auf und gaben ihm eine Tasse Glühwein, damit er sich aufwärmen konnte. Lyle kam sich wie ein Eindringling vor, besonders, da es Weihnachten war, aber die beiden Alten behaupteten, sie fühlten sich geehrt und empfänden es als Segen, einen Besucher zu haben.

Sie luden ihn ein, ihr Weihnachtsessen, eine herzhafte Suppe und ein Stück knuspriges, warmes Brot, mit ihnen zu teilen. Dabei fand Lyle heraus, dass die zwei ihre beiden Söhne im Krieg verloren hatten. Einer der beiden war in Lyles Alter gewesen, auf eine merkwürdige Art war sein Besuch also ein Glück. Und als Lyle gefragt wurde, weshalb er allein im Schnee unterwegs sei, statt mit seiner Familie Weihnachten zu feiern, brach es plötzlich aus ihm heraus. Ohne jede Zurückhaltung schüttete Lyle den beiden alten Leuten sein Herz aus, erzählte ihnen von Jamie und von seinem Vater und wie schrecklich das Jahr 1931 für ihn gewesen war. Es fiel ihm leicht, mit ihnen zu reden, leichter als mit seiner engsten Familie, und es war tröstlich, dass sie besser als jeder andere seinen Verlust verstanden. Sie alle drei spürten, dass sie sich an diesem so traurigen Tag gegenseitig brauchten.

Jeder in seine Gedanken versunken, saßen sie noch eine Weile am bullernden Kaminfeuer, dann bat Lyle um eine genaue Wegbeschreibung für seinen Heimweg. Wenn er sich nicht bald aufmachte, würde es dunkel, und er verlief sich noch einmal. Als er aufstand, fiel sein Blick auf einen Stapel alter Zeitungen neben dem Kamin, die der Gastwirt zum Feueranzünden benutzte, und ein Artikel fesselte seine Aufmerksamkeit. *Fliegende Ärzte im australischen Outback gesucht.* In dem Artikel ging es um einen Reverend namens Flynn, der in Cloncurry, Queensland, eine Organisation ins Leben gerufen hatte, für die er Ärzte suchte, die die Menschen dort medizinisch versorgen sollten. Die Zeitung war schon etwas älter, aber Lyle riss den Artikel heraus und steckte ihn sich in die Tasche, bevor er sich von den beiden Alten verabschiedete und sich herzlich bedankte.

Zwei Tage später, nach der Beerdigung seines Vaters, setzte er sich hin und schrieb einen Brief an Flynn.

Die ersten Wochen des Jahres 1932 war Lyle damit beschäftigt, seiner Mutter beim Verkauf des Hauses zu helfen, in dem sie mit seinem Vater knapp vierzig Jahre gelebt hatte. Die persönliche Habe musste geordnet und das Mobiliar verkauft werden. Aileen war Anfang des Jahres mit ihrer Familie nach Edinburgh gezogen, und Mina hatte vor, zu ihr zu ziehen, weil sie nicht länger in einer Stadt wohnen wollte, in der zu vieles sie an Tom erinnerte.

»Ich verlasse dich gar nicht gern«, sagte sie an dem Tag, an dem sie das Geld für den Hausverkauf erhielt, zu Lyle.

»Darüber haben wir jetzt doch schon mehrfach gesprochen, Mom. Dieser Umzug wird dir guttun«, erwiderte Lyle.

»Aber ich mache mir Sorgen um dich, Lyle.«

Das Schwerste daran, aus Dumfries wegzuziehen, war für Mina die Tatsache, dass sie Lyle zurückließ. Sie hatte gemerkt, dass sie ohne Tom nicht mehr im Haus der Familie wohnen bleiben konnte. Jedes Mal, wenn sie aus dem Küchenfenster schaute, durchlebte sie wieder den Moment, in dem sie ihren Mann im Schnee liegen sah. Das Fortgehen war schwer, aber die Erinnerungen waren weit schmerzlicher. Mina jedoch machte sich auch Gedanken um die seelische Verfassung ihres Sohnes. Er war über den Verlust Jamies in tiefe Verzweiflung versunken, und er vermisste seinen Vater, zu dem er von jeher ein besonders enges Verhältnis gehabt hatte.

Lyle wusste, dass seine Mutter ein fabelhafter Mensch war und dass sich unter der rauen Fassade der Frau aus den Highlands ein weiches Herz verbarg. Im Gegensatz zu seinem Vater sprach sie nur höchst selten über ihre Gefühle, also begriff Lyle, wie schwer für sie das Eingeständnis war, dass sie sich hin und her gerissen fühlte, weil sie ihn zurückließ.

»Ich habe vor, mit meinem Leben in Zukunft etwas anderes anzufangen, Mom«, sagte er. »Ich bin also heilfroh, dass Aileen sich um dich kümmern wird.«

Mina verstand nicht, was Lyle meinte. »Willst du fort aus Dumfries und woanders arbeiten, Junge?«

»Ich denke schon«, antwortete Lyle vage.

Mina war längst daran gewöhnt, dass ihr Sohn wenig davon preisgab, wie er über die Dinge dachte. In der Hinsicht war er ihr ähnlich.

»Vielleicht findest du ja eine Stelle in Edinburgh«, sagte sie erwartungsvoll. Robbie hatte ein Mädchen aus Falkirk geheiratet, was nicht weit weg von Edinburgh war. Wenn also Lyle nach Edinburgh zöge, hätte sie alle Kinder in der Nähe. »Aileen meinte, es gebe mehrere Krankenhäuser in der Stadt, also könntest du ja vielleicht in das Hospital zurück, in dem du deine Ausbildung absolviert hast.«

»Ich bin nicht wild darauf, in einer Stadt zu arbeiten«, entgegnete Lyle. Er hatte nicht die Absicht, das je wieder zu tun.

»Es gibt auch viele kleine Orte auf dem Land nicht weit von Edinburgh.«

»Ich werde dir meine Pläne mitteilen, wenn sie endgültig sind, Mom. Aber jetzt wollen wir erst einmal dafür sorgen, dass du gut bei Aileen unterkommst.«

Mina war eine Woche weg, als Lyle von Reverend Flynn hörte. Der Brief enthielt nur die Mitteilung, auf die er gehofft hatte. Er hatte bereits Vorkehrungen für die Übernahme der Praxis durch Dougal Duff getroffen, und sie hatten einen weiteren Arzt eingestellt, der ihnen helfen sollte, doch über seine Pläne hatte Lyle keinerlei Andeutungen gemacht.

Als Millie mal wieder aus dem Haus gegangen war, um den Mann zu treffen, aus dem sie kein Geheimnis mehr machte, packte Lyle einen Koffer und stieg in einen Zug nach London. Dort blieb er ein paar Tage, um sich um seine Finanzen und seinen Pass zu kümmern, ehe er einen Zug nach Southampton nahm, wo er ein Schiff bestieg, das nach Australien fuhr.

Dass ihr Mann fortgegangen war, wurde Millie erst klar, als sie merkte, dass sie ihn seit Tagen schon nicht mehr gesehen hatte. Anfangs hatte sie gedacht, sie hätten sich einfach immer nur verpasst, aber dann fiel ihr auf, dass niemand mehr in Jamies Bett geschlafen hatte. Millie stellte fest, dass Lyles Koffer fehlte und etliche seiner Kleidungsstücke nicht mehr im Schrank hingen. Sie nahm an, er sei für ein paar Wochen weggefahren, wie er das zuvor schon einmal getan hatte, und sie war verärgert, weil er nicht die Höflichkeit besessen hatte, es ihr mitzuteilen. Dass er nie mehr zurückkommen könnte, kam ihr überhaupt nicht in den Sinn.

16

Am Morgen stand Elena immer auf, wenn die aufgehende Sonne das erste Morgenrot auf den weitläufigen östlichen Himmel gezaubert hatte. Im Sommer war dies die einzige Zeit des Tages, die ihr annähernd behagte. Dann war es am kühlsten, und auch die Fliegen waren noch nicht munter. Elena fand, dass das Morgenlicht der Landschaft etwas Weiches verlieh, sodass sie nicht so bedrückend wirkte wie zu den anderen Tageszeiten.

Leider blieb Elena nicht viel Zeit, den Himmel oder die Landschaft zu bewundern, weil sie etliche Aufgaben zu erledigen hatte, ehe sie sich auf den Weg nach Winton machen konnte. Sie musste die Hühner füttern, die Wäsche waschen und Aldo das Frühstück bereiten. Von montags bis donnerstags arbeitete sie für Dr. Robinson, an diesen Tagen machte sie auch noch Sandwiches für sich und Aldo, ehe sie fegte und das Haus aufräumte.

Die Fahrt zum zehn Meilen entfernt gelegenen Winton im Pferdewagen war lang, und nur die ersten fünf Meilen waren angenehm. Dann brannte Elena die Sonne auf den Rücken, und die Fliegen trieben sie beinahe in den Wahnsinn. Bis drei Uhr nachmittags arbeitete sie in der Praxis, dann ging sie zu ihrer Mutter, um die Kinder nach der Schule eine Stunde lang sehen zu können, ehe sie wieder nach Hause fuhr. Es wäre schön gewesen, hätte Elena in der Stadt bleiben und der Gluthitze auf der Rückfahrt nach Barkaroola aus dem Weg gehen können, doch das bescheidene, mit Schindeln gedeckte Häuschen ihrer Eltern war zu klein, um außer ihren drei Kindern auch noch sie zu beherbergen. Außerdem machte Aldo kein Geheimnis aus der Tatsache, dass er ihre Arbeit beim Arzt missbilligte, also traute Elena sich nicht, auch noch nachts von zu Hause wegzubleiben.

Wenn sie Barkaroola am späten Nachmittag erreichte, war sie verschwitzt, staubig, erschöpft und so durstig wie ein Kamel, das gerade die Simpsonwüste durchquert hatte. Zwischen vier und fünf Uhr nachmittags war die Sonnenhitze besonders unerträglich. Die Straße bestand nur aus pudrigem Staub und war zudem durchsetzt mit Schlaglöchern, die eine Kuh hätten verschlucken können. Wenn es regnete, verwandelten Sturzbäche die Fahrwege in eine Schlammwüste. Elena machte sich schnell frisch und bereitete dann das Abendessen zu. Normalerweise kümmerte Aldo sich um das Pferd, danach aßen sie in angespanntem Schweigen. Elenas Mann erkundigte sich nie nach ihrer Arbeit, was ihr nichts ausmachte, dass er allerdings auch nicht nach den Kindern fragte, machte Elena wütend.

An den Freitagnachmittagen brachte Luisa nach wie vor die Kinder im Lieferwagen nach Hause auf die Farm und holte sie sonntags auch wieder ab, aber zum Tee blieb sie nicht mehr. Sie und Elena sahen sich ja an vier Nachmittagen in der Woche, und Aldo gab ihr außerdem das Gefühl, dass sie ihm seine Familie wegnahm.

Ein paar Monate nachdem Elena angefangen hatte zu arbeiten, stockte Aldo den Viehbestand der Farm nach und nach wieder auf. Da es nun ein zweites Einkommen gab, war die Bank gewillt, ihm ein kleines Darlehen zu gewähren, damit er Qualitätssaatgut zum Futtermittelanbau kaufen konnte, bewässern konnte er es mit Bohrlochwasser. Elenas Gehalt brachte Essen auf den Tisch, kleidete die Kinder und trug die Kosten für das Pferdefutter. Es erlaubte Aldo sogar, Billy-Ray wieder einzustellen. Aber all das reichte nicht, um Aldo zufriedenzustellen.

Die Sonntagnachmittage waren für Elena besonders hektisch. Sie musste dafür sorgen, dass die saubere Kleidung gepackt wurde, die die Kinder für die Woche brauchten, außerdem musste sie sich darum kümmern, dass die Kinder alle Hausaufgaben übers Wochenende gemacht und die Schulsachen gepackt hatten. Mit Marcus war das normalerweise kein Problem, weil er sorgfältig und selbstständig war. Dominic und Maria waren das genaue Gegenteil, und so hatte Elena mit den beiden mehr Arbeit, als ihr lieb war.

Eines Sonntags war Marcus besonders erschöpft, weil er auf der Farm so viele Arbeiten zu erledigen gehabt hatte. Aldo hatte darauf bestanden, dass er den ganzen Samstag auf den Viehweiden half, was bedeutete, dass er den größten Teil der Wochenendschulaufgaben am Sonntag machen musste. Mit Maria und Dominic war es übers Wochenende besonders anstrengend gewesen, weil sie sich pausenlos gestritten hatten. Für ihre acht beziehungsweise zehn Jahre waren sie groß, aber immer noch recht kindlich und schwer zu erziehen, und so war auch Elena ermattet. Sie schaffte es kaum, ihre Aufgaben zu erledigen, und dann musste sie auch noch kochen.

»Ist deine Tasche gepackt, Marcus?«, fragte Elena, nachdem sie die Schultaschen der beiden Kleineren überprüft hatte. Sie war verärgert, weil die zwei ständig ihre Stifte verloren und sie danach suchen musste. »Nonna kommt in einer Stunde.«

»Ich habe meine Hausaufgaben noch nicht gemacht, Mamma«, antwortete Marcus erschöpft.

»Ach, Marcus«, sagte Elena überrascht. »Wieso denn nicht?« Kaum hatte sie das gesagt, war ihr die Antwort klar. »Du hast für deinen Papà so viel erledigen müssen und warst zu müde«, sagte sie aufgebracht. »Ich schreibe einen Brief an Miss Wilmington, damit sie dich nicht ausschimpft«, fügte sie hinzu.

»Sie wird wütend auf mich sein«, sagte Marcus ängstlich. »Ich musste ihr versprechen, dass ich mit meinem Referat fertig werde. Ich habe versucht, es gestern Abend zu machen, aber ich bin eingeschlafen.«

Am Abendbrottisch war Elena aufgefallen, dass ihm immer der Kopf weggesackt war. Er hatte ihr leidgetan, und sie war wütend auf Aldo gewesen, aber sie hatte versucht, das nicht zu zeigen. »Ich rede mit Miss Wilmington, falls nötig, Marcus«, sagte sie. »Mach dir keine Sorgen.«

Kurz nachdem Luisa die Kinder abgeholt hatte, kam Aldo nach Hause zurück. Elena war sehr zornig.

»Die Kinder sind weg, und du hast dich nicht einmal von ihnen verabschiedet«, fauchte sie, kaum dass er das Haus betreten hatte.

»Ich musste einen der Pferdetröge säubern, weil Marcus das nicht ordentlich gemacht hat.«

»Ist das ein Wunder? Er war so müde, dass er kaum die Augen offen halten konnte.«

»Er arbeitet weniger als ich in seinem Alter«, gab Aldo zurück. »Der Junge ist verweichlicht.«

»Er muss Hausaufgaben machen und daneben so viele andere Arbeiten erledigen. Du solltest den beiden Kleineren mehr Verantwortung übertragen, dann würden sie mir nicht ständig im Weg herumlaufen, und Marcus wäre nicht so müde. Ich schaffe ja meine Arbeit kaum, weil die beiden sich ständig langweilen oder sich zanken oder irgendeinen Blödsinn anstellen.«

»Du wärst nicht so müde, wenn du zu Hause bleiben würdest wie eine anständige Frau«, fauchte Aldo.

»Wir brauchen das Geld. Das weißt du.«

»In der nächsten Woche werden die Kühe kalben. Wenn ich die Kälber verkaufe, haben wir genug Geld, um davon zu leben, und du kannst deine Arbeit wieder kündigen.«

»Ich werde bestimmt nicht kündigen«, erklärte Elena entschlossen. »Ich werde mir nicht mehr andauernd Sorgen darüber machen, ob wir genug Viehfutter haben oder ob es wieder eine Heuschreckenplage gibt und das bisschen Futter, das wir haben, vernichtet wird. Ich möchte mir leisten können, den Kindern Schuhe zu kaufen, wenn sie sie brauchen, oder neue Kleidung. Es gab genug schwere Zeiten, in denen ich mir Sorgen machen musste, und dazu bin ich nicht mehr bereit.«

»Es behagt mir nicht, wie die Männer in der Stadt hinter meinem Rücken reden. Ich weiß, was sie sagen – dass ich meine Familie nicht ernähren kann«, schimpfte Aldo.

»Wäre dir lieber, dass sie uns auslachen, weil wir die Rechnungen im Futtermittelladen oder im Lebensmittelgeschäft nicht bezahlen können?«

»Du begreifst einfach nicht, wie demütigend es für einen Mann ist, von seiner Frau ausgehalten zu werden.«

»Wir sind nicht mehr in Europa, Aldo. Das hier ist das Outback von Australien, wo alle zusammenhalten müssen. Ich habe es dir schon einmal gesagt: Schluck deinen dummen Stolz herunter, hier draußen gibt es keinen Platz dafür.«

Als Elena am Montagmorgen wieder in die Stadt fuhr, war sie immer noch wütend. Nach dem Dienst ging sie bei ihrer Mutter vorbei. Luisa war in der Küche und bereitete das Abendessen zu, und ihr Vater schloss gerade die Fleischerei ab. Marcus hockte am Küchentisch, wo er angestrengt an seinem Referat arbeitete.

»Miss Wilmington will meine Arbeit gleich morgen auf ihrem Pult sehen«, sagte er.

Elena sah, dass er noch längst nicht fertig war und dass Maria und Dominic ihn störten. Sie gab den beiden einen Penny, damit sie sich ein Eis kaufen konnten.

Verwirrt runzelte Marcus die Stirn. »Warum belohnst du sie dafür, dass sie mich stören?«, fragte er.

»Ich will doch nur, dass du ein bisschen Ruhe bei der Arbeit hast«, erklärte Elena. »Kann ich dir irgendwie helfen?«

»Musst du nicht nach Hause, Mamma?«, wollte Marcus besorgt wissen.

»Das eilt nicht«, gab Elena zurück, zog sich einen Stuhl heran und setzte sich neben ihren Sohn.

Eine Stunde verging, ehe Elena das nächste Mal auf die Uhr sah. Ihr war klar, dass es spät geworden war, Aldo wartete auf sie, aber sie wollte Marcus nicht im Stich lassen. Das Referat war bald fertig, und mit dem Ergebnis war Marcus offensichtlich hochzufrieden.

»Danke, Mamma«, sagte er und lächelte dankbar. »Ich hoffe,

du bekommst keinen Ärger mit Papà, weil du so spät nach Hause kommst.«

Elena schaute zu Luisa, die am Herd in einem Topf rührte. »Mach dir keine Sorgen«, beruhigte sie den Jungen. »Wenn Papà Hunger hat, wird er schon etwas zu essen finden.«

»Ich komme jedenfalls um vor Hunger«, sagte Marcus.

Elena lächelte. Sie war froh, ihn so erleichtert zu sehen, nachdem die Arbeit nun getan war.

»Das Abendessen ist bald fertig«, rief Luisa. »Trag deine Schulsachen ins Schlafzimmer, damit ich den Tisch decken kann.«

»Ich helfe dir«, sagte Elena.

»Du solltest dich jetzt wohl lieber auf den Weg machen, Elena«, meinte Luisa. »Es wird dunkel, ehe du zu Hause bist.« Sie runzelte die Stirn. »Wird dein Mann sich keine Sorgen machen?«

Luigi war gerade durch die Hintertür hereingekommen. Er hatte die Worte seiner Frau gehört. »Das behagt mir nicht, dass du allein im Dunkeln fährst. Ich bringe dich mit dem Lieferwagen nach Hause.«

»Aber dann müsste einer von euch mich morgen früh abholen. Da kann ich doch gleich über Nacht in der Praxis bleiben«, sagte Elena. Unbewusst freute sie sich, weil sie nun eine Ausrede hatte, in der Stadt zu bleiben. »Ich rufe Aldo über Funk an und sage ihm Bescheid.«

»Dann kannst du heute ja mit uns zusammen zu Abend essen«, freute Luisa sich. »Fleischklößchen isst du doch so gern.«

»Das mache ich, danke, Mamma. Aber erst versuche ich, Aldo zu erreichen.«

Elena ging in den Gemischtwarenladen und bat Joe Kestle, sein Funkgerät benutzen zu dürfen. Sie versuchte es auf Barkaroola, aber es meldete sich niemand.

»Kommen Sie doch später wieder und versuchen Sie es noch einmal«, schlug Joe vor.

»Danke, Mr. Kestle«, sagte Elena.

Sie dachte, dass Aldo bestimmt nach dem Vieh sah. Er schaute immer wieder nach den Kühen, wenn sie bald kalbten. Elena aß mit ihren Kindern und ihren Eltern, dann ging sie noch einmal in den Laden, um ihren Mann anzufunken. Aldo meldete sich jedoch wieder nicht. Kurz überlegte sie, ob wohl alles mit ihm in Ordnung wäre und ob sie ihren Vater vielleicht doch bitten sollte, sie nach Hause zu fahren, aber dann sagte sie sich, dass sie sich vermutlich ganz umsonst sorgte. Sie hatte schon einmal eine Nacht in der Stadt verbracht. Dr. Robinson hatte ihr gesagt, sie könne den Nebenraum der Praxis benutzen, wann immer sie wolle. Und genau das würde sie jetzt tun.

Am nächsten Morgen klopfte Mr. Kestle an die Tür der Fabrizias. Elena war zum Frühstück gekommen und stand jetzt auf, um zu öffnen.

»Aldo hat sich gestern am späten Abend über Funk gemeldet, weil er wissen wollte, ob Sie in der Stadt geblieben sind«, überfiel Joe sie gleich. »Er war nicht allzu erfreut, als ich ihm sagte, Sie hätten versucht, ihn zu erreichen. Ich hatte den Eindruck, er hat mir nicht geglaubt.«

»Sie hat ja wirklich versucht, ihn über Funk zu erreichen, es ist nicht ihre Schuld, dass er den Funkruf nicht gehört hat«, verteidigte Luisa ihre Tochter.

Joe zuckte mit den Schultern.

»Danke, Mr. Kestle«, sagte Elena. »Er ist wahrscheinlich ein bisschen schlecht gelaunt gewesen, weil er Angst hatte, ich könnte unterwegs liegen geblieben sein.«

»Vielleicht«, sagte Joe und ging zurück in seinen Laden.

»Glaubst du das wirklich?«, fragte Luisa ihre Tochter.

»Na ja, er ist wohl eher wütend, weil ich nicht nach Hause gekommen bin, um ihm etwas zu kochen. Er will, dass ich meinen Job kündige, wenn die Kälber verkauft werden können, aber ich habe ihm gesagt, dass ich das nicht tue.«

»Man sollte doch meinen, er würde sich freuen, dass regelmäßig Geld hereinkommt«, sagte Luisa.

»Ja, das sollte man meinen«, stimmte Elena zu. »Aber wie

ich schon sagte, er tut es nicht. Ich kann keinesfalls mehr da draußen auf dieser Farm leben ohne jede Gelegenheit, mal unter Menschen zu kommen. Und auf keinen Fall will ich mir länger Sorgen darüber machen, woher das Geld für Rechnungen und Lebensmittel kommt. Damit muss Aldo sich abfinden.«

17

Eine Woche lang war Lyle schon auf dem Ozeandampfer *Star of Southampton* unterwegs, ehe er sich entspannen und die Reise genießen konnte. Am neunten Abend der Fahrt nach Australien, die mehrere Wochen dauern sollte, wurde er an den Kapitänstisch zum Abendessen geladen. Er trug seinen besten Anzug und freute sich auf ein gutes Essen und angenehme Gespräche.

Außer Lyle saßen an Kapitän Mastersons Tisch neun weitere Gäste – vier Ehepaare, dazu Lyle und eine weitere allein reisende Frau. Die Frau wurde Lyle direkt gegenüber ans andere Ende des Tisches gesetzt, weit weg vom Kapitän. Lyle schätzte ihr Alter auf Ende zwanzig bis Anfang dreißig. Als sie dem Kapitän vorgestellt wurden, erfuhr er, dass sie Alison Sweeney hieß.

»Ich habe mich schon gefragt, wann ich Sie wohl kennenlernen würde«, meinte sie mit wissendem Lächeln.

Zuerst war Lyle gar nicht klar, dass sie mit ihm redete, aber dann fiel ihm auf, dass sie ihn direkt anschaute. »Ich bitte um Verzeihung«, meinte er verwirrt.

»Reverend Flynn schrieb mir in einem Brief, dass Sie auf der *Star of Southampton* reisen würden. Ich hatte gehofft, dass wir uns irgendwann mal über den Weg laufen.«

»Reverend Flynn«, sagte Lyle immer noch perplex. »Sind Sie mit ihm befreundet?«

»Ich kenne ihn nicht persönlich, aber wenn ich in Australien ankomme, wird er mein Arbeitgeber sein.«

»Ach, kommen Sie als Krankenschwester zu den Fliegenden Ärzten?«

»Bestimmt nicht. Um nichts in der Welt würde ich mir meinen Lebensunterhalt mit dem Ausleeren von Bettpfannen verdienen wollen, und beim Anblick von Blut wird mir ganz schwummrig. Ich werde eines der Flugzeuge fliegen.«

»Fliegen!« Lyle verschluckte sich beinahe an seinem Wein.

Alison schmunzelte, als sie seinen verblüfften Gesichtsausdruck sah. Insgeheim gestand sie sich ein, dass sie nicht damit gerechnet hatte, dass dieser Dr. MacAllister ein derart attraktiver Mann war. Sie nahm an, dass er allein reiste. Seine Frau, wäre er denn verheiratet, würde sonst neben ihm sitzen.

»Es ist durchaus möglich, dass ich Sie als Pilotin durch Australien kutschieren werde, Lyle. Darf ich Sie Lyle nennen?«

Lyle riss die Augen weit auf, als er das hörte. »Sie werden mich … fliegen?«, fragte er ungläubig.

»Stimmt genau«, antwortete Alison lachend. »Ich dachte mir schon, dass Sie das überraschen würde.«

»Überraschen ist wohl eher untertrieben, Miss Sweeney«, gab Lyle zu und nahm noch einen großen Schluck Wein.

»Alison, bitte. Schließlich werden wir bald zusammen arbeiten. Und Ihr Leben wird in meinen Händen liegen, es besteht also keine Notwendigkeit, derart förmlich zu sein.« Ihre Augen funkelten vor Belustigung.

Es war klar, dass Alison sich über Lyle lustig machte. Er fand sie sehr attraktiv, tatsächlich sogar viel zu hübsch, um ständig nur einen Fliegeranzug zu tragen. Sie hatte blondes, lockiges Haar, einen pfirsichzarten Teint und lebhafte grüne Augen.

»Man trifft ja nicht jeden Tag eine junge Frau, die ein Flugzeug steuern kann«, sagte er.

Alison lachte – ein sprudelndes Lachen, das wunderschön klang. »Schauen Sie nicht so besorgt. Ich bin eine wirklich gute Pilotin.«

»Wenn Sie erlauben, würde ich Sie gern fragen, ob Sie in der Armee waren. Sind Sie da zur Pilotin ausgebildet worden?«, erkundigte sich Lyle.

Obwohl er nicht glaubte, dass in der Armee Frauen zu Pilotinnen ausgebildet wurden, konnte er sich doch nicht vorstellen, dass es eine andere Möglichkeit geben könnte.

Ein Mann und eine Frau neben Alison hatten ihnen zugehört und mischten sich jetzt in ihr Gespräch ein. Sie stellten sich als Jack und Joan Westcliffe vor.

»Wir würden das auch gern hören, Miss Sweeney«, sagte Joan mit Liverpooler Akzent.

Alison freute sich über ihr Interesse. »In der Armee war ich nicht. Dort werden definitiv keine Frauen zu Pilotinnen ausgebildet, in der Hinsicht ist die britische Regierung sehr rückständig. Mit der amerikanischen Regierung ist es nicht viel besser. Ich habe angefangen, mich fürs Fliegen zu interessieren, weil mein großes Vorbild die Amerikanerin Amelia Earhart ist«, sagte sie. »Amelia hat ihr erstes Flugzeug im Jahr 1907 auf einer Messe in Iowa gesehen, als sie gerade einmal zehn Jahre alt war. Nicht, dass Amelia damals sonderlich beeindruckt gewesen wäre«, fuhr Alison fort. »Jahre später besuchte sie mit ihrem Vater eine Flugschau. Die fand auf dem späteren Flughafengelände Daugherty Field in Long Beach, Kalifornien, statt. Ihr Vater zahlte einem Mann namens Frank Hawks zehn Dollar, damit der sie auf einem Rundflug über Los Angeles mitnahm. Sie behauptet, sie sei von dem Moment an, als sie wieder landeten, vom Fliegen besessen gewesen und habe beschlossen, eines Tages selbst ein Flugzeug zu fliegen.«

»Das ist wirklich ein ehrgeiziges Vorhaben«, meinte Joan. »Ich habe in der Zeitung über Amelia Earhart gelesen. Es ist für unsere Zeit außergewöhnlich, dass eine Frau fliegen lernen kann. Frauen bekommen normalerweise keine Gelegenheit, so etwas zu tun.«

»Es überrascht Sie vielleicht, wenn ich Ihnen sage, dass die erste Frau der Welt, die eine Fluglizenz erhielt, die Baronin Raymonde de Laroche war. Das war schon 1910. Und die erste Frau, die überhaupt in einem Flugzeug mitflog, war Thérèse Peltier im Jahr 1908.«

»Das ist ja unglaublich, das wusste ich noch gar nicht«, staunte

Joan. Sie hörte allzu gern von Frauen, die mit den Beschränkungen ihres Geschlechts brachen und Dinge taten, die unkonventionell waren, aber was sie anging, passierte so etwas viel zu selten.

»Es war im Übrigen auch eine Frau, die Amelia das Fliegen beibrachte. Haben Sie von Neta Snook gehört?«, fragte Alison.

»Nein«, antwortete Joan fasziniert.

»Amelia musste sich ihre Flugstunden selbst finanzieren, da ihre Eltern sich weigerten, das zu tun. Neta und Amelia kamen aus ähnlichen Verhältnissen, also freundeten sie sich schnell an. Neta war die erste Pilotin, die eine Flugschule besaß. Sie hatte eine Canuck restauriert.«

»Ich weiß, was das ist«, sagte Jack voller Stolz. Er war bei der Air Force gewesen. »Das ist ein altes kanadisches Schulflugzeug.«

»Genau«, sagte Alison lächelnd. »Und Amelia war die sechzehnte Frau, die eine Fluglizenz erhielt.«

»Wie interessant«, meinte Lyle, den Amelias Geschichte faszinierte. »Aber Sie werden uns doch jetzt nicht erzählen, dass Sie Flugstunden von Amelia Earhart erhielten, oder doch?«

»Nein, leider nicht. Sie war zu sehr damit beschäftigt, Geschichte zu schreiben. 1928 überquerte sie im Soloflug anlässlich ihrer Teilnahme an den National Air Races den Atlantik.«

»Darüber habe ich in der Zeitung gelesen«, sagte Joan. »Also wer hat Ihnen das Fliegen beigebracht? War es ein attraktiver Pilot?«

Wieder lachte Alison. Sie sah, dass Joan sehr romantisch veranlagt war. »Nein, das war Ruth Nichols. Auch sie war eine bemerkenswerte Dame. Nur wenige Wochen, nachdem Amelia 1922 ihren Höhenrekord über vierzehntausend Fuß aufgestellt hatte, brach sie diesen. Amelia hatte ihr Flugzeug übrigens ›Kanarienvogel‹ getauft. Tatsächlich handelte es sich um eine Kinner. Als eine Investition in eine Gipsmine sich als verheerend für Amelia erwies, verkaufte sie den Kanarienvogel und erwarb einen Kissel Speedster, ein Zweisitzer-Automobil, das sie die ›gelbe Gefahr‹ taufte. Im Jahr 1924 fuhr sie ihre Mutter mit diesem Automobil durch die USA. Sie starteten in Kalifornien, machten einen Abstecher nach Calgary, Alberta, und landeten schließlich in Boston, Massachusetts. Fahrten quer durchs Land in einem Automobil hatten Anfang der Zwanzigerjahre durchaus noch den Reiz des Neuen, und so erregte sie viel Aufmerksamkeit.«

»Das freut mich sehr für sie«, sagte Joan mit aufrichtigem Stolz auf ihre Geschlechtsgenossin. »Wie ist es mit Amy Johnson? Bewundern Sie die auch? Sie war doch die erste Frau, die von England aus einen Soloflug nach Australien absolvierte.«

»Ja, natürlich bewundere ich sie«, sagte Alison. »Das war eine beachtliche Leistung für eine Frau. Sie flog in einer Gipsy Moth, die sie ›Jason‹ getauft hatte, und unterbot den australischen Flugpionier Bert Hinkler um zwei Tage. Die Tour will ich eines Tages auch machen, aber ich habe noch keinen Namen für mein Flugzeug gefunden.« Wieder lachte Alison. »Harold vielleicht, oder Henrietta.«

»Sind Sie Amerikanerin?«, fragte Jack. »Sie scheinen viel zu wissen über Amelia Earhart und die Vereinigten Staaten.«

»Mein Vater ist Amerikaner, meine Mutter ist Engländerin«, antwortete Alison. »Wir haben abwechselnd in beiden Ländern gelebt.«

»Und abenteuerlustige Frauen bewundern Sie offenbar sehr«, fügte Jack hinzu.

»Hört sich ganz so an, als würden Sie in deren Fußstapfen treten, Miss Sweeney«, sagte Joan mit weiblichem Stolz.

»Das denke ich auch gern«, meinte Alison und lächelte Lyle an.

»Soll Amelia Earhart nicht in *diesem* Jahr als erste Frau einen Soloflug über den Atlantik absolvieren?«, fragte Jack. »Ich bin sicher, ich habe so etwas gelesen.«

»Nein, das hat sie schon getan«, meinte Lyle. »Es stand viel über einen Transatlantikflug, den sie durchgeführt haben soll, in den Zeitungen.«

»Es gab eine Atlantiküberquerung, aber Amelia fühlte sich gar nicht wohl dabei, dass man ihr den Flug zuschrieb. Ein Mann namens H. H. Railey wurde von dem New Yorker Verleger George Palmer Putnam aufgefordert, eine Frau ausfindig zu machen, die einen Transatlantikflug absolvieren würde. Zu dem Zeitpunkt hatte noch keine Frau den Atlantik überquert. Railey fand, Amelia hätte eine starke Ähnlichkeit mit Charles Lindbergh, und verpasste ihr den Spitznamen ›Lady Lindy‹. Als er sie George Palmer Putnam vorstellte, war der Verleger so beeindruckt, dass er beschloss, sie müsse diesen Flug absolvieren. Doch Amelia hatte keine Erfahrung im Umgang mit mehrmotorigen Maschinen oder mit dem Instrumentenflug. Wilmer Stultz und Louis Gordon lenkten die dreimotorige Fokker Friendship. Amelia erhielt den offiziellen Titel ›Flugzeugkommandantin‹.«

»Das war vor etwa vier oder fünf Jahren, nicht wahr?«, fragte Lyle.

»Genau. Sie starteten in Trespassey Harbour in Neufundland und landeten in Halifax, Nova Scotia. Dort wurden sie vom Wetter aufgehalten, aber schließlich schafften sie es bis Burry Port in Südwales, und der Tank war beinahe vollständig leer. Ursprünglich war Irland als Ziel auserkoren worden. Der Flug dauerte genau zwanzig Stunden und vier Minuten. Sehr zu Amelias Verdruss wurde die Leistung von Stultz und Gordon in keiner Weise gewürdigt. Niemand schenkte ihr Gehör, als sie wieder und wieder erklärte, sie sei nur Passagierin gewesen, ein Gepäckstück, nichts weiter als ein Sack voller Kartoffeln. Sie kündigte an, dass sie es eines Tages allein tun würde, aber alle Reporter wollten nur mit der Frau sprechen, die den Atlantik überquert hatte. Sogar der amerikanische Präsident Coolidge sandte seine Glückwünsche.«

»Bei allem Respekt, Miss Sweeney, aber ich bin doch sehr überrascht, dass Sie als Pilotin für Australien engagiert wurden«, sagte Jack. »Dieser Reverend muss ein recht fortschrittlich denkender Mann sein.«

»Das könnte sein«, antwortete Alison. »Oder er hatte nicht allzu viele Kandidaten zur Auswahl.«

Im Laufe der folgenden Wochen verbrachten Alison und Lyle jeden Tag viele Stunden miteinander und kamen sich langsam näher. Er erfuhr, dass sie mit einem Angehörigen der britischen Streitkräfte verheiratet gewesen war, aber dass sie sich hatten scheiden lassen.

»Es war nicht so, dass wir uns nicht mehr verstanden hätten«, erzählte Alison. »Bob ist Pilot bei der Air Force. Ich dachte, er würde nach dem Krieg die Uniform an den Nagel hängen, aber er wollte beim Militär bleiben, während ich bereit für etwas Neues, Aufregendes war. Wir hatten oft darüber geredet, dass er in einem zivilen Beruf in einem anderen Land arbeiten könnte, was uns beiden Gelegenheit gegeben hätte, die Welt kennenzulernen, Kanada etwa oder Neuseeland. Aber als es Zeit wurde, etwas Konkretes zu planen, schien er kalte Füße zu bekommen. Er wollte in der Armee bleiben, und zwar auf einem Militärstützpunkt in England, und eine Familie gründen. Nur die Frau eines Fliegers zu sein, hätte mich zu sehr eingeschränkt. Da muss man zu viele Regeln befolgen, vor allem, wenn man auf einem Militärstützpunkt lebt, wie wir das taten.«

»Ich kenne Sie ja noch nicht so lange, aber als Frau eines Soldaten kann ich Sie mir nicht vorstellen«, sagte Lyle. Ihm war klar, dass dies ein stark reglementiertes Leben wäre, und Alison hatte ja gerade gesagt, dass sie nicht gern viele Regeln befolgte.

»Meine Regelverstöße haben mir immer Schwierigkeiten eingebracht«, gestand Alison. »Die Ehefrauen auf dem Stützpunkt haben oft etwas gemeinsam unternommen, und ich kam eines Tages auf die Idee, einen Pokerabend zu organisieren. Das war zwar in Ordnung, aber um Geld durften wir nicht spielen. Nur – ohne einen Einsatz macht Pokern keinen Spaß. Also setzten wir doch etwas ein, und einmal gewann ich richtig viel Geld von der Frau eines Majors. Natürlich musste sie das ihrem Mann irgendwie erklären. Bob und ich wurden in das Büro des Majors zitiert, und er hat uns ganz schön die Leviten gelesen. Zu meiner Verteidigung erwähnte ich dann, dass der Major ein Heuchler sei, denn er spielte selbst ständig um Geld mit Bob. Das kam nicht so gut an. Bob wurde ermahnt, er werde im Bunker enden, wenn er seine Frau nicht auf Kurs halte.«

Lyle lachte, aber dann entschuldigte er sich. »Tut mir leid«, sagte er. »Ich sollte nicht lachen, aber das ist einfach zu komisch.«

»Da war Bob anderer Meinung«, erwiderte Alison und fiel in das Gelächter mit ein.

»Und wie viel Geld haben Sie der Frau vom Major abgeknöpft?«

»Genug für diese Reise«, sagte Alison feixend.

»Schön für Sie«, meinte Lyle.

»Ein andermal habe ich die anderen Frauen zu einem Rennen auf der Start- und Landebahn herausgefordert, es ging natürlich wieder um Geld. Die Militärpolizei erwischte uns. Ich verstand die ganze Aufregung nicht, denn es war schon Mitternacht.«

»Ein Rennen zu Fuß?«

»Nein, wir waren auf Fahrrädern, in Nachthemden. Zugegeben, wir haben die Räder aus dem Lager ›geliehen‹, und wir hatten etwas zu viel getrunken, aber um die Zeit herrschte kein Flugverkehr.«

Wieder lachte Lyle.

»Ganz ehrlich, die Leute in der Armee haben einfach keinen Sinn für Humor«, sagte Alison.

»Ganz meine Meinung«, stimmte Lyle zu. »So eine abenteuerlustige Frau ist mir noch nie begegnet. Sie eignen sich definitiv nicht für ein Leben auf einem Militärstützpunkt.«

»Und was ist mit Ihnen, Lyle? Wieso reisen Sie ganz allein nach Australien zu den Fliegenden Ärzten?«

Lyle wurde ernst. Einen Moment zögerte er, dann erzählte er Alison vom Verlust seines Sohnes und seines Vaters und davon, dass Millie und er sich auseinandergelebt hatten. »Ich muss einfach ein neues Leben anfangen, und ob nun Australien oder irgendein anderes Land, ist dabei ziemlich egal. Die Erinnerungen in Dumfries sind zu viel für mich.«

»Das verstehe ich gut, nach allem, was Sie durchgemacht haben.«

»Mein Vater und ich, wir standen uns besonders nah. Auch er war Arzt.«

»Wann ist er gestorben?«

»Vor ein paar Monaten. Ich konnte nicht mehr in Schottland bleiben. Als ich in der Zeitung einen Artikel darüber las, dass in Australien Fliegende Ärzte gesucht werden, schien mir das die ideale Lösung zu sein.«

Alison schaute Lyle ernst an und sah den Schmerz und die Verzweiflung in seinem Blick. Sie griff nach seiner Hand, drückte sie und sagte weiter nichts, aber das brauchte sie auch nicht. In dem Augenblick fühlte sich Lyle ihr näher, als er sich je mit Millie in all den Jahren ihrer Ehe gefühlt hatte.

Bald war das Schiff nur noch wenige Seemeilen von Australien entfernt. Dass er je wieder lachen könnte, hatte Lyle sich gar nicht vorstellen mögen, aber mit Alison vergaß er seine Sorgen und seinen Kummer immer wieder für eine Zeit lang. Er genoss ihre Gesellschaft sehr. Sie war so mutig und so extrovertiert. Lyle hielt Alison für furchtlos, und das bewunderte er an ihr. Ständig forderte sie ihn heraus bei Bordspielen wie Shuffleboard, und in der Regel schlug sie ihn. Sie schwammen im schiffseigenen Schwimmbecken, nachdem sie den Äquator überquert hatten und es wärmer wurde, und redeten stundenlang. Alison erwies sich als gute Zuhörerin. Und sie gab Lyle gute Ratschläge.

Es dauerte nicht lange, bis aus ihrer Freundschaft mehr wurde. Das kam für Lyle ganz unerwartet Als sie in Australien eintrafen, waren sie schon sehr vertraut miteinander. Lyle freute sich aufrichtig darauf, ein neues Leben beginnen zu können. Dass er bei der Arbeit und im täglichen Leben mit einer bewundernswerten Frau zusammen sein durfte, war ein unerwartetes zusätzliches Geschenk. Millie und sein Leben in Schottland verdrängte er in seinen Gedanken ganz weit nach hinten. Zum ersten Mal, seit er Jamie verloren hatte, hielt die Zukunft für Lyle wieder ein Fünkchen Hoffnung bereit.

18

»Ich sehe das Dach des Black-Wattle-Gehöfts«, schrie Lyle. Nur so konnte er sich über dem Motorengeräusch der DeHavilland Gehör verschaffen. Er reckte sich weit vor, um den Boden unterhalb der *Victory*, wie Alison die einmotorige Maschine nannte, zu sehen. »Da drüben, auf neun Uhr.«

Weite Flächen der Landschaft waren von rötlich brauner Farbe, aber Lyle sah auch Mitchell-Gras, auf dem Rinder und Schafe weideten, und Termitenhügel, so groß wie ein Mensch. Es gab Bereiche offenen Waldlandes, Akazien meist, und in der Ferne Bergketten und steinige Hügel. Auch wenn Lyle mittlerweile seit ein paar Wochen in Australien lebte, konnte er sich freuen wie ein Kind, wenn er Kängurus übers Land hüpfen sah oder Emus mit ihren niedlichen Jungen.

Das Wellblechdach der Farm war verrostet, und so war es in der sonnenverbrannten Landschaft schwer zu erkennen, aber Lyle glaubte, Zäune zu sehen und einige Außengebäude, was darauf hindeutete, dass sie das Heim der Familie Gaffney gefunden hatten.

Sie waren von Cloncurry aus gut hundertzehn Meilen in südwestlicher Richtung auf Dajarra zugeflogen.

»Ich wusste doch, mein Kompass würde mich nicht im Stich lassen«, rief Alison.

Sie schenkte Lyle ein strahlendes Lächeln. Die Kompasskoordinaten und einige markante Punkte in der Landschaft, von denen man ihr erzählt hatte, waren ihre einzigen Hinweise auf das Black-Wattle-Gehöft, und so war sie recht stolz auf sich, vor allem da die Farm kaum größer war als ein Sandkorn in der Tanamiwüste.

Manche Farmbesitzer malten den Namen der Farm in großen Buchstaben auf das Dach ihrer Häuser, was immer hilfreich war. Aber die australische Sonne brauchte nicht lange, um die Farbschicht aufplatzen und abblättern zu lassen. In solch einem Fall hatte ein Pilot nach Zuhilfenahme von Koordinaten und Kompass nur eine Möglichkeit, die betreffende Farm zu finden; er musste in der offenen Landschaft Meile um Meile Ausschau halten nach einer Ansammlung von Gebäuden. Manchmal sahen sie Staubwolken, ein Hinweis darauf, dass eine riesige Rinderherde über die Weiden getrieben wurde. Dann winkten sie dem berittenen Farmer und seinen Treibern aus dem Flugzeugfenster zu.

»Ich drehe mal eine Runde über der Farm«, sagte Alison und machte eine Linkskurve, ehe sie mit der kleinen Maschine zum Sturzflug ansetzte und sie auf einige wenige Hundert Fuß herunterbrachte. Lyle wollte protestieren, aber sein Schimpfen traf sowieso immer auf taube Ohren. Alison musste über seinen Gesichtsausdruck lachen, wie so oft, wenn sie einen ihrer Tricks vollführte, Lyle war jedoch nicht zum Lachen zumute. Ihm drehte sich der Magen um.

»Musst du das ständig machen?«, beschwerte er sich, als die Maschine wieder im Horizontalflug war. Er holte tief Luft, um seine Eingeweide zu beruhigen.

»Ich mache das, weil es dir gefällt. Du tust doch nur so, als ob dir das was ausmachen würde«, sagte Alison lachend.

»Eines Tages übergebe ich mich noch, dann wirst du mir endlich glauben«, warnte Lyle seine Pilotin.

»Das traust du dich nicht«, meinte Alison feixend. Lyle warf ihr einen vernichtenden Blick zu, aber sie beachtete ihn gar nicht. »Ist das nun die Black Wattle Farm oder nicht?«, fragte sie stattdessen.

»Ich denke schon«, antwortete Lyle und musterte die Gebäude, über die sie flogen.

Dann sah er jemanden aus dem Haus kommen und mit den Armen winken. Er war zu einem Krankenbesuch gerufen worden, bei einem sechsjährigen Mädchen bestand Verdacht auf Lungenentzündung. Sollte die Kleine tatsächlich eine Lungenentzündung haben, würden sie das Kind wahrscheinlich ins Krankenhaus nach Cloncurry bringen.

»Na schön, dann will ich das Baby mal runterbringen«, sagte Alison und kreiste auf der Suche nach einer freien Fläche, die sich als Landebahn eignete, noch einmal um das Gehöft herum.

Meist gab es ein Areal, das der Farmbesitzer von Steinen freigeräumt hatte, damit ein Flugzeug landen konnte. Aber selbst wenn er seine Sache gründlich gemacht hatte, war die Landung meist holprig und staubig, und wenn Kängurus oder verirrte Rinder in der Nähe waren, auch mit Gefahren verbunden.

Lyle schmunzelte. Alison nannte ihr Flugzeug Baby – wieder etwas, das er an ihr so mochte. Ihre aufkeimende Beziehung war mühelos und unbeschwert. Alison schien kein Interesse daran zu haben, sich einen weiteren Ehemann zu angeln, und auch wenn sie großartig mit Kindern umgehen konnte, wäre eine Schar eigener Kinder das Letzte, was sie gewollt hätte. Sie war entschlossen, möglichst viel Spaß im Leben zu haben. Und in dieser Phase seines Lebens war sie für ihn die ideale Gefährtin.

Nachdem sie mit dem Schiff in Brisbane angekommen waren, reisten sie gemeinsam mit dem Zug weiter nach Cloncurry, wo sie Reverend Flynn kennenlernten, einen fortschrittlich denkenden Mann, der entschlossen war, den im Outback lebenden Australiern eine gute medizinische Versorgung angedeihen zu lassen. Alison und Lyle machten sich gleich mit ihrer neuen Arbeit, die alles andere als routinemäßig oder langweilig war, vertraut. Allerdings hatte der Geistliche strikte moralische Wertvorstellungen. Er bestand darauf, dass sie, bevor er geeignete Wohnungen für sie fand, in getrennten Hotels wohnten – Lyle im Post Office Hotel und Alison im Hotel Central. Das diene, so hatte er erklärt, der Vermeidung von Klatsch und Tratsch. Er war überzeugt davon, dass wohltätige Organisationen dem Fonds der Fliegenden Ärzte keine Gelder mehr zukommen lassen würden, wenn es einen Skandal geben sollte. Flynn erklärte, wenn je eine Ärztin für ihn arbeiten sollte, würde Alison mit dieser Frau fliegen. Da aber im Moment alle Ärzte Männer waren, hatte er keine andere Wahl; er musste sie mit Lyle fliegen lassen.

Lyle und Alison versicherten ihm, ihre Beziehung werde rein beruflicher Natur bleiben, wenn sie bei der Arbeit unterwegs seien, und sollten sie je in ihrer Freizeit zusammen gesehen werden, würden sie sich diskret verhalten. Der Reverend hatte Lyle nie gefragt, ob er verheiratet war, aber sollte er sich je danach erkundigen, so war sich Lyle sicher, dass er ihm die Wahrheit erzählen müsste. Also beschloss er, sich an einen Anwalt in Brisbane zu wenden und ihn zu bitten, Millie die Scheidungspapiere zu schicken. Lyle hatte keine Ahnung, wie lange die Unterlagen bis Dumfries unterwegs wären, aber er hoffte, es dauerte nicht zu lange. Der Anwalt in Brisbane, mit dem er Kontakt aufgenommen hatte, unterhielt ebenfalls eine Kanzlei in London, und Lyle hatte darum gebeten, die Papiere über die Londoner Kanzlei zuzustellen. Er wollte unbedingt verhindern, dass Millie erfuhr, wo er sich zurzeit aufhielt. Alison von diesem Schritt zu unterrichten hatte er erst vor, wenn die Scheidung endgültig war.

Ihre Arbeit führte Lyle und Alison über ein weitläufiges Gebiet im mittleren Westen von Queensland. Sie betreuten die Städte Cloncurry, Mount Isa, Julia Creek und Winton. Wenn ein Arzt auf einer der Farmen gebraucht wurde, informierte ein Familienmitglied eines der Zentren der Fliegenden Ärzte über Funk, für die Farmbesitzer und deren Familien die einzige Möglichkeit der Kommunikation mit der Außenwelt. Das Hauptquartier der Ärzte war in Cloncurry, doch zuweilen wurden Patienten ins Krankenhaus von Winton gebracht, wenn das näher am Einsatzort lag als das Krankenhaus von Cloncurry.

Zwei Flugzeuge mit je zwei Ärzten und je zwei Piloten flogen zu den Einsätzen, die meist bei Tageslicht erfolgten, doch bei einem Notfall flogen sie auch nachts. Dann musste der Farmbesitzer eine Möglichkeit finden, eine als Landebahn geeignete Fläche zu beleuchten, damit der Pilot sie im Dunkeln erkennen konnte. Die Leute auf den Farmen benutzten entweder die Scheinwerfer von Fahrzeugen oder Kerosinlaternen oder auch, falls nötig, Fackeln. Die Schicht von Arzt und Pilot dauerte jeweils acht Stunden, sodass die beiden Flugzeuge bis zu sechzehn Stunden pro Tag im Einsatz waren.

Ein Teil der Gelder für den Ärzteservice kam von der Regierung, der Rest wurde einem Spendenfonds entnommen, und das bedeutete, dass Ausrüstung sowie Medikamente und medizinische Hilfsmittel nicht ganz nach Lyles Geschmack waren. Wenn die Ärzte nicht mit den Flugzeugen unterwegs waren, trieben sie oft selbst Spenden auf, um den Service am Laufen zu halten. Die Vereinigung der Landfrauen war ihnen eine große Hilfe, denn die Frauen unterstützten sie durch den Verkauf von Kuchen oder selbst gefertigten Marmeladen und Handarbeiten auf Gemeindefesten, bei Sport- oder Schulveranstaltungen und Picknicks.

Bei seinem ersten Flug mit Alison war Lyle extrem nervös gewesen. Er hatte versucht, es sich nicht anmerken zu lassen, aber die Hände mit den weiß hervortretenden Knöcheln, die den Sitz umkrampften, und der Schweiß, der ihm auf seinem angespannten Gesicht stand, verrieten ihn. Es dauerte nicht lange, bis er herausfand, dass Alison eine ausgezeichnete Pilotin war, nur leider hatte sie großen Spaß daran, sich im Kunstfliegen zu üben.

Jetzt brachte Alison die *Victory* hinunter, gleich darauf ruckelten sie die staubige Piste entlang. Wie immer wurden sie sofort von Milliarden von Fliegen umschwärmt. Das war etwas, woran sie beide sich nie und nimmer gewöhnen würden. Lyle nahm seinen Arztkoffer, dann machten sie sich auf den Weg zu den Farmgebäuden.

Das Holzhaus, auf dessen Veranda sie nun zuliefen, stand auf Pfählen, damit es vor Termiten oder einer plötzlichen Überschwemmung geschützt war. Eine Frau, so braun wie das Land um sie herum, wartete dort schon auf sie. Sie trug eine Schürze über einem Hauskleid und flache Schuhe. Ihr wettergegerbtes Gesicht legte Zeugnis von ihrem Leben ab, aber ihre braunen Augen waren wach und nahmen stets winzige Details an ihren Besuchern wahr.

»Guten Morgen, Mrs. Gaffney«, rief Lyle ihr zu.

Alison war voller Bewunderung für die Frauen, die auf diesem kargen Land lebten. In ihren Augen waren sie aus besonders hartem Holz geschnitzt. Zu Anfang hatte die junge Pilotin geglaubt, sie gehörten alle zur zweiten oder dritten Generation der Leute, die auf den Farmen arbeiteten, und so war sie verblüfft, als sie später erfuhr, dass manche Frauen aus Großstädten oder größeren Orten stammten und mit dem Mann, in den sie sich verliebt hatten, ins Outback gezogen waren. Sie war überzeugt, sie könnte in einer solch entlegenen Gegend nicht wohnen, wo allein das Überleben ein täglicher, harter Kampf war.

»Kaum fünf Minuten, nachdem ich meinen Koffer ausgepackt hätte, würde ich mich hier schon zu Tode langweilen«, hatte sie Lyle auf einer ihrer Touren anvertraut. »Auch wenn mein Mann Clark Gable wäre.«

»Na ja, an so ein Leben müsste man sich erst gewöhnen«, gab Lyle zu. »Aber ich glaube kaum, dass man bei der vielen Arbeit Gelegenheit hat, sich zu langweilen.«

Er dagegen konnte sich nicht vorstellen, jemals wieder an einem Ort wie Dumfries zu leben. Allerdings hatte es ihn interessiert, wie die Farmer ihre Frauen kennenlernten, und so fragte er eines Tages einen der Männer. Erstaunt nahm er zur Kenntnis, dass sie in größere Orte oder Großstädte fuhren, um Frauen kennenzulernen.

»Willkommen, Dr. MacAllister«, rief Jean Gaffney Lyle zu. Sie fand, dass sein Akzent ganz reizend war. Sie hatten sich kurz über Funk unterhalten, und das Gespräch hatte sie sehr beeindruckt. Dem musste Lyle jetzt gerecht werden. »Danke, dass Sie gekommen sind.«

Als Lyle näher kam, stellte Jean fest, dass er noch attraktiver war, als sie es von Weitem schon vermutet hatte. Einige Frauen auf den umliegenden Farmen hatten sich über den neuen Doktor unterhalten und gemeint, er habe das Aussehen eines Filmstars. Sie hatte das für maßlos übertrieben gehalten, war aber nun hocherfreut, als sie feststellen konnte, dass sie sich geirrt hatte.

Lyle stellte Alison vor.

»Guten Morgen, Miss Sweeney«, sagte Jean in der Annahme, sie sei die Krankenschwester. »Kommt der Pilot auch mit rein auf ein Tässchen Tee?« Sie musterte Alison von oben bis unten und schaute dann zu dem leeren Flugzeug. »Nein!«, rief sie dann. »Sind Sie etwa … die Pilotin?«

»Ich kann Ihnen versichern, dass ich die Maschine jedenfalls nicht geflogen habe«, meinte Lyle, als er die Stufen zur Veranda hochging. Alison folgte ihm. »Wo ist die Patientin?«

Jean führte sie ins Haus. »Wie fantastisch, eine Pilotin kennenzulernen. Ich gratuliere zu der Leistung, meine Liebe.« Sie lachte. »Nicht gerade viele Männer würden ihr Leben in die Hände einer Frau legen.«

Alison warf einen Blick auf Lyle und feixte. »Dr. MacAllister freut sich auch nicht gerade, wenn ich ein paar Loopings drehe«, sagte sie.

»Mein Magen spielt da nicht mit«, gab Lyle zu.

Jean Gaffney lachte noch einmal. Alison war an die Reaktion der Leute gewöhnt, wenn sie erfuhren, dass sie Pilotin war, aber insgeheim freute sie sich darüber, dass ihr Beruf sie in den Augen der anderen berühmt-berüchtigt gemacht hatte.

Das Haus war recht klein und nur mit dem Nötigsten ausgestattet. Die Möbel wirkten alt und ausgebleicht, als hätten sie zehn Jahre lang draußen in der Sonne gestanden. Die Fenster mit den heruntergezogenen Jalousien auf beiden Seiten des Hauses hatte man offen gelassen, um für Durchzug zu sorgen, aber es wehte nicht einmal genug Luft, als dass sich die vergilbten, fadenscheinigen Gardinen auch nur bewegt hätten, sodass es drinnen heißer war als draußen. Zum Glück fanden das auch die Fliegen und blieben deshalb dem Innern des Hauses fern.

Die Patientin, die sechsjährige Gail Gaffney, lag auf dem Sofa, ein kleiner Ventilator war auf sie gerichtet und sorgte für ein wenig Luftzirkulation. Gails sommersprossiges Gesicht war stark gerötet, und ihr karottenrotes Haar war schweißnass.

»Ich habe versucht, Gails Temperatur herunterzubekommen, Doktor, aber sie glüht förmlich von innen«, sagte Jean, als sich Lyle neben das kleine Mädchen kniete.

Auf den ersten Blick sah Lyle schon, dass das Kind sehr krank war. »Hallo, Gail«, sagte er. »Ich bin Dr. MacAllister.« Gail hatte kaum die Kraft, ihm zu antworten. Lyle vermutete, dass sie völlig ausgetrocknet war. Beim Fiebermessen stellte er fest, dass ihre Temperatur bei vierzig Grad lag. Anschließend hörte er ihre Lungen ab. »Na, Gail, hättest du Lust, mal mit einem Flugzeug zu reisen?«, fragte er sanft, zeigte sich dabei aber so begeistert wie möglich.

Die Kleine schüttelte den Kopf und schaute ihre Mutter an. Es war offensichtlich, dass sie Angst hatte und die Aussicht auf einen Flug sie beunruhigte. Lyle wandte sich an Jean.

»Gail muss ins Krankenhaus nach Cloncurry, aber Sie können mit uns kommen, Mrs. Gaffney«, sagte er. »Ich bin fast sicher, dass sie eine Lungenentzündung hat. Ihr Fieber ist dramatisch hoch, und ihre Lungen hören sich auch nicht gut an.« Lyle machte sich daran, die Kleine mit einem feuchten Tuch, das auf dem Sofatisch lag, abzureiben.

Jean geriet in Panik. »Können Sie ihr denn nicht irgendwas geben? Mein Mann ist draußen beim Viehtreiben … ich kann nicht so einfach weg.«

»Tut mir leid, aber so einfach ist das nicht. Ich fürchte, Gail ist ernsthaft krank. Sie braucht die medizinische Versorgung in einem Krankenhaus. Wir können sie mitnehmen und Ihnen dann über Funk mitteilen, wie ihre Fortschritte sind. Aber für Gail wäre es besser, wenn Sie mitkämen.«

Jean schien unschlüssig. »Was wird Clive denken, wenn er nach Hause kommt, und wir sind nicht da? Er wird wahrscheinlich eine Suchpatrouille losschicken.«

»Aber er muss doch wissen, dass Gail sehr krank ist«, sagte Lyle.

»Ja, er weiß, dass Sie kommen wollten, aber er hat gedacht, Sie würden Gail Medizin dalassen, damit sie wieder gesund wird.«

»In ihrem Zustand darf ich sie nicht hierlassen«, erklärte Lyle. Er hoffte, Jean würde verstehen, dass Gails Leben in Gefahr war.

»Muss sie denn tatsächlich ins Krankenhaus?«, fragte Jean.

Lyle nickte. Er begriff nicht, was Jeans Dilemma war, doch Alison schien eine Ahnung zu haben.

»Haben Sie noch mehr Kinder?«, fragte sie und sah sich um. Die junge Pilotin vermutete darin das Problem, aber im Haus war es ganz still. Das einzige Geräusch, das man hörte, waren das Surren des kleinen Ventilators, der auf Gail gerichtet war, und das Brummen der Schmeißfliegen vor den Fenstern.

»Ich habe noch einen Sohn, aber der ist nicht hier. Er ist draußen beim Viehtreiben mit meinem Mann. Es ist ja nur, dass Clive es nicht mag, wenn ich mich zu weit von der Farm entferne, nur für den Fall, dass etwas passiert.« Einmal war sie ein paar Hundert Meter vom Haus entfernt gestürzt und hatte sich den Rücken verletzt. Damals hatte Gail gerade angefangen zu laufen und war stundenlang allein im Haus gewesen. Das war für sie alle ein großer Schreck gewesen. »Manchmal ist er tagelang unterwegs, aber wenn ihm da draußen was passiert und ich ihn nicht als vermisst melde, kann das für ihn eine Frage von Leben oder Tod sein.«

»Wir müssen Gail ins Krankenhaus bringen, Mrs. Gaffney, und zwar jetzt sofort. Wenn Sie hierbleiben müssen, kann ich das nicht ändern.«

»Wann soll Ihr Mann denn wieder zurück sein?«, fragte Alison.

»Am späten Nachmittag«, antwortete Jean.

»Sie könnten ihm eine Nachricht hinterlassen. Schreiben Sie, dass wir Sie und Gail mitgenommen haben«, schlug Alison vor.

»Und heute Abend rufen Sie Clive vom Krankenhaus über Funk an, um sich davon zu überzeugen, dass es ihm gut geht.«

»Clive kann nicht sonderlich gut lesen«, gestand Jean und wurde rot.

»Und kann Ihr Sohn lesen?«

»Ja, ein bisschen. Er hat nie gern für die Schule gelernt, und hier draußen scheint das auch kaum wichtig zu sein. Er wird Farmer wie sein Vater, da hat er Lebensnotwendigeres zu lernen als Schreiben und Lesen.« Sie überlegte einen Moment. »Wenn wir mit Ihnen fliegen, wie kommen wir dann zurück nach Hause, wenn Gail wieder gesund ist? Clive wird keine Zeit haben, den ganzen Weg nach Cloncurry zu fahren. Er muss das Vieh für den Markt zusammentreiben.«

»Wir bringen Sie zurück, sobald wir Gails Zustand unter Kontrolle haben«, sagte Lyle.

»Oh, danke. Das ist wunderbar, Herr Doktor«, sagte Jean. Plötzlich fand sie, es könne nett sein, einmal für eine Weile in eine andere Umgebung zu kommen, außerdem sorgte sie sich natürlich um ihre Tochter. »Was werde ich denn mitnehmen müssen?«

»Sie werden wahrscheinlich ein paar Tage in Cloncurry bleiben müssen, mehr als einige Kleidungsstücke für Gail und für Sie selbst werden also nicht nötig sein«, sagte Lyle.

Schließlich half Alison der Farmersfrau, eine Nachricht zu schreiben, die so schlicht war, dass ihr Sohn sie würde lesen können, aber für den Fall, dass es doch schwierig würde, malte sie ein Flugzeug und ein Krankenhausgebäude, und dann machten sie sich auf den Weg.

Im Laufe der nächsten Wochen sorgte Alison dafür, in Cloncurry heimisch zu werden. Sie trat dem Tennisteam der Frauen bei und dem Schwimmclub der Stadt, der zweimal in der Woche abends im örtlichen Schwimmbad zusammenkam. Gelegentlich spielte sie mit den Frauen Karten, natürlich um Geld, oder sie besuchte eine Rodeoveranstaltung, das war jedes Mal ein großes Ereignis. Es machte Alison viel Spaß, auch wenn sie Lyle nicht dazu bringen konnte, sich ihr anzuschließen. Nicht, dass sie eine Begleitung gebraucht hätte. Sie war selbstbewusst genug, allein oder in Gesellschaft ihrer neuen Freunde ihre freie Zeit zu gestalten, aber sie hätte es einfach nett gefunden, ihn das eine oder andere Mal dabeizuhaben.

Lyle war von Natur aus weniger kommunikativ. Hatte er etwas Freizeit, besuchte er Patienten im Hospital von Cloncurry. Und war er nicht dort, kümmerte er sich um die Ureinwohner. Er stellte fest, dass die Aborigines etliche gesundheitliche Probleme hatten, die sich nur bei ihnen häuften, wie etwa grüner Star und bestimmte Nierenerkrankungen, und er vertiefte sich völlig in den Versuch, den Grund dafür herauszufinden und ihnen zu helfen. Wenn Alison und er sich zum Abendessen trafen, sprach Lyle oft über seine Arbeit mit den Aborigines und über deren Probleme in der Gesellschaft.

»Ach, Lyle, du solltest mal Abstand gewinnen«, tadelte ihn Alison eines Abends. »Du solltest an den Freizeitaktivitäten der Stadt teilnehmen. Wieso trittst du nicht dem Tennisclub bei? Den Herrenteams fehlen Spieler. Oder geh mal zum Dartsspielen. Du hast doch gesagt, du warst mal sehr gut darin.«

Lyle sagte nicht, dass Dartsspielen ihn an Dumfries erinnerte und er daran lieber nicht erinnert würde, aber das dachte er.

»Ich verwende meine Zeit wohl sinnvoller, wenn ich in den Gemeinden hier in der Gegend helfe«, sagte er. »Außerdem fühle ich mich am wohlsten, wenn ich mich nützlich machen kann.« Das stimmte. Sich zu beschäftigen hielt Lyle davon ab, über Jamie und seinen Vater nachzugrübeln. Anderen zu helfen gab seinem Leben wieder einen Sinn, vor allem wenn es um Patienten wie die Aborigines ging, um die sich sonst kaum jemand kümmerte. Als Alison nichts auf seine Worte erwiderte, kam ihm in den Sinn, dass sie ihn wohl allmählich langweilig fand. »Ich weiß ja, Alison, dass diese Gespräche über medizinische Probleme öde für dich sind«, sagte er.

In der kurzen Zeit, die er sie kannte, hatte er herausgefunden, dass Alison ständig neue Herausforderungen brauchte und immer nur Spaß haben wollte. Wenn er sich selbst gegenüber ehrlich war, passten sie in der Hinsicht nicht gut zusammen. »Ich werde mir mehr Mühe geben, über etwas anderes zu reden«, fügte er deshalb an.

»Nein, Lyle, öde sind die Gespräche mit dir überhaupt nicht«, erwiderte Alison. »Ich bewundere deine Hingabe an deinen Beruf.«

Lyle war sich allerdings nicht so sicher, ob er ihr das glauben konnte.

19

Millies Gemütsverfassung änderte sich seit Lyles Fortgang aus Dumfries ständig. Anfangs fühlte sie sich gekränkt und verärgert, weil er wieder einmal verschwunden war, ohne ein Wort zu sagen, und in Gedanken bezeichnete sie ihn als selbstsüchtig. Doch dann, nachdem sie ihren Zorn ein paar Wochen lang abgelassen hatte, wurden ihre Gefühle Lyle gegenüber wieder milder, und sie machte sich Sorgen. Sie wusste, wie viel ihm sein Vater bedeutet hatte und wie hart er als Arzt hatte arbeiten müssen. Aber je mehr Zeit verging, desto mehr steigerte Millie sich erneut in ihre Wut. Sie fand Lyles Verhalten gedankenlos und egoistisch.

Eines Tages brachte Millie den Mut auf, an Mina nach Edinburgh zu schreiben und sie zu fragen, ob sie wüsste, wo sich Lyle aufhielt. Sie bat inständig, man möge ihr doch sagen, ob es Lyle gut ging, und rief ihrer prinzipienstarken Schwiegermutter ins Gedächtnis, dass sie trotz allem immer noch Lyles Frau war. Mina antwortete, sie wisse nicht, wo ihr Sohn sei, und auch sie mache sich Sorgen. Sie ließ nicht durchblicken, dass sie von Millies Affäre wusste, aber der Brief machte deutlich, dass Mina keinen schriftlichen Kontakt zu Millie wünschte. Mit der Antwort unzufrieden schrieb Millie an Robbie. Er besaß nicht einmal die Höflichkeit, zurückzuschreiben.

Millie erhielt nach wie vor ein großzügiges Einkommen aus Lyles Arztpraxis, finanziell musste sie sich also nicht einschränken, aber auch sie hatte einen Sohn verloren, und es machte sie rasend, dass ihr Mann keinen Deut auf ihre Gefühle gab. Sie traf sich immer noch mit Frankie Smithson, vielleicht nicht mehr ganz so diskret, aber auch nicht mehr ganz so oft. Er wurde allmählich ihr gegenüber besitzergreifend, und das mochte sie nicht. Frankie drängte sie inzwischen sogar, sich von Lyle scheiden zu lassen und ihn zu heiraten. Aus verschiedenen Gründen war Millie nicht allzu angetan von der Vorstellung. Frankie arbeitete in einer Fabrik, wo er Kamine verpackte. Viel verdiente er nicht gerade. Obwohl er Humor hatte und nach ein paar Drinks auch romantisch werden konnte, besaß er kein Haus und hatte auch wenig Aussicht darauf, je eines zu besitzen.

Millie schätzte inzwischen auch ihre Unabhängigkeit. Mit dem Geld, das sie regelmäßig erhielt, war sie in der Lage, sich die eine oder andere Freude zu gönnen. Sie hatte ihren Führerschein gemacht und Woche für Woche etwas zurückgelegt, um sich ein Auto zu kaufen. Damit hätte sie sogar noch mehr Freiheit. Millie stellte sich vor, nach Edinburgh zu fahren und Museen und Galerien zu besichtigen oder in Liverpool einzukaufen. In Gedanken sah sie sich schon zum Mittagessen in kleine Gastwirtschaften aufs Land fahren. Die Aussicht, noch einmal zu heiraten und ständig einen Mann um sich zu haben, war dagegen nicht so reizvoll für sie.

Dann, eines Tages, brachte der Postbote ein amtliches Schreiben, das in London abgestempelt war. Millie riss den Briefumschlag auf und wurde rot vor Entrüstung. Sie rannte gleich zum Haus ihrer Mutter und stürmte ohne zu klopfen zur Tür herein. Schnurstracks marschierte sie in die Küche, wo Bonnie gerade Tee trank, und warf den Brief auf den Tisch.

»Er will die Scheidung«, jammerte sie. »Monatelang kein einziges Wort von ihm, und das Erste, was ich von ihm sehe, ist der Brief eines Londoner Anwalts, der mir mitteilt, dass mir in Kürze die Scheidungspapiere zugestellt werden. Und was sagst du zu dem Zeitpunkt, den er gewählt hat? Jamie ist gerade erst ein Jahr tot.«

Bonnie war schockiert. »Na, wenigstens wissen wir jetzt, dass er noch am Leben ist«, sagte sie.

»Hattest du gedacht, er sei tot?«, fragte Millie ungläubig.

Bonnie und Jock hatten oft überlegt, ob Lyle nicht vielleicht etwas Dummes gemacht haben könnte. Sie war froh, dass das nicht der Fall war. »Na ja, er war schon ziemlich lange verschwunden, also haben wir gedacht …«

Millie riss die Augen auf. »Was habt ihr gedacht, Mom? Dass er sich von einer Klippe gestürzt hat?«

»Der Gedanke ist mir in der Tat gekommen«, gab Bonnie verlegen zu. »Ihr habt beide einen Sohn verloren, und dann verlor Lyle seinen Vater, kurz nachdem er erfahren hatte, dass seine Frau … eine Affäre hatte. Ein schwacher Mann hätte womöglich der Versuchung nachgegeben, seinem Leben ein Ende zu setzen.«

Millie verdrehte die Augen. Sie konnte kaum glauben, dass ihre Mutter sich derartige Gedanken machte. Gesprochen hatte sie jedenfalls nie darüber.

»Vielleicht ist eine Scheidung ja das Beste, Millie«, meinte Bonnie. »Dann hat das Versteckspielen ein Ende, was deine Beziehung zu Frankie angeht.«

Schon vor längerer Zeit hatte Millie ihrer Mutter die Affäre gestanden. Zu ihrem Vater hatte sie nie ein Wort davon gesagt, doch Jock wusste Bescheid – fast jeder in Dumfries wusste Bescheid. Jock hatte nie etwas erzählt, weil Millie so viel durchgemacht hatte, aber er war wütend darüber, dass sich die Leute über seine einzige Tochter die Mäuler zerrissen.

»Ich habe Schluss gemacht mit Frankie. Seine Eifersucht nimmt mir die Luft zum Atmen«, platzte es aus Millie heraus.

Jetzt war es an Bonnie, entsetzt zu sein. »Ich dachte, du würdest ihn heiraten, Millie, und vielleicht … ein Kind adoptieren.«

Das war ein heikles Thema, deshalb hatte Bonnie es zuvor immer vermieden, es anzusprechen. Ein weiteres heikles Thema war der Ruf ihrer Tochter. Bonnie hatte die Hoffnung gehegt, er könne wiederhergestellt werden.

Millie war erschüttert. »Ich will keinen Ehemann, auch kein Kind, Mom. Mir gefällt mein Leben, so wie es jetzt ist. Ich habe das Haus und ein Einkommen, und ich kann tun und lassen, was mir Spaß macht.« Tränen stiegen ihr in die Augen. »Wenn Lyle sich von mir scheiden lässt, habe ich nichts mehr davon. Das Haus wird verkauft werden, also habe ich dann auch kein Dach mehr über dem Kopf. Das regelmäßige Einkommen wird ausbleiben. Wie kann er mir das nur antun?«

»Ich bin sicher, Lyle wird dafür sorgen, dass eine anständige finanzielle Regelung für dich getroffen wird, Millie«, versuchte Bonnie ihre Tochter beruhigen.

»Wie kannst du dir da so sicher sein? Er hat mich einfach verlassen, hat nicht mal die Höflichkeit besessen, mir ein einziges Wort zu sagen. Hört sich das vielleicht nach einem Mann an, den es auch nur im Mindesten kümmert, was verdammt noch mal aus mir wird?«

Bonnie war jetzt nicht mehr erschrocken, wenn Millie fluchte, sie tat es des Öfteren in letzter Zeit. »Bestimmt wird er dir genug Geld zu Verfügung stellen, dass du dir ein kleines Häuschen auf dem Land kaufen kannst«, gab sie zurück, es klang allerdings nicht sehr überzeugt. »Und was den Lebensstil angeht, den du so genießt … eine Frau kann nun mal nicht diese Art Freiheit haben, ohne einen Preis dafür zu zahlen.«

Millie zog hörbar den Atem ein. Sie fand, dass die Ansichten ihrer Mutter altmodisch waren. Ihre finanzielle Freiheit genoss sie in vollen Zügen, die wollte sie sich nicht mehr nehmen lassen. Millie wusste, es lag eine Hypothek auf dem Haus, die Raten hatte Lyle bisher bezahlt. Er würde ihr hoffentlich eine adäquate Alternative anbieten.

»In einem winzigen Häuschen auf dem Land zu leben wäre nicht dasselbe, wie ein Reihenhaus in der Stadt zu haben«, sagte sie. Obwohl sie ursprünglich ein Landhäuschen gewollt hatte, war sie doch froh, dass Lyle sie zu dem Stadthaus überredet hatte. Es war elegant, geräumig und so nah am Zentrum.

»Du musst jetzt nach vorn schauen, Millie, und ein Leben führen, das die Leute nicht veranlasst, hinter deinem Rücken über dich zu reden.«

Millie wurde rot. »Es ist mir egal, ob sie über mich reden«, fauchte sie. »Ich wohne in einem schönen großen Haus. Bald habe ich ein Auto und kann fahren, wohin ich will. Mir gefällt mein Leben, so wie es jetzt ist. Lyle wird sich hoffentlich unterstehen, mir das wegzunehmen.«

Millie rannte nach Hause zurück, schloss die Tür hinter sich und lehnte sich einen Augenblick dagegen. Sie hatte das Feuer im Kamin brennen lassen. Sie liebte Kaminfeuer. Schnell legte sie noch ein Stück Holz nach, dann zog sie Hut, Mantel und Stiefel aus. Erinnerungen an Jamie, wie er vor dem Kaminfeuer spielte, schossen ihr durch den Kopf, als sie ihren Blick über ihr gemütliches Wohnzimmer schweifen ließ. Hier, in diesem Haus, in diesem Raum, konnte sie sich an ihren Erinnerungen festhalten. Die Vorstellung, in einem anderen Haus zu leben, mit dem sie keine Erinnerungen verband, war verstörend. Wieso begriff Lyle das nicht?

Wütend, mit beißenden Tränen in den Augen, ging sie ins Schlafzimmer und machte den Kleiderschrank auf. In dem Schrank verwahrte Lyle eine Schachtel mit persönlichen Papieren. Als er das erste Mal verschwand, hatte sie die Papiere vergeblich durchgesehen, ebenso, als er das zweite Mal verschwand, aber es war immerhin möglich, dass sie einen Hinweis auf seinen jetzigen Aufenthaltsort übersehen hatte. Sollte sie nichts finden, wollte sie sich an den Anwalt in London wenden und verlangen, dass man ihr sagte, wo sich ihr Mann aufhielt.

Die Papiere in der Schachtel halfen Millie nicht weiter. Es waren Weihnachtskarten von alten Freunden, kleine Geschenke und Post von dankbaren Patienten sowie ein paar Briefe, die sie ihm während des Krieges geschrieben hatte, als er in Blackpool arbeitete. Millie war überrascht, dass Lyle sie aufgehoben hatte, da er sie doch offenbar nicht mehr liebte. Es verwunderte sie nicht, dass er ihre Briefe nicht mitgenommen hatte, als er sie verließ, sie spürte jedoch, dass es sie irgendwie kränkte. War er denn kein bisschen traurig, dass ihre Ehe am Ende war, dachte er denn gar nicht wehmütig an die glücklichen Zeiten zurück, die sie miteinander gehabt hatten?

Enttäuscht stieß Millie die Schachtel vom Bett und schrie verärgert auf. Dann dachte sie angestrengt nach. Sie ging zu Jamies Zimmer und blieb auf der Türschwelle stehen. Bonnie hatte Jamies Sachen vor Kurzem weggeräumt, nur ein paar persönliche Dinge hatte sie in einen Karton gepackt. Sie hatte sogar das Bett abgezogen. Es war nichts mehr in seinem Zimmer als das schmiedeeiserne Bettgestell, die Matratze und eine Kommode mit leeren Schubladen. Bonnie hatte behauptet, das sei für Millie das Beste, denn sie müsse allmählich loslassen. Immer wieder, meist, wenn sie zu viel getrunken hatte, hatte sie sich weinend auf das Bett ihres Sohnes geworfen und sich ihrem Schmerz hingegeben.

Nachdem Bonnie das Zimmer ausgeräumt hatte, tat Millie das nicht mehr, sie trank in letzter Zeit auch nicht mehr so viel. Bonnie nahm das als positives Zeichen. Doch jetzt, da sie erfahren hatte, dass Lyle nicht mehr zurückkommen würde, dass er sich sogar scheiden lassen wollte, keimte der Schmerz erneut auf. Wieder schrie Millie ihre Wut und ihren Kummer über alles, was sie verloren hatte, heraus. Sie stürzte ins Zimmer, wuchtete die Matratze hoch und schleuderte sie vom Bett. Gleich fühlte sie sich besser. Die Matratze landete an der Wand gegenüber dem Bett. Millie ließ sich auf den Boden fallen, schlug die Hände vors Gesicht und begann, haltlos zu schluchzen.

Draußen wurde es schon dunkel, als Millie es endlich schaffte, sich zu beruhigen. Sie wusste, dass sie sich zusammenreißen musste. Sie wollte nicht wieder anfangen, ihren Kummer im Alkohol zu ertränken. Entschlossen stand sie auf und griff nach der Matratze, um sie wieder auf das Bettgestell zu legen. Dann stutzte sie. An der Unterseite der Matratze klebte ein gefalteter Briefumschlag. Er war an Lyle adressiert, aber die Handschrift kannte Millie nicht. Ihr erster Gedanke war, dass er von einer Frau war, aber als sie den Umschlag umdrehte, sah sie, dass der Absender ein Reverend Flynn in Australien war. Sie war verwirrt.

Millie ging in die Küche und setzte sich. Mit zitternden Händen zog sie den Briefbogen aus dem Umschlag und begann zu lesen.

Sehr geehrter Dr. MacAllister,

mit großer Freude habe ich Ihr Interesse an unserer Organisation Die Fliegenden Ärzte *zur Kenntnis genommen. Dieses Interesse sowie Ihre Qualifikation sind genau das, wonach ich suche. Wenn Sie wirklich den Wunsch haben, sich uns anzuschließen, wäre ich hocherfreut, Sie in unserem Hauptquartier in Cloncurry, Queensland, begrüßen zu dürfen.*

»Queensland«, sagte Millie laut. »Lyle ist in … Australien.« Sie war verblüfft.

Bitte teilen Sie mir Ihre Pläne per Telegramm mit. Wir besitzen zwei Flugzeuge und bieten unsere Dienste in einem großen Teil von Queensland an, und dafür benötigen wir vier Ärzte. Gegenwärtig arbeiten zwei Ärzte für uns, wobei einer unserer hiesigen in Erwägung zieht, die dritte Stelle einzunehmen. Da Sie sehr interessiert klangen, werde ich die vierte Position für Sie freihalten, bis Sie mich per Telegramm von Ihren Plänen unterrichten.
Hochachtungsvoll
Reverend Flynn

Millie goss sich einen Whisky ein und trank ihn in einem Zug leer. Sie konnte kaum glauben, dass Lyle in Australien war. Sie dachte über die Scheidungsunterlagen nach. Sie waren von einem Anwalt in London. Das ergab jetzt einen Sinn. Lyle hatte sich an einen Juristen in England gewandt, damit sie glaubte, er sei dort. Dabei war er in Australien. Australien! Auf der anderen Seite der Erde! Millie war gekränkt, dass er so weit hatte weggehen können. Hasste er sie denn so sehr? Sie hatte das Gefühl, als würde ihr ein weiteres Mal das Herz aus dem Leib gerissen. Sie liebte Lyle immer noch. Sie wollte, dass er einen Platz in ihrem Leben behielt. Noch nie hatte sie eine derartige Leere in sich gespürt.

Millie weinte die ganze Nacht. Mit verquollenen Augen und völlig übernächtigt stand sie am nächsten Morgen auf und fasste einen Entschluss. Sie zog sich rasch an und stattete ihrer Mutter einen Besuch ab.

»Millie, du siehst ja furchtbar aus«, sagte Bonnie und kochte ihrer Tochter erst einmal eine Tasse süßen schwarzen Tee.

»So fühle ich mich auch«, antwortete Millie.

»Ich habe über alles nachgedacht, und ich bin sicher, dass Lyle wieder vernünftig wird und nach Hause kommt. Dieses ganze Gerede von Scheidung ...«, begann Bonnie.

Millie unterbrach sie. »Mom, er kommt nicht mehr zurück.«

»Das kannst du doch nicht wissen, Schätzchen«, sagte Bonnie besänftigend. Sie wollte einfach nur, dass sich Millie wieder besser fühlte.

»Lyle ist in Australien. Australien ist zwölftausend Meilen von hier entfernt. So weit ist er gereist, um von mir wegzukommen.«

»Australien!« Bonnie war total verblüfft. »Woher um alles in der Welt weißt du denn, dass Lyle in Australien ist, Herzchen? Hast du einen Brief von ihm bekommen?«

»Nein, hab ich nicht. Ich habe zu Hause einen Brief gefunden, den er versteckt hatte.«

Bonnie holte hörbar Luft. »Hat Lyle eine ... eine andere Frau?« Sie konnte sich nicht vorstellen, was sonst ihren Schwiegersohn zu solch einem drastischen Schritt bewogen hätte.

»Nein. Der Brief stammt von einem Reverend. Er hat Lyle als Fliegenden Arzt eingestellt. Gott allein weiß, was genau das ist. Ich nehme an, er fliegt zu Farmen und entlegenen Städten raus. Ich weiß nur, dass mein Mann da unten ist. Und ich bezweifle, dass er je wieder zurückkommt.« Erneut rannen Millie Tränen die Wangen hinunter. »Ich liebe ihn immer noch, Mom. Ich will meinen Mann zurück.«

Bonnie wusste nicht, was sie sagen sollte. Wie konnte sie ihre Tochter nur trösten? »Weißt du, Millie«, sagte sie schließlich, nachdem die beiden Frauen eine ganze Weile schweigend und nachdenklich dagesessen hatten, »ich glaube nicht, dass du Lyle ans andere Ende der Welt getrieben hast. Ich weiß, du hast Jamie mehr geliebt als dein Leben, aber Lyle hat ihn ebenfalls über alles geliebt. Ich kenne keinen Mann, der so vernarrt in seinen Sohn ist, wie Lyle es war.« Millie nickte zustimmend. »Und Lyle stand seinem Vater so schrecklich nahe. Ihn zu verlieren, so kurz nach Jamies Tod, war mehr, als der Arme ertragen konnte. Wahrscheinlich will er vor den Erinnerungen in Dumfries weglaufen.«

»Und vor mir«, schniefte Millie. »Er ist einfach nicht darüber hinweggekommen, dass ich mich mit einem anderen Mann getroffen habe. Aber schließlich hat er mich doch zu dem anderen hingetrieben. Er hat mich zurückgewiesen, als ich ihn am meisten gebraucht habe.«

»Und das tut ihm wahrscheinlich auch leid, Millie. Aber er wird glauben, dass du jetzt in Frankie Smithson verliebt und wieder glücklich bist. Wenn du dich nicht einem anderen Mann zugewandt hättest, wer weiß, vielleicht hättet ihr eure Beziehung retten können. Und wenn er dann wirklich vorgehabt hätte, Dumfries den Rücken zu kehren und nach Australien zu gehen, hätte er dich vielleicht gefragt, ob du mit ihm gehen willst.« Millie sah ihre Mutter an, als sei ihr dieser Gedanke nie in den Sinn gekommen. »Ich meine ja bloß, dass du dir nicht allzu sehr die Schuld an Lyles Verhalten geben sollst. Du kannst nicht rückgängig machen, was geschehen ist, aber du kannst wieder nach vorn schauen und dir ein neues Leben aufbauen.«

»Ich will aber kein Leben ohne Lyle, Mom. Wenn das stimmt, was du sagst, muss ich ihm zeigen, dass ich ihn immer noch liebe.«

Bonnie riss ungläubig die Augen auf. »Wie willst du das denn anstellen, wenn er zwölftausend Meilen weit weg ist?«

»Ich kann nach Australien fahren. Ich weiß, es wird ein Schock für ihn, wenn er mich sieht. Aber schließlich muss er doch wissen, dass ich ihn immer noch liebe, oder?«

Genau in diesem Augenblick trat Jock ins Zimmer. »Millie«, rief er.

Er sah gleich, dass seine Tochter geweint hatte, und er betete, es möge bedeuten, dass sie mit Frankie Smithson Schluss gemacht hatte. Den Mann hatte er von Anfang an nicht leiden können, in seinen Augen war jeder Mann, der etwas mit einer verheirateten Frau anfing, Abschaum.

»Ich fahre nach Australien, Dad«, platzte es aus Millie heraus.

Verständnislos sah Jock sie an, dann schaute er zu seiner Frau. »Hat unsere Kleine völlig den Verstand verloren?«

»Lyle ist dort, Dad«, erklärte Millie entschieden und stand auf. »Ich fahre nach Australien, weil ich zu ihm will.«

Sie stürmte zur Hintertür hinaus, sie wollte nach Hause und gleich mit dem Packen anfangen. Plötzlich konnte es ihr nicht schnell genug gehen.

Jock setzte sich Bonnie gegenüber an den Tisch. »Du wirst mir einiges erklären müssen«, sagte er.

20

»Da sind Sie ja, Dr. MacAllister. Gerade wollte ich mich danach erkundigen, wo Sie stecken«, sagte Reverend Flynn.

Er kam aus dem Funkraum des Büros der Fliegenden Ärzte und stieß mit Lyle auf dem engen Flur zusammen.

Das Gebäude, in dem sich das Büro befand, war ein umgebautes Haus am Stadtrand von Cloncurry. Daneben lag ein Hangar, der groß genug für zwei kleine Flugzeuge war.

»Ich war im Krankenhaus«, sagte Lyle.

»Das war auch die Auskunft, die man mir gegeben hat«, sagte Flynn mit besorgtem Blick.

Lyle hatte seine Patienten im städtischen Krankenhaus von Cloncurry besucht. Einige lagen ihm besonders am Herzen. Die kleine Gail hatte dazugehört. Ihr ging es glücklicherweise wieder gut. Sie und ihre Mutter waren längst auf ihre abgelegene Farm zurückgeflogen worden.

»Mrs. Webster und ihrem Baby geht es ausgezeichnet. Dem kleinen Joshua geht es sogar ganz besonders gut, bedenkt man, dass er auf dem Küchenfußboden zur Welt kam.«

Joshua war Carol Websters erstes Kind, und so hatte niemand damit gerechnet, dass seine Ankunft auf dieser Welt gerade einmal dreißig Minuten dauern würde. Lyle und Alison waren so schnell sie konnten zur Wilma Glenn Farm geflogen, als sie von Carol angefunkt wurden, aber zehn Minuten nach der Niederkunft erst eingetroffen. Carol lag mit dem Baby im Arm in ihrem Bett. Sie hatte einen Schock erlitten.

Über den Funkraum hatte Agnes Montgomery die Aufsicht,

die früher für das australische Rote Kreuz gearbeitet hatte. Agnes hatte eine außergewöhnliche Liebesgeschichte, die sie immer wieder gern erzählte. Während ihrer Dienstzeit beim Roten Kreuz hatte sie einen Transportservice ins Leben gerufen, mit dessen Hilfe sie Soldaten per Motorrad mit Seitenwagen von Hospitalschiffen an ihre Heimatorte oder in Rehabilitationseinrichtungen brachte. Bei einer dieser Touren hatte sie die Liebe ihres Lebens kennengelernt. Eines Tages war ihr Auftrag, im Hafen von Townsville William Montgomery, oder Monty, wie sie ihn zärtlich nannte, abzuholen und ihn nach Hause auf die Zuckerrohrfarm seiner Familie zu fahren. Auf der Fahrt musste sie einem Hund ausweichen, der ein Kaninchen jagte. Sie landete mit Motorrad und Seitenwagen in einem Graben und brach sich das Handgelenk. Monty erwies sich als ihr Held, denn ohne auf seine eigenen Verletzungen zu achten, geleitete er sie zu Fuß zur nächstgelegenen Farm, wo sie Hilfe fanden. Sie behauptet, dass sie sich an jenem Tag im November 1918 in ihn verliebt habe, und heiratete ihn nur Wochen später. Das Schicksal wollte es, dass sie wegen Montys Verletzungen keine eigene Familie haben konnten, und so adoptierten sie einen Sohn und eine Tochter.

»Wie schön, dass Mrs. Webster und Baby Joshua wohlauf sind.« Flynn schaute stirnrunzelnd auf ein Stück Papier, das Agnes ihm gerade gegeben hatte.

»Ist etwas nicht in Ordnung?«, fragte Lyle.

»Gerade ist ein Notruf von der Tintinarra Farm südwestlich von Mount Isa hereingekommen.«

Auf der Farm hatte Lyle noch nie zu tun gehabt. »Und was liegt für ein Problem vor?«

Es war alles andere als üblich, dass der Reverend Hilferufe über Funk mit den Ärzten besprach. Normalerweise teilte Mrs. Montgomery die Ärzte für die Flüge ein, und so vermutete er, dass dies ein ungewöhnlicher Notfall war.

»Ein Treiber von Tintinarra hat sich beim Sturz von seinem Pferd ein Bein gebrochen. Ein Stück weit wurde er über rauen Boden mitgeschleift. Die Beschreibung der Fraktur hört sich ziemlich übel an. Das Schienbein ist zerschmettert, und der Knochen ragt durch die Haut heraus. Der Farmbesitzer konnte die Blutung mit einer Aderpresse stoppen, aber es besteht ein beträchtliches Infektionsrisiko, wenn Sie nicht schnell zur Farm fliegen.«

»Ich suche Alison, und dann sind wir schon unterwegs«, sagte Lyle, der seine Pilotin im Hangar vermutete, wo sie jeden Morgen die *Victory* inspizierte, um sich zu vergewissern, dass sie startklar war und genug Treibstoff getankt hatte.

»Warten Sie, Doktor. Wir hatten heute Morgen eine Unwetterwarnung, die sich besorgniserregend anhört«, sagte der Reverend.

Genau in diesem Augenblick betrat Alison das Gebäude. »Wir haben einen beunruhigenden Wetterbericht?«, fragte sie.

Sie standen an der geöffneten Tür zum Funkraum, dessen großes Fenster auf Hangar und Landebahn hinausging. Der Himmel war von einem endlosen Blau, gesprenkelt mit flauschigen Schäfchenwolken. Er sah kaum einmal anders aus.

»Sieht meines Erachtens in Ordnung aus«, meinte Lyle.

»Vor zwei Tagen suchte ein verheerender Zyklon die Region ganz oben im Norden von Queensland heim«, erklärte der Reverend. »Der australische Himmel kann sich innerhalb einer Stunde verdunkeln. Sie haben dieses Phänomen hier noch nicht erlebt, aber glauben Sie mir, das ist mehr als unheimlich.«

»Ich habe im Radio davon gehört«, sagte Alison. »Machen Sie sich Sorgen, dass wir hier auch etwas abbekommen?«

»Allerdings«, antwortete Reverend Flynn. »Nachdem der Zyklon die Küste passiert hatte, bewegte er sich landeinwärts. Zurzeit wütet er auf der Höhe von Hughenden. Es gibt stürmische Windböen und heftige Regenfälle, was flutartige Überschwemmungen ausgelöst hat. Der Wetterbericht spricht nur von einem tropischen Tiefdruckgebiet, aber die Windböen sind immer noch heftig genug. Ich habe Sorge, Sie geraten mit dem Flugzeug hinein. Wie gesagt, die Tintinarra Farm liegt südwestlich von Mount Isa, es besteht also die Möglichkeit, dass Sie dort eintreffen, ehe die Böen so heftig werden, dass das Fliegen zu gefährlich wird. Sie müssten dann dortbleiben, bis Sie ohne Sicherheitsrisiko wieder in die Luft gehen können, aber immerhin könnten Sie den Patienten schon einmal behandeln. Der Farmbesitzer ist Ben McNamara, ein sehr fähiger Mann. Einen einfachen Bruch kann er schienen, das hat er auch schon oft gemacht, aber diese Art Fraktur kann auf der Farm unmöglich jemand richten, und es kann dort auch niemand eine Infektion wirkungsvoll bekämpfen. Doch wenn ich bedenke, dass die letzten Ausläufer des Zyklons auf dem Weg hierher sind ... Es ist moralisch kaum vertretbar, von Ihnen zu verlangen, Ihr Leben in Gefahr zu bringen.«

»Wie sicher ist es wohl, dass wir bis nach Tintinarra gelangen?«, fragte Lyle.

»Es ist möglich, aber garantieren kann ich dafür nicht. Deshalb liegt die Entscheidung bei Ihnen, Sie müssen Ihre Zustimmung geben.« Der Reverend schaute von Alison zu Lyle.

Lyle sah seine Pilotin an. »Ein Viehtreiber von Tintinarra ist schwer verletzt«, sagte er. »Es könnte übel für ihn aussehen, wenn wir nicht hinfliegen.«

»Dann fliegen wir hin«, antwortete Alison.

»Bist du sicher? Du hast gehört, was der Reverend über das Wetter gesagt hat.«

»Es wäre nicht das erste Mal, dass ich bei schlechtem Wetter fliege, also ich bin dabei, wenn du es machen willst«, erwiderte Alison, ohne zu zögern.

Das überraschte Lyle nicht. In der Luft war Alison ziemlich furchtlos, aber er dachte auch an das, was mit dem Viehtreiber passieren könnte. Es würde nicht lange dauern, bis es zu einer Sepsis käme, und wenn die Blutzufuhr zu seinem Unterschenkel durch eine Aderpresse zu lange unterbunden war, bestand die Gefahr, dass er das Bein ganz verlor.

»Dann fliegen wir also, Reverend«, sagte Lyle. »Bitten Sie Mrs. Montgomery, die Tintinarra Farm über Funk zu verständigen, dass wir unterwegs sind.«

Sie waren seit zwanzig Minuten in der Luft, als sie merkten, dass sich der Himmel rasant von einem hellen Blau zu einem diesigen Rot veränderte.

»Was geht da vor?«, fragte Lyle. So etwas hatte er noch nie gesehen.

»Das ist Staub«, antwortete Alison. Sie flog die Maschine so schnell, wie es nur irgend möglich war. »Wenn wir den schlimmsten Windböen voraus sind, sollten wir problemlos nach Tintinarra kommen und landen können«, beruhigte sie Lyle.

Lyle lag es auf der Zunge vorzuschlagen, dass sie besser zurückfliegen sollten, aber immer wieder dachte er an den verwundeten Viehtreiber. Er würde unerträgliche Schmerzen haben, bis sein Bein gerichtet wäre.

»Bist du sicher?«, fragte er deshalb lediglich.

Auf einmal wurde das Flugzeug von eine heftigen Windböe erfasst. Alison hatte Mühe, die Maschine auf Kurs zu halten.

»Jetzt geht es los, Lyle«, rief sie ihm zu und kämpfte mit der Steuerung. »Die Zyklonböen haben uns erwischt.«

Die linke Tragfläche wurde weggedrückt, dann die rechte, sodass die *Victory* im Zickzack durch den Himmel pflügte. Alison ging auf fünfhundert Fuß herunter, weil sie versuchen wollte, den stärksten Böen aus dem Weg zu gehen, aber so wurde der Staub vom Boden zu ihnen hochgewirbelt, was die Sicht drastisch einschränkte.

»Was schätzt du? Wie weit ist es noch bis zur Farm?«, fragte Lyle nervös.

Er versuchte, durch den Staub etwas zu sehen, jedoch ohne Erfolg. Lyle machte ganz bewusst den Versuch, seine Angst zu verbergen, aber seine Pilotin konnte er nicht hinters Licht führen.

»Vielleicht fünfzig Meilen«, erwiderte Alison. Sie sah, wie bleich Lyle geworden war, aber schlimmer war, dass er ihre Unsicherheit bemerkte. Er sagte allerdings nichts. »Wenn du jetzt vorschlagen willst, zurückzufliegen, Lyle«, fuhr Alison fort, »muss ich dir sagen, dass das nicht möglich ist. Die Zyklonböen treiben uns praktisch nach Westen.«

»Das wollte ich nicht vorschlagen«, erwiderte Lyle, nachdem er einen Blick über die Schulter geworfen hatte. Der Himmel im Osten war schwarz und unheilvoll.

Plötzlich wurde das Flugzeug erneut von einem kräftigen Windstoß erfasst. Es wirbelte durch die Luft wie ein Papierflieger. Lyle hörte Alison tief einatmen, als sie versuchte, die Maschine wieder auf Kurs zu bringen und die Kontrolle nicht zu verlieren. Sie sah auf ihren Kompass, dann steuerte sie nach links. Kurz darauf erfasste sie eine neue Böe von dort und rüttelte sie durch. Alison kämpfte verbissen, um die Maschine ruhig zu halten. Immer wieder sah sie nervös auf ihren Kompass. Aus den Augenwinkeln nahm sie wahr, dass Lyle sich an seinen Sitz klammerte.

»Bei der Geschwindigkeit sind wir bald in Perth«, rief sie ihm gegen das Toben des Windes zu und zwang sich zu einem Lächeln, doch Lyle war klar, dass seine sonst so furchtlose Pilotin sich sehr sorgte. Und das war alles andere als beruhigend.

»Immer noch besser als ein Sturzflug direkt auf den Boden«, gab Lyle zurück.

»Das werde ich schon nicht zulassen, Lyle, aber womöglich muss ich einen Platz finden, an dem ich diesen Vogel runterbringen kann, bis die schlimmsten Böen vorbeigezogen sind.« Alison schaute auf ihrer Seite aus dem Fenster. Weiterhin konnte man wegen des aufwirbelnden Staubs den Boden nur vage ausmachen.

»Schaffen wir es nicht bis Tintinarra?«

»Ich glaube nicht, jedenfalls nicht mit dem Flugzeug. Das ist jetzt zu gefährlich.«

»Wie willst du denn sehen, wo du landen kannst?«, fragte Lyle in Panik. Er sah ebenfalls wieder nach unten, aber es war so gut wie unmöglich, etwas zu erkennen.

»Ich gehe noch ein bisschen tiefer. Dann sehe ich vielleicht besser«, antwortete Alison. Sie brachte die *Victory* herunter, bis sie etwa einhundert Fuß über dem Boden war. Durch den Wind neigten sich die Tragflächen mal zur einen, dann zur anderen Seite. Immer wieder einmal konnte Lyle ein paar Bäume oder einen felsigen Hügel erkennen. Der Gedanke, dass er es nicht zu seinem Patienten schaffen würde, wuchs sich mehr und mehr zu einer beunruhigenden Möglichkeit aus.

»Wirst du sicher landen können?«, fragte er nervös.

»Ich schätze mal, das werden wir gleich herausfinden«, sagte Alison. Sie musste noch lauter sprechen, um sich über dem Heulen des Windes Gehör zu verschaffen. »Wir müssen landen, wir haben keine andere Wahl, Lyle. Wenn wir zu weit vom Kurs abgetrieben werden, wird uns das Benzin ausgehen und …«

Sie sagte nicht, was sie dachte, aber Lyle konnte seine eigenen Schlüsse ziehen. Sie wussten, dass es Treibstoff auf manchen Farmen gab, aber längst nicht auf allen, und sie lagen alle so weit auseinander. Lyle sah Alison an, doch sie konzentrierte sich weiter darauf, nach einer freien Fläche Ausschau zu halten, wo sie die Maschine landen konnte. Als sie anfing zu kreisen, schaute Lyle aus dem Fenster.

»Da unten«, rief Alison. »Ich bin nicht sicher, ob die Fläche sich als Landebahn eignet, aber wir haben keine andere Wahl.«

Sie ging nochmals weiter hinunter und versuchte, das Flugzeug auszurichten, aber die heftigen Windböen ließen das kaum zu. Als Lyle das nächste Mal aus dem Fenster sah, schien der Boden auf ihn zuzurasen, und er geriet in Panik.

»Runter mit deinem Kopf zwischen die Knie«, befahl Alison.

»Was?«, fragte Lyle ungläubig. »Wieso?«

»Mach schon, *jetzt*«, schrie sie.

Lyle nahm die Bruchlandungsposition ein. Er dachte nur daran, dass er überleben musste, um Alison helfen zu können, wenn sie ihn brauchte. Sein Herz raste, und er hielt den Atem an. Er warf einen Seitenblick auf seine Pilotin. Ihre Arme umklammerten angespannt, aber mit aller Kraft, das Steuerrad. Er schloss die Augen und betete.

»So … jetzt … gleich«, sagte Alison leise und wappnete sich gegen den Aufprall. Es gab einen Stoß, das Heck ging hoch, und Alison fürchtete schon, sie würden sich überschlagen. Dann schienen sie wieder in der Luft zu sein, wurden von einer Seite auf die andere geschleudert. »Verdammt«, fluchte sie, als der Wind mit dem Flugzeug spielte, als sei es aus Pappmaché.

Lyle verspürte einen noch härteren Stoß, als Alison die Maschine erneut herunterbrachte. Hatten sie einen Felsen gerammt? Die *Victory* kippte bedrohlich zur Seite und prallte dann wieder auf dem unebenen Gelände auf, ehe sie neuerlich ins Schlingern kam. Er hörte Alison fluchen und hob den Kopf, um zu sehen, was geschehen war. In dem Moment kippte das Flugzeug zur anderen Seite, und Lyle schlug mit dem Kopf hart gegen das Seitenfenster. Einen Moment später kamen sie in einer Wolke aus rotem Staub abrupt zum Stillstand.

Lyle sah Alison an, aber sprechen konnten sie beide nicht. Stumm schauten sie in den Staub, der um sie herum aufwirbelte. Weiter als bis zur Nase der Maschine und zu den Spitzen der Tragflächen konnten sie nicht sehen. Alison seufzte vor Erleichterung, und ihre verkrampften Züge entspannten sich.

»Wir sind heil heruntergekommen«, sagte sie, atmete heftig aus und sackte auf ihrem Sitz zusammen. »Wenigstens hoffe ich, dass wir heil sind. So eine Landung habe ich noch nie gehabt.«

»Das hast du großartig gemacht«, sagte Lyle voller Dankbarkeit. »Eine ganze Weile habe ich mich gefragt, ob wir wohl je wieder sicher herunterkommen.« Er wusste, es hätte weit schlimmer ausgehen können.

»Wir hatten Glück, Lyle.« Alison sah aus dem Fenster. »Der Motor scheint in Ordnung zu sein, aber ich muss die Reifen und den Rumpf nach Schäden absuchen«, sagte sie. Heftige Windstöße rüttelten das Flugzeug immer noch hin und her. »Ich mache mir außerdem Sorgen, dass die Böen die Maschine umkippen könnten.«

»Wäre das möglich?«, fragte Lyle ungläubig.

»Durchaus. Wenn es noch schlimmer wird. Ich habe mal auf dem Flugplatz von Edinburgh gesehen, wie sich eine kleine Maschine überschlug, der Wind hatte achtzig Meilen die Stunde.«

Alison versuchte, die Tür zu öffnen. Sie brauchte all ihre verbliebene Kraft dazu, weil der Wind so heftig dagegendrückte. Besorgt warf sie einen Blick auf das Fahrwerk der Maschine, Augen und Mund vor dem aufwirbelnden Staub schützend. Zum Glück waren die Reifen noch voller Luft, und am Rumpf gab es nur oberflächliche Schäden – einige kleinere Kerben und Kratzer. Alison musterte die Umgebung. Weit sehen konnte sie nicht, aber was sie erkannte, war unebenes Gelände. Überall lagen Steine und größere Felsblöcke, also grenzte es an ein Wunder, dass sie sicher gelandet waren.

Als eine kurze Windstille eintrat, legte sich der Staub ein wenig. Lyle stieg ebenfalls aus, und sie sahen sich in der Landschaft um.

»Da drüben scheint eine Art Siedlung zu sein«, sagte Alison und zeigte nach Westen. »Aber ich schätze, wir sind noch ein paar Meilen von Tintinarra entfernt, es muss also ein kleiner Aborigine-Stamm sein.«

Sie erkannten einige niedrige Hütten, die etwas heruntergekommen wirkten, aber Lebenszeichen sahen sie keine.

»Nach meinen Karten gibt es in dieser Gegend etliche Aborigine-Siedlungen«, sagte Lyle.

Alison wandte sich nach Südwesten. »Ich muss mal auf den Kompass sehen, aber ich glaube, Tintinarra liegt da drüben.« Plötzlich schrie sie auf.

»Was ist?«, fragte Lyle und drehte sich nach ihr um.

Durch den roten Staub, der um sie herumwirbelte, nahm er vage eine Menschengestalt wahr. Ein Aborigine. Er hielt einen Speer in der Hand, an dem eine große Eidechse aufgespießt war. Klebriges Blut lief den Speer und die Hand des Mannes herunter, was ihm ein furchterregendes Aussehen verlieh. Alison stand der Schreck im Gesicht geschrieben, aber sie konnte den Blick kaum von dem Mann lösen.

»Guten Tag«, sagte Lyle so freundlich er konnte.

Er hoffte, der Mann verstand ihn, wenn er ihn auf Englisch ansprach. Doch der Aborigine schwieg.

»Wir mussten notlanden … wegen des Staubs und des Sturms«, setzte Lyle hinzu. Unbewusst trat er vor Alison, eine Beschützergeste, für die sie ihm sehr dankbar war. »Ich bin beim Service der Fliegenden Ärzte«, fuhr Lyle fort. »Ich heiße Dr. Lyle MacAllister, und das ist meine Pilotin, Alison Sweeney.«

Er wich etwas zur Seite, um den Blick auf Alison freizugeben, die tapfer lächelte, obwohl sie innerlich vor Angst zitterte. Als keine Reaktion kam, duckte sie sich wieder hinter Lyle.

Der Mann schien sie in tiefer Versunkenheit zu mustern. »Du …«, sagte er und zeigte dann mit dem Speer auf Lyle. »Doktor?«

»Ja, das stimmt«, antwortete Lyle.

»Medizinmann?«

Lyle schätzte den Aborigine auf etwa vierzig Jahre. Seine Gesichtszüge wirkten noch jung, doch sein Haar war mit grauen Strähnen durchsetzt, auch sein Bart. Schuhe trug er nicht an den breiten Füßen, das einzige Kleidungsstück an seinem schlanken Körper waren zerschlissene Hosen, die bis knapp übers Knie reichten.

»Ja, genau«, sagte Lyle, auch wenn er sich einigermaßen sicher war, dass der Medizinmann eines Stammes nicht ganz dasselbe wie ein Allgemeinmediziner war. »Wir waren auf dem Weg zu einem Patienten auf der Tintinarra Farm, der sich das Bein gebrochen hat, aber die Windböen haben uns zum Landen gezwungen. Ist es noch weit bis Tintinarra?«

Der Aborigine musterte Lyle aus seinen dunklen Augen und blinzelte. »Da, weit, zehn Meilen«, sagte er verächtlich und zeigte nach Südwesten. Dann drehte er sich um.

»Warten Sie«, rief Alison in Panik. Sie kam hinter Lyle vor und musste husten, weil ihr beim Sprechen Staub in den Hals kam. Ihre Augen tränten. »In dieser Hitze und diesem Staub können wir unmöglich zehn Meilen zu Fuß gehen.«

Der Mann blieb stehen und musterte Alison erneut. Er tat es auf eine Weise, die vermuten ließ, dass Frauen in seiner Kultur als minderwertige Wesen angesehen wurden. Das machte sie wütend.

In aggressivem Ton rief er etwas in der Eingeborenensprache und deutete in Richtung Tintinarra. Er schien Lyle und Alison klarmachen zu wollen, dass er zehn Meilen ohne Probleme durch den Staub lief und sie das dann wohl auch konnten.

»Nein, nein«, rief Alison trotzig. »Wir können nicht zu Fuß nach Tintinarra. Wir sind keine Aborigines. Wir …«

»Lass gut sein, Alison«, unterbrach Lyle sie. Er wollte das aggressive Verhalten des Mannes nicht noch mehr herausfordern. »Wir finden schon eine Lösung. Ich werde nach Tintinarra gehen, wenn es sein muss. Du kannst ja hier beim Flugzeug bleiben, bis du es wieder in die Luft bekommst.«

»Wer weiß, wann das sein wird, Lyle«, sagte Alison verärgert. »Sobald die Windböen nachlassen, will ich hier weg. Denn wenn wir auch noch von heftigen Regenfällen überrascht werden, wird sich die Gegend in eine Schlammwüste verwandeln. Wir hätten dann keinerlei Möglichkeit mehr, abheben zu können.« Ihr gefiel außerdem die Vorstellung ganz und gar nicht, alleingelassen zu werden, wo doch Leute wie dieser wilde Aborigine hier herumwanderten. Sie wandte sich noch einmal an ihn. »Wir sind es nicht gewohnt, solch weite Strecken zu marschieren. Wir würden uns verirren … und dieser Staub ist fürchterlich.« Wieder musste sie husten. »Bestimmt können Sie uns doch irgendwie helfen.« Eine heftige Windböe erfasste sie jäh. Sie war so gewaltig, dass es Alison beinahe von den Füßen riss, besorgniserregender aber war, dass der Wind unter die Flugzeugtragflächen fuhr und die Maschine schwankend leicht vom Boden abhob. Lyle griff nach Alisons Arm und half ihr, die Balance zu halten. »Wir müssen sie festbinden«, rief sie in Panik.

»Festbinden! Wie sollen wir das denn anstellen?«, fragte Lyle.

»Wir brauchen Seile und Pflöcke«, sagte Alison.

Sie warf einen Hilfe suchenden Blick auf den Aborigine. Gleichgültig schaute er sie an. Oder ob er sie nicht verstand?

»Wir müssen das Flugzeug sichern, damit es nicht umstürzt«, rief Alison hoffnungsvoll.

»Kann so was wirklich passieren? Wie wahrscheinlich ist das denn?«, fragte Lyle skeptisch.

Er zweifelte nicht an Alisons Wissen und an ihrer Erfahrung. Er konnte sich einfach nur nicht vorstellen, dass so etwas tatsächlich passieren würde.

»Verdammt wahrscheinlich«, fauchte Alison. »Und wenn das hier passiert, sitzen wir fest.«

Diese Seite von Alison kannte Lyle noch nicht, sie war mit den Nerven am Ende und sorgte sich wirklich. Er musste sie ernst nehmen.

»Gibt es beim Stamm irgendwas, womit wir die Maschine sichern könnten?«, fragte er den Aborigine.

Der zuckte mit den Schultern, drehte sich um und machte sich auf den Weg zu seiner Siedlung.

Jetzt verlor auch Lyle die Geduld. »Ich werde das herausfinden«, sagte er zu Alison. »Wirst du allein klarkommen?« Er überlegte, ob es klug war, eine Frau in dieser Gegend allein zu lassen. »Du kannst natürlich mitkommen, wenn du willst.«

»Nein, ich werde im Flugzeug warten«, rief sie ihm zu, jeden Gedanken daran, was ihr passieren konnte, wenn sie allein zurückblieb, verdrängend. »Aber beeil dich.«

Lyle folgte dem Aborigine zu den Hütten, die auch beim Näherkommen noch verlassen aussahen. Die tote Eidechse wurde neben den Überresten eines Feuers, dessen Flammen offenbar vom Sturm gelöscht worden waren, in den Schmutz geworfen. Gleich kamen ein paar sichtlich hungrige Hunde auf das Tier zugestürzt, der Aborigine verjagte sie jedoch mit einem großen Stock. Dann stocherte er in den noch glimmenden Kohlen des Feuers und warf die Eidechse hinein. Er benutzte den Stock, um die unglückliche Kreatur mit Asche zu bedecken.

Wie aus dem Nichts tauchten auf einmal mehrere Männer und Frauen auf, und der Aborigine, dem Lyle gefolgt war, begann, in der Eingeborenensprache mit ihnen zusprechen. Er schien wütend zu sein. Die Stammesmitglieder starrten Lyle an und gingen dann in ihre Behausungen zurück, die grob aus Wellblech und Holz zusammengebaut waren. Die meisten hatten weder Fenster noch Türen. Wind und Staub konnten ungehindert durch jeden Spalt eindringen.

Lyle hatte keine Ahnung, was er jetzt tun sollte. Mit leeren Händen wollte er nicht zum Flugzeug zurück, aber er musste realistisch sein. Die Wahrscheinlichkeit, hier Hilfe zu finden, schien verschwindend gering. Es war offensichtlich, dass seine Gegenwart aus irgendeinem Grund nicht erwünscht war.

Lyle wollte gerade aufgeben und unverrichteter Dinge zurückkehren, als ein Aborigine aus einer der Behausungen trat. Er wirkte überrascht beim Anblick des weißen Mannes, stellte sich aber gleich als Wally Nangawarra vor. Wally war ein breitschultriger Mann, doch sein Rücken war stark gekrümmt. Lyle schätzte ihn auf etwa fünfzig, aber es konnte durchaus sein, dass er etwas jünger war. Sicher hatte er sein Leben lang hart gearbeitet. Der Aborigine trug einen Hut, ein Hemd, Jeans und Stiefel wie die Weißen in der Gegend. Lyle war erleichtert. Er hoffte, sich mit dem Mann besser verständigen zu können, denn er schien recht gut Englisch zu sprechen. Er stellte sich ebenfalls vor und beschrieb dann die Situation. Wally wusste von den Fliegenden Ärzten und fand, sie leisteten hervorragende Arbeit.

»Ich würde ja gern helfen, aber Seile haben wir hier nicht, Doc«, sagte Wally. »Wir könnten jedoch ein paar große Steine um die Räder des Flugzeugs legen, dann kippt die Maschine vielleicht nicht um.«

Lyle bedankte sich für das Angebot. »Ich glaube nur, das schaffen wir zu zweit nicht, da brauchen wir ein paar mehr Leute«, sagte er frustriert.

»Hier wird keiner helfen, Doc«, erklärte Wally.

Lyle konnte sich nicht vorstellen, was der Grund dafür war. Ob er die Aborigines gekränkt hatte? Er nahm an, dass sie Neuankömmlingen gegenüber einfach skeptisch waren.

»Wie kommt es, dass Sie so gut Englisch sprechen?«, fragte er.

Wally lächelte und zeigte diverse Zahnlücken. »Es ist eher so eine Art Pidgin-Englisch«, sagte er und lachte dann. »Ich bin Farmarbeiter, seit ich alt genug bin, auf ein Pferd zu klettern. Meinen letzten Job hatte ich auf einer Farm etwa hundert Meilen südlich von hier, aber jetzt bin ich zurück, denn mein Vater ist krank. Er ist Stammesältester der Kalkadoon. Man hat großen Respekt hier vor ihm.«

In dem Moment kam der Aborigine, der Lyle zum Stamm geführt hatte, erregt aus einer der Hütten auf Wally zugelaufen. Feindselig starrte er ihn an. Lyle fragte gleich, ob er der Grund für die Wut des Mannes sei.

»Ich gehe, wenn ich hier Probleme verursache«, bot er an.

»Sie sind das nicht, Doc«, sagte Wally. »Der Medizinmann vom Stamm hat versucht, meinem Vater zu helfen, aber es geht ihm immer schlechter. Die Leute vom Clan werden allmählich wütend und glauben nicht mehr an den Medizinmann. Sie denken, der Sturm ist die schlimme Strafe für das, was der Medizinmann mit meinem Vater gemacht hat. Weil sie wissen, dass Sie Arzt sind, haben sie Angst. Sie vermuten, dass Sie meinem Vater noch übleren Schaden zufügen.«

»Vielleicht kann ich Ihrem Vater ja helfen. Das würde ich gern versuchen.«

Wally wirkte hin und her gerissen. »Wenn Sie das nicht schaffen, Doc, kann ich nicht für Ihre Sicherheit garantieren.«

Lyle war verblüfft. »Ich riskiere es«, sagte er, wusste aber nicht, ob er sich wirklich klug verhielt. »Was ist denn los mit Ihrem Vater?«

»Sein Fuß ist geschwollen. Er ist doppelt so groß, wie er sein sollte, und er will nicht heilen. Der Medizinmann hier glaubt, er habe böse Geister in sich. Er hat es mit Magie probiert, aber nichts hat geholfen.«

»Darf ich Ihren Vater sehen?«

»Sicher dürfen Sie das.«

Wally rief dem Aborigine etwas zu, worauf einige der anderen

Männer ebenfalls aus ihren Hütten kamen. Erregt diskutierten sie miteinander.

»Sie sind dagegen, nehme ich an«, sagte Lyle.

»Ja, aber ich gehe und frage meinen Vater. Wenn er sagt, Sie dürfen ihm helfen, dann ist es so. Sie warten hier«, fügte er hinzu.

Lyle wartete, aber ihm war mehr als unbehaglich zumute. Die Männer starrten ihn misstrauisch an. Er versuchte, ihren Blicken auszuweichen, indem er übers Land schaute, in die Richtung, in der sich das Flugzeug befand. Der Wind wehte nicht mehr ganz so heftig, aber immer wieder einmal fegte eine Böe übers Land, die den roten Staub gnadenlos aufwirbelte und ein Durchatmen kaum möglich machte. Lyle war klar, dass das lange Warten für Alison die Hölle sein musste, aber er hoffte, dass die Männer des Stammes ihm womöglich helfen würden, sollte er in der Lage sein, den Ältesten zu heilen.

Kurze Zeit später kam Wally zurück. »Mein Vater ist bereit, Sie zu empfangen«, sagte er.

Den anderen Männern rief er etwas zu, und gleich schlichen sie sich davon.

Wally führte Lyle zu einer Behausung, in der mehrere Frauen auf dem Boden neben einer Matratze saßen, auf der ein älterer Mann lag. In der Hütte brannte ein Feuer, und Staub wehte durch jede Ritze, so war die Luft alles andere als angenehm. Die Frauen wedelten dem Kranken Rauch zu. Er hustete.

Lyle war entsetzt. »Was geht denn hier vor?«, fragte er.

»Sie vertreiben die bösen Geister«, erklärte Wally.

»Ich weiß ja nichts von bösen Geistern, aber der Rauch tut seiner Gesundheit nicht gut«, sagte Lyle bestimmt.

Wally erklärte Lyle, der Name seines Vaters sei Arinya, und er spreche kein Englisch. Lyle lächelte den Mann an und kniete sich dann an den Rand der Matratze.

»Könnten Sie Ihren Vater bitte fragen, ob er mir erlaubt, seinen Fuß zu untersuchen?«, sagte er.

Lyle erkannte sofort, dass es dem alten Mann nicht gut ging.

Ursache dafür waren sicher nicht allein Rauch und Staub. Er vermutete, dass die Infektion bereits in den Blutkreislauf übergegangen war, und das war nicht gut. Während Wally Lyles Bitte entsprach, löschte Lyle erst mal das Feuer. Sogar ihm brannte der Rauch schon in den Augen.

Als der Stammesälteste, ein schmächtig wirkender Mann mit grauem Haar und grauem Bart, den Fuß ausstreckte, erschrak Lyle. Der Fuß war immens angeschwollen, die Haut spannte sich so darüber, dass Lyle befürchtete, sie würde bald platzen. Während er den Fuß untersuchte, fragte er Wally, ob eine der anwesenden Frauen seine Mutter sei.

»Ja, aber sie alle sind die Frauen meines Vaters«, erklärte Wally zu Lyles Überraschung.

»Ihr Vater muss ein starker Mann sein«, erwiderte Lyle mit ernstem Gesicht.

Wally lachte und übersetzte, was Lyle gesagt hatte. Trotz seiner Schmerzen zeigte sein Vater ein breites Lächeln. Lyle war erschüttert, als der Alte sein beinahe zahnloses Zahnfleisch enthüllte. Das gesamte Innere seines Mundes war von erschreckend blauer Farbe.

»Was ist das?«, fragte Lyle besorgt den Sohn.

»Er kaut Beeren gegen die Schmerzen«, antwortete Wally.

Lyle befühlte vorsichtig den Fuß des alten Mannes. »Ich glaube, da ist eine Entzündung im Fuß Ihres Vaters«, sagte er zu Wally. »Es gibt keine Schnitte oder einen Bruch, also ist das die einzige Erklärung für die Schwellung. Es ist der Versuch des Körpers, das Problem aus der Welt zu schaffen.« Im Bereich der großen Zehe war die Haut schwielig, aber aus einer kleinen Wunde am Nagelbett tropfte Eiter, als er darauf drückte. Arinya fand es gar nicht gut, dass der Arzt seinen schmerzenden Fuß drückte, also bat Lyle den Sohn zu erklären, was er da tat.

»Genau hier sitzt das Problem«, sagte er zu Wally. »Was immer es auch ist.« Er zeigte auf das Nagelbett.

Wally sprach mit seinem Vater in der Aborigine-Sprache. Lyle sah, wie der Alte den Kopf schüttelte.

»Mein Vater ist sich sicher, dass da nichts in seinem Fuß ist«, sagte Wally.

»Und ich weiß, da muss etwas sein«, sagte Lyle. »Ich hole meine Arzttasche und schaue mal nach, wenn das für Ihren Vater in Ordnung ist.«

Wally sprach mit seinem Vater, der Lyle erst skeptisch ansah, doch dann nickte er.

Lyle lief so schnell er konnte zum Flugzeug zurück. Er erklärte Alison, dass er einem der Stammesältesten helfen wolle.

»Das ist nicht der rechte Moment für Arztbesuche«, beschwerte sie sich. »Du solltest dich um Seile kümmern, damit wir die *Victory* befestigen können. Seit du weg bist, wäre es zweimal beinahe umgestürzt.«

»Wir werden Hilfe bekommen«, sagte Lyle. »Vertrau mir.«

Er griff nach seiner Tasche und lief zurück zum Stamm. Lyle erklärte Wally, dass er den Fuß seines Vaters mit einem Skalpell öffnen müsse, um den Eiter abzulassen und die Ursache für die starke Entzündung zu finden. Dann bat er ihn, dem Stammesältesten zu erklären, dass es unerlässlich sei, das zu tun. Er machte zunächst einen kleinen Schnitt, dann drückte er wieder auf den Fuß. Der alte Mann protestierte lautstark. Lyle bemerkte aus den Augenwinkeln, dass mehrere Männer auf der Schwelle der Hütte erschienen, offenbar bereit, den Alten zu verteidigen, aber Wally hielt sie zurück.

Plötzlich ergoss sich ein Schwall Eiter aus Arinyas Fuß, und mit ihm kam ein großer Dorn zum Vorschein.

»Da haben wir die Ursache für die Entzündung und die schmerzende Schwellung«, sagte Lyle und bat Wally erneut zu übersetzen.

Fasziniert starrte Wallys Vater auf den Dorn und redete dann lebhaft in seiner Sprache auf seinen Sohn ein. Lyle fiel auf, dass die Männer auf der Türschwelle sprachlos dastanden.

»Mein Vater sagt, er müsse sich den Dorn in der vergangenen Woche in den Fuß getreten haben, er habe beim Jagen auf einmal einen starken Schmerz gespürt, der dann aber zunächst nachließ.

Diese Begebenheit war ihm ganz entfallen«, erklärte Wally. »Ein paar Tage später schwoll der Fuß dann an und wurde immer dicker.«

»Der Dorn ist tief in die Wunde eingedrungen und hat sich dort festgesetzt«, meinte Lyle.

Wally sprach wieder mit seinem Vater. »Er fühlt sich schon so viel besser«, sagte er hocherfreut.

»Er sollte tatsächlich schon einige Erleichterung verspüren, denn die Schwellung hat zu einem unangenehmen Druck geführt. Erklären Sie Arinya, dass ich etwas auf die Wunde geben muss, um sie zu säubern.«

»Das können wir machen«, sagte Wally. »Die Frauen kennen eine Menge Heilkräuter, die desinfizierende Wirkung haben und eine erneute Entzündung verhindern. Sie haben gute Arbeit geleistet, Doc.«

»Ich freue mich, dass ich helfen konnte. Ich will sehen, dass wir hier noch einmal vorbeikommen, dann werde ich nach Ihrem Vater schauen und mich überzeugen, dass es ihm weiter gut geht. Das heißt, wenn das Flugzeug wieder in die Luft kann, nachdem die Windböen es nicht mehr hin und her rütteln.«

Lyle dachte wieder an seine eigene Notlage, während Wally Arinya übersetzte. Der ältere Mann hielt daraufhin eine lange Rede. Dann sprach er mit den Männern an der Tür, die daraufhin verschwanden.

»Was ist denn los?«, erkundigte sich Lyle, erneut besorgt.

»Alle Männer hier werden Ihnen helfen, Doc«, sagte Wally lächelnd. »Mein Vater hat es ihnen befohlen.«

»Ich muss so schnell wie möglich zur Tintinarra Farm«, sagte Lyle. »Ich könnte zu Fuß gehen, wenn es nicht so staubig wäre, aber ich befürchte, ich würde mich verlaufen. Haben Sie eine Idee, was ich machen könnte?«

»Klar«, antwortete Wally. Er dachte keine Sekunde länger nach. »Können Sie auf einem Kamel reiten?«

21

Alison war wie gelähmt vor Angst, als sich der Maschine eine große Gruppe männlicher Aborigines näherte, die riesige Steine mit sich schleppte.

Sie hatte keine Ahnung, was die Männer wollten, aber sie rechnete mit dem Schlimmsten, und so saß sie zitternd im Cockpit und glaubte, mit dem Leben abschließen zu müssen. Sie stellte sich vor, wie Lyle ihre übel zugerichtete Leiche im Flugzeugwrack finden würde, oder vielleicht … hatte man ihn längst ermordet. Alison konnte kaum atmen.

Zu ihrer Verblüffung erkannte sie plötzlich Lyle unter den Männern, unverletzt. Und nicht nur dass er unverletzt war, er schien auch kein bisschen aus der Fassung. Sie machte langsam die Flugzeugtür auf und erlebte gleich die nächste Überraschung. Lyle fing an, die Aborigines zu den Stellen zu dirigieren, an denen sie die mitgebrachten großen Steine ablegen sollten.

»Was geschieht hier?«, fragte Alison verwirrt. Zögerlich kletterte sie aus der Maschine, nur um gleich wieder von einer Windböe erfasst und beinahe umgeworfen zu werden.

Lyle griff nach ihrem Arm, um ihr zu helfen, das Gleichgewicht zu halten. »Beim Stamm gibt es keine Seile, also nehmen wir die Steine, um das Flugzeug zu sichern. Das sollte doch wohl funktionieren, meinst du nicht?«

»Ich denke schon …« Alison schaute über seine Schulter und sah einen Mann mit Turban und wehenden Gewändern. Zwei riesige Kamele begleiteten ihn. »Wer ist denn das?«, fragte sie Lyle, Mund und Nase mit der Hand schützend.

Lyle drehte sich um. »Ach, das ist Haji Merben. Zurzeit wohnt er bei den Aborigines, aber ursprünglich stammt er aus Kandahar. Er bringt mich zur Tintinarra Farm.«

»Er bringt dich zur … Tintinarra Farm … Aber doch sicher nicht auf einem … Kamel?«

»O doch. Besser als zu laufen ist das allemal, und mit Haji als Führer verirre ich mich wenigstens nicht. Du kannst gern mitkommen, wenn es dir nichts ausmacht, dir ein Kamel mit mir zu teilen.«

»Ich auf einem Kamel?« Alison starrte erst Lyle, dann das Tier ungläubig an. »Das meinst du doch wohl nicht im Ernst?«

»Wally Nangawarra hat gesagt, du kannst bei ihm und seinem Vater bleiben, wenn du hier auf mich warten willst«, sagte Lyle.

»Wer ist Wally Nangawarra?«

»Das da hinten ist Wally«, sagte er und deutete auf ihn. »Der Mann mit dem Hut.« Lyle legte einen großen Stein vor eines der Räder der *Victory.* »Er ist eigentlich Farmarbeiter, aber im Moment ist er hier zu Besuch bei seinem kranken Vater, der Stammesältester der Kalkadoon ist. Es hat sich herausgestellt, dass der Mann einen Dorn im Fuß hatte, was ihm ziemlich übel zusetzte, aber ich habe mich darum gekümmert. Wally hat Haji Merben netterweise gebeten, mich nach Tintinarra zu bringen.«

Alison konnte die vielen Informationen kaum auf einmal verdauen.

»Ich muss jetzt los, Alison. Ich darf keine Zeit mehr verschwenden, also, was willst du machen? Bleibst du hier, oder kommst du mit?«

»Ich möchte nicht so gern hierbleiben, aber …« Alison betrachtete die Kamele. »Ich bin mir auch nicht so sicher, ob ich wirklich auf einem Kamel reiten möchte.« Sie mochte nicht zugeben, dass sie Angst hatte.

»Meine furchtlose Pilotin hat doch wohl keine Angst vor einem Kamel, oder?«

Lyle war mehr als nur erstaunt, denn er hatte gedacht, Alison fürchte sich vor gar nichts. Alison gefiel sein spöttischer Unterton nicht.

»Natürlich nicht«, gab sie bissig zurück. »Gib mir eine kleine Atempause, Lyle. Ich bin immer noch ganz zittrig nach der Landung von vorhin.«

Wild entschlossen zu beweisen, dass sie keine Angst hatte, marschierte sie zu einem der höckrigen Biester, denen Haji befohlen hatte, auf den Boden niederzugehen, damit sie aufsteigen konnten. Angesichts ihres Spuckens und Grummelns war Alisons Anflug von Verwegenheit ganz schnell wieder erloschen. Sie hätte sich lieber einer Braunschlange als einem Kamel gegenübergesehen, aber sie hatte keine Ahnung, wie sie Lyle das sagen sollte.

Haji bot Lyle und Alison eine Kopfbedeckung an.

»Ist das ein Brauch hier?«, fragte Alison.

»Es schützt vor der Sonne und dem Staub«, sagte Haji freundlich. »Binden Sie es um.«

Er selbst trug einen Turban, der nur seine Augen freiließ, was ihn ein wenig unheimlich aussehen ließ, seine Stimme dagegen war beruhigend und angenehm.

»Sie müssen uns zeigen, wie man diese Kopfbedeckung trägt«, bat Lyle, der Anfang nicht von Ende unterscheiden konnte.

»Natürlich«, meinte Haji entgegenkommend. Er legte eines der Tücher über Alisons Kopf und band es so, dass nur noch ihre Augen hervorschauten. »Genau so«, meinte er.

Alison setzte zusätzlich ihre Sonnenbrille auf, jetzt war sie überzeugt, vor dem Wind und dem Staub genügend geschützt zu sein. Als Lyle sein Tuch umband, konnte sie sich ein Lächeln nicht verkneifen, aber das konnte er natürlich nicht sehen.

»Sehe ich nicht aus wie ein arabischer Scheich?«, fragte er scherzhaft.

»Wenn du viele Millionen Dollar hättest und einen Harem noch dazu, wäre ich überzeugt«, sagte Alison sarkastisch.

Lyle lachte.

Kaum hatte Lyle Alison in den kleinen Sitz hinter sich geholfen, hatte sie doch große Bedenken, was den Ritt auf einem dieser grummelnden Kamele anging, denen beim Wiederkäuen der Schaum vor dem Maul stand.

»Ich glaube, das Biest will nicht zwei Leute auf dem Rücken tragen«, rief Alison zu Haji, als Lyle aufstieg. »Vielleicht sind zwei Leute einfach eine zu schwere Last.«

»Zu schwer? Du vielleicht«, feixte Lyle.

»Nein, ganz im Ernst. Hör dir das arme Tier doch nur mal an. Wie soll es mit uns beiden auf dem Rücken denn überhaupt hochkommen?«

Alison besah sich ihre Sitzposition genauer. Sie saß direkt auf den Hinterbeinen des Kamels. Als sie zurückschaute, sah sie nichts weiter als dessen Schwanz. Es war eine äußerst heikle Position, also klammerte sie sich an einen Griff an der Rückseite von Lyles Sitz.

»Ashu ist bloß faul«, erklärte Haji. »Er denkt, er hat sich doch gerade erst niedergelassen, also wieso sollte er sich schon wieder erheben.«

Aus der Satteltasche seines Kamels, das Amar hieß, nahm er einen Stock. Daran hing etwas, das verdächtig nach dem Schwanz eines anderen Tieres aussah. Und dann kam er von hinten an Ashu heran.

»Was haben Sie vor damit?«, fragte Alison panisch.

»Ich will ihn dazu bringen, sich zu bewegen«, erklärte Haji entschieden.

»Bitte schlagen Sie ihn nicht«, bat Alison. Vor ihrem geistigen Auge erschien das Bild ihres Kamels, das schnell wie der Blitz davonschoss.

Haji achtete gar nicht auf sie, hob die Peitsche und brüllte dem Tier einen Befehl zu. Im selben Moment drehte Ashu den Kopf und gab einen schrecklichen kehligen Laut von sich.

»Ich glaube, ich habe es mir anders überlegt«, rief Alison Lyle zu. »Ich steige ab.«

Bevor sie das Bein jedoch über den Höcker des Kamels

schwingen konnte, machte es sich ans Aufstehen. Es brüllte aus Protest.

»Zu spät«, meinte Lyle, als das Tier die Hinterbeine streckte.

Alison stieß völlig unvorbereitet auf den Ruck mit dem Kopf gegen Lyles Rücken. Ihr Tuch verschob sich, und auf einmal war nur Dunkel um sie herum. Orientierungslos löste sie eine Hand von dem Sattelgriff, um das Tuch wieder zurechtzurücken, damit sie sehen konnte, was da vor sich ging. In dem Moment streckte das Kamel auch die Vorderbeine, und sie verlor das Gleichgewicht. Beinahe wäre sie heruntergerutscht. Zum Glück stand Haji in der Nähe, und so packte er ihr Bein und schob sie wieder in den Sattel. Alison war froh, dass sie bei der Arbeit stets Hosen trug.

»Festhalten«, befahl Haji.

»Sie hätten mich ruhig vorwarnen können«, beschwerte sich Alison, während sie darum kämpfte, ihre Würde zurückzuerlangen. Das war unter Lyles und Hajis Gelächter nicht einfach.

Der Kamelritt durch das australische Outback war wie ein Albtraum für Alison. Die trittsicheren, eigentlich ganz zufriedenen Tiere bewegten sich majestätisch, doch die schaukelnde Bewegung verursachte bei Alison Übelkeit. Als sie sich bei Lyle darüber beklagte, lachte der bloß.

»Das ist nicht komisch«, meinte sie.

»Jetzt weißt du, wie ich mich fühle, wenn du mit dem Flugzeug Loopings drehst«, gab er zurück.

»Das ist doch nicht dasselbe«, beharrte Alison, obwohl sie insgeheim gelobte, ihm ihre kleinen Kunststücke nicht mehr zuzumuten.

Der Sturm ließ so plötzlich nach, wie er gekommen war, und Haji erzählte Lyle und Alison von seinem Leben in Australien. Seit fast fünf Jahren lebte er im Outback. Mit seinen Kamelen transportierte er Kleidung, Kurzwaren, Töpfe und Pfannen sowie Gewürze zu Farmen in Queensland und über die Grenze ins Northern Territory. Er unterstützte eine Frau und sieben Kinder zu

Hause in Kandahar und hoffte, sie eines Tages nach Australien holen zu können. Haji lebte unter Einwanderern aus Afghanistan in der Nähe von Marree und in Broken Hill. Diese Orte waren bekannt als Ghan Towns. Aber er bevorzugte die Siedlungen der Aborigines. Er erklärte lachend, die Frauen der Aborigines seien gut zu ihm, was Alison und Lyle vermuten ließ, dass sie seine männlichen Bedürfnisse befriedigten.

Die Kamele gingen die zehn Meilen von der Siedlung bis zur Tintinarra Farm in hohem Tempo an, und über Hajis ununterbrochenem Geplauder über sein Leben in Australien und seine Familie in Kandahar flog die Zeit nur so dahin.

Auf Tintinarra musste Lyle dann feststellen, dass sich der Viehtreiber Charlie Tidwell in einem schlimmen Zustand befand. Er war unglaublich erleichtert, Lyle zu sehen, der ihm gleich Äther gegen die Schmerzen verabreichte. Lyle tat, was er tun konnte, doch ihm war schnell klar, dass der Mann um einen Krankenhausaufenthalt nicht herumkam. Sein kompliziert gebrochenes Bein musste operativ gerichtet werden. Über Funk verständigte Lyle die Zentrale in Cloncurry und sprach mit Reverend Flynn über Charlies Verletzung.

»Der Schienbeinknochen ragt nicht nur durch die Haut heraus, er ist auch mehrfach gesplittert, ich kann Charlie hier nicht helfen. Leider befindet sich unser Flugzeug zehn Meilen weit entfernt in einer Aborigine-Siedlung, wo wir notlanden mussten«, erklärte er.

»Dann werde ich die andere Maschine auf den Weg schicken«, sagte der Reverend. »Sie ist in Cloncurry. Die Windböen haben sich völlig gelegt.«

Eine Stunde später traf die andere Maschine auf Tintinarra ein. Charlie wurde an Bord geschafft. Inzwischen hatte es angefangen zu regnen, aber bei Weitem nicht so schlimm wie weiter östlich. Alison wäre gern mit Charlie, dem Piloten, und Dr. Tennant, einem der anderen Ärzte, zurück nach Cloncurry geflogen, aber sie musste mit Lyle zur Aborigine-Siedlung, um ihre eigene Maschine wieder zur Basis zu bringen.

Alison bestand darauf, dieses Mal vorn auf dem Kamel zu sitzen, jetzt war sie gewappnet, als Ashu hochkam. Das Tier protestierte wieder, aber inzwischen hatte Alison gelernt, dass Kamele sich immer so verhielten.

Haji erklärte, dass er nur ein einziges Mal ein Kamel habe schlagen müssen – nach einem besonders bösen Biss. »Die Peitsche ist nur dazu da, Amar und Ashu zu drohen.«

»Ich glaube, dass es überhaupt keinen Grund gibt, ein Tier zu schlagen«, beharrte Alison.

»Dann sehen Sie sich meine Narbe an«, meinte Haji und präsentierte ihr ein hässliches Wundmal an seinem Arm. »Ist es wirklich verwunderlich, dass ich das Kamel geschlagen habe?«

Darauf wusste Alison keine Antwort mehr. Ihr war klar, dass seine Reaktion spontan gewesen sein musste. Sie hatte ihm wahrscheinlich sogar das Leben gerettet. Hajis Geschichte machte Alison Mut, den Grund dafür zu gestehen, dass sie Angst vor Kamelen hatte.

»Ein Kamel in einem Zirkus hat mich mal gebissen, als ich klein war«, sagte sie und präsentierte eine unscheinbare Narbe auf ihrem Oberarm.

»Das ist doch so gut wie nichts.« Haji lachte. »Solche kleinen Verletzungen trägt jeder, der mit Kamelen zu tun hat, ständig davon.«

»Ich war erst fünf damals«, erklärte Alison, um ihre Angst vor den Tieren erneut zu rechtfertigen. »Es ist albern, das weiß ich ja, aber manchmal verfolgen einen Dinge, die man als Kind erlebt hat, für den Rest des Lebens.«

Lyle erinnerte sich an einen Sturz vom Fahrrad, als er klein war, aber gleich musste er an Jamie denken, und deshalb schwieg er. Außerdem saß er nicht besonders bequem in dem Sitz, den Alison respektlos Kindersitz getauft hatte. Weil er so groß war, konnte er sich kaum darin halten.

So war Lyle froh, als sie endlich die Aborigine-Siedlung erreichten. Mit Wally und den anderen Stammesmitgliedern räumte er die großen Steine von den Flugzeugrädern weg. In der Siedlung hatte es nur wenig geregnet, das Wasser war schon im Boden versickert. Lyle erfuhr, dass die Aborigines enttäuscht darüber waren, der Regen hatte ihnen nicht so viel genutzt, wie sie es gebraucht hätten. Die Bäche waren ausgetrocknet, und so gab es weder Fische noch Flusskrebse, und Pflanzen, die ihnen Wurzeln und Beeren lieferten, fanden sich immer seltener. Wally erzählte, dass die Tiere in Dürrezeiten keine Jungen hatten.

Lyle wartete beim Flugzeug auf Alison, die Haji in sein provisorisches Warenlager mitgenommen hatte, um ihr zu zeigen, womit er handelte. Er mochte kaum glauben, was er sah, als sie kurze Zeit später auf ihn zukam. Alison war über und über mit Kleidungsstücken behängt, die sie Haji abgekauft hatte.

»Werden wir mit der Ladung starten können?«, witzelte Lyle.

»Sehr komisch«, sagte sie. »Haji hat so viele schöne Kleider. Ich hätte gern noch mehr gekauft.«

»Kann man in Cloncurry keine Damenkleider kaufen?«, erkundigte sich Lyle sarkastisch.

»Solche wie diese hier nicht«, verteidigte sich Alison. »Haji lässt sich Kleidung von seiner Frau aus Kandahar schicken«, sagte Alison. »Wunderschön sind die Sachen. Sieh dir doch nur die Farben an, und fühl mal den Stoff.« Sie hielt Lyle begeistert einen Schal hin. »Er fühlt sich so kühl auf der Haut an, das ist genau das Richtige für dieses Klima. Mrs. McNamara auf Tintinarra hat mir gezeigt, was sie bei Haji gekauft hat. Sie meinte, ihre Töchter trügen fast nur noch Saris.«

»Du willst die *Victory* zukünftig in einem Sari steuern?«, fragte Lyle und tat entsetzt.

»Wieso nicht?«, kam es prompt von Alison.

Lachend verstauten sie Alisons Errungenschaft in der Maschine und stiegen ein. Tatsächlich sprang der Motor gleich an, und sie flogen ohne Probleme nach Cloncurry zurück.

22

Es war Juni und Winter in der südlichen Hemisphäre, doch es war keineswegs kalt. Elena fand, der Winter in Queensland sei nichts weiter als ein Trick, den die Natur den europäischen Einwanderern spielte, die an arktische Winde und heftige Schneefälle gewöhnt waren. Trotz allem war der Winter die einzige Jahreszeit, die ihr in Australien gefiel, denn wenigstens brachte sie nicht schon die kleinste Bewegung ins Schwitzen. Tagsüber war es angenehm sonnig bei Temperaturen bis zu vierundzwanzig Grad, abends war es immerhin kühl genug, dass man mit einer Decke schlafen konnte.

Das änderte jedoch nichts daran, dass Elenas Leben alles andere als angenehm war, und sie hatte keine Ahnung, wie sie das in Ordnung bringen könnte. Sie und Aldo lagen ständig im Streit, und meistens ging es dabei um Marcus. Aldo fand, sie bevorzuge ihren ältesten Sohn und erfülle ihm all seine Wünsche und Bedürfnisse, womit sie ihn verweichliche. Elena glaubte, ihr Mann sei Marcus gegenüber ganz besonders hart und völlig inkonsequent, wenn es um die Disziplinierung von Dominic und Maria ging, denen er zu viel durchgehen ließ.

Wieder einmal war es Freitagabend, und Luisa brachte die Kinder zurück nach Barkaroola. Sie hatte nur die beiden Jüngsten dabei, Marcus war in der Stadt geblieben, denn er hatte eine Schulveranstaltung am Wochenende. Weil Luisa sich in Gegenwart ihres Schwiegersohns unbehaglich und wie immer nicht willkommen fühlte, setzte sie nur rasch Maria und Dominic ab und fuhr so schnell wie möglich wieder weg.

Aldo sah die Staubspur in der Auffahrt, die zeigte, dass Luisa wieder abgefahren war. Marcus brauchte normalerweise ein paar Minuten, um etwas zu trinken und sich umzuziehen, wenn er nach Hause kam, dann musste er im Stall sein und seine Aufgaben erledigen. Aber von Marcus war nichts zu sehen. Aldo war kein geduldiger Mensch. Als Marcus nach einer kleinen Weile immer noch nicht auftauchte, machte er sich auf die Suche.

»Wo ist Marcus?«, brüllte Aldo, kaum dass er das Haus betreten hatte.

»Hast du es denn vergessen, Aldo?«, antwortete Elena um Geduld bemüht. Sie stand am Herd und kochte das Abendessen.

»Was soll ich vergessen haben?«

»Marcus spielt morgen früh für seine Schule Kricket, deshalb ist er in der Stadt geblieben.«

Sie wusste, dass Aldo sehr müde gewesen war, als sie ihm das erzählt hatte, sie war aber trotzdem überrascht, dass er es total vergessen hatte.

»Kricket! Er hat seine Arbeit hier«, rief Aldo wütend. »Und die sollte er genau jetzt erledigen.«

Wie üblich, wenn Aldo laut wurde, fing Elenas Herz an zu rasen. Nach außen hin versuchte sie, gelassen zu erscheinen, in der Hoffnung, dass ihre Ruhe ihren Mann besänftigen würde.

»Es ist ein wichtiges Spiel zwischen der Schule von Hughenden und der Schule von Winton. Eine Veranstaltung, die vor Monaten schon geplant wurde, und Marcus hat sich sehr darauf gefreut«, erklärte Elena. »Er ist Mannschaftskapitän und erster Schläger«, fügte sie stolz hinzu. »Ach, Aldo, wieso fahren wir nicht morgen in die Stadt und sehen uns das Spiel an?« Sie wusste, das wäre eine wunderbare Überraschung für Marcus, auch andere Familien würden kommen.

»Arbeit hat Vorrang vor Sport und Spiel. Die Farm ist das Wichtige, nicht die Schule und ganz bestimmt nicht der Sport«, schimpfte Aldo.

Elena kämpfte damit, ihre aufkommende Wut angesichts der

Haltung ihres Mannes im Zaum zu halten. »Die Mannschaft von Hughenden kommt über hundertdreißig Meilen angefahren, um gegen unsere Jungs zu spielen.«

»Ich weiß, wie weit Hughenden weg ist, Elena«, grummelte Aldo. »Erdkundeunterricht musst du mir nicht geben. Ich bin nicht nur ein unwissender Bauer.«

Elena zuckte zusammen, denn schon viele Male hatte sie die Anspielung auf ihre vermeintliche Meinung über Aldo gehört. Oft unterstellte er ihr, sie hielte sich für etwas Besseres, weil sie besser Englisch sprach und in einer Arztpraxis arbeitete. Es wurde immer dann schlimmer, wenn es auf der Farm nicht gut lief.

»Dann sollest du mir zustimmen, dass Marcus gut daran tut, wenn er die Mühe respektiert, die die anderen sich machen. Und ganz bestimmt sollte er seine eigene Mannschaft nicht im Stich lassen«, gab sie zurück.

»Ein Junge, der wirklich Respekt hat, würde seinen Vater nicht im Stich lassen.« Aldo schlug auf den Tisch, um so seine Missbilligung zu zeigen.

»Maria ist elf, und Dominic ist neun Jahre alt. Sie sind in einem Alter, in dem sie einmal die Pflichten ihres Bruder übernehmen könnten.«

Normalerweise fütterte Maria die Hühner, und Dominic sammelte die Eier ein. Abwechselnd reinigten sie die Wassertröge der Hühner, aber sonst taten sie kaum etwas, weshalb sie auch ständig Streiche im Sinn hatten. Als die beiden hörten, was ihre Mutter gesagt hatte, rissen sie die Augen weit auf. Der Gedanke an Extraarbeit gefiel ihnen gar nicht.

»Wieso sollten sie die Arbeit von ihrem Bruder erledigen, nur weil er alberne Ballspiele machen will?«, brüllte Aldo. »Marcus muss endlich lernen, was wirklich wichtig ist.«

»Vielleicht weiß er ja, was wirklich wichtig ist, nur du weißt das nicht«, erklärte Elena trotzig.

Kaum war sie mit diesen Worten herausgeplatzt, sah Elena,

wie ihr Mann den Mund verzog und die Augen zusammenkniff, und sie bereute es schon, ihre Meinung gesagt zu haben.

»Und was soll das bitteschön heißen?«, fragte Aldo und funkelte sie wütend an.

Elena wollte sich nicht streiten, vor allem nicht, wenn ihre Tochter und ihr jüngster Sohn im Haus waren, aber sie hatte diese Diskussion begonnen, also konnte sie jetzt nicht wieder zurück. »Ist es dir je in den Sinn gekommen, dass Marcus gar nicht Farmer werden möchte?«, fragte sie leise.

»Natürlich will er Farmer werden«, sagte Aldo überheblich. »Eines Tages wird die Farm ihm gehören. Deshalb arbeite ich ja schließlich so hart.«

»Das Wichtigste für dich sollte sein, dafür zu sorgen, dass Marcus mit seinem Leben macht, was *er* will, nicht, was *du* willst«, sagte Elena, sanfter jetzt. Sie hoffte, Aldo würde zur Einsicht kommen, und zwar ohne erhitzte Debatte.

»Was redest du da für einen Blödsinn, Weib?«, rief Aldo verächtlich. Diese Haltung erweckte in Elena immer den Eindruck, dass ihre Ansichten nichts wert waren. »Es ist meine Aufgabe, meinen Sohn zu führen, und genau das werde ich jetzt tun. Es wird in Zukunft keine Kricketspiele mehr geben! Und auch keine Einmischung von dir!« Mit hochrotem Kopf verließ Aldo das Haus.

Elena sah der sich entfernenden Gestalt hinterher. »Das denkst aber auch nur du!«, zischte sie erbittert und versuchte, ihre aufkeimenden Hassgefühle herunterzuschlucken.

Sie war nie in Aldo verliebt gewesen, aber anfangs hatte sie eine gewisse Zuneigung für ihn empfunden, wenn er freundlich oder rücksichtsvoll war. Wann jedoch war er das letzte Mal ihr gegenüber freundlich oder rücksichtsvoll gewesen? Sie erinnerte sich nicht daran. Inzwischen gab es immer häufiger Momente, in denen sie Aldo verachtete. Elena wusste, das war nicht recht, und sie verabscheute sich selbst, dass sie solche Gefühle hegte. Sie sagte sich wieder und wieder, dass ihr Leben irgendwann bestimmt besser werden würde. Aber sie war sich nicht mehr sicher, ob sie das wirklich glauben konnte.

Am nächsten Morgen stand Elena um halb fünf auf. Statt ihre Hausarbeit zu erledigen, wie sie das hätte tun sollen, setzte sie sich auf die Veranda, trank Tee und betrachtete die Landschaft. Auch wenn keine Zäune oder Mauern sie umgaben, fühlte sich die Farm wie ein Gefängnis an, ein Ort, an dem sie gefangen war ohne Aussicht auf Flucht oder auch nur auf Entlassung wegen guter Führung. Sie versuchte, sich ein anderes Leben vorzustellen, eine glückliche Zukunft, aber es gelang ihr nicht.

Als Aldo aufstand, strafte er Elena mit verächtlichem Schweigen. Es machte Elena traurig, dass das Schweigen zwischen ihnen nie ein vertrautes Schweigen war, es gab einfach keine aufrichtige Zuneigung zwischen ihnen. Aldo ließ das Frühstück, das sie für ihn vorbereitet hatte, stehen und ging stattdessen zu den Stallungen, um die Tröge zu reinigen – Marcus' eigentliche Aufgabe. Sie sollte sehen, wie er sich zum Märtyrer machte. Aber Elena bedauerte ihren Mann nicht. Sie sah ihm nach und spürte voller Traurigkeit, dass sie nichts als Verbitterung empfand.

Als Marcus von seinem Kricketspiel zurückkam, war Luisa gerade dabei, das Mittagessen vorzubereiten. Sie wusste, ihr Enkel würde ausgehungert sein nach der sportlichen Betätigung. Marcus schoss zudem in letzter Zeit in die Höhe und wurde immer muskulöser. Er war nicht so wählerisch beim Essen wie seine Geschwister, weshalb es ein Vergnügen war, für ihn zu kochen. Insgeheim zog Luisa ihren ältesten Enkel vor, denn er kam weniger auf Aldo als die beiden anderen, die ihrem Vater sehr ähnlich waren. In Marcus sah sie mehr von Elena.

Marcus ließ sich erschöpft auf einen Stuhl am Küchentisch fallen. Er war müde vom Spiel, aber Luisa fiel auf, wie erhitzt er war. Er schwitzte extrem heftig, obwohl es kein sonderlich warmer Tag war.

»Was ist denn los, Marcus?«, fragte sie besorgt.

»Nichts, Nonna«, antwortete Marcus.

Am Vormittag hatte Luisa Luigi im Geschäft helfen müssen, sodass sie nicht beim Spiel hatte zuschauen können. »Hat eure Mannschaft gewonnen?«, fragte sie erwartungsvoll und stellte dem Jungen ein Glas Wasser hin.

»Ja, Nonna«, antwortete Marcus.

Luisa vermisste die Leidenschaft, mit der ihr Enkel normalerweise von Sportereignissen berichtete. »Du scheinst dich gar nicht über den Sieg zu freuen, Marcus. Bist du sicher, es geht dir gut?« Sie befühlte seine Stirn. »Du bist sehr heiß. Bist du nach Hause gelaufen?«

»Nein, Nonna.«

Kaum hatte Marcus seiner Großmutter geantwortet, da verdrehten sich seine Augen, und er stürzte auf den Küchenfußboden. Er schlug wild um sich und gab würgende Geräusche von sich, als sei er dabei, seine Zunge zu verschlucken. Ein Stuhl stürzte um. Luisa sah fassungslos, wie sich Marcus' Muskeln verkrampften. Als ihm weißer Schaum aus dem Mund trat, wäre sie vor Angst beinahe in Ohnmacht gefallen.

»Marcus, Kind! Was ist mit dir?«, rief sie voller Panik, doch ihr Enkel reagierte nicht auf ihre Stimme.

»Luigi!«, schrie Luisa, »Luigi! Komm und hilf mir!«

Luigi, der seine Frau bis in den Fleischerladen rufen hörte, stutzte. Irgendetwas stimmte nicht. Er ließ alles stehen und liegen, rannte aus dem Geschäft und nach nebenan in ihr Haus.

Elena fühlte sich wie in Trance an diesem Samstag. Fast den ganzen Vormittag hatte sie auf der Veranda gesessen und Tee getrunken und an Marcus gedacht. Sie vermisste ihren ältesten Sohn. Sie hatte sich so elend gefühlt, weil sie ihn nicht beim Kricketspielen sehen konnte, aber sie wusste, wenn sie Pferd und Wagen genommen hätte und in die Stadt gefahren wäre, wäre Aldo noch wütender geworden, und er würde seine Wut an ihrem Sohn auslassen, wenn der das nächste Mal nach Hause kam. Und das durfte sie nicht riskieren.

Irritiert stand sie auf, als sich knisternd das Funkgerät meldete. Wer konnte das sein? Marcus vielleicht, der glücklich mit dem Sieg seiner Mannschaft prahlen wollte und mit den vielen Läufen, die er gemacht hatte? Überrascht nahm Elena zur Kenntnis, dass sich ihr Vater aus Mr. Kestles Laden meldete. Da Luigi die Anrufe über Funk immer ihrer Mutter überließ, weil er nicht sehr gut mit dem Gerät umgehen konnte, war ihr erster Gedanke, dass etwas mit Luisa passiert war.

»Papà, ist alles in Ordnung?«, fragte Elena. »Ist etwas passiert mit Mamma?«

»Deine Mamma ist mit Marcus im Krankenhaus«, sagte Luigi.

»Marcus! Wieso sind sie im Krankenhaus? Was ist passiert, Papà? Sag es mir.«

Ihr Vater klang erstaunlich ruhig, also geriet Elena nicht sofort in Panik, aber Sorgen machte sie sich doch.

»Deiner Mamma geht es gut. Es ist Marcus, Elena. Er ist ...«

Ehe Luigi weitersprechen konnte, unterbrach Elena ihn. »Hat er sich beim Kricket verletzt?« Er ist von einem Kricketball getroffen worden oder bei einem seiner Läufe gestürzt, dachte sie. O mein Gott.

»Nein, Elena ...« Das Funkgerät knisterte, und die Verbindung war für einen Moment gestört.

»Hallo«, rief Elena aufgeregt. »Hallo, Papà! Bist du noch da?«

»Ja, ja. Marcus ... ist vom Kricket nach Hause gekommen ... deine Mamma sagt, er hat nicht gut ausgesehen. Du darfst jetzt nicht in Panik geraten, Elena, aber er hatte eine Art ...« Wieder knisterte es. Elena hörte nicht, was Luigi noch sagte. »... ich glaube, so hat der Arzt das genannt.«

»Ich habe dich nicht verstanden, Papà. Was hast du sagt? Was hatte er?«

»Marcus hatte einen Krampfanfall«, sagte Luigi.

Er war immer noch ganz erschüttert vom Anblick seines Enkels, wie er dalag und zuckte, während Schaum aus seinem Mund trat, doch er gab sich ganz bewusst Mühe, ruhig zu bleiben. Seine Tochter musste einen klaren Kopf bewahren.

»Einen Krampfanfall!«, rief Elena ungläubig. Ihr Verstand erfasste das irgendwie nicht. »Geht es ihm … Wie geht es ihm jetzt? Wieder gut?«

»*Sì, sì*, Elena. Aber deine Mamma meint, du solltest in die Stadt kommen. Ich komme raus zu dir und hole dich ab.«

»Das geht doch nicht. Was wird dann mit dem Geschäft, Papà?«

»Das sperre ich zu«, sagte Luigi.

Diese wenigen Worte beunruhigten Elena mehr als alles sonst. Dass ihr Vater den Laden zusperrte, hatte sie noch nie erlebt. »Danke, Papà«, sagte sie. »Over und Ende.«

Unzählige Fragen schossen ihr durch den Kopf, aber sie wusste, es hatte keinen Sinn, ihrem Vater zu viele Fragen zu stellen. Er würde sich nur aufregen, und er musste doch den ganzen Weg raus zur Farm und wieder zurück fahren.

Elena lief zu den Viehweiden, wo Aldo gerade Futter auslegte. Sie war immer noch wütend auf ihn, aber jetzt, da sie ihn so allein dort arbeiten sah, fand sie, dass er nur ein trauriger und einsamer Mann war. Das weckte gleich wieder Schuldgefühle in ihr.

»Aldo, mein Papà hat sich gerade über Funk gemeldet und gesagt, dass Marcus im Krankenhaus ist.« Sie musste laut rufen, um sich über die ganze Weidefläche verständlich zu machen. Vielleicht sagt er ja jetzt etwas Nettes, dachte sie. Sie brauchte es so sehr, dass er ihr versicherte, mit ihrem Sohn würde schon wieder alles gut werden, aber Aldo schaute nicht einmal auf, als sie ihn ansprach. »Hast du mich gehört, Aldo?«, rief Elena. Sie musste sich sehr anstrengen, ruhig zu bleiben. »Marcus ist im Krankenhaus.«

»Hat er sich bei diesem albernen Sport verletzt?«, fragte Aldo verärgert.

Elena holte tief Luft, um nicht die Geduld zu verlieren. »Nein, er hatte eine Art Krampfattacke, hat Papà gesagt.«

»Was ist das?«

»Ich glaube, so etwas wie ein Anfall.«

»Das weißt du nicht?«, fragte Aldo vorwurfsvoll.

Elena beschloss, seine Worte nicht zu beachten. »Die Ärzte untersuchen ihn gerade. Papà kommt mich abholen. Im Lieferwagen ist Platz für uns alle, wenn du mit in die Stadt willst.«

Aldo schien einen Augenblick zu überlegen, aber er sah Elena nicht an. Sie fragte sich, ob er wohl wollte, dass sie sich klein vorkam. Wenn das seine Absicht war, dann hatte er Erfolg damit.

»Einer sollte auf der Farm bleiben«, erklärte er kühl.

Aldo vermutete, dass Elena bei ihrem Sohn in der Stadt bleiben würde, aber das sagte er nicht. Er verteilte weiter das Futter, als ob gar nichts geschehen wäre.

Elena wollte ihren Mann anschreien, wollte ihm vorwerfen, dass er wohl mehr Einfühlungsvermögen zeigen würde, wenn eines seiner Tiere krank wäre. Aber sie behielt ihre Gefühle für sich. Es war traurig, doch im Verbergen von wahren Gefühlen war sie mittlerweile sehr gut.

»Wie du willst«, meinte sie deprimiert und ging zum Haus zurück.

Kurz dachte sie daran, Aldo ja per Funk über den Zustand des Jungen verständigen zu können, aber dann verwarf sie den Gedanken. Er hätte sie darum bitten können, aber es war ihm völlig gleichgültig.

Dr. Ted Rogers und Dr. Neil Thompson, zwei der Ärzte des Winton Hospitals, hatten etliche Bluttests und neurologische Untersuchungen bei Marcus gemacht, aber die Ursache für seine Krampfanfälle nicht gefunden. Luisa war an der Seite ihres Enkels, als die Ärzte erklärten, sie seien ratlos. Sie wusste, dass Elena sich mit dem Ergebnis nicht zufriedengeben würde.

»Wir könnten uns noch mit Kollegen beraten. So kommen wir vielleicht weiter«, sagte Neil.

»Dr. Thompson«, rief eine Schwester. »Der Fliegende Arzt bringt einen Patienten rein.«

»Entschuldigen Sie mich bitte kurz«, sagte Neil und eilte davon.

Neil Thompson kümmerte sich gleich um den Patienten, einen Farmarbeiter, der eine Lebensmittelvergiftung hatte und völlig dehydriert war. Sein Kollege Lyle MacAllister hatte ihn gebracht. Als Neil dem Farmarbeiter eine Kochsalzinfusion anlegte, klärte Lyle ihn im Einzelnen über den Zustand des Mannes auf. Offenbar war der Farmarbeiter beim Viehtrieb draußen gewesen und hatte von zu Hause mitgebrachte Lebensmittel gegessen, die verdorben waren. Es hatte eine ganze Weile gedauert, bis er in der Lage gewesen war, Hilfe zu holen. Der Mann stöhnte vor Übelkeit und würgte.

»Es wird ihm bald besser gehen«, sagte Neil zu Lyle. »Aber da ich Sie gerade spreche ... Ich habe hier einen kleinen Patienten, der einen Krampfanfall erlitten hat. Wir haben etliche Untersuchungen gemacht, können aber die Ursache nicht finden. Haben Sie womöglich Erfahrung mit Krampfanfällen bei Jugendlichen?«

»Die habe ich tatsächlich«, antwortete Lyle. Es wurde ihm eng in der Brust, wie immer, wenn er an seinen Sohn dachte, doch hier war Professionalität gefragt. Er durfte sich nicht gehen lassen. »Kann ich helfen?«

»Vielleicht. Es handelt sich um einen Jungen hier aus der Gegend. Er ist vor ein paar Stunden hergebracht worden. Marcus ist erst zwölf. Solche Krämpfe haben wir bei einem Kind in dem Alter noch nie erlebt.«

»Darf ich ihn sehen?«

»Ich würde mich freuen, wenn Sie ihn sich einmal ansähen«, sagte Neil.

Neil brachte Lyle auf die Station, auf der Marcus lag. Luisa war gerade hinausgegangen, um Marcus etwas zu trinken zu holen.

»Marcus«, sagte Neil. »Das ist Dr. MacAllister. Er ist einer der Fliegenden Ärzte.«

»Hallo, Marcus«, sagte Lyle, lächelte warmherzig und streckte dem Jungen die Hand hin.

»Hallo, Doktor«, antwortete Marcus.

Es verblüffte ihn, dass ein Erwachsener ihm die Hand schüttelte. Er fühlte sich ernst genommen. Dieser neue Arzt war ihm gleich sympathisch.

»Du hast da etwas Verstörendes erlebt, aber ich will nicht, dass du dir Sorgen machst«, erklärte Lyle. »Wir werden die Ursache finden, und wir werden dafür sorgen, dass es nicht wieder passiert.«

Der Junge ist so alt, wie Jamie jetzt wäre, dachte er traurig. Er hat angenehme Gesichtszüge und intelligente Augen, er sieht wie ein netter Junge aus.

Marcus war Erwachsenen, vor allem Männern gegenüber normalerweise sehr schüchtern, aber Lyle fand er warmherzig, und ihm gefiel seine Stimme. Sie war außergewöhnlich freundlich.

Während sich Lyle mit Marcus unterhielt und ihn untersuchte, kam Luisa mit dem Wasser zurück. Als sie einen weiteren, ihr unbekannten Arzt am Bett ihres Enkels sah, hielt sie sich im Hintergrund. Er verabschiedete sich gerade von Marcus und gab ihm die Hand, dann gingen er und Neil aus dem Krankenzimmer.

»Wer war der andere Doktor, Marcus?«, fragte Luisa und gab ihrem Enkel etwas zu trinken.

»Er heißt Dr. MacAllister und ist bei den Fliegenden Ärzten«, antwortete Marcus. »Ich mochte ihn, Nonna.«

Aber Luisa hatte sich bereits ihre eigene Meinung gebildet. Sie fand, der Doktor war ein sehr gut aussehender Mann und hatte, nach allem, was sie sehen konnte, eine angenehme Art im Umgang mit Patienten. Sie hoffte, dass er ihrem Enkel helfen konnte.

»Wo ist Aldo? Fährt er nicht mit uns ins Krankenhaus?«, fragte Luigi seine Tochter, als sie in den Lieferwagen kletterte.

Elena hatte sich schon eine Ausrede zurechtgelegt. »Er hält es für hilfreicher, auf der Farm zu bleiben und auf Maria und Dominic aufzupassen.«

Luigi sagte nichts, doch Elena kannte ihren Vater gut. Er würde sich denken, was der wirkliche Grund war.

Als sie beim Krankenhaus ankamen, suchten sie gleich die Station auf, auf der man Marcus untergebracht hatte. Elena fand zwei Ärzte am Bett ihres Sohnes vor. Winton war eine Kleinstadt, und so kannte sie Dr. Thompson und Dr. Rogers sehr gut – gut genug, um gleich zu erkennen, dass sie ratlos waren. Elena eilte zu ihrem Sohn.

»Marcus, wie geht es dir?«, fragte sie und nahm sein Gesicht in beide Hände, während sie ihn gründlich musterte. Ihr fiel ein Bluterguss an seiner Lippe auf. Er hat sich wohl auf die Lippe gebissen, als er den Krampfanfall hatte, dachte sie. Abgesehen davon wirkte er normal, lediglich ein wenig müde.

»Mir geht es gut, Mamma. Mach dir keine Sorgen. Ich sollte gar nicht im Krankenhaus sein.«

So besorgt sah Marcus seine Mutter nicht gern. Sie sah allerdings oft besorgt aus. Oder müde oder unglücklich. Er konnte sich nicht erinnern, wann er sie das letzte Mal lachen gehört hatte, und er wusste, die wenigen Male, die sie lächelte, tat sie das ihm zum Gefallen.

»Was genau ist denn passiert?«, fragte Elena ihre Mutter, die ebenfalls an Marcus' Bett stand.

Jetzt, da ihre Tochter gekommen war, ließ Luisas Anspannung nach, aber sie war unendlich müde. Luisa war dankbar, dass Dr. Rogers das sah und an ihrer Stelle antwortete.

»Marcus hat einen Krampf gehabt, Elena, aber über die Ursache wissen wir nichts. Er hatte leicht erhöhte Temperatur, eine Entzündung scheint er jedoch nicht zu haben. Ansonsten geht es ihm gut. Wir haben Blutuntersuchungen gemacht und nichts gefunden.«

»Aber es muss doch einen Grund dafür geben«, sagte Elena, die nicht akzeptieren mochte, dass es keine Erklärung gab.

»Ist so etwas schon einmal passiert?«, fragte Neil.

»Nein, noch nie«, antwortete Elena mit Nachdruck. »Marcus war ein gesundes Baby. Als Kleinkind war er kaum je krank.«

»Dann ist das hier womöglich eine einmalige Sache gewesen, und es bedeutet vielleicht, dass es nie wieder vorkommen wird.«

»Aber sicher können Sie da nicht sein?«, wollte Elena ängstlich wissen.

»Nein, sicher sind wir nicht«, antwortete Ted. »Es ist nicht ungewöhnlich, dass kleine Kinder, die plötzlich hohes Fieber bekommen, auch Krämpfe haben, aber für gewöhnlich sehen wir das nicht mehr bei Kindern, die im Alter Ihres Sohnes sind. Es ist also ein ungewöhnlicher Vorfall.«

»Könnte es durch Erschöpfung verursacht sein? Marcus ist in letzter Zeit oft sehr müde gewesen. Er hat viele Hausaufgaben und sonstige Pflichten zu erledigen, und er hat hart trainiert für das Kricketspiel, das heute stattfand.«

Marcus wirkte peinlich berührt. Es gefiel ihm nicht, dass seine Mutter diese persönlichen Dinge erzählte.

»Das wäre ein ungewöhnlicher Umstand, aber es sind schon seltsamere Dinge passiert«, sagte Neil. »Ich bin nicht sicher, ob es hilft, aber vielleicht sollte Marcus sich nicht mehr so anstrengen, sich mehr ausruhen. Übertreibung ist nie gut, für keinen von uns, und der Körper reagiert manchmal auf merkwürdige Weise.«

»Tut mir leid, dass wir nichts Tröstlicheres sagen können«, fügte Ted hinzu, »aber im Moment haben wir wirklich keine besseren Antworten.«

Neil und Ted hatten nach ihrem Gespräch mit Lyle MacAllister beschlossen, mehr über das Thema Kalziummangel zu lesen, ehe sie das als Ursache für den Krampfanfall von Marcus anerkennen wollten. Deshalb sprachen sie diese mögliche Krankheitsursache nicht an.

Elena wusste, ihr Mann würde Marcus nicht erlauben, bei seinen Arbeiten auf der Farm kürzerzutreten. Sie wusste, er würde nicht akzeptieren, dass Erschöpfung die Ursache sein könnte für das, was mit Marcus passiert war, auch wenn ein Arzt das sagte.

»Wir wollen ihn über Nacht hierbehalten und ihn beobachten, Elena«, sagte Neil.

»Wissen Sie, ob sonst jemand in Ihrer Familie unter Krampfattacken oder ähnlichen Anfällen gelitten hat, Elena?«, erkundigte sich Ted.

»Nein«, antwortete Elena. Nach Bestätigung suchend sah sie ihre Mutter an. »Weißt du etwas davon, Mamma?«

»Nein«, meinte Luisa. »In Italien hörte ich von ein paar Babys mit Krämpfen. Ein Kind hatte Scharlach, aber ich habe nie gehört, dass einem größeren Kind so etwas passiert wäre, schon gar nicht in unserer Familie.«

»Und wie ist es mit Aldos Familie?«, erkundigte sich Neil. »Es könnte ja auch von der anderen Seite der Familie kommen.«

Elena warf Luisa einen Blick zu. Sie fühlte die Hitze in ihr Gesicht steigen. Ihr Herz fing an zu rasen, und ihre Handflächen wurden feucht. Befangen wischte sie sich die Hände an ihrem Kleid ab. Sie wusste, Luisa dachte dasselbe wie sie, dass nämlich Marcus in keiner verwandtschaftlichen Beziehung zu Aldos Familie stand und es deshalb müßig war, etwas dazu zu sagen. Ein paar Sekunden vergingen, ehe ihr bewusst wurde, dass die Ärzte auf eine Antwort warteten.

»Nein«, stammelte sie. »Soweit ich weiß, ist so etwas auch in Aldos Familie nie vorgekommen.«

»Bitte fragen Sie Ihren Mann, um ganz sicherzugehen, wenn Sie nach Hause kommen«, sagte Ted. »Es ist wichtig, dass wir so viel wie irgend möglich über die Familiengeschichte erfahren.«

»Das werde ich«, versprach Elena.

Elena blieb noch eine Zeit lang bei Marcus, dann war die Besuchszeit vorbei, und sie musste sich verabschieden. Sie hatte ihrer Mutter versprochen, zum Abendessen zu ihren Eltern zu kommen. Nach dem Essen verließ Luigi das Haus, um nachzuholen, was er am Nachmittag versäumt hatte. Dann musste er noch ein paar Fleischlieferungen machen. So ließ er Elena und Luisa allein.

»So etwas will ich nicht noch einmal durchmachen«, sagte Luisa. »Ich war zu Tode erschrocken, als ich Marcus wild um sich schlagend auf dem Boden liegen sah. Ich dachte, er stirbt.« Ihre Stimme zitterte, und sie war kreidebleich.

»Das muss ein entsetzlicher Schock für dich gewesen sein, Mamma«, sagte Elena.

Sie sah, wie erschüttert Luisa war. Sie wusste, dass ihr eigener Körper noch nicht so weit war zu reagieren. Sie musste erst zur Ruhe kommen.

»Ich bin sicher, mit deinem Jungen wird alles gut, also mach dir keine Sorgen, Elena«, sagte Luisa. »Du hast schon genug Sorgen in deinem Leben. Und wo ist denn bloß dein Ehemann? Will er seinen Sohn nicht im Krankenhaus besuchen?«

Luisa wusste, sie sollte ihren Schwiegersohn nicht kritisieren, aber sie war zu aufgeregt, um mit ihren wahren Gefühlen hinterm Berg zu halten.

»Ich bin froh, dass er nicht mitgekommen ist, Mamma. Er würde Marcus nur aufregen, würde ihm sagen, dass er nicht mehr Kricket spielen darf.«

»Was? Wieso das denn nicht?«

»Aldo meint, er sollte sich nur noch auf die Farm konzentrieren«, sagte Elena.

»Die Farm! Aber er ist doch noch ein Kind. Er sollte eine Kindheit haben, und zu einer Kindheit gehört Sport.«

»Das finde ich auch«, erwiderte Elena. »Ich weiß nicht, was mit Aldo manchmal los ist.«

»Ich hätte niemals vorschlagen sollen, dass du diesen Mann heiratest, Elena.« Luisa bekreuzigte sich und schaute hoch in den Himmel. »Gott möge mir vergeben«, murmelte sie und schaute dann zur Tür, so als hätte sie Angst, ihr Mann könnte sie gehört haben. »Ich weiß ja, ich habe es damals für das Beste gehalten, aber er ist dir kein guter Ehemann«, fügte sie hinzu.

Sie wusste, Luigi würde so etwas nie und nimmer hören wollen. Auch wenn er Aldo nicht sonderlich mochte, respektierte er ihn doch als Mann und als Elenas Ehemann. Außerdem würde er niemals einen Fehler eingestehen.

»Ich fürchte, meine Vergangenheit holt mich gerade ein, Mamma«, flüsterte Elena. »Wenn die Ärzte anfangen, in der Familiengeschichte zu graben, kommt womöglich heraus, dass Aldo nicht der Vater meines Sohnes ist.«

»Sei still, Elena«, flüsterte Luisa mit weit aufgerissenen Augen. »So etwas darfst du nicht sagen.«

»Es könnte passieren«, sagte Elena. Den Tag hatte sie stets gefürchtet und geahnt, er würde einmal kommen.

»Nein, das passiert nicht«, versicherte Luisa ihrer Tochter. »Du wirst schon sehen. Es gibt keinen Grund, sich Sorgen zu machen.«

23

Elena saß an ihrem Schreibtisch in Dr. Robinsons Praxis und ordnete die Krankenkarteikarten, als die Tür aufgerissen wurde und ihre Mutter aufgeregt hereinstürzte.

»Elena, Miss Wilmington ist gerade ins Geschäft gekommen«, keuchte sie atemlos. »Sie musste schnell in die Schule zu den Kindern zurück, deshalb konnte sie nicht hierherkommen.«

»Was ist los? Ist etwas mit Marcus?«

»Ja, er hatte … er hatte wieder einen Krampfanfall.« Luisa holte tief Luft.

Elena sprang auf. »Ist er im Krankenhaus?«

»Ja, Miss Wilmington hat ihn sofort ins Krankenhaus gebracht. Sie wusste nicht, ob du in der Stadt bist, und Marcus war nicht in der Lage, es ihr zu erzählen. Sie war ziemlich erschüttert.«

Luisa wusste genau, wie die Lehrerin sich fühlte, sie hatte vollstes Verständnis für sie.

Dr. Robinson hatte gerade eine Patientin, doch Elena platzte trotzdem gleich ins Behandlungszimmer. Sie entschuldigte sich bei ihrem Arbeitgeber und bei Mrs. Emily Pennishaw, einer Patientin, die regelmäßig kam. Sie hatte sich kurz zuvor noch im Wartezimmer nach Marcus erkundigt.

»Es tut mir leid, aber das ist ein Notfall. Marcus hatte wieder einen Krampf, deshalb muss ich sofort ins Krankenhaus«, sagte sie in Panik.

»Das tut mir leid zu hören, Elena«, gab Dr. Robinson zurück. Erst ein paar Wochen zuvor hatte der Junge seinen ersten Anfall gehabt, also wusste der Arzt, was für ein schrecklicher Schlag das für

Elena war. »Gehen Sie nur. Ich komme schon ohne Sie klar. Ich rufe im Krankenhaus an, wenn ich mit den Patienten durch bin.«

»Danke, Dr. Robinson.« Elena stürzte davon.

»Ich hoffe, mit Marcus wird alles wieder gut …«, rief Mrs. Penishaw ihr hinterher.

Auch dieses Mal kümmerte sich Dr. Thompson im Krankenhaus um Marcus. Jetzt saß er in seinem Dienstzimmer, um Eintragungen in die Krankenakte des Jungen zu machen. Er hatte Schwester Deirdre Caven angewiesen, bei dem Patienten zu bleiben und seine Vitalfunktionen regelmäßig zu überprüfen.

»Marcus! Geht es dir wieder gut?«, fragte Elena, als sie an sein Bett eilte.

»Ja, Mamma. Aber ich bin so müde.«

Elena sah Deirdre an. Sie kannte die junge Frau gut, weil sie die Nichte von Dr. Robinson war. »Ist das normal, Deirdre?«

»Ja«, sagte sie. »Wenn er sich ein bisschen ausgeruht hat, ist alles wieder in Ordnung, Elena.«

»Ich kann es gar nicht fassen, dass das wieder passiert ist«, sagte Elena enttäuscht. »Neil und Ted meinten nach dem ersten Mal, dass es wahrscheinlich nicht wieder vorkomme. Offenbar stimmt da was nicht.«

»Dr. Thompson kümmert sich darum«, versicherte ihr Deirdre. »Er wird die Ursache für die Krämpfe sicher bald finden.«

»Ich würde gern Dr. MacAllister wiedersehen«, sagte Marcus zu Deirdre.

Elenas Augen weiteten sich, und der Mund blieb ihr vor Schreck offen stehen. Hatte ihr Sohn tatsächlich gerade *Dr. MacAllister* gesagt? Nein, sie musste sich verhört haben.

»Du hast ihn das vorige Mal, als du hier warst, kennengelernt, nicht wahr, Marcus?«, fragte Deirdre, der Elenas Reaktion gar nicht aufgefallen war.

»Ja, und er hat zu mir gesagt, ich soll mir keine Sorgen machen, er würde herausfinden, weshalb ich die Anfälle habe«, antwortete

Marcus. »Ich mag ihn sehr.« Auf einmal wirkte er ganz verlegen. »Dr. Thompson ist in Ordnung, Dr. Rogers auch, aber Dr. MacAllister mag ich besonders gern.«

»Er ist ein guter Arzt«, sagte Deirdre. »Und er kann wunderbar mit Patienten umgehen.«

Ihr Tonfall und ihr verträumter Blick ließen keinen Zweifel daran, dass auch sie ihn sehr mochte.

Elena hörte wie in Trance, was ihr Sohn und Deirdre sagten, aber es kam ihr völlig unwirklich vor. »Von wem redet ihr, Deirdre?«, fragte sie und bemühte sich verzweifelt, gelassen zu klingen. Tatsächlich hämmerte ihr Herz so laut, dass sie meinte, ihr würden die Trommelfelle platzen. »Hat dieser … Dr. MacAllister erst kürzlich hier im Krankenhaus angefangen?« So viele Jahre hatte sie Lyles Namen schon nicht mehr laut ausgesprochen. Es fühlte sich seltsam an und weckte so viele alte Gefühle.

»O nein, Elena. Er ist nicht angestellt hier. Er ist einer der Fliegenden Ärzte, also kommt er nur ab und zu vorbei.« Wieder schaute sie Marcus an. »Du hattest Glück, dass er gerade da war, als du hergebracht wurdest, Marcus.«

Marcus lächelte. »Er hat mir die Hand geschüttelt«, erklärte er stolz. Das war immer noch ein so gutes Gefühl für ihn.

Wieder sah Deirdre zu Elena. »Manchmal beraten sich Dr. Thompson und Dr. Rogers mit den Fliegenden Ärzten.« Sie merkte, dass Elena weiß wie die Wand geworden war. »Ist alles in Ordnung mit Ihnen? Sie sehen ganz mitgenommen aus.«

»Ja, ja, es ist alles in Ordnung«, flüsterte Elena. Sie vermied es, Deirdre anzusehen. Ihr war klar, die Wahrscheinlichkeit, dass dieser Dr. MacAllister ihr Lyle war, stand eine Million zu eins, also versuchte sie, sich zusammenzureißen. Es war nur so seltsam, den Namen zu hören, vor allem in Verbindung mit einem Arzt, und ganz besonders von ihrem Sohn. »Mir geht es gut, wirklich.«

Deirdre bestand darauf, dass Elena sich setzte, dann holte sie ihr ein Glas Wasser. Sie glaubte, Elena reagiere darauf, dass ihr Sohn wieder im Krankenhaus war. Sie wies Elena an, tief Luft zu holen.

»Kann ich Dr. MacAllister noch einmal sehen, Mamma?«

»Ich glaube nicht, Marcus. Wenn er bei den Fliegenden Ärzten ist, wird er wohl seine Basis in Cloncurry haben.«

»Wenn er in diesem Teil des Landes Patienten besucht, könnte er diese Woche durchaus noch mal kommen«, meinte Deirdre.

»Lyle kommt mindestens einmal die Woche mit einem Patienten her«, sagte Neil, der auf einmal hinter ihnen stand. Sie hatten ihn nicht kommen hören, aber er hatte anscheinend den letzten Teil ihres Gesprächs mit angehört. »Ich habe über Funk mit ihm gesprochen, er wird höchstwahrscheinlich morgen wieder hier sein.«

Lyle! Dr. Thompson hatte tatsächlich Lyle gesagt. Elenas Herz hätte beinahe ausgesetzt, aber Marcus strahlte.

»Kann ich bis dahin hierbleiben, Dr. Thompson?«

»Ich will dich mindestens ein paar Tage lang hierbehalten«, erwiderte Neil. »Dr. MacAllister hat da so eine Idee, wie wir dir vielleicht helfen können.«

Elena begann so heftig zu zittern, dass sie das Wasser aus dem Glas, das sie in der Hand hielt, verschüttete. War Lyle tatsächlich einmal in der Woche ins Krankenhaus von Winton gekommen? Wie war es möglich gewesen, dass sie einander so nah gewesen waren und es nicht gewusst oder gespürt hatten? Sie konnte es einfach nicht fassen, so unglaublich erschien es ihr. Sie stellte ihr Wasserglas auf dem Nachttischchen ab, um es nicht fallen zu lassen. Irgendwie gelang es ihr, aufzustehen.

»Tut mir leid«, stammelte sie. »Ich … muss noch etwas erledigen. Ich … ich komme später noch mal wieder.«

Elena wusste nicht, wie sie es schaffte, die Station zu verlassen. Sie hörte Neil kaum, der ihr hinterherrief, ob alles in Ordnung sei. Sie hörte auch nicht, wie Deirdre dem Arzt erzählte, dass sie finde, Elena sehe bleich aus wie die Wand. Sie marschierte einfach nur weiter, immer weiter, ohne zu wissen, wohin sie gehen sollte. Sie wollte sich verstecken und ihre Gedanken sortieren, unmöglich konnte sie jetzt an ihren Arbeitsplatz zurückkehren. Auf der

Straße kam sie an einigen Leuten vorbei, die sie ansprachen, aber sie hörte kein Wort von dem, was sie sagten.

Luisa half Luigi im Laden, als sie Elena durch das Schaufenster über die Straße auf ihr Haus zukommen und hineingehen sah. Sie sah auch die komischen Blicke, die andere Leute ihrer Tochter zuwarfen, also wusste sie, dass etwas ganz und gar nicht in Ordnung war.

»Ich bin in ein paar Minuten wieder da, Luigi«, sagte Luisa zu ihrem Mann, der gerade einen Kunden bediente.

In dem Moment sah Luigi Elena ebenfalls. »Was ist los, Luisa?«, fragte er.

Er wusste, dass sein Enkel im Krankenhaus war, weil seine Frau ihm erzählt hatte, was passiert war, und er hatte vor, hinzugehen und nach ihm zu sehen, sobald er den Laden geschlossen hatte.

»Elena macht sich einfach Sorgen wegen Marcus. Ich will mal hören, was der Arzt gesagt hat, dann sage ich dir Bescheid.«

Luisa verließ den Laden und betrat das Haus durch die Hintertür. Sie traf Elena in der Küche an.

»Was ist los, Elena?«, fragte Luisa. Sie erschrak, als sie sah, in was für einem Zustand ihre Tochter war. Sie zitterte und war so bleich, wie eine Italienerin mit olivfarbenem Teint nur sein konnte. »Ist etwas mit Marcus? Ist alles in Ordnung mit ihm?«

Elena nickte, sprechen konnte sie nicht.

»Aber etwas stimmt doch nicht, Elena. Du siehst furchtbar aufgewühlt aus«, sagte Luisa und zog ihre Schürze aus. »Soll ich ins Krankenhaus gehen?«

Elena schüttelte heftig den Kopf. Sie kämpfte mit den Tränen. »Ich hab dir doch gesagt, meine Vergangenheit würde mich eines Tages einholen, Mamma«, flüsterte sie heiser.

Luisa sog die Luft ein und schaute zur Hintertür, um sicherzugehen, dass Luigi nicht hereinkam. »Was ist denn passiert?«

»Wie kann er denn nur hier sein?«, fragte Elena und vergrub das Gesicht in den Händen. »Wie ist das denn nur möglich?« Sie waren Tausende von Meilen von England weg, wo sie Lyle das letzte Mal gesehen hatte. »Wir sind so isoliert hier in Winton. Meilenweit weg von jeder Stadt. Wie ist es denn nur möglich, dass mich ausgerechnet hier meine Vergangenheit wieder einholt?«

Luisa war verwirrt. Sie sah, dass ihre Tochter so sehr litt, dass sie kurz vor einem Zusammenbruch stand. »Von wem redest du, Elena?«

Elena sah ihre Mutter an. Sie hatte ihr nie den Namen des Mannes genannt, von dem sie Marcus empfangen hatte. Dazu hatte es keinen Grund gegeben. Aber jetzt musste sie es ihr erzählen. Sie brauchte unbedingt den Rat ihrer Mutter.

»Dr. MacAllister. Ich rede von Dr. MacAllister.«

Einfach nur seinen Namen zu sagen brachte eine wahre Sturzflut von Erinnerungen mit sich. Fast jeden Tag dachte sie an Lyle, fast jedes Mal, wenn sie Marcus ansah. Doch im Augenblick beherrschte die Erinnerung daran, wie er ihr gesagt hatte, dass eine andere Frau von ihm schwanger sei, ihre Gedanken allein. Und der Schmerz, den sie spürte, war fast so intensiv wie damals, beinahe vierzehn Jahre zuvor.

Luisa runzelte die Stirn. »Ich verstehe nicht …«

»Du hast ihn kennengelernt, oder, Mamma?«

»Kennengelernt kann man nicht sagen, aber ich habe ihn mit Marcus gesehen«, antwortete Luisa, die sich jetzt erinnerte. »Er schien sehr sympathisch zu sein, und er hat Marcus sehr beeindruckt. Was ist denn mit ihm? Kennst du ihn, Elena?«

Elena schloss die Augen, doch das hinderte ihre Tränen nicht daran, hervorzuschießen. Wieder dachte sie daran, wie sehr sie Lyle geliebt hatte. Und sie war sich nicht sicher, dass diese Liebe je gestorben war. Aber seine Anwesenheit in Winton war eine Gefahr für ihre Familie.

»Was ist los, Elena? Sag es mir. Ich will jetzt wissen, warum du so aufgewühlt bist und wieso du glaubst, dass deine Vergangenheit dich eingeholt hat.« Luisa wusste nicht, was sie denken sollte. Sie ahnte lediglich, dass etwas Schreckliches passiert war. Doch Elena fand keine Worte, um ihrer Mutter die Wahrheit zu sagen. »Elena, sag mir jetzt sofort, was mit dir los ist«, verlangte Luisa.

»Er ist der Vater von Marcus«, platzte es aus Elena heraus. Tränen liefen ihr die Wangen hinunter und verschleierten ihren Blick. »Dr. Lyle MacAllister ist der Vater meines Sohnes.«

»Was?« Luisa glaubte, sich verhört zu haben. Das war das Letzte, was sie erwartet hatte. »Nein! Das kann nicht sein!«

»Doch, es stimmt, Mamma. Er ist der Mann, von dem ich schwanger geworden bin.«

Luisa holte tief Luft. »Das kann nicht dein Ernst sein«, flüsterte sie. Sie wäre gestürzt, hätte sie sich nicht am Küchentisch festgehalten.

»Doch, das ist mein Ernst, Mamma. Wie kommt er nur hierher nach Winton? Wie kann denn das nur sein? Und wie ist es möglich, dass er meinen Sohn, *unseren* Sohn, behandelt?«

Luisa bekreuzigte sich. »Was hat er gesagt, Elena, als er dich gesehen hat?«

»Er hat mich nicht gesehen. Er war heute nicht im Krankenhaus, aber er kommt morgen nach Winton, um nach Marcus zu sehen.« Elena stöhnte. Sie musste Marcus aus dem Krankenhaus holen. »O mein Gott. Das kann doch einfach nicht wahr sein.« Sie sank auf einen Stuhl, weil ihr die Beine wegknicken wollten.

Luisa ging zum Küchenschrank und holte eine kleine dunkelbraune Flasche, die sie hinter den Tassen und Tellern versteckt hatte, hervor und goss etwas von dem Inhalt in zwei Tassen.

Fragend sah Elena ihre Mutter an. Ihre Mutter hatte noch nie getrunken, und auch sie trank keinen Alkohol.

»Das ist für rein medizinische Zwecke«, erklärte Luisa.

Die beiden Frauen leerten ihre Tassen in einem Zug. Eine Weile saßen sie schweigend da, während sich die feurige Flüssigkeit den Weg ihre Kehlen hinunter bahnte.

»Ich dachte, der Mann, von dem du schwanger warst, der Arzt in Blackpool, ist nach Schottland zurückgegangen«, sagte Luisa.

»Ist er auch«, antwortete Elena.

»Was macht er dann hier?«

»Das weiß ich nicht, aber wenn er herausfindet, wie alt Marcus ist, wird ihm bald klar werden, dass er sein Sohn ist«, sagte Elena verzweifelt.

Womöglich würde Lyle wollen, dass Marcus erfährt, wer sein Vater ist, und bei dem Gedanken fing ihr Herz an zu rasen. Sie konnte sich nicht vorstellen, wie Marcus reagierte, oder, schlimmer noch, wie Aldo das aufnehmen würde. Die Vorstellung machte ihr Angst. Wie oft hatte sie an Lyle gedacht, wenn Marcus so unglücklich war, weil Aldo mit ihm so hart umging. Wie oft hatte sie sich gefragt, wie ihr Leben verlaufen wäre, hätten sich die Dinge mit Lyle anders entwickelt. Doch das Schicksal hatte ihr einen Strich durch die Rechnung gemacht. Ihr Herz war gebrochen, immer noch, aber das machte es ihr nicht leichter.

»Muss er denn so genau wissen, wie alt Marcus ist?«, fragte Luisa, deren Gedanken in eine andere Richtung gingen.

»Das wird sich wohl nicht vermeiden lassen«, sagte Elena, die wusste, dass die Wahrheit ihr im Gesicht geschrieben stand.

»Dr. MacAllister muss mit seiner Frau, mit seiner Familie, hier in Australien sein, Elena.« In Luisas Ton schwang nur noch ein Hauch von dem Ärger, den sie vor all diesen Jahren empfunden hatte, mit. »Du kannst nicht zwei Ehen ruinieren, indem du ihm von Marcus erzählst«, fügte Luisa hinzu. Sie wusste nicht, was Elena dachte, wusste auch nicht, ob sie überhaupt in der Verfassung war zu denken, aber sie war überzeugt, dass es zu spät für die Wahrheit war. Das Leben zu vieler Menschen würde in Mitleidenschaft gezogen. »Dein Papà bekäme einen Herzanfall, wenn er erführe, dass Marcus nicht Aldos Sohn ist. Und er würde uns auch nie verzeihen, dass wir ihn angelogen haben. Und wenn Aldo es herausfindet … daran will ich erst gar nicht denken.«

»Was meinst du denn, wie ich mich fühle, Mamma? Ich habe solche Angst davor, dass Aldo es erfährt, oder Papà und Marcus. Glaub mir, ich habe nicht die Absicht, Lyle irgendetwas zu gestehen.«

Davon ganz abgesehen hatte Elena guten Grund zu der Annahme, dass Lyle glücklich verheiratet war und Kinder hatte, und nur wegen ihrer eigenen Schuldgefühle wollte sie sein Glück nicht zerstören. Sie konnte einfach nicht fassen, dass das passiert war.

Elena brauchte noch eine Zeit, um sich zu beruhigen, dann fasste sie einen Entschluss. Sie bat Dr. Robinson um eine Unterredung und fragte ihn, ob sie Marcus unter seine Obhut stellen könne. Natürlich war Ken Robinson gleich einverstanden. Marcus war nicht gerade glücklich, als Elena ins Krankenhaus kam und ihm das erzählte, genauso wenig wie Dr. Thompson.

»Ich habe nichts gegen Ken«, sagte Neil. »Aber ich glaube, Marcus sollte bis morgen hierbleiben. Er muss mindestens noch vierundzwanzig Stunden unter Beobachtung stehen.«

»Ich möchte nicht, dass Sie Dr. MacAllister wegen Marcus behelligen«, beharrte Elena.

»Er hilft wirklich gern«, betonte Neil. »Aber etwas anderes ist noch wichtiger, Elena. Ich glaube, er ist der einzige Arzt im Umkreis von Hunderten von Meilen, der Ihrem Sohn helfen kann.«

Elena erschrak, als sie das hörte, und fühlte sich hin und her gerissen. Sie wollte schließlich das Beste für Marcus.

»Ich will Dr. MacAllister wiedersehen, Mamma«, erklärte Marcus entschlossen.

Elena sah ihren Sohn nachdenklich an. Es schien, als gäbe es eine Art Verbindung zwischen Marcus und seinem leiblichen Vater. Sie konnte es kaum glauben. Auf einmal war sie verunsichert. Sie würde noch etwas Zeit brauchen, um eine Strategie auszuarbeiten.

»Marcus kann zur Beobachtung über Nacht hierbleiben«, sagte sie zu Neil. »Gleich morgen früh komme ich her, und dann besprechen wir, wie wir in dieser Situation weiter verfahren.«

24

Elena verbrachte ein schreckliche Nacht im Haus ihrer Eltern. Sie war so froh, dass ihre Mutter sich am Abend zuvor um ihre beiden jüngeren Kinder gekümmert hatte und dass sie es übernommen hatte, Aldo anzufunken und ihm zu sagen, dass sie nicht nach Hause komme. Ihre Gedanken waren so in Aufruhr, dass sie kein Auge zumachte. Sie wusste, wenn Lyle der einzige Arzt war, der Marcus helfen konnte, so müsste sie das zulassen, doch dann brauchte sie einen Plan – dass er seinen eigenen Sohn behandelte, durfte er keinesfalls herausfinden. Aber wie sollte sie das anstellen? Elena kam die Idee, ihre Mutter könnte an ihrer Stelle ins Krankenhaus gehen. Den Namen Corradeo kannte Lyle natürlich nicht, aber was, wenn einer der Mitarbeiter im Krankenhaus von Luisa als Mrs. Fabrizia oder Luisa Fabrizia sprach; das würde ihm bestimmt auffallen. Dieses Risiko durfte sie nicht eingehen.

In ihrer Verzweiflung funkte Elena mitten in der Nacht Aldo an und fragte, ob er nicht ins Krankenhaus zu Marcus kommen könne, wenn der Junge vom Arzt untersucht würde. Sie erklärte ihm, sie werde in der Praxis gebraucht.

Aldos Reaktion war vorhersehbar gewesen. »Wenn Dr. Robinson dir nicht freigibt, dann kündige eben!«, fuhr er seine Frau an. »Du bist in erster Linie Mutter«, fügte er hinzu, um seinen Standpunkt vollends klarzumachen.

Schließlich wurde Elena bewusst, dass sie sich Lyle stellen musste. Irgendetwas würde ihr schon einfallen, wie sie verhindern konnte, dass er herausfand, wer der Vater von Marcus war. Aber sie hatte keine Ahnung, wie sie reagierte, wenn sie sich tatsächlich gegenüberstanden.

Es war noch sehr früh am Morgen, und die Dämmerung hatte den dunklen Himmel gerade erst in einen Hauch Farbe getunkt, als Elena in dem kleinen Krankenhaus mit den zwei Stationen ankam. Den Patienten, von denen Marcus der jüngste war, wurde gerade das Frühstück serviert. Marcus erzählte seiner Mutter, die sich zu ihm ans Bett setzte, er habe eine angenehme Nacht gehabt.

»Ich habe wirklich gut geschlafen«, sagte er, »wenn auch ein älterer Mann mit seinem Schnarchen fast das Dach weggefegt hätte.«

Deirdre hatte ihre Schicht beendet und wollte gerade nach Hause gehen.

»Sie können ganz beruhigt sein«, sagte sie und stellte Elena eine Tasse Tee und ein Stück Toast auf den Nachttisch, damit sie mit ihrem Sohn frühstücken konnte. »Essen Sie ein wenig. Das wird Ihnen guttun!« Elena war so nervös, dass sich ihr der Magen umdrehte, aber sie gab sich Mühe, sich nichts anmerken zu lassen. »Ich weiß ja, Sie machen sich große Sorgen um Marcus, aber Sie sehen wirklich ganz elend aus, Elena«, bemerkte Deirdre und musterte Elena mit geübtem Blick. »Vielleicht sollten auch Sie sich mal von einem Arzt untersuchen lassen«, fügte sie hinzu.

»Mir geht es gut, Deirdre«, log Elena. »Ich habe schlecht geschlafen, ich bin einfach nur müde.« Sie versuchte, zur Bekräftigung ihrer Worte, zu lächeln.

»Sie arbeiten zu viel, erst in der Praxis bei meinem Onkel, und dann haben Sie noch so viel auf der Farm zu tun«, sagte Deirdre.

»Mir bleibt nichts anderes übrig«, erklärte Elena wahrheitsgemäß. »Die Farm wirft nicht immer Geld ab.«

»Es sind schlechte Zeiten für alle«, gab Deirdre zu. Ihr Verlobter war Farmer, also wusste sie das nur zu gut. »Aber jetzt muss ich wirklich gehen. Ich kann es gar nicht erwarten, nach Hause zu kommen. Meine Füße bringen mich um.«

»Haben Sie eine Ahnung, wann Dr. MacAllister hier sein

wird?«, fragte Elena, als Deirdre sich verabschiedete, und zuckte bei ihren eigenen Worten zusammen. Nur schon Lyles Namen auszusprechen war eine Qual.

»Ich weiß nicht genau … Ach, da ist er ja.« Deirdre schaute zur Tür, die auf die Station führte, und über ihr rundliches Gesicht huschte ein Lächeln. »Dachte ich mir doch, dass Sie kommen, denn ich meine, vor ein paar Minuten ein Flugzeug gehört zu haben.« Auf einmal schienen ihre schmerzenden Füße vergessen, und sie hatte es gar nicht mehr so eilig, nach Hause zu kommen.

Elenas Herz wollte schier zerspringen. So früh hatte sie nicht mit Lyles Ankunft gerechnet. Sie hatte sich seelisch noch nicht darauf eingestellt, ihm gegenüberzutreten. Glücklicherweise saß sie mit dem Rücken zur Tür an Marcus' Bett, so blieben ihr wenigstens ein paar Sekunden, um ihre Fassung zurückzuerlangen. Sie schaute auf Marcus und sah, dass seine Augen aufleuchteten, als er Lyle entdeckte. Das machte sie betrübt, denn sie hatte nie erlebt, dass er Aldo so ansah.

»Hallo, da bin ich wieder«, rief Lyle fröhlich, als er das Zimmer betrat. Er blieb am Fußende des Bettes stehen. Schnell drehte Elena sich zur Seite. Er sollte sie nicht gleich sehen.

»Hallo, Dr. MacAllister«, antwortete Marcus fröhlich.

»Schön, dich wiederzusehen, auch wenn ich gar nicht gern höre, dass du noch einen Krampfanfall hattest. Und das ist sicher deine Mutter«, hörte Elena Lyle sagen.

Allein der Klang seiner Stimme lähmte sie schon.

»Ja«, sagte Marcus. »Mamma, das ist Dr. MacAllister.«

Elena hörte Lyles Schritte, als er vom Fußende des Bettes zu ihr kam und sich neben sie stellte. Sie bekam kaum Luft.

»Guten Morgen, Mrs. …«, es entstand eine Pause, und Elena sah aus den Augenwinkeln, dass Lyle auf Marcus' Krankenakte schaute, »… Corradeo«, sagte er. »Freut mich, Sie kennenzulernen. Sie haben einen prächtigen Sohn.« Während er redete, lächelte er Marcus an und streckte ihm die Hand hin. Marcus strahlte.

Elena bemühte sich, gleichmäßig Luft zu holen, aber die Brust war ihr so eng, dass sie nur ganz flach atmen konnte. Sie stand auf und betete, dass ihre Beine sie trugen. Langsam drehte sie sich um und sah den Mann an, der die Liebe ihres Lebens gewesen war. Lyle hatte ihr die Hand hingestreckt, ließ sie aber jetzt sichtlich erschüttert fallen.

Elenas Gedanken rasten. Marcus sollte nicht Zeuge ihres Gesprächs werden, denn Elena wusste, er würde anfangen, Fragen zu stellen, wenn Lyle verriet, dass sie sich schon in England kennengelernt hatten. Sie musste ohne ihren Sohn mit ihm reden.

»Kann ich kurz allein mit Ihnen sprechen, Doktor?«, bat sie, und an Marcus gewandt fügte sie hinzu: »Wir sind gleich wieder da. Iss dein Frühstück.«

Ohne auf eine Antwort zu warten, wandte Elena sich zur Tür und ging auf den Flur hinaus. Ihr Mund war so trocken, dass sie glaubte, kein weiteres Wort mehr herauszubringen, und ihr Herz hämmerte, als wollte es ihr aus der Brust springen. Sie war sich bewusst, dass Deirdre, die mit ihrer Tasche aus dem Schwesternzimmer trat, sie verblüfft und fragend anschaute, als sie sich an die Wand lehnte, um nicht zu stürzen, und sie schüttelte den Kopf, um ihr zu signalisieren, dass sie keine Hilfe brauchte.

Elena konnte an nichts anderes denken als an Lyle. Er war immer noch so attraktiv wie früher, wenn nicht sogar noch attraktiver, und er war hier, in ihrer Nähe. Sie hätte Gott weiß was darum gegeben, unbewegt zu bleiben, aber sie kam nicht an gegen die Welle der Gefühle, die in ihr aufbrandeten und sie zu überwältigen drohten. Sie zwang sich, an ihren Sohn zu denken. Er musste an erster Stelle in ihrem Leben stehen bleiben. Nur um ihn ging es jetzt.

Lyle konnte es kaum glauben. Elena, seine Elena war hier in dem kleinen Krankenhaus in Australien. Er war so bestürzt, dass er sich eine Weile nicht bewegen und auch nicht reagieren konnte. Nahezu vierzehn Jahre waren vergangen, seit sie sich das letzte Mal gesehen hatten, aber ein paar Sekunden lang kam es ihm so vor, als sei es erst gestern gewesen. An den Tag erinnerte er sich nur allzu gut. Elena hatte im Krankenhaus in Blackpool gelegen und sich gerade von der Grippe erholt. Sie war blass und schmal gewesen und wunderschön. Sie hatte so zerbrechlich gewirkt. Und dann war sie am Boden zerstört gewesen, weil er ihr hatte erzählen müssen, er werde Millie heiraten, die von ihm schwanger war. Die Elena, der er jetzt wiederbegegnet war, wirkte kühl und schien ihre Gefühle unter Kontrolle zu haben. Bei ihm war das ganz anders. Er hatte jeden Tag, seit sie sich getrennt hatten, an sie gedacht, ohne Ausnahme. Er hatte sich nach ihr gesehnt.

Lyle nickte Marcus kurz zu, dann verließ auch er das Krankenzimmer und trat auf den Flur hinaus. Elena stand an die Wand gelehnt da und starrte ihn an. Er hätte sie am liebsten in die Arme genommen und hätte gejubelt über ihr Wiedersehen. Er konnte gar nicht den Blick von ihr wenden. Die Veränderungen an ihr waren kaum merklich. Sie war immer noch schlank, doch ihr Teint hatte eine gesunde goldbraune Farbe. Sie hatte immer noch langes Haar, trug es allerdings hochgesteckt. Er hatte es gemocht, wenn sie es offen trug, daran erinnerte er sich gleich. Was sich an ihr verändert hatte, war ihre Haltung. Sie schien stark zu sein, einen eisernen Willen zu haben, doch in ihren Augen lag kein Funken Glück. Elena wirkte besorgt und angespannt. Natürlich, ihr Sohn war krank, das konnte der Grund sein, aber das allein war es sicher nicht. War ihre kühle, distanzierte Art vielleicht darauf zurückzuführen, dass sie ihm nicht hatte verzeihen können, dass ihr Schicksal solch eine grausame Wendung genommen und sie beide getrennt hatte? Er jedenfalls hatte sich nicht verziehen, dass er ihr so sehr hatte wehtun müssen.

Und noch etwas wurde ihm jetzt klar. Er behandelte Kinder sehr gern, wenn es bei einigen seiner traurigsten Fälle auch um die ganz Kleinen ging, hielt jedoch immer professionelle Distanz. Aber aus irgendeinem Grund, für den er keine Erklärung gehabt hatte, war es bei Marcus anders gewesen. Seit ihrer ersten Begegnung hatte er eine ganz besondere Verbindung zu dem Jungen gespürt. Immer wieder hatte er an ihn denken müssen, und er hatte sich gefreut, als man ihn bat, noch einmal nach Marcus zu sehen. Jetzt begriff er.

Elena war erleichtert, als Deirdre die Station verließ. Sie musste schnell heraus mit dem, was sie Lyle zu sagen hatte, ehe sie noch der Mut verließ. »Mir wäre lieber, mein Sohn erfährt nicht, dass wir uns schon kannten, bevor ich die Ehe einging mit …« Sie hatte sagen wollen »mit seinem Vater«, aber das konnte sie nicht. Aldo war nicht sein Vater.

Lyle erschrak, als er hörte, wie entschlossen und emotionslos Elena mit ihrer beider Wiedersehen umging. »Wieso denn nicht, Elena?«, fragte er verblüfft. »Gott, ich fasse es nicht, dass du jetzt hier vor mir stehst.« Der erste Schreck legte sich ein wenig, aber er konnte einfach nicht glauben, dass das Schicksal sie wieder zusammengeführt hatte.

»Mein Mann hat recht altmodische Wertvorstellungen«, erklärte Elena. »Er ist Italiener!« Viele Male hatte sie Lyle erzählt, dass ihre Eltern strenge Italiener mit altmodischen Wertvorstellungen waren, sie hoffte also, er würde sie verstehen.

»Verstehe«, sagte Lyle, auch wenn er nichts verstand.

Einige Schwestern im Krankenhaus von Blackpool, so fiel ihm wieder ein, hatten darüber geredet, dass ihr Vater für sie eine Ehe arrangiere. Jetzt überlegte er, ob das inzwischen auch mit Elena passiert war. Er wollte fragen, aber sie schien eine unüberwindbare Mauer zwischen sich und ihm errichtet zu haben.

Elena wurde ganz unbehaglich zumute. Lyles Blick war so intensiv, so verstörend. »Dr. Thompson meinte, du könntest Marcus vielleicht helfen«, sagte sie so nüchtern sie konnte.

»Ja, möglicherweise. Mein eigener Sohn hatte dasselbe Problem. Wie alt ist Marcus jetzt genau? Sein Geburtsdatum stand nicht in seiner Krankenakte.«

Elena wurde schwindlig. Sie glaubte, in Ohnmacht zu fallen. Jetzt war der Moment der Wahrheit gekommen. »Er ist zwölf. Er wird dreizehn im … November«, kam es ihr über die Lippen.

»Ich dachte mir schon, dass er ungefähr in dem Alter ist«, erwiderte Lyle. »Mein Sohn hatte seinen ersten Krampfanfall mit sieben. Das ging eine ganze Weile so. In dieser Zeit habe ich viel zu dem Thema recherchiert, aber nichts gefunden. Dann erzählte mir mein Vater, mein Bruder habe solche Anfälle gehabt und er habe herausgefunden, es liege an einem Kalziummangel in seiner Ernährung. Also gab ich meinem Sohn Nahrungsmittel mit hohem Kalziumgehalt, und nach einer gewissen Zeit war er geheilt. Offenbar wird das Problem vererbt.«

Lyle schien seinen Worten keine weitere Bedeutung zuzuschreiben, aber für Elena waren sie entscheidend. Sie kannte Lyle gut, und so konnte sie ihn förmlich beim Denken beobachten. Sicher versuchte er jetzt herauszufinden, ob Marcus sein Sohn sein konnte. Aber er schien die Möglichkeit zu verwerfen, weil sie nicht das richtige Geburtsdatum des Jungen, den 2. August, genannt hatte, und so konnte sie erleichtert aufatmen.

Tatsächlich rechnete Lyle sich aus, dass Elena sehr bald nach dem Ende ihrer Affäre geheiratet hatte. Das kränkte ihn, obwohl er wusste, dass er dazu kein Recht hatte.

»Dass ein höherer Kalziumgehalt in der Ernährung Marcus helfen wird, kann ich nicht garantieren, Elena, aber es ist den Versuch wert.«

»Ich will alles versuchen, Lyle«, antwortete Elena. Sie erschrak über ihre Worte, denn ihr fiel auf, dass sie wieder in die alte Vertrautheit verfallen war. Das beunruhigte sie, und das durfte sie nicht zulassen. »Danke, Dr. MacAllister«, sagte sie deshalb förmlich. Sie drehte sich um und wollte schnell wieder zu Marcus ins Krankenzimmer, aber Lyle geriet in Panik.

»Warte, Elena. Können wir nicht noch einen Kaffee zusammen trinken, ehe ich wieder losfliege? Ich wüsste gern, wie es kommt, dass du in Winton gestrandet bist.«

Elenas Herz setzte für eine Sekunde aus. »Das ist jetzt nicht wichtig, und ich glaube kaum, es wäre angemessen, wenn wir gesellschaftlichen Umgang miteinander hätten. Ich bin glücklich verheiratet, ich habe Kinder und du sicher auch. Wie ich schon sagte, mein Mann hat altmodische Wertvorstellungen, und die Leute in einer Kleinstadt reden viel. Ich möchte ihm Peinlichkeiten ersparen.« Sie sah die Kränkung in Lyles Blick, aber jetzt konnte sie nicht mehr zurück.

Lyle fehlten beinahe die Worte. »Aha, verstehe«, sagte er leise. »Aber es ist so großartig, dich wiederzusehen«, fügte er bewegt hinzu.

Elena meinte, Tränen in seinen Augen zu sehen, und beinahe hätte sie nachgegeben, aber nur beinahe. Schnell hatte sie sich wieder im Griff. »Bitte halte mich nicht für undankbar, Lyle. Ich weiß sehr zu schätzen, was du für meinen Sohn tust.«

»Es ist doch selbstverständlich, dass ich mein Bestes für Marcus gebe, Elena«, sagte Lyle.

»Du warst immer schon ein guter Arzt, und Marcus scheint sich wohl bei dir zu fühlen«, entgegnete Elena. Sie hätte wirklich gern gewusst, wie es ihn nach Australien zu den Fliegenden Ärzten verschlagen hatte, aber fragen wollte sie nicht. »Ich muss jetzt los. Auf Wiedersehen, Lyle.«

Elena ging zu Marcus zurück und sagte ihm, sie müsse jetzt zur Arbeit, sie werde ihn später noch einmal besuchen. Als sie in den Flur zurückkam, stand Lyle immer noch dort. Ohne sich ein weiteres Mal nach ihm umzusehen, rannte sie an ihm vorbei und verließ fluchtartig das Krankenhaus.

Elena ging nicht zur Arbeit. Sie begab sich geradewegs zu ihrem Elternhaus. Luigi war schon im Laden, ihre Mutter stand noch in der Küche und spülte das Frühstücksgeschirr. Die beiden Jüngeren waren gerade auf dem Weg in die Schule. Kaum hatte Elena die Küche betreten, fing sie auch schon an zu weinen. Sie hatte ihre Gefühle im Zaum gehalten, jetzt war es eine Erleichterung, loszulassen und sich dem Schmerz hinzugeben.

»Elena, was ist denn passiert?«, fragte Luisa besorgt.

Elena schüttelte den Kopf. »Ich habe Lyle wiedergesehen, und das war so schwer für mich«, schniefte sie.

»Er hat doch keinen Verdacht …«

Wieder schüttelte Elena den Kopf. »Er wollte einen Kaffee mit mir trinken, mit mir reden.«

»Das kannst du nicht machen«, sagte Luisa entschieden. »Auf keinen Fall.«

»Ich weiß, Mamma. Aber ich wollte es so sehr.«

Luisa legte Elena den Arm um die Schultern. »Marcus muss wieder gesund werden, und das ist alles, was zählt«, sagte sie.

»Ich habe ein falsches Geburtsdatum genannt, damit Lyle nicht Verdacht schöpft, dass Marcus sein Sohn ist.«

»Das war richtig, Elena«, sagte Luisa und strich ihrer Tochter über das Haar, wie sie es so oft getan hatte, als Elena noch ein kleines Mädchen war.

Elena sah ihre Mutter mit tränennassen Augen an. »Wenn das richtig war«, sagte sie traurig, »warum fühlt es sich dann nur nicht richtig an?«

25

Lyle saß fast eine ganze Stunde an Marcus' Bett und versuchte möglichst viele Informationen über seinen Gesundheitszustand zu bekommen. Er hoffte inständig, Elena käme wieder ins Krankenhaus, aber er genoss auch das Gespräch mit Marcus. Sie redeten über die Ängste des Jungen und darüber, wie die Krampfanfälle verliefen, wie Marcus sich danach verhalten sollte und was für Nahrungsmittel er besonders brauchte, um seinen Kalziumspiegel zu erhöhen.

»Kalzium hat viele Funktionen im Körper, Marcus«, erklärte Lyle. »Es unterstützt das Nervensystem, und es beugt Blutgerinnseln und Rachitis vor. Ich weiß nicht genau, wie es kommt, dass auch Krampfanfällen damit vorgebeugt wird, aber es ist ein wichtiges Mineral.«

»Was ist Rachitis?«, fragte Marcus. Er interessierte sich für vieles, aber über medizinische Themen hatte er bisher erst selten etwas gehört.

»Eine Erkrankung der Knochen. Sie werden weich, was im Allgemeinen zu Missbildungen führt.«

»Ich habe aber keine weichen Knochen«, sagte Marcus besorgt. »Das weiß ich, weil ich mal vom Stalldach gefallen bin und mir keine Knochen gebrochen habe.«

Lyle lächelte. »Freut mich, das zu hören, und nein, du hast keine weichen Knochen.« Er wollte ihn ermahnen, in Zukunft lieber nicht mehr auf Stalldächer zu klettern, aber dann fiel ihm ein, wie unsinnig es war, so etwas zu einem Zwölfjährigen zu sagen. »Deine Knochen scheinen vollkommen gesund zu sein. Mit deiner

Nahrung nimmst du wahrscheinlich sowieso schon reichlich Kalzium zu dir, aber du brauchst unbedingt auch täglich einen Esslöffel Lebertran, so bekommst du eine extra Dosis Vitamin D.«

»Bahhh«, sagte Marcus. »Meine Mutter hat mir das mal gegeben. Das schmeckt grässlich.«

»Ich weiß«, sagte Lyle und lächelte.

»Unser Körper ist definitiv ziemlich kompliziert«, sinnierte Marcus altklug.

»Der menschliche Körper ist faszinierend und komplex, aber genau das ist der Grund, weshalb ich die Medizin so sehr liebe.«

»Und als Fliegender Arzt kommen Sie viel rum«, fügte Marcus voller Ehrfurcht hinzu. »Das ist doch bestimmt besser, als in einem Krankenhaus mit lauter kranken Leuten festzusitzen.«

Wieder lächelte Lyle. »Für einen Arzt sind Kranke nun mal ein Berufsrisiko, aber es hat mir nie etwas ausgemacht, in einem Krankenhaus zu arbeiten.« Er dachte an den wundervollen Tag, an dem er Elena kennengelernt hatte. »Inzwischen macht es mir jedoch besondere Freude, in weit entfernte Orte zu kommen.«

»Wo haben Sie vorher gearbeitet, als Sie noch kein Fliegender Arzt waren?«, wollte Marcus wissen.

Lyle dachte an das, worum Elena ihn gebeten hatte. Das Victoria Hospital in Blackpool konnte er nicht erwähnen. »Ich lebte in einer Stadt namens Dumfries, in Schottland, da habe ich in einem Krankenhaus gearbeitet. Mein Vater war viele Jahre lang Hausarzt in Dumfries. Kurz bevor er sich zur Ruhe setzte, machte ich im Ort eine Praxis auf, und eine Zeit lang hat mein Vater mit mir und einem anderen Kollegen dort zusammengearbeitet.«

»Und was macht er jetzt, wo er sich zur Ruhe gesetzt hat?«

»Er starb, kurz bevor ich nach Australien kam. Meine Mutter hat nach seinem Tod Dumfries verlassen. Sie ist zu meiner Schwester nach Edinburgh gezogen.«

»Wieso sind Sie weg aus Schottland?«

»Ich wollte eine komplette Veränderung. Die brauchte ich einfach.«

»Waren Sie sehr traurig, als Ihr Vater starb?«, fragte Marcus in aller Unschuld. Aus Lyles Ton entnahm er, dass er seinem Vater sehr nahegestanden hatte.

»Ja, das war ich«, antwortete Lyle. »Aber ich bin aus einer ganzen Reihe von Gründen weg aus Schottland. Der schottische Winter kann zum Beispiel ziemlich brutal sein. Man kann Frostbeulen an Stellen kriegen, an die man am liebsten gar nicht denken würde.« Marcus schmunzelte. »Ganz im Ernst, viel Sonne bekommt man in Schottland nicht zu sehen«, fügte Lyle hinzu.

»Und hier ist Sonne das Einzige, was man zu Gesicht bekommt«, erwiderte Marcus.

»Ich glaube, ich habe mich inzwischen ganz gut eingelebt. Schottland ist rau und wild und wird immer seinen Platz in meinem Herzen haben, aber entweder regnet es und ist windig, oder der Wetterbericht sagt Regen und Wind an.« Wieder schmunzelte Marcus. »Hier in Australien fliege ich durch weiten blauen Himmel, über ein so riesiges, atemberaubend schönes Land. Für selbstverständlich werde ich das nie halten.«

Marcus spürte Lyles Leidenschaft. Er stellte viele Fragen über den Service der Fliegenden Ärzte, beeindruckend kluge Fragen für einen Jungen seines Alters. Er interessierte sich dafür, wie man mit gewissen medizinischen Problemen in ländlichen Gemeinden umgehen konnte und wie Lyle Leute behandelte, wenn er so weit von jedem Krankenhaus entfernt war.

»Und was ist, wenn Sie jemanden aufschneiden müssen?«, fragte er. »Und da ist kein Platz, wo man das machen könnte?«

»Normalerweise ist ein Küchentisch in der Nähe, und ein scharfes Messer und auch Nadel und Faden«, sagte Lyle und musste lachen, als er das Entsetzen in Marcus' Gesicht sah. »Ich ziehe dich bloß auf, mein Junge. In dem Fall bringen wir den Patienten mit dem Flugzeug ins Krankenhaus.« Er konnte sich gut vorstellen, was für ein Bild sich Marcus in Gedanken gerade ausmalte.

»Ich würde gern eines Tages in einem Flugzeug fliegen, aber

aufgeschnitten werden möchte ich nicht so gern«, sagte Marcus ganz ernst.

»Du wärst ein großartiger Arzt, Marcus«, sagte er. Elenas Sohn hat einen klaren Verstand für einen Zwölfjährigen und genau die richtige Veranlagung für einen Arzt, dachte Lyle.

Der Junge strahlte. »Meinen Sie wirklich?«, fragte er begeistert.

»Ja, allerdings. Du solltest mal darüber nachdenken. Vielleicht wirst du ja Arzt.«

»Wenn ich ein Fliegender Arzt würde, so wie Sie, könnte ich die ganze Zeit in einem Flugzeug sitzen«, meinte er fröhlich.

Marcus hatte Lyle bereits erzählt, dass er auf einer Rinderfarm lebte. »Willst du nicht Farmer werden wie dein Vater?«, fragte er.

»Nein, dass möchte ich auf keinen Fall«, gab Marcus bestimmt zurück.

Lyle lächelte, weil der Junge seine Frage so vehement verneinte. Dann erkundigte er sich nach seinen Geschwistern.

»Ich habe zwei jüngere Geschwister, einen Bruder und eine Schwester, und sie sind völlig anders als ich«, erklärte Marcus entschieden.

»Inwiefern sind sie denn anders?«, wollte Lyle wissen. Das Herz wurde ihm schwer, als er dachte, dass Elena mit ihrem Mann drei Kinder hatte.

»Sie spielen gern draußen im Dreck, und ich lese lieber, wenn ich keine Arbeiten auf der Farm zu erledigen habe«, antwortete Marcus. »Sie mögen die Schule nicht, lernen auch nicht gern, aber ich will einmal an der Hochschule studieren.«

Lyle war sehr beeindruckt. Marcus kommt auf seine Mutter, dachte er, er hat viel von Elena. Nach Marcus' Vater fragte er nicht, es wäre zu schmerzlich für ihn, etwas über den Mann zu erfahren, mit dem Elena ihr Leben teilte.

»Was ist denn los, Lyle?«, fragte Alison, als sie schon zwanzig Minuten im Flugzeug saßen und er noch kein Wort gesprochen hatte. Sie waren auf dem Rückweg nach Cloncurry. »Machst du dir Sorgen über einen Patienten?«

»Es ist immer schwierig, wenn es um Kinder geht«, antwortete Lyle absichtlich vage, während er aus dem Fenster auf die weitläufige, eintönige Landschaft unter ihnen schaute. Gerade waren sie über die Ayrshire Hills geflogen. Vom Flugzeug aus wirkten die Hügel wie verwitterte, zerklüftete Felsformationen. Zu allen Seiten erstreckte sich weithin trockenes Grasland in unterschiedlichen Schattierungen von Gelb. Lyle entdeckte vereinzelte Windmühlen, die Wasser aus dem Boden pumpten und in Viehtröge leiteten. Er mochte immer noch nicht glauben, dass Rinder in solch karger Umgebung überleben konnten, aber immer wieder flogen sie über große Herden.

Lyle konnte nicht aufhören, an Marcus zu denken. Er wusste, Krampfattacken konnten gefährlich werden, da sie jederzeit unvermittelt auftraten. Wenn Marcus nicht in einer sicheren Umgebung und noch dazu allein war, mochte er sich gar nicht vorstellen, was ihm zustoßen konnte. Er hatte versucht, dem Jungen zu erklären, dass er sich in gewisse Situationen nicht begeben durfte, doch es war schwer, so etwas einem Jungen seines Alters klarzumachen. Kinder hatten den Blick für Gefahren nicht, wie Erwachsene ihn hatten.

Lyle hatte Alison erzählt, dass er seinen Sohn verloren hatte, also glaubte sie, das sei der Grund dafür, dass er sich die Behandlung von Kindern so schwer machte. Wenn sie ihn im Umgang mit einem kranken Kind beobachtete, entdeckte sie manchmal eine Spur quälender Traurigkeit in seinen Zügen. Er tat alles für seine Patienten, aber wenn er mit Kindern zu tun hatte, wurde er oft emotional. Tragischerweise waren kurz zuvor zwei kleine Jungen, beide aus Aborigine-Gemeinden, gestorben. Lyle hatte den Kindern zu helfen versucht – ein Vierjähriger war von einer Braunschlange gebissen worden, und ein Dreijähriger hatte eine Darmverschlingung gehabt –, aber nichts mehr tun können. Als er in den entlegenen Gegenden ankam, war es schon zu spät gewesen. Nach dem Tod des ersten Jungen trank er bis zur Bewusstlosigkeit und war mehrere Tage arbeitsunfähig. Nach dem Tod des zweiten Jungen wanderte er aufs offene Land. Als Lyle zwölf Stunden später immer noch nicht wieder zurück war, war Alison krank vor Sorge gewesen. Sie hatte gerade die Polizei und die Suchmannschaften alarmieren wollen, als er schließlich doch wieder auftauchte. Seit diesen beiden Vorkommnissen behielt sie ihn aufmerksam im Auge, wenn er mit kleinen Patienten zu tun hatte.

Lyle bemühte sich wirklich, aber er bekam Elena nicht mehr aus dem Kopf, nicht einen einzigen Moment lang. Im Laufe der Jahre hatte er sich mit der Tatsache abgefunden, dass er sie nie mehr wiedersehen würde, hatte sich Millie und Jamie zuliebe gezwungen, seine geheimsten Wünsche zu unterdrücken, aber jetzt kamen die alten Gedanken und Hoffnungen mit voller Wucht zurück. Immer wieder hatte er ihr Bild vor Augen. Was ihn irritierte, war nur, wie Elena sich verändert hatte. Wenn er sich vorgestellt hatte, dass das Schicksal sie doch wieder zusammenführte, flog sie glücklich in seine Arme. Doch selbst in seinen wildesten Träumen hatte er ihre tatsächliche Reaktion nicht vorhergesehen. Er zog den Schluss, dass sie weit mehr verletzt war, als er angenommen hatte. Lyle fühlte sich vollkommen deprimiert. Es war so niederschmetternd, nicht zu wissen, welcher Weg jetzt der richtige war.

In der kommenden Zeit kam Lyle sehr häufig ins Krankenhaus von Winton. Jedes Mal erkundigte er sich nach Marcus, aber weil der Junge keinen weiteren Anfall mehr gehabt hatte, war er nicht wieder im Hospital gewesen. Lyle war froh, dass er bei guter Gesundheit war, aber er hoffte auch, Elena wiederzusehen. Diese eine kurze Begegnung hatte sein Leben erneut verändert. Er hatte sie so sehr geliebt, und er liebte sie immer noch. Hätte er mit Sicherheit gewusst, dass sie glücklich war, wäre ihm das Leben ohne sie vielleicht leichter gefallen. Aber er wusste es nicht mit Sicherheit, und deshalb sorgte er sich. Tief im Innern spürte Lyle, dass etwas in Elenas Leben nicht in Ordnung war. Und das Schwerste für ihn war, dass er glaubte, nichts für sie tun zu können.

Schließlich entschied Lyle, Elenas Wünsche zu respektieren und sich von ihr fernzuhalten. Wenn das das Einzige war, was er für sie tun konnte, musste er es gründlich tun. Er musste sein Leben weiterleben und sie in Ruhe lassen. Auf eine seltsame Weise war dieser Entschluss wie ein Stein, der ihm vom Herzen fiel. Lyle wusste jetzt, dass seine Liebe zu Elena der Grund dafür war, dass er sich in seiner Beziehung zu Millie immer zurückgehalten hatte, und jetzt passierte dasselbe wieder – mit Alison. Er musste sich ändern, sonst würde sich alles wiederholen, und das wegen einer Frau, die er niemals würde haben können.

Im Laufe der nächsten Wochen wurde Lyle Alison gegenüber langsam herzlicher und zärtlicher, und wie er erwartet hatte, reagierte sie darauf. Sie kamen sich näher und sprachen sogar über eine gemeinsame Zukunft. Eines Abends lud er sie zu einem romantischen Abendessen bei Kerzenschein an einem ganz besonderen Platz außerhalb der Stadt ein. Auf einer Bodenerhebung breitete er eine Decke aus, von dort hatten sie einen traumhaften Blick auf die mondbeschienene Landschaft und die Lichter der Stadt. Millionen von Sternen standen am nächtlichen Himmel. Lyle hatte nicht vorgehabt, Alison einen Heiratsantrag zu machen, aber als er sie küsste, ging er völlig in diesem Augenblick auf. So viele Jahre hatte er ehrliche Zuneigung vermisst, und schließlich traf er eine Entscheidung.

»Willst du mich heiraten, Alison?«, fragte er zärtlich.

Alison sah Lyle einen Moment verblüfft an, doch dann konnte sie ihre Begeisterung nicht mehr zurückhalten. »Ja!«, rief sie. »Ja, Dr. MacAllister, das will ich, das will ich wirklich!«

Am Wochenende darauf gab Reverend Flynn eine Verlobungsparty für sie. Lyle hatte Alison einen Ring gekauft, und sie beschlossen, sechs Monate später zu heiraten. Lyle war glücklich, aber er konnte nicht verhindern, dass Elena ihm immer wieder in den Sinn kam. Sie ließ ihn einfach nicht los. Er betete inbrünstig, dass sein Herz und sein Verstand eines Tages frei sein würden.

Seit Elena wusste, dass Marcus an einem Kalziummangel litt, machte sie sich große Vorwürfe. Sie glaubte, ihre schlechten Essgewohnheiten während der Schwangerschaft wären womöglich dafür verantwortlich. Eines Tages besprach sie ihre Bedenken mit Luisa.

»Erst war ich krank, und dann stand ich so unter Druck, Mamma, ich war so unglücklich, und ich habe nicht ordentlich gegessen. Vielleicht bin ich ja schuld daran, dass Marcus diese Krampfanfälle hatte.«

»Nein, Elena. Ganz bestimmt nicht. Es ist einfach so, wie es ist, und den Grund dafür werden wir vielleicht nie erfahren«, versicherte ihr Luisa.

Dr. Thompson hatte Elena eine Liste mit Nahrungsmitteln gegeben, die Marcus besonders häufig zu sich nehmen sollte, darunter Käse, Tunfisch, grünes Blattgemüse, Mandeln und Milch. Also gab sie ihm viel Käse und Milch und kaufte Dosentunfisch, damit ihre Mutter ihrem Enkel während der Woche Tunfischsandwiches für die Schule machen konnte. Auch an den Wochenenden drängte sie ihn dazu, mehr Milch zu trinken, doch über die extra Milch machten sich oft Dominic und Maria her, sodass für Marcus wenig übrig blieb. Am schlimmsten war, ihn zu seiner täglichen Ration Lebertran zu nötigen.

Aldo ließ Marcus an den Wochenenden immer noch hart arbeiten, und Elena machte sich ständig Sorgen um ihn. Wenn er allein im Stall war, ging sie ständig nach ihm sehen, und dafür erntete sie erneut abfällige Bemerkungen von Aldo. Er meinte, sie würde den Jungen mehr verhätscheln denn je.

»Wir können Marcus nicht in Watte packen«, sagte Aldo bissig, als Elena sich eines Freitagabends, als es schon dunkel wurde, darüber sorgte, dass Marcus noch nicht zum Essen hereingekommen war.

Er war müder als sonst gewesen, als er von der Schule nach Hause kam, aber er traute sich nicht, Aldo zu fragen, ob er sich erst ein wenig ausruhen dürfe. Elena wusste, dass Aldo Recht hatte.

Sie konnten Marcus nicht immer beschützen, aber das hielt sie nicht davon ab, sich eine halbe Stunde später, als er noch nicht zurück war, auf die Suche zu machen. Elena hielt es nicht länger aus. Sie ließ alles stehen und liegen und ging zu den Ställen. Aldo stand auf der Veranda und rief ihr hinterher, sie solle zurückkommen, aber sie beachtete ihn nicht. Tief im Innern spürte sie, dass etwas nicht in Ordnung war.

Sie sah sich zunächst auf dem Hof um, dann machte sie sich zum Pferdestall auf. Elena rief, aber Marcus antwortete nicht. Sie brauchte eine Weile, bis sich ihre Augen an das dämmrige Licht im Stall gewöhnt hatten, dann sah sie in jeden Winkel. Vielleicht ist er zum Bohrloch gegangen, um Wasser für die Tröge zu holen, dachte sie. In diesem Augenblick erregte etwas ihre Aufmerksamkeit, das zwischen den Latten einer der Pferdeboxen herausragte. Es dauerte ein paar Sekunden, bis Elena bewusst wurde, dass es ein Schuh war, Marcus' Schuh.

»Marcus«, schrie sie und rannte zu ihrem Sohn. Er lag in der Box. Das Pferd, das dort stand, war unruhig. Es schnaubte und stampfte mit dem Vorderhuf gefährlich nah an Marcus' Kopf auf den Boden. Elena packte die Beine ihres Sohns und zog ihn heraus, während sie beruhigend auf das erschreckte Tier einredete. Elenas Herz raste vor Angst. »Marcus«, schrie sie noch einmal. Offenbar hatte er wieder einen Krampfanfall gehabt, er war immer noch ganz benommen. An seinem Kopf war eine große Beule. Elena rannte zur Stalltür und rief nach Aldo, der gelassen angelaufen kam.

»Bestimmt ist er von dem Pferd getreten worden«, sagte sie angsterfüllt.

Elena rechnete mit dem Schlimmsten. Sie stellte sich vor, Marcus könnte eine Hirnverletzung erlitten haben, einen Schädelbruch oder eine Hirnblutung.

»Schon möglich«, sagte Aldo. »Oder vielleicht hat er auch nur um sich geschlagen und sich den Kopf an der Stallwand angestoßen.«

»Ich wusste, dass etwas nicht stimmte, und wegen dir habe ich eine halbe Stunde gewartet, ehe ich nachsehen ging«, jammerte Elena. »Ich hätte nicht auf dich hören sollen. Die ganze Zeit hat er bei dem Pferd in der Box gelegen. Das Tier hätte ihn zu Tode trampeln können.«

»Hat es aber nicht, Elena, und wenn du hysterisch wirst, hilfst du Marcus auch nicht«, fuhr Aldo sie an.

Aldo hob Marcus hoch und trug ihn zum Haus. Elena war wütend, aber sie folgte ihm, ohne ein Wort zu sagen. Im Haus legte Aldo Marcus aufs Sofa. Elena versuchte, mit ihrem Sohn zu sprechen, aber es kamen nur unzusammenhängende Antworten von ihm.

»Das ist nicht gut, Aldo. Irgendwas stimmt da nicht.«

Selbst Aldo schien jetzt ein wenig besorgt. »Ruf die Fliegenden Ärzte über Funk«, schlug er vor.

Elena geriet in Panik. Lyle war nun wirklich der Letzte, den Aldo kennenlernen sollte. »Es dauert zu lange, bis die hier sind. Können wir ihn nicht ins Krankenhaus bringen?«, fragte sie in ihrer Not. »Das ginge schneller.«

»Der Wagen holpert sehr, und langsam ist er auch«, sagte Aldo. »Aber wenn du das für das Beste hältst, spanne ich das Pferd an.«

»Ja«, sagte Elena. »Ich hole etwas Weiches, damit wir Marcus darauflegen können.«

Dr. Thompson war relativ sicher, dass Marcus einen Krampfanfall hatte und dann, als er um sich schlagend am Boden lag, von einem Pferd getreten worden war. »Es müssen spezielle Röntgenaufnahmen gemacht werden, aber das können wir hier nicht«, informierte er Aldo und Elena. »Ich denke, er sollte zum Röntgen ins Krankenhaus von Cloncurry.«

»Cloncurry«, sagte Elena und schaute verwirrt vom Arzt zu Aldo.

»Wie kriegen wir ihn in dem Zustand da hin?«, fragte Aldo.

»Die Fliegenden Ärzte werden ihn abholen«, antwortete Neil.

Elenas Herz setzte beinahe aus. Sie sank auf einen Stuhl neben Marcus. Er war nicht mehr ganz so benommen, aber er hatte starke Kopfschmerzen. Neil war überzeugt davon, dass der Grund eine Gehirnerschütterung war.

»Wenn es denn sein muss, dann muss es eben sein«, sagte sie niedergeschlagen.

Jetzt war nur noch wichtig, dass Marcus wieder gesund wurde. Sie befürchtete immer noch eine Hirnblutung, was auch Neil nicht für unwahrscheinlich hielt, also wollten sie ihn unter genauester Beobachtung behalten.

Aldo brachte Dominic und Maria mit dem Pferdewagen zu Luisa und Luigi und fuhr zurück nach Barkaroola. Elena blieb bei Marcus im Krankenhaus. Die Fliegenden Ärzte wurden verständigt, und man versprach, Marcus werde gleich früh am Morgen abgeholt. Mrs. Montgomery war sich nicht sicher, welcher der beiden Ärzte vom Service kommen würde. Es hing davon ab, was die beiden jeweils zu tun hatten.

Elena hoffte inständig, es wäre nicht Lyle. Sie lief zu ihren Eltern, um zu berichten, was passiert war, dann kehrte sie wieder ins Krankenhaus zurück. Sie saß die ganze Nacht am Bett ihres Sohnes und machte kein Auge zu.

26

Millie hatte eine Passage für die Überseefahrt des Ozeandampfers *S. S. Orontes* gebucht. Kaum waren sie aus dem Hafen von Southampton ausgelaufen, wurde sie schon seekrank. Während der nächsten zehn Tage dachte sie, sterben zu müssen, auch wenn ihr der Schiffsarzt täglich versicherte, das werde nicht passieren. Sie konnte nur noch denken, dass sie mit dieser Schiffsreise ans andere Ende der Welt auf der Suche nach Lyle einen schrecklichen Fehler gemacht hatte, denn er würde nun nie mehr davon erfahren, weil sie auf See bestattet würde. Millie betete um ein Wunder, und das stellte sich schließlich ein, als sie auf dem Weg in die südliche Hemisphäre den Äquator überquerten und sie seefest wurde. Mit dem wärmeren Wetter und der wiedergefundenen Gesundheit stellte sich auch wieder die Entschlossenheit ein, ihren Ehemann zurückzugewinnen. Von dem Moment an genoss Millie die Reise.

An Bord der *Orontes* befand sich auch das englische Kricketteam mit dem charismatischen Mannschaftskapitän Douglas Jardine, und so war die Stimmung unter den auswandernden Passagieren patriotisch hoch. Es gab ständig Partys und somit nie einen langweiligen Moment. Das Team war auf dem Weg zu einem Rückspiel in Australien, um eine empfindliche Schlappe wiedergutzumachen, die die Engländer zwei Jahre zuvor durch das australische Team erlitten hatten; damals war Schläger Donald Bradman verantwortlich dafür, dass seine Mannschaft gut tausend Läufe in dem Match errungen und so sensationell die Trophäe im regelmäßig zwischen Australien und England ausgetragenen

Kampf eingeheimst hatte. Die Saison 1932 bekam den unrühmlichen Beinamen Bodyline Tour, denn die englischen Werfer hatten sich die zwar nicht verbotene, aber auch moralisch nicht ganz einwandfreie Strategie zurechtgelegt, auf den Schlagmann statt auf das Mal zu zielen.

Nachdem Millie in Brisbane von Bord gegangen war, bestieg sie die viel kleinere *S. S. Mary-Kaye*, ein Frachtschiff, das entlang der australischen Küste auch Passagiere beförderte. Die *Mary-Kaye* fuhr an der Ostküste Richtung Norden, Millies Zielhafen war die Stadt Townsville. Die Fahrt dauerte drei Tage und war alles andere als komfortabel. Der Motor war laut und stieß ständig Rauch aus, sodass die Kabinen voller Dampf waren. Weder mochte Millie die Mannschaft noch vertraute sie ihr; sie nannte die Leute schäbige Ausländer ohne Begabung fürs Englische. Das Essen war fettig und seltsam gewürzt, also in ihren Augen ungenießbar, und die Kabinen waren weder sehr sauber noch bequem. Erschwert wurde alles noch dadurch, dass sich Millie aufgrund von Sprachschwierigkeiten und einer Verwechslung bei der Buchung ihr beengtes Quartier mit einer dicken, ständig stark schwitzenden Frau teilen musste. Als sie schließlich von Bord der *Mary-Kaye* ging, schwor Millie sich, für sehr, sehr lange Zeit kein Schiff mehr zu besteigen.

Elena hatte die ganze Nacht gebetet, dass nicht Lyle sie abholen würde, aber am nächsten Morgen bewahrheiteten sich ihre Befürchtungen. Marcus war begeistert, Lyle wiederzusehen, soweit das sein Zustand zuließ, und es war offensichtlich, dass seine Gefühle erwidert wurden. Elena verschlug es die Sprache, als sie sah, wie freundschaftlich und vertraut ihr Sohn und sein leiblicher Vater miteinander umgingen. Ihr gegenüber war Lyle höflich, aber distanziert, er sprach sie sogar mit Mrs. Corradeo an. Auch wenn sie erleichtert war, dass er vor Marcus diese Haltung annahm, stürmten doch ganz gemischte Gefühle auf Elena ein.

Marcus wurde zusammen mit Lyle hinten im Flugzeug untergebracht, Elena sollte sich zum Piloten nach vorn setzen. Als sie auf den Sitz kletterte, erlebte sie die Überraschung ihres Lebens.

»Sie sind eine Frau«, platzte Elena heraus.

»Ja, jedenfalls als ich das letzte Mal nachsah«, sagte Alison. Sie nahm Elena ihre Reaktion nicht übel, denn so reagierten die Leute ständig. »Alison Sweeney heiße ich.«

Elena fand das schroffe Benehmen der Frau seltsam. »Ich bin Elena Corradeo. Tut mir leid, wie ich reagiert habe, aber ich hatte nicht mit einer Pilotin gerechnet, vor allem nicht mit einer Pilotin, die für eine Organisation wie die Fliegenden Ärzte arbeitet.«

»Wieso nicht? Wir sind genauso klug und fähig wie Männer«, erwiderte Alison. Sie ging die Instrumente zur Vorbereitung des Starts durch.

»Da gebe ich Ihnen von ganzem Herzen Recht, und das würden die meisten anderen Frauen auch, aber wir haben eben nicht dieselben Chancen«, konterte Elena. »Und in einer Kleinstadt ist es noch schwieriger.«

»Das stimmt«, meinte Alison grinsend. »Wir müssen fünfzig Prozent besser sein als ein Mann im selben Job, nur damit man uns erlaubt, den Job zu machen, aber wir müssen eben weiter an der Emanzipation arbeiten, wie das unsere Pioniervorfahren gemacht haben. Alles anschnallen, wir starten jetzt.«

Als das Flugzeug die kleine Startbahn hinter dem Krankenhaus entlangfuhr, versuchte Elena, sich zu beruhigen. Es war der erste Flug ihres Lebens, und sie wollte ihn, soweit die Sorge um Marcus das zuließ, genießen. Wieder dachte sie an den Moment, als sie Marcus erzählt hatte, sie würden mit dem Flugzeug ins Hospital von Cloncurry fliegen. Und während sie sich davor gefürchtet hatte, Lyle wiederzusehen, war Marcus total begeistert gewesen. Für eine Weile hatte er sogar seine starken Kopfschmerzen vergessen.

»Und, freust du dich schon auf den Flug?«, hörte sie jetzt Lyle hinten im Flugzeug Marcus fragen.

»Und wie ich mich freue«, meinte Marcus und grinste von

einem Ohr bis zum anderen. »Dass ich jetzt fliegen darf, dafür hat sich die Beule am Kopf wirklich gelohnt.«

Lyle lachte, aber Elena krampfte sich das Herz zusammen, als sie die Bemerkung ihres Sohns hörte. Sie bekam die Vorstellung einfach nicht mehr aus dem Kopf, dass er in dem Stall, in dem er seinen letzten Anfall gehabt hatte, von dem verschreckten Pferd hätte getötet werden können.

»Jetzt werde ich es bald genau wissen, wie das als Fliegender Arzt so ist«, sagte Marcus zu Lyle.

Als die Maschine abhob, schaute Alison über die Schulter zurück zu Lyle. »Haben Sie mal wieder neues Personal angeworben, Dr. MacAllister?«

»Ja, hab ich«, verkündete Lyle stolz. »Ich glaube, ich habe hier einen ausgezeichneten Kandidaten für einen künftigen Fliegenden Arzt.«

Elena warf einen Blick auf Marcus. Er schaute mit tiefer Bewunderung zu Lyle auf. Sie musste wegsehen. Ihr Sohn war offensichtlich glücklich, und Lyles Glaube an ihn hatte ihm Auftrieb gegeben. Wenn sie sich darüber auch freute, musste sie doch daran denken, dass er in den Augen des Mannes, den er für seinen Vater hielt, ein Versager war. Was für eine Ironie des Schicksals.

Elena schaute nachdenklich aus dem Flugzeugfenster. Auf einmal geschah etwas Unerwartetes. Sie nahm ihr Leben mit einem völlig neuen Blick wahr. Auf Barkaroola hatte sie sich immer isoliert und gefangen gefühlt, aber als sie die Landschaft jetzt aus der Höhe betrachtete, verstand sie, dass diese Gefühle ihrer seelischen Verfassung entsprangen, aber nichts mit der Geografie des Landes zu tun hatten. Ursache ihrer Traurigkeit war die verheerende Einsamkeit in ihrer Ehe, nicht das weitläufige und wunderschöne Land, das jetzt ihr Zuhause war.

Auch Marcus hatte die Nase gegen die Scheibe gepresst. Er war völlig begeistert von der Aussicht. Die Welt öffnete sich für ihn, und mit dieser Öffnung entdeckte er so viele wunderbare Möglichkeiten für sich. Auf einmal sah er seine Anfälle nicht mehr nur als Unglück. Der Flug war für ihn ein Geschenk, das er niemals vergessen würde.

Über dem Brummen des Motors hörte Elena Lyle und Alison miteinander sprechen. Sie redeten über allerlei, das sie noch erledigen mussten, über Patienten, die sie am Vortag besucht hatten, und über das, was an diesem Tag anstand. Es war nichts Ungewöhnliches, dass zwei Kollegen so miteinander redeten, aber in ihrem Geplauder lag eine ganz besondere Leichtigkeit und Vertrautheit. Es war offensichtlich, dass die beiden eine sehr enge Arbeitsbeziehung zueinander unterhielten. Alison sprudelte über vor Fröhlichkeit, und Elena konnte sich gut vorstellen, dass sich die Leute von ihrem Wesen angezogen fühlten. Sie war groß und hatte eine gute Figur, und mit dem lockigen blonden Haar, den leuchtend grünen Augen und dem strahlenden Lächeln würden vor allem Männer sie attraktiv finden, sogar verheiratete Männer wie Lyle. Dass sie Pilotin war, machte sie vermutlich nur umso anziehender.

Elena verspürte einen schmerzhaften Stich. Lyle … Sie hatte ihn seit Kriegsende nicht mehr gesehen, und ihre letzte Begegnung war genauso heftig und intensiv gewesen wie ihre Affäre. Es fühlte sich an, als sei es erst gestern gewesen Und jetzt flirtete er mit seiner hübschen Pilotin. Obwohl es moralisch nicht richtig war, merkte Elena so etwas wie Eifersucht in sich aufsteigen. Sie sah Alison an. Lyle musste sie einfach aufregend finden. Plötzlich fiel Elena ein Ring am Finger der Pilotin auf.

»Das ist ein wunderschöner Ring, Miss Sweeney«, sagte sie. Ihre weibliche Neugier war geweckt. »Sind Sie verlobt?«

»Ja, das bin ich.« Alison hob die Hand, und das durchs Fenster hereinströmende Sonnenlicht brachte den kleinen Diamanten zum Funkeln. »Ich bin mit einem wunderbaren Mann verlobt. Er kann bisweilen ein wenig griesgrämig und steif sein, und er ist nicht so oft zu Abenteuern aufgelegt wie ich, aber wenn er sich entspannt, kann es herrlich komisch mit ihm sein«, sagte sie. Mit süffisantem Lächeln auf den Lippen schaute sie über die Schulter zurück. »Stimmen Sie mit der Beschreibung meines Verlobten überein, Dr. MacAllister?«

Reverend Flynn hatte Lyle und Alison gebeten, diskret zu bleiben und weder mit Patienten noch mit Verwandten über ihre Beziehung zu sprechen. Erst wenn sie verheiratet wären, dürften sie mit seinem Segen an die Öffentlichkeit gehen, hatte er gesagt.

»Ich stimme darin überein, dass man viel Spaß mit ihm haben kann und dass er ein wunderbarer, ein ganz wunderbarer Mann ist«, erklärte Lyle begeistert. »Aber steif und griesgrämig würde ich ihn ganz gewiss nicht nennen«, fügte er leicht empört hinzu.

»Ach, nicht? Nicht einmal bisweilen?«, erkundigte sich Alison mit hochgezogener Augenbraue.

»Nein. Ich sehe ihn als tiefschürfenden Denker, als Mann von großem Verständnis. Ich mag ihn sehr.«

»Tatsächlich?«, fragte Alison lachend.

»Ja, tatsächlich. Wenn ich mich recht erinnere, haben Sie mir doch erzählt, dass er ohne zu zögern auf einem einhöckrigen, ziemlich mürrischen Tier mehrere Meilen weit in die Wildnis geritten ist, und dabei hatte er doch nie zuvor auf einem Kamel gesessen, oder? Na, wenn das kein Abenteuer ist«, meinte Lyle.

Alison warf Elena einen schelmischen Blick zu. Offensichtlich fand diese ihr Gespräch reichlich seltsam. »Na ja, das mit dem Kamel stimmt schon irgendwie. Allerdings, wenn ich Sie da verbessern darf, ist es ein ganz und gar friedliches Geschöpf gewesen«, gab Alison zu bedenken. »Aber ich glaube, Dr. MacAllister, Sie sind in dem Punkt wohl nicht völlig objektiv«, fügte sie hinzu. »Und der Kamelritt ist höchstwahrscheinlich das Abenteuerlichste, was mein Verlobter je zuwege gebracht hat.«

Lyle lachte. »Ich bin sicher, das stimmt so nicht«, erwiderte er.

Elena schaute wieder aus dem Fenster. Lyle kannte Alisons Verlobten anscheinend sehr gut. Er sprach so fröhlich und unbeschwert über ihn. Sie musste an den Tag des Waffenstillstands denken, als sie und Lyle sich in Mrs. Blinkys Haus zum ersten Mal geliebt hatten. An dem Tag war sie mit Marcus schwanger geworden. Elena hielt den Kopf von Alison weggedreht. Die junge Pilotin sollte die Tränen nicht bemerken, die ihr übers Gesicht liefen.

Im Krankenhaus von Cloncurry veranlasste Lyle gleich die Röntgenaufnahmen für Marcus. Alison hatte sie vom Flughafen hingefahren und war dann ins Büro der Fliegenden Ärzte zurückgekehrt, um Papierkram im Zusammenhang mit dem Flugzeug zu erledigen. Sie hatte versprochen, sie für den Rückflug wieder abzuholen.

»Sollen wir nicht inzwischen eine Tasse Kaffee trinken gehen?«, schlug Lyle vor, nachdem Marcus auf einer Trage ins Röntgenzimmer gebracht worden war.

Elena zögerte. »Ich würde lieber hier warten …« Sie deutete auf das kleine Wartezimmer.

Lyle ging auf ihren schwachen Protest nicht ein, sondern führte sie den Flur zur Cafeteria hinunter. »Ein Kaffee täte dir sicher gut«, sagte er. »Du hast heute bestimmt noch keinen gehabt, habe ich Recht?«

Elena nickte und gab nach. In angespanntem Schweigen saßen sie da, während sie an ihrem Kaffee nippten.

»Marcus hat mir erzählt, dass er einen Bruder und eine Schwester hat«, sagte Lyle schließlich.

Elena nickte wieder, aber nun war sie auf der Hut. Sie wollte mit Lyle weder über ihre Familie noch über sonst etwas Persönliches reden.

»Marcus ist ein richtiger Prachtjunge. Ich glaube, er kommt ganz nach dir«, fügte Lyle hinzu.

Elena hatte den Eindruck, eine Spur von Traurigkeit in seinem Blick zu sehen, eine gewisse Wehmut vielleicht beim Gedanken an das, was hätte sein können. Aber schließlich hatte er sie ja wegen einer anderen Frau verlassen.

»Er ist ein wunderbarer Sohn. Ich bin sehr stolz auf ihn«, antwortete sie und schaute hinunter auf das karierte Tischtuch. Sie schwieg eine Weile, dann traute sie sich wieder, Lyle anzusehen. Er schaute aus dem Fenster der Cafeteria, als sei er in Gedanken plötzlich tausend Meilen weit weg. »Hast du einen Sohn oder eine Tochter bekommen, damals?«, erkundigte Elena sich, ärgerte sich jedoch im selben Moment, dass sie gefragt hatte.

»Einen Sohn«, antwortete Lyle. Er starrte mit einem seltsamen Gesichtsausdruck, den Elena nicht deuten konnte, in die Ferne.

»Er ist bestimmt auch ein prächtiger Bursche«, sagte sie und dachte, sein Sohn ist nur wenige Monate älter als Marcus und bestimmt das Ebenbild seines Vaters. Zum ersten Mal wurde ihr bewusst, dass die beiden Jungen Halbbrüder waren. Mit tiefem Schmerz im Blick wandte sich Lyle ihr jetzt wieder zu. »Stimmt was nicht, Lyle?«, fragte Elena.

»Vergangenes Jahr im Mai habe ich meinen Sohn verloren, Elena«, sagte Lyle, seine Stimme war vor Kummer ganz rau.

Elena hielt die Luft an, ihre Hand fuhr zu ihrem Mund. »O mein Gott! Das tut mir so leid, Lyle.«

»Es war die schlimmste Zeit meines Lebens«, gab Lyle zu. »Um ehrlich zu sein, ich weiß gar nicht, wie ich das überhaupt durchgestanden habe.«

»Was … ist denn passiert?«, fragte sie, fügte aber gleich an: »Entschuldige, du willst wahrscheinlich nicht darüber reden, das verstehe ich voll und ganz.«

Lyle holte tief Luft und seufzte gequält, dann sah er wieder aus dem Fenster. Es fiel ihm immer noch unglaublich schwer, über Jamie zu reden.

»An seinem zwölften Geburtstag fiel Jamie vom Fahrrad und wurde von einem Lieferwagen überfahren. Ich bin Arzt, aber ich konnte nichts mehr für ihn tun, Elena. Du hast ja keine Ahnung, wie hilflos und nutzlos ich mir vorkam.«

Elenas Gedanken waren in Aufruhr. Armer Lyle, dachte sie, wie kann ich dich nur trösten? Sie konnte sich die Tiefe seines Schmerzes kaum vorstellen. Allein schon der Gedanke, sie könne eines ihrer Kinder verlieren, war qualvoll.

»In der Situation hätten sich alle Eltern so gefühlt, Lyle«, sagte sie.

»Er hatte versprochen, nicht auf der Fahrbahn zu fahren … aber du weißt ja, wie Kinder sind. Sie haben einfach kein Gespür für die Gefahr.«

Elena nickte und berührte instinktiv Lyles Hand. Es war so schön, ihn wieder zu berühren, aber sie spürte den Kummer in seinem Herzen. Am liebsten hätte sie ihn umarmt.

»Ich habe Jamie das Rad zum Geburtstag geschenkt, Elena. Er hat sich so gefreut. Meine letzte Erinnerung an ihn ist die große Freude auf seinem Gesicht, als er auf diesem verdammten Fahrrad wegfuhr. Hätte ich es bloß nicht gekauft …«

»Du darfst dir nicht die Schuld daran geben, Lyle«, sagte Elena. »Aber mir ist schon klar, dass Eltern so etwas instinktiv tun. Ich gebe mir ja auch die Schuld an den Krampfanfällen von Marcus.«

»Dafür kannst du wirklich nichts, Elena«, nahm Lyle sie sofort in Schutz.

»Ich frage mich immer wieder, ob wohl meine Ernährung während der Schwangerschaft zu diesen Krämpfen führte.«

»Mein eigener Sohn hatte auch diese Krampfanfälle, Elena. Keiner hat Schuld daran.«

»Hast du noch mehr Kinder, Lyle?«

Wieder schaute Lyle in seine Tasse. »Nein. Millie hatte eine schwere Niederkunft«, sagte er ruhig.

»Oh«, meinte Elena, die seine bittere Enttäuschung spürte. »Ihr müsst euren Sohn beide schrecklich vermissen, vor allem, weil er doch euer einziges Kind war. Es tut mir so leid, Lyle, für euch beide.«

»Es war danach zwischen uns nie wieder so wie vorher.«

Wieder sah Lyle aus dem Fenster. Er hatte das Bedürfnis zu sagen, er habe Millie nur geheiratet, weil sie mit Jamie schwanger war, aber das war zu gefühllos. Und weshalb er Elena verlassen hatte, brauchte er ihr nun wirklich nicht ins Gedächtnis zu rufen.

Elena fiel auf, dass Lyle in der Vergangenheit gesprochen hatte. Oder hatte sie das vielleicht missverstanden? »Ihr seid doch noch zusammen, oder, Lyle?«

Er schüttelte den Kopf. »Ich habe die Scheidung von Millie in die Wege geleitet. Sie weiß nicht, dass ich in Australien bin.« Einen kurzen Moment lang keimte Hoffnung in Elena auf. War er vielleicht nach Australien gekommen, um nach ihr zu suchen, um ihr zu sagen, dass sie damals einen Fehler gemacht hatten? Aber das schlechte Gewissen holte sie schmerzhaft wieder auf die Erde zurück. Wie sollte sie etwas Mitfühlendes über seine bevorstehende Scheidung sagen, ohne darüber zu sprechen, dass ihrer beider Leben tragisch und eine Enttäuschung gewesen war? Sie begriff auch nicht, wie Lyle es fertiggebracht hatte, Millie nach dem Verlust des gemeinsamen Sohnes zu verlassen. Ihre Ehe musste sehr schnell sehr unglücklich geworden sein. »Hoffentlich sind die Scheidungspapiere da, ehe Alison und ich heiraten wollen«, fügte Lyle hinzu.

Elena riss die Augen auf und zog ihre Hand zurück. *»Du* … bist Alisons Verlobter?«

»Ja. Wir haben uns vor Kurzem verlobt. Wir sind ganz verschieden, aber das Zusammensein mit ihr ist ein großes Vergnügen, und sie scheint mir gutzutun.«

Elena hatte das Gefühl, als hätte ihr jemand ein Messer ins Herz gestoßen, aber irgendwie gelang es ihr, verständnisvoll zu lächeln. »Ich hoffe, du wirst sehr glücklich, Lyle«, sagte sie.

»Danke, Elena. Ich hoffe, du bist auch glücklich«, erwiderte Lyle. »Das bist du doch, oder?«

Elena spürte, wie die Lüge, die sie jetzt aussprechen musste, ihr die Röte ins Gesicht trieb. »Ja … natürlich«, stammelte sie und schaute wieder aufs Tischtuch hinunter, um Lyles prüfendem Blick zu entgehen. »Mein Mann arbeitet hart. Er gibt sein Bestes für uns, und wir haben drei wunderbare Kinder.« Zu sagen, dass sie Aldo liebte, brachte sie nicht über sich. Nicht jetzt, wo ihre wahre Liebe ihr gegenübersaß.

»Das freut mich für dich, Elena. Der Gedanke daran, dass du unglücklich bist, wäre unerträglich für mich.«

Elena zwang sich zu lächeln, war jedoch nicht in der Lage, auf Lyles Worte etwas zu erwidern.

27

Die kleine Stadt Cloncurry mit ihren etwa tausend Einwohnern wimmelte vor reger Geschäftigkeit, als Millie mit dem Nachtzug aus Townsville dort eintraf. Verblüfft blieb sie an einem Zeitungsstand stehen. Sie erfuhr aus den Schlagzeilen, dass die beiden Banken der Stadt, die Queensland National Bank und die Bank of New South Wales, in derselben Nacht ausgeraubt worden waren. Sie hatte sich schon gefragt, weshalb sich im Zug so viele Polizeibeamte befanden und wieso sie alle in dieser Stadt ausgestiegen waren. Sie konnte sich nur darüber wundern, weshalb ihr Lyle in einer Stadt lebte, in der die Diebe derart dreist waren.

Cloncurry war nach Lady Kathleen Cloncurry benannt worden, die ursprünglich aus der Grafschaft Galway in Irland stammte. Sie war eine Kusine des berühmten australischen Forschungsreisenden Robert O'Hara Burke, der 1860/1861 mit drei weiteren Männern Australien von Melbourne aus bis zum Golf von Carpentaria durchquert hatte. Die Stadt lag an einem Fluss, der ebenfalls Cloncurry hieß, den die Einheimischen der Einfachheit halber jedoch Curry nannten. Er führte allerdings nur zur Regenzeit Wasser.

Nach der langen Zugfahrt von Townsville aus nach Cloncurry fühlte sich Millie völlig ausgetrocknet. Sie brauchte dringend eine Erfrischung. Millie betrat ein Café und setzte sich an einen Tisch gegenüber einem ältlichen Paar. Gleich beklagte sie sich über das heiße Wetter. Da es erst Frühlingsanfang war und nach den Maßstäben der Australier alles andere als heiß, sahen die beiden älteren Leute sie verblüfft an.

»Sie sind wohl nicht von hier, oder?«, fragte der Mann. »Im Jahr 1889 waren es hier knapp neunundvierzig Grad. So heiß war es seitdem nicht mehr, aber ab und zu kommt es dem schon ganz schön nah.«

Ungläubig schnappte Millie nach Luft. »Bei so einer Hitze käme ich mir ja vor wie ein Hühnchen, das im Ofen brät«, sagte sie. Wieder fragte sie sich, wieso Lyle aus Schottland fortgegangen war, um an einem derart fürchterlichen Ort zu leben.

»Man gewöhnt sich dran«, sagte der Mann, der das Interesse an dem Thema verlor und sich einem Artikel über den Bankraub in seiner Zeitung zuwandte.

»Wie ich sehe, hatten Sie eine ziemliche Aufregung hier«, meinte Millie mit einer Spur Sarkasmus und wandte sich an die Frau.

»Ja, das kann man wirklich sagen«, antwortete die ältere Dame, die sich nur allzu gern mit Millie unterhalten wollte.

Bereitwillig erzählte sie von den Raubüberfällen. Millie erfuhr, dass der Bankdirektor der Queensland National Bank eine Woche zuvor ans Two Mile Waterhole, einem kleinen See etwas außerhalb der Stadt, wie er es häufiger tat, zum Schwimmen gegangen war. Sein Badetuch, seine Kleidung und die Schlüssel zum Tresorraum der Bank legte er stets am Ufer ab. Man ging davon aus, dass eine noch nicht näher bekannte Person ihn dabei des Öfteren beobachtet und dieses Mal einen Wachsabdruck von den Tresorraumschlüsseln genommen hatte. Als eine Woche darauf fast die ganze Stadt im örtlichen Rathaus versammelt war, um die Ergebnisse der am Vortag abgehaltenen Wahlen zu erfahren, waren die Diebe in die Bank marschiert und hatten aus dem Tresorraum dreitausend Pfund in Scheinen entwendet. Der Direktor der Bank of New South Wales hatte seine Tresorraumschlüssel, als er zum Zweck einer Reise die Stadt verließ, beim Direktor der Queensland National Bank hinterlegt, und diese Schlüssel waren zur Sicherheit im Tresorraum aufbewahrt worden. Das entsprach der üblichen Vereinbarung zwischen den beiden Bankdirektoren. So nahmen die Diebe die Schlüssel und raubten auch die Bank of New South Wales aus, wobei sie elftausend Pfund in Scheinen erbeuteten. Ihre Dreistigkeit, ihr Glück und ihr planvolles Vorgehen wurden unter den Bewohnern der Stadt heiß diskutiert. Es war offensichtlich, dass die Bankräuber Mitglieder der kleinen Gemeinde waren, sie wussten zu viel über das Vorgehen und die privaten Vorlieben der Bankdirektoren, also spekulierten alle über ihre Identität.

Millie hörte der Dame interessiert zu und trank ihre Limonade aus, dann begab sie sich unverzüglich zum Büro der Fliegenden Ärzte. Sie hatte bereits beschlossen, sollte sie Lyle nicht dort antreffen, auf keinen Fall ihre Identität preiszugeben. Ihr Besuch sollte unbedingt eine Überraschung für ihn werden. Ihr war klar, dass es mehr als wahrscheinlich war, dass er sie nicht sehen wollte, also sollte er nicht vorgewarnt werden.

Millie unterhielt sich mit Reverend Flynn und erfuhr so, dass Lyle gerade nicht im Büro war. Sie war zwar enttäuscht, fand den Reverend aber sehr nett. Sie stellte sich als Miss McFadden vor, eine enge Freundin der Familie MacAllister.

»Tut mir leid, dass Sie Dr. MacAllister verpasst haben, Miss McFadden«, sagte der Reverend.

»Das tut mir auch leid, Reverend. Die Familie zu Hause möchte unbedingt wissen, wie es Lyle hier ergeht. Wann wird er denn zurück sein?«

»Das weiß ich nicht so genau, aber Miss Sweeney wird uns das sagen können«, antwortete der Reverend.

»Miss Sweeney?«, fragte Millie. Hatte sie eine Konkurrentin?

»Miss Sweeney ist die Pilotin, die Lyle zu den verschiedenen Einsatzorten fliegt«, erklärte ihr der Reverend.

Er steckte den Kopf in das Büro. Alison war dabei, die Eintragungen ins Bordbuch vorzunehmen. Sie war sehr gewissenhaft und präzise, was der Reverend schätzte. Verblüfft nahm Millie zur Kenntnis, dass Lyle von einer Pilotin durch die Landschaft geflogen wurde, einer alleinstehenden Frau, aber sie sagte nichts dazu.

»Lyle ist mit einem Patienten im Cloncurry Hospital«, erklärte

Alison dem Reverend, nachdem er sich erkundigt hatte. »Ich soll ihn gleich abholen und dann den Patienten zurück nach Winton fliegen.«

Der Reverend wandte sich an Millie. »Möchten Sie gern hier warten, Miss McFadden? Sie könnten ihn noch kurz sprechen, ehe er nach Winton fliegt, und vielleicht für später ein Treffen vereinbaren.«

»Ja, wenn das geht?«

»Entschuldigung, Reverend«, sagte Mrs. Montgomery und kam aus dem Funkraum, dessen Tür offen gestanden hatte. Sie warf Millie einen neugierigen Blick zu. »Ich hatte gerade einen Anruf vom Cloncurry Hospital.«

»Ist Dr. MacAllister fertig? Kann er abgeholt werden?«

»Nein, Reverend. Der Röntgenapparat im Krankenhaus hat seine Launen.«

»Was? Schon wieder!« Reverend Flynn mochte es kaum glauben.

»Ja, tut mir leid, Reverend. Mit Dr. MacAllister und seinem Patienten wird es also noch eine Weile dauern, vielleicht mehrere Stunden.«

»Tja, ich schätze, da kann man nichts machen«, sagte Reverend Flynn.

»Dr. Watson lässt fragen, ob Sie, Miss Sweeney, eventuell nach Winton zum Krankenhaus fliegen und dringend dort benötigte Arzneimittel abliefern könnten, während Sie auf Dr. MacAllister warten.«

»Ja, natürlich«, sagte Alison. »Das kann ich machen.«

»Sie können die Arzneimittel in zwanzig Minuten abholen«, fügte Mrs. Montgomery hinzu.

Der Reverend drehte sich zu Millie um. »Vielleicht könnten Sie ja inzwischen mit Lyle sprechen, Miss McFadden.«

»Ist es weit zu Fuß zum Krankenhaus?«, fragte Millie.

Auf einen Fußmarsch hatte sie nicht gerade Lust. Für die Verhältnisse in Queensland mochte es ja nicht warm sein, für sie war es das aber, vor allem, weil sie ihr hübschestes Kleid trug, das für das australische Klima völlig unpassend war.

»Sie müssen nicht laufen. Sie könnten bei Miss Sweeney mitfahren.«

»Oh, danke, Reverend. Sie sind wirklich sehr freundlich.«

Wenn alles verlief wie geplant, wenn also sie und Lyle wiedervereint waren, wollte sie sich, so nahm Millie sich vor, überschwänglich bei dem Reverend dafür entschuldigen, dass sie ihn in die Irre geführt hatte.

Im Krankenhaus zeigte Alison Millie den Weg zur Röntgenabteilung. »Da müssten Sie Lyle bei dem kleinen Patienten und seiner Mutter finden.«

»Danke«, sagte Millie zu Alison, die sich auf die Suche nach Dr. Watson machte.

Millie ging den Krankenhauskorridor zur Röntgenabteilung hinunter und spürte, wie ihre Nervosität stieg. Auf einmal bekam sie Angst vor Lyles Reaktion. Würde er sich freuen, wenn er sie sah? Wäre er anfangs schockiert, aber dann entzückt? Oder würde er wütend sein? Sie wusste nicht, was sie erwartete.

Millie hörte Lyles Stimme aus einem der Wartezimmer, noch ehe sie ihn sah. Sie blieb unmittelbar davor auf dem Flur stehen, holte tief Luft und fasste sich ein Herz. Gerade wollte sie die Türklinke herunterdrücken, als sie die weiche Stimme einer Frau hörte. Millie zögerte. Lyle schien sich mit dieser Frau zu unterhalten. Auf dem Weg ins Krankenhaus hatte sich Millie bei Alison nach dem Patienten erkundigt, den Lyle zum Röntgen in die Klinik gebracht hatte. Sie hatte erfahren, dass der Patient ein Junge im Teenageralter mit einer Kopfverletzung war. Alison erklärte, sie und Lyle seien an dem Morgen nach Winton geflogen, um den Jungen und seine Mutter abzuholen. Millie nahm an, dass die Frau, mit der Lyle sprach, die Mutter des Jungen war.

»Seit einiger Zeit braucht das Krankenhaus ein neues Röntgengerät«, sagte Lyle. »Ich glaube, wir werden wohl eine Spendenaktion auf die Beine stellen müssen, um hier zu helfen. Ich weiß, dass es von der Regierung gerade keine große finanzielle Unterstützung gibt.«

»Hält diese Verzögerung dich auf, Lyle? Musst du dich nicht noch um andere Patienten kümmern?« Wieder sprach die Frau.

»Mrs. Montgomery ist verständigt, sie sagt, Dr. Tennant wird mit der anfallenden Arbeit heute Vormittag gut fertig. Ich bin sicher, am frühen Nachmittag sind wir wieder in der Luft.«

»Es macht mir wirklich nichts aus, mit Marcus allein zu warten, wenn du Wichtigeres zu erledigen hast«, hörte Millie die weibliche Stimme antworten.

»Du hältst mich nicht auf. Ich will die Röntgenaufnahmen von Marcus sehen, sobald sie fertig sind, Elena«, sagte Lyle. »Das macht dir doch nichts aus, oder?«

»Nein, natürlich nicht.«

»Dann wäre das ja geklärt.«

Millie erstarrte. *Elena.* Der Name katapultierte sie sofort vierzehn Jahre zurück. Sie musste sich gegen die Wand lehnen, auf einmal fühlte sie sich ganz schwach. Millie mochte kaum glauben, dass sie ihren Mann den Namen einer Frau hatte sagen hören, die er im Victoria Hospital in Blackpool kennengelernt hatte, es war sicher nur ein Zufall. Aber wieso duzten sie sich? Wieso nannten sie einander beim Vornamen?

Der Warteraum hatte zu beiden Seiten der Tür ein Glasfenster mit Vorhängen. Die Vorhänge waren zurückgezogen, sodass Millie, wenn sie aufpasste, ohne gesehen zu werden, einen Blick in den Raum werfen konnte. Sie sah Lyle und eine sehr attraktive dunkelhaarige Frau mit olivfarbenem Teint. Sie wusste, Schwester Elena aus dem Victoria Hospital war Italienerin gewesen.

Plötzlich war für Millie nichts mehr so, wie es schien. Lyle hatte sie verlassen, ohne ein Wort zu sagen, ohne einen Brief zu schreiben, hatte nicht gesagt, wohin er gehen wollte. Und hier war er nun, in Australien, mit einer Italienerin namens Elena. Millie versuchte, sich zusammenzureißen, als eine Schwester einen Rollstuhl mit einem Jungen über den Korridor in ihre Richtung schob. Sie führte den Jungen in den Warteraum.

»Hier haben Sie Ihren Sohn wieder, Mrs. Corradeo. Er kann genauso gut hier bei Ihnen warten, bis wir das Röntgengerät wieder in Gang bekommen. Tut uns sehr leid, diese Verzögerung. Ich habe ihm einen Rollstuhl besorgt, damit er sich nicht zu sehr anstrengt.«

»Danke, Schwester«, sagte Elena.

»Wird dir das Warten zu viel, Marcus?«, fragte Lyle den Jungen.

Millie hörte die Zärtlichkeit in seiner Stimme, und es zerriss ihr das Herz. Sie dachte an Jamie, der jetzt auch so alt wie dieser Junge gewesen wäre. Immer noch empfand sie die tiefe Verzweiflung, wenn sie daran dachte, wie gern Lyle Kinder mochte und dass sie ihm nicht noch ein Kind hatte schenken können.

»Nein. Es macht doch Spaß, mal was anderes zu tun als Hausaufgaben«, antwortete Marcus.

»Na ja, was für eine Antwort würde auch wohl sonst von einem Jungen kommen«, meinte Elena und lachte.

»Die Schwester hat mir erlaubt, dass ich mir den Röntgenapparat angucke, sie hat mir gezeigt, wie er funktioniert. Das war wirklich interessant, Mamma.«

»Vielleicht haben wir ja hier wirklich einen künftigen Arzt«, sagte Elena fröhlich. Millie hörte aus ihrer Stimme heraus, wie stolz sie auf ihren Sohn war.

»Einen künftigen Fliegenden Arzt, will ich doch hoffen, Marcus«, sagte Lyle zufrieden.

Millie wurde übel. Sie ging ein kleines Stück den Korridor hinunter in Richtung Schwesternzimmer, aber weiter trugen ihre Beine sie nicht. Wieder musste sie sich an die Wand lehnen. Sie war wie betäubt. Die Schwestern in ihrem Zimmer unterhielten sich, glücklicherweise nahm niemand Notiz von ihr.

»Wie kommt Marcus Corradeo denn zu der Beule am Kopf?«, hörte Millie jetzt eine Schwester die zuständige Kollegin fragen.

»Offenbar hatte er einen Krampfanfall in einem Pferdestall, und das verstörte Pferd hat ihn getreten. Er kann von Glück sagen, dass er noch am Leben ist«, antwortete die Schwester.

Millies Herz krampfte sich schmerzhaft zusammen. Dieser Junge hatte Krampfattacken wie Jamie damals? Wie konnte das sein? Millie wusste nicht, was sie denken sollte. Die Krampfanfälle, unter denen Jamie gelitten hatte, waren äußerst selten. Wie hoch war die Wahrscheinlichkeit, dass der Sohn dieser Elena genau solche Anfälle hatte wie ihr Sohn? Millie fiel wieder ein, dass Lyle einmal von seinem Bruder Robbie erzählt hatte, der als Kind von Krampfattacken heimgesucht worden war. Betroffene waren oft Mitglieder ein und derselben Familie. Aber Marcus war doch kein Verwandter. Oder … vielleicht doch? Millie hielt den Atem an. Dann fiel es ihr wie Schuppen von den Augen. Nein, das konnte doch nicht sein. Sie verwarf die Idee als absurd. Doch Elenas Sohn war etwa in Jamies Alter. Und hier war nun Lyle, in Australien, mit dem Jungen und dessen Mutter … Die Wahrheit traf Millie mit solcher Gewalt, dass sie sich beinahe übergeben hätte. Marcus war … Lyles Sohn … Sie musste mehrmals tief einatmen, um ihren revoltierenden Magen unter Kontrolle zu bringen.

Es dauerte ein paar Minuten, bis Millie sich gefangen hatte, dann ging sie zielstrebig zu dem Warteraum zurück. Noch einmal schaute sie durch das Glasfenster. Marcus, Elena und Lyle saßen zusammen über ein Buch gebeugt. Sie wirkten wie eine richtige Familie. Sie sah, dass der Junge tatsächlich im selben Alter sein konnte, in dem Jamie jetzt gewesen wäre, und plötzlich ergab alles einen Sinn. Millies Herz zerbrach in tausend Stücke, und genau das löste eine unbändige Wut in ihr aus.

Sie hatte nicht gewusst, ob Lyle mit seiner italienischen Freundin am Victoria Hospital intim geworden war. Den Gedanken daran hatte sie stets verdrängt, weil es leichter war zu glauben, dass er nichts mit dieser Elena gehabt hatte. Doch jetzt wusste sie mit Sicherheit, dass es doch zu Intimitäten gekommen war. Lyle war offensichtlich der Vater dieses Jungen und war zu ihm und Elena nach Australien gekommen, nachdem sein und Millies Sohn gestorben war. Das war von Anfang an sein Plan gewesen, das war auch der Grund dafür, dass er sie nach Jamies Tod zurückgewiesen hatte. Immer schon hatte sie gewusst, dass er sie nur geheiratet hatte, weil sie mit Jamie schwanger gewesen war. Anscheinend hatte er nichts von Elenas Schwangerschaft gewusst, als er sie wegen Jamie geheiratet hatte. Und da er nun mit seiner geliebten Elena wieder vereint war, hatte sie keine Chance mehr, ihn zurückzugewinnen.

Millie fiel auf einmal ein, dass die Elena aus dem Victoria Hospital, mit der Lyle sich getroffen hatte, Elena Fabrizia hieß. Augenscheinlich hatte sie irgendeinen armen Idioten geheiratet, der keine Ahnung hatte, dass sie es hinter seinem Rücken mit dem Mann trieb, der der Vater ihres Kindes war. Offenbar hatte sie vor, diesen anderen Mann zu verlassen, und Millie wusste ganz genau, wie der sich jetzt fühlte. Hatte Mr. Corradeo darüber hinaus womöglich keine Ahnung davon, dass Marcus gar nicht sein Sohn war? Denn nach allem, was sie wusste, würden nicht viele Italiener eine junge Frau heiraten, die keine Jungfrau mehr war. Und sie war sicher, dass sie auch keine Frauen heirateten, die von einem anderen schwanger waren – wenn sie es denn wussten!

Plötzlich hatte Millie eine Idee. Sie würde sich an Lyle und seiner geliebten Elena rächen.

28

Millie war sich gar nicht bewusst, dass sie den Korridor vor dem Wartezimmer entlang und die Treppen herunter zum Eingang des Krankenhauses zurückgegangen war. Ihre Rachegelüste hatten sie so verwirrt, dass sie wie in Trance handelte. Erst als sie mit einer Schwester zusammenstieß, die einen Patienten zur Tür hereinbrachte, fand sie augenblicklich wieder in die Wirklichkeit zurück.

»Wissen Sie, ob Miss Sweeney noch im Krankenhaus ist?«, fragte sie.

»Sie ist gerade gegangen«, antwortete die Krankenschwester und musterte Millie mit Besorgnis.

»Oh«, sagte Millie tief enttäuscht. Ihre Verzweiflung stand ihr im Gesicht geschrieben, und so nahm die Krankenschwester an, sie habe gerade eine schlechte Nachricht erhalten.

»Wenn Sie sich beeilen, holen Sie sie vielleicht noch ein«, meinte die junge Schwester.

Ohne ein weiteres Wort rannte Millie hinaus und rief hinter Alison her, die gerade wegfahren wollte. Alison sah sie und stieg aus dem Wagen. »Haben Sie Lyle angetroffen, Miss McFadden?«

»Nein … er war gerade in einem offenbar wichtigen Gespräch mit einem anderen Arzt, aber das macht nichts. Ich werde ihn dann ein andermal aufsuchen.«

»Wenn Sie mir sagen, wo Sie abgestiegen sind, sage ich Lyle, dass er Sie heute Abend aufsuchen soll«, schlug Alison vor. »Ich bin sicher, er wird sich sehr freuen, eine alte Freundin der Familie wiederzusehen.«

»Das ist jetzt im Moment nicht so wichtig. Ich habe da tatsächlich noch ein größeres Problem, und vielleicht können Sie mir dabei ja helfen, Miss Sweeney.«

»Und was für ein Problem ist das?«

»Mein Vater ist vor Kurzem gestorben, und es war sein letzter Wunsch, dass ich den Sohn des Mannes aufsuche, der ihm im Krieg an der Westfront das Leben gerettet hat. Ich soll ihm etwas sehr Persönliches überbringen.« Millie wunderte sich selbst darüber, wie ihr diese Geschichte ganz spontan beim Reden über die Lippen kam.

»Aha, suchen Sie eine Mitfahrgelegenheit?« Alison nahm an, dass die fragliche Person in Cloncurry lebte. »Ein paar Minuten hätte ich noch Zeit, ehe ich nach Winton muss.«

»Also, tatsächlich lebt der Mann, den ich aufsuchen muss, in Winton, und mir graut vor einer weiteren langen Zugfahrt in der Hitze. Ich habe letzte Nacht fast fünfhundert Meilen von Townsville aus mit dem Zug zurückgelegt, und die Fahrt ist sehr anstrengend gewesen.«

»Wollen Sie damit sagen, Sie möchten mit mir nach Winton fliegen?«

»Geht das? Oh, bitte, das wäre wunderbar!«

Alison überlegte einen Moment. »Ich fliege allein, also sehe ich da kein Problem. Aber ich muss die Zustimmung von Reverend Flynn einholen.«

»Natürlich«, antwortete Millie, die keinen Zweifel daran hatte, dass sie den Reverend um den Finger wickeln konnte.

Reverend Flynn war sehr freundlich und hatte vollstes Verständnis für Millies vorgetäuschtes Problem, doch wäre er das nicht gewesen, hätte sich Millie mit ein paar Tränen und etwas Theatralik zu helfen gewusst. Zum Glück war das nicht nötig, der Reverend gab gleich bereitwillig seine Zustimmung.

Sie waren schon eine ganze Weile in der Luft, als Alison auffiel, dass Millie bisher kaum ein Wort gesprochen hatte und sehr angespannt wirkte.

»Die Aussicht ist überwältigend, nicht?«, fragte sie, um sie ein wenig abzulenken. »Ich werde mich nie daran sattsehen. Ihnen ist doch nicht übel, oder?«

»O nein, ich bewundere einfach nur die Landschaft unter uns. Es sieht alles so ganz anders aus als in Schottland«, antwortete Millie.

Unaufhörlich musste sie an Lyle und Elena denken. Sie kam sich so dumm vor, weil sie so getäuscht worden war, aber nun war sie mehr denn je entschlossen, die beiden zu bestrafen.

»Sie haben eine weite Reise gemacht, um den Wunsch Ihres Vaters zu erfüllen«, sagte Alison. »Wollen Sie eine Weile in Australien bleiben?«

»Meine Pläne hängen irgendwie in der Luft, wie man sieht«, antwortete Millie, deutete auf das Flugzeug und täuschte ein Lachen vor. Sie hatte vorgehabt, mehrere Wochen, eventuell sogar mehrere Monate zu bleiben und ihre Beziehung zu Lyle zu kitten, und sie hatte sich vorgestellt, sie würden gemeinsam nach Schottland zurückkehren. Jetzt war ihr klar, dass ihr eine weitere Seereise allein bevorstand. »Kennen Sie zufällig eine Familie Corradeo, Miss Sweeney?«, fragte Millie.

»Nennen Sie mich doch Alison, und wenn Sie Elena und Marcus Corradeo meinen, die habe ich heute zum ersten Mal gesehen.«

»Elena und Marcus? Ich verstehe nicht.« Millie spielte die Verwirrte. »Wer sind denn Elena und Marcus?«

»Die Frau mit ihrem Sohn ... die bei Lyle im Krankenhaus in Cloncurry war. Haben Sie nicht die beiden gemeint?«

»Nein, ich hatte keine Ahnung, dass sie auch Corradeo heißen. Ich meinte den Mann aus Winton, nach dem ich suche. Könnte es sein, dass er der Ehemann der Frau ist, die mit ihrem Sohn gerade bei Dr. MacAllister ist?«

»Das ist ganz bestimmt so«, antwortete Alison. »Tut mir sehr leid. Die Reise nach Winton hätten Sie sich schenken können, hätten Sie das gewusst, Miss McFadden.«

»Da machen Sie sich mal keine Sorgen. Mein Vater wollte,

dass ich sein Geschenk persönlich überreiche. Das hat ihm so viel bedeutet, und ich genieße den Flug wirklich sehr. Ach, und übrigens, nennen Sie mich bitte Millie, Alison.« Sie sah keinen Grund mehr, ihren Namen zu verheimlichen.

»Na schön dann, Millie«, sagte Alison. »Werden Sie bei den Corradeos bleiben?«

»Nein. Ich kenne die Leute ja gar nicht, es wird also nur ein kurzer Besuch. Ich gebe schnell meine Überraschung ab und mache mich dann wieder auf den Weg.« Die Überraschung würde eher so etwas wie eine Bombe sein, und das freute Millie sehr.

»Der Junge, also Marcus, hat mir erzählt, sie leben auf einer Viehfarm namens Barkaroola. Seine Mutter meinte, es sei zehn Meilen außerhalb von Winton«, sagte Alison zu Millie, die auf einmal begriff, dass sie ihren Plan gar nicht zu Ende durchdacht hatte.

»Ach so? Dann muss ich sehen, wie ich da rauskomme.« Ein weiteres Hindernis, aber sie hatte die Absicht, auch das zu überwinden.

»Ein Stückchen Land auf einer Farm, auf der ein Flugzeug landen kann, gibt es eigentlich immer, ich könnte also über Funk mit dem Krankenhaus sprechen und mir sagen lassen, wo ich Sie absetzen kann, und wenn ich meine Arzneien abgeliefert habe, kann ich Sie wieder abholen. Allerdings hätten Sie dann keinen sehr langen Besuch bei Mr. Corradeo.«

»Das klingt wunderbar, Alison. Sie helfen mir wirklich sehr.«

Aldo war mit Billy-Ray etwa anderthalb Meilen von der Farm entfernt beim Viehtrieb, als er ein Flugzeug hörte. Er schützte die Augen mit der Hand und schaute in den Himmel hoch. Als die Maschine über der Farm kreiste und dann auf Barkaroola zur Landung ansetzte, war er verwirrt. Sofort dachte er an Marcus.

»Stimmt was nicht, Boss?«, fragte Billy-Ray, der zu ihm geritten kam. Sie hatten eine kleine, für den Verkauf bestimmte Herde zusammengetrieben und wollten sie auf die Koppel neben dem Haus bringen.

»Das müssen wohl Marcus und Elena sein, die aus Cloncurry zurück sind«, sagte Aldo. Er hatte nicht damit gerechnet, dass die beiden schon einen Tag nach dem Unfall zur Farm zurückkommen würden.

Aldo und Billy-Ray sahen eine Frau aus dem Flugzeug steigen und auf das Farmgebäude zugehen. Sie blieb kurz vor dem Stall stehen, ehe sie weiter zum Haus ging. Sogar aus dieser Entfernung erkannten sie, dass es nicht Elena war. Also, wer war es dann?

»Das ist nicht die Chefin, oder, Boss?«, fragte Billy-Ray und schaute blinzelnd ins Sonnenlicht.

Aldo musste ihm Recht geben. »Nein, das ist sie nicht«, antwortete er. »Ich gehe mal lieber nachsehen, wer das ist. Schaffst du es, die Herde allein auf die Koppel zu treiben?«

»Klar, Boss. Wir sind ja fast schon da.«

Millie näherte sich der Veranda einer Unterkunft, die sie ausgesprochen schäbig fand. Nachdem das Motorengeräusch des Flugzeugs an dem endlosen Himmel abgeebbt war, fiel ihr als Erstes die Stille auf. Es war keine friedliche Stille, wie man hätte erwarten können, sondern eine alles verschlingende, einsam machende Stille. Ein Schauer lief ihr den Rücken hinunter. Sie konnte sich nicht vorstellen, wie jemand Tag für Tag, jahraus, jahrein damit zurechtkam, doch Mitleid mit Elena empfand sie nicht.

Als Millie die Veranda betrat, knarrten die Dielenbretter unter ihren Schritten, als ob sie gegen den unerwarteten Besucher protestieren wollten. Ein einsamer Stuhl war der einzige Schmuck. Es war ein Korbstuhl, auf dem ein zerschlissenes, verstaubtes Kissen lag. Der Stuhl, das Haus, die umgebende Landschaft, alles wirkte verblichen und verwittert, Symbole der harschen Umgebung, die auf Gedeih und Verderb der unbarmherzigen Sonne ausgeliefert war. Vor ihrem geistigen Auge sah Millie Elena auf dem Stuhl auf der Veranda sitzen, an Lyle denkend und an ein anderes Leben im schönen grünen Schottland, ein Leben, das sie sich vielleicht immer gewünscht hatte.

»Mein Leben«, murmelte Millie verbittert, und ihre Wut nahm noch zu.

»Hallo … ist jemand zu Hause?«, rief Millie und klopfte an die Tür. Ihre Stimme schien nachzuhallen, ehe sie von der Stille verschluckt wurde. Es kam keine Antwort, also fasste sie an den Türknauf. Er ließ sich drehen, und die Tür öffnete sich mit demselben unheimlichen Knarren, das schon die Dielenbretter der Veranda von sich gegeben hatten. Millie lugte in das ebenfalls schäbige Innere des Hauses und verspürte keine Neigung, es zu betreten. »Hallo«, rief sie noch einmal. »Mr. Corradeo?« Stille.

Zögerlich machte Millie einen Schritt in das Haus hinein. Zu sagen, es fehle ihm eine behagliche Note, wäre eine Untertreibung gewesen. Die grundlegend nötigen Dinge waren vorhanden, doch darüber hinaus gab es nichts, was etwas über die Leute, die hier lebten, verraten hätte. Es war sauber und ordentlich, aber weder gab es die typisch weiblichen netten Kleinigkeiten noch fröhliche Farben. Schuhe fielen ihr allerdings ins Auge – zwei Paar Erwachsenenschuhe und drei Paar Kinderschuhe, von denen ein Paar einem kleinen Mädchen zu gehören schien. So konnte sie schließen, dass Elena drei Kinder hatte.

Draußen schnaubte ein Pferd, und Millie fuhr vor Schreck zusammen. Schnell lief sie wieder auf die Veranda hinaus und erschrak. Ein Mann saß auf einem mächtigen Fuchs mit weißer Blesse und starrte sie an.

»Wer sind Sie? Und was machen Sie in meinem Haus?«, brüllte Aldo, als er die ihm unbekannte Frau in der Tür seines Hauses stehen sah, und stieg von seinem Pferd ab.

Vor Millie stand ein hochgewachsener, schmaler Mann von europäischer Herkunft mit wettergegerbtem Gesicht und unfreundlichen Augen. Er roch nach Vieh und nach Schweiß.

»Ich habe … ich habe nach Ihnen gesucht, falls Sie Mr. Corradeo sind«, sagte Millie entschuldigend. Es war ihr peinlich, dass er sie in seinem Haus ertappt hatte. »Ich habe gerufen, aber als keine Antwort kam, habe ich an den Türknauf gefasst. Die Tür war offen.«

Aldo kniff die Augen zusammen. »Also dachten Sie, das gibt Ihnen das Recht, reinzugehen und rumzuschnüffeln.«

»Nein, natürlich nicht. Ich dachte bloß, man hätte mich nicht gehört. Ich heiße Millie MacAllister.«

»Ich kenne Sie nicht«, sagte Aldo und musterte sie eingehend.

Ihr schottischer Akzent war nicht zu überhören, und ihrer hellen Haut nach zu urteilen, war sie noch nicht lange in Australien.

»Sagt Ihnen der Name MacAllister etwas?«

»Nein! Sollte er?«, erwiderte Aldo unhöflich.

Er trat auf die Veranda und sah herablassend auf Millie herab, die spürte, dass sie einen Menschen mit sehr schlechten Umgangsformen vor sich hatte.

»Darf ich Sie kurz sprechen, Mr. Corradeo?«

»Worum geht es denn?«

»Um Ihre Frau«, antwortete Millie, die damit rechnete, ins Haus gebeten zu werden und einen Stuhl angeboten zu bekommen, doch sie wurde enttäuscht.

»Was ist denn los mit meiner Frau? Es geht ihr doch gut, oder?«

»Soweit ich weiß, ja, aber ich bin nicht hergekommen, um über den Gesundheitszustand Ihrer Frau zu sprechen. Ich muss Ihnen etwas über Elena sagen, etwas, von dem ich glaube, dass Sie das Recht haben, es zu erfahren«, sagte Millie. »Können wir vielleicht reingehen?«

Aldo reagierte auf Millies Frage nicht, er starrte sie nur weiter an. Er hatte so eine Ahnung, dass diese Frau ihm etwas zu sagen hatte, was ihm gar nicht gefiel.

»Ich denke, ich sollte nicht mit einer Fremden über meine Frau reden«, sagte er. »Ich denke, Sie sollten mein Grundstück verlassen.« Aldo machte Anstalten, die Veranda zu verlassen und wieder auf sein Pferd zu steigen.

Dass er gar nicht wissen wollte, was sie ihm zu erzählen hatte, fand Millie verblüffend. »Ihre Frau, Mr. Corradeo, kannte meinen Mann während des Krieges. Sie waren ineinander verliebt, und ich glaube, die beiden haben ihre Liebe vor Kurzem wiederbelebt.«

Aldo erstarrte. Ein paar angespannte Sekunden vergingen, ehe er sich wieder Millie zuwandte, seine Gesichtszüge waren wie versteinert. »Wer ist Ihr Mann?«, wollte er schließlich wissen.

»Dr. Lyle MacAllister«, antwortete Millie, die plötzlich ein wenig Angst bekam. Zum ersten Mal überlegte sie, ob es wirklich klug war, was sie tat. Sie war allein, mitten im Niemandsland, mit einem Mann, dem sie erschütternde Dinge mitzuteilen hatte. Sie betete, er möge nicht zu impulsiven Reaktionen neigen.

»Ich kenne keinen Dr. MacAllister, Sie müssen meine Frau also wohl mit jemandem verwechseln. Und jetzt verlassen Sie mein Grundstück«, brummte Aldo.

Millie erbebte, blieb aber standhaft. »Lyle ist einer der Fliegenden Ärzte«, erklärte sie hastig. »Es überrascht mich also nicht, dass Sie ihn noch nicht kennengelernt haben. Er und eine Pilotin haben Elena und Marcus heute Morgen abgeholt und vom Krankenhaus in Winton nach Cloncurry gebracht. Da sind sie jetzt zusammen, im Hospital.«

»Ich weiß sehr wohl, was meine Frau heute vorhat. Aber woher wissen Sie das?«, fragte Aldo, und seine kleinen Augen verengten sich erneut zu Schlitzen.

»Ich war dort. Ich habe sie zusammen gesehen«, erwiderte Millie. »Aber sie haben mich nicht bemerkt.«

Allmählich kam Aldo zu dem Schluss, Millie müsse eine Irre sein, die ihrem Ehemann hinterherspionierte. »Es ist nichts Ungewöhnliches, wenn ein Arzt und ein Patient zusammen im Krankenhaus sind«, brachte er zwischen seinen aufeinandergepressten Zähnen hervor. Er entschied, dass Millie, wenn sie denn keine Irre war, eine Unruhestifterin war, aber ihre Beweggründe kannte er nicht. Und er war sich auch nicht sicher, ob er diese Gründe kennenlernen wollte. Instinktiv misstraute er ihr. »Ich muss zu meinem Vieh zurück, also gehen Sie«, schnauzte er Millie an und drehte sich wieder weg von ihr.

Millie geriet in Panik. Das hier lief nicht so, wie sie es geplant hatte. Sie hatte sich vorgestellt, Elenas Mann wäre äußerst interessiert an jedem noch so kleinen Detail eines Skandals, in den seine Frau verwickelt sein könnte.

»Wussten Sie, dass mein Mann und Ihre Frau eine Affäre hatten, als sie zusammen im Victoria Hospital in Blackpool arbeiteten?«

Etwa drei Sekunden lang war Aldo sprachlos, dann wurde er sehr wütend. »Sie lügen. Elena war ein anständiges italienisches Mädchen.«

»Ich wünschte, es wäre nicht wahr, aber das ist es. Es war im Jahr 1918, kurz vor Kriegsende«, sagte Millie. Aldo musste wissen, dass Elena damals im Victoria Hospital in Blackpool gearbeitet hatte. »Lyle und ich waren schon einige Jahre eng miteinander befreundet, schon lange, bevor er seine Stelle im Victoria Hospital antrat. Ich hatte eine Freundin, die als Krankenschwester dort arbeitete, und die hat bestätigt, dass er und Elena sich regelmäßig trafen.«

»Leeres Krankenhausgeschwätz«, brummte Aldo wegwerfend.

»Ich kann Ihnen versichern, dass es wahr ist«, sagte Millie unter Tränen. »Lyle hat mich nur geheiratet, weil ich … weil ich in anderen Umständen war«, gestand sie und wurde rot. Millie war klar, in welchem Licht sie jetzt erschien, aber sie musste Aldo davon überzeugen, dass sie die Wahrheit sagte.

Ihr Geständnis gab Aldo zu denken. Er war sicher, keine Frau würde ihre Sünden offen aussprechen, es sei denn, sie wäre völlig verzweifelt. Doch ganz bestimmt war seine Elena nicht in einen anderen Mann verliebt gewesen, einen Mann, von dem er nie gehört hatte. Das war undenkbar. Er war sicher, dass ihr Vater davon auch nichts wusste, denn Luigi hätte es nie geduldet, dass seine Tochter sich mit einem Mann traf, der kein italienischer Katholik war.

Millie beobachtete, wie Aldos harte äußere Schale brach. Ihr war vollkommen klar, dass der arme Kerl nicht von Marcus wusste. Genau wie sie war auch er hinters Licht geführt worden. Das fachte ihre Wut auf Lyle und Elena nur noch mehr an.

»Sie wollen mir doch wohl nicht einreden, dass Elena in Cloncurry mit einem ... mit einem früheren Liebhaber zusammensitzt, während unser Sohn bei ihr ist, oder?«, fragte er ärgerlich. Er wusste nicht, was er glauben sollte, denn die Elena, die er kannte, war nicht so durchtrieben und auch nicht so berechnend. Was auch immer er von ihr halten mochte, eine gute Mutter war sie auf jeden Fall.

»Ich glaube, sie und Lyle wollen wieder zusammenkommen, und ich habe heute herausgefunden, dass sie dazu auch einen sehr guten Grund haben«, sagte Millie, die den Tränen nahe war.

»Was für einen Grund?«, spie Aldo aus.

Millie hielt inne. Der Moment, diesem Mann die Wahrheit über den Sohn zu erzählen, den er für seinen eigenen hielt, war gekommen. Beinahe hätte sie der Mut verlassen, aber sie wollte es endlich hinter sich bringen. Millie schluckte den Kloß herunter, der ihr in die Kehle gestiegen war. Sie würde keine Gewissensbisse haben wegen dem, was sie sich zu sagen vorgenommen hatte.

»Marcus«, sagte sie heiser.

Lange starrte Aldo sie an. »Was ist mit Marcus?«, fragte er dann.

»Ich glaube, er ist Lyles Sohn«, antwortete Millie.

Aldo wurde zornesrot, aber Millie hatte auch gar nichts anderes erwartet.

»Sie lügen«, brüllte er.

Millie fuhr zusammen, als Aldos Stimme durch die Stille hallte, und trat einen Schritt zurück, als er jetzt auf sie zukam. »Nein, ich lüge nicht«, beharrte sie. »Marcus ist genauso alt wie der Sohn, den Lyle und ich hatten. Dreizehn. Habe ich Recht?« Aldo antwortete darauf nicht, aber er stritt es auch nicht ab. Also fuhr Millie fort zu reden. »Unser Sohn hatte auch Krampfanfälle«, erklärte sie.

»Das hat gar nichts zu sagen«, entgegnete Aldo, der davon nichts hören wollte.

»Man sagte uns, diese Anfälle seien vererbbar. Denken Sie

doch mal nach. Kam Marcus früher zur Welt, als Sie erwartet hatten, vielleicht schon bald nach Ihrer Heirat mit Elena?«

Aldo dachte angestrengt nach. Ihm fiel ein, dass Marcus tatsächlich früher als erwartet zur Welt gekommen war. Elena und Luisa hatten ihm erzählt, das Baby sei ein Siebenmonatskind, aber er war damals so glücklich gewesen und hatte sich nichts dabei gedacht und sich weiter auch keine Sorgen gemacht, weil Marcus gesund und kräftig war.

Aldo hatte ein Gefühl, als habe man ihm in den Magen geboxt. Auf einmal war ihm ganz schwindlig und übel, er stolperte zu dem Stuhl auf der Veranda und setzte sich. Mit leerem Blick starrte er vor sich hin, in seinem Kopf war alles in Aufruhr. Sicher stimmte das doch nicht. Er dachte daran, dass Marcus so ganz anders war als Dominic und Maria und dass er ihm auch gar nicht ähnlich sah. Er hatte eben immer geglaubt, er komme mehr nach Elena als die anderen beiden.

»Ich verstehe, dass das für Sie ein ziemlicher Schock ist«, sagte Millie, die plötzlich Mitleid mit Elenas Mann hatte. Schließlich war er ein Opfer, genau wie sie.

Sie hörte das Motorengeräusch eines Flugzeugs und sah in den Himmel. Alison kam sie abholen, sie musste zurück zu der behelfsmäßigen Landebahn. »Ich muss jetzt los. Mir ist klar, das sind verheerende Nachrichten, und Sie fühlen sich genauso betrogen wie ich. Ich dachte einfach nur, Sie hätten das Recht, die Wahrheit zu erfahren.«

Millie ließ Aldo, der kein weiteres Wort sagte, auf der Veranda zurück und lief los. Sie war schon beim Stall, als sie sich noch einmal zu ihm umdrehte. Er hatte sich nicht gerührt. Gewissensbisse hatte sie allerdings immer noch nicht. Sollte sie Elena Kummer bereitet haben, so hatte sie es verdient. Lyle wollte die Scheidung, damit er mit seiner geliebten Elena und dem gemeinsamen Sohn zusammen sein konnte, und alle beide hatten sich keinen Deut um ihre Gefühle geschert.

29

Es war schon spät am Nachmittag, als Marcus und Elena in der Maschine der Fliegenden Ärzte nach Winton zurückgebracht wurden. Als Lyle zu Marcus sagte, er könne sich nach vorn zu Alison setzen, strahlte er übers ganze Gesicht. Er hätte sich kaum mehr freuen können, wenn er eine Schatztruhe voll Gold gefunden hätte.

Am westlichen Himmel ging gerade die Sonne unter, ein riesiger Feuerball, ein herrliches Purpurrot über der kargen Landschaft. So weit das Auge reichte, war der Himmel mit Rottönen durchzogen, sogar das Innere des Flugzeugs schien rot zu glühen.

Elena war hingerissen von dem malerischen Schauspiel am Himmel. Außer Atem erklärte sie, die wenigen Wolken, die sie entdeckte, sähen aus wie rotorangefarbene, flauschige Kissen. Marcus und sie schauten aus dem Flugzeugfenster und genossen den wahrhaft Ehrfurcht gebietenden Anblick. Auf der Farm hatten sie manch einen Sonnenuntergang erlebt, aber hoch oben am Himmel zu sein, so nah bei den Wolken und dem Sonnenfeuerball, so Teil der roten Aura zu sein, das war etwas vollkommen anderes.

Marcus hatte es die Sprache verschlagen. Als er seine Stimme wiedergefunden hatte, fragte er seine Mutter, ob sie sich so vielleicht den Himmel vorstellte. Elena musste lächeln, als sie die Frage bejahte. Es erfüllte ihr Herz mit Freude, ihren Sohn so glücklich zu sehen, aber es machte sie auch traurig zu denken, dass sein leiblicher Vater für dieses Glück verantwortlich war. Er hatte ihn in der kurzen Zeit ihrer Bekanntschaft glücklicher gemacht als Aldo in dreizehn Jahren.

Elena war unglaublich erleichtert über das positive Ergebnis der Röntgenaufnahmen. Ihr war klar, Marcus hatte großes Glück gehabt, ohne Schädelverletzung davongekommen zu sein. Die Beule an seinem Kopf war schon kleiner geworden, die Kopfschmerzen hatten deutlich nachgelassen.

»Ich sehe, wie erleichtert du bist«, sagte Lyle. Die ganze Zeit schon hatte er Elena beobachtet. Er sprach leise, Alison sollte sich nicht über ihre Vertrautheit wundern.

»Ich fühle mich, als wäre mir ein riesiges Gewicht von den Schultern genommen. Aber was, wenn es ein nächstes Mal gibt, Lyle?«, flüsterte sie. »Dann hat Marcus womöglich nicht so viel Glück.«

Lyle wusste noch gut, wie belastend es für ihn und Millie gewesen war, als Jamie noch seine Krampfanfälle hatte. Jedes Mal, wenn er nicht in ihrer Nähe war, machten sie sich riesige Sorgen. »Ich glaube bestimmt, dass diese Krampfanfälle aufhören, solange er weiterhin Lebensmittel mit hohem Kalziumgehalt zu sich nimmt.«

»Ich will ihn ja dazu bringen, mehr Milch zu trinken und mehr Käse zu essen, aber das ist gar nicht so einfach, denn die Woche über ist er in der Stadt, und am Wochenende hat er so viel auf der Farm zu tun.« Sie fügte nicht hinzu, dass er am Wochenende oft so müde war, dass er am Abend einfach nur noch ins Bett fiel, ohne etwas zu essen. »Außerdem habe ich den Eindruck, das hilft gar nicht«, meinte Elena besorgt.

»Ich habe mit Dr. Watson gesprochen, und er meinte, es sei gerade ein Nahrungsergänzungsmittel auf den Markt gekommen. Er will in Erfahrung bringen, wo ich es bekommen kann. Das sollte helfen. Du müsstest Marcus dann nicht mehr zwingen, Sachen zu essen, die er nicht sonderlich mag.«

»In was für einer Form kommt denn dieses Nahrungsergänzungsmittel?«

»Es wird wahrscheinlich ein Pulver aus konzentriertem Kalzium sein. Du könntest Marcus eine hohe Dosis in einem einzigen Glas Milch geben.«

Elena wusste, das würde sie sehr entlasten. Sie sah ihren Sohn an, der seine Aufmerksamkeit auf das Instrumentenbrett vorn richtete. Er fragte Alison Löcher in den Bauch, weil er alles genau erklärt haben wollte. Er war so begeistert von diesem Flug. Elena hörte ihn sagen, dass der Pilotenberuf womöglich doch viel mehr Spaß machte als der Arztberuf. Als er sich wieder der Landschaft zuwandte, sah Alison über die Schulter nach hinten zu Elena.

»Während Sie im Krankenhaus waren, Mrs. Corradeo, habe ich jemanden zu Ihnen nach Hause gebracht.«

»Zu mir nach Hause«, meinte Elena völlig verblüfft. Seit dem Kauf von Barkaroola hatten sie keine Besucher gehabt, von ihren Eltern und einem gelegentlichen Nachbarn abgesehen. Aldo war alles andere als gesellig, also hatte er dem einen Riegel vorgeschoben. »Da müssen Sie sich irren. Zu mir nach Hause können Sie nicht geflogen sein.«

»Sie leben doch auf Barkaroola, oder?«

»Ja«, antwortete Elena.

»Da habe ich Ihren Besucher abgesetzt. Es war eine Frau, die auf der Suche nach Mr. Corradeo war. Sie hatte mich gebeten, sie nach Winton mitzunehmen. Erst als wir schon in der Luft und halb da waren, erzählte sie mir, wen sie aufsuchen wollte. Sonst hätte ich sie gleich zu Ihnen gebracht. Ich hatte sie kurz zuvor zum ersten Mal gesehen, als sie auf der Suche nach dir, Lyle, zum Büro kam.«

Elena war verunsichert. Wer mochte das sein?

Lyle fragte nach. »Wieso war sie auf der Suche nach mir, Alison? War sie eine Patientin?«

»Nein. Ach, übrigens, sie meinte, sie sei eine Freundin deiner Familie. Als sie dich bei uns im Büro nicht antraf, schlug der Reverend vor, ich solle sie ins Krankenhaus mitnehmen, da ich ohnehin auf dem Weg dahin war, um Arzneien abzuholen.«

»Ich habe sie aber da nicht gesehen«, erwiderte Lyle.

»Ich weiß. Als ich sie später wiedersah, meinte sie, sie hätte nicht mit dir gesprochen, weil du gerade im Gespräch mit einem Arzt warst.«

Verwirrt sahen sich Elena und Lyle an. Sie hatten fast die ganze Zeit im Warteraum beziehungsweise in der Cafeteria des Krankenhauses gesessen und auf Marcus gewartet. Nur ganz kurz hatte sich Lyle mit einem Facharzt beraten.

»Wer war diese Frau, Alison?«, fragte Lyle besorgt.

Zu Hause wusste keiner davon, dass er in Australien war, es konnte als unmöglich eine alte Freundin der Familie sein, die auf der Suche nach ihm war, schon gar nicht jemand, der gleichzeitig Elenas Ehemann besuchen wollte. Das ergab einfach keinen Sinn.

»Eine Miss McFadden. Sie meinte, ihr Vater sei vor kurzem gestorben und habe ihr aufgetragen, Mr. Corradeo in Winton ein Geschenk zu überbringen.« Alison sah Elena an. »Sie sagte, der Vater Ihres Mannes hätte ihrem Vater im Krieg das Leben gerettet, irgendwo an der Westfront.«

»Der Vater meines Mannes war nie an der Westfront«, erwiderte Elena verdutzt.

»Sind Sie sicher?«, erkundigte sich Alison. »Sie schien ganz genau zu wissen, wovon sie sprach.«

»Ich kann Ihnen versichern, dass er überhaupt nicht in der Armee gewesen ist«, erklärte Elena mit Nachdruck. »Mein Schwiegervater wurde im Krieg vom Militär als untauglich eingestuft, weil er als Junge Kinderlähmung gehabt hatte und daher stark hinkte, was bedeutete, dass er nicht hätte marschieren können. Als Bauer war er außerdem wichtig, weil er Nahrungsmittel anbaute. Während der gesamten Dauer des Krieges hat er seinen Bauernhof nicht verlassen.«

Aldo hatte zwei Jahre in der Armee gedient, ehe man ihn mit der Diagnose Rheumatisches Fieber entließ. Nach monatelanger Rekonvaleszenz verbrachte er den Rest des Krieges auf dem Hof bei seinem Vater und bearbeitete das Land.

»Das ist ja seltsam«, sagte Alison verwirrt. »Als ich nach Barkaroola zurückkam und Miss McFadden abholte, erklärte sie mir, Ihr Mann sei sehr überrascht gewesen von dem Geschenk, das sie ihm mitgebracht habe. Dass sie den falschen Corradeo gefunden oder dass Ihr Mann geleugnet hätte, einen Vater zu haben, der bei der Armee gewesen ist, davon hat sie nichts gesagt.«

»Ich kenne niemanden, der McFadden heißt«, fügte Lyle hinzu. »Wo ist diese Frau denn jetzt?«

»Sie ist mit mir nach Cloncurry zurückgeflogen. Ich glaube, sie will wohl mit dem nächsten Zug nach Townsville zurück. Die Züge fahren zweimal die Woche, der nächste erst in zwei Tagen. Von dort aus will sie an Bord eines Schiffes und dann nach Großbritannien zurück.«

»Ich habe keine Ahnung, wer das sein könnte«, sagte Lyle.

»Ich auch nicht«, meinte Elena.

»Kannst du uns irgendwas über sie erzählen?«, fragte Lyle Alison.

»Eigentlich nicht. Auf dem Rückflug von Winton war sie sehr still. Ich habe sie einiges gefragt, aber sie gab nicht gerade viel über sich preis. Einmal fragte ich, ob alles mit ihr in Ordnung sei, weil sie so aufgewühlt aussah, aber sie meinte bloß, es sei ein langer Tag gewesen.«

Auf dem Rest der Strecke verfielen sie alle in Schweigen, als ob sie versuchten, eine Verbindung zwischen Aldo, Lyle und dieser Miss McFadden zu finden. Alison brachte das Flugzeug auf der Landebahn hinter dem Hospital von Winton herunter. Lyle hatte Marcus gesagt, er könne am Montag wieder in die Schule, was er auch unbedingt wollte. Er sollte sich vorher nicht mehr anstrengen, also würde er bei seinen Großeltern in der Stadt bleiben.

»Ich fliege Sie nach Barkaroola, wenn Sie möchten, Elena«, bot Alison an. »Jetzt, da ich weiß, wo das ist, dauert das nur ein paar Minuten.«

»Nein, danke«, sagte Elena ein wenig zu hastig. »Ich denke, Sie wollen so schnell wie möglich nach Cloncurry zurück, und ich wäre gern noch eine Weile bei meinen Eltern. Sie haben sich große Sorgen um Marcus gemacht. Und meine jüngeren Kinder müssten auch noch dort sein.« Sie fühlte sich unbehaglich in Alisons Gegenwart, nun, da sie wusste, dass Lyle verliebt in sie war. »Ach, übrigens, Lyle hat mir erzählt, dass Sie beide verlobt sind. Herzlichen Glückwunsch.« Die Worte blieben Elena beinahe im Hals stecken, aber sie zwang sich zu einem Lächeln.

»Danke. Ich könnte nicht glücklicher sein«, sagte Alison und warf Lyle einen liebevollen Blick zu. »Ich bringe Sie und Marcus schnell mit dem Wagen zu Ihren Eltern.«

Aldo hatte überhaupt kein Gefühl für die Zeit mehr. Er hätte Gott weiß was darum gegeben, die Uhren zurückdrehen zu können, zu dem Zeitpunkt, als er vom Betrug seiner Frau noch nichts gewusst hatte. Der Schock lähmte ihn, reglos saß er auf der Veranda, seit Mrs. MacAllister mit dem Flugzeug zurückgeflogen war. Nicht einmal die Schatten des Nachmittags, die übers Land krochen, nahm er wahr. Aldo wünschte sich sehnlichst, dass kein Wort wahr war von dem, was die Frau gesagt hatte, denn er ahnte, dass es die Wahrheit war. Er hatte immer gewusst, dass irgendetwas an Marcus anders war. Und das kam nicht nur daher, dass er eher Elena ähnlich sah. Seine Haut war heller als Elenas und seine eigene, und die Erklärung dafür konnte sein, dass er schottisches Blut in sich hatte. Aldo konnte nicht fassen, dass Elena ihn so hinters Licht geführt und ihm das Kind eines anderen Mannes untergeschoben hatte. Das wollte ihm einfach nicht in den Schädel. Aber es erklärte auch, weshalb zwischen Marcus und ihm nie eine echte Verbindung bestanden hatte.

Plötzlich sprang er auf. Ich muss mich beschäftigen, dachte er. Ich muss etwas tun. Er musste den Schmerz aus seinem Kopf vertreiben. Das Vieh war schon auf der Koppel beim Haus, aber die Windmühle, die das Bohrlochwasser in die Wassertröge auf dieser Koppel pumpte, war kaputt. Er beschloss, sie zu reparieren. Das würde ihn von den Gedanken an Marcus und Elena ablenken.

Billy-Ray kam zu Aldo, als er sah, dass dieser den Windmühlenflügel aus einem der Geräteschuppen holte. Er fragte, ob er bei der Reparatur der Windmühle helfen könne.

»Nein, du kannst nach Hause gehen«, sagte Aldo angespannt. Er wollte allein sein. »Ich brauche dich auch morgen nicht, du hast also einen Tag frei.«

Aldo hatte Billy-Ray noch nie einen Tag freigegeben, und so war der Viehtreiber ganz verdutzt. Allerdings sah er, dass Aldo irgendwie nicht er selbst war.

»Stimmt was nicht, Boss?«, wollte er wissen.

»Alles in Ordnung, geh nach Hause.«

Billy-Ray fragte sich, ob die Frau, die mit dem Flugzeug gekommen war, wohl schlechte Nachrichten über Elena oder Marcus gebracht hatte.

»Ist die Missus okay, Boss?«

Aldo nickte. Er brachte es nicht über sich, Elenas Namen auszusprechen.

»Und Marcus, ist mit dem auch alles in Ordnung, ja?«

Wieder nickte Aldo.

»Sie können die Windmühle nicht allein reparieren, Boss. Ich helfe Ihnen.«

»Das schaffe ich schon allein. Ich mag ja ein Idiot sein, aber trotzdem bin ich noch zu was gut.«

»Weiß ich doch, Boss«, sagte Billy-Ray. Er kam zu dem Schluss, dass sich Aldo und Elena gestritten hatten. »Sind Sie sicher, dass Sie mich morgen nicht brauchen?«

»Ja, verdammt, das hab ich doch gesagt«, fuhr Aldo seinen Helfer an.

Billy-Ray stieg auf sein Pferd und rief Aldo noch einen Abschiedsgruß zu, doch der beachtete ihn gar nicht. Der Viehtreiber wohnte mit seiner Frau und drei kleinen Kindern, zwei Mädchen und einem Jungen, der noch nicht einmal ein Jahr alt war, in einer kleinen Hütte an der Grenze des Grundstücks. Er würde vor Einbruch der Dunkelheit zu Hause sein, was bedeutete, dass er seine Kinder noch sehen würde, ehe sie ins Bett gingen, und das freute ihn.

Den verrosteten Windmühlenflügel, auch Fischschwanz genannt, hatte Aldo einige Zeit zuvor mit Billy-Rays Hilfe heruntergeholt und repariert. Jetzt beschloss er, ihn wieder zu montieren. Dazu brauchte man eigentlich zwei Männer, aber er war gewillt, es allein zu schaffen. Aldo holte sein Werkzeug und machte sich auf den Weg zur Windmühle, die etwa eine halbe Meile vom Wohnhaus entfernt auf einem kleinen Hügel stand. Er kletterte das hölzerne Gerüst am Windmühlenturm hoch, das Werkzeug und den Fischschwanz unter dem Arm. Es war nicht leicht, aber er schaffte es auf die Plattform, die sich knapp acht Meter über dem Boden befand. Sie war nicht sehr stabil, aber sie hatte immer eine Menge ausgehalten. Der alte Turm ächzte im Wind. Aldo hielt sich mit einer Hand fest und streckte die andere Hand aus, um den Fischschwanz an seine Position zu bringen. Er musste sich weit recken, was ziemlich gefährlich war. Aldo wusste, wie schwer es sogar zu zweit gewesen war, den Fischschwanz abzumontieren, aber in diesem Moment konnte er nicht klar denken, konnte nicht beurteilen, wie verrückt das war, was er da tat. Alles, was ihm durch den Kopf ging, war Elenas Betrug.

Elenas Eltern waren erleichtert, als ihre Tochter ihnen die guten Nachrichten überbrachte. Marcus berichtete aufgeregt von dem Flug und dem Röntgenapparat, Luigi widmete ihm seine volle Aufmerksamkeit und stellte viele Fragen. Dominic und Maria waren neidisch und beschwerten sich, weil sie nicht hatten mitfliegen dürfen, aber bald verloren sie das Interesse und gingen spielen. Als Luisa sagte, dass sie nun das Abendessen vorbereiten werde, ergriff Elena die Gelegenheit, in den Laden nach nebenan zu gehen, um Aldo über Funk anzurufen. Sie fand, es sei nur recht und billig, ihm zu erzählen, dass mit Marcus alles in Ordnung war, aber sie wollte auch gern wissen, wer diese Miss McFadden war. Elena erreichte Aldo jedoch nicht.

»Vielleicht arbeitet er ja noch«, sagte Luisa, als sie sah, wie besorgt Elena war.

»Vielleicht«, meinte Elena. »Aber es ist jetzt dunkel. Er sollte eigentlich im Haus sein.« Sie überlegte, ob Aldo wohl wütend auf sie war und ob er das Funktelefon absichtlich ignorierte.

»Soll ich dich vielleicht auf die Farm rausfahren?«, fragte Luisa.

»Nein, Mamma. Du hattest einen anstrengenden Tag heute und bist müde. Ich schlafe hier.«

Elena bekam kein Auge zu. Die ganze Nacht grübelte sie darüber nach, weshalb Aldo nicht ans Funktelefon gegangen war. Er konnte sich doch denken, dass sie ihn anrufen und über Marcus' Gesundheitszustand informieren wollte. Sie fragte sich, ob mit ihm alles in Ordnung war.

30

Elena geriet in Panik, als sie Aldo auch am nächsten Morgen in aller Frühe nicht erreichen konnte. »Ich muss raus auf die Farm«, sagte sie zu ihrer Mutter und lief hinter das Haus ihrer Eltern. Außer ihrem Lieferwagen hatten sie noch ihr altes Pferd und einen kleinen Wagen.

»Vielleicht funktioniert euer Funkgerät nur nicht«, schlug Luisa als Erklärung vor.

»Ja, vielleicht, ich muss trotzdem nachsehen«, antwortete Elena.

»Natürlich, aber wenn mit Aldo etwas passiert wäre, hätte sich doch sicher euer Viehtreiber gemeldet.«

»Der kann mit dem Funkgerät nicht umgehen, Mamma. Wir haben versucht, es ihm beizubringen, aber er begreift einfach nicht, dass jemand, der meilenweit weg ist, durch das Funkgerät sprechen kann. Diese Art der Kommunikation ist für einen Aborigine unheimlicher Zauber.«

»Aldo ist auch nicht viel besser«, meinte Luisa kritisch.

»Stimmt, aber einen Anruf entgegennehmen kann er schon. Sollte er sich wie durch ein Wunder im Laden bei Mr. Kestle melden und mit mir sprechen wollen, sag ihm bitte, dass ich auf dem Nachhauseweg bin«, sagte sie und fuhr los.

Auf der Fahrt redete Elena sich ein, dass Aldo wütend auf sie war, weil sie zwei Nächte hintereinander von zu Hause fort gewesen war, und nun bestrafte er sie dafür, indem er ihre Anrufe ignorierte. Ein kindisches Verhalten, aber so war Aldo manchmal. Elena wusste, dass sie streiten würden, wenn sie erst einmal daheim war. Sie überlegte, ob er sich wieder einmal Gedanken um die Farm machte. Das letzte bisschen Viehfutter, das er angebaut hatte, war fast aufgebraucht, also blieb ihm nichts anderes übrig, als fünfzig junge Färsen auf dem Markt zu verkaufen. Er musste Geld aufbringen, um mehr Saatgut zu kaufen. Es war ein nie endender, bedrückender Teufelskreis.

Nach Elenas Meinung war die Farm von Anfang an nicht rentabel gewesen, aber das würde ihr Mann nie und nimmer zugeben. Ohne Elenas Arbeit wären sie manches Mal dem Verhungern nahe gewesen. Bei mehr als einer Gelegenheit hatte sie versucht, Aldo zum Verkauf der Farm und zum Umzug in die Stadt zu überreden, wo er Arbeit finden könnte. Sie hatte sogar vorgeschlagen, er könne bei ihrem Vater in der Metzgerei arbeiten, aber davon wollte er nichts hören. Elena empfand das als dummen männlichen Stolz.

Auf der Farm ließ Elena Pferd und Wagen am Stall stehen und ging direkt ins Haus. Aldo war nicht dort, aber im Haus hatte sie ihn sowieso nicht vermutet. Allerdings wunderte es sie, dass er im Herd kein Feuer gemacht hatte. Wer am Morgen als Erster aufstand, machte Feuer im Herd. Ohne Feuer im Herd konnte der Kessel für den Tee nicht aufgesetzt werden, und ohne mindestens zwei Tassen starken schwarzen Tees konnte für Aldo der Tag nicht beginnen. Sie hatte ihm genug Brot für mindestens zwei oder drei Tage dagelassen, aber es sah auch nicht so aus, als hätte er gefrühstückt. Elena bekam Angst.

Mit klopfendem Herzen verließ sie das Haus und ging zurück zum Stall. Sie schaute hinein und nahm verwundert zur Kenntnis, dass Aldos Pferd dort stand. Wenn sie die Pferde nicht brauchten, wurden sie gefüttert und auf eine der Koppeln gebracht, aber die Futtertröge waren leer. Das war wirklich beunruhigend, denn die Pferde vernachlässigte Aldo nie. Elena machte sich auf den Weg zur Koppel beim Haus und hielt nach Billy-Ray Ausschau, aber er war nirgends zu sehen. Das zum Verkauf bestimmte Vieh stand dort, die Rinder brüllten vor Hunger.

Elena ging zum Stall zurück. »Aldo«, rief sie, aber ihre Stimme wurde von der Stille geschluckt. Sie ging zum Hühnergehege, aber auch die Hühner gackerten aufgeregt vor Hunger, und die Eier waren nicht eingesammelt worden. Was war nur passiert? Elena suchte die Umgebung des Hauses ab, rief wieder und wieder nach Aldo, aber es kam keine Antwort. Sie hatte keine Ahnung, was sie tun oder wo sie sonst noch nach ihm sehen sollte.

Vor Angst wie gelähmt ging Elena zum Funkgerät zurück, rief Mr. Kestle an und bat ihn, ihre Mutter zu holen. Sie erzählte ihr, dass sie Aldo nicht finden könne.

»Vielleicht solltest du einen der Nachbarn fragen«, riet Luisa.

»Daran habe ich auch schon gedacht, Mamma. Aber das Pferd steht noch im Stall. Damit entfällt auch die Möglichkeit, dass er bei einem der Nachbarn ist, also wo kann er nur sein?«

»Ohne Pferd kann er nicht weit weg sein. Das ist alles sehr merkwürdig«, erklärte Luisa.

Elenas Mutter hatte anfangs gedacht, ihr Schwiegersohn spielte irgendwelche bösen Spielchen mit ihrer Tochter, er neigte zu seelischer Grausamkeit, aber nun nahm sie die Lage ernster. Man musste die Möglichkeit in Betracht ziehen, dass ihm irgendwas passiert war.

»Die Tiere sind alle nicht gefüttert, und im Herd ist heute noch gar kein Feuer gemacht worden«, sagte Elena. »Ich werde weitersuchen, Mamma. Over und Ende.«

Als Elena wieder nach draußen ging, sah sie Billy-Ray beim Stall vom Pferd steigen. Sie war erleichtert, denn bestimmt wusste er etwas.

»Billy-Ray, wo ist der Boss?«, rief Elena ihm zu.

»Weiß ich nicht, Missus«, sagte Billy-Ray und kam auf sie zu. »Ich hab ihn seit gestern Abend nicht gesehen.«

»Sein Pferd ist im Stall, und keines der Pferde ist gefüttert worden. Die Hühner und die Rinder auch nicht. Ich mache mir wirklich Sorgen um ihn.«

»Er schien gestern Abend einfach nicht er selbst zu sein, Missus«, gab Billy-Ray zu. Die ganze Nacht hatte er gegrübelt, deshalb war er auch gekommen. Er wollte sehen, ob mit Aldo alles in Ordnung war.

Elena runzelte die Stirn. »Ist hier gestern eine Frau gewesen?«

»Ja, Missus. Sie kam mit dem Flugzeug. Lange ist sie nicht geblieben, aber als sie wegging, war der Boss ganz aufgeregt.«

»Aufgeregt! Weißt du, weshalb sie hier war?«

»Nein, Missus. Der Boss hat nichts über sie erzählt.«

»Das ist merkwürdig«, meinte Elena. »Du bist spät dran heute, Billy-Ray. Ist irgendwas zu Hause nicht in Ordnung?«

»Alles in Ordnung, Missus. Der Boss hat gesagt, ich habe den Tag heute frei. Aber ich hab gedacht, ich komm trotzdem und sehe mal nach, ob er es sich vielleicht anders überlegt hat. Er hat mir vorher nämlich noch nie einen Tag freigegeben.«

Elena wusste, dass das ganz und gar untypisch für Aldo war. Er erwartete von allen, dass sie genauso lang und genauso hart arbeiteten wie er selbst.

»Merkwürdig«, sagte sie. »Ich suche jetzt weiter nach Aldo, Billy-Ray. Fütterst du bitte die Tiere, ja?«

»Ja, Missus.«

Elena durchstreifte das Grundstück und dachte angestrengt darüber nach, was mit ihrem Mann passiert sein mochte. Was hatte er am Vortag wohl gemacht? Seine Pläne für den Tag ließ er sie meist nicht wissen, also war das gar nicht so einfach herauszufinden. Ihr Blick blieb an der Windmühle haften. Daneben befand sich der Wassertank. Ein entsetzlicher Gedanke kam ihr. War er womöglich in den Tank gefallen?

Elena rannte den Hügel zur Windmühle hoch. Das aus dem Erdreich mithilfe der Windmühle gepumpte Wasser wurde in dem riesigen Tank aufgefangen, wo es sich abkühlte. Von dort wurde es in die Viehtröge weitergeleitet. Der Tank war am oberen Rand verrostet, und das schon seit einer ganzen Weile. Aldo hatte sich vorgenommen, sich eines Tages darum zu kümmern, aber diese Art von Reparaturen schob er stets vor sich her. Sein erster Gedanke galt dem Vieh und dem Anbau von Futter. Sie überlegte, ob er vielleicht beschlossen hatte, den Tank zu reparieren, und hineingefallen war. Er hatte mal erzählt, er könne schwimmen, aber wie gut, das wusste sie nicht. Schwimmen zu gehen war etwas, das man zum Vergnügen tat, und Aldo verbat sich alles, was nur dem Vergnügen diente. Wenn er stundenlang in dem Tank gelegen hatte und es ihm nicht gelungen war, herauszukommen, wäre er irgendwann vor Erschöpfung ertrunken. Elena betete, dass das nicht passiert war.

Kurz entschlossen begann sie, die Leiter seitlich am Tank hinaufzuklettern, als ein Tier, das am Fuß der Windmühle stand, ihre Aufmerksamkeit erregte. Ein neugeborenes Kalb konnte es nicht sein, denn im Moment hatten sie keine ganz jungen Kälber. Elena sprang die Sprossen der Leiter wieder hinunter. Jetzt erkannte sie, dass es ein ausgewachsener Dingo war. Es war nichts Ungewöhnliches, dass sich einer dieser Wildhunde auf ihr Grundstück verirrte, aber Aldo mochte die Tiere nicht. Wenn er einen Dingo sah, erschoss er ihn sofort. Dingos fielen immer wieder neugeborene Kälber an oder gruben sich ein Loch unter dem Zaun ins Hühnergehege hinein und rissen die Tiere. In der Regel liefen die Wildhunde weg, wenn sie einen Menschen sahen, doch wenn sie ausgehungert waren, wurden sie wagemutiger. Einmal, als Dominic noch sehr klein gewesen war, hatte Elena einen Dingo aus dem Haus verscheuchen müssen. Er hatte neben der Wiege des Jungen gestanden und ihr eine Heidenangst eingejagt.

Als der Dingo Elena sah, rannte er weg. Sie schaute an der Windmühle hoch. Ihr fiel auf, dass der Fischschwanz fehlte, aber sie maß dem keine große Bedeutung bei. Sie lief um die Mühle herum, um zu sehen, was den Dingo dort interessiert hatte. Sicher hatte er hier irgendein Tier entdeckt, das er reißen wollte, und sie hatte ihn dabei überrascht.

Und dann sah sie ihn. Aldo lag verdreht, die Beine seltsam angewinkelt, am Fuß der Windmühle. Sein Kopf war seltsam überstreckt, auf der Wange nahe beim Auge hatte er eine klaffende Wunde, auch seine Hände waren von blutenden Wunden übersät.

Ameisen krabbelten über sein Gesicht, seine Arme und Beine. Entsetzt begriff Elena, dass der Dingo Aldo gebissen hatte und die Ameisen von dem Blut angezogen worden waren.

»Aldo«, schrie sie und legte ihm die Hand auf den Brustkorb. Sie konnte nicht fühlen, ob sein Herz noch schlug, aber sie war sicher, dass Aldo tot war. Er musste von der Windmühlenplattform gestürzt sein, und das konnte er nicht überlebt haben. »Aldo, du darfst nicht tot sein«, schrie sie. Wie sollte sie den Kindern sagen, dass ihr Papà tot war? Wie sollte sie die Farm weiterführen, das Vieh zusammentreiben oder Futterpflanzen anbauen? Wie sollten sie hier draußen allein ohne Aldo leben? Verrückte Gedanken schossen ihr durch den Kopf, als sie sich vorzustellen versuchte, wie es war, ohne Aldo zu leben.

Elena begann am ganzen Leib zu zittern, und sie wurde überwältigt von Schuldgefühlen. Eine richtige Ehe hatten sie nie geführt, aber so sollte es nun wirklich nicht zu Ende gehen. Hatte er den Sturz womöglich überlebt und war dann gestorben, weil sie nicht zu Hause gewesen war und ihm nicht hatte helfen können? Wie sollte sie mit dieser Schuld weiterleben, mit dem Wissen, dass sie der Grund dafür war, dass er hatte sterben müssen?

Plötzlich öffnete Aldo die Augen. Er flüsterte etwas auf Italienisch, aber Elena konnte nicht verstehen, was. *Prostituta* … hatte er *prostituta* gesagt? Nein, sie musste sich verhört haben.

»Du lebst«, rief sie. »Aldo, du lebst! Gott sei Dank.«

Tränen liefen ihr die Wangen hinunter. Aldo musste unglaubliche Schmerzen haben. Was sollte sie jetzt nur zuerst tun? Elena versuchte, die Ameisen wegzustreifen, aber Aldo schien die beißenden Insekten gar nicht zu spüren. Sie musste Hilfe holen. Irgendjemand musste kommen und ihr helfen. Elena begann, hysterisch zu schreien.

Billy-Ray kam gerade aus dem Stall, wo er die Pferde versorgt hatte, als er die Missus gellend schreien hörte. Er brauchte nur einen Moment, um auszumachen, woher der Schrei kam, dann rannte er los. Billy-Ray fand Elena und seinen Boss an der Windmühle und sah mit einem Blick, was passiert war. Seine erste Eingebung sagte ihm, man müsse Aldo ins Haus tragen, Elena schüttelte jedoch den Kopf.

»Nein! Das ist zu gefährlich. Sein Rückgrat könnte gebrochen sein«, jammerte sie verzweifelt. »Wir dürfen ihn auf keinen Fall bewegen, sonst richten wir nur noch größeren Schaden an. Halt du die Ameisen von ihm fern, ich gehe ins Haus und rufe über Funk die Fliegenden Ärzte.«

Elena lief den Hügel hinunter. Der Gedanke, dass Aldo die ganze Nacht an der Windmühle gelegen und unbeschreibliche Schmerzen durchlitten hatte, quälte sie maßlos. Es grenzte an ein Wunder, dass er noch lebte. Aber würde er am Leben bleiben? So schnell sie konnte, eilte sie ins Haus.

Mrs. Montgomery nahm den Notruf über Funk entgegen und benachrichtigte sofort Lyle und Alison, die gerade auf einer Farm zwischen Winton und Boulia waren. Sie versicherte Elena, dass sie sich jeden Moment auf den Weg nach Barkaroola machen würden.

Elena rannte zur Windmühle zurück. Aldo war kaum bei Bewusstsein gewesen, seit sie ihn gefunden hatte, aber wenigstens war er am Leben. Sie und Billy-Ray versuchten, es ihm so bequem wie möglich zu machen. Sie hielten die Ameisen von ihm fern, aber er hatte Hunderte von Bissspuren auf Armen und Beinen, auf Bauch und Brust und auf dem Gesicht, ganz zu schweigen von den Dingobissen. Aldo befand sich in einem fürchterlichen Zustand.

Es war noch keine Stunde vergangen, da landete die Maschine der Fliegenden Ärzte auf Barkaroola. Lyle und Alison kamen mit einer Trage auf die Windmühle zugerannt. Elena nahm Lyles schockierten Gesichtsausdruck wahr, als er Aldo sah. Das war für sie die Bestätigung, dass es wirklich schlimm um ihren Mann stand. So sanft sie konnten, hoben sie ihn auf die Trage.

»Ist sein Rückgrat gebrochen?«, wollte Elena von Lyle wissen.

»Ich glaube, seine Wirbelsäule ist verletzt, wahrscheinlich im Lendenwirbelbereich, und sicher sind beide Beine mehrfach gebrochen«, antwortete Lyle.

Er war aufrichtig besorgt, denn als Aldo kurz zu Bewusstsein kam, klagte er kaum über Schmerzen. Das war kein gutes Zeichen. Als Aldo in die Maschine gehoben wurde, schlug er die Augen erneut auf.

»Wer … sind Sie?«, keuchte er an Lyle gewandt.

»Dr. MacAllister«, erwiderte Lyle. »Wir bringen Sie ins Krankenhaus, Mr. Corradeo. Machen Sie sich keine Sorgen. Es kommt wieder alles in Ordnung mit Ihnen.«

»MacAllister«, stieß Aldo aus, und auf seinem Gesicht spiegelte sich helle Wut. »Geh … geh weg von mir … *bastardo!*«

Elena hielt den Atem an. »Tut mir leid, Lyle«, flüsterte sie aufgewühlt.

Aldo versuchte seinen Kopf zu heben, aber es gelang ihm nicht. Er kniff die Augen zusammen und suchte Elenas Blick. »*Prostituta!*«, zischte er.

Elena war verwirrt. Warum sagte Aldo so etwas zu ihnen?

»Ist schon gut«, beruhigte Lyle Elena, als er sah, dass sie vor Verlegenheit rot wurde. »Er weiß nicht, was er sagt.«

»Ich … weiß genau, was ich sage, *bastardo!*« Aldos Gesicht verzerrte sich. Er holte tief Luft. »Wenn ich … wenn ich aufstehen könnte …« Er fing an, mit den Armen herumzufuchteln, und versuchte, Lyle zu schlagen.

Elena kannte ihren Mann kaum wieder. Sie stand da und starrte ihn fassungslos an, als sei er ein wahnsinniger Fremder.

»Ganz ruhig, Mr. Corradeo. Sie sind schwer verletzt«, sagte Lyle.

»Ich … bring dich um, *bastardo!*« Aldo rang nach Luft.

Alison reagierte gleich. Sie kam, um Aldos Arme festzuhalten, während Lyle ihm ein Beruhigungsmittel spritzte. Im Nu war er still. Die Pilotin kletterte ins Cockpit und machte die Maschine startklar.

»Ich begreife nicht, wieso er sich so verhält«, flüsterte Elena Lyle zu.

»Das ist gar nicht unüblich«, versicherte ihr Lyle. »Er hat wahrscheinlich schlimme Schmerzen und steht unter Schock, er ist im Delirium.« Er hatte keine Sekunde angenommen, dass sie ihrem Mann von ihrer Affäre erzählt hatte und Aldo aus diesem Grund solche Dinge zu ihnen sagte.

»Das muss es sein, Lyle. In dem Zustand habe ich ihn nämlich noch nie gesehen«, gab Elena zurück.

Elena beschloss, nicht mit Aldo ins Krankenhaus von Winton zu fliegen. Sie erklärte, sie wolle bleiben und sich vergewissern, dass alles Nötige auf der Farm gemacht wurde, dann werde sie auf eigene Faust in die Stadt kommen.

»Es wird sowieso eine Weile dauern, ehe man Aldo untersucht und behandelt hat, erst dann wissen wir mehr. Im Moment kann niemand außer den Ärzten etwas für ihn tun«, sagte Lyle.

Als das Flugzeug abhob, lief Elena ins Haus zurück.

»Wie beurteilst du seine Verletzungen, Lyle?«, fragte Alison.

»Als sehr ernst«, antwortete Lyle. »Er hat Glück, dass er nach einem Sturz aus so großer Höhe überhaupt noch am Leben ist.«

»Er hat ziemlich seltsam auf dich reagiert. Findest du nicht?« Alison wusste, dass Verletzte normalerweise völlig entgegengesetzt reagierten. Sie sahen in Lyle ihren Retter und waren unendlich dankbar.

»Aldo wird im Delirium sein«, sagte Lyle. »Er hat so viele Stunden furchtbare Schmerzen gehabt.«

»Dein Name schien ihm etwas zu sagen«, meinte Alison.

»Das fand ich auch merkwürdig, aber ich habe ihn vorher nie gesehen«, sagte Lyle. Er fragte sich, ob Aldo womöglich herausgefunden hatte, dass Elena und er ineinander verliebt gewesen waren. »Trotzdem glaube ich, dass das Delirium aus ihm spricht. Vielleicht hat er mich auch bloß mit jemandem verwechselt.«

»Ich hoffe nur, dass diese Millie, die ich gestern nach Barkaroola geflogen habe, ihn nicht so aus der Fassung gebracht hat, dass der Unfall passiert ist«, sagte Alison. »Je mehr ich über ihr Benehmen nachdenke, desto seltsamer kommt es mir vor.«

»Diese Millie?«, fragte Lyle erstaunt.

»Ja, Millie McFadden«, antwortete Alison. »Die Frau, die ich gestern nach dort draußen geflogen habe.«

»Ich weiß, wen du meinst, aber gestern hast du nichts davon gesagt, dass sie Millie heißt«, sagte Lyle.

»Ach, nicht? Aber das ist doch nicht so wichtig, oder?«

»Wahrscheinlich nicht«, meinte Lyle. »Wie sah sie denn aus, Alison?«

»Wieso willst du das wissen?«

»Ich bin neugierig, also sag es mir einfach.«

Alison dachte nach. »Groß war sie nicht gerade, und ein bisschen füllig war sie, und sie hatte lockiges Haar.«

»Rostrot vielleicht?«, fragte Lyle unsicher.

»Ja, ein sehr hübsches Rostrot, und sie hatte einen Akzent ähnlich wie du, ihr stammt wohl beide aus derselben Gegend in Schottland.«

Lyle stockte der Atem. »Erinnerst du dich an ihre Augenfarbe?« Millies Augen waren strahlend blau, die vergaß man nicht so leicht.

»Eine Art Kornblumenblau«, sagte Alison, die über diese Frage verwundert war. »Wieso willst du das wissen? Kennst du sie doch irgendwoher?«

Lyle wurde übel. Eine Weile war er unfähig zu sprechen.

Besorgt sah Alison den Ausdruck auf seinem Gesicht. »Stimmt was nicht, Lyle?« fragte sie.

»Meine Exfrau heißt Millie«, flüsterte er.

»Ja, das sagtest du mal«, meinte Alison, die den Bezug nicht sah.

»Und deine Beschreibung von dieser Millie McFadden passt haargenau auf meine Exfrau, Alison«, fügte er verzweifelt hinzu.

»Millie McFadden … ist deine Exfrau?« Alison war völlig perplex. »Doch wohl nicht, oder?«

»Vor unserer Heirat hieß sie Millie Evans, aber wenn ich jetzt so überlege, fällt mir ein, dass der Mädchenname ihrer Mutter McFadden war.«

»Wieso sollte sie hier unter dem Mädchennamen ihrer Mutter auftreten, und wieso sollte sie Aldo Corradeo besuchen wollen?«, fragte Alison. »Kannte sie ihn?«

»Nein, und ich weiß nicht genau, weshalb sie ihn aufsuchen wollte, aber etwas Gutes kann sie wohl kaum im Sinn gehabt haben. Dass ich nach Australien gegangen bin, habe ich ihr nie gesagt.« Lyle hatte keine Ahnung, was hier passierte. »Ich habe ihr die Scheidungspapiere durch einen Anwalt in London zustellen lassen.«

»Offensichtlich hat sie herausgefunden, wo du dich aufhältst, vielleicht über Verwandte.«

»Meine Familie hat auch keine Ahnung, dass ich hier bin. Ich wollte nicht riskieren, dass Millie herausfindet, wohin ich gegangen bin, also wollte ich es meiner Familie erst sagen, wenn die Scheidung rechtskräftig ist.«

»Aha.« Alison vermutete, dass Lyles Trennung von seiner Frau mit viel Bitterkeit einhergegangen war. Er hatte für seine Vorgehensweise somit wohl gute Gründe. »Ich frage mich, weshalb sie nicht mit dir im Krankenhaus von Cloncurry geredet hat. Und wieso sollte sie lügen, was den Grund für den Besuch bei Aldo Corradeo betrifft? Ich verstehe das nicht.« Alison kam sich so dumm vor, weil sie sich von dieser Millie hatte täuschen lassen. »Es tut mir leid, Lyle. Hätte ich gewusst, wer sie ist ...«

»Das ist doch nicht deine Schuld, Alison«, sagte Lyle. »Ich nehme an, wir bekommen die Antworten auf unsere Fragen, wenn es Mr. Corradeo wieder einigermaßen gut geht.«

Er hatte den Verdacht, dass Millie etwas über seine Liebe zu Elena herausgefunden hatte, aber wieso das jetzt noch für sie von Bedeutung sein sollte, verstand er nicht.

31

Zwei Stunden, nachdem das Flugzeug von Barkaroola aus mit Aldo zum Krankenhaus abgeflogen war, lenkte Elena den Pferdewagen hinter das Haus ihrer Eltern.

»Wie geht es Papà, Mamma?«, fragte Marcus besorgt, als sie durch die Hintertür ins Haus kam. »Ist er schon im Krankenhaus?«

Elena hatte Angst davor, ihm zu sagen, wie ernst es möglicherweise um Aldo stand. Sie wollte nicht, dass er sich Sorgen machte. »Ja, er ist im Krankenhaus. Ich gehe jetzt auch hin. Mach dir keine Sorgen, Marcus. Dein Papà ist stark, er wird sich ganz bestimmt wieder erholen … im Laufe der Zeit.«

Sie lächelte tapfer, aber ihren ältesten Sohn konnte sie nicht hinters Licht führen. Er sah die Sorgenfalten um ihren Mund und auch, wie bleich sie war.

»Ich will ihn sehen, Mamma«, insistierte Marcus ernst. »Ich komme mit dir.«

»Nein, vorerst nicht, Marcus. Du kannst ihn sehen, sobald es ihm so gut geht, dass er Besuch empfangen kann«, erklärte Elena.

Sie sah zu ihrer Mutter, von der sie sich Unterstützung erhoffte. Ehe sie von der Farm weggefahren war, hatte sie Luisa per Funk erzählt, was mit Aldo passiert war. Schluchzend hatte sie ihrer Mutter beschrieben, was für einen entsetzlichen Anblick er geboten hatte und wie schwer verletzt er war. Sie waren einer Meinung darüber gewesen, dass die beiden Jüngeren Aldo so nicht sehen durften, aber sie wussten beide, dass Marcus darauf bestehen würde.

»Deine Mamma wird erst mal allein hingehen, Marcus«, erklärte Luisa mit Nachdruck. »Die Ärzte werden entscheiden, wann der Rest der Familie zu ihm darf.«

»Verbirgst du etwas vor mir, Mamma?«, fragte Marcus und sah seine Mutter prüfend an. »Wird Papà … sterben?« Ein Schluchzen blieb in seiner Kehle stecken.

»O nein, natürlich nicht, Marcus«, antwortete sie und legte ihm die Hand auf die Schulter. »Dein Papà ist ein sehr kräftiger Mann.«

»Aber er ist von der Windmühlenplattform gefallen, und die ist so hoch«, sagte Marcus. Aldo hatte den Kindern nachdrücklich verboten, je auf den Windmühlenturm zu klettern. Er hatte ihnen härteste Bestrafungen angedroht, sollten sie ihm in dem Punkt nicht gehorchen. Sogar die beiden Jüngeren, die sonst immer zu Streichen aufgelegt waren, hatten sich nicht getraut, sein Verbot zu ignorieren. »Er muss ganz schlimm verletzt sein. Er könnte sterben, oder?«

»Sag so etwas nicht zu deiner Mamma, Marcus!«, schimpfte Luigi. »Sie hat schon Sorgen genug.«

»Wenn ich zurückkomme, erzähle ich dir alles, was der Arzt gesagt hat«, sagte Elena zu Marcus und verbiss sich die Tränen. »Ehrenwort.«

Aldo lag allein in dem kleinen Zimmer, das im Winton Hospital für Intensivpatienten vorgesehen war. Deirdre überwachte seine Vitalfunktionen. Als Elena eintraf, schien er zu schlafen oder unter Beruhigungsmitteln zu stehen. Seine rechte Wange war verbunden, auf die Ameisenbisse hatte man eine Salbe gestrichen. Aldos Kopf war mit einer Halskrause fixiert, sodass er ihn nicht bewegen konnte, seine Beine waren von den Knöcheln bis zu den Oberschenkeln eingegipst. Wieder war Elena den Tränen nahe. Zum ersten Mal in seinem Leben wirkte Aldo verletzlich.

»Wie geht es ihm?«, fragte Elena leise die Schwester.

»Er hat eine Spritze gegen die Schmerzen bekommen, also

geht es ihm im Moment nicht allzu schlecht«, antwortete Deirdre. »Die Ärzte sehen sich gerade seine Röntgenaufnahmen an.«

»Wo ist Lyle? Ich muss mit ihm sprechen«, drängte Elena.

»Dr. MacAllister ist nicht mehr hier.«

»Ach, nicht? Wo ist er denn?«

»Er wurde zu einem Notfall nach Julia Creek gerufen. Dr. Rogers und Dr. Thompson begutachten die Aufnahmen Ihres Mannes. Ich will mal sehen, ob die beiden Ihnen schon etwas sagen können.«

»Danke«, erwiderte Elena.

Sie hatte fest damit gerechnet, dass Lyle ihr etwas über Aldos Zustand sagen würde, und so kam es völlig überraschend für sie, dass er das Krankenhaus verlassen hatte. Deirdre zog den Vorhang um Aldo und Elena, dann ging sie. Elena nahm sich einen Stuhl und setzte sich zu ihrem Mann ans Bett, dann nahm sie seine Hand.

»Aldo«, sagte sie. »Ich kümmere mich um dich, keine Sorge. Du wirst wieder gesund.«

Sie wollte ihm Mut zusprechen, auch wenn sie wusste, dass es ein langer Weg zur Genesung sein würde, doch sie war froh, dass er die Augen geschlossen hatte und die Sorge in ihrem Blick nicht sehen konnte.

Eine Weile saß Elena schweigend da, ihre Gedanken drehten sich um die Farm. Wie sollte sie mit all der Arbeit zurechtkommen, während Aldo im Krankenhaus war? Sie konnte unmöglich in der Stadt arbeiten und alles Billy-Ray überlassen, andererseits brauchten sie jetzt mehr denn je das Geld, das sie in Dr. Robinsons Praxis verdiente. Es gab etliche Entscheidungen, die sie treffen musste.

Aldo stöhnte und schlug die Augen auf. Schnell sprang Elena auf und beugte sich über ihn, denn die Halskrause hinderte ihn ja daran, seinen Kopf zu bewegen, um sie anzuschauen.

»Aldo, du bist wach«, sagte Elena. »Hast du Schmerzen?«

Sein Blick verhärtete sich voller Hass. »Marcus … ist der Sohn von … einem anderen, hab ich Recht?«, fragte er heiser.

Entsetzt wich Elena zurück. »Was?«, rief sie. Halluzinierte Aldo?

»Du hast … das ganz genau verstanden, Elena. Du hast … mich belogen … seit dem Tag, an dem ich dich geheiratet habe. Sag mir … die Wahrheit. Marcus … ist nicht mein Sohn, oder?« Aldo atmete schwer. Für einen Moment schloss er die Augen, dann schlug er sie wieder auf und sah Elena an.

»Wie kommst du darauf?«, fragte Elena mit zittriger Stimme.

Sie versuchte, ihre Hand wegzuziehen, aber Aldo ließ sie nicht los. Er drückte sie so fest, dass sie vor Schmerz zusammenzuckte. Sie wandte den Blick ab, um den Abscheu in seinen Augen nicht sehen zu müssen.

»Antworte mir, verdammt!«, keuchte Aldo. »Ich … will die Wahrheit hören … von dir.«

Elena brachte es nicht übers Herz, weiter zu lügen. Aldo lag hilflos in einem Krankenhaus. Seine Verletzungen konnten sein Leben dauerhaft verändern. Sicher erkannte er die Wahrheit in ihren Augen, aber sie wollte ihr nicht über die Lippen kommen.

»Ich hab … immer gewusst, dass etwas anders ist an … Marcus«, sagte Aldo gequält. Es fiel ihm sichtlich schwer zu reden. »Ich hab … immer gespürt, dass da etwas nicht stimmt. Er ist nicht mein Sohn, hab ich Recht? Und … wag jetzt ja nicht, mich noch weiter anzulügen«, fügte er hitzig hinzu.

Elena sah sich um. Sie fürchtete, jemand könne Aldo gehört haben, aber ob eine der Schwestern in der Nähe war, konnte sie nicht sagen, da der Vorhang zugezogen war.

»Können wir darüber nicht später ganz in Ruhe reden, Aldo?«, fragte sie im Flüsterton.

»Nein!«, spie Aldo aus. »Ich … will die Wahrheit, und zwar … jetzt!«

Elena holte tief Luft. Der Gefühlsaufruhr schnürte ihr schmerzhaft die Kehle zusammen. »Er ist nicht dein Sohn«, antwortete sie leise. »Aber du, Aldo, bist der einzige Vater, den er je hatte.«

Wenn Elena zuvor geglaubt hatte, Kummer und Schmerz in Aldos Gesicht gesehen zu haben, war das doch nichts verglichen mit seinem gequälten Blick in diesem Moment. Es war, als habe sie ihm einen Dolch ins Herz gestoßen.

Aldo sah Elena ungläubig an.

»Endlich … rückst du mit der Wahrheit raus. Du … warst schwanger, als ich dich geheiratet habe, und du … hast kein Wort davon erwähnt.«

»Es tut mir so leid«, flüsterte sie, und die Tränen strömten ihr die Wangen hinunter. »Aber wie …«

Aldos Kraft schien nachzulassen, nur seine Hand krampfte sich weiter schmerzhaft um ihre. Wieder schloss er kurz die Augen und stöhnte vor Schmerz. Dann sah er Elena erneut an und fuhr mit stockenden Worten fort.

»Dein Vater … hat mir versichert, du wärst ein anständiges italienisches Mädchen … eine Jungfrau. Aber jetzt … gibst du zu, du warst schwanger, als ich dich geheiratet habe. Du bist … eine Lügnerin und eine … *prostituta*.«

Elena ertrug es kaum, diese Worte zu hören. Vor Scham ließ sie den Kopf sinken.

»Stimmt es … dass Dr. MacAllister sein Vater ist?« Wieder hielt Elena die Luft an, sie mochte kaum glauben, was sie da hörte. »Seine Frau … ist auf die Farm gekommen, und sie hat … es mir gesagt.«

Elena war erschüttert. Die geheimnisvolle Frau, die Aldo aufgesucht hatte, war Lyles Ehefrau! Kaum zu fassen! Woher kannte sie die Wahrheit, wenn nicht einmal Lyle es wusste? Woher hatte sie gewusst, wo sie Aldo finden konnte?

Auf einmal wurde Elena von einer neuen Angst ergriffen. Sie konnte unmöglich zugeben, dass Lyle der Vater von Marcus war. Was, wenn Aldo ihm das erzählte?

»Das spielt keine Rolle«, sagte sie hastig.

»O doch, für mich schon.« Aldo versuchte, den Kopf zu bewegen, und stöhnte erneut vor Schmerz auf. »Seine Frau … sie hat mir gesagt, du treibst es immer noch mit ihm … hinter meinem Rücken. Stimmt das?«

Elena riss die Augen auf. »Nein, Aldo. Ich habe ihn nur zweimal gesehen. Einmal hier im Krankenhaus und einmal, als wir Marcus zum Röntgen gebracht haben.«

»Lügnerin! Du … du willst mit ihm auf und davon!« Aldo schrie fast. Er schien ungeahnte Kräfte zu entwickeln trotz seines Zustandes.

»Natürlich nicht, Aldo. Lyle … Dr. MacAllister … ist im Begriff, sich von seiner Frau scheiden zu lassen, weil er mit seiner Pilotin, Miss Sweeney, verlobt ist. Offensichtlich ist seine Frau wütend und will ihn verletzen, indem sie unser Leben zerstört.«

»Sie ist nicht schuld daran, dass unser Leben zerstört ist. Du … du … bist schuld! Du hattest eine Affäre mit ihm … in Blackpool, stimmt's?« Elena schwieg, sie brachte erneut kein Wort heraus. »Du schweigst. Das ist … ja wohl Schuldeingeständnis genug. Ich sehe doch, dass Marcus … sein Sohn ist«, sagte Aldo.

Elena wusste, dass es keinen Zweck mehr hatte zu leugnen. »Er weiß es nicht, und ich will nicht, dass er erfährt, dass Marcus sein Sohn ist, weil ich mit dir verheiratet bin …«, flüsterte sie.

Aldo sah Elena ungläubig an. Niemals war das, was sie ihm da gerade gesagt hatte, die Wahrheit. Sie wollte ihm weismachen, dass sie den Arzt belogen hatte und dass sie sich darum sorgte, er könne herausfinden, dass er der Vater des Jungen war.

»Geh! Geh mir aus den Augen, *prostituta*«, zischte er.

»Bitte, Aldo, du musst verstehen … Ich hab nicht gewusst, was ich sonst tun sollte …«

»Da gibt es nichts zu verstehen. Meine Frau … ist eine verlogene Hure.« Aldo schleuderte Elenas Hand weg, als könne er sich bei der Berührung vergiften.

Elena trat vom Bett zurück. Sie war wie gelähmt, ihre Gefühle wie erstarrt. Als sie den Vorhang zurückzog, glaubte sie, jemanden aus dem Zimmer huschen zu sehen. Eine Welle der Demütigung trieb ihr die Röte ins Gesicht. Dann beruhigte sie sich.

Ihre Augen waren tränenverschleiert, bestimmt war da niemand gewesen.

Auf dem Korridor kam Deirdre auf Elena zugelaufen. »Ich wollte Sie gerade holen«, sagte die Schwester. »Dr. Thompson möchte Sie in seinem Sprechzimmer sehen.«

Aus Deirdres vertrauensseligem Gesichtsausdruck schloss Elena, dass die Schwester ihr Gespräch mit Aldo nicht mit angehört hatte. Sie musste sich den Schatten, der durch die Tür gehuscht war, eingebildet haben.

Elena ging den Korridor entlang zu Neils Sprechzimmer. Sie fühlte sich wie betäubt. Was würde Marcus tun, sollte er herausfinden, dass der Papà, den er sein ganzes Leben gekannt hatte, gar nicht sein leiblicher Vater war? Sie betete, dass sie Aldo überreden konnte, dem Jungen nicht die Wahrheit zu sagen, aber sie fürchtete, dass er ihr diesen Gefallen nicht tat. Er war zu sehr in seiner Ehre gekränkt. Aber auch wenn Aldo dem Jungen nichts sagte, würde er sich an ihrem Sohn rächen. Er würde ihn mit noch größerer Verachtung behandeln als ohnehin schon, und das konnte sie nicht zulassen.

»Kommen Sie herein, Elena«, sagte Neil, als sie an die Tür seines Sprechzimmers klopfte.

Elena setzte sich, weil ihre Beine so zitterten, dass sie glaubte, sonst stürzen zu müssen. Neil fiel ihr verstörter Blick auf, er nahm aber an, es sei der Schock angesichts von Aldos Unfall.

»Es ist alles andere als einfach, Ihnen diese Nachricht beizubringen, Elena«, begann Dr. Thompson.

»Schonen Sie mich nicht, Neil. Ich war Krankenschwester im Krieg. Ich habe so manche furchtbare Verwundung gesehen.«

»Aber diese Männer waren Fremde. Jetzt geht es um Ihren Mann, Elena.«

»Ja, da haben Sie Recht, aber ich muss jetzt stark sein. Sagen Sie mir, was Sie auf den Röntgenbildern gesehen haben.«

»Aldo hat diverse Knochenbrüche in den Beinen. Die meisten sind unkomplizierte Brüche, wir sind daher überzeugt davon, dass sie gut verheilen werden. Er hat einige Schwellungen an der Wirbelsäule. Diese Schwellungen werden sich im Laufe der Zeit zurückbilden, aber bis das so weit ist, wird er starke Schmerzmittel brauchen.«

»Dann wird er also wieder gesund. Wollten Sie mir das sagen?«, fragte Elena voller Hoffnung.

Neil schwieg. Dann sagte er: »Nein, tut mir leid, so ist das nicht.«

»Was denn dann, Neil? Sagen Sie es mir. Hat er innere Verletzungen, lebensbedrohliche Verletzungen?« Elenas Stimme zitterte.

»Mit seinen inneren Organen scheint alles in Ordnung zu sein, und es gibt keine Anzeichen innerer Blutungen, aber … einige seiner Wirbel sind gebrochen, Elena.«

»Gebrochen!« Elena wusste ganz genau, was das zu bedeuten hatte. »Die Knochen werden doch wieder heilen, oder? Gelähmt ist er jedenfalls nicht. Er hat meine Hand gehalten, und ich kann Ihnen sagen, er hat immer noch ziemlich viel Kraft in seinen Armen.«

»Die Frakturen verursachen eine Lähmung der unteren Gliedmaßen, er scheint die oberen noch gebrauchen zu können. Ich muss Ihnen leider sagen, dass Aldo nie wieder in der Lage sein wird, zu gehen.«

Elena hielt die Luft an, ihre Hand fuhr zum Mund. »Sind Sie … sind Sie sicher?«

»Ja.«

»Es muss doch noch eine Hoffnung geben, dass er nach längerer Rehabilitation wieder gehen kann.«

»Nein«, erklärte Neil entschieden. »Ich würde ja gern sagen, dass es vielleicht ein Wunder gibt; wenn ich ehrlich bin, bezweifle ich das jedoch stark. Es tut mir aufrichtig leid, Elena, aber es ist ein Segen, dass Ihr Mann überhaupt noch am Leben ist.«

»Sie wissen genau, dass er das nicht so sehen wird«, meinte Elena wütend. »Er ist Viehfarmer! Ein Mann mit großem Stolz!

Er wird nie und nimmer fertig damit, dass er sein Leben im … im Rollstuhl verbringen muss.« Elena hätte Neil gern erzählt, dass Aldo schon hatte herausfinden müssen, dass Marcus nicht sein Sohn war, und dass es jetzt nicht noch schlimmer für ihn kommen sollte, aber das konnte sie natürlich nicht.

»Ich möchte mit Ihnen besprechen, wie wir das Aldo am schonendsten beibringen können, Elena.«

»Im Moment käme er damit überhaupt nicht zurecht. Es wäre einfach zu viel für ihn«, sagte sie und senkte den Blick.

»Wenn Sie das meinen, dann werden wir ein paar Tage warten, bis er sich ein wenig kräftiger fühlt. Was da mit ihm passiert ist, war wirklich ein großer Schock und eine gewaltige Belastung für seinen Körper.«

Neil weiß gar nicht, wie Recht er da hat, dachte Elena. »Ja, noch mehr könnte er jetzt kaum verkraften. Er hat schon genug durchgemacht. Ich glaube, es ist tatsächlich das Beste, ein paar Tage zu warten.«

Als Elena das Krankenhaus verließ, sah sie ihre Mutter über die Straße auf sich zukommen, sie schien es sehr eilig zu haben. Elena war verwirrt, als sie die Panik im Blick ihrer Mutter sah.

»Hast du Marcus gesehen, Elena? Ist er ins Krankenhaus gekommen?«, rief Luisa ihr entgegen.

»Nein, seit ich von euch weg bin, habe ich ihn nicht gesehen. Er sollte doch warten, bis ich zurückkomme.«

»Stimmt, aber er ist verschwunden, und ich habe schon überall nach ihm gesucht. Dann dachte ich, er könnte vielleicht seinen Papà besuchen wollen.«

»Er war nicht da, aber das ist auch nur gut so.«

»Aldo ist doch nicht … gestorben?«, fragte Luisa, die ganz blass geworden war.

»Nein, Mamma.« Elena zog ihre Mutter zu einer Bank in einer kleinen Parkanlage vor dem Krankenhaus, wo niemand sie hören konnte. »Aldo weiß, dass Marcus nicht sein Sohn ist.«

Luisa war tief erschüttert. »Das kann doch nicht sein, Elena.«

»Kaum hat er mich gesehen, hat er mich zur Rede gestellt. Ich konnte nicht länger lügen, ich musste ihm die Wahrheit sagen.«

»Elena! Du hast doch wohl nicht wirklich die Wahrheit gesagt?«, fragte Luisa entsetzt. »Wir zwei sind die Einzigen, die die Wahrheit kennen, Aldo kann also gar nicht herausgefunden haben, dass Marcus nicht sein Sohn ist.«

»Irgendwas ist gestern passiert, Mamma. Eine Frau tauchte im Büro der Fliegenden Ärzte in Cloncurry auf und behauptete, sie sei eine Freundin der Familie von Dr. MacAllister.«

»Was hat das denn zu tun mit dem, was du mir erzählst?«

»Sie hat Lyles Pilotin gebeten, sie nach Winton zu fliegen, damit sie Aldo aufsuchen kann. Sie hat der Pilotin irgendeine Lüge aufgetischt, hat erzählt, Aldos Vater habe ihren Vater im Krieg kennengelernt und sie habe ihm jetzt etwas zu übergeben. Aldos Vater war aber gar nicht Soldat. Billy-Ray hat gesagt, Aldo sei sehr aufgewühlt gewesen, nachdem sie gegangen war, gar nicht mehr er selbst. Aldo hat Billy-Ray nach Hause geschickt, ihm für heute freigegeben. Und wir wissen beide, dass das Aldo gar nicht ähnlich sieht.«

»Ich weiß ja nicht, wer diese Frau ist, Elena, aber sie kann die Wahrheit nicht kennen.«

»Aldo hat mir gerade erzählt, dass sie Lyles Frau war und dass sie ihm gesagt habe, Marcus sei nicht sein Sohn.«

Luisa wurde blass. »Du hättest leugnen sollen. Diese Frau kann das doch gar nicht beweisen.«

»Ich konnte einfach nicht mehr lügen, aber jetzt hab ich Angst, er erzählt es Marcus. Ich muss ihn überreden, das nicht zu machen. Marcus würde das nicht begreifen. Er würde mich hassen, Mamma.«

»Luisa«, rief Luigi von der Straße zu ihnen herüber. Hektisch wedelte er mit den Armen.

Elena und Luisa standen auf und gingen zu Luigi, der von der

Metzgerei Fabrizia angelaufen gekommen war. Sie sahen sofort, dass er ganz aufgeregt war.

»Was ist denn los?«, fragte Luisa.

»Marcus hat den Lieferwagen genommen.« Luigi war außer Atem, in seinem Tonfall mischten sich Wut und Sorge.

»Was meinst du damit, er hat den Lieferwagen genommen, Papà?«, fragte Elena bestürzt.

»Er ist aus der Stadt rausgefahren damit«, antwortete Luigi. »Vor ein paar Minuten kam er ins Haus, total verstört. Er hat geweint. Dann ist er zur Hintertür wieder rausgelaufen. Ich bin ihm nachgerannt, da saß er schon im Wagen, ließ den Motor an und brauste davon.«

»Er kann doch nicht fahren«, sagte Elena ungläubig. »Er ist erst dreizehn.«

Luisa schaute Elena an, und die sah die Schuldgefühle im Blick der Mutter. »Manchmal, wenn Marcus wegen Aldo ganz aufgeregt war, hat Papà ihn auf dem Nachhauseweg zum Trost ein bisschen fahren lassen, damit er wieder fröhlich wird«, gab sie zu. »So hat er es gelernt.«

Elena schlug verzweifelt die Hände vors Gesicht. Wenn Marcus etwas passierte, würde sie das nicht überleben.

32

»Ich muss Marcus finden«, sagte Elena und lief zu dem kleinen Tor, das hinter dem Haus ihrer Eltern zu dem Stall führte, in dem sie Pferd und Wagen untergebracht hatten.

»Warte, Elena«, kommandierte Luigi. »Mit dem Pferdewagen holst du ihn nie und nimmer ein. Das arme Pferd ist auch nicht mehr das jüngste. Und wir wissen doch gar nicht, in welche Richtung er gefahren ist. Wir müssen den Sergeant benachrichtigen, der wird dann eine richtige Suchaktion in die Wege leiten.«

»Wenn wir das machen, wird Marcus Ärger bekommen, weil er ohne Führerschein gefahren ist«, sagte Luisa besorgt. »Er würde außerdem wegen Diebstahls verhaftet.« Der Sergeant der Stadt war bekannt für seine Härte, hatte einen tadellosen Ruf und statuierte nur allzu gern ein Exempel an der Jugend im Ort. Er war beim Militär gewesen, in Nordirland. Obwohl er im Allgemeinen allen Ärger von der Stadt fernhielt, stand er im Ruf, niemals Gnade vor Recht ergehen zu lassen, nicht mal ein klein wenig. »Sogar wir könnten Ärger kriegen, weil wir ihn den Lieferwagen haben fahren lassen.«

»Marcus wird noch viel mehr Probleme bekommen, wenn er den Wagen zu Schrott fährt und sich verletzt oder wenn er sich irgendwo verirrt, wo ihn keiner findet«, sagte Luigi wütend. Ihm war klar, dass er sich gerade das Schlimmste ausmalte, aber diese Gedanken ließen sich nun mal nicht vermeiden. »Wir müssen ihn finden, und zwar schnell.«

Was er auch sagte, war, dass er den Lieferwagen gerade mit Fleisch beladen hatte, das schnell ausgeliefert werden musste, eine größere Bestellung fürs Krankenhaus, das auch am Sonntag Ware bekam. Luigi sorgte sich, denn das Fleisch würde bald verderben, da es nicht gekühlt war, aber Luigis größte Sorge galt seinem Enkel.

»Ich bin sicher, Papà, dass Marcus nach Hause will. Lass mich nachsehen, ob er da ist, ehe wir den Sergeant benachrichtigen. Wenn er nicht auf der Farm ist und ich ihn auch nirgends auf dem Weg entdecke, melde ich mich über Funk bei Mr. Kestle, dann kann ein Suchtrupp nach Marcus Ausschau halten.«

Zögerlich erklärte sich Luigi bereit zu warten; er hoffte, dass keiner seinen Enkel am Steuer des Lieferwagens gesehen hatte, aber er wusste, er würde krank vor lauter Sorge sein, bis man ihn fand.

Auf dem Weg zur Farm grübelte Elena darüber nach, weshalb Marcus so verstört gewesen war. Vielleicht macht er sich zu große Sorgen um Aldo, dachte sie. Dass Marcus die Wahrheit herausgefunden hatte, hielt sie für unmöglich, also was hatte ihn so verstört?

Elena entdeckte keine Spur von Marcus oder dem Lieferwagen, also betete sie, dass er auf der Farm war. Dort war jedoch auch nichts von ihm oder dem Lieferwagen zu sehen. Billy-Ray bestätigte, dass Marcus nicht da gewesen war, und erkundigte sich besorgt nach Aldo.

Elena hielt es für das Beste, ehrlich zu sein. »Der Boss hat viele Knochenbrüche, Billy-Ray, aber der Doktor sagt, sie werden heilen. Allerdings hat er leider auch gesagt, dass Aldo nie wieder laufen wird.« Sie gab sich Mühe, nicht zu weinen, aber es fiel ihr schwer, die Tränen zurückzuhalten, weil sie das Entsetzen im Blick ihres Viehtreibers sah und weil das bloße Aussprechen des Satzes die furchtbare Tatsache noch realer werden ließ. »Er kann die Arme bewegen, also so gesehen hat er Glück«, fügte sie hinzu und unterdrückte ein Schluchzen.

»Vielleicht irren sich die Ärzte ja auch, Missus. Der Boss ist ein kräftiger Mann. Wenn er es sich in den Kopf setzt, etwas zu erreichen, dann kann nichts und niemand ihn aufhalten.«

»Ich weiß, Billy-Ray, aber ich glaube, diesmal wird die reine Willenskraft ihm nicht weiterhelfen. Die Ärzte haben ihm bis jetzt noch nicht in aller Deutlichkeit gesagt, wie schwer seine Verletzungen sind. Das wird ihn sehr treffen. Er ist ein stolzer Mann, und er lebt für seine Arbeit auf der Farm.«

»Das tut mir wirklich furchtbar leid, Missus, aber ich will gern mehr arbeiten, wo der Boss doch jetzt im Krankenhaus ist.«

»Danke, Billy-Ray, aber ich bin nicht sicher, wie es in Zukunft mit der Farm weitergehen wird. Ich weiß, du machst dir Sorgen, du hast schließlich eine Familie zu ernähren, aber mein Mann hat ja nie der traurigen Tatsache ins Auge gesehen, dass die Farm kein Geld abwirft.«

Billy-Ray nickte, aber Elena sah deutlich, wie besorgt er war.

»Aber als Erstes muss ich jetzt Marcus suchen«, sagte Elena.

»Soll ich losreiten und nach ihm Ausschau halten, Missus?«

»Nein, aber danke, Billy-Ray. Du musst hier weiter nach dem Rechten sehen. Ich werde in nächster Zukunft sehr auf dich angewiesen sein.«

»Ich lasse Sie schon nicht im Stich, Missus.«

Elena ging ans Funkgerät, weil sie sich bei Mr. Kestle melden wollte, aber dann kam ihr eine Idee. Sie rief stattdessen spontan im Büro der Fliegenden Ärzte an und fragte Mrs. Montgomery, ob es möglich sei, eine Nachricht an Lyle weiterzuleiten.

»Sind Sie noch im Krankenhaus in Winton, Mrs. Corradeo?«, fragte Mrs. Montgomery.

»Nein, ich bin zu Hause.«

»Als ich das letzte Mal mit Dr. MacAllister sprach, meinte er, er wolle ins Krankenhaus von Winton zurück und nach Ihrem Mann sehen. Dessen Verletzungen machen ihm wirklich Sorgen. Nach meinen Berechnungen sollte er inzwischen dort sein.« Mrs. Montgomery war sehr tüchtig in ihrem Job. Sie wusste stets genau, wie lange die Flüge zu den unterschiedlichen Zielorten dauerten, und irrte sich selten.

»Oh, danke, Mrs. Montgomery. Ich melde mich über Funk beim Krankenhaus. Over und Ende.«

Elena erreichte das Krankenhaus in Winton sofort. Mrs. Skivers, die dort den Funk betreute, holte Lyle, der gerade auf dem Weg zu Aldo war. Elena platzte sofort mit ihren Sorgen heraus. Sie erzählte Lyle, was passiert war, und erklärte ihm, Marcus sei so verstört wegen Aldo, dass er den Lieferwagen genommen habe und verschwunden sei.

»Ich mache mir wirklich Sorgen, Lyle. Er könnte sich verirren, und er hat kein Wasser dabei.«

»Hast du den Polizisten am Ort benachrichtigt? Er könnte eine Suchaktion organisieren.«

»Nein, ich hatte ja gedacht, er wollte nach Hause.«

»Alison und ich fliegen sofort Richtung Barkaroola, Elena«, sagte Lyle. »Von da werden wir aus der Luft Ausschau nach ihm halten. So haben wir eine größere Chance, ihn schnell zu finden. Over und Ende.«

Elena war Lyle unendlich dankbar.

Lyle entdeckte den weißen Lieferwagen auf einem unbefestigten Pfad, weitab von der Straße auf halber Strecke zur Barkaroola Farm. Der Pfad wurde schon seit Jahren nicht mehr befahren. Er führte zu den Überresten einer Pionierhütte am Ufer des Diamantina River. Gelegentlich kampierten dort Aborigines. Das Sonnenlicht spiegelte sich glitzernd auf dem Metalldach des Lieferwagens. Lyle bat Alison, über dem Gebiet zu kreisen, damit er sich überzeugen konnte, ob der Wagen, den er entdeckt hatte, tatsächlich der gesuchte war, denn er wurde teilweise von Akazienbüschen verdeckt. Als er sicher war, bat er Alison, die Maschine auf der Straße zu landen.

»Sollten wir nicht zuerst Mrs. Corradeo holen?«, fragte Alison. »Das ist vielleicht besser für Marcus, wenn er so verstört war.«

»Nein, der Junge könnte womöglich sofortige ärztliche Hilfe brauchen«, antwortete Lyle.

»Soll ich mitkommen?«, fragte Alison, als Lyle nach der holprigen Landung aus dem Flugzeug stieg.

»Nein, bleib du bei der Maschine, für den Fall, dass jemand vorbeikommt«, sagte Lyle. Elena könnte kommen und dann nicht wissen, was sie denken sollte, wenn sie das verlassene Flugzeug auf der Straße sah. »Ich komme zurück, sobald ich kann.«

Lyle griff nach seinem Arztkoffer und machte sich auf den Weg, doch bald merkte er, dass das Gebiet vom Boden aus ganz anders aussah. Der Pfad war nicht einmal zu sehen. Er wurde seit vielen Jahren nicht mehr befahren und war von Büschen überwuchert, voller Steine und gesäumt von Spinifex, einem Süßgras. Immer wieder drehte Lyle sich nach dem Flugzeug um, das er als markanten Orientierungspunkt benutzte. Er war froh, dass das Gelände zum Fluss hin leicht abfiel.

Lyle fragte sich, warum Marcus versucht hatte, den Lieferwagen seines Großvaters von der Straße herunterzulenken. Wollte er ausreißen? Natürlich hatte der Unfall seines Vaters ihn verstört, Vater und Sohn standen sich bestimmt sehr nahe. Beinahe den Vater zu verlieren war wahrscheinlich das Schlimmste, was er in seinem jungen Leben bisher erlebt hatte, und er wusste wohl nicht, wie er damit umgehen sollte. Es erinnerte Lyle daran, wie er sich gefühlt hatte, als er seinen Vater verlor, und er war zu dem Zeitpunkt schon ein erwachsener Mann gewesen. Lyle hoffte, dem Jungen ein wenig Trost und Unterstützung bieten zu können. Außerdem war er froh darüber, dass er etwas für Elena tun konnte. Er schuldete ihr so viel.

Als Lyle den Lieferwagen erreichte, sah er, dass die Tür an der Fahrerseite offen stand, der hintere Reifen auf der Beifahrerseite steckte in einem Bodenloch fest. Man konnte erkennen, dass der Reifen durchgedreht hatte, Marcus musste versucht haben, wieder aus dem Loch herauszukommen. Aber wo war er jetzt? Lyle hoffte, dass er nicht in Panik geraten war und irgendwo in der gleißenden Nachmittagssonne umherlief. Man trocknete schnell aus bei der Hitze. Eingeborene Fährtensucher halfen manchmal, der

Zeitfaktor war dann von ausschlaggebender Bedeutung. Sie könnten auch versuchen, Marcus mit dem Flugzeug zu finden, aber aus der Luft war es ebenfalls schwierig, einen Menschen auszumachen, wenn die Landschaft nicht ganz karg war.

Lyle machte eine Ansammlung von Felsen etwa eine halbe Meile in westlicher Richtung aus – er hoffte, dass Marcus vernünftig genug gewesen war, Schutz zu suchen. Als er zurückschaute, erkannte er gerade noch das Flugzeug in der Ferne. Es war sein einziger Orientierungspunkt. Schnell machte er sich auf den Weg zu den Felsen.

Als Lyle bei den Felsen ankam, huschten ein paar Gelbfuß-Felskängurus auf, die hier Zuflucht gesucht hatten. Es waren schöne kleine Tiere mit weichem dunkelbraunem Fell und goldgelben Pfoten, was ihnen den Namen gab. Auch zahlreiche Skinke sonnten sich auf den Felsen. Ein paar schlüpften schnell in die Spalten zwischen den uralten Felsblöcken, andere erstarrten in der Hoffnung, durch ihre Umgebung getarnt zu sein. Sie beobachteten den Eindringling mit schlangenähnlichen Augen. Solche Geschöpfe aus der Nähe zu sehen war immer ein Vergnügen für Lyle, aber diesmal war er mit den Gedanken bei Marcus. Lyle machte sich daran, das felsige Gelände zu umrunden. Er achtete sorgsam darauf, wohin er die Füße setzte, denn Schlangen sonnten sich gern in der Nähe von Felsen, und er wollte es nicht riskieren, gebissen zu werden.

Marcus saß am Fuß eines Felsblocks, die Arme um die Knie geschlungen, und starrte in die Ferne. Lyle sah, dass er geweint hatte, und er spürte eine große Sympathie für den Jungen. In diesem Moment vermisste er Jamie so sehr, dass er sich körperlich krank fühlte.

»Marcus«, sagte Lyle leise, in der Hoffnung, ihn nicht zu erschrecken, der Junge sollte nicht glauben, vor ihm weglaufen zu müssen.

Marcus' Kopf fuhr herum, und er riss die blutunterlaufenen Augen weit auf. Dann kam er auf die Füße und lief auf Lyle zu.

»Geht es dir gut?«, fragte Lyle und breitete die Arme aus. Marcus war sicher überglücklich, ein bekanntes Gesicht zu sehen, und eine Umarmung tat ihm jetzt bestimmt gut. Weiter kam Lyle jedoch nicht. Marcus holte aus und schlug ihn mit der Faust mitten ins Gesicht. Vor Schreck wich er zurück. Er stolperte und konnte sich nur mit Mühe auf den Beinen halten. Seine Augen fingen an zu tränen, Marcus hatte ihn an der Nase getroffen. »Marcus! Warum tust du das?«, rief er bestürzt.

»Sie haben meine Mutter im Stich gelassen, als sie Sie brauchte, und jetzt ist das Leben von uns allen kaputt«, schrie Marcus ihm entgegen.

Lyle war fassungslos. »Deine Mutter im Stich gelassen! Wovon redest du, Marcus?«

»Das wissen Sie ganz genau«, brüllte der Junge voller Wut.

Lyle holte ein Taschentuch aus seiner Jackentasche und tupfte sich das Gesicht ab, er blutete aus der Nase. »Nein, ich habe keine Ahnung«, sagte er verwirrt.

»Sie haben meine Mutter verlassen, als sie mich erwartete. Wie konnten Sie ihr das antun?«

»*Als sie dich erwartete?* Marcus, wie kommst du nur auf so einen Gedanken? Ich bin doch nicht dein Vater.«

»Sie lügen!«

Marcus fing an zu weinen. Lyle hatte ihn nicht haben wollen. Und es kränkte ihn zutiefst, dass er das nicht einmal zugeben wollte. Er wandte sich um und lief wieder in Richtung Lieferwagen. Genau dort holte Lyle den Jungen ein. Er packte ihn am Arm und hielt ihn auf.

»Marcus, bleib stehen! Wir müssen reden«, sagte er.

»Lassen Sie mich los!« Marcus war rot vor Zorn und versuchte, Lyle abzuschütteln.

»Nein, Marcus. Erst erzählst du mir, wie du auf so eine Idee kommst«, sagte Lyle und zwang sich zur Geduld.

Marcus funkelte ihn an, seine Unterlippe zitterte, so aufgeregt war er. »Ich habe gehört, wie sich meine Eltern im Krankenhaus unterhalten haben. Ich habe gehört, wie meine Mutter zugab, dass ich nicht Papàs Sohn bin. Mein Papà hat sie *prostituta* genannt. Ich bin ja vielleicht noch ein Kind, aber ich weiß, was das bedeutet. Er hat gesagt, Sie seien mein Vater, und sie hat das nicht geleugnet.«

Lyle war total perplex, er war sicher, dass dies ein Missverständnis war. »Das kann nicht sein, Marcus. Ich habe deine Mutter zum letzten Mal im November 1918 gesehen. Du bist im Jahr darauf im selben Monat geboren. Du kannst also gar nicht mein Sohn sein. Es ist einfach nicht möglich.« Er versuchte, so sanft wie nur möglich mit dem Jungen zu sein, denn er war offensichtlich verwirrt und vielleicht zu jung, um etwas über die Dauer von Schwangerschaften zu wissen. »Du musst dich verhört haben.«

»Ich bin am 2. August geboren«, erklärte Marcus mit Bestimmtheit. »Und ich weiß, was ich gehört habe.«

Überrascht riss Lyle die Augen auf. »Das … das kann nicht sein«, sagte er verwundert. »Deine Mutter hat mir doch gesagt, wann du geboren bist …«

»Ich werde doch wohl noch mein Geburtsdatum kennen, und jetzt lassen Sie mich los«, wütete Marcus.

Er riss seinen Arm aus Lyles Umklammerung, aber dazu brauchte er nicht viel Kraft. Lyle war vor Erschütterung wie gelähmt. Als zu ihm durchdrang, was Marcus gesagt hatte, begriff er, dass Elena ihn bewusst angelogen hatte. Ungläubig starrte Lyle Marcus an. Auf einmal wurde ihm ganz schwindlig. Er lehnte sich an den Lieferwagen und starrte ins Leere, ohne von der Landschaft irgendetwas wahrzunehmen. In Gedanken war er wieder im Jahr 1918, als er Elena sagte, er wolle Millie heiraten, weil diese ein Kind von ihm erwartete. Wieso hatte ihm Elena nicht gesagt, dass auch sie schwanger war? Die Antwort lag auf der Hand. Entweder hatte sie es noch nicht gewusst oder sie war zu gekränkt, weil er sie wegen einer anderen verließ.

Marcus war plötzlich verunsichert. Warum reagierte Lyle so geschockt? Er war alt genug, um zu erkennen, dass dies kein vorgetäuschter Schock war. In einer Mischung aus Wut und Faszination darüber, wie hilflos Lyle auf einmal zu sein schien, musterte er ihn schweigend. Schließlich machte er ein paar Schritte auf ihn zu.

»Sie haben das wirklich nicht gewusst?«, fragte Marcus.

Lyle schüttelte den Kopf. »Ich hatte keine Ahnung. Ich wäre nie nach Schottland zurückgegangen, hätte ich davon gewusst.«

Marcus wollte ihm glauben, aber er hatte immer noch Bedenken. »Wieso haben Sie meine Mutter verlassen? Haben Sie sie nicht geliebt?«

»Ich habe sie mehr geliebt, als du je ahnen wirst«, flüsterte Lyle.

»Dann hat sie also Sie verlassen. Sie hat uns beide betrogen, und dafür hasse ich sie.« Marcus setzte sich in Bewegung. Er hatte das Flugzeug in der Ferne entdeckt, da musste die Straße sein.

Endlich löste Lyle sich aus seiner Starre. »Warte, Marcus«, sagte er.

Marcus wartete nicht, aber Lyle holte ihn am Rand der Straße ein. Und gerade in diesem Moment kam Elena mit ihrem Pferdewagen angefahren.

Elena hatte auf eine Nachricht von Lyle gewartet, und als sie nicht kam, hatte sie gebetet, er möge Marcus gefunden haben. Sie machte sich so große Sorgen, dass sie nicht länger zu Hause sitzen konnte, sondern wieder losfuhr, um erneut ihren Sohn zu suchen.

»Marcus«, rief sie und sprang vom Wagen. »Du lebst.« Sie war so erleichtert, dass ihr schwindlig wurde.

Elena rannte auf Marcus zu, doch ehe sie ihn in die Arme nehmen konnte, fing er an, sie wütend anzuschreien. »Du hast mich mein ganzes Leben lang angelogen«, rief er anklagend. »Ich hasse dich, ich hasse dich so sehr!« Elena blieb wie angewurzelt stehen. So hatte ihr Sohn noch nie in seinem Leben mit ihr gesprochen. »Wie konntest du mir das antun, wie konntest du Papà das antun?«

»Marcus«, fragte Elena leise. »Was meinst du denn?« Kaum

hatte sie die Frage ausgesprochen, hatte sie tief in ihrem Innern ein seltsames Gefühl.

»Papà ist gar nicht mein Vater, richtig? Und du hast das vor mir verheimlicht.«

Elena fehlten die Worte. Hatte Aldo Marcus schon erzählt, dass er nicht sein Vater war? Das hielt sie für unwahrscheinlich. Auf einmal fiel ihr ein, dass sie im Krankenhaus beim Öffnen des Vorhangs geglaubt hatte, jemanden aus dem Zimmer huschen zu sehen. Marcus! Jetzt machte das alles einen Sinn. Sie hatte sich nicht getäuscht. Marcus musste ihr Gespräch mit Aldo mit angehört haben – eine entsetzliche Vorstellung. Elena sah Lyle an, sah an seinem Gesichtsausdruck, dass auch er wusste, dass Marcus sein Sohn war.

»Was ist hier los?«, fragte Alison und schaute verwirrt von einem zum anderen.

Sie hatte die Auseinandersetzung vom Flugzeug aus beobachtet und war gekommen, um zu erfahren, warum alle so unglücklich schienen, jetzt, da sie Marcus gefunden hatten. Sie konnte nicht ahnen, dass es zwischen Elena und Lyle einmal eine innige Verbindung gegeben hatte, dass sie einmal ineinander verliebt gewesen waren.

»Ich hasse dich, weil du mich angelogen hast, und das werde ich dir nie verzeihen«, brüllte Marcus seine Mutter an. Dann machte er auf dem Absatz kehrt und setzte sich in Bewegung in Richtung Stadt.

»Wo willst du hin?«, rief Elena ihm hinterher.

»Zu Nonna. Ich komme nie mehr nach Hause zurück.«

Gekränkt zuckte Elena zusammen. »Den ganzen Weg in die Stadt schaffst du nicht zu Fuß, Marcus. Lass mich dich fahren.«

»Nein. Ich will nicht in deiner Nähe sein«, rief Marcus wütend, ohne sich noch einmal umzudrehen.

»Ich nehme den Lieferwagen«, sagte Lyle. »Damit hole ich ihn schnell ein, und dann fahre ich ihn in die Stadt.« Er konnte Äste und kleinere Steine um den Reifen legen, der in dem

Schlagloch festsaß. So würde er ihn einigermaßen mühelos freibekommen.

Elena bemerkte, dass Lyle wie unter Schock stand. Seine Stimme war vollkommen monoton. Sie warf Alison einen Blick zu, die peinlich berührt schien, weil sie unfreiwillig solch persönlichen Familiengeheimnissen beigewohnt hatte.

»Wenn Sie in die Stadt wollen, Elena, kann ich auf die Farm rauskommen und Sie abholen«, bot sie an.

»Da wäre ich Ihnen wirklich dankbar«, erwiderte Elena. Weder Aldo noch Marcus wollten sie sehen, aber sie musste in der Nähe der beiden sein.

Lyle kam wie in Trance auf sie zu. »Wir müssen reden, Elena«, sagte er ernst.

»Jetzt nicht, Lyle. Mein Mann und mein Sohn brauchen mich. Um sie muss ich mich als Erstes kümmern«, sagte sie so kühl sie konnte. »Danke, dass du den Lieferwagen zurückbringst und nach Marcus Ausschau hältst. Das weiß ich sehr zu schätzen.«

Sie kletterte auf den Pferdewagen und wendete das Pferd. Lyle und Alison schauten ihr schweigend hinterher.

»Wenn ich zurück in der Stadt bin, warte ich mit dem Flugzeug hinter dem Krankenhaus, Lyle«, sagte Alison geduldig.

Sie wusste, der Flug zurück nach Cloncurry würde ihnen Zeit zum Reden geben.

33

Marcus war drei Meilen marschiert, als Lyle ihn einholte. Er war körperlich und geistig so erschöpft, dass er bald nachgab, als Lyle ihn zum Mitfahren einlud. Durch seinen mürrischen Blick gab er deutlich zu erkennen, dass er nicht reden wollte, und Lyle drängte ihn nicht. Er war genauso schockiert wie Marcus und brauchte wie er Zeit, die Tatsache zu verdauen, dass sie Vater und Sohn waren. Der Gedanke, ob eine Beziehung zwischen ihnen möglich war, lag in weiter Ferne.

Als Alison auf Barkaroola landete, riss ein scharfer Stein ein Loch in einen der Flugzeugreifen. Zum Glück hatte sie das Tempo der Maschine auf der behelfsmäßigen Landebahn gedrosselt, also war Alison selbst nicht ernstlich in Gefahr gewesen. Billy-Ray war gleich bereit, Alison zu helfen, den Ersatzreifen aufzuziehen. Sie benutzte das Funkgerät auf der Farm, um sich mit dem Büro in Cloncurry in Verbindung zu setzen, und so konnte Mrs. Montgomery im Krankenhaus von Winton ihre Verspätung melden, damit Lyle sich keine Sorgen machen musste. Dass sie nun später als vorgesehen in die Stadt kommen würden, rief in Elena erneut Sorge hervor. Was würde Marcus tun, wenn er in die Stadt kam?

Als Marcus und Lyle die Stadt erreichten, bat der Junge, auf der Hauptstraße vor dem Krankenhaus anzuhalten.

»Ich will … meinen Papà sehen«, sagte er bestimmt, doch Lyle sah, dass Marcus schwankte zwischen Weinen, Verlegenheit und Groll.

»Natürlich willst du das«, sagte Lyle. »Aldo Corradeo ist der einzige Mann, den du je als deinen Vater gekannt hast, Marcus, du brauchst dich also deiner Gefühle für ihn nicht zu schämen.«

»Tu ich auch nicht«, erwiderte Marcus nachdrücklich.

»Gut«, sagte Lyle, aber jetzt war er verlegen.

Ihm war klar, dass er sich nicht gerade geschickt verhielt, aber er brauchte Zeit zum Nachdenken. Eigentlich wollte er Marcus vorwarnen, ihm sagen, dass Aldo womöglich nicht ganz er selbst sein würde und etwas Verletzendes sagte, denn schließlich stand er unter Schock. Er hatte herausgefunden, dass Marcus nicht sein Sohn war, und er litt unter den Folgen des Unfalls. Aber die Gelegenheit, das zu sagen, bekam er nicht. Kaum hatte er den Wagen angehalten, war Marcus auch schon herausgesprungen.

Lyle fuhr gleich zur Metzgerei Fabrizia. Elena hatte ihm von dem Fleisch erzählt, das der Lieferwagen geladen hatte. Luigi kam sofort aus dem Haus, als er den Wagen vorfahren sah. Besorgt hatte er auf Nachricht über seinen Enkel gewartet.

»Ihrem Enkel geht es gut, Mr. Fabrizia«, erklärte Lyle. »Er ist im Krankenhaus, er will seinen Papà besuchen.« Er hielt den Moment nicht für geeignet, um Elenas Vater zu sagen, was Marcus gerade herausgefunden hatte. Es war eine peinliche Situation.

Luigi war erleichtert, aber die Erleichterung verwandelte sich sofort in Ärger, als ihm klar geworden war, dass es Marcus gut ging. »*Sì*, aber er war ein böser Junge, weil er den Lieferwagen genommen hat, und dafür wird er bestraft. Das Krankenhaus wartet außerdem auf die Fleischlieferung.«

»Er war sehr aufgeregt, Mr. Fabrizia. Er ist emotional noch gar nicht reif genug, um zu verarbeiten, was da mit seinem Papà passiert ist.« Lyle hatte Angst, Luigi wäre allzu streng mit dem Jungen, das wäre im Moment das Letzte, was Marcus brauchte.

»Das überlassen Sie nur mir«, erklärte Luigi in einem Tonfall, der nahelegte, dass Lyle sich lieber um seine eigenen Angelegenheiten kümmern sollte. »Ich kenne Sie ja nicht mal.«

»Ich bin Dr. Lyle MacAllister. Ich bin in Cloncurry stationiert, bei den Fliegenden Ärzten, Mr. Fabrizia«, erwiderte Lyle.

»Oh, dann können Sie mir sicher sagen, ob Aldo wieder vollständig gesund wird?«

»Wie seine Prognose ist, kann ich noch nicht sagen. Aber ich will jetzt ins Krankenhaus und werde mich darum kümmern«, antwortete Lyle. »Ich weiß aber, dass seine Verletzungen wirklich gravierend sind. Es ist nur verständlich, dass Marcus nach dem Besuch bei seinem Papà so verstört war, also seien Sie bitte nachsichtig mit ihm.«

»Bei allem Respekt, Doktor, aber er ist mein Enkel, ich weiß also sehr wohl, wie ich mit ihm umzugehen habe«, meinte Luigi empört. Er holte das Fleisch aus dem Lieferwagen und brachte es erst einmal in den Laden, um nachzusehen, ob es verdorben war.

Luisa, die in ihrem winzigen Vorgärtchen gestanden und Unkraut gejätet hatte, als Lyle kam, wurde nachdenklich. Der Doktor, den sie erst einmal gesehen hatte, wirkte ernst. Er schien einen Beschützerinstinkt Marcus gegenüber entwickelt zu haben, und das machte ihr Sorgen. Sie betete, dass Marcus nichts über die wahre Identität seines Vaters herausgefunden hatte, aber irgendetwas musste passiert sein. Es war so untypisch für ihn, wie er sich benommen hatte. Dass er den Lieferwagen seines Großvaters gestohlen hatte, wollte so gar nicht zu ihm passen.

Entschlossen betrat Marcus das Krankenhaus. Niemand beachtete ihn, denn sonntags gab es weniger Personal, und alle waren sehr beschäftigt. Als er sich Aldos Zimmer näherte, wurden seine Schritte verhaltener. Vor der Tür blieb er schließlich zögernd stehen, sie stand weit offen. Dieses Mal war der Vorhang vor Aldos Bett nicht zugezogen. Marcus sah, dass Aldo eine Halskrause trug und dass seine Beine eingegipst waren. Was er von seiner Haut sehen konnte, war übersät von roten Flecken und Schürfwunden, überall klebten große Pflaster. Aldo bot einen schrecklichen Anblick, man konnte ihn kaum erkennen. Es war verstörend, ihn so zu sehen, Marcus zwang sich jedoch dazu, sich dem Bett zu nähern.

»Hallo, Papà«, flüsterte er. Wieso er flüsterte, wusste er nicht. Es kam ihm angemessen vor in der Stille des Krankenhauses.

Als er in Aldos Blickfeld kam, weiteten sich dessen Augen. »Marcus«, sagte er, und die Verzweiflung stand ihm im Gesicht geschrieben. Er streckte die Hand aus und umklammerte den Arm des Jungen. »Ich kann meine Beine nicht spüren.«

»Wieso nicht, Papà?«, fragte Marcus und schreckte zusammen. Ein Schmerz durchzuckte seinen Arm. Sein Papà machte ihm Angst.

»Habe ich noch meine Beine?«, fragte Aldo voller Kummer.

»Ja, Papà«, antwortete Marcus mitleidig. Er hatte keine Ahnung, wie er es fertig bringen sollte, diesen Mann nicht mehr als seinen Vater zu sehen.

»Du lügst. Hat der Doktor dir gesagt, dass du mich anlügen sollst?«

»Nein, Papà.« Marcus war gekränkt. Warum unterstellte Aldo ihm eine Lüge? »Ich würde dich doch nicht belügen«, erklärte er nachdrücklich.

Aldo war so verzweifelt, dass er gar nicht richtig zuhörte. »Sie sind weg, die Beine, ja?« Seine Stimme klang jetzt hysterisch.

»Nein, Papà«, antwortete Marcus verstört. »Sie sind nur eingegipst.«

»Hör auf mit dem Lügen«, schimpfte Aldo. »Sie haben mir die Beine abgeschnitten. Wieso lügst du mich an?«

»Das tue ich doch gar nicht, Papà«, sagte Marcus den Tränen nahe. So hilflos hatte er Aldo noch nie gesehen. Er wusste nicht, was er tun sollte. Er sah zur Tür und hoffte, eine Krankenschwester käme vorbei.

Aldo ließ den Arm des Jungen los und streckte die Hand zu seinen Oberschenkeln aus. Er betastete die Haut dort, wo der Gipsverband abschloss, aber es fühlte sich nicht so an, als würde er seine Beine berühren. Aldo war verwirrt. »Ich spüre meine Beine nicht«, brüllte er. »Wo sind sie? Wo sind meine Beine?«

Marcus trat verzweifelt ans Fußende des Bettes und griff nach Aldos Zehen. »Guck, Papà«, sagte er in der Hoffnung, ihn zu beruhigen. »Fühlst du, dass ich an deine Zehen fasse?«

»Nein«, schrie Aldo. »Wieso kann ich meine Zehen nicht fühlen?«

Neil Thompson saß in seinem Sprechzimmer und hörte das Geschrei. Irgendetwas stimmte da nicht. Schnell lief er zu Aldos Zimmer. Er sah Deirdre, die ebenfalls auf dem Weg dorthin war.

»Wo sind meine Beine?«, brüllte Aldo Neil an.

»Sie haben Blutergüsse und Schwellungen am Rücken, Aldo. Bitte beruhigen Sie sich«, sagte Neil.

»Lügen Sie mich nicht an. Wenn meine Beine da sind und ich sie nicht spüre, kann das doch nur eines bedeuten, nämlich dass ich … dass ich ein Krüppel bin!«

»Wir sprechen morgen über Ihren Zustand, Aldo. Heute möchte ich, dass Sie sich ausruhen.« Neil gab Deirdre Zeichen, dass sie eine Beruhigungsspritze vorbereiten sollte.

»Ich werde nie wieder laufen können, hab ich Recht?«, fragte Aldo gequält. »O mein Gott, wieso bin ich nicht einfach gestorben?«

Aldos Qual war zu viel für Marcus. Er wich kreidebleich zur Tür zurück. Dass sein Papà nie wieder würde laufen können, war undenkbar. Er wusste, daran würde er zerbrechen.

Deirdre kam mit der Spritze ins Zimmer, und Neil verabreichte dem Patienten das Beruhigungsmittel, es wirkte fast sofort. »Dein Papà muss jetzt ruhen«, sagte Neil zu Marcus und führte den Jungen aus dem Raum.

»Wird er wieder gesund?«, fragte Marcus, als sie draußen auf dem Korridor waren. »Oder wird mein Papà für den Rest seines Lebens ein Krüppel bleiben?«

»Seine Verletzungen sind sehr ernst, aber sein Leben ist nicht in Gefahr«, antwortete Neil. »Du kannst morgen wiederkommen und ihn besuchen.«

Das war nicht die Antwort, die Marcus erhofft hatte, doch er fragte nicht noch einmal nach. Marcus verstand, dass der Arzt ihm nicht die Wahrheit sagen wollte.

Als Lyle die Tür zum Haupteingang des Krankenhauses öffnete, schoss Marcus wie ein Pfeil an ihm vorbei nach draußen.

»Marcus!«, rief er, »warte!«, aber der Junge beachtete ihn gar nicht. Er rannte geradewegs auf das Haus seiner Großeltern zu.

Lyle ging sofort in Neil Thompsons Sprechzimmer.

Neil fiel gleich auf, dass Lyle außer sich war. »Sie haben doch keinen Patienten verloren, oder, Lyle?«, fragte er mitfühlend.

»Nein«, erwiderte Lyle und gab sich Mühe, sich zusammenzureißen. »Ich habe nur gerade Marcus Corradeo das Krankenhaus verlassen sehen, und er schien sehr aufgeregt zu sein. Hat er seinen Vater besucht?«

»Leider ja, und Aldo wurde regelrecht hysterisch. Es ist ihm gerade zum ersten Mal bewusst geworden, dass er seine Beine nicht spürt. Der Junge hat leider mit angesehen, wie der Vater sich aufgeregt hat, und das hat ihn doch sehr verstört. Ich habe ihm allerdings nicht die Wahrheit über den Zustand Aldo Corradeos gesagt. Dazu müsste ich die Erlaubnis seiner Mutter haben.«

»Wie ist die Prognose für Mr. Corradeo?«

»Sehr düster, fürchte ich. Seine multiplen Frakturen in den Beinen werden heilen, und die Schwellung an der Wirbelsäule wird im Laufe der Zeit möglicherweise zurückgehen. Er könnte sich gut erholen, wenn das seine einzigen Verletzungen wären, aber wie Sie schon geahnt hatten, sind auch Wirbel gebrochen. Er hat keinerlei Gefühl in den unteren Gliedmaßen, es ist also offensichtlich, dass die Nerven und das Rückenmark dauerhaft geschädigt sind. Er wird nie wieder gehen können.«

Aldo würde gelähmt bleiben! Das tat Lyle sehr leid, aber was für ein Leben hatte Elena jetzt an der Seite ihres Mannes, eines verkrüppelten Farmers? »Hätten Sie mit Mr. Corradeo nicht ehrlich sein sollen? Manchmal ist die Ungewissheit schlimmer als die Wahrheit.« Lyle hielt es immer für das Beste, ganz offen zu seinen Patienten zu sein.

»Normalerweise würde ich Ihnen zustimmen, aber ich habe es mit seiner Frau besprochen. Wir sind übereingekommen, dass es klüger wäre zu warten, weil er so sehr unter Schock steht. Wer weiß, wie lange er verletzt dagelegen hat und was ihm alles durch den Kopf gegangen ist. Ich glaube, er hat sogar hungrige Dingos abwehren müssen. Das ist sicher ein traumatisches Erlebnis gewesen.«

»Elena Corradeo weiß also, dass ihr Mann gelähmt ist?« Das hatte sie ihm nicht gesagt. Lyle war klar, sie musste am Boden zerstört sein und sich große Sorgen um die Zukunft ihrer Familie machen.

»Ja, ich habe es ihr gesagt«, antwortete Neil. »Es wäre am besten, sie wäre hier, wenn ich ihrem Mann sage, dass sich sein Leben für immer verändert hat.«

Lyle dachte angestrengt nach. Aldo Corradeo musste kurz vor seinem Unfall durch Millie herausgefunden haben, dass sein ältester Sohn nicht von ihm war. Vielleicht hatte seine Erschütterung darüber dazu geführt, dass er auf dem Windmühlenturm unachtsam gewesen war. Dass er selbst einen Anteil an dem Ganzen hatte, weil Millie ja schließlich seine Exfrau war, belastete Lyle ungeheuer. Er hatte keine Ahnung, woher Millie die Wahrheit kannte oder weshalb es in ihrem Interesse lag, Aldo zu verletzen, aber er war fest entschlossen, das herauszufinden.

Ein Klopfen an der Tür zu Neil Thompsons Sprechzimmer riss Lyle aus seinen Gedanken. »Entschuldigen Sie, Dr. MacAllister«, sagte Mrs. Skivers. »Es ist ein Notruf für Sie gekommen. Sie werden in Richmond gebraucht, Verdacht auf Blinddarmentzündung. Ich habe die Einzelheiten an Miss Sweeney durchgegeben.«

»Ist sie denn schon hier?«

»Ja, sie ist vor ein paar Minuten gelandet.«

»Na schön, danke, Mrs. Skivers«, sagte er. Er warf Neil einen Blick zu. »Ich melde mich wieder«, sagte er. Immer noch nachdenklich ging Lyle zum Hinterausgang des Krankenhauses und hinaus zur Flugzeuglandebahn.

Luisa stand am Küchenfenster, als sie ihren Enkel schluchzend auf das Haus zurennen sah. Er stürzte ins Haus und warf sich gleich in ihre offenen Arme. »Papà«, weinte er und legte seinen Kopf auf Luisas Schulter, »Papà, er spürt seine Beine nicht.«

»Wieso nicht?« Luisa verstand das nicht.

»Er wird ein Krüppel bleiben, Nonna«, wimmerte er. »Und das ist alles Mammas Schuld.«

Luisa zuckte zusammen. »Sag so was Schreckliches nicht, Marcus. Dein Vater hatte einen Unfall. Keiner hat Schuld daran«, rügte sie ihn.

»Papà war böse auf sie. Deshalb ist er gefallen. Er weiß, dass sie ihn angelogen und ihn in die Ehe mit ihr gelockt hat.«

»Marcus!«, brüllte Luigi, der gerade in diesem Moment durch den Vordereingang die Küche betrat. Er hatte den schockierenden Vorwurf seines Enkels mit angehört.

Erschrocken fuhr Luisa zusammen, und ihr Herz fing an, wild zu hämmern. Ihr Enkel kannte die Wahrheit, und jetzt war es nur noch eine Frage der Zeit, ehe auch ihr Mann alles erfuhr.

»Erklär mir sofort, weshalb du so respektlos deiner Mutter gegenüber bist, *ragazzo*«, verlangte Luigi wütend.

»Ich werde dir das erklären, Papà«, sagte Elena, die unmittelbar nach ihrem Vater das Haus durch die Hintertür betreten hatte. Niemand hatte sie gehört.

Sie schaute auf das tränenüberströmte Gesicht ihres Sohnes. Mit wütendem Funkeln erwiderte er ihren Blick. Das brach ihr das Herz. Sie betete, ihr Sohn und ihr Vater würden verstehen und ihr verzeihen, was sie getan hatte. Elena setzte zum Sprechen an, doch Marcus lief in sein Zimmer und schlug die Tür hinter sich zu.

»Komm zurück, Marcus«, brüllte Luigi wütend.

»Lass ihn gehen, Papà. Er ist verstört wegen … wegen Aldo.« Sie wusste, sie musste Geduld mit ihm haben, und betete, dass er, wenn er den Schock erst einmal verkraftet hatte, bereit wäre, ihr zuzuhören.

»Was ist denn bloß in meinen Enkel gefahren? Er stiehlt mir den Lieferwagen, er benimmt sich respektlos uns gegenüber. Wieso tut er das alles?«

Luisa wurde blass. Dass dieser Tag kommen würde, hatte sie immer befürchtet, und doch hatte sie gehofft, es würde nie geschehen. Luigi war kein Mann, der leicht verzieh – weder seiner Tochter noch seiner Frau. Da war sie ganz sicher.

»Mamma, Papà, ich muss … ich muss euch ein Geständnis machen«, sagte Elena mit zittriger Stimme.

Luisa stutzte. Ihre Tochter beabsichtigte, die Beteiligung ihrer Mutter an der Lüge zu verbergen, die sie fast vierzehn Jahre aufrechterhalten hatten. Das würde sie nicht zulassen, sie würde dafür geradestehen, würde zu ihrer Tochter halten, damit nicht sie allein dem Zorn ihres Vaters ausgesetzt war. Doch Elena legte unauffällig die Finger an die Lippen zum Zeichen, dass sie schweigen sollte.

»Was soll das für ein Geständnis sein, Elena? Sag mir, wieso mein Enkel auf solch eine unverschämte Art über seine Mutter spricht!«, verlangte er und setzte sich an den Tisch.

Elena setzte sich ihrem Vater gegenüber. Wieder einmal klopfte ihr das Herz so sehr, dass sie dachte, es müsste zerspringen. Sie ließ das Kinn sinken und starrte auf ihre zitternden Hände. Dann holte sie tief Luft und versuchte, Mut zu fassen.

»Er hat einen sehr guten Grund dazu, Papà.«

»Marcus sagt, Aldo wird nie wieder laufen können«, meinte Luisa. »Natürlich verstört so was den Jungen. Er ist einfach nicht er selbst.«

Elena sah ihre Mutter an. Sie wusste, Luisa versuchte, sie zu decken, versuchte, ihr zu ersparen, die Wahrheit erzählen zu müssen. Dafür liebte sie sie, aber sie wusste auch, dass ihre Lügen sie eingeholt hatten, sie konnte nicht länger davonlaufen. Aldo würde ihrem Vater ganz bestimmt die Wahrheit sagen, wenn sie es nicht tat oder Marcus. Er würde seine Gefühle nicht verbergen können.

»Ist es das, Elena? Stimmt es, dass Aldo nie wieder laufen wird?«, fragte Luigi.

Elena schaute ihrem Vater in die Augen. »Ja, Papà. Aber das ist noch nicht alles. Ich war mit euch beiden nicht ehrlich.«

»Nicht ehrlich, Elena«, sagte Luigi streng. »Ich habe meine Tochter nicht zur Unehrlichkeit erzogen.«

Elena hörte die Enttäuschung in seinem Tonfall. »Ich weiß, Papà«, sagte sie beschämt.

»Also los, rede«, verlangte Luigi. »Was hast du gemacht, Elena?«

Elena zögerte kurz, doch dann fasste sie sich ein Herz. »Als ich in England als Krankenschwester arbeitete, habe ich mich im Krankenhaus in Blackpool in einen Arzt verliebt, Papà.« Luigi riss die Augen auf und setzte zu einer Antwort an, aber Elena fuhr fort zu reden, ehe sie der Mut verließ. »Er war weder Italiener noch Katholik, also habe ich dir nichts davon gesagt.«

Luigis Züge verhärteten sich vor Zorn. »Und wieso sagst du es mir jetzt, Elena?«

Elena glaubte, vor Angst in Ohnmacht zu fallen, wieder schaute sie hinunter auf ihre zitternden Hände. »Weil dieser Mann, den ich liebte, Papà … der Vater meines Sohnes ist.« Sie hob den Kopf, um ihrem Vater erneut in die Augen zu sehen. Völlig ungläubig starrte Luigi sie an. Dann sprang er auf.

»Das kann nicht sein«, rief er wütend.

Er schaute Luisa an, die Tränen in den Augen hatte. Sie weinte um ihre Tochter, weil sie wusste, was jetzt kommen würde. Luigi glaubte, sie sei genauso enttäuscht von Elena wie er.

»Doch, es ist so, Papà. Tut mir leid, dass ich dich angelogen habe … und Mamma, aber ich habe auch meinen Mann belogen. Jetzt ist die Wahrheit ans Licht gekommen, und Marcus hat mit angehört, wie Aldo und ich darüber geredet haben.«

Tränen strömten Elena das Gesicht hinunter, als sie daran dachte, wie ihr Sohn sich hinter dem Vorhang im Krankenhaus gefühlt haben musste, welche Qualen ihm die Worte seiner Eltern bereitet hatten.

»Du bist eine Schande für den Namen Fabrizia«, schrie Luigi und schlug mit der Faust auf den Tisch. Sowohl Elena als auch ihre Mutter fuhren erschrocken zusammen. »Ich enterbe dich. Verschwinde aus meinem Haus, und komm nie wieder!«

»Luigi!«, rief Luisa. »Elena ist unser einziges Kind. Wir müssen ihr verzeihen.«

»Nie und nimmer!«, spie Luigi aus. »Vor Schande über solch eine Tochter kann ich den Kopf nicht mehr hoch tragen.«

Er drehte sich um und verließ das Haus, die Tür schlug er hinter sich zu. Die Aufregung hatte Maria und Dominic alarmiert, die draußen hinter dem Haus gespielt hatten. Sie kamen hereingestürmt und standen jetzt fragend in der Küchentür, doch Luisa schickte sie mit strengem Blick zurück.

Elena vergrub den Kopf in den Händen und schluchzte. Auch Luisa konnte die Tränen nicht länger zurückhalten. Sie kam um den Tisch herum und nahm ihre Tochter in die Arme. »Gib deinem Papà Zeit, Elena«, sagte sie. »Er verzeiht dir schon noch.«

Elena stand auf und trocknete sich die Tränen. »Nein, Mamma. Wir kennen Papà beide. Er wird mir nicht verzeihen, und ich verdiene seine Vergebung nicht. Ich hoffe bloß, dass mein Sohn eines Tages zu mir zurückkommen wird. Bitte sag ihm, dass ich ihn lieb habe und dass es nie meine Absicht gewesen ist, ihn zu verletzen.«

Luisa nickte. »Ich hätte dazu stehen sollen, dass auch ich daran beteiligt war«, flüsterte sie.

»Nein, Mamma. Papà hätte dir nie verziehen, dass du ihn hintergangen hast, und mein Sohn braucht dich hier. Alle meine Kinder brauchen dich. Können die Kinder hierbleiben, bis ich weiß, wie es mit uns weitergehen soll?«

»Natürlich, Elena, aber was wirst du denn jetzt nur machen?«

»Ich fahre nach Hause und denke darüber nach, Mamma.« Sie ging über den Flur zur Vordertür.

»Wieso gehst du nicht hinten raus, um Pferd und Wagen zu holen, Elena?«

»Ich bin mit Lyles Pilotin Miss Sweeney mit der Maschine der Fliegenden Ärzte in die Stadt gekommen.« Sie schwieg einen Moment. »Lyle und sie sind verlobt, Mamma.«

»Verlobt!«, wiederholte Luisa überrascht.

»Ja, Mamma.«

»Du hast gesagt, seine Frau ist auf die Farm rausgekommen und hat Aldo die Wahrheit über seinen Sohn erzählt. Wie kann er verheiratet und gleichzeitig mit einer anderen verlobt sein?«

»Er lebt in Scheidung. Ich nehme an, seine Frau ist voller Wut und Bitterkeit und will Lyle und mir schaden. Sie hat Aldo erzählt, dass Lyle und ich in Blackpool ein Verhältnis hatten.«

»Aber er hat Kinder, oder?«

»Sie hatten einen Sohn. Er kam an seinem zwölften Geburtstag bei einem Unfall ums Leben.«

Luisa blieb der Mund offen stehen. »Was für eine Tragödie. Weiß er, dass Marcus sein Sohn ist?«

»Ich bin ziemlich sicher, dass Marcus es ihm erzählt hat.«

»*O mio caro Signore*«, sagte Luisa und bekreuzigte sich. »Das hätte auf keinen Fall von ihm kommen dürfen, Elena.«

»Ich weiß, Mamma, aber jetzt ist es zu spät für Gewissensbisse. Ich kann jetzt nur noch eines tun, hoffen, dass Marcus mir vergibt. Und dann muss ich überlegen, wie es mit Aldo weitergehen kann.«

»Er wird dich möglicherweise aus dem Haus werfen wollen, Elena.«

»Das wird vielleicht so sein, aber jetzt braucht er mich mehr denn je. Wer soll sich um ihn kümmern? Ich muss nur schaffen, dass er das einsieht. Leicht wird es sicher nicht.«

»Wirst du mit der Maschine der Fliegenden Ärzte nach Barkaroola zurückkommen?«

»Nein, Mamma. Ich gehe zu Fuß.«

»Du kannst nicht zehn Meilen zu Fuß laufen, Elena. Ich fahre dich«, sagte Luisa.

»Das würde Papà nicht erlauben, Mamma. Ich gehe zu Fuß. Ich brauche Zeit zum Nachdenken, der Fußmarsch wird mir guttun.«

»Aber es wird schon dunkel sein, ehe du zu Hause bist«, meinte Luisa besorgt. »Ich fahre dich, und dein Vater ist mir jetzt egal. Soll er doch wütend auf mich sein. Das habe ich verdient.«

»Nein, Mamma. Ich will, dass du für Marcus hier bist. Bitte gib den Kleinen einen Gutenachtkuss von mir, und sag Dr. Robinson Bescheid, dass ich vielleicht ein paar Tage nicht kommen kann.«

Elena verließ das Haus ihrer Eltern und ging traurig die Straße hinunter, die aus der Stadt hinausführte. Sie fühlte sich so allein wie noch nie in ihrem Leben. Verzweifelt wünschte Elena sich, weinen zu können, aber sie hatte keine Tränen mehr.

34

»Du bist so schrecklich still, Lyle«, sagte Alison. »Denkst du an Marcus Corradeo?«

Seit zehn Minuten waren sie in der Luft, und er hatte noch kein Wort gesprochen. Sie hatte über die seltsamen Ereignisse nachgedacht, die sich auf dem Weg nach Barkaroola zugetragen hatten, und Schlüsse gezogen, die zu unglaublich schienen, um sie laut auszusprechen. Lyle sollte, so dachte sie, erzählen, was passiert war, aber sie kannte ihn gut genug, um zu wissen, dass er erst sprechen würde, wenn ihm der Zeitpunkt richtig schien.

»Ja«, gab Lyle zu. »Und an Elena denke ich auch.«

»Elena!«

»Neil hat mir vorhin gesagt, dass Aldo nie wieder gehen wird. Sein Leben wird von jetzt an nicht mehr dasselbe sein, und auch nicht das Leben seiner Familie.« Er dachte auch, dass Aldo jetzt auch wusste, dass Marcus nicht sein Sohn war. Innerhalb weniger Stunden war sein Leben völlig auf den Kopf gestellt worden.

Alison war schockiert. »Was für eine Tragödie, Lyle«, sagte sie mit aufrichtigem Bedauern. »Die Farm werden sie jetzt wohl nicht mehr halten können, es sei denn, sie finden jemanden, der die Leitung übernimmt.« Ihr war klar, dass die Umstellung ihres Alltagslebens nur eine der Sorgen der Familie war. Nach dem, was Marcus zu seiner Mutter gesagt hatte, war offensichtlich, dass es noch ganz andere Probleme gab.

»Die Farmer hier haben schrecklich zu kämpfen – die seltenen Regenfälle, die entsetzliche Hitze, die Heuschreckenplagen und die Sandstürme. Die Corradeos hatten wohl besonders hart zu kämpfen, wenn Elena gezwungen war, in der Stadt zu arbeiten«, sagte Lyle.

Alison warf ihrem Verlobten einen Blick zu. Er starrte nachdenklich aus dem Fenster, fasziniert vom Schatten ihres Flugzeugs, der ihnen lautlos über die rotbraune Landschaft unter ihnen folgte.

»Mir hat Elena Corradeo heute schrecklich leidgetan. Ihr Sohn war so wütend auf sie«, sagte Alison. Sie hatte einen Verdacht, jetzt musste sie das Gespräch vorsichtig in die Richtung lenken, die ihr Aufschluss darüber gab, weshalb Lyle sich so besonders für die Corradeos engagierte.

Lyle schwieg einen Moment, dann fasste er einen Entschluss. »Du solltest etwas wissen, Alison. Marcus ist auch mein Sohn.« Er sah die Überraschung in den Augen seiner Verlobten, als er sich zu ihr umwandte. »Das habe ich erst heute erfahren, Marcus hat es mir erzählt. Er hat ein Gespräch seiner Eltern mit angehört. Ich hätte es womöglich nicht geglaubt, aber Marcus hat die gleichen Krampfattacken wie mein Sohn Jamie. Und das ist erblich.«

Auch wenn Alison dieser Gedanke entfernt schon gekommen war, hatte sie doch damit gerechnet, dass Lyle ihr eine andere Erklärung dafür geben würde, dass er derart verstört gewesen war, nachdem er Marcus gefunden hatte. Es war ein Schock für sie, als er ihre Ahnungen jetzt bestätigte. Wie sollte es nun mit Lyle und ihr weitergehen? Würde sie einen Mann heiraten wollen, der ein Kind mit einer anderen Frau hatte?

Alison versuchte, ganz ruhig zu bleiben. »Was für eine verrückte Art herauszufinden, dass du wieder Vater bist«, sagte sie leise. Lyle nickte nur. »Willst du mir erzählen, wie es kommt, dass du einen Sohn mit Elena Corradeo hast, Lyle?«, fragte sie dann. Sie wollte ihn nicht damit durchkommen lassen, dass er einfach nur schwieg.

»Ich will es versuchen, ich schulde dir so viel, Alison«, sagte Lyle. Dann verdüsterte sich sein Gesichtsausdruck. »Zusammen mit einigen anderen Ärzten aus Schottland wurde ich ins Victoria

Hospital nach Blackpool geschickt, um dort im letzten Kriegsjahr auszuhelfen. Damals traf ich mich schon einige Jahre mit Millie. Ich wusste, sie und sowohl ihre als auch meine Eltern waren zu der Annahme gekommen, dass wir eines Tages heiraten würden, und ich gebe zu, dass ich allen Plänen zustimmte – bis ich Elena kennenlernte.«

»Hast du Millie nicht geliebt, Lyle?«

»Ich dachte, ich liebte sie. Erst als ich mich hoffnungslos in Elena verliebte, die als Krankenschwester im Hospital arbeitete, erfuhr ich, wie sehr ein Mann eine Frau wirklich lieben kann. Natürlich war es Millie gegenüber unfair, dass ich in eine andere Frau verliebt war, und ich hatte vor, mich von ihr zu trennen. Ich wartete ab, bis ich einen dreitägigen Urlaub hatte, denn ich wollte kein Feigling sein und sie über die Trennung per Brief informieren. Bei meinem ersten Urlaub zu Hause wurde ihr Vater krank, und ich konnte ihr das Herz nicht brechen, solange sie sich solche Sorgen um ihn machte. Bei meinem zweiten Urlaub teilte sie mir mit, sie sei schwanger. Ich war am Boden zerstört, aber mir war klar, ich musste mich meinem Kind zuliebe anständig verhalten. Ich trennte mich von Elena, um Millie zu heiraten, aber so schwer ist mir nie etwas im Leben gefallen. Natürlich wusste ich nicht, dass Elena auch schwanger war. Vielleicht wusste sie es zu dem Zeitpunkt ja auch noch nicht. Sie hatte sich mit der Spanischen Grippe angesteckt, als ich in Schottland war, das hat es vielleicht erschwert, die Anzeichen zu erkennen.«

»Aber als sie Aldo heiratete, hat sie doch bestimmt gewusst, dass sie dein Kind erwartete«, sagte Alison. Es war eher Feststellung als Vorwurf, aber es brachte sie dazu, über Elenas Charakter nachzudenken.

»Ihre Eltern sind strenggläubige italienische Katholiken. Aldo ist offensichtlich einige Jahre älter als Elena und auch Italiener, also kannst du beinahe sicher sein, dass ihr Vater die Ehe mit ihm arrangiert hat. Ich nehme an, dass sie zu dem Zeitpunkt viel zu viel Angst davor hatte, den Eltern oder Aldo die Wahrheit zu sagen.

Anständige italienische Mädchen lassen sich nicht einfach so ein Kind anhängen.«

»Die Wahrheit wäre womöglich nie ans Licht gekommen, hätte Millie nicht Aldo aufgesucht«, bemerkte Alison schließlich.

»Eines ist mir wirklich ein Rätsel, Alison. Wie hat Millie bloß die Wahrheit herausgefunden, da nicht einmal ich eine Ahnung hatte?«

»Hat sie je erfahren, dass du dich vor deiner Ehe mit Elena getroffen hast?«

»Nicht dass ich wüsste. Aber einer der Ärzte, mit denen ich in Blackpool in derselben Pension wohnte, stammte auch aus Dumfries. Alain McKenzie kannte Millie und ihre Familie gut. Er wusste auch, dass ich eine Beziehung mit Elena hatte. Vielleicht hat er es Millie ja erzählt.«

»Da hast du so einiges, worüber du jetzt nachdenken musst, Lyle«, sagte Alison.

»Ja«, erwiderte er. »Ich fasse es immer noch nicht, dass ich wieder einen Sohn habe.«

»Willst du eine Beziehung zu ihm aufbauen?«

Lyle dachte einen Moment nach. »Ich war Vater mit Leib und Seele, Alison. Und als ich Jamie verlor, war ich am Boden zerstört, ich glaube kaum, dass ich darüber je hinwegkomme. Mir ist, als hätte mir Gott ein Geschenk gemacht, einen zweiten Sohn. Ich kann immer noch kaum glauben, was für ein wunderbarer Junge Marcus ist. Aber er sieht in Aldo seinen Vater, und ich bezweifle, dass sich das je ändern wird.«

»Es wird für alle eine schwierige Zeit. Du musst einfach abwarten und sehen, was passiert«, sagte Alison verständnisvoll.

»Ich weiß, ich werde Geduld haben müssen«, erwiderte Lyle. Es war für Alison auch nicht einfach, und er war dankbar, dass sie so mitfühlend reagierte. »Aber ich hoffe, dass Marcus und ich eines Tages eine Beziehung zueinander aufbauen können.«

»Willst du mich immer noch heiraten, Lyle?«, frage Alison unvermittelt.

»Natürlich will ich das«, antwortete Lyle, den die Frage überraschte. »Wieso sollte ich nicht?«

»Dein Leben wird sich in absehbarer Zeit verändern, und ich frage mich nur, wo in deinem neuen Leben ich einen Platz haben werde.«

Lyle sah Alison an. »Du bist ein ganz besonderer Mensch, Alison, und du warst mir eine sehr große Hilfe. Ich will nicht, dass du dir Sorgen machst«, sagte er. »Vielleicht ändert sich mein Leben ja gar nicht so sehr, wie du vermutest.«

Blind vor Tränen stolperte Elena über die steinige Straße nach Barkaroola. Als sie schließlich das kaputte Tor zur Auffahrt der Farm erreichte, war es schon dunkel, und sie war körperlich völlig erschöpft. Von Weitem sah sie einen Lichtschein in einem der Ställe, und so wusste sie, dass Billy-Ray noch da war, doch das Haus lag im Dunkeln.

Langsam ging Elena auf die Veranda zu, lief die Stufen hinauf und trat ein. Im Haus machte sie eine Laterne an. Sie musste Feuer machen und etwas trinken. Elena schenkte sich gerade ein Glas Wasser ein, als sie Schritte auf der Veranda hörte.

»Wie geht's dem Boss, Missus?«, fragte Billy-Ray, kaum dass sie die Tür geöffnet hatte.

»Ich habe nicht noch einmal nach ihm gesehen, Billy-Ray«, sagte Elena. »Ich war bei meinen Eltern zu Hause.«

»Ich hab den Lieferwagen nicht die Auffahrt raufkommen hören, Missus.«

»Ich bin zu Fuß gekommen«, erklärte Elena.

»Das ist ein langer Fußmarsch, Missus«, sagte Billy-Ray, der sich wunderte, wieso ihr Vater oder ihre Mutter sie nicht nach Hause gefahren hatte, aber er war zu höflich, zu fragen.

»Ja«, gab Elena zurück. »Danke, dass du so lange geblieben bist, Billy-Ray. Ich wäre dir sehr dankbar, wenn du morgen zur Arbeit kommen könntest.«

»Ich werde hier sein, Missus. Gleich als Erstes morgen früh

mache ich die Arbeit, die der Junge sonst immer am Wochenende gemacht hat.«

»Ich helfe dir, Billy-Ray«, sagte Elena. »Marcus … wird vorerst nicht mehr auf die Farm kommen.«

Billy-Ray nahm an, der Junge wollte in der Nähe seines Vaters bleiben. »Ein Neffe von mir wohnt für eine Weile bei mir, Missus. Sein Name ist Matari. Er ist ein bisschen älter als Marcus. Wenn es Ihnen recht ist, kommt er her und hilft hier aus.«

»Das wäre wunderbar, Billy-Ray, aber ihn bezahlen – das kann ich mir nicht leisten.«

»Der braucht kein Geld, Missus. Der ist schon froh, wenn er ab und zu was zu beißen kriegt, wenn Sie was entbehren können.«

Elena war erleichtert. Billy-Rays Neffe würde eine Riesenhilfe sein. »Ich bin sicher, ich werde etwas zu essen für ihn auftreiben, Billy-Ray«, sagte sie. »Danke!«

Am nächsten Morgen in aller Frühe meldete sich Neil Thompson per Funk auf Barkaroola.

»Aldo hat gestern Nachmittag gespürt, dass er kein Gefühl mehr in den Beinen hat, Elena. Ich musste ihn ruhigstellen, weil er regelrecht hysterisch wurde. Leider war Ihr ältester Sohn da, er hat die Verzweiflung seines Vaters mitbekommen.«

»Also weiß Marcus jetzt, dass sein Vater dauerhaft gelähmt sein wird?«, fragte Elena besorgt.

»Er ahnt es wohl, aber ich habe es nicht bestätigt. Ich glaube, es wäre gut, wenn ich heute Vormittag mit Aldo rede und ihm die Wahrheit sage. Ich rufe an, weil ich dachte, Sie wollten vielleicht dabei sein.«

Elena überlegte. Sie musste ehrlich sein. Aldo würde sich zu sehr aufregen, wenn er sie sähe. »Es ist besser, wenn ich nicht dabei bin«, sagte sie. Sie war sicher, dass Neil anderer Meinung war, aber sie konnte ihm nicht erklären, warum sie diese Entscheidung getroffen hatte. »Außerdem, jetzt, da Aldo im Krankenhaus ist, gibt es auf der Farm so viel zu tun.«

Neil stutzte einen Moment. »Verstehe. Ich dachte ja nur, Aldo braucht vielleicht ein wenig Trost von Ihnen«, sagte er dann.

»Glauben Sie mir, Neil, er ist lieber allein«, erwiderte Elena. »Over und Ende.«

Den Rest des Tages arbeitete Elena viel. Es war leichter für sie, wenn sie sich beschäftigte. Es hielt sie davon ab, die Kinder zu vermissen. Billy-Rays Neffe war eifrig und eine große Hilfe, aber als schließlich die Sonne am westlichen Horizont versank, war Elena vollkommen erschöpft. Sie machte eine Kleinigkeit zu essen, Eier auf Toast, und teilte die Mahlzeit mit Billy-Ray und seinem Helfer, ehe die beiden sich auf den Nachhauseweg machten.

Auch der folgende Tag verlief ähnlich. Elena, Billy-Ray und Matari arbeiteten hart, dann aßen sie gemeinsam etwas. Am späten Nachmittag zog Elena sich zurück. Sie kochte Tee und setzte sich mit einer Tasse ermattet auf die Veranda. In der Nacht zuvor hatte sie wenig geschlafen und viel nachgedacht. Ihr war klar, dass es so nicht weitergehen konnte. Elena versuchte sich vorzustellen, wie sie sich um Aldo kümmern, einen Großteil der Farmarbeit erledigen und gleichzeitig noch in der Stadt arbeiten sollte. Es war einfach nicht möglich.

Der Motor eines Flugzeugs ließ sie aus ihren Gedanken aufschrecken. Ob Lyle einen Krankenbesuch bei einem ihrer Nachbarn machte? Sie sah, wie die Maschine über der Farm kreiste und dann auf einer der Koppeln hinter den Ställen zur Landung ansetzte. Lyle stieg aus, eine rote Staubwolke verflüchtigte sich in den Himmel. Alison schien in der Maschine zu warten, denn Lyle machte sich allein auf den Weg zum Haus. Er besuchte also nicht einen Kranken in ihrer Nachbarschaft.

Elenas Herz schlug wie wild, als sie ihn auf sich zukommen sah. Sie wusste, warum er kam. Er wollte wissen, weshalb sie ihm nie erzählt hatte, dass sie einen gemeinsamen Sohn hatten. Wieder einmal musste sie sich stellen. Elena stand auf, als Lyle die Treppen zur Veranda hochkam.

»Wie geht es dir, Elena?«, fragte er.

»Mir geht's gut«, antwortete sie. Erleichtert nahm sie wahr, dass man aus seiner Stimme keine Wut heraushörte. »Wieso bist du hier? Hat sich Aldos Zustand verschlimmert?«

»Nein. Aber tatsächlich komme ich gerade aus dem Krankenhaus. Ich habe versuchte, Aldo zu sehen, aber er wollte mich nicht in seiner Nähe wissen.« Lyle erwähnte nicht, dass Aldo ihn mit den unflätigsten Flüchen belegt und eine Bettpfanne nach ihm geworfen hatte.

»Neil hat sich gestern Morgen über Funk gemeldet und gemeint, er wolle Aldo sagen, dass er nie wieder gehen können wird. Am Nachmittag hat er sich dann noch mal gemeldet. Aldo hat keine Reaktion gezeigt, als er ihm erklärte, er werde den Rest seines Lebens im Rollstuhl verbringen, er verlangt lediglich, dass man ihn in Ruhe lässt. Neil meint, dass sei der Schock, die Wahrheit brauche wohl Zeit, ehe sie bei ihm ankommt.«

»Ich würde sagen, das ist jetzt passiert, und es ist kein Wunder, dass er verbittert ist. Deswegen kann ihm keiner Vorwürfe machen«, sagte Lyle.

Elena ließ den Kopf sinken, als sie an all das dachte, was Aldo zu ihr gesagt hatte. Die Schuldgefühle drohten, sie zu erdrücken.

»Tut mir leid, Elena. Ich bin nicht gekommen, um dir Gewissensbisse zu machen. Ich verstehe, weshalb du getan hast, was du getan hast.«

Elena schaute auf. »Stimmt das?«, meinte sie überrascht. »Du bist nicht wütend?«

»Ich habe kein Recht, wütend zu sein. Ich habe dich verlassen, um eine andere Frau zu heiraten, die von mir schwanger war. Ich muss die Verantwortung für die Situation übernehmen, in die du geraten bist. Ich weiß, dein Vater hätte nicht gerade freundlich reagiert, wenn du ihm erzählt hättest, dass du ein Kind von mir erwartest.«

»Er hätte mich aus dem Haus geworfen und mich enterbt«, sagte Elena. Sie verschwieg Lyle, dass ihr Vater genau das jetzt getan hatte. Sie wollte kein Mitleid von Lyle.

»Deine Beziehung zu mir hat dir nichts als Kummer eingebracht, oder?«, fragte Lyle.

»Sie hat mir Marcus gegeben, der von Anfang an das Licht meines Lebens war«, gestand Elena. Wieder schossen ihr Tränen in die Augen, aber sie verbat sich, sentimental zu werden.

»Wie wird es jetzt mit dir weitergehen?«, wollte Lyle wissen.

»Das weiß ich noch nicht. Es ist meine Pflicht, mich um Aldo zu kümmern, und dann habe ich ja schließlich drei Kinder, die mich brauchen. Marcus ist im Moment sehr wütend auf mich, aber ich hoffe, dass er mir mit der Zeit vergeben kann.«

Das hoffte auch Lyle. »Er ist ein Prachtjunge.« Er dachte daran, wie gut sie sich verstanden hatten, ehe sie herausfanden, dass sie Vater und Sohn waren. »Wusstest du, dass du schwanger warst, als ich dir eröffnete, ich würde Millie heiraten?«

»Nein, das habe ich erst eine Zeit später herausgefunden. Ich hatte damals die Grippe, falls du das noch weißt.« Lyle nickte. Wie hätte er das vergessen können? »Ich dachte, mein Monatszyklus wäre deshalb durcheinandergeraten. Als ich es sicher wusste, war meine erste Eingebung, es dir zu erzählen, Lyle, aber ...«

»Ich hatte meine Wahl getroffen«, gab Lyle niedergeschlagen zu. Bereuen konnte er diese Wahl allerdings nicht, wenn er an Jamie dachte und daran, wie viel Glück der Junge in sein Leben gebracht hatte.

»Ja. Und ich traf meine Wahl. Mein Vater wollte, dass ich Aldo heiratete, also tat ich das. Die Eheschließung erfolgte schon sehr bald, er war überzeugt, dass Marcus sein Sohn war. Ich weiß, das war nicht ehrlich, aber ich fühlte mich so allein, und weil ich noch so jung war, hatte ich große Angst vor meinem Vater.« Wenn sie ehrlich war, jagte er ihr manchmal immer noch Angst ein.

»Das verstehe ich doch, Elena, aber hättest du mir je erzählt, dass Marcus mein Sohn ist?«, fragte Lyle.

»Ich weiß es nicht. Ganz ehrlich nicht«, gab Elena zurück. »Ich hatte immer Angst, dass Marcus mich hassen würde, wenn er es herausfinden sollte. Ich hätte wissen müssen, dass Lügen stets ans

Licht kommen, sogar hier draußen, und es ist noch nie etwas Gutes dabei herausgekommen, wenn man Menschen belügt, die man liebt.«

Lyle verstand sie so gut. »Eines Tages wird er dir vergeben, Elena«, sagte er.

Elena sah Lyle an. »Wirst du mir je vergeben?«, fragte sie.

»Ich habe dir nichts zu vergeben«, antwortete er. Er starrte ins Leere, dachte an die Jahre mit Marcus, die ihm entgangen waren, und wurde plötzlich ganz traurig.

»Hast du deiner Verlobten erzählt, dass Marcus dein Sohn ist?«, fragte Elena.

»Ja«, erwiderte Lyle. »Alison hat es großartig aufgenommen.«

»Das ... das freut mich sehr für dich, Lyle«, sagte sie, doch ihr Herz verkrampfte sich vor lauter Kummer.

So viele Jahre hatte sie da gesessen, wo sie gerade jetzt saß, und hatte darüber nachgedacht, wie anders ihr Leben verlaufen wäre, hätte sie Lyle geheiratet. Er war die Liebe ihres Lebens gewesen, ein wunderbarer Mann. Und ein wunderbarer Mann war er immer noch, so fürsorglich und so attraktiv und ein hingebungsvoller Arzt. Und wieder einmal würde er eine andere heiraten.

»Ich mache mir Sorgen um dich, Elena«, sagte Lyle jetzt.

»Das brauchst du nicht. Es ist alles in Ordnung mit mir«, erwiderte sie. »Ich verdiene, was immer jetzt auf mich zukommt. Meine Lügen sind der Grund dafür, dass Aldo nie wieder gehen wird.«

»Du kannst dir doch nicht die Schuld an seinem Unfall geben«, rief Lyle entsetzt.

»Wieso nicht? Hätten meine Lügen ihn nicht derart erschüttert, wäre er nicht von dem Windmühlenturm gefallen.« Elena fühlte sich so elend, wenn sie an Aldos Schicksal dachte.

»Tag für Tag werde ich zu Unfällen auf Farmen gerufen, Elena.«

»Das mag ja stimmen, aber dieser eine Unfall ist meinetwegen passiert«, konterte Elena.

Lyle verstand auf einmal, wieso sich Elena die Schuld geben wollte. Hatte er nicht dasselbe getan, als Jamie bei dem Unfall ums Leben kam? »Wie willst du das schaffen, dich um einen Mann im Rollstuhl kümmern, um drei Kinder, um die Farm?«, fragte Lyle. Er dachte daran, dass Aldo ihr darüber hinaus das Leben vermutlich zur Qual machen würde, aber er traute sich nicht, das zu sagen.

»Ich habe keine Ahnung, ich weiß nur, dass ich es irgendwie schaffen muss«, erklärte Elena tapfer.

»Keiner würde dir Vorwürfe machen, wenn du weggehen solltest«, sagte Lyle.

Elena riss die Augen auf. »Wie kannst du so etwas nur sagen? Es ist meine Pflicht, mich um meinen Mann zu kümmern und das Bestmögliche für die Kinder zu tun.«

Lyle nickte. Er sehnte sich so sehr danach, über Marcus und über ihre gemeinsame Vergangenheit zu reden, doch wie schon bei ihrer ersten Begegnung schien es, als wollte Elena weder seine Sorge um sie noch eine Schulter zum Anlehnen. Sie war von so grimmigem Stolz und Unabhängigkeitsstreben erfüllt.

»Solltest du je irgendetwas brauchen ...«, begann er dennoch.

Elena sah das Mitleid in Lyles Blick, und das kränkte sie mehr, als alle verletzenden Worte es vermochten. »Ich komme schon zurecht, Lyle«, unterbrach sie ihn und versuchte, die Gefühlsregungen aus ihrer Stimme herauszuhalten.

Lyle spürte, dass Elena kurz davor war, die Nerven zu verlieren, deshalb hielt er sich mit weiteren Ausführungen zurück. »Solltest du mich brauchen, ich bin nur einen Funkruf weit entfernt«, sagte er nur kurz. »Ich könnte mir denken, dass Marcus nichts mit mir zu tun haben will, aber wenn sich das je ändert, lass es mich bitte wissen.«

»Das werde ich«, versprach Elena und biss sich auf die zitternde Unterlippe. »Ich wünsche dir alles Glück der Welt, Lyle.«

Lyle sah in ihre samtig braunen Augen. Verzweifelt wünschte er sich, sie in die Arme zu nehmen, sie zu halten, aber er wusste, dass sie das nicht wollte. Und so wandte er sich um und ging einfach weg.

Elena hielt ihre Gefühle unter Kontrolle, bis die Maschine der Fliegenden Ärzte nur noch ein Pünktchen an dem unermesslich weiten blauen Himmel war. Dann ging sie ins Haus, brach zusammen und begann, haltlos zu schluchzen. Sie weinte um alles, was sie verloren hatte, aber vor allem weinte sie um den Mann, der ihr vor so vielen Jahren das Herz gestohlen und es nie zurückgegeben hatte.

35

Am Morgen nach dem Gespräch mit Lyle erschien Elena um die übliche Zeit in der Praxis. Dr. Robinson war überrascht, sie zu sehen.

»Elena! Es tut mir so leid, was da mit Aldo passiert ist. Ich wünschte, ich könnte irgendetwas für ihn tun.« Dem Arzt entging Elenas Anspannung nicht, und das machte ihm Sorgen.

»Danke, Ken, aber da gibt es nichts zu tun, es müsste schon ein Wunder geschehen«, sagte Elena erschöpft. Sie war so müde, dass sie im Stehen hätte schlafen können. Elena setzte sich an ihren Schreibtisch im Empfangsbereich.

»Sie sollten jetzt nicht hier arbeiten, Elena. Sie müssen besser auf sich achten, sonst werden Sie keinem von Nutzen sein.« Schon oft hatte sie gehört, wie er diesen Rat seinen Patienten gab, das nun selbst zu hören, war schon etwas seltsam.

»Ich muss arbeiten, Ken, mehr denn je«, antwortete Elena wahrheitsgemäß.

Ken verstand, was sie damit sagen wollte, denn er kannte die finanzielle Situation der Familie, Sorgen machte er sich aber trotzdem. »Da Sie alles hier so tüchtig organisiert haben, kann ich auch einmal ein paar Tage ohne Sie auskommen. Das Gehalt für die Woche kürze ich Ihnen natürlich deswegen nicht.«

»Danke für das großzügige Angebot«, gab Elena gerührt zurück, »aber ich möchte lieber in die Stadt kommen und mich beschäftigen. Es deprimiert mich, auf der Farm zu sein, wo der Unfall passiert ist.«

»Wie geht es Aldo?«

»Heute habe ich ihn noch nicht gesehen«, gestand Elena. Sie

mochte nicht zugeben, dass sie die Begegnung hinauszögerte, doch Ken war schon viele Jahre Hausarzt, und so konnte er sich gut in Menschen einfühlen. Er wusste, was los war. »Er braucht seine Ruhe, ich gehe später hin«, fügte Elena hinzu.

»Dann machen Sie sich den ganzen Tag über Sorgen, also gehen Sie lieber jetzt, und lassen Sie sich ruhig Zeit. Ich komme hier wunderbar allein zurecht.«

Elena wollte protestieren, aber sie wusste, es würde einen schlechten Eindruck machen, wenn sie Ken sagte, warum sie den Besuch bei ihrem Mann so fürchtete.

Als Elena in Aldos Krankenzimmer kam, stand Deirdre an seinem Bett und trug Daten des Patienten in die Krankenakte ein.

»Guten Morgen, Elena«, begrüßte die Schwester sie freundlich. Sie gab sich Mühe, unbeschwert zu klingen, aber Elena sah das Mitleid in ihren Augen.

»Guten Morgen, Deirdre.« Elena zog sich einen Stuhl an Aldos Bett und setzte sich. »Wie geht es meinem Mann heute Morgen?«

»Den Umständen entsprechend«, antwortete Deirdre diplomatisch. Sie musste Elena sagen, dass es um seine seelische Befindlichkeit nicht gut bestellt war, aber damit wollte sie warten, bis sie einen ruhigen Moment für sich hatten.

»Ich will allein sein«, zischte Aldo.

Die beiden Frauen sahen sich an, und Elena wurde rot, so verlegen war sie. Deirdre runzelte die Stirn. Sie hatte sehr wohl verstanden, wen Aldo nicht in seinem Zimmer sehen wollte. Die Schwester warf Elena noch einen letzten mitleidigen Blick zu, dann verließ sie diskret den Raum.

Aldo konnte Elena nicht direkt ansehen, weil er immer noch die Halskrause trug, die seine Wirbelsäule fixierte. Sie setzte seine Bewegungsfähigkeit außer Kraft. Mit seinem eingeschränkten Blickfeld sah er nur die Zimmerdecke und alle, die sich über ihn beugten.

»Bist du noch da?«, fragte Aldo. Er hatte die Schritte von nur einer Person gehört, die den Raum verließ.

»Ja«, antwortete Elena und stand auf, damit er sie anschauen konnte.

»Hast du nicht gehört, was ich gesagt habe?«

»Doch, das habe ich«, sagte Elena. »Aber ich bleibe. Du kannst mich hassen, so sehr du willst, trotzdem brauchst du mich jetzt.«

»Nein, das tue ich nicht«, spie Aldo aus, war gleichzeitig aber beschämt, weil er wusste, dass es stimmte.

»Doch, du brauchst mich«, konterte Elena stur.

Aldo schwieg eine Weile, aber er steigerte sich mehr und mehr in seinen Zorn. Trotz und Widerstand duldete er normalerweise nicht, aber er war sich sehr wohl bewusst, dass er nicht in der Lage war, etwas dagegen zu tun, und das würde wohl auch so bleiben. »Ich bin sicher, es ist nur eine Frage der Zeit, ehe du mit deinem Liebhaber, dem Doktor, auf und davon bist, oder?«

Mit dieser Art Bemerkung hatte Elena gerechnet, trotzdem fühlte sie sich gekränkt. »Ich habe dir doch gesagt, dass Lyle mit seiner Pilotin verlobt ist«, sagte sie, bemüht, die Geduld nicht zu verlieren.

»Ich wette, das ärgert dich ganz schön«, fauchte Aldo.

»Wieso denn? Bis Marcus im Krankenhaus von Lyle behandelt wurde, hatten wir uns nicht mehr gesehen. Was vergangen ist, ist vergangen, und wir können nichts daran ändern. Wir müssen nach vorn schauen.«

»Und es ist dir vollkommen egal, wen du dabei verletzt, ja?«

Wieder fühlte sich Elena von Schuldgefühlen überwältigt. »Ich habe niemandem absichtlich wehgetan, Aldo.«

»Trotzdem ist dir das ganz gut gelungen.«

Elena wusste nicht, was sie darauf sagen sollte. Ihr war klar, Aldo würde sie verantwortlich für das machen, was aus seinem Leben geworden war. Ihr war klar, dass er verbittert war, und sie glaubte nicht, dass sich das je ändern würde.

»Ich weiß, es wird schwer jetzt«, sagte sie geduldig.

»Ach, weißt du das? Wie kämst du an meiner Stelle damit zurecht?«

»Das kann ich nicht sagen, Aldo. Ich nehme an, ich wäre auch verbittert.«

Aldo sagte eine Weile nichts, aber das Schweigen war für Elena noch schwerer zu ertragen als seine verletzenden Worte.

»Lass mich allein«, sagte Aldo schließlich. »Ich will schlafen.«

»Wir müssen etwas besprechen«, erwiderte Elena.

»Und das wäre?«

»Billy-Ray meint, der Viehaufkäufer kommt morgen. Ich denke, ich sollte ihm die gesamte Herde anbieten und dann die Farm verkaufen. Wenn wir in der Stadt wohnen, sind wir näher bei den Ärzten, und ärztliche Hilfe wirst du von jetzt an bestimmt regelmäßig brauchen. Ken steht dir gern zur Verfügung.«

»Das würde dir gut in den Kram passen, was? Du hast das Leben auf der Farm immer gehasst«, sagte Aldo, und erneut kochte Wut in ihm hoch.

Elena ging nicht auf Aldos Bemerkung ein. »Ich kann die Farm nicht führen, Aldo, für Billy-Ray allein ist es auch zu viel. Und jemanden einzustellen, können wir uns in unserer Situation nicht leisten, also müssen wir praktisch denken.«

»Einer Lügnerin wie dir werde ich ganz bestimmt nicht erlauben, Entscheidungen für mich zu treffen«, meinte Aldo bissig.

Elena zuckte zusammen. »Ich habe dich ja vielleicht belogen, was unverzeihlich ist, aber ich werde zu dir halten. Ich werde eine gute Ehefrau und Mutter sein.«

»Dafür ist es ein bisschen zu spät«, antwortete Aldo.

Elena wusste, dass er sie treffen wollte. Sie hatte es nicht anders erwartet. Aber er musste der Realität ins Auge sehen. »Traurige Tatsache ist, Aldo, dass du in deinen Wahlmöglichkeiten sehr eingeschränkt bist. Du musst hinnehmen, dass ich mich um dich und unsere Familie kümmere.«

»Ich will nach Hause auf die Farm«, erklärte Aldo.

Elena nahm erstaunt wahr, dass seine Stimme zitterte, er war äußerst bewegt. Das entsprach sonst so gar nicht der Art ihres Mannes. Zeichen von Schwäche oder Verwundbarkeit hatte Aldo nie gezeigt, und ihn jetzt so zu sehen brach Elena beinahe das Herz.

»Wenn wir uns ein Haus in der Stadt nehmen, kann ich weiter arbeiten und mehrmals am Tag nach dir sehen. Es wäre auch praktischer für die Kinder. Es ist einfach die vernünftigste Lösung, Aldo«, sagte sie.

»Und was soll ich dann machen, Elena? In meinem Rollstuhl sitzen und aus dem Fenster gucken? Und was wäre der Höhepunkt meines Tages? Meine Frau, die arbeitet, um die Familie zu ernähren, steckt mal kurz den Kopf ins Zimmer, um nach mir zu sehen? Wie lange würde es dauern, bis du die Nase voll davon hast und in mir nur eine Last siehst? Ich wäre lieber tot, als solch eine Existenz zu fristen.«

Elena wurde plötzlich wütend. »Du kannst immerhin noch deine Arme benutzen, Aldo. Du kannst dich immer noch nützlich machen, wenn du nur willst. Bloß Farmer kannst du nicht mehr sein.«

»Das war das Einzige, was ich je wollte, und das weißt du verdammt gut«, erwiderte Aldo. »Siehst du, um was mich deine Lügen gebracht haben?« Elena traten die Tränen in die Augen, sie drehte den Kopf weg. »Bleib du nur in der Stadt. Bleib, wo immer du willst, solange du nur wegbleibst von mir.«

»Ich gehe jetzt zur Arbeit«, sagte Elena und wandte sich zur Tür. »Ich komme noch mal, wenn du wieder klar denken kannst.«

Ohne ein weiteres Wort verließ sie den Raum. Ihre Tränen hatte Aldo nicht gesehen, und sie wollte verdammt sein, wenn sie ihn je sehen ließ, dass sie zusammenbrach.

Marcus saß in der Schule, aber er konnte sich nicht konzentrieren. Immer wieder dachte er an seinen Papà. Er machte sich Sorgen darüber, was für eine dramatische Wende sein Leben genommen hatte. Wie sollte ein Mann, der mit Leib und Seele Farmer war, als Krüppel im Rollstuhl überleben?

Kaum ertönte der Schulgong, um das Ende des Schultages anzuzeigen, rannte er ins Krankenhaus. Er wollte Aldo versichern, dass er ihn liebte und sich um ihn sorgte, ganz gleich, wer sein leiblicher Vater war, und dass das auch immer so bliebe. Er wollte ihn wissen lassen, dass er ihn nicht verlieren wollte. Er hatte schon so viel verloren.

»Hallo, Papà«, sagte er, als er Aldos Zimmer betrat.

Marcus bemühte sich, fröhlich zu klingen, als er sich über das Bett beugte, damit Aldo ihn sehen konnte. Er gab sich alle Mühe, ihn mit unbewegtem Gesichtsausdruck anzuschauen, auch wenn die Wunden auf Aldos Gesicht immer noch schrecklich aussahen.

Aldo blickte Marcus an, aber er sah nicht den Jungen, den er dreizehn Jahre lang für seinen Sohn gehalten hatte. Er sah Lyle MacAllister.

Als Aldo nichts sagte, sondern nur ein seltsames Brummen von sich gab, machte sich Marcus Sorgen. »Hast du Schmerzen, Papà?«, fragte er.

»Komm nicht mehr her, Marcus«, sagte Aldo müde. Er konnte nicht anders. Er wollte nicht mehr an Elenas Betrug erinnert werden.

»Wieso nicht, Papà?«, fragte Marcus gekränkt.

»Ich will keinen Besuch«, antwortete Aldo in der Hoffnung, er wäre nicht gezwungen zu sagen, wie es in seinem Herzen aussah.

»Aber ich will dich besuchen, Papà.«

»Ich glaube, es ist das Beste, wenn du von jetzt an bei deiner Großmutter bleibst«, erklärte Aldo.

Marcus fühlte sich wie vor den Kopf gestoßen. »Ist es, weil ... weil du nicht mein richtiger Papà bist?«, fragte er leise.

Sofort dachte Aldo, dass Elena nicht hatte abwarten können, ihrem Sohn zu sagen, dass er nicht sein Vater war. Das machte ihn wütend. »Deine Mamma hat es dir erzählt?«

Marcus schaute weg. »Nein, ich habe nach deinem Unfall gehört, wie du dich mit Mamma unterhalten hast. Ich habe euer Gespräch belauscht.«

»Dann verstehst du ja wohl, dass es das Beste für dich ist, wegzubleiben«, sagte Aldo.

»Nein, Papà. Das verstehe ich nicht.« Wie konnte es angehen, dass Aldo dreizehn Jahre lang sein Papà gewesen war und dann beschloss, dass er ihn nicht mehr sehen wollte. »Es ist doch egal, wer mein richtiger Vater ist, oder, Papà?«, fragte er aufgewühlt. »Mir jedenfalls ist das egal.«

»O nein, das ist alles andere als egal«, sagte Aldo bissig.

Marcus fiel das Zittern seiner Unterlippe auf, und er kniff die Augen zusammen. »Ich hasse Mamma für alles, was sie uns angetan hast«, presste er hervor und kämpfte den Wunsch nieder, wie ein Kind zu weinen. Er wollte sich nicht die Blöße geben, mit einer solchen Situation nicht umgehen zu können.

»Du bist jetzt schon ein großer Junge, Marcus. Bald wirst du auf eigenen Füßen stehen. Du und ich … wir sind zu verschieden. In deinen Adern fließt nicht das Blut eines Farmers. Du bist kein Corradeo. Es ist besser für dich, wenn du jetzt gehst und nie mehr wiederkommst.« Aldo schloss die Augen und machte auf diese Weise unmissverständlich klar, dass er kein weiteres Wort hören wollte.

Blind vor Tränen verließ Marcus das Krankenhaus. Elena hatte sich nach der Arbeit auf Wohnungssuche gemacht. Jetzt stand sie vor dem Schaufenster des Gemischtwarenladens und studierte Wohnungsanzeigen, als sie ihren Sohn ganz außer sich vor Wut auf das Haus ihrer Eltern zurennen sah.

»Marcus«, rief sie. Ihr Sohn beachtete sie nicht, aber so schnell wollte sie nicht aufgeben. Elena lief ihm entgegen. »Marcus, bleib stehen, bitte«, rief sie. Marcus blieb stehen, doch den Kopf hielt er gesenkt. »Was ist los, Marcus?«, fragte Elena.

Marcus hatte sich vorgenommen, seiner Mutter fortan aus dem Weg zu gehen, aber jetzt freute er sich fast, sie zu sehen. Das war eine gute Gelegenheit, seinen Groll abzulassen. »Papà sagt, er will mich nicht mehr sehen, und das ist alles deine Schuld. Alles ist schiefgegangen, weil du ihm lauter Lügen aufgetischt hast.« Das gab Elena einen Stich ins Herz. Dass ihr Sohn so litt, war wirklich das Letzte, was sie wollte. »Papà sagt, in meinen Adern fließt nicht das Blut eines Farmers. Ich denke, da hat er Recht. Und jetzt weiß ich auch, wieso er mich nie genauso geliebt hat wie Maria und Dominic.«

»Natürlich hat er dich geliebt, Marcus. Er hat nur schlimme Schmerzen im Moment und geht deshalb auf alle Leute los, nicht nur auf dich.«

»Nein, Mamma. Er meint, was er sagt. Er will nicht … er will nicht mehr mein Papà sein.«

Marcus hatte Angst, in Tränen auszubrechen. Schnell wandte er sich um und lief ins Haus seiner Großeltern. Elena mochte nicht glauben, dass Aldo ihn in solch einem Ausmaß absichtlich verletzt hatte. Was er zu ihr sagte, war ihr egal, aber wie konnte er Marcus so tief kränken, ihm solch einen Kummer bereiten? Elena hatte nicht vorgehabt, Aldo an diesem Tag noch einmal zu besuchen, aber jetzt marschierte sie ins Krankenhaus und geradewegs in sein Zimmer.

»Wie konntest du nur zu Marcus sagen, dass du ihn nie wiedersehen willst?«, platzte es aus ihr heraus. »Du bist der einzige Vater, den er je gekannt hat.«

»Er ist nicht mein Sohn«, sagte Aldo bedrückt.

»Bloß weil ihr nicht blutsverwandt seid, heißt das noch lange nicht, dass er in dir nicht seinen Vater sieht.«

»Ich bin sicher, du hast dir schon zurechtgelegt, wie er seinen richtigen Vater kennenlernen wird«, sagte Aldo böse.

»Ich habe mir gar nichts zurechtgelegt. Aber wenn ich es recht bedenke, ist es nur gut, dass du ihn zurückgewiesen hast. Sein richtiger Vater ist ein wunderbarer, freundlicher Mensch. Er hätte Marcus nie so behandelt wie du gerade eben. Er hätte nie versucht, seine Träume zu zerstören, so wie du.«

Zitternd vor Wut drehte sich Elena um und verließ den Raum. So grausam hatte sie eigentlich nicht sein wollen, aber sie hatte sich nicht beherrschen können. Aldo hatte Marcus einmal zu oft verletzt.

36

Nachdem Millie von Alison in Cloncurry abgesetzt worden war, begab sie sich schnurstracks zum Fahrkartenschalter am Bahnhof, denn sie hoffte, am kommenden Tag wieder fort zu sein. Sie wollte nur noch nach Hause zurück und sich ihre Wunden lecken, doch ihre Pläne wurden durchkreuzt, als sie erfuhr, dass in den kommenden zwei Tagen kein Zug fuhr und der nächste aus technischen Gründen ausfiel – Genaueres konnte man ihr nicht sagen. Das bedeutete, dass sie bis auf unbestimmte Zeit warten musste, mindestens aber fünf Tage. Als sie sich nach einer Buslinie erkundigte, hieß es, es gebe keinen Bus, und so saß sie wütend und enttäuscht da. Soweit es sie betraf, war diese ganze Reise reine Zeitverschwendung gewesen, und ihre Träume von einer glücklichen Zukunft mit Lyle kamen ihr wie der blanke Hohn vor.

In den nächsten zwei Tagen blieb Millie fast die ganze Zeit im Hotel Central, wo sie ein Zimmer gemietet hatte, und grübelte. Sie ärgerte sich über sich selbst, weil sie sich zum Narren hatte halten lassen, und sie war angewidert von Lyle, weil der nicht den Mut gehabt hatte, ihr die Wahrheit über Elena und das gemeinsame Kind zu erzählen. Sogar ihre Mahlzeiten nahm sie auf dem Zimmer ein, aber sie hatte keinen richtigen Appetit, und das entsprach so gar nicht ihrer Art.

Irgendwann hielt Millie es in den vier Wänden mit der geschmacklosesten Tapete, die sie je gesehen hatte, nicht länger aus. Sie nahm an, dass Lyle und Alison damit beschäftigt waren, in der Gegend herumzufliegen, also wagte sie sich in den Speisesaal des Hotels, von dem aus man einen Blick auf die Hauptstraße hatte.

Als sie keine Spur von ihrem früheren Mann und seiner Pilotin auf der Straße sah, wurde sie wagemutiger. Sie ging hinaus und flanierte die Hauptstraße auf und ab.

Reverend Flynn sah Millie in dem Augenblick, als sie die Straße überquerte und dann ein Geschäft für Damenbekleidung betrat. Er schaute durch das Schaufenster in den Laden, weil er auf Blickkontakt mit ihr hoffte, aber Millie musterte so interessiert die Dessous, dass sie ihn nicht wahrnahm. Als Philomena Whittaker, die Frau des Bürgermeisters, die ihre Nase überall hineinsteckte, dem Reverend einen indignierten Blick zuwarf, weil sie sich fragte, warum er wohl vor einem Geschäft für Damenbekleidung herumlungerte, wurde er rot und ging schnell weiter.

Im Büro der Fliegenden Ärzte berichtete der Reverend Alison, die gerade Eintragungen ins Bordbuch machte, er habe Miss McFadden im Ort gesehen.

»Sind Sie sicher, dass es Miss McFadden war, Reverend?«, fragte Alison.

»Ja, ich bin mir ganz sicher«, antwortete der Reverend. »Warum fragen Sie?«

»Ach, das hat keinen bestimmten Grund«, sagte Alison.

Was sie dem Reverend nicht erzählte, war, dass sie immer wieder über Lyles künftige Exfrau nachdachte und dass sie sie immer neugieriger machte. Sie hatte gedacht, sie wäre längst wieder abgereist.

Am kommenden Tag, als Alison auf Lyle, der einen älteren Herrn mit Lungenproblemen im Krankenhaus besuchen wollte, wartete, beschloss sie, auf der Hauptstraße spazieren zu gehen. Sie hoffte, wenn überhaupt, Millie dort über den Weg zu laufen, denn hier lagen die Geschäfte der Stadt.

Alison lief von Geschäft zu Geschäft, entdeckte Millie jedoch nicht. Sie wollte schon aufgeben, als ihr Blick auf das Hotel fiel, in dem sie anfangs in Cloncurry untergebracht gewesen war, bevor der Reverend eine Wohnung für sie gefunden hatte. Alison sah lächelnd durch das Fenster in den Speisesaal, der den Gästen, die nicht im Hotel nächtigten, auch als Restaurant diente. Wie oft hatte sie dort mit Lyle gesessen und zu Abend gegessen.

In diesem Augenblick entdeckte sie Millie. Die Frau, mit der Lyle noch immer verheiratet war, saß an einem der Tische, wo sie ihren Nachmittagstee einnahm. Alison betrat kurz entschlossen das Hotel. Sie lief direkt in den Speisesaal und auf Millie zu.

»Ich dachte gar nicht, dass Sie noch in der Stadt sind, Miss McFadden«, sagte Alison. »Oder sollte ich sagen Miss Evans oder vielleicht Mrs. MacAllister? Welchen Namen führen Sie denn heute?«

Millie erkannte bestürzt die junge Pilotin und errötete. »Sie haben … mit meinem Mann … gesprochen?«, stammelte sie.

»Stimmt genau.« Ohne darauf zu warten, dass ihr ein Platz angeboten wurde, setzte Alison sich Millie gegenüber an den Tisch und heftete den Blick auf sie. Sie trug ein hübsches gemustertes Kleid, das zu ihrer eigenwilligen Haarfarbe passte. »Aber Sie hatten versäumt, mir zu erzählen, dass Lyle Ihr Mann ist. Wieso sind Sie den ganzen Weg hergekommen, auf der Suche nach ihm, wenn Sie dann schließlich doch nicht mit ihm sprechen wollten? Und wieso haben Sie allen Leuten, die Ihnen begegnet sind, irgendeine verrückte Geschichte aufgetischt?«

»Ich frage mich, wieso ich mir überhaupt die Mühe mache, solch eine weite Reise auf mich zu nehmen. Nur um mit meinem Mann zu sprechen, wo er doch bloß ein Lügner ist, der die ganze Zeit ein Doppelleben geführt hat?« Millie zitterte vor Empörung.

Diese Unterstellung bestürzte Alison. »Das ist aber gar nicht der Lyle, den ich kenne«, sagte sie zu seiner Verteidigung.

»Dann kennen Sie ihn eben nicht richtig«, fuhr Millie sie an. »Ohne ein Wort zu sagen, ja, ohne auch nur eine Notiz zu schreiben, hat er mich verlassen, und das in der schlimmsten Zeit meines Lebens. Monatelang war ich krank vor Sorge, weil ich nicht wusste, wo er war, und dann hatte ich auf einmal die Scheidungspapiere in der Post. Nach vierzehn Jahren Ehe hat man ja doch wohl ein wenig mehr Respekt verdient. Schließlich hatten wir gerade erst unser einziges Kind verloren.« Alison konnte nicht leugnen, dass es herzlos von Lyle war, mit der Situation so umzugehen, doch diese Meinung sprach sie nicht laut aus. »Eines Tages fand ich einen Brief von einem Reverend Flynn, aus dem hervorging, dass Lyle sich entschlossen hatte, bei den Fliegenden Ärzten zu arbeiten. Ich habe diese weite Reise gemacht, weil ich hoffte, unsere Ehe retten zu können. Dann sah ich Lyle im Krankenhaus mit dieser Italienerin, mit der er im Krieg eine Affäre gehabt hatte. Offenbar sind sie die ganze Zeit über in Kontakt geblieben.«

»Ich glaube nicht, dass das stimmt, Millie«, sagte Alison.

»Sie glauben das vielleicht nicht, aber ich schon«, erwiderte Millie voller Wut. »Ich weiß, er hat mich nur geheiratet, weil ich damals mit unserem Sohn schwanger war.« Erstaunt sah Alison Millie an. »Ich sehe, es überrascht Sie, dass ich das zugebe, aber ich habe keinerlei Selbstachtung mehr.« Ihre Unterlippe zitterte, so aufgewühlt war sie. »An dem Tag, als ich Lyle erzählte, wir würden ein Kind bekommen, hatte ich die schreckliche Ahnung, er sei von Blackpool nach Hause gekommen, um sich von mir zu trennen. Ich gebe zu, ich habe mich an ihn geklammert, aber ich habe ihn aufrichtig geliebt, und ein Baby braucht einen Vater. Außerdem habe ich gedacht, er würde über seine Affäre mit Elena hinwegkommen. Aber da habe ich mich wohl getäuscht, was?« Alison fand die Geschichte aus Millies Perspektive plötzlich sehr traurig. Sie überlegte, was sie der enttäuschten Schottin sagen sollte, aber Millie fuhr fort zu reden. »Ich fasse es einfach nicht, dass er den Tod seines Sohnes als Gelegenheit nutzte, hierherzukommen und wieder Kontakt mit der Frau aufzunehmen, die er wirklich liebt, mit ihr und ihrem gemeinsamen Sohn.«

»Wussten Sie von Marcus, als Sie noch mit Lyle zusammen waren?«, fragte Alison sanft. Bei allem Durcheinander, das Millie angerichtet hatte, konnte sie nicht anders, sie hatte einfach Mitleid mit ihr.

»Nein, das hat mein Mann vor mir verheimlicht«, sagte Millie verbittert. »Aber kaum hatte ich zufällig im Krankenhaus mit angehört, dass Lyle diese Frau Elena nannte, wusste ich, sie musste die Frau sein, mit der er in Blackpool ein Verhältnis gehabt hatte. Und dann wurde mir klar, dass der Junge, der bei ihnen saß, etwa im selben Alter war, in dem Jamie jetzt gewesen wäre – zu sehr im selben Alter wie Jamie, als dass er der Sohn ihres Mannes hätte sein können. Trotzdem mochte ich nicht glauben, dass er das Kind meines Mannes war. Erst als die Schwestern im Krankenhaus erzählten, dass Marcus unter den gleichen Krampfattacken litt wie damals unser Jamie, hatte ich Gewissheit. Diese Art von Anfällen ist selten, aber erblich.«

»Und Sie meinen, Lyle wusste, dass Elena von ihm schwanger war, als er Sie heiratete?« Alison fand, dass das keinen Sinn ergab.

»Ich bin sicher, er wusste es nicht zu dem Zeitpunkt, als er mich heiratete. Hätte er es gewusst, hätte er sie geheiratet, nicht mich.« Schmerzlich verzog Millie das Gesicht. »Lyle hat unseren Jamie angebetet. Jetzt hat er einen Ersatz gefunden.« Ihr kamen die Tränen. »Und ich bin ganz allein …«

Alison sah, wie verstörend das alles für Millie war. Dass Lyle mitten in Australien, noch dazu in einer so entlegenen Gegend, Elena wiedergetroffen hatte, war schon ein ziemlicher Zufall, das konnte sie nicht leugnen.

»Lyle hat mir erzählt, er wusste nicht, dass Elena in Winton lebt, und ich glaube ihm«, sagte sie überzeugt, doch es klang selbst in ihren eigenen Ohren seltsam.

»So leichtgläubig können Sie doch wohl nicht sein, oder?«, gab Millie zurück.

»Er hat erzählt, er wusste, ihr Vater habe irgendwann einmal Interesse daran gehabt, nach Australien auszuwandern, das hat sie nämlich mal erwähnt«, sagte Alison zu ihrer Verteidigung. »Und ich gebe zu, die Wahrscheinlichkeit, dass er sie in einem derart riesigen Land zufällig wiedergetroffen hat, ist wohl denkbar gering.«

»Genau! Das ist dann ja wohl ein eindeutiger Hinweis darauf, dass sie über all die Jahre immer noch in Kontakt gewesen sind und dass dieses Treffen geplant war. Wie hoch ist die Wahrscheinlichkeit, dass sie sich in einem Land, das größer ist als ganz Europa, einfach so zufällig über den Weg gelaufen sind? Gleich null, würde ich sagen.«

Alison musste zugeben, dass Millie Recht hatte. Und was hatte das nun für sie zu bedeuten? »Wenn das stimmt, was Sie sagen, dass Lyle nämlich mit der Absicht hergekommen ist, um bei Elena und dem gemeinsamen Sohn zu sein, dann hätte er doch wissen müssen, dass sie verheiratet ist und drei Kinder hat«, meinte Alison, die sich bemühte, ihre wachsenden Zweifel zu verbergen.

»Ganz bestimmt hat sie sich vorgenommen, ihren Mann zu verlassen. Und das kann ich ihr nicht mal übel nehmen. Ich habe ihn nur dieses eine Mal gesehen und fand ihn herrisch, unangenehm von seinem Benehmen her und beängstigend. Es würde mich nicht überraschen zu hören, dass sie unglücklich gewesen ist in ihrer Ehe. Ich habe mal gelesen, die Väter von italienischen Mädchen arrangieren die Ehe, und das nicht selten mit so fürchterlichen älteren Männern wie Aldo Corradeo.«

»Trotzdem, das, was Sie von Lyle denken, kann einfach nicht stimmen, Millie. Er und ich … wir sind verlobt«, sagte Alison. Sie wollte Millie nicht verletzen, aber sie sollte begreifen, dass sie mit ihrer Meinung über Lyle Unrecht hatte. »Das erzähle ich Ihnen nur, damit Ihnen klar wird, dass Lyle Sie in all den Jahren Ihrer Ehe nicht betrogen hat.«

Millie blieb der Mund offen stehen. »Sie sind verlobt … mit Lyle! Seit wann denn das?«

»Noch nicht sehr lange«, antwortete Alison. Sie hob die linke Hand, um ihren Verlobungsring zu präsentieren. »Aber *nachdem* er Elena wiedergesehen hatte.«

»Wussten Sie da, dass er noch mit mir verheiratet ist?«

»Er sagte mir, er habe die Scheidung eingereicht. Ich selbst bin auch geschieden.«

Millie wusste nicht, was sie davon halten sollte. Nach einer Weile sagte sie: »Das macht er nicht. Er heiratet Sie nicht.«

Alison mochte kaum glauben, was sie da hörte. »Vor ein paar Tagen erst habe ich ihn gefragt, ob er mich noch immer heiraten will, und er hat Ja gesagt.«

»Obwohl er Elena liebte, hat er mich geheiratet, weil ich von ihm schwanger war. Er und Elena haben eine starke Bindung durch ihren Sohn Marcus. Sie werden ein Leben lang miteinander verbunden sein.«

Alison erwiderte nichts mehr. Sie verabschiedete sich von Millie und verließ das Hotel. Sie musste jetzt über vieles nachdenken.

Als Alison ins Büro der Fliegenden Ärzte zurückkam, wartete Lyle dort schon auf sie.

»Wo bist du gewesen, Alison?«, fragte er. »Der Reverend und auch kein anderer wusste es.«

Alison sah Lyle an. Sie war erschüttert darüber, was Millie ihr erzählt hatte, und sie war sich ihrer Beziehung nicht mehr sicher. Sie musste einfach verstehen, was Lyle gedacht hatte, als er Millie verließ.

»Wie konntest du Millie so kurz nach dem Tod eures Sohnes verlassen?«, fragte sie. »Findest du das nicht grausam?« Normalerweise war sie keine der Frauen, die immer Bestätigung und Zusicherung in einer Beziehung brauchten, aber jetzt konnte sie einfach nicht anders. Wenn Lyle zu derart herzlosem Verhalten fähig war, kannte sie ihn ja vielleicht doch noch nicht richtig.

Lyle war verwirrt. »Wieso fragst du mich das?«, wollte er wissen.

»Genau so ist es doch gewesen, oder?«, erkundigte sich Alison anklagend.

»Hast du mit Millie gesprochen? Ist sie noch in der Stadt?« Lyle hatte auch mit ihr sprechen wollen, aber in den vergangenen Tagen hatten sie einen Notfall nach dem anderen gehabt, und so war er zu nichts anderem gekommen. Als Alison nicht antwortete, wusste er genug. »Wo ist sie?«, fragte er.

»Ich …« Alison wollte nicht noch mehr Chaos anrichten. »Lass sie in Ruhe, Lyle. Sie hat schon genug durchgemacht«, sagte sie.

Lyle riss die Augen auf. »*Sie* hat schon genug durchgemacht?« Er machte auf dem Absatz kehrt und verließ das Büro. Dass Alison ihm hinterherrief, nahm er nicht mehr wahr.

Lyle begab sich auf die Hauptstraße. Er wusste, dass Millie in einem der Hotels abgestiegen war, also ging er einfach in das erstbeste und erkundigte sich an der Rezeption nach ihr. Dort hatte er keinen Erfolg, aber schließlich landete er im Hotel Central und brachte ihre Zimmernummer in Erfahrung.

Millie erschrak, als sie auf das Klopfen hin die Tür öffnete und sich Lyle gegenübersah. »Was machst du denn hier?«, fragte sie.

»Dasselbe könnte ich dich fragen«, erwiderte Lyle und stürmte ins Zimmer. »Hast du überhaupt eine Ahnung, wie viel Schaden du im Leben etlicher Menschen angerichtet hast?«

»Ich hatte keine Ahnung, dass ich mit jemandem verheiratet bin, der ein Doppelleben führt«, konterte Millie.

»Doppelleben! Wovon um Himmels willen redest du?«

»War es schwer, deinen Sohn zu verheimlichen, Lyle? Wie oft hast du unseren Sohn angesehen und an Marcus gedacht?«

Lyle war zutiefst gekränkt. Wie konnte Millie ihm eine solch verletzende Frage stellen! Die Erinnerung an Jamie war ihm heilig. »Kein einziges Mal, denn ich wusste bis vor ein paar Tagen gar nicht, dass Marcus überhaupt existiert«, schrie er.

Millie hielt Lyles Wut für echt, aber sie traute ihm trotzdem nicht. »Du stehst einfach so da und lügst mir mitten ins Gesicht, ja?«, fragte sie anklagend.

»Ich lüge nicht. Bis Marcus es mir am Sonntag erzählte, wusste ich nicht, dass er mein Sohn ist.« Wütend starrte Millie ihn an. »Das stimmt. Er hat einen Streit seiner Eltern mit angehört, und so hat er es erfahren. Aber woher wusstest du das, da nicht einmal ich eine Ahnung davon hatte?«

Einen Moment lang war Millie sprachlos, aber dann brach die Wut aus ihr heraus. »Du bist doch Arzt. Du hattest eine Affäre mit einer Frau, und die hat nun ein Kind in einem bestimmten Alter. Und das hast du dir nicht selbst ausrechnen können? Erwartest du etwa, dass ich das glaube?« Verunsichert sah Lyle Millie einen Moment lang an. Sie glaubte, ihn endlich bei einer Lüge ertappt zu haben. »Das erwartest du doch wohl nicht im Ernst!«, rief sie.

»Seine Mutter hat mir sein wahres Alter verschwiegen. Sie hat ihn jünger gemacht, als er tatsächlich ist«, erklärte Lyle verlegen. »Sie wollte nicht, dass ich die Wahrheit herausfinde. Und vor allem sollte ihr Sohn es nicht herausfinden, denn sie hatte Angst, er würde sie dafür hassen.«

»Sie tut mir nun wirklich nicht leid«, sagte Millie gefühllos. Sie wusste, dass die Eifersucht einen anderen Menschen aus ihr machte, aber dagegen kam sie jetzt nicht an.

»So bist du doch in Wirklichkeit gar nicht, Millie. Ich weiß, du bist verletzt, aber normalerweise würdest du dann doch nicht so weit gehen und andere verletzen. Das ist nicht die Millie, die ich kenne.«

»Ich mag es einfach nicht, wenn man mich zum Narren hält«, sagte sie den Tränen nahe. »Ich bin nach Australien gekommen, weil ich hoffte, ich könnte dich zurückgewinnen. Dann habe ich dich mit ihr gesehen … und mit eurem Sohn.«

»Ich hatte ja keine Ahnung, dass du von Elena überhaupt wusstest«, sagte er.

»Ich wusste, dass du gegen Kriegsende eine Affäre mit ihr hattest. Aber wie weit das gegangen war, wusste ich nicht. Das heißt, vielleicht wusste ich es ja, aber ich wollte es mir nicht eingestehen, weil es so wehtat. Wenn ich nicht mit Jamie schwanger gewesen wäre, hättest du mich nicht geheiratet, das willst du doch wohl nicht leugnen.«

Lyle fühlte sich schrecklich, denn Millie hatte Recht. »Ich habe nicht damit gerechnet, dass ich Elena je wiedersehe, Millie. Als Marcus nach seinem ersten Anfall ins Krankenhaus von Winton eingeliefert wurde, konnten die Ärzte keine Ursache dafür finden. Sie haben mich zu dem Fall hinzugezogen. Ich war erschüttert, als ich erfuhr, dass Elena die Mutter des Jungen war, aber nicht einen Moment lang nahm ich an, dass Marcus mein Sohn ist. Als Marcus dann zu Hause im Stall eine weitere Krampfattacke hatte und von einem Pferd getreten wurde, flogen wir ihn von Winton zum Röntgen nach Cloncurry. Deswegen saßen wir da zusammen im Krankenhaus an dem Tag, als du kamst. Meine Begegnung mit Elena war rein zufällig, Millie. Wir hatten uns nicht verabredet. Und sie hat mir nicht gesagt, dass Marcus mein Sohn ist. Du hättest mit mir reden sollen, ehe du nach Barkaroola gefahren bist und Aldo Corradeo informiert hast.«

»Er sollte die Wahrheit kennen«, sagte Millie zu ihrer Verteidigung.

»Ja, vielleicht, aber Elena hätte diejenige sein sollen, die ihm alles erzählt.«

»Was macht es denn für einen Unterschied, wer ihm das erzählt?«

»Das kann ein Unterschied zwischen Leben und Tod sein«, antwortete Lyle.

Millie sah Lyle mit funkelnden Augen an. »Was soll das heißen?«, fragte sie.

»Er war so entsetzt, dass eine völlig Fremde ihm erzählte, sein Sohn sei nicht sein Sohn, dass er vom Windmühlenturm gefallen ist und sich eine schwere Wirbelsäulenverletzung zugezogen hat.«

Aus Millies Gesicht wich alle Farbe. »Er … ist tot!«

»Nein, aber ich glaube, er wünschte, er wäre es. Er wird den Rest seines Lebens im Rollstuhl verbringen.«

Einen Moment lang ließ Millie den Kopf sinken, aber dann sah sie ihren Mann erneut erzürnt an. »Hätte seine Frau ihn nicht angelogen, wäre das alles nicht passiert.«

»Du solltest schon einen Teil der Verantwortung dafür übernehmen, genauso wie für die Tatsache, dass ich dich verlassen habe. Du hattest immerhin eine Affäre, du hast also wohl kaum das Recht, hier voller Empörung aufzutauchen, nachdem ich von dir weggegangen war.«

»Du hast mich geheiratet, obwohl du eine andere liebtest. Was glaubst du, wie ich mich dabei gefühlt habe? Was glaubst du, wie ich mich gefühlt habe, als du dich nach Jamies Tod von mir abgewandt hast? Ich brauchte einen Menschen …«

»Wir sind beide nicht ohne Schuld, Millie. Unterschreib die Scheidungspapiere und lass uns diese Ehe ein für alle Mal beenden.« Lyle ging zur Tür.

»Ich weiß schon, weshalb ich die Scheidungspapiere unterschreiben soll. Du bist verlobt«, sagte Millie.

»Ja, das stimmt.« Lyle wandte sich noch einmal zu Millie um.

»Ich habe dem armen Ding gesagt, dass du sie nie heiraten wirst. Nicht, wo du doch Elena liebst.«

»Elena hat vor, sich um ihren Mann zu kümmern, und ich werde Alison heiraten«, erwiderte Lyle.

Millie sah den Mann an, den sie einst so geliebt hatte. »Das werden wir ja sehen«, sagte sie sarkastisch.

37

Als Lyle zurückkam, saß Alison im Büro an ihrem Schreibtisch. Er kam herein, schloss die Tür und stand dann reglos da. Er sah sie einfach nur an.

»Hast du mit Millie gesprochen?«, erkundigte sich Alison vorsichtig. Sie hatte keine Ahnung, was er gerade dachte, und machte sich Sorgen, er könne wütend auf sie sein.

»Ja, ich habe mit ihr gesprochen. Ich habe ihr vor Augen geführt, was sie Aldo Corradeo mit ihrem rücksichtslosen Handeln angetan hat.«

Alison war entsetzt. »Lyle! Wie konntest du ihr diese Schuld aufbürden?«

»Als sie vermutete, dass Marcus mein Sohn sein könnte, und es war tatsächlich nur eine Vermutung, hätte sie mit mir reden sollen. Es wäre Elenas Aufgabe gewesen, ihrem Mann die Wahrheit zu sagen. Es wäre ihre Aufgabe gewesen zu entscheiden, wann und ob überhaupt sie Marcus darüber aufklärt. Mit ihrer Einmischung hat Millie diese Familie zerstört.«

Alisons Unsicherheit nahm zu. Je öfter sie mit ihm sprach, desto mehr spürte sie, wie stark die Bindung zwischen Lyle, Elena und ihrem gemeinsamen Sohn war. »Vielleicht, wenn du ihr einen Brief dagelassen, ihr erklärt hättest, weshalb du sie verlässt, wäre sie erst gar nicht hergekommen«, sagte sie vorwurfsvoll.

Lyle zog einen Stuhl heran und setzte sich Alison gegenüber vor ihren Schreibtisch. Er schien zu überlegen, was er sagen sollte, und das machte ihr nur noch mehr Sorgen. Würde er ihr jetzt sagen, dass seine Vergangenheit sie nichts anging, oder war er drauf und dran, ihr etwas sehr Persönliches anzuvertrauen? Alison wusste einfach nicht mehr, was sie von Lyle erwarten sollte.

»Ich habe dir erzählt, dass unser Sohn an seinem zwölften Geburtstag vom Fahrrad stürzte und dann überfahren wurde, aber ich habe dir nicht erzählt, dass das meine Schuld war«, sagte Lyle. Das auszusprechen war eine große Qual für Lyle, und er erstickte fast an seinen eigenen Worten.

»Wie kann das deine Schuld gewesen sein?«, fragte Alison. Plötzlich hatte sie Angst vor der Antwort.

»Ich habe ihm das Fahrrad zum Geburtstag geschenkt«, sagte Lyle. »Und das werde ich bis ans Ende meines Lebens bereuen …« Lyle tat Alison leid, aber Worte, die ihn getröstet hätten, wollten ihr nicht einfallen. Sie konnte nichts weiter tun, als ihn voller Mitgefühl anzusehen. »Auch Millie gab mir die Schuld. Wochenlang ertrug sie meine Nähe nicht. Schließlich hielt sie es nicht einmal im selben Haus mit mir aus.«

»Sie hat dich verlassen?«, fragte Alison ungläubig.

»Ihre Mutter nahm sie eines Tages zu sich. Millie war ein seelisches und körperliches Wrack. Ich bot ihr medizinische Hilfe an, mehr hätte ich damals nicht für sie tun können, aber das lehnte sie ab. Sie musste einfach nur jemandem die Schuld geben. Und das verstand ich. Ich verstand auch, dass sie ihre Familie brauchte, vor allem ihre Mutter.«

»Aber du hast doch auch gelitten, Lyle. Wer war denn für dich da?«

»Ich habe mich von meiner Familie, von Freunden, Patienten und Arbeitskollegen zurückgezogen. Meistens lief ich, egal ob bei Tag oder bei Nacht, durch die Stadt oder über Landstraßen. Es war die düsterste und schmerzlichste Zeit meines Lebens. Als Millie sich entschloss, nach Hause zurückzukommen, blieb ich distanziert. Ich wusste, sie brauchte jetzt Trost von mir, Intimität, aber das konnte ich ihr nicht geben. Die Schuld, die ich wegen Jamies Tod empfand, fraß mich auf. Schließlich fing ich wieder an zu arbeiten, und irgendwie stand ich jeden Tag durch, aber die

Kluft zwischen Millie und mir wurde nur noch größer. Millie fing dann an, abends mit ihrer Mutter zum Bingo zu gehen. Und irgendwann begann sie zu trinken, viel zu trinken. Ich hörte sie dann immer in den frühen Morgenstunden ins Haus kommen, hörte sie über die Möbel stolpern und gegen die Wände laufen. Mir fielen Abschürfungen und Blutergüsse an ihren Beinen auf. Eines Morgens beim Frühstück, als sie mit einem ziemlichen Kater kämpfte, schlug ich vor, sie solle doch wenigstens ihrer Gesundheit zuliebe mit dem Trinken aufhören. Sie empfand meine Worte als Kritik und nicht als Sorge um sie, und sie wurde wütend und fühlte sich in die Defensive gedrängt.«

»Und sie trank weiter«, sagte Alison.

Lyle nickte. »Nach ein paar Monaten fiel mir eine Veränderung bei ihr auf. Sie war voller Kummer, aber ihre Stimmung war etwas aufgehellt, und sie war nicht mehr so distanziert. Außerdem schien sie tatsächlich das Trinken reduziert zu haben. Unser Leben lief wieder mit einer gewissen Regelmäßigkeit ab – Normalität würde ich es nicht nennen, denn wir waren immer noch wie zwei Fremde, die in ein und demselben Haus wohnten. Doch es war ein wenig erträglicher geworden. Eines Abends traf ich mich mit meinem Vater auf einen Drink. Früher hatten wir uns immer mal zu einem Gespräch zusammengesetzt, aber seit Jamies Tod nicht mehr. Mein Vater wies mich darauf hin, es gebe Gerüchte in der Stadt, und zwar dahingehend, dass sich Millie mit einem anderen Mann träfe. Er meinte, es könne nicht gerade ein Schock für mich sein, denn seit Jamies Tod führten wir ja gar keine richtige Ehe mehr. Mein Dad schlug vor, ich solle mich von ihr scheiden lassen. Rückblickend muss ich sagen, ich hätte nicht derart überrascht davon sein sollen, dass sie eine Affäre begonnen hatte, aber damals konnte ich mir einfach nicht vorstellen, dass Millie sich mit einem anderen Mann traf. Das war das Letzte, womit ich gerechnet hatte. Eines Abends folgte ich ihr, als sie angeblich ihre Mutter besuchen wollte. Die Gerüchte erwiesen sich als wahr.« Lyle hielt einen Moment inne und sah aus dem Fenster, dann schaute er wieder Alison an und fuhr fort zu reden. »Ich stellte Millie zur Rede. Zuerst stritt sie die Affäre ab, aber dann erwachte wieder ihr Ärger über mein mangelndes Interesse an ihr. Sie wurde wütend und gab mir die Schuld daran, dass sie Trost bei einem anderen gesucht hatte. Wenn ich auch nicht gerade glücklich war über das, was sie da tat, konnte ich ihr doch nicht der Ehemann sein, den sie brauchte. Gleich damals hätte ich schon die Scheidung einreichen sollen, aber noch mehr Gefühlsaufruhr konnte und wollte ich einfach nicht ertragen. Ich dachte, sie würde mich wegen dieses Mannes verlassen, und dann wollte ich sie gehen lassen. Aber das tat sie nicht, allerdings hörte sie auch nicht auf, sich mit ihm zu treffen.«

Lyle schwieg. Alison sah, dass er den Schmerz noch einmal durchlebte. Es war herzzerreißend, ihm dabei zuzusehen. »Mein Vater und ich, wir hatten uns sehr nahegestanden. Als er Weihnachten 1931 plötzlich starb, war ich am Boden zerstört. Dieses Weihnachtsfest war das schlimmste meines Lebens«, fügte er traurig hinzu. Lyle sagte nicht, dass ihm vor dem kommenden Weihnachtsfest graute, wenn sich der Todestag seines Vaters zum ersten Mal jährte. Er war sich sicher, die Feiertage in Zukunft für immer zu verabscheuen. »Am ersten Weihnachtsfeiertag beschloss meine Mutter, in die Kirche zu gehen, sie wollte die Familie bei sich haben. Nachdem ich Jamie und so kurz darauf meinen Vater verloren hatte, die beiden Menschen, die ich auf der Welt am meisten geliebt habe, konnte ich unmöglich in einer Kirche sitzen und Gott gegenübertreten – nicht in einer Situation, in der ich meinen Glauben in Frage stellte, in der ich immer wieder darüber nachgrübelte, weshalb mir Jamie und mein Vater genommen worden waren. Ich machte mich also auf den Weg, marschierte raus aus der Stadt. Seit Tagen hatte es heftig geschneit, aber ich marschierte immer weiter, stundenlang. Dann auf einmal begriff ich, dass ich mich hoffnungslos verirrt hatte und alle vertrauten Orientierungspunkte von dichtem Schnee bedeckt waren. Wäre nicht ein Farmer vorbeigekommen und hätte mich am Straßenrand entdeckt, hätte ich das womöglich nicht überlebt. Er brachte mich in eine nahe gelegene Gastwirtschaft. Sie war den Winter über geschlossen, aber der Wirt und seine Frau hatten Mitleid mit mir und baten mich zu bleiben. Wie ein Eindringling kam ich mir vor, aber es stellte sich heraus, dass sie zwei Söhne im Krieg verloren hatten, und mein unerwarteter Besuch stellte sich, sowohl für sie als auch für mich, als Segen heraus. Ich wärmte mich an ihrem Kamin, und dabei entdeckte ich zufällig einen Artikel in einer alten Zeitung, die der Gastwirt zum Feueranzünden benutzte. Die Überschrift weckte meine Neugier. Der Artikel war schon mehrere Monate alt, aber es ging darum, dass in Australien Fliegende Ärzte gebraucht wurden. Es schien die ideale Lösung für mich zu sein. Ich wollte Arzt bleiben, aber in einer Arztpraxis mochte ich nicht länger eingesperrt sein. Ich wollte weg aus Dumfries und von den ganzen schmerzlichen Erinnerungen, die mich quälten. Um meiner eigenen seelischen Gesundheit willen musste ich flüchten. Ich schrieb dem Reverend und verbrachte die nächste Zeit damit, meiner Mutter zu helfen, ihr Haus zu verkaufen und ihre Sachen für einen Umzug nach Edinburgh zusammenzupacken, wo sie bei meiner Schwester leben wollte. Dann bekam ich Antwort vom Reverend. Ich dachte, ich hätte alle meine Spuren verwischt, aber ich schätze, Millie hat den Brief des Reverends an mich gefunden, und so wusste sie also, dass ich hier unten bin.«

»Das stimmt, Lyle«, sagte Alison. »Sie hat mir erzählt, dass es genauso gewesen ist. Tut mir leid, dass ich voreilige Schlussfolgerungen gezogen habe, aber Millie hat mir nur einen Teil der Geschichte erzählt.«

»Das habe ich mir schon gedacht, Alison, es gibt jedoch immer zwei Seiten. Ich bin sicher, auch für Millie war das alles sehr traurig. Ich bin mir durchaus bewusst, wie sehr sie Jamie geliebt hat. Und weil er ihr einziges Kind bleiben sollte, ist ihr Kummer ganz bestimmt umso größer. Die Spur der Verwüstung, die sie hinterlassen hat, kann ich trotzdem nicht außer Acht lassen. Aldo Corradeo wird den Rest seines Lebens im Rollstuhl verbringen.«

»Es ist eine Tragödie, dass er stürzte und sich diese Wirbelsäulenverletzung zuzog. Vielleicht trägt ja Millie einen Teil der Verantwortung, aber auch er ist nicht ganz von Verantwortung freizusprechen.«

»Ich weiß, du hast Recht, Alison, und Elena wird den Preis dafür zahlen müssen. Das ist die eigentliche Tragödie. Meine Affäre mit ihr damals im Jahr 1918 hat ihr Leben ruiniert.«

Es klopfte an der Tür, und Reverend Flynn steckte den Kopf herein. »Sie haben einen Besucher, Alison«, sagte er.

Mit verständnislosem Blick schaute Alison erst zum Reverend, dann zu Lyle. Wollte Millie noch einmal mit ihr sprechen? Dann trat jedoch ein Mann durch die Tür, und der Mund blieb Alison offen stehen. Er war hochgewachsen, hatte helles Haar, eine athletische Figur, und er war genauso attraktiv, wie sie ihn in Erinnerung hatte.

»Hallo, Liebes«, sagte er voller Überschwang. Ein blendend weißes Lächeln erstrahlte auf seinem Gesicht.

»Bob! Was machst du denn hier?«

»Ich bin auf der Suche nach dir«, sagte er, ging um ihren Schreibtisch herum, umarmte sie herzlich und küsste sie auf die Wange. »Du siehst wundervoll aus. Einfach wundervoll! Ich könnte schwören, du bist noch hübscher als bei unserer letzten Begegnung.«

Lyle entging nicht, dass Alison strahlte. Bob schaute ihn an. Er nahm wohl wahr, dass er den Wortwechsel verblüfft beobachtet hatte, und stellte sich vor. »Bob Sweeney«, sagte er und streckte über dem Schreibtisch die Hand aus.

Lyle stand auf und schüttelte Alisons Besucher die Hand. »Lyle MacAllister«, sagte er perplex. »Sind Sie … sind Sie ein Verwandter von Alison?« Nach Bestätigung suchend sah er Alison an.

»Bob ist mein Exmann, ich hab dir doch von ihm erzählt«, erklärte Alison. Sie war verblüfft, ihn jetzt und hier so überraschend wiederzusehen. »Bist du mit deiner Staffel in Australien, Bob?«, fragte sie.

»Ich habe schließlich doch deinen Rat angenommen, Alison. Ich bin aus der Luftwaffe ausgeschieden«, erklärte er voller Stolz.

»Wann?«, fragte Alison atemlos, sie konnte es kaum glauben.

»Vor ein paar Monaten.«

»Und … womit verdienst du jetzt deinen Lebensunterhalt?«

»Ich habe mit einem anderen Typen zusammen eine Luftfrachtgesellschaft auf die Beine gestellt«, erwiderte Bob aufgeregt. »Unsere Basis ist der Flughafen Lae in Neuguinea. Im Bulolo Valley wird gerade viel nach Gold gegraben. Von Lae aus transportieren wir Arbeiter und Vorräte, damit die Bergwerksfirma keine einheimischen Träger beschäftigen muss. Wir sind so dick im Geschäft, dass wir weitere Flugzeuge anschaffen mussten.«

»Was für welche habt ihr gekauft?«

»Fünf deutsche Junkers. Die sind sehr stabil und leistungsfähig, und das müssen sie auch sein, denn manchmal transportieren wir sogar Bergbaugeräte. Jede Maschine schafft fünf Touren am Tag zwischen Bulolo Valley und Lae. Wir kommen gut zurecht, aber es wäre noch besser, wenn wir mehr Piloten anwerben könnten.«

»Das klingt ja alles sehr aufregend, wie ein richtiges Abenteuer.« Alison war beeindruckt von Bobs unternehmerischer Voraussicht.

»Du hattest mich immer schon ermutigt, so was in der Art zu machen«, sagte Bob verlegen. »Ich hätte es eher tun sollen, vielleicht vor unserer Scheidung.« Für einen Moment schwand sein Lächeln, und ein wehmütiger Ausdruck zeigte sich auf seinem Gesicht.

Einen Augenblick lang wirkte Alison verlegen. »Wie schön, dass du endlich deine Begabung als Pilot im Zivilleben einsetzt und dass du so erfolgreich bist«, sagte sie aufrichtig. »Aber was machst du dann jetzt in Australien?«

»Ich rekrutiere Piloten.«

»Ach ja?« Alison war sichtlich interessiert.

»Hast du Zeit für eine kleine Unterhaltung? Ich muss dir so viel erzählen«, sagte Bob.

»Meine Schicht ist noch nicht um, wir könnten jeden Moment einen Notruf bekommen«, erwiderte sie.

»Wie wäre es dann mit Abendessen morgen?«

»Ich bin …« Alison warf Lyle einen fragenden Blick zu, sie wusste offenbar nicht, was sie antworten sollte.

»Essen musst du doch irgendwann mal, oder? Und ich muss etwas wirklich Wichtiges mit dir besprechen«, erklärte Bob voller Nachdruck.

»Kannst du mir nicht einen kleinen Hinweis geben? Worum geht es denn?«, fragte Alison neugierig.

»Immer noch so ungeduldig wie früher, Alison, aber dieses Mal wirst du warten müssen«, rügte Bob sie im Spaß. »Ich komme dich um fünf abholen. Wir besprechen dann alles beim Abendessen.« Noch einmal schüttelte er Lyle die Hand, dann ging er.

»Was war das denn eben?«, fragte sich Alison laut.

»Ich wusste gar nicht, dass du so ein freundschaftliches Verhältnis zu deinem Exmann hast«, sagte Lyle und runzelte die Stirn.

»Unsere Trennung verlief sehr harmonisch. Wir hatten einfach nur unterschiedliche Ziele im Leben. Ich wollte, dass Bob seinen Abschied von der Luftwaffe nahm, er wollte das nicht. So einfach war das.«

Lyle wusste nicht, wie er das interpretieren sollte. Die Liebe zwischen den beiden war damals offenbar nicht zu Ende gegangen, also was mochte Bobs Besuch zu bedeuten haben?

»Hast du etwas dagegen, wenn Bob und ich zusammen zu Abend essen?«, fragte Alison schmeichelnd.

»Nein«, antwortete Lyle. Er war nicht ganz sicher, ob er das auch tatsächlich so meinte, aber ihm wäre auch nicht wohl dabei gewesen, als besitzergreifender Verlobter dazustehen.

»Du kannst doch mit uns kommen. Bob würde das nichts ausmachen.«

»Das fiele mir nicht mal im Traum ein. Ich bin sicher, ihr habt euch eine Menge zu erzählen«, sagte Lyle.

»Ich werde Gelegenheit haben, ihm zu erzählen, dass wir verlobt sind.«

»Und ich denke, er wird dir einen Job als Pilotin anbieten«, sagte Lyle.

»Meinst du?« Alison wurde rot.

»Ja, das meine ich, und du scheinst interessiert zu sein.«

Alison zögerte einen Moment. »Es ist nicht uninteressant, aber ich habe einen Job hier, mit dir«, sagte sie dann. Sie kam um den Schreibtisch herum und legte die Arme um Lyle.

Er drückte sie an sich, aber aus einem Grund, der ihm seltsam schien und den er noch nicht verstand, hatte er das Gefühl, dass er sie irgendwie aufhielt.

38

Luisa begleitete Maria und Dominic jeden Tag nach der Schule sowie jeden Sonntag zu ihrem Vater, doch Marcus weigerte sich stets mitzukommen. Anfangs dachte Luisa, es sei schwer für ihn, seinen Papà in einem derartigen Zustand zu sehen, aber allmählich wunderte sie sich doch.

Eines Tages nahm sie sich ein Herz und redete mit ihm. »Marcus, es ist so gar nicht deine Art, dich so stur zu verhalten. Warum willst du deinen Papà nicht besuchen?«

Marcus sah seine Großmutter an. Er bäumte sich innerlich auf, doch dann sackte er in sich zusammen. »Ich will ihn ja besuchen, Nonna«, erklärte er, »aber er will es nicht. Er hat gesagt, er will mich nie mehr wiedersehen … weil ich kein Corradeo bin … weil in meinen Adern nicht das Blut eines Farmers fließt.«

Luisa war außer sich vor Wut darüber, dass Aldo Marcus so hatte verletzen können. Sie lief gleich ins Krankenhaus, und es entspann sich ein erhitzter Wortwechsel zwischen Aldo und ihr.

»Was hast du dem Jungen gesagt, Aldo?«, schimpfte sie. »Bist du noch ganz bei Trost, ihn so zu kränken?«

»Elena ist schuld daran, dass unser Leben zerstört ist. Und das weißt du ganz genau«, wütete Aldo. »Sicher warst du eingeweiht. Ihr Frauen haltet doch immer zusammen. Aber das könnt ihr mit mir nicht machen. Niemand kann so etwas mit einem Corradeo machen!«

Luisa begleitete Maria und Dominic von dem Tag an zwar weiter ins Krankenhaus, sie selbst blieb aber draußen auf dem Korridor vor Aldos Zimmer stehen und wartete. Manchmal kam Elena mit, wenn die Jüngeren ihren Vater besuchten. Dann setzte sie sich zu ihrer Mutter auf den Korridor und ließ sich erzählen, wie es Marcus ging.

Luigi hatte Luisa nicht ausdrücklich verboten, Elena zu treffen, aber er ermutigte sie auch nicht dazu. Er machte keinen Hehl aus der Tatsache, dass er seine Tochter nicht sehen wollte, also ging Elena nur noch sehr selten zu ihren Eltern nach Hause. Und wenn sie es tat, dann nur, wenn sie sicher sein konnte, dass ihr Vater im Laden zu tun hatte.

Wie Aldo es gewünscht hatte, verkaufte Elena in der ersten Woche, in der er im Krankenhaus lag, nur einige wenige Rinder. Nach einigen Wochen wurde offensichtlich, dass die Arbeit auf der Farm zu viel für Billy-Ray war, auch wenn sein Neffe ihm half. Elena kam nicht mehr umhin, auch den Rest der Herde zu verkaufen. Aldo besuchte sie nur noch, wenn wichtige Entscheidungen die Farm betreffend anstanden. Jetzt war es mal wieder so weit.

»Wir haben kein Futter mehr fürs Vieh, Aldo«, erklärte Elena. »Das Geld aus dem Verkauf der Rinder ist schon aufgebraucht.«

»Sag Billy-Ray, er soll Futterpflanzen anbauen«, gab er zurück.

»Ich kann es mir nicht leisten, Saatgut zu kaufen«, konterte sie. »Und selbst wenn, was hätte das Vieh zu fressen, während wir darauf warten, die Futterpflanzen ernten zu können?« Aldo war unvernünftig aus lauter Sturheit, und das ärgerte sie.

»Deine Mutter versorgt doch wohl die Kinder mit Essen, oder?«, fauchte er. Scheinbar war er in dem Glauben, dass sie von ihrem Gehalt längst etwas gespart haben müsste.

»Wir haben eine Krankenhausrechnung zu bezahlen, Aldo. Hast du das schon vergessen?«

Aldo wurde nur noch wütender. »Ich sollte zu Hause sein, nicht im Krankenhaus«, sagte er frustriert.

»Und wie willst du auf der Farm zurechtkommen, wenn ich bei der Arbeit bin?«, fragte Elena.

»Ich brauche dich nicht«, antwortete er dickköpfig. »Ich werde schon lernen, allein zurechtzukommen.«

Seit Aldo im Krankenhaus lag, waren die Kinder nicht mehr zu Hause auf der Farm gewesen, aber Elena fuhr von Montag bis Donnerstag, den Tagen, an denen sie in der Stadt arbeitete, täglich hin, denn sie fand es nicht fair, Billy-Ray und seinen Neffen die ganze Arbeit machen zu lassen. Freitags, samstags und sonntags blieb sie auf der Farm, denn die Fahrten in die Stadt und zurück erschöpften sie. Dann vermisste sie die Kinder, vor allem Marcus. Er ging ihr weiter ganz aus dem Weg, und das war etwas, das sie kaum noch ertrug.

»Das Haus von den Castlemaines steht ab nächster Woche leer«, erzählte Ken eines Tages bei der Arbeit, als Elena wieder einmal ihm gegenüber erwähnte, wie gern sie in die Stadt ziehen würde. »Es ist nicht gerade groß, aber ich glaube, Mike und Gladys lassen ihre Möbel da, weil sie nach England zurückgehen.«

»Das wäre ideal zur Miete«, sagte Elena. Das Haus lag in einer kleinen Straße, die von der Hauptstraße abging, in der Nähe der Schule und nur fünf Minuten zu Fuß von Kens Praxis entfernt. »Aber Aldo ist entschieden gegen einen Umzug in die Stadt.«

»Er ist nicht realistisch, Elena. Ich rede gern mit ihm, wenn Sie das möchten, denn Sie können definitiv nicht so weitermachen. Der Stress fordert schon seinen Tribut.« Er sah, dass sie noch mehr abgenommen hatte, und das konnte sie sich wirklich nicht leisten.

»Erwarten Sie nur nicht, dass Aldo Mitleid mit mir hat, Ken«, sagte Elena.

Ken wusste zu genau, was Elena damit meinte. Eines Nachmittags, als der letzte Patient die Praxis verlassen hatte, brach sich die Anspannung der letzten Wochen Bahn. Elena fing zu weinen an und konnte nicht mehr aufhören. Ken dachte, sie hätte einen Nervenzusammenbruch. Er gab sich Mühe, ihr zu versichern, dass Aldo zwar nicht mehr derselbe sein würde, aber doch wieder in Ordnung käme, doch das brachte sie nur noch mehr zum Schluchzen. Ken war wie immer freundlich und verständnisvoll und goss ihr einen kräftigen Brandy ein. Und dann gestand sie ihm die ganze Wahrheit. Elena war überzeugt davon, dass Ken schockiert und enttäuscht von ihr sein würde, aber er war so einfühlsam, wie nur jemand sein konnte. Bald verstand sie, warum, denn dass er eine ganz ähnliche Geschichte zu erzählen hatte, damit hatte sie nicht gerechnet.

»Meine Mutter war achtzehn, als sie sich in derselben Lage befand«, erzählte er Elena, die überrascht die Augen aufriss. »Im letzten Jahrhundert wurde so etwas mit noch weit mehr Verachtung bestraft. Eine junge, unverheiratete schwangere Frau brachte ungeheure Schande über die Familie, wurde nicht mehr als heiratsfähig betrachtet und oft in ein Kloster verbannt. Aber meine Mutter tat genau das, was Sie getan haben. Ich wurde von einem Mann großgezogen, der nicht mein Vater war. Ich weiß nicht, ob er die Wahrheit ahnte, und das werde ich nun auch nie mehr erfahren, denn er starb mit Mitte fünfzig.«

»War er ein guter Vater?«

»Er war ein guter Versorger. Er kümmerte sich darum, dass ich alles hatte, was ich brauchte, aber er war unzugänglich und verschmähte jegliche Zuneigung. Ich glaube nicht, dass meine Mutter ihn wirklich liebte, aber ich hatte immer so eine Ahnung, dass sie dankbar war für das, was er ihr gab – ein Dach über dem Kopf und genügend zu essen. Fünf Jahre nach seinem Tod starb auch meine Mutter, das war 1913. Sie war schon sehr krank, als sie mir die Wahrheit erzählte, nämlich dass Harry Robinson nicht mein richtiger Vater war. Anfangs glaubte ich nicht, dass das stimmte, was sie mir da erzählte, denn sie nahm ein Opiumpräparat gegen ihre Schmerzen, aber sie nannte Namen und Beruf meines leiblichen Vaters und erzählte mir, woher er stammte. Ich hatte so viele Fragen, aber sie war bereits sehr schwach. Nur wenige Stunden nach ihrem Geständnis starb sie.«

»Haben Sie je Kontakt aufgenommen?«

»Ja, irgendwann dann doch. Je mehr ich über Harry Robinson nachdachte und darüber, wie wenig Gemeinsamkeiten wir hatten, desto mehr glaubte ich meiner Mutter. Bevor ich nach Australien ging, machte ich mich auf die Suche nach dem Mann namens John Noble. Zum Glück lebte er in Bristol wie ich damals. Nach mehreren Jahren Militärdienst war er in seinen Beruf als Wagenbauer bei British Railways zurückgekehrt. Ich zog Erkundigungen ein und fand heraus, dass er jeden Nachmittag auf dem Nachhauseweg von der Arbeit immer im selben Pub ein Bier trank. Ich wartete im Schankraum auf ihn und stellte mich vor.«

»Wie haben Sie ihn erkannt?«, fragte Elena und versuchte, sich die Szene vor ihrem geistigen Auge vorzustellen.

»Ich hatte keine Ahnung, wie ich ihn erkennen sollte, aber als er durch die Tür kam, glaubte ich, in einen Spiegel zu sehen«, sagte Ken mit einem Lächeln.

Da musste auch Elena lächeln. »Was haben Sie zu ihm gesagt?«

»Ich habe einfach gesagt: John Noble, ich bin Ihr Sohn Ken. Natürlich war er verblüfft, er ahnte ja nichts von meiner Existenz. Da stand nun ein dreiundvierzig Jahre alter Mann und erzählte ihm, er sei sein Sohn. Er sagte, dass ich genauso aussehe wie er in jüngeren Jahren, und ich antwortete, dass ich nun ganz genau wisse, wie ich zwanzig Jahre später aussehen würde. Es war unheimlich. Wir haben über ein paar Sachen geredet, und er bestätigte, eine intime Beziehung zu meiner Mutter gehabt zu haben. Diese Bestätigung hätte er sich eigentlich sparen können, denn sogar die anderen Gäste im Pub warfen uns verwunderte Blicke zu und kommentierten unsere Ähnlichkeit.« Ken lächelte wieder. »John Noble war verheiratet, hatte vier Töchter und mehrere Enkel. Seine älteste Tochter war nur ein bisschen jünger als ich. Die nächsten Wochen traf ich ihn nach der Arbeit immer wieder auf ein Glas Bier, aber es gab keine Hoffnung auf eine dauerhafte enge Beziehung. Er sagte, er fürchte die Reaktion seiner Frau, sollte er gestehen, dass er mit einer anderen einen Sohn hatte. Mein Vater entschuldigte sich dafür, aber aus dem, was er erzählte, ging hervor, dass seine Frau ganz schön schwierig sein konnte. Ich nehme an, dass er nicht gerade ein leichtes Leben mit ihr hatte.«

»Was war er denn für ein Mensch?«

»Er war so ganz anders als Harry Robinson. Er war warmherzig, ehrlich, liebenswert und offen.«

»Wie Sie«, sagte Elena lächelnd.

Ken war sichtlich erfreut über ihre Bemerkung. »Nach den paar Wochen kam es mir so vor, als hätte ich ihn mein ganzes Leben schon gekannt. Danach habe ich ihn regelrecht vermisst.«

»Haben Sie ihn je wiedergesehen oder ihm geschrieben?«

»Nein.«

»Wie schade«, sagte Elena.

»Ja, wirklich schade. Kurz nach unserem letzten Tag miteinander reiste ich nach Australien ab. Ich war noch auf dem Schiff, als der Krieg ausbrach. Mein Vater hatte mir die Adresse eines seiner Freunde gegeben, über den wir Kontakt halten konnten. Ich schrieb, aber die Briefe kamen ungeöffnet zurück. Seine Anschrift hatte ich nicht, also hatten wir nie wieder Kontakt. Ich weiß aber, dass er vor zwei Jahren gestorben ist. Er war achtundsiebzig und lebte immer noch in Bristol.«

»Woher wissen Sie das?«

»Knapp ein Jahr nach seinem Tod erhielt ich einen Brief von einem Anwalt und dazu ein Kästchen mit den Tapferkeitsmedaillen meines Vaters von der britischen Armee, die er für verschiedene Feindbegegnungen erhalten hatte. Der Anwalt hatte monatelang nach mir gesucht und mich schließlich durch die Heilsarmee gefunden.«

»Was stand in dem Brief … wenn ich das fragen darf.«

Ken lächelte traurig. Er hatte den Brief tausendmal gelesen, also wusste er fast Wort für Wort, was da gestanden hatte. »Mein Vater schrieb, die Medaillen seien sein wertvollster Besitz, deshalb sollte ich sie haben. Er schrieb, mich kennenzulernen, habe ihm mehr bedeutet, als er je in Worte fassen könne. Offensichtlich hatte er sich nach einem Sohn gesehnt. Er schrieb, es erfülle sein Herz mit Stolz und Freude zu wissen, dass sein Sohn Arzt und ein guter Mensch sei. Vor seinem Tod erzählte er seiner Frau und seinen Töchtern von mir. Er gab mir die Adresse seiner jüngsten

Tochter, der er am nächsten gestanden hatte, und ließ mich wissen, sie habe den Wunsch geäußert, von mir zu hören.«

»Ach, das ist ja wunderbar, Ken. Haben Sie ihr geschrieben?«

»Ja. Wir haben uns mehrfach geschrieben. Offenbar sind ihre Schwestern nicht daran interessiert, irgendetwas von mir zu erfahren, aber das ist in Ordnung. Claire ist eine wundervolle Frau und wirklich sehr großherzig. Es ist so schön, eine Halbschwester zu haben, denn ich war ja Einzelkind. Ich freue mich so sehr darüber, dass Claire meint, ich sei wie ihr Vater. Sie schrieb, dass sie von den vier Mädchen dem Vater am ähnlichsten sei, was wahrscheinlich die Erklärung dafür ist, dass wir uns so gut verstehen. Offensichtlich war er ein wunderbarer Vater, und es macht mich glücklich, das zu wissen. In all ihren Briefen hat Claire Geschichten von ihm erzählt, und so habe ich das Gefühl, ihn ein bisschen zu kennen. Sie schickte mir auch ein Foto von meinem Vater, das etwa zu der Zeit aufgenommen wurde, als er meine Mutter kennenlernte. Meine Mutter hatte nie ein Foto besessen, also hat mich das besonders gefreut. Claire findet es richtig, dass ich die Tapferkeitsmedaillen unseres Vaters bekommen habe. Wenn ich mich zur Ruhe setze, gehe ich nach England zurück und treffe mich mit ihr.«

»Haben Sie herausgefunden, wieso Ihre Eltern nicht geheiratet haben?«

»Meine Mutter hatte eine Schwester in England, und der habe ich geschrieben, sie gab mir einige Informationen. Offenbar ist mein Großvater ein ziemlicher Tyrann gewesen, also lebten meine Mutter und meine Großmutter in Angst vor ihm. Meine Mutter war im dritten Monat schwanger, als sie sich ein Herz fasste und meiner Großmutter erzählte, dass irgendetwas nicht stimme. Zu der Zeit war mein Vater beim Militär. Meine Großmutter drängte meine Mutter mehr oder weniger, mit Harry Robinson auszugehen. Schließlich heiratete sie Harry, was ihren Vater glücklich machte, und es kam nie etwas heraus.«

»Ihre Geschichte lässt mich hoffen, dass Marcus eines Tages Lyle als seinen Vater akzeptieren wird«, sagte Elena. »Ich hätte gern, dass sie eine Beziehung zueinander aufbauen, vor allem jetzt, da mein Sohn nichts mehr mit mir zu tun haben will.«

»Marcus wird sich eines Tages besinnen«, sagte Ken, »das versichere ich Ihnen. Sie beide haben sich doch immer so nahegestanden. Versuchen Sie einfach, sich nicht allzu viele Sorgen zu machen, Elena. Ich weiß, Ihr Leben ist ein einziges Chaos, aber es wird sich alles klären. Dafür sorgt normalerweise die Zeit.«

Eine Woche später kam Deirdre in Dr. Robinsons Praxis. Es war Montagnachmittag, und Elena saß an ihrem Schreibtisch an der Rezeption.

»Wollen Sie einen Termin beim Doktor, Deirdre?«, fragte sie. Elena fiel auf, dass die Krankenschwester einen besorgten Eindruck machte.

»Nein, ich dachte einfach, Sie sollten wissen, dass Aldo heute auf die Farm zurückgekehrt ist.«

»Was?« Elena sprang auf. »Wie ist das denn möglich?«

»Er wollte nicht, dass Sie es erfahren, aber er bestand darauf, dass Neil das Büro der Fliegenden Ärzte anrief und den Transport zur Farm arrangierte. Er ist jetzt so weit wiederhergestellt, wie er nur wiederhergestellt sein kann. Seine gebrochenen Knochen sind verheilt, der Gipsverband wurde vor ein paar Tagen abgenommen, also konnte Neil ihm das nicht verweigern. Allerdings verlangte Aldo, dass Dr. MacAllister ihn nicht abholte. Und so kam Dr. Tennant.«

Elena redete kurz mit Ken und verließ dann sofort die Praxis. Sie kaufte ein paar Lebensmittel, denn im Haus gab es kaum etwas zu essen, dann machte sie sich auf die Heimfahrt.

Aldo saß im Rollstuhl vor dem Haus auf der Veranda und sprach mit Billy-Ray, als sie mit dem Pferdewagen vorfuhr. Auch wenn sie sich diese Szene ungefähr eine Million Mal vorgestellt hatte, konnte sie ihre Gefühle doch nicht verbergen. Es war herzzerreißend, Aldo so zu sehen.

»Was machst du hier?«, brüllte er sie wütend an, als er sie sah.

Billy-Ray, der sich offensichtlich unbehaglich fühlte, warf Elena einen Blick zu. »Ich hab was im Stall zu tun. Wenn Sie mich brauchen, Boss, rufen Sie einfach«, sagte er.

Elena wartete, bis er gegangen war, dann holte sie die Tasche mit den Einkäufen aus dem Wagen und brachte sie ins Haus.

»Wieso bist du nicht bei der Arbeit?«, rief Aldo von draußen durch die offene Tür, als sie die Einkäufe wegräumte.

»Du weißt ganz genau, weshalb ich nicht bei der Arbeit bin, Aldo«, antwortete Elena, die kurz davor war, die Fassung zu verlieren. Sollte es so jetzt ewig weitergehen?

»Ich hab dir gesagt, ich brauche dich hier nicht«, sagte Aldo wütend. »Ich kann auf dein Mitleid verzichten.«

»Das werden wir ja bald sehen«, sagte Elena herausfordernd.

Sie verrichtete ihre Arbeit, ohne Aldo zu beachten. Als sie fertig war, lief sie auf der Veranda an ihm vorbei zum Stall. Billy-Ray bürstete Aldos Pferd.

»Der Boss wird eine Zeit lang schwierig sein, Billy-Ray, also nimm das bitte nicht persönlich. Er braucht eine Weile, um sich an sein neues Leben zu gewöhnen.« Elena hielt Ausschau nach Billy-Rays Neffen. »Wo ist Matari?«, fragte sie.

»Der Boss sagt, er kann nicht bleiben, weil er ihn nicht bezahlen kann.«

»Aber wir brauchen ihn«, entgegnete Elena verärgert.

Billy-Ray zuckte mit den Schultern.

Elena sah den Viehtreiber fassungslos an. Dann machte sie auf dem Absatz kehrt. Sie würde die Konfrontation mit Aldo nicht scheuen. Erzürnt verließ sie den Stall und blieb dann entsetzt stehen. Aldo versuchte gerade, im Rollstuhl von der Veranda herunterzukommen. Vorsichtig ließ er die Vorderräder über die erste Stufe gleiten. Im Geiste sah Elena schon, was passieren würde. Der Rollstuhl kippte nach vorn und stürzte die Stufen herunter.

»Billy-Ray!«, schrie sie.

Der Viehtreiber kam aus dem Stall herbeigelaufen. Beide rannten sie Aldo zu Hilfe, der hilflos unter seinem Rollstuhl lag. Elena hob den Rollstuhl hoch und zog ihn auf die Veranda zurück. Billy-Ray mühte sich damit, Aldo hochzuheben. Unbeholfen wuchtete er ihn zurück in den Rollstuhl. Elena wollte ihm den Schmutz von der Kleidung klopfen, aber er schlug ihre Hand weg.

»Hör auf«, spie er gedemütigt aus. »Ich brauche deine Hilfe nicht.«

Er drehte den Rollstuhl herum und mühte sich damit ab, durch die Tür ins Haus zu kommen, mehrfach stieß er gegen den Türrahmen. Billy-Ray und Elena blieben allein zurück. Sie sahen sich an, aber sie sagten kein Wort. Was gab es da groß zu sagen? Nach einer Weile lief Billy-Ray zurück in den Stall, Elena ging ins Haus.

Sie sah, dass Aldo versuchte, an einen Eimer mit Wasser zu reichen, der immer zum Geschirrabwaschen auf der Spüle stand. Er hielt ein Tuch in der Hand, offenbar wollte er sich den Schmutz aus dem Gesicht wischen. Elena wusste, dass Aldo sie nur anbrüllen würde, wenn sie ihm Hilfe anbot, also blieb sie im Hintergrund und beobachtete seinen Kampf. Als er den vollen Wassereimer zu sich hinzog, kippte er um, und das ganze Wasser ergoss sich auf ihn. Er brüllte vor Wut und Enttäuschung und schleuderte Tuch und Eimer gegen eine Wand. Elena schloss kurz die Augen. Sie zwang sich dazu, sich an den Tisch zu setzen und Aldo nicht zu Hilfe zu eilen. Das war schwer, aber sie musste sich beherrschen. Als sie die Augen wieder öffnete, sah sie, wie Aldo das Gesicht in den Händen vergrub. Er begann zu schluchzen wie ein Kind.

Elena blieb still sitzen, Tränen stahlen sich aus ihren Augen und rannen ihr die Wangen hinunter. Sie wischte sie entschlossen weg. Sie wusste, sie konnte ihn nicht trösten. Sie musste geduldig warten, bis ihr Mann sie eines Tages um Hilfe bat.

39

Zehn Tage blieb Elena auf der Farm, und nicht ein einziges Mal bat Aldo sie um Hilfe. Er mühte sich damit ab, sich allein anzuziehen, sich allein zu waschen und allein in den Rollstuhl hineinzukommen und wieder heraus. Beim leisesten Anzeichen von ihr, ihm helfen zu wollen, brüllte er sie an. Sie war so verärgert und entnervt, dass sie ihn am liebsten angeschrien hätte. Nach ein paar Tagen gab sie es auf, ständig um ihn herum zu sein, und erledigte stattdessen einfach ihre Aufgaben. Aldo sah, dass sie und Billy-Ray so hart arbeiteten, dass sie am Abend völlig erschöpft waren. Es machte ihn wütend, dass er nicht mehr tun konnte, aber er wollte immer noch nicht zugeben, dass es falsch war, auf der Farm bleiben zu wollen.

Aldo ließ Billy-Ray eine Rampe bauen, die von der Veranda herunterführte, um Elena zu beweisen, dass er unabhängig war. Er kam die Rampe fortan herunter, aber der Boden war uneben und steinig, und das machte es ihm schwer, den Rollstuhl über das Gelände zu bewegen. Auch kam er allein die Rampe nicht wieder hinauf. Er bat Billy-Ray, eine Seilkonstruktion anzubringen, damit er sich wieder hochziehen konnte, das war das einzige Zugeständnis, das er machte. Billy-Ray um Hilfe bitten zu müssen, war für Aldo genauso fürchterlich, wie Elena zu fragen.

Aldo traf Vorkehrungen, mehr Vieh zu veräußern, weil er hoffte, von dem Geld Saatgut kaufen zu können, doch die Viehpreise hatten einen nie dagewesenen Tiefstand erreicht. Er war gezwungen, die Tiere wegzuschenken oder aber dabei zuzusehen, wie sie verhungerten. Das machte ihn nur noch mutloser.

Elena wusste, dass ihnen sehr bald das Geld ausgehen würde, sie musste also wieder zurück zur Arbeit in die Stadt.

»Den Lohn für Billy-Ray können wir uns im Höchstfall noch eine weitere Woche leisten«, teilte sie Aldo mit.

Aldo gab dazu keinen Kommentar ab. Dass er sich schlichtweg weigerte, offen über die Dinge zu reden, machte Elena erneut wütend. Sie hatte gehofft, er würde sich ändern, aber davon war nichts zu spüren.

Gegen Mitte ihrer zweiten Woche zu Hause fasste Elena einen Entschluss. Sie packte ihren Koffer und stellte ihn auf die Veranda. Dann ging sie in den Stall, um Billy-Ray zu bitten, ihr Pferd vor den Wagen zu spannen.

»Es tut mir leid, aber wir können uns deinen Lohn nicht länger leisten, Billy-Ray«, sagte sie. »Du warst ein tüchtiger Arbeiter und ein guter Freund noch dazu. Ich wünschte, die Dinge lägen anders.«

»Ich weiß, Missus. Sie und der Boss sind immer gut zu mir gewesen. Machen Sie sich nur keine Sorgen. Ich werde was anderes finden.«

»Ich mache mir aber doch Sorgen, Billy-Ray, denn du verdienst wirklich etwas Besseres als das hier. Ich muss zurück an meine Arbeit in die Praxis, ich werde also in die Stadt ziehen, wo ich ein Haus mieten will«, fügte Elena hinzu. »Ich möchte, dass mein Mann mit mir umzieht, denn das wäre das Beste. Aber im Moment will er der Wahrheit, dass er auf der Farm nicht mehr arbeiten kann, noch nicht ins Auge sehen.«

»Lassen Sie den Boss ganz allein hier, Missus?«

»Ich kann ihn nicht zwingen, mitzukommen. Ich hoffe, er kommt von allein zu dem Schluss, dass er auf der Farm nicht mehr leben kann.«

»Ich werde nach ihm sehen«, erklärte Billy-Ray mit gewohnter Loyalität.

»Wir können dich noch eine Woche bezahlen. Wenn diese Woche um ist, Billy-Ray, will ich, dass du von der Farm wegbleibst. Das ist die einzige Möglichkeit, den Boss dazu zu bringen, sich der Realität zu stellen.« Billy-Ray sah Elena ungläubig an. »Es ist zu seinem Besten, Billy-Ray, glaub mir«, fügte Elena hinzu.

Der Viehtreiber nickte.

Elena ging zurück ins Haus. Aldo saß auf der Veranda und schaute nachdenklich über das Land, das er so liebte, seinen Gesichtsausdruck vermochte sie nicht zu deuten. Er schien entschlossen, sie nicht anzusehen, aber sie erkannte an seinem verkniffenen Mund, dass er sehr wohl wusste, dass sie ihn verlassen würde.

»Aldo, ich ziehe in das Haus der Castlemaines auf der Patterson Street. Es ist klein, aber schön möbliert. Von da habe ich es nah zur Arbeit und die Kinder nah zur Schule. Ich möchte, dass du mitkommst, aber ich kann dich nicht dazu zwingen. Wenn du beschließt, dass es Zeit ist, die Farm zu verlassen, melde dich über Funk bei Mr. Kestle, ich komme dann und hole dich ab.«

Aldo drehte den Kopf zu ihr und sah sie herausfordernd an, aber immer noch sagte er kein Wort. In dem Moment brachte Billy-Ray Pferd und Wagen vors Haus. Elena wuchtete ihren Koffer in den Wagen und verabschiedete sich von Billy-Ray. Ein paar Augenblicke später machte sie sich auf den Weg über die Auffahrt Richtung Straße. Sie hätte sich gern umgedreht, aber sie redete sich gut zu, stark zu sein. Es war eine der schwersten Entscheidungen, die sie je getroffen hatte. Als sie schließlich auf die Straße abbog, sah sie vor lauter Tränen nichts mehr.

Elena zog noch am selben Tag in das Haus auf der Patterson Street. Am Abend brachte Luisa Dominic und Maria, die beiden waren schon ganz aufgeregt vor lauter Freude darüber, in einem neuen Haus mit einem großen Garten wohnen zu können. Marcus weigerte sich standhaft, mit umzuziehen. Er warf nicht mal einen Blick auf das Haus. Elena bekümmerte das, aber sie betete täglich, dass er eines Tages in der Lage wäre, ihr zu verzeihen.

»Wie wird Aldo denn nur ohne dich zurechtkommen, Elena?«, fragte Luisa. Auch wenn sie ihn nicht ausstehen konnte, wollte sie doch nicht, dass er verhungerte. »Wie wird er sich denn allein etwas zu essen machen?«

»Das weiß ich nicht, Mamma, aber er hat es sich in den Kopf gesetzt, dass er mich nicht braucht. Ich hoffe nur, er kommt bald zur Vernunft.«

Luisa mochte kaum glauben, dass Elena Aldo sich selbst überlassen hatte, aber ihr war klar, dass die Familie Geld brauchte. »Kann er denn jetzt mit dem Funkgerät umgehen?«

»Ich habe ihm schon oft gezeigt, wie er jemanden über Funk verständigen kann. Wenn er verzweifelt genug ist, findet er es schon heraus.«

»Was, wenn ... wenn er da draußen stirbt?«

»Das passiert schon nicht, Mamma. Nicht mal Aldo wäre so stur, einfach zu verhungern.«

Am kommenden Abend kam Luisa erneut in die Patterson Street, um kurz nach ihrer Tochter und den Kindern zu sehen. Sie brachte etwas Fleisch mit, da sie ja wusste, dass Elena nicht in den Laden kommen wollte, solange Luigi ihr zürnte.

»Mr. Kestle hat noch nichts von Aldo gehört«, berichtete sie Elena. »Meinst du nicht, du solltest mal nach Barkaroola rausfahren und nach ihm sehen?«

»Wenn ich das mache, werde ich in Versuchung sein, für ihn zu kochen und zu waschen und allerlei sonstige Arbeiten zu verrichten. Damit wäre der Zweck meines Fortgehens von der Farm verfehlt. Er hat Eier von den Hühnern, also verhungern wird er schon nicht. Solange ich da war, hat er es geschafft, ins Hühnergehege zu kommen und sie zu füttern. Es war schwer, aber Hilfe wollte er nicht annehmen. Also, was kann ich da machen? Ich kümmere mich um die Kinder und verdiene unseren Lebensunterhalt. Ein erwachsener Mann, der stur ist wie ein alter Esel, steht auf meiner Prioritätenliste nicht ganz oben, auch wenn er mein Ehemann ist.« Elena achtete Aldos Mut, aber seine Sturheit machte sie verrückt.

»Ich bewundere deine Charakterstärke, Elena«, sagte Luisa.

»Ich wünschte, Papà würde auch irgendetwas an mir bewundern, Mamma«, erwiderte Elena. Es bedrückte sie, dass er nichts mehr mit ihr zu tun haben wollte.

Luisa wurde traurig. »Er ist genauso stur wie dein Mann. Vielleicht sogar noch sturer. Ich sehe, dass ihm das schwer zu schaffen macht, aber er würde sich lieber einen Arm abhacken, als das zuzugeben. Männer und ihr dämlicher männlicher Stolz!«

In der Nacht lag Elena wach und grübelte. Sie machte sich Sorgen um Aldo und darüber, ob sie das Richtige getan hatte. Vor ihrem geistigen Auge sah sie ihn aus dem Rollstuhl fallen und nicht wieder aufstehen können. Die Sorge um ihn machte das reinste Nervenbündel aus ihr. Sie dachte auch an Marcus. Das Herz tat ihr weh, denn sie vermisste ihren ältesten Sohn so sehr. Sie fragte sich, ob Gott sie wohl für ihre Sünden bestrafte, aber andererseits wusste sie auch, dass sie allein die Verantwortung trug. Sie hatte ihren Vater durch ihre Lügen so enttäuscht. Elena betete, er möge sie eines Tages verstehen. Auch Lyle ging ihr nicht aus dem Kopf. Er hatte weit mehr als das übliche Maß an Kummer zu tragen, aber wenigstens bekam er sein Happy End.

Luigi verabschiedete sich gerade von einem Kunden, als Elena am Tag darauf seinen Laden betrat. Ungläubig musterte er sie, und seine Gesichtszüge wurden hart wie Stein. Er bemerkte die dunklen Ringe unter ihren Augen und war entsetzt darüber, wie dünn sie geworden war, aber das zeigte er nicht.

»Ich nehme ein Pfund Rindergehacktes«, sagte Elena und legte das Geld passend auf die Theke.

Luigi wollte ihr schon sagen, sie solle den Laden sofort verlassen, als eine seiner besten Kundinnen durch die Tür hereinkam.

»Guten Tag, Luigi. Hallo, Elena«, sagte Mrs. Foggarty fröhlich. Sie war die Frau des Bürgermeisters und hatte sieben Kinder zu ernähren, und so kaufte sie immer viel Fleisch. »Wie geht es

Aldo, Elena? Es hat mir so leidgetan, als ich das von seinem Unfall hörte.«

»Es geht ihm so gut, wie man das erwarten kann, danke, Mrs. Foggarty«, antwortete Elena unbehaglich. Sie schaute ihrem Vater nicht in die Augen, aber sie sah zu, wie er das Rinderhackfleisch einwickelte und auf die Theke legte. »Danke, Papà«, sagte sie und verließ schnell den Laden.

Elenas Herz klopfte wie wild, als sie zurück in ihr Haus auf der Patterson Street ging. Doch sie hatte das Eis gebrochen, und sie war ein ganz kleines bisschen stolz auf sich.

Luigi fragte seine Frau nie, wie es seiner Tochter ging, aber sie erzählte immer mal wieder einem Kunden, der nach Elena fragte, von ihr, und so erfuhr Luigi, was sich im Leben seiner Tochter tat. Damit konnte er leben und seinen Stolz wahren.

Einen Tag später kam Elena wieder in den Laden. Diesmal bediente ihr Vater gerade eine Kundin, und so musste sie warten, bis sie an der Reihe war. Als er mit der Kundin fertig war, sah er Elena an.

»Ein Pfund Eintopfrindfleisch, bitte«, verlangte sie.

Es folgte ein Moment angespannten Schweigens, und Elena rechnete schon damit, er würde sie auffordern zu gehen, aber dann betrat wieder eine Kundin, Mrs. Marshall, den Laden. Luigi machte das Fleisch für Elena fertig, und während Mrs. Marshall laut überlegte, ob sie Würstchen nehmen sollte oder lieber Rindfleisch, legte Elena stillschweigend eine Pfundnote auf die Theke. Luigi wickelte ihr Fleisch ein, dann wünschte Elena Mrs. Marshall noch einen schönen Nachmittag und verließ den Laden.

Luigi bediente Mrs. Marshall, und als sie gegangen war, fiel sein Blick auf Elenas Pfundnote. Er wollte sie gerade in die Kasse legen, als ihm auffiel, dass auf dem Geldschein etwas geschrieben stand. Luigi stutzte und setzte seine Brille auf. *Es tut mir leid,* las er. Ein paar Sekunden starrte Luigi auf die Worte, ehe er begriff, dass seine Tochter sie geschrieben hatte. Eine einsame Träne lief ihm die Wange hinunter. Er wischte sie weg und zog die Nase hoch, doch das Herz tat ihm weh. Er vermisste Elena so sehr. Er hätte es ja nie im Leben laut gesagt, aber seine Wahl eines Ehemannes für seine Tochter war nicht die beste gewesen. Es hatte keinen glücklichen Tag für Elena gegeben, seit sie nach Australien gekommen waren. Dafür fühlte er sich verantwortlich. Jetzt, da ihr Mann im Rollstuhl saß und seine Familie nicht versorgen konnte, war ihr Leben noch schwerer geworden.

Als Elena das nächste Mal in den Laden kam, war Luigi allein.

»Ein Pfund Bratenfleisch bitte, Papà«, sagte sie. Wieder legte sie eine Pfundnote auf die Theke.

Luigi holte einen Rinderbraten, schnitt ein Stück ab und wickelte es ein. Er packte noch ein paar Würstchen dazu, dann legte er alles zusammen auf die Theke.

Elena war verblüfft und schwieg einen Moment lang. Ihr Vater nahm die Pfundnote, die sie hingelegt hatte, und legte einen Zehn-Shilling-Schein und ein paar kleinere Münzen neben das Fleisch. »Das Bratenfleisch ist im Angebot diese Woche«, erklärte er ernst. In die Augen schaute er seiner Tochter dabei nicht.

»Danke«, sagte Elena und nahm das Wechselgeld, ehe sie den Laden verließ.

Luigi griff nach der Pfundnote, mit der Elena bezahlt hatte, und setzte seine Brille wieder auf. Dann besah er sich den Geldschein genauer. Auf der einen Seite stand nichts, aber als Luigi den Schein umdrehte, entdeckte er zwei Worte. *Verzeih mir.* Er seufzte vernehmlich.

Elena war schon wieder halb zu Hause, als sie die Münzen, die sie in der Hand hielt, ins Portemonnaie steckte. Dann musterte sie den Zehn-Shilling-Schein, den ihr Vater ihr als Wechselgeld gegeben hatte. Sie blieb wie angewurzelt stehen, und die Tränen strömten ihr übers Gesicht. Auf dem Geldschein standen die vier Worte, auf die sie gehofft hatte. *Ich hab dich lieb.* Ihr Herz jubelte vor Freude.

Als Luisa am Abend vorbeikam, sah sie gleich, dass etwas an

ihrer Tochter anders war. »Ist Aldo endlich zur Vernunft gekommen, Elena?«, fragte sie.

»Nein, Mamma. Aber Papà hat mich immer noch lieb«, erklärte sie freudestrahlend.

Luisa war überrascht. »Hast du mit ihm gesprochen?«, fragte sie. Sie nahm den Bratengeruch wahr, aber sie hatte Elena am Tag zuvor kein Bratenfleisch mitgebracht.

»Nicht so direkt, Mamma. Aber ich weiß, dass er mich immer noch liebt, und das genügt mir.«

»Woher … woher willst du das wissen, Elena?« Luisa freute sich für ihre Tochter, aber sie verstand das alles nicht.

Elena holte den Geldschein hervor und zeigte ihn glücklich strahlend ihrer Mutter. Ungläubig schaute Luisa darauf. »Dein Papà … hat das geschrieben?«, fragte sie.

Luigi war kein Mann, der seine Gefühle zu erkennen gab, also mochte sie das kaum glauben. Sie meinte, Elena habe da etwas missverstanden. Die auf den Geldschein gekritzelte Botschaft musste von jemand anderem stammen und für jemand anderen bestimmt sein.

»Ja, Mamma. Ich habe auf eine Pfundnote *Verzeih mir* geschrieben und damit Fleisch bei ihm bezahlt. Als ich aus dem Laden kam, sah ich das.«

Luisa bekreuzigte sich und sprach ein Gebet. Wenn sie emotional betroffen war, sprach sie immer Italienisch. Elena sah ihre Mutter voller Zuneigung an. Luisa brach in Tränen aus und umarmte ihre Tochter. Als sie sich die Augen getrocknet hatte, sah sie, dass das Strahlen, das Luisa so lange nicht mehr auf dem Gesicht ihrer Tochter gesehen hatte, wieder erloschen war.

»Jetzt muss nur noch mein Sohn mir verzeihen«, sagte Elena.

Luisa nickte traurig. Marcus hatte bisher durch nichts zu erkennen gegeben, dass er seiner Mutter vergab.

40

Während der Zeit, in der Aldo im Winton Hospital lag, erkundigte Lyle sich immer, wenn Alison und er einen Patienten brachten, nach Elenas Mann. Meist fragte er Deirdre, da sie sich vorwiegend um Aldo kümmerte. Deirdre fand den attraktiven Dr. MacAllister zugänglich, offen und freundlich, und sie war vom weiblichen Krankenhauspersonal nicht die Einzige, die sich auf Lyles Besuche freute. Dass Aldo Corradeo einen plötzlichen intensiven Abscheu Lyle gegenüber entwickelt hatte, verblüffte Deirdre völlig, zumal Lyle Aldos Sohn mit so besonderem Interesse behandelt und scheinbar die Ursache für seine Krankheit gefunden hatte. Aldo gab seiner Frau die Schuld daran, dass er nie wieder würde laufen können, das hatte sie mitbekommen. Er behandelte sie sehr unfreundlich. Deirdre schrieb das der Niedergeschlagenheit wegen seines Zustands zu. Doch wieso reagierte Aldo derart heftig auf Lyle? So vertraut sie und Lyle allerdings inzwischen miteinander auch waren, so wusste sie doch, dass es einer Krankenschwester nicht zustand, persönliche Fragen zu stellen.

Lyle erkundigte sich nicht nur nach Aldo, er fragte auch immer nach Marcus. Selbst jetzt noch, da Aldo längst entlassen war, wollte er wissen, wie der Gesundheitszustand des Jungen war, ob Deirdre ihn gesehen hatte und wie es ihm allgemein ging. Manchmal erkundigte er sich auch nach Elena.

»Wie schön, dass Sie solch ein großes Interesse an Ihren kleinen Patienten haben«, sagte Deirdre. »Marcus schien Sie sehr lieb gewonnen zu haben, als er im Krankenhaus war.«

»Er ist ein ganz besonderer Junge«, erwiderte Lyle, der sich Mühe gab zu verbergen, was er für den Jungen wirklich empfand. »Es freut mich, dass er keine weiteren Krampfanfälle mehr hatte.«

»Elena ist vor Kurzem in die Stadt gezogen, ohne ihren Mann. Die jüngeren Kinder leben bei ihr«, erzählte ihm Deirdre. »Aber ich glaube, Marcus wohnt weiter bei seinen Großeltern. Ich nehme an, da fühlt er sich wohl, aber vielleicht ist ja auch das Haus, das Elena gemietet hat, zu klein für alle drei Kinder.«

Lyle war erleichtert zu hören, dass Elena nicht mehr ständig zur Farm und wieder zurück fahren musste, aber es machte ihm Sorgen, dass Marcus immer noch bei seinen Großeltern wohnte. Dann fiel ihm wieder ein, dass der Junge gedroht hatte, nicht mehr nach Hause zurückzukehren.

»Und Aldo ist allein auf der Farm? Warum? Es wäre besser für ihn, in der Stadt bei Elena zu leben«, sagte er. »Haben Sie gehört, wie es ihm geht?«

»Aldo wollte nicht mit Elena in die Stadt ziehen«, antwortete Deirdre. »Peggy Reynolds hat Brenda Fergusson, die es dann Mrs. Foggarty erzählte, gesagt, dass Elena ihn da draußen auf der Farm gelassen hat, weil er der Tatsache nicht ins Auge sehen will, dass er nicht mehr Farmer sein kann. Ich nehme an, das war wirklich hart für sie. Aber mit Aldo muss man Mitleid haben. Stellen Sie sich das doch bloß mal vor – ein Mann, der von Sonnenaufgang bis Sonnenuntergang geschuftet hat und der jetzt im Rollstuhl sitzt und auf fremde Hilfe angewiesen ist.«

Lyle hatte kaum an etwas anderes denken können als an Elena und daran, wie schwer sich ihr Leben mit Aldo von jetzt an gestaltete. Zum Teil fühlte er sich verantwortlich dafür. Er wollte ihr helfen, aber er wusste, wenn er sich in ihr Leben einmischte, würde alles nur noch schlimmer.

Gut eine Woche blieb Aldo allein auf der Farm, ehe er sich eines Abends über Funk bei Mr. Kestle meldete und darum bat, dass

Elena ihn abholen möge. Er war mit seinen Kräften am Ende, war seelisch und körperlich erschöpft. Es brachte ihn fast um, vor sich und anderen zuzugeben, dass er Elenas Hilfe brauchte, aber schließlich blieb ihm nichts anderes übrig. In den ersten Tagen hatte Billy-Ray sich noch um ihn gekümmert und ihm bei den wichtigsten Dingen geholfen. Jetzt war er auf sich allein gestellt. Er konnte den Viehtreiber nicht mehr bezahlen. Und es war auch kein Vieh mehr da, um das er sich hätte kümmern können.

Selbst die einfachsten Aufgaben wie Holzhacken waren zu schwer für Aldo. Er schaffte es nicht einmal, ein Feuer im Herd anzuzünden. Wann immer er versuchte, einen Eimer Wasser vom Bohrloch zu holen, schwappte alles über ihn, wenn er auf dem Rückweg zum Haus war, und dann schaffte er es nicht, sich mit dem vollen Wassereimer über die Rampe hinauf auf die Veranda zu ziehen. Als er am ersten Tag seines Alleinseins die Hühner gefüttert hatte, war es ihm nicht schnell genug gelungen, das Gehege zu schließen, und ein paar Hühner waren ausgerissen. Er hatte geschrien, gebrüllt, geflucht und geweint.

Als Mr. Kestle Elena die Nachricht überbrachte, sagte er, Aldo habe sich nicht allzu gut angehört.

»Ist er … krank?« Elena geriet in Panik, sie rechnete mit dem Schlimmsten.

»Nein, ich habe ihn gefragt, ob er einen Arzt brauche. Er antwortete irgendetwas ziemlich Heftiges auf Italienisch. Ich glaube, er hat geflucht, aber ich beherrsche die Sprache nicht, also kann ich es nicht genau sagen. Er klang deprimiert, Elena«, fügte Mr. Kestle hinzu.

»Die Farm verlassen zu müssen ist furchtbar für ihn«, erklärte Elena. Sie war verlegen, weil sie sicher war, dass Mr. Kestle nicht verstehen konnte, weshalb sie ihren Mann auf Barkaroola allein gelassen hatte. Etliche Leute in der Stadt hatten sie dafür kritisiert. »Er liebt das Land, aber er musste einfach einsehen, dass er nie mehr Farmer sein wird.«

»Sie haben einen schönen Garten hier hinten«, sagte Mr. Kestle und bewunderte die großzügige Fläche, auf der allerdings nichts anderes als Unkraut wuchs. »Vielleicht kann Aldo ja ein bisschen Gemüse anbauen.«

»Er könnte den Garten nicht umgraben«, erwiderte Elena. Sie wunderte sich, dass der Ladenbesitzer so etwas überhaupt vorschlug.

»Ich hatte einen Onkel, der im Rollstuhl saß. Er hat das Gemüse in Reihen gepflanzt, die so breit waren, dass er hindurchfahren konnte. Er kam ganz gut zurecht, und es trug dazu bei, dass er sich nützlich fühlte. Sie haben ja auch Auslauf für Hühner, dann können Sie doch Ihre Hühner behalten. Farmarbeit wäre das dann nicht gerade, aber es würde reichen, um Aldo zu beschäftigen und ihm wieder etwas Selbstwertgefühl zu geben.«

Elena sah Mr. Kestle dankbar an. »Daran habe ich noch gar nicht gedacht, Joe«, sagte sie. »Vielen Dank, Sie haben mir, glaube ich, sehr geholfen.«

Gleich am nächsten Morgen fuhr Elena raus nach Barkaroola. Auf dem Weg zur Farm hielt sie bei Billy-Ray und erklärte ihm, Aldo käme nun doch mit ihr in die Stadt. Sie sagte, er könne Aldos Pferd haben, ein Tier, das er immer bewundert hatte. Billy-Ray freute sich, dass Aldo nun doch beschlossen hatte, wegzuziehen. Er erzählte Elena nicht, dass er nachts öfter auf die Farm gegangen war, um sich zu vergewissern, dass Aldo nicht irgendwo draußen lag, verletzt oder unfähig, wieder ins Haus zu kommen. Außerdem hatte er Aldos Pferd jeden Tag gefüttert und gestriegelt. So hatte er sich einfach wohler gefühlt.

Als Elena den Wagen vor dem Haus zum Stehen brachte, saß Aldo schon auf der Veranda und wartete auf sie. Er begrüßte sie nicht, also ging sie sofort mit den kleinen Transportkäfigen, die sie von ihren Nachbarn auf der Patterson Street geliehen hatte, zum Hühnergehege. Ihr fiel auf, dass einige Hennen fehlten, und ihr war klar, was passiert war. Sie waren inzwischen längst ein Festmahl für hungrige Dingos geworden, daran wollte Elena lieber gar nicht erst denken. Es war immer schwierig, in das Gehege hinein- und wieder herauszukommen, ohne dass Hennen wegliefen, vor allem, wenn die Tiere Hunger hatten. Und an Aldo in seinem Rollstuhl waren sie bestimmt mühelos vorbeigekommen. Elena fing die übrig gebliebenen Hennen ein und lud sie auf den Pferdewagen. Dann sammelte sie die Eier ein, die in den Legeboxen lagen, und packte zusammen, was an Hühnerfutter noch da war.

Aldo sagte kein Wort, als Elena auch die Eier und das Hühnerfutter verpackte. In eisigem Schweigen sah er von der Veranda aus zu. Sie packte seine Sachen und verstaute auch den Koffer. Als sie ihn Richtung Stall schauen sah, erzählte sie Aldo, dass sie Billy-Ray sein Pferd versprochen habe. Er liebte dieses Pferd, und sie rechnete damit, dass er sich erneut aufregte, aber immer noch sagte er kein Wort. Aldo zog sich aus dem Rollstuhl auf den Pferdewagen hoch, und Elena stand tatenlos daneben. Sie brachte es kaum über sich, seinen Anstrengungen zuzusehen, aber sie wusste, sie durfte nicht versuchen zu helfen. Als sie zur Abfahrt bereit waren, nahm sie all ihre Kraft zusammen und hievte den schweren Rollstuhl auf den Wagen. Sie ahnte, wie furchtbar es für Aldo war, nicht helfen zu können. Der Verlust so vieler Fähigkeiten musste ihn ohnmächtig vor Wut werden lassen.

Auf dem ganzen Weg in die Stadt schwieg Aldo. Elena fand, dass er schrecklich aussah, aber sie sagte dazu nichts. Offenbar hatte er sich eine ganze Weile schon nicht mehr rasiert, und er roch auch nicht allzu gut. Sie fürchtete sich vor der Zukunft, aber sie genoss es auch, fortan ohne die Anspannung leben zu können, unter der sie litt, wenn er nicht in ihrer Nähe war und sie nicht wusste, wie es ihm ging. Elena fühlte sich verpflichtet, für ihren Ehemann da zu sein, und dieser Verpflichtung würde sie ohne zu klagen nachkommen.

Einige Tage nach Aldos Umzug traf Deirdre Marcus vorm Gemischtwarenladen. Er kam gerade aus der Schule, und sie war auf dem Nachhauseweg.

»Hallo, Marcus«, sagte sie, erfreut, ihn zu sehen. »Dr. MacAllister hat sich neulich nach dir erkundigt.«

Marcus wirkte nicht gerade erfreut. »Was hat er denn gesagt?«, brummte er.

»Er wollte wissen, wie es dir geht. Er fragt regelmäßig nach dir. Er hat gesagt, dass du ein ganz besonderer Junge bist.«

Marcus ließ den Kopf sinken und starrte auf seine staubigen Schulschuhe.

Deirdre wusste nicht, ob sie womöglich etwas Falsches gesagt hatte. »Du mochtest ihn doch, als du sein Patient warst, oder?«

»Ja, aber das war, bevor ich wusste, was er meiner Mutter angetan hat«, antwortete Marcus. Er biss die Zähne zusammen und lief weiter, ehe Deirdre ihn fragen konnte, was er damit meinte.

Verblüfft blieb Deirdre zurück. Sie überlegte einen Augenblick, dann fasste sie einen Entschluss. Sie würde Elena aufsuchen und mit ihr reden.

Aldo saß hinten im Garten, als Deirdre an Elenas Haustür klopfte. Sie sah, dass er auf den atemberaubenden Sonnenuntergang starrte, aber er schien nicht in der Stimmung, die Schönheiten der Natur bewundernd zur Kenntnis zu nehmen.

Elena freute sich, Deirdre zu sehen, und lud sie gleich auf eine Tasse Tee ein. Die Krankenschwester wusste, dass Aldo seit einigen Tagen in dem Haus auf der Patterson Street wohnte, Elena hatte es ihr schon erzählt, als sie sie am Tag zuvor auf der Straße getroffen hatte. Er sprach allerdings kaum ein Wort mit ihr. Als sie am Küchentisch saßen, schüttete Deirdre Elena ihr Herz aus.

»Ich mache mir Sorgen um Marcus«, sagte sie, »ich habe ihn vorm Gemischtwarenladen getroffen.« Deirdre war verwirrt, weil Elenas Blick sich bei der Erwähnung des Namens ihres Sohnes umwölkte. Irgendetwas stimmte da nicht. »Ich habe ihm gesagt, Dr. MacAllister habe sich nach ihm erkundigt«, fuhr sie fort.

»Hat er das?«, fragte Elena sichtlich erregt.

»Ja, er erkundigt sich immer nach ihm«, erwiderte Deirdre.

»Ich habe Marcus gegenüber erwähnt, dass er Dr. MacAllister doch so mochte, als er Patient im Krankenhaus war. Das gab er auch zu, aber dann sagte er etwas sehr Seltsames.«

»Was denn?«, fragte Elena vorsichtig. Sie hielt den Atem an.

»Er sagte, er habe ihn gemocht, bevor er herausfand, was er Ihnen, Elena, angetan hat. Ich will ja nicht neugierig sein, aber was hat er denn damit nur gemeint?« Elena zögerte mit einer Antwort, also fuhr Deirdre fort zu fragen. »Der Doktor hat doch nichts Unschickliches getan, oder? Er kommt ziemlich oft ins Krankenhaus, ich würde deshalb gern wissen, ob irgendwas mit ihm nicht stimmt.« Das fände sie allerdings schwer zu glauben.

»Da ist nichts Schlimmes, Deirdre. Lyle würde sich nie unschicklich verhalten. So ist er nicht.«

»Das freut mich zu hören, aber wieso sollte Ihr Sohn denn so etwas sagen?«

Elena wusste, dass Deirdre so manches mitbekommen hatte, was Aldo ihr im Krankenhaus ins Gesicht geschleudert hatte. Sie war überzeugt gewesen, Deirdre vermutete finanzielle Probleme hinter ihren Auseinandersetzungen, und damit konnte sie leben. Nicht leben könnte sie allerdings damit, dass Deirdre anscheinend dachte, Lyle sei womöglich eine Art gemeiner Mensch mit übler Gesinnung. So war er nie gewesen.

»Ich lernte Lyle vor vielen Jahren kennen, im Krieg war das. Wir arbeiteten beide in einem Krankenhaus in Blackpool und waren ineinander verliebt. Und Marcus … Marcus hat das herausgefunden. Er denkt, Lyle … Lyle habe mir das Herz gebrochen.«

Deirdre riss die Augen auf. »Sie Glückliche. Lyle ist so attraktiv«, meinte sie. »Und darüber hinaus so symphatisch. Aber Marcus nimmt das Ende dieser Kriegsromanze ziemlich ernst für einen Jungen in seinem Alter, nicht?«

»Er hat mir gegenüber einen Beschützerinstinkt entwickelt«, erwiderte Elena in der Hoffnung, diese Erklärung möge genügen. Weiter mochte sie nicht rechtfertigen, was Marcus gesagt hatte, also sprang sie vom Tisch auf und holte eine Dose mit Keksen, die sie am Vorabend gebacken hatte. »Hätten Sie gern ein Plätzchen zum Tee, Deirdre?«, bot sie an.

»Nein, danke. Ich war ja schon auf dem Nachhauseweg. Ich muss jetzt das Abendessen machen.«

Plötzlich fiel Deirdres Blick auf die Hintertür. Sie stand weit offen. Aldo saß dort in seinem Rollstuhl und starrte sie fuchsteufelswild an. Dann versuchte er, sich mühsam in die Küche vorzuarbeiten. Jetzt wurde auch Elena auf Aldo aufmerksam. Sie fuhr herum, und ihre Blicke trafen sich. Elena geriet in Panik. Wenn er nun das Gespräch mit angehört hatte!

»Sie sollten vielleicht wissen, dass Marcus das Resultat der Kriegsromanze zwischen Dr. MacAllister und meiner Frau ist«, erklärte Aldo bösartig. »Das hatte sie versäumt, mir zu erzählen.«

»Aldo!«, rief Elena wütend. Sie fühlte sich so gedemütigt. Als sie sah, wie schockiert Deirdre war, wäre sie am liebsten im Boden versunken, aber sie war nicht allein auf der Welt. Sie musste auch an ihren Sohn denken. »Du willst ja vielleicht mich verletzen, aber denk doch um Himmels willen an Marcus.«

Elena stürmte zur Vordertür hinaus, schlug sie mit Wucht zu und rannte davon.

Deirdre fand Elena weinend auf der Bank neben dem Krankenhaus. Sie ging zu ihr und setzte sich neben sie.

»Das braucht Ihnen nicht peinlich zu sein, Elena. Ich werde niemandem davon erzählen. Darauf gebe ich Ihnen mein Wort.«

»Danke, Deirdre«, erwiderte Elena und schniefte in ein Taschentuch. »Aldo wird vermutlich über kurz oder lang der ganzen Stadt die Wahrheit über Marcus erzählen. Jetzt wissen Sie, weshalb er mich so schlecht behandelt.«

»Ich nehme an, er weiß es noch nicht lange«, sagte Deirdre.

»Nein. Lyles Exfrau ist an dem Tag, als er seinen Unfall hatte, nach Barkaroola gekommen und hat ihm erzählt, dass Marcus nicht sein Sohn sei. Deshalb gibt er mir die Schuld an seinem Zustand.«

Jetzt ergab alles einen Sinn für Deirdre. »Kein Wunder, dass Lyle solch ein besonderes Interesse an Marcus hat«, sagte sie.

»Er wusste gar nicht, dass Marcus sein Sohn ist, erst nach Aldos Unfall hat er das erfahren. Keiner wusste davon. Ich glaube, Lyles Exfrau hat es einfach nur vermutet. Als ich nach Aldos Unfall ins Krankenhaus kam, hat er mir auf den Kopf zu gesagt, was sie ihm erzählt hat. Ich habe es nicht geleugnet. Wir wussten beide nicht, dass Marcus unser Gespräch mit angehört hat. Marcus hat dann erst Lyle erzählt, dass er sein Vater ist.«

»Oh! Das muss ein ziemlicher Schock für ihn gewesen sein.«

»Ganz bestimmt, aber ich mache mir eher Sorgen um Marcus. Das war alles sehr schwer für ihn. Und am schlimmsten war die Zurückweisung durch Aldo«, fügte sie hinzu.

»Wie meinen Sie das?«

»Aldo war noch im Krankenhaus, da untersagte er Marcus, ihn zu besuchen, weil er nicht sein Sohn sei.«

»Das ist grausam«, bemerkte Deirdre und runzelte die Stirn. Sie hatte sich schon gefragt, weshalb nur Elenas jüngste Kinder ihren Papà besuchten.

»Aldo kann sehr grausam sein, und Marcus war immer schon sehr sensibel. Wie Aldo ihn so hat kränken können, das fasse ich nicht.«

»Nur gut, dass der Junge Sie hat, Elena. Sie standen sich schon immer so nahe.«

Elena seufzte schwer. »Marcus ist wütend auf mich, weil ich ihm die Wahrheit verheimlicht habe, und deshalb will er jetzt nichts mehr mit mir zu tun haben.« Deirdre war erschüttert. »Aber es ist ein Segen, dass er seine Großeltern hat«, fügte Elena hinzu und versuchte, eine tapfere Miene aufzusetzen. »Dafür bin ich wirklich dankbar.« Wieder einmal drohten ihre Gefühle sie zu überwältigen. »Ich vermisse ihn so, Deirdre. Es bricht mir das Herz, dass er nicht mehr mit mir sprechen will.« Ihre Augen füllten sich mit Tränen. »Ich glaube, mit Aldos Feindseligkeit könnte ich mich abfinden, wenn ich nur Marcus in meinem Leben hätte.

Aber ich kann den Gedanken nicht ertragen, dass Aldo ihn fortan mit Verachtung behandelt.«

Deirdre wünschte so sehr, sie könnte etwas für Elena tun. Verzweifelt suchte sie nach den richtigen Worten. »Ich habe noch nie eine Mutter und ihren Sohn gesehen, die sich so nahestehen wie Sie und Marcus, Elena. Darum habe ich Sie oft beneidet. Er mag ja im Moment wütend auf Sie sein, aber ich bin sicher, er vermisst Sie schrecklich und findet bald zu Ihnen zurück.«

»Was ich getan habe, ist vielleicht so schlimm, dass er mir nicht verzeihen kann«, sagte Elena bewegt.

Deirdre legte ihr den Arm um die Schultern. »Ich bin mir sicher, dass es nicht so ist«, sagte sie.

Deirdre hatte gehofft, Lyle würde bald wieder ins Winton Hospital kommen, aber letztendlich musste sie eine ganze Woche auf seinen nächsten Besuch warten. Er brachte eine schwangere Farmersfrau, die einen zu hohen Blutdruck hatte. Als Lyle die Frau in die Obhut von Neil Thompson gegeben hatte, bat Deirdre darum, ihn in einer persönlichen Angelegenheit sprechen zu dürfen. Sie gingen in Dr. Rogers' Sprechzimmer.

»Stimmt etwas nicht, Deirdre? Ist was mit Marcus?«, fragte Lyle besorgt.

»In gewisser Weise ja«, antwortete Deirdre.

Sofort war Lyle in Alarmbereitschaft. »Hatte er wieder einen Krampfanfall? Neil hat gar nichts davon gesagt.«

»Marcus geht es gesundheitlich gut, seien Sie unbesorgt.«

»Was ist es denn dann?«

»Ich weiß, dass er Ihr Sohn ist«, sagte Deirdre und sah die Überraschung auf Lyles Gesicht. »Ich habe Elena besucht, und Aldo ist damit herausgeplatzt. Er wollte Elena kränken.« Lyle wurde rot vor Zorn, aber Deirdre fuhr ruhig fort. »Aber darum machen Sie sich mal keine Sorgen. Was Elena viel mehr kränkt, ist die Tatsache, dass Marcus nichts mehr mit ihr zu tun haben will.«

Lyle war enttäuscht. Er war sich sicher gewesen, dass Marcus seiner Mutter inzwischen verziehen hatte. »Ich wünschte, ich könnte irgendwie helfen«, sagte er.

»Vielleicht können Sie das ja. Reden Sie doch einfach mal mit Ihrem Sohn. Versuchen Sie, ihm begreiflich zu machen, dass seine Mutter aus Verzweiflung gehandelt hat, nicht aus Bosheit.«

»Ich bin mir nicht sicher, ob er mit mir reden würde«, sagte Lyle. »Er hat in aller Deutlichkeit zu verstehen gegeben, dass er Aldo als seinen Vater ansieht.«

»Elena hat mir erzählt, dass Aldo ihn zurückgewiesen hat. Er hat ihm wohl gesagt, er will ihn nie wiedersehen.«

»Was? Wie konnte er das nur tun?«, rief Lyle.

»Es ist unglaublich, nicht? Er scheint alles nur Erdenkliche zu tun, um Elena wehzutun«, sagte Deirdre. »Bitte sprechen Sie mit Marcus, um Elenas willen. Ich weiß nicht, wie sie die Tage mit Aldo überhaupt durchsteht. Sie braucht Marcus. Sie standen sich doch immer so nah.«

Lyle war klar, dass Deirdre Recht hatte. Er musste etwas unternehmen. »Ich brauche womöglich Ihre Hilfe, Deirdre«, sagte er dann.

»Ich werde tun, was immer ich kann.«

41

Lyle bat Deirdre, Marcus auszurichten, er solle wegen einer Routineuntersuchung ins Krankenhaus kommen.

»Aber mir geht es doch gut«, protestierte Marcus, als Deirdre ihn eines Nachmittags auf dem Nachhauseweg von der Schule abfing.

»Es ist eine reine Vorsichtsmaßnahme. Das ist nicht ungewöhnlich, dass wir Patienten zu einer Kontrolluntersuchung bitten. Die Ärzte machen sich immer noch Sorgen wegen deiner Krampfanfälle.«

Marcus fand, dass Deirdre vertrauenswürdig klang. Er hatte sie immer schon gemocht. »Wird Dr. Thompson mich untersuchen?«

»Höchstwahrscheinlich. Aber wenn er beschäftigt ist, dann eben ein anderer Arzt«, sagte sie unverbindlich. Sie wollte ihn nicht absichtlich in die Irre führen, aber es war ja nur zu seinem eigenen Nutzen.

»Meinen Sie … Dr. Rogers übernimmt die Untersuchung?«

»Genau, das könnte sein. Es hängt davon ab, welcher Arzt gerade Zeit hat.«

Als Marcus am Nachmittag darauf zu seinem verabredeten Termin in Dr. Thompsons Sprechzimmer ging und Lyle dort auf ihn wartete, drehte er sich auf der Stelle um und wollte wieder gehen.

»Warte, Marcus«, bat Lyle. »Bitte schenk mir ein paar Minuten deiner Zeit.«

»Wozu?«, fragte Marcus verärgert. »Warum sollte ich mit Ihnen reden?«

»Ich verstehe ja, wieso du wütend auf mich bist, und du hast alles Recht der Welt dazu, aber wieso kränkst du deine Mutter so?«

»Sie hat mich belogen, und das war keine harmlose Lüge. Sie hätte mir erzählen sollen, wer mein richtiger Vater ist. Jetzt weiß ich es, und Sie können eigentlich nur eines machen. Halten Sie sich fern von mir und meiner Mutter.« Marcus rannte aus dem Sprechzimmer, und diesmal konnte nichts ihn aufhalten.

Lyle rief ihm hinterher, aber ohne Erfolg.

»Ich habe es versucht«, erzählte er Deirdre später. »Er will mir nicht zuhören. Er ist einfach noch nicht so weit.«

In den nächsten Wochen kam Lyle, wie es der Zufall wollte, nicht mehr nach Winton. Doch als sein Weg ihn wieder ins Krankenhaus führte, ein Patient mit Verdacht auf Darmverschlingung hatte die Fliegenden Ärzte angefunkt, stand ihm eine Überraschung bevor.

»Elena!«, rief er völlig perplex.

Elena stand in Schwesterntracht am Bett eines Patienten, um den sie sich liebevoll kümmerte. Lebhafte Erinnerungen schossen Lyle wie Blitze durch den Kopf. Von einem Moment zum anderen fühlte er sich zurückversetzt ins Jahr 1918. Deutlich durchlebte er wieder, wie verliebt er in Elena gewesen war. Eine Weile starrte er sie einfach nur an, als hätte ihn die Welle der Gefühle, die ihn übermannte, verstummen lassen.

»Lyle! Du bist ja schon ewig lange nicht mehr hier gewesen.«

Elenas Worte holten ihn in die Gegenwart zurück. »Stimmt, eine ganze Weile … wie lange arbeitest du schon hier?«

»Etwa einen Monat«, antwortete Elena.

Dr. Robinson hatte sich früher als eigentlich geplant zur Ruhe gesetzt und war nach England zurückgekehrt. Er konnte das Treffen mit seiner Halbschwester kaum erwarten. Elena verlor ihre Stelle. Sie hatte versucht, Arbeit in der Stadt zu finden, aber ihre einzigen beruflichen Fähigkeiten lagen in der Krankenpflege. Also nahm sie eine Stelle im Winton Hospital an. Fünf Tage die Woche übernahm sie die Spätnachmittagsschicht. So konnte sie sich tagsüber um Aldo kümmern und dann von vier Uhr bis Mitternacht arbeiten.

Lyles Blick fiel auf den älteren Patienten, um den sich Elena gerade kümmerte. »Hallo, Phil«, sagte er. Lyle kannte Phil Duffy und seine Krankengeschichte gut. Phil hatte ernste Lungenbeschwerden. »Ich hoffe, Sie haben nicht zu viel an Ihrem Pfeifchen gepafft.«

»Aber wo denken Sie hin, Doktor«, antwortete Phil, und sein Grinsen enthüllte nikotinfleckige Zähne. Dann begann er zu husten.

Elena wartete, bis Phils Hustenanfall vorüber war, dann ging sie mit Lyle auf den Korridor. »Ich habe mich schon gefragt, ob du den Dienst bei den Fliegenden Ärzten aufgegeben und irgendwo eine Praxis eröffnet hast.« Sie hätte gern gefragt, ob er und Alison inzwischen verheiratet waren, aber sie hatte auch Angst vor der Antwort.

»Ich war meist in der Region um den Mount Isa im Einsatz. Ich dachte, es wäre besser für dich und Marcus, wenn ich nicht allzu oft nach Winton komme.«

Elena hätte ihm erzählen können, dass seine Abwesenheit auch keinen Unterschied machte. Aldo war voller Hass und Bitterkeit und verhielt sich grausam. Er quälte sie tagtäglich mit spöttischen Bemerkungen, weil er davon ausging, sie arbeitete nur im Hospital, um sich mit ihrem Liebhaber treffen zu können. Seine Eifersucht und sein Groll waren schwer zu ertragen. Sie versuchte, sein Verhalten so weit wie möglich zu ignorieren, aber manchmal wurde es doch zu viel für sie, und sie wäre am liebsten davongelaufen. Elena hatte gehofft, dass sich seine Bitterkeit im Laufe der Zeit legen würde, aber das schien wohl nicht zu passieren.

»Wie geht es Marcus?«, fragte Lyle jetzt.

»Meine Mutter meint, es gehe ihm gut. Allerdings will er mich weiterhin nicht sehen«, antwortete sie traurig.

Lyle fühlte mit ihr. »Ich wünschte, ich könnte irgendwie helfen«, sagte er.

»Das kannst du nicht«, erwiderte Elena.

Lyle erzählte nicht, dass er es immerhin versucht hatte. »Wie geht es Aldo?«

»Er hat mit seiner Situation zu kämpfen«, antwortete Elena.

Lyle war in der Lage, zwischen den Zeilen zu lesen, auch wenn sie ihm nur kurze Antworten gab. Er sah, wie ausgelaugt Elena war, und das brach ihm wieder einmal das Herz. »Es tut mir so leid, dass dein Leben sich so entwickelt hat, Elena. Ich fühle mich dafür verantwortlich.«

»Dich trifft keine Schuld, Lyle. Ich hätte Aldo ja die Wahrheit sagen, ihm erzählen können, dass ich schwanger war, als ich ihn heiratete. Ich bin schließlich diejenige, die gelogen hat. Du hast einfach nur gedacht, dass du dich Millie gegenüber anständig verhalten musst.«

Lyle musterte sie, und seine Lippen verzogen sich zu einem traurigen Lächeln. »Du bist noch genauso schön wie damals«, sagte er.

Elena wusste, dass das nicht stimmte. Sie hatte sich äußerlich sehr verändert. Aber Lyle war noch genauso attraktiv wie damals bei ihrer ersten Begegnung. »Es ist vieles geschehen seitdem«, sagte sie unglücklich.

»Wenn das Leben doch nur anders verlaufen wäre«, meinte Lyle.

»Das ist es aber nicht, und daran können wir nichts ändern«, erwiderte Elena. Sie wurde nicht gern an das Glück erinnert, das sie verloren hatte. »Ich gehe jetzt lieber. Ich muss Mr. Duffys Krankendaten in die Akte eintragen.«

Niedergeschlagen sah Lyle ihr nach. Elena musste leiden wegen dem, was er ihr angetan hatte. Und er wollte die Dinge so gern in Ordnung bringen.

Mit energischen Schritten verließ Lyle das Krankenhaus und überquerte die Straße. Ohne zu zögern begab er sich ins Haus von Elenas Eltern. Die Metzgerei Fabrizia hatte noch geöffnet, also hoffte er, er werde Marcus zu Hause antreffen – ohne seinen Großvater.

Auf sein Klopfen hin kam Luisa an die Vordertür. Sie war mehr als überrascht, Lyle zu sehen.

»Guten Tag, Mrs. Fabrizia. Ist Marcus zu Hause?«, platzte er heraus. »Ich würde gern mit ihm sprechen.«

»Nein«, antwortete Luisa. »Er ist nicht zu Hause.«

Lyle wusste nicht, ob sie ihm die Wahrheit sagte, denn die Schule musste längst aus sein. »Darf ich Sie dann fragen, wo ich ihn finde?«

»Stimmt etwas nicht, Dr. MacAllister?«

»Es ist alles in Ordnung. Ich möchte einfach nur mit ihm sprechen.«

Luisa wusste, wie sehr ihre Tochter darunter litt, dass ihr Sohn nichts mehr mit ihr zu tun haben wollte. Auch wenn sie viele Jahre wütend auf Lyle gewesen war, hatte er, als er Elena verließ, doch nicht gewusst, dass sie ein Kind von ihm erwartete. Vielleicht konnte er ja jetzt Elena und Marcus dabei helfen, ihre Beziehung wieder in Ordnung zu bringen. Sie hoffte inständig, dass das seine Absicht war.

»Er spielt Fußball mit seinen Freunden auf dem Schulhof, aber er sollte inzwischen auf dem Nachhauseweg sein, er ist schon über die Zeit. Die Schule ist dort die Straße hinunter und dann die erste links. Wenn Sie da langgehen, treffen Sie ihn ja vielleicht.« Luisa zeigte in die Richtung, in die Lyle gehen sollte.

»Danke, Mrs. Fabrizia«, sagte Lyle und machte sich auf den Weg.

»Luisa«, rief Luigi, der gerade zur Hintertür hereinkam.

»Ja, Luigi«, sagte Luisa und ging über den Flur in Richtung Küche.

»War da wer?«, wollte Luigi wissen.

Luisa war kurz versucht zu schwindeln, dann beschloss sie jedoch, ihrem Mann die Wahrheit zu sagen. »Das war Dr. MacAllister«, sagte sie, in der Hoffnung, keinen erneuten Wutanfall heraufzubeschwören.

»Was wollte er denn?«

»Er war auf der Suche nach Marcus.«

»Wieso?«

Luigi wusste genau, wie die Dinge standen. Er hörte seine Frau jede Nacht beten, Elenas Leiden möge ein Ende haben. Er wusste, wie hart Elena arbeitete, tagsüber zu Hause mit Aldo und dann bis Mitternacht im Krankenhaus. Ohne allzu deutlich zu werden, hatte er Luisa gegenüber angedeutet, sie solle Elena doch ab und zu einen Eintopf oder ein Ragout bringen, damit sie nicht auch noch jeden Tag kochen müsse, ehe sie zur Arbeit ging. Er bemühte sich, Maria und Dominic nach der Schule und am Wochenende zu beschäftigen, damit sie ihrer Mutter nicht allzu viel Arbeit machten. Aber daran, wie Marcus seiner Mutter gegenüber empfand, konnte er nichts ändern, obwohl er sogar einen Versuch unternommen hatte, mit Marcus über Elena zu reden. Der Junge hatte sich völlig verschlossen.

»Ich weiß nicht, weshalb er Marcus sehen wollte«, gab Luisa zurück, »er hat es nicht gesagt. Aber er hat einen ziemlich entschlossenen Eindruck gemacht.«

Aldo saß oft am Fenster in ihrem Haus in der Patterson Street und beobachtete Marcus auf dem Nachhauseweg von der Schule. Manchmal machten ihn die Erinnerungen an ihr gemeinsames Leben traurig, dann wieder schimpfte er vor sich hin, denn die Lügen, die Elena ihm aufgetischt hatte, verärgerten ihn einfach zu sehr. Dass sie mit einem anderen Mann intim geworden war, nagte mit verzehrender Wut an ihm. An den Tagen, an denen er von Gefühlen überwältigt wurde, zerschmiss er irgendetwas Wertvolles, das Elena gehörte, nur um sie zu ärgern.

Elena wusste immer, dass er wieder einmal einen besonders schlechten Tag gehabt hatte, wenn sie nachts nach ihrem Dienst nach Hause kam und Scherben oder etwas anderes Kaputtes fand. Immer wieder sagte er ihr auch, das Essen schmecke fürchterlich, gerade, wenn er wusste, dass sie es eigens für ihn gekocht hatte. Manchmal starrte er sie an, als wollte er sie erwürgen. Sie hielt sich normalerweise von ihm fern, wenn er in solch einer Stimmung war.

Als Aldo an diesem Nachmittag aus dem Fenster schaute, sah er Lyle die Straße herunterkommen. Allein schon sein Anblick erfüllte ihn mit Wut. Dann merkte er, dass Marcus mit einem Fußball aus der entgegengesetzten Richtung kam. Die beiden blieben stehen und sahen sich an. Nach einem kurzen Wortwechsel steuerten sie eine kleine Bank am Straßenrand an. Aldo sah, wie die beiden sich setzten. Er war so voller Bitterkeit, dass er die Gardine vom Fenster riss.

Lyle war erleichtert darüber, dass Marcus bereit war, mit ihm zu reden. Er hoffte, dieses Mal den richtigen Zeitpunkt getroffen zu haben. Lyle war sich so sicher, dass der Junge seine Mutter vermisste, er wirkte so in sich gekehrt. Vielleicht erschöpfte es ihn auch, gegen seine Gefühle anzukämpfen.

»Wie läuft es in der Schule?«, begann Lyle vorsichtig.

»Wir hatten gerade Prüfungen.«

»Hast du gut abgeschnitten?«

»Ja, mein Lehrer sagt, ich könne Ende nächsten Jahres aufs College gehen«, antwortete Marcus. Er hatte viel darüber nachgedacht, dass er bald wegziehen und studieren konnte.

»Willst du am Ende vielleicht Medizin studieren? Ich glaube wirklich, du hast das Zeug zu einem guten Arzt.«

Auch daran hatte Marcus schon gedacht, und es bedeutete ihm viel, dass Lyle ihm das zutraute. Überhaupt wunderte er sich über sich selbst, dass er der Einladung Lyles, mit ihm zu sprechen, gleich zugestimmt hatte. Aber ein wenig unbehaglich fühlte er sich doch. »Ich weiß noch nicht, was ich machen werde«, sagte er so kühl er konnte. »Worüber wollten Sie mit mir sprechen?«

»Ich finde, du bist jetzt alt genug, um zu erfahren, was genau damals passiert ist, als ich deine Mutter kennenlernte. Ich finde auch, du hast ein Recht darauf, die ganze Wahrheit zu hören.«

»Ich kenne die Wahrheit schon. Sie haben meine Mutter geschwängert und sie dann verlassen. Und dann heiratete sie meinen …« Beinahe hätte er Papà gesagt. »Sie hat Aldo Corradeo geheiratet und ihm nicht die Wahrheit gesagt. Und mir hat sie die Wahrheit auch nicht gesagt. Was sonst gibt es da zu wissen?«

»Eigentlich ziemlich viel. Wenn du erst einmal ernsthafte Beziehungen mit Frauen eingehst, Marcus, wirst du herausfinden, dass das Leben manchmal ganz schön kompliziert werden kann.« Das hatte Marcus bereits festgestellt. Ein Mädchen aus der Schule gefiel ihm gut, aber als er sich mal mit ihr allein treffen wollte, war sie ihm aus dem Weg gegangen. Sie meinte, sie würde ihn auch mögen, glaube aber, dass er ein anderes Mädchen in der Klasse lieber mochte. Er hatte versucht, das in Ordnung zu bringen, hatte aber festgestellt, dass es viel schwieriger war, eine Beziehung zu einem Mädchen zu haben, als er sich das vorgestellt hatte. »Würdest du dir die ganze Geschichte anhören? Dann kannst du immer noch entscheiden, wie du über die Sache denkst.«

»Woher soll ich wissen, dass Sie mir die ganze Wahrheit erzählen?«, fragte Marcus unverblümt.

»Ich gebe dir mein Wort, dass ich so ehrlich zu dir bin, wie ich nur sein kann«, erwiderte Lyle.

Marcus sah Lyle in die Augen und wog seine Worte ab. Er kam zu dem Schluss, dass Lyle ehrlich war, und so nickte er dann. »In Ordnung«, sagte er.

»Im Krieg«, begann Lyle, »habe ich in einem Hospital in Dumfries gearbeitet, das ist meine Heimatstadt in Schottland. Viele Ärzte wurden ins Victoria Hospital nach Blackpool abkommandiert, weil sie dort mit verwundeten Soldaten überschwemmt wurden, die aus dem Krieg zurückkamen. Das war 1918. Damals traf ich mich schon seit einigen Jahren mit Millie Evans. Ich habe Millie nie direkt einen Heiratsantrag gemacht, aber es sah ganz so aus, als sollte unsere Beziehung schließlich in eine Ehe münden. Wir hatten bis dahin nie miteinander geschlafen, weil wir warten wollten, bis wir Mann und Frau wären.« Marcus erschrak, weil Lyle ihm derart persönliche Einzelheiten erzählte, aber dadurch bekam er auch das Gefühl, wie ein Erwachsener behandelt zu werden. Das wusste er zu schätzen. Er beschloss, über alles, was Lyle ihm sagte, nachzudenken und es unvoreingenommen zu betrachten.

»Teile von England waren heftigen Bombenangriffen ausgesetzt, und so wussten Millie und ich, dass die Möglichkeit bestand, ich könnte nie mehr zurückkommen. Dass wir uns womöglich nie wiedersehen würden, veränderte alles, und in der Nacht, bevor ich abreiste, liebten wir uns. Dann ging ich weg, ohne zu wissen, wann und ob überhaupt wir uns wiederbegegnen würden. Wir hatten keine Ahnung, wie lange der Krieg noch dauerte. Keiner wusste das. Deine Mutter war Krankenschwester im Victoria Hospital. Als ich sie zum ersten Mal sah, verschlug es mir den Atem. Ich weiß nicht, ob du schon mal ein Mädchen angeschaut hast und dir dabei die Beine schwach wurden und dein Herz schneller schlug, aber so erging es mir, wann immer ich deine Mutter sah.« Marcus schwieg, aber er errötete, also war Lyle klar, dass der Junge ihn verstand. »Elena ist äußerlich schön, aber sie ist noch schöner von ihrem Wesen her. Ich bewunderte ihre Güte und die Hingabe, mit der sie sich um ihre Patienten kümmerte. Es war nicht ungewöhnlich, dass man sie morgens schlafend auf einem Stuhl neben einem Patienten antraf, wo sie die ganze Nacht gesessen hatte. Viele der Männer starben an ihren fürchterlichen Verletzungen, aber deine Mutter saß bei ihnen, sogar nach einer anstrengenden Zwölf-Stunden-Schicht. Manche dieser Soldaten waren nur wenige Jahre älter als du und zu Tode erschrocken. Sie las ihnen vor, um sie von ihren Schmerzen und ihrem Leid abzulenken. Sie schrieb Briefe nach Hause für die Männer, die das selbst nicht mehr konnten. Die meisten vom Personal konnten es kaum abwarten, nach einer Schicht endlich nach Hause zu kommen, und sie war wirklich die große Ausnahme. Wir arbeiteten oft zusammen, und bald stellte ich fest, dass ich mich Hals über Kopf in sie verliebt hatte. Ich dachte, ich hätte Millie geliebt, aber ich hatte keine Ahnung, dass die Art Liebe, die ich für deine Mutter empfand, überhaupt existierte. Dieses Gefühl ließ sich mit nichts anderem vergleichen. Als mir klar wurde, dass sie genauso empfand, wusste ich, ich musste meine Beziehung zu Millie sofort beenden. Ich wollte den Rest meines Lebens mit deiner Mutter verbringen. Dessen war ich mir ganz sicher, denn so glücklich war ich nie zuvor gewesen. Sie wusste, ihre Eltern würden sich aufregen, denn ich war weder Italiener noch Katholik. Ich wäre zum Katholizismus übergetreten, hätten ihre Eltern das verlangt, aber deine Mutter stellte sich bereits darauf ein, dass sie enterbt würde, weil sie sich mit einem schottischen Protestanten traf, und aus dem Haus verwiesen. Trotzdem wollten wir zusammenbleiben, also fuhr ich nach Hause, um Millie die Wahrheit zu gestehen.«

»Wusste meine Mutter, dass Sie zu Hause in Schottland eine Freundin hatten?«, wollte Marcus wissen. Er glaubte nicht, dass das der Fall war, aber er wollte Lyle auf die Probe stellen.

»Nein, das wusste sie nicht. Das hätte ich ihr natürlich sagen sollen, aber ich wollte sie auf keinen Fall verletzen. Ich weiß, das war ein Fehler von mir. Als ich nach Schottland zurückkam, war Millies Vater gerade schwer erkrankt, und sie machte sich große Sorgen um ihn. Es war nicht der rechte Zeitpunkt, ihr das Herz zu brechen, also fuhr ich nach Blackpool zurück. Kurz nach meiner Rückkehr war der Krieg zu Ende. Alle waren außer sich vor Freude, nur deine Mutter hatte gerade erfahren, dass ihr Vater sie mit einem Mann verheiraten wollte, den er eines Tages mit nach Hause gebracht hatte. Ihr Vater hatte auch schon Pläne geschmiedet, dass sie alle nach Australien auswandern sollten. Elena war schrecklich verstört. Sie suchte mich in meiner Pension auf. Es war ein unglaublich bewegender Moment, und wir wurden schließlich intim miteinander. Wir machten Pläne für eine gemeinsame Zukunft. Denn das wollten wir beide. Dann fuhr ich nach Hause, um mich von Millie zu trennen. Ehe ich ihr noch alles sagen konnte, erzählte sie mir, sie erwarte ein Kind von mir. Sie hatte gehofft, ich sei glücklich darüber, aber ich war am Boden zerstört. Ich zog ernsthaft in Erwägung, sie zu verlassen und meinen Plan, deine Mutter zu heiraten, in die Tat umzusetzen.«

»Wieso haben Sie es nicht getan?«

»Mein Vater, der auch Arzt und ein sehr kluger Mann war, überzeugte mich davon, dass ich mich anständig verhalten musste. Und er hatte Recht. Tief im Innern wusste ich, dass ich mein Kind nicht im Stich lassen konnte, aber ich liebte deine Mutter doch so sehr.«

»Aber dann haben Sie sich doch von ihr getrennt«, sagte Marcus.

»Nicht sofort. Zu dem Zeitpunkt, als ich wieder nach Blackpool zurückfuhr, war deine Mutter schwer an der Spanischen Grippe erkrankt. Hunderte von Grippepatienten verloren wir damals im Krankenhaus. Tag und Nacht saß ich an ihrem Bett und betete zu Gott, sie möge am Leben bleiben. Ich redete ihr gut zu, sie müsse leben, damit wir zusammen sein könnten. Ich weiß, ich war in dem Moment nicht ehrlich, aber ich wollte, dass sie einen guten Grund hatte, gegen die Krankheit anzukämpfen, der so viele andere erlagen. Und es funktionierte. Aber dann kam Millie ins Krankenhaus. Sie wollte wissen, wieso ich nicht nach Hause käme, denn der Krieg war ja nun aus, und sie machte Pläne für unsere Hochzeit. Deine Mutter sah uns miteinander reden. Ich hatte mir vorgenommen, ihr die Wahrheit zu sagen, wenn sie gesund genug wäre, das Ganze zu verkraften, aber sie stellte Fragen über Millie, also musste ich ihr sofort die Wahrheit sagen. Sie meinte, ich solle gehen und Millie heiraten. Sie sagte, ich müsse mich dem Baby gegenüber anständig verhalten. Ich weiß, es brach ihr das Herz. Es brach auch mir das Herz.«

»Und hätten Sie von mir gewusst, was hätten Sie dann getan?«, fragte Marcus.

Lyle warf Marcus einen traurigen Blick zu, denn er hatte gerade an Jamie gedacht. »Ich hätte deine Mutter geheiratet, aber ich hätte alles in meiner Macht Stehende getan, um Millie und meinen Sohn zu unterstützen. Vielleicht, Marcus, gab es ja einen Grund, weshalb sich alles so entwickelte, wie es gekommen ist.«

»Wie meinen Sie das?«

»Ich hatte zwölf Jahre mit meinem Sohn, und diese Jahre sind etwas sehr Kostbares für mich.«

»Wieso nur zwölf Jahre? Haben Sie ihn in England bei Millie gelassen?« Marcus bemerkte ein Aufflackern von Schmerz in Lyles Blick, aber er verstand das nicht.

»Nein, ich habe ihn nicht verlassen. Er hat uns verlassen. Er starb an seinem zwölften Geburtstag.«

Marcus war entsetzt. »Wie ist das passiert?«

»Er war mit dem Fahrrad unterwegs, das ich ihm zum Geburtstag geschenkt hatte, als ein Lastwagen ihn erfasste und überfuhr.« Lyle musste tief Luft holen, über diesen Unfall zu sprechen, bewirkte einen heftigen Gefühlsaufruhr bei ihm.

»Das ist wirklich schlimm«, sagte Marcus. Lyle tat ihm aufrichtig leid.

»Ich weiß ja, dass ich für dich hätte da sein sollen, Marcus, aber ich danke Gott, dass ich immerhin zwölf Jahre mit meinem Jamie verbringen durfte. Und ich hoffe, du begreifst das.« Marcus nickte. »Deine Mutter wusste wahrscheinlich nicht, dass sie schwanger mit dir war, wegen der Grippesymptome. In den ersten Wochen hat sie nichts davon gemerkt. Aber dann arrangierte ihr Vater die Ehe mit Aldo. Du musst zu verstehen versuchen, in was für großer Angst sie lebte, als sie herausfand, dass sie schwanger mit dir war, Marcus. Hätten ihre Eltern sie enterbt, und das hätten sie bestimmt getan, wäre sie in Blackpool ganz allein mit ihrem Baby zurückgeblieben. Und weil die ganzen Soldaten aus dem Krieg zurückkamen und nach Arbeit suchten, waren Jobs schwer zu finden. Zwölf-Stunden-Schichten im Krankenhaus hätte sie nicht mehr übernehmen können, denn es war ja keiner da, der sich um dich gekümmert hätte. Höchstwahrscheinlich wäre sie mit einem winzigen Baby auf der Straße gelandet. Aus lauter Verzweiflung entschied sie sich für die beste Lösung. Ledige Mütter werden heute aus der Gesellschaft ausgestoßen.«

»Ich kann mir nicht vorstellen, dass sich meine Nonna nicht um Mamma gekümmert hätte. Sie hätte ihr bestimmt geholfen.«

»Das hätte sie sicher gewollt, aber dein Großvater hätte es nicht erlaubt. Anständige italienische Mädchen wurden keine ledigen Mütter. Dass es so zugeht in der Gesellschaft, ist nicht recht, aber so war es nun einmal, gerade in italienischen Familien. Selbst heute noch stehen viele Familien nicht zu ledigen schwangeren Töchtern.«

Marcus wusste, dass viel Wahres war an dem, was Lyle gesagt hatte. Sein Großvater hatte sich von seiner Mamma abgewandt, weil sie ihn belogen hatte. Er glaubte, er wurde inzwischen etwas milder, aber anfangs hatte er sie in seinem Haus nicht mehr geduldet.

»Deine Mutter hat keine Schuld an alldem«, sagte Lyle. »Ich habe sie auf die schlimmstmögliche Weise im Stich gelassen. Ich verließ sie, um eine andere zu heiraten. Wenn du jemanden hassen willst für das, was passiert ist, dann hasse mich. Aber du solltest wissen, dass deine Mutter dich sehr liebt, Marcus. Versuch, dir vor Augen zu führen, was für eine Angst sie hatte, dir die Wahrheit zu sagen. Ich bin sicher, das wollte sie viele Male.«

»Und wieso hat sie es dann nicht getan?«

»Ich nehme an, sie wollte warten, bis du alt genug wärst, das alles zu verstehen. Aber ich denke, inzwischen bist du alt genug. Denk bitte nach über das, was ich dir gesagt habe. Wenn du noch Fragen hast, werde ich alles wahrheitsgemäß beantworten.«

Marcus stand auf. »Ich gehe jetzt nach Hause«, sagte er.

Lyle konnte nicht erkennen, was sein Sohn dachte, er drehte sich um und wollte gehen. »Marcus«, rief er.

»Ja?«, antwortete der Junge und sah sich noch einmal um.

»Ich weiß, du willst keine Beziehung zu mir, aber solltest du mich je brauchen, ich bin nur einen Funkruf weit entfernt.«

Marcus nickte und machte sich dann auf den Nachhauseweg.

Lyle sah ihn fortgehen, und das Herz tat ihm weh. Er hatte einen Sohn, aber auch wieder keinen. Er hätte nie gedacht, einmal in solch eine Lage zu kommen.

42

Schon seit einigen Tagen war Aldo ganz besonders übellaunig, und Elena befand sich am Rande eines Zusammenbruchs. Als der Tag wieder damit begann, dass er Tee verschüttet und sich verbrannt hatte und dann in einem Wutanfall darüber sein Frühstück auf den Boden warf, musste sie ihre ganze Willenskraft aufbringen, um geduldig zu bleiben. Sie wollte helfen, indem sie versuchte, den Boden aufzuwischen und ihm ein kaltes Tuch auf die verbrannte Haut zu legen, aber er schlug ihre Hand weg. Mittags verschmähte Aldo das Omelett, das Elena für ihn zubereitet hatte.

»Ich brauche dich nicht, ich brauche kein Mitleid«, brüllte er. »Ich weiß, dass du nur auf den Tag wartest, an dem du mich verlassen kannst. Du bleibst nur aus Pflichtgefühl bei mir, während du in Wirklichkeit einen anderen liebst.« Da Elena nicht wusste, dass Aldo Lyle und Marcus zusammen gesehen hatte, wusste sie auch nicht, warum er auf einmal wieder all diese Dinge zu ihr sagte.

Als der Nachmittag kam, hatte sie genug. »Ich würde dich wirklich verlassen, wenn ich irgendwohin könnte«, rief sie ihm verbittert zu. »Nichts, was ich tue, ist gut genug für dich. Du bist fest entschlossen, mir das Leben so schwer wie möglich zu machen, weil du deine Situation nicht akzeptieren kannst.« Es sah ihr nicht ähnlich, grausam zu sein, aber ihre Toleranzschwelle war so niedrig wie nie zuvor.

»Schließlich bin ich *wegen dir* in dieser Situation«, rief Aldo anklagend zurück. Voller Bitterkeit sah er Elena an.

»Nein, du sitzt im Rollstuhl, weil du vom Windmühlenturm gefallen bist. Du bist, wie du bist, weil du ein garstiger, bösartiger alter Mann bist.« Mit diesen Worten verließ Elena das Haus und rannte ins Hospital.

»Sie sind früh dran heute«, sagte Deirdre zu Elena, als sie ihr auf dem Krankenhausflur begegnete und auf die Uhr sah. »Ihre Schicht beginnt doch erst in einer Stunde.«

»Ich musste einfach aus dem Haus«, erwiderte Elena, noch völlig außer Atem. Sie war den ganzen Weg gerannt. Aber kaum hatte sie die Worte ausgesprochen, bekam sie ein schlechtes Gewissen. »Ist das Mrs. Pettigrove?«, fragte sie, um sich abzulenken. Sie schaute auf die Station.

»Ja, sie hat Fieber, und Dr. Thompson findet offenbar die Ursache dafür nicht.«

Mrs. Pettigrove war die reizendste alte Dame der Stadt – und Wintons älteste Einwohnerin. Sie war überaus stolz auf ihr Alter, und dazu hatte sie alles Recht. In ein paar Tagen sollte sie ihren hundertsten Geburtstag feiern. Alle mochten sie, die Leute in der Stadt hatten ein großes Fest anlässlich ihres Geburtstages vorbereitet.

Elena trat ans Bett der alten Dame und nahm ihre winzige, zerbrechliche Hand mit der papierdünnen, durchscheinenden Haut in ihre. Als ehemalige Modistin sah man Laura Pettigrove selten ohne eine ihrer Hutkreationen, die meist mit einem ins Auge fallenden Blumenarrangement verziert waren. Damit bedeckte sie ihr spärliches, feines Haar und schützte den Kopf vor der Sonne.

»Guten Tag, Laura«, sagte Elena laut, denn die alte Dame hörte schwer.

Laura Pettigrove öffnete ihre blauen Augen. Sie war stolz auf ihr noch gutes Sehvermögen. »Hallo, Liebes«, sagte sie wehmütig lächelnd, als sie Elena erkannte. »Was machen Sie denn hier?«

»Ich arbeite hier, wissen Sie das denn nicht mehr? Also werde ich mich von jetzt an um Sie kümmern. Und was machen Sie hier?«

»Ich bin mir nicht sicher. Robert hat mich hergebracht.« Robert war ihr Sohn, er war auch schon über achtzig und recht hinfällig. »Er meint, ich müsse mich mal ausruhen.« Sie schloss die Augen wieder.

»Na schön, ausruhen dürfen Sie sich, aber wir wollen, dass Sie schnell wieder auf den Beinen sind.«

Neil trat mit einigen Unterlagen an das Bett der alten Dame. »Bitte haben Sie heute Abend ein wachsames Auge auf Mrs. Pettigroves Temperatur, Elena«, sagte er. »Wenn das Fieber steigt, reiben Sie sie mit einem Schwamm ab.«

»Das mache ich, Doktor«, versprach Elena.

»Wenn es Ihnen nichts ausmacht, Elena, hätte ich meine Abreibung mit dem Schwamm lieber von dem hübschen Doktor«, sagte Mrs. Pettigrove. Sie hatte die Augen noch geschlossenen, kicherte aber schelmisch.

»Na, na, schön artig sein«, wies Neil sie grinsend zurecht. Er war an Lauras Sinn für unzüchtigen Humor gewöhnt. Dabei wusste er, dass sie in Wirklichkeit so sittsam war wie eine Dame aus viktorianischer Zeit. Sie trug sogar immer ein Korsett. Aber Laura tat gern, als sei das Gegenteil der Fall, sie liebte es, jüngere Männer erröten zu sehen. Neil senkte die Stimme. »Sie ist längst nicht so schwerhörig, wie sie tut«, sagte er und zwinkerte Elena zu.

»Stimmt, das bin ich nicht«, sagte Mrs. Pettigrove und lächelte.

»Haben Sie schon eine Diagnose gestellt?«, fragte Elena Neil, als sie wieder auf dem Korridor waren.

»Nein, ich habe ihr Blut untersucht. Eine Entzündung scheint nicht vorzuliegen, also bin ich einigermaßen ratlos.«

Elena sah, dass er sich Sorgen machte. Sie blieb fast den ganzen Abend bei Laura Pettigrove und beobachtete sie aufmerksam. Neil hatte ihr mehrfach Herz und Lungen abgehorcht. Er hatte Urinproben genommen, aber keine Spur einer Entzündung gefunden.

Gegen zehn Uhr wurde Laura im Schlaf unruhig. Sie rang nach Atem. »Fühlen Sie sich nicht wohl, Laura?«, fragte Elena sanft.

Laura umklammerte ihre Hand. »Nein, mir geht es nicht so gut, Liebes«, keuchte sie.

»Ich möchte, dass Sie jetzt langsam ganz tief Luft holen«, wies Elena Laura an und fühlte ihre Stirn, um zu prüfen, ob das Fieber wieder gestiegen war.

»Ich glaube, mein Geburtstagsfest erlebe ich nicht mehr, Elena«, sagte Laura mit rauer Stimme. »Aber versprechen Sie mir, dass es trotzdem stattfindet und alle sich gut amüsieren. Und versprechen Sie mir, dass Sie den Hut tragen werden, den ich mir für diesen Tag gemacht habe.«

Elena war erschüttert. »Natürlich werden Sie das Fest noch erleben und Ihren schönen Hut selbst tragen. Sie werden tanzen, das verspreche ich Ihnen. Ihr Geburtstagsfest wird das größte, das es je in dieser Stadt gegeben hat. Alle freuen sich schon darauf. Betty Harris macht für Sie einen ihrer besonderen Obstkuchen mit Marzipan und Zuckerguss. Sie hat die Früchte schon in Brandy eingelegt. Ich weiß, Sie nippen gern mal an einem kleinen Brandy bei besonderen Gelegenheiten, hab ich Recht?«

Laura antwortete nicht. Sie kämpfte um Luft, und Elena wusste keinen Rat mehr.

»Ich hole Dr. Thompson«, sagte sie.

Lauras Griff um Elenas Hand wurde fester. »Ich will meinen letzten Moment nicht allein verbringen, Elena«, sagte sie in beunruhigendem Tonfall. »Bitte … gehen Sie nicht, bleiben Sie bei mir.«

»Sie werden nicht sterben, Laura«, sagte Elena bestimmt und dachte, dass es gar nicht Lauras Art war, so etwas zu sagen.

»Es ist an der Zeit für mich, Elena. Mein Körper ist erschöpft.« Laura schaute sie an, doch ihre Augen schienen durch sie hindurchzublicken. »Niemand kann ewig leben, und ich will in Frieden gehen. Ich bin bereit«, fügte sie hinzu.

»Laura«, bat Elena, »bitte halten Sie durch, Laura. Wir können Ihr Fest doch nicht ohne Sie feiern.«

Laura schloss die Augen, und ein Lächeln trat auf ihre Lippen. »Ich komme, Liebster«, flüsterte sie. »Ich bin schon auf dem Weg.«

Elena konnte und wollte nicht glauben, dass dies wirklich Lauras Abschiedsstunde war. Ein Schluchzen schnürte ihr die Kehle zusammen. »Bitte bleiben Sie bei uns, Laura«, bat sie, »bitte!«

Laura öffnete kurz die Augen und sah Elena an, dann schloss sie sie wieder. Ein ganz und gar friedlicher Ausdruck legte sich auf ihre Züge. Sie sah wunderschön aus. Elena war fasziniert. Während sie Laura betrachtete, schienen sich die Falten auf ihrem Gesicht zu glätten.

In diesem Augenblick betrat Neil das Zimmer. Mit einem Blick erfasste er die Situation. Er nahm Lauras Hand und suchte nach dem Puls.

Elena sah ihn an. Sie wollte die Bestätigung, dass Laura noch am Leben war. »Sie schläft doch nur, oder?«, fragte sie. Sie kannte die Wahrheit, aber sie wollte sie nicht wahrhaben, also klammerte sie sich an die Hoffnung.

Neil schüttelte den Kopf. Dann horchte er mit dem Stethoskop ihren Brustkorb ab. Elena sah ihn an und beschwor ihn innerlich, Lauras Herzschlag zu hören, doch er sagte nichts. Ihre Augen füllten sich mit Tränen. Warum konnte sie nur keine Distanz wahren? Schließlich hatte sie als noch ganz junge Krankenschwester viele Menschen sterben sehen. Doch Lauras Tod ging ihr so nah, dass sie nicht dagegen ankam. Sacht legte sie die Hand der alten Dame aufs Bett zurück.

»Tut mir leid, Elena. Sie ist für immer eingeschlafen«, sagte Neil.

»Wir hätten etwas tun sollen«, jammerte Elena.

»Hätten wir sie retten können, Elena, dann hätte ich es getan, glauben Sie mir. Aber ihre lebenswichtigen Organe sind erschöpft. Nicht viele Menschen werden beinahe hundert Jahre alt.«

»Sie hat die Augen geschlossen und mit jemandem gesprochen, als ob sie wirklich jemanden sähe. Sie halten mich jetzt vielleicht für verrückt, aber ich glaube, es war … Percy. Sie sagte ihm, sie werde jetzt zu ihm kommen«, sagte Elena.

Percy war Lauras Ehemann gewesen. Er war vor gut dreißig Jahren gestorben, aber sie sagte immer, er sei die Liebe ihres Lebens, und sprach von ihm, als habe er sie nie verlassen. In den vergangenen zehn Jahren behauptete sie oft, er warte auf sie an der Himmelstür.

»Ich halte Sie nicht für verrückt, Elena. In meiner Tätigkeit als Arzt ist mir vieles begegnet, was ich nicht erklären kann.«

»Warum musste das passieren, ausgerechnet heute? Warum nur?«

Elena brach in Tränen aus. Sie merkte, dass sie nicht mehr richtig atmen konnte, und flüchtete von der Station und die Treppe hinunter nach draußen. Vor der Eingangstür des Krankenhauses blieb sie stehen und schnappte nach Luft. Sie wusste, sie hatte gerade eine Panikattacke, aber sie konnte nichts dagegen tun. Sie ließ sich auf eine Bank fallen und atmete mühsam zwischen heftigen Schluchzern ein und aus. Es war schon nach elf Uhr abends, und so war die Straße ruhig und menschenleer, nur ein Känguru hüpfte einsam durch die Stadt. Die Grillen zirpten in den Gartenbeeten, und Geckos huschten auf der Suche nach etwas Essbarem über die Wege. Milliarden von Sternen funkelten am Himmel, doch Elena hatte keinen Blick für die Schönheiten der Natur.

Dieser Tag würde ihr als einer der schlimmsten ihres Lebens im Gedächtnis bleiben. Sie konnte an nichts anderes denken als an die reizende, selbstlose, liebenswürdige Laura und daran, wie sehr sie sich darauf gefreut hatte, ihren hundertsten Geburtstag zu feiern. Die Einwohner Wintons würden erschüttert sein, wenn sie von ihrem Tod erfuhren. Elena wusste nicht, wie viel sie noch ertragen konnte. Sie weinte und weinte und glaubte, nie im Leben mehr aufhören zu können.

Marcus hatte eine unruhige Nacht. Seit Stunden versuchte er, in den Schlaf zu finden, doch es gelang ihm nicht. Er stand auf und öffnete weit das Fenster. Unentwegt musste er an das denken, was Lyle ihm gesagt hatte. Seit Tagen schon ging ihm das nicht mehr aus dem Kopf. Er setzte sich auf den Fenstersims und sah auf die Straße. Das Mondlicht beschien das Gebäude schräg gegenüber. Eine Gestalt saß auf einer Bank draußen vor dem Hospital, und irgendwie kam sie ihm bekannt vor. Marcus hatte ein seltsames Gefühl. Wer war das? Er brauchte eine Weile, ehe er begriff – es war seine Mutter, und wenn er sich nicht täuschte, schluchzte sie herzzerreißend.

Elena versuchte, sich zu beruhigen, doch es hatten sich zu viele schmerzliche Gefühle in ihr aufgestaut. Zu oft hatte sie ihre Tränen zurückhalten, ihre Sorgen verbergen müssen. Sie konnte einfach nicht mehr stark sein.

Eine Hand legte sich auf ihre Schulter, und sie spürte durch die Schwesterntracht die Wärme. Es war nett von Neil, dass er nach ihr schauen gekommen war, er war immer so mitfühlend und verständnisvoll. Sie legte ihre Hand auf seine, wandte sich ihm aber nicht zu.

»Ich komme gleich wieder herein, Neil. Tut mir leid, dass ich die Nerven verloren habe, es ist einfach ein so schrecklicher Tag gewesen. Es ist mir peinlich, dass Sie mich so sehen, aber Lauras Tod zusätzlich zu all dem anderen, was ich zurzeit mitmache, war einfach mehr, als ich ertragen konnte. Ich komme gleich wieder zurück an die Arbeit.«

»Mamma, ich bin es«, sagte Marcus.

Überrascht drehte sich Elena um. Im Licht der Krankenhauslaterne konnte Marcus sehen, dass ihre Augen rot verquollen waren, das Gesicht tränennass. Sie fischte in ihrer Tasche nach einem Taschentuch und tupfte sich die Wangen ab.

»Marcus! Was machst du denn hier um diese nachtschlafende Zeit?«

»Ich habe dich von meinem Fenster aus gesehen«, antwortete Marcus.

Sie wusste, er konnte nie schlafen, wenn er Kummer hatte. »Stimmt irgendwas nicht? Geht es dir nicht gut?«

»Es ist alles in Ordnung.« Er setzte sich auf die Bank neben sie. »Aber dir geht es nicht gut. Was ist denn los, Mamma? Warum weinst du?«

Elena schniefte. »Mrs. Pettigrove ist gerade eben gestorben.«

»Ah. Sie war aber schon sehr alt, oder?«

»Ja, nicht viele Menschen erleben beinahe ihren hundertsten Geburtstag.«

»Dann solltest du nicht so traurig sein. Sie konnte schließlich nicht ewig leben.«

Verblüfft sah Elena ihren Sohn an. »Da hast du Recht. Ich habe deine klugen Bemerkungen so vermisst«, sagte sie, und wieder rannen ihr die Tränen die Wangen hinunter.

»Und ich habe dich vermisst, Mamma. Ich wollte dir sagen, es tut mir leid, dass ich so gemein zu dir war.«

Elenas Unterlippe zitterte. »Ach, Marcus«, sagte sie und nahm ihren Sohn in die Arme. »Und mir tut es leid, dass ich dir so sehr wehgetan habe«, flüsterte sie.

»Vor ein paar Tagen habe ich mit Dr. MacAllister gesprochen. Er hat mir erzählt, was passiert ist, als ihr euch damals kennengelernt habt.«

Elena sah auf. »Das hat er dir erzählt?«, fragte sie überrascht.

»Ich verstehe jetzt, dass du nur getan hast, was du damals für das Beste hieltest. Du warst in einer schwierigen Lage, und ich hätte nicht so hart über dich urteilen sollen.«

Elena konnte kaum fassen, wie reif und erwachsen ihr Sohn sich anhörte. Sie war Lyle unendlich dankbar, dass er ihm geholfen hatte, alles zu verstehen, und sie war überwältigt von Stolz.

Luigi wachte auf und horchte. War da ein Geräusch? Er war sicher, dass er etwas gehört hatte. Leise, um Luisa nicht zu wecken, stand er auf und ging durchs Haus. Er schaute in alle Räume. Als er Marcus nicht in seinem Bett fand, geriet er in Panik. Er rannte zur Tür und fand sie angelehnt. Marcus musste wieder weggelaufen sein. Ihm fiel ein, wie nachdenklich sein Enkel in den letzten Tagen gewesen war. Hoffentlich tat er sich nichts an.

»Luigi!«, rief Luisa, die ihren Mann an der geöffneten Haustür stehen sah. »Was machst du hier? Ich bin aufgewacht und du warst nicht mehr in deinem Bett.« Als er nicht antwortete, ging sie zu ihm. »Ist alles in Ordnung mit dir, Luigi?«

»*Sì*«, sagte er.

»Was gibt es denn da draußen zu sehen mitten in der Nacht?«, fragte sie. Sie sah, dass er den Blick starr auf die andere Straßenseite gerichtet hatte, also schaute sie, was ihn so sprachlos machte. »Wer ist das dort drüben?«, wollte Luisa dann wissen. Zwei Gestalten saßen auf der Bank draußen vor dem Hospital.

»Dein Enkel und deine Tochter sind das«, erklärte Luigi glücklich.

»Lieber Gott!«, rief Luisa und legte die Hände zusammen, um dem Herrn zu danken.

»Ich glaube, einige deiner Gebete sind wohl erhört worden«, sagte Luigi.

»Ach, Marcus, so oft war ich drauf und dran, dir zu erzählen, dass Aldo nicht dein leiblicher Vater ist, wenn er wieder mal hart mit dir umging. So oft lag es mir auf der Zunge, dir zu erklären, warum ihr so verschieden seid, aber ich hatte Angst vor deiner Reaktion.«

»Mir war immer schon klar, dass ich nicht so bin wie er, Mamma. Und ich wusste auch, dass er nicht einverstanden damit war, dass ich kein Farmer werden wollte.«

»Du bist deinem richtigen Vater sehr viel ähnlicher, Marcus.« Marcus sah, dass seine Mutter das freute, und er wollte etwas sagen, aber er zögerte. »Was ist denn, Marcus? Du kannst mir alles sagen, das weißt du, nicht?«

»Ich würde meinen Vater gern kennenlernen … ich meine, Dr. MacAllister, Mamma.«

Elena lächelte. »Ich bin sicher, das würde ihn sehr glücklich machen, Marcus.«

»Meinst du wirklich?«

»Ja. Er ist ein guter Mensch, Marcus. Hat er dir erzählt, dass sein anderer Sohn bei einem Unfall ums Leben gekommen ist?«

»Ja, das hat er. Ich glaube, er war ein guter Vater. Er meinte, es gäbe womöglich einen Grund dafür, dass alles so gekommen ist. So hätte er eine ganz besondere Zeit mit seinem Sohn bis zu dessen Tod gehabt. Wahrscheinlich hat er damit Recht.«

»Das ist sehr großzügig von dir, dass du das sagst, Marcus. Ich hoffe, du weißt, wie stolz ich immer auf dich gewesen bin und wie sehr ich dich liebe.«

»Das weiß ich, Mamma. Ich wusste immer, dass du mich liebst.« Marcus schwieg eine Weile. »Mamma, könntest du Dr. MacAllister wieder lieben, wenn du nicht verheiratet wärst?«

Elena brachte es nicht über sich, ihrem Sohn zu gestehen, dass sie nie aufgehört hatte, Lyle zu lieben, nicht einmal einen Tag lang. So dachte sie einen Augenblick nach, um die richtigen Worte zu finden. »Irgendwie werde ich ihn immer lieben«, sagte sie dann, »weil ich dich von ihm habe.«

Es bedurfte keiner weiteren Worte mehr zwischen ihnen. Dieser Tag, der so schrecklich begonnen hatte und dann so traurig verlaufen war, hatte ein glückliches Ende gefunden.

43

»Lyle!«, rief Mrs. Montgomery, »kommen Sie mal kurz in den Funkraum? Da ist ein Anruf für Sie.«

Lyle sah überrascht auf, dann ging er schnell zum Funkgerät.

»Hallo, Lyle. Hier ist Elena«, sagte Elena. »Ich rufe aus Mr. Kestles Laden an.«

»Elena! Geht es Marcus nicht gut? Hat er wieder einen Krampfanfall?«, fragte er panisch.

»Es geht ihm gut, Lyle, sehr gut sogar. Ich rufe an, weil ich dich für Samstagabend nach Winton zu einer Party einladen will.«

»Zu einer Party!«

»Es hätte die Feier zum hundertsten Geburtstag unserer ältesten Einwohnerin Laura Pettigrove sein sollen, aber sie ist vor ein paar Tagen gestorben«, erzählte Elena. »Sie hat mir das Versprechen abgenommen, dass die Party trotzdem stattfindet. Die Leute im Ort meinen auch, dass wir sie feiern und hochleben lassen sollten.«

»Aha«, erwiderte Lyle, verblüfft, dass man auch ihn einlud. Er hatte Laura Pettigrove gar nicht gekannt.

»Unser Sohn hat den Wunsch geäußert, seinen Vater kennenzulernen«, erklärte Elena.

»Tatsächlich?«

Elena hörte die Freude in Lyles Stimme. »Ja, und ich dachte, wenn du zu dieser Party kommst, wäre das eine gute Gelegenheit für euch, etwas Zeit miteinander zu verbringen. Alison ist natürlich auch eingeladen. Ich habe Marcus übrigens noch nicht erzählt, dass du mit Alison verlobt bist. Das überlasse ich dir.«

Sie hielt die Luft an, denn sie rechnete damit, er würde sagen, sie seien inzwischen verheiratet, aber das sagte er nicht.

Lyle war überglücklich darüber, dass Elena und ihr Sohn ihre Differenzen beigelegt zu haben schienen. Er hatte es sich so erhofft. »Danke für die Einladung. Ich habe Dienst am Samstagabend, aber bitte sag Marcus, dass ich kommen werde, wenn es sich irgendwie einrichten lässt. Jetzt muss ich schnell los, Elena, ich hatte gerade vorhin einen Notruf. Ich hoffe, ich sehe euch dann«, sagte er.

»Na schön, das hoffe ich auch. Es würde Marcus viel bedeuten«, erwiderte Elena. »Over und Ende.«

Sie wollte Lyle eigentlich noch danken, dass er sich bei Marcus so für sie eingesetzt hatte, aber das würde warten müssen, bis sie ihm persönlich begegnete.

Es war schon dunkel, als Lyle am Samstagabend in Winton eintraf. Die Party war schon in vollem Gange. Sie fand im Gemeindesaal an der Hauptstraße statt, aber viele Gäste waren nach draußen geströmt, weil es eine so herrliche Nacht war. Im Saal bogen sich die Tische unter einer Vielfalt köstlicher Gerichte, zu denen alle Frauen im Ort etwas beigesteuert hatten. Einer der Hotelbesitzer hatte eine Bar eingerichtet, an der Getränke serviert wurden. Ein Barbershop-Quartett musizierte auf einer behelfsmäßigen Bühne, dazu gesellten sich viele weitere Künstler – Jongleure, Tänzer, ein Country-Sänger und ein Bauchredner. Die Mitglieder des Quartetts waren Mr. Kestle, Dr. Rogers, der Bürgermeister Mr. Foggarty und Mr. Carr, der Futtermittelhändler der Stadt.

Luftschlangen hingen von der Decke herab, und auf einem großen Banner stand *Herzlichen Glückwunsch zum Hundertsten, Laura.* Elena hielt immer wieder Ausschau nach Lyle, schließlich entdeckte sie ihn, als er den Saal betrat. Er sah sie nicht auf sich zukommen, denn sie trug ein wunderschönes geblümtes Kleid und einen beeindruckenden Hut, verziert mit handgemachten roten Blüten und Emufedern.

»Du hast es doch noch geschafft, Lyle«, rief sie freudig, als sie auf ihn zuging.

»Elena! Unter dem Ding da hätte ich dich beinahe nicht erkannt.« Lyle blieb stehen und lugte unter den breiten Rand des Hutes.

Elena wurde ein bisschen verlegen. »Das war Lauras Hut, sie hat ihn sich für ihren Geburtstag gefertigt, und ich musste ihr versprechen, dass ich ihn zu diesem Fest trage«, erklärte sie. »Sie war Modistin, von ziemlich eigenwilligem Wesen, wie du an diesem Hut erkennen kannst.«

»Ich wünschte, ich hätte sie kennengelernt«, sagte Lyle aufrichtig, er vermochte es nicht, sich eine Hundertjährige mit solch einem Hut vorzustellen.

»Sie strotzte vor Gesundheit, sodass sie kaum je einen Arzt brauchte«, sagte Elena. »An dem Abend, als sie starb, war ich ziemlich erschüttert, weil ich gerade Dienst im Krankenhaus hatte, aber inzwischen ist mir klar, dass es ein Privileg für mich war, in dem Augenblick bei dieser bewundernswerten Frau zu sein, in dem sie dieses Leben verließ. Ich weiß, sie ist heute hier bei uns. Wahrscheinlich schaut sie auf mich herab und sagt gerade: Elena, dieser Hut steht Ihnen wirklich gut.«

Lyle lächelte.

»Marcus ist hier auch irgendwo.« Elena schaute über die Menge der Partygäste hinweg. »Ich kann dir gar nicht genug dafür danken, dass du mit ihm gesprochen hast, Lyle. Ich weiß ja nicht, was du genau gesagt hast, aber er hat mir verziehen, dass ich ihm gegenüber nicht ehrlich war. Er sagte sogar, er verstehe jetzt alles.«

»Ich habe ihm einfach nur die Wahrheit gesagt und versucht, ihm begreiflich zu machen, dass es ganz allein meine Schuld war, dass du in diese äußerst schwierige Lage geraten bist.«

»Ich wünschte, mir wäre das eingefallen«, sagte Elena lachend. So lange hatte sie schon nicht mehr gelacht, und es fühlte sich richtig gut an.

Lyle fiel in ihr Lachen ein. Es war das erste Mal seit der Nacht, in der sie sich geliebt hatten, dass er Elenas schönes Lachen wieder sah. »Ich bin so froh, dass er jetzt den Wunsch hat, mich kennenzulernen. Du weißt gar nicht, wie viel mir das bedeutet.«

Elena wurde wieder ernst. »Doch, Lyle, das kann ich mir vorstellen. Übrigens, wo ist denn eigentlich Alison? Sie ist doch mitgekommen, oder?«

»Nein, ihr Tennisclub hat heute seine Abschiedsparty zum Saisonende. Sie ist die Clubsekretärin, sie konnte also nicht wegbleiben. Ist Aldo hier?«

»Nein, er wollte nicht kommen. Er verlässt das Haus kaum einmal. Und wenn, dann nur, um in den Garten zu gehen.«

»Ist er sehr verbittert?«

Elena zuckte mit den Schultern. »Das ist eine ziemliche Untertreibung. Es ist sehr schwierig, mit ihm auszukommen, aber es ist meine Pflicht, mich um ihn zu kümmern. Er hat sonst niemanden.«

»Das tut mir leid für dich, Elena«, sagte Lyle aufrichtig.

Sie dachte an Aldo, der es hasste, bemitleidet zu werden. Es war alles andere als schön. »Kein Grund, sich Sorgen um mich zu machen«, sagte sie schnell. »Mir geht es gut.«

»Elena«, rief Luisa. Sie drängte sich zwischen den Gästen hindurch, Dominic und Maria im Schlepptau.

»Hallo, Mamma«, sagte Elena. Sie betrachtete ihre beiden Jüngsten. Nur höchst selten sahen sie so sauber aus, und so freute sie sich, dass sie sich noch nicht schmutzig gemacht hatten. Das würde allerdings nicht mehr lange so bleiben. »Mamma, du kennst Lyle MacAllister?«

»Ja, freut mich, Sie zu sehen, Dr. MacAllister«, sagte Luisa ehrlich erfreut. Jetzt, da Elena und Marcus wieder zueinandergefunden hatten, erlaubte sie sich, wohlwollend ihm gegenüber zu sein.

»Lyle, das sind meine beiden Jüngsten, Dominic und Maria. Kinder, das ist Dr. MacAllister.« Eines Tages würde sie ihnen erklären, dass er der Vater ihres großen Bruders war.

Die Kinder begrüßten Lyle und machten sich dann auf die

Suche nach ihren Schulfreunden. In dem Jungen erkannte Lyle nichts von Elena und nur wenig von ihr in Maria.

»Luisa«, rief Luigi von Weitem und kam auf sie zu. Als er den Hut sah, den Elena trug, runzelte er missbilligend die Stirn.

»Das ist Lauras Hut, Papà. Ich habe ihr versprochen, ihn heute zu tragen«, erklärte Elena.

»Ah, *sì*«, erwiderte er. »Aber vielleicht ja nicht den ganzen Abend über, oder?«, fragte er.

Elena ignorierte die Bemerkung ihres Vaters. »Papà, das ist Dr. MacAllister«, sagte sie dann. Gleich spürte sie eine leichte Anspannung, denn ihr Vater konnte unberechenbar sein und nahm selten ein Blatt vor den Mund.

Luigi musterte Lyle eine Weile sehr ernst. Es war unverkennbar, dass Marcus sein Sohn war. »Sagen Sie, Dr. MacAllister, arbeiten Sie hart?«, wollte er wissen.

Die Frage überraschte Lyle. »Ja, Sir. Nur sehr selten komme ich vor Mitternacht ins Bett.«

»Das ist gut. Ein Mann sollte hart arbeiten«, sagte Luigi. »Das sagt viel aus über seinen Charakter. Wie wäre es mit einem Bier? Ich habe ziemlichen Durst.«

»Gern, Sir. Ein Bier wäre mir gerade recht.«

»Na, dann kommen Sie mit«, sagte Luigi.

Lyle schaute Elena an, und an ihrem ungläubigen Blick erkannte er, dass er sich wohl glücklich schätzen konnte, nicht mit einem Hackbeil gejagt zu werden. »Kann ich den Damen von der Bar etwas zu trinken mitbringen?«, fragte er, ehe er Luigi folgte.

»Zwei Gläser Punsch, bitte«, sagte Elena.

Völlig perplex sah Elena Lyle und ihrem Vater nach. Nie im Leben hätte sie gedacht, dass sie diesen Tag erleben würde. »Es geschehen noch Zeichen und Wunder«, flüsterte sie ihrer Mutter zu.

»Es hat ganz den Anschein«, erwiderte Luisa. Sie musterte ihre Tochter. »Ich kann mich nicht erinnern, wann ich dich das letzte Mal so glücklich gesehen habe, Elena.«

»Na ja, ich habe ja auch das erste Mal seit vielen, vielen Jahren Grund zum Lächeln, Mamma.«

»Weil Dr. MacAllister wieder in deinem Leben ist«, sagte Luisa.

»Ach, er ist wohl eher im Leben von Marcus, nicht so sehr in meinem, aber ich freue mich sehr für Marcus. Ich will nur, dass mein Sohn glücklich ist.«

»Dann verstehst du ja auch, was ich mir für dich wünsche«, sagte Luisa.

»Das verstehe ich, Mamma, aber mein Leben ist nun mal, wie es ist. Daran kann ich nichts ändern«, sagte Elena. »Ich muss eben damit fertig werden.«

Luisa tätschelte ihrer Tochter liebevoll den Arm. »Ich gebe die Hoffnung nicht auf, dass du eines Tages doch noch dein Glück finden wirst«, sagte sie.

Nachdem Lyle ein Bier mit Luigi Fabrizia getrunken hatte, schlenderte er durch den Gemeindesaal, in der Hoffnung, auf Marcus zu treffen. Er traf ihn am Buffet, wo er sich gerade etwas zu essen geholt hatte. Marcus war sichtlich verlegen, weil er nicht wusste, wie er mit Lyle vor den ganzen Leuten umgehen sollte, aber Lyle spürte das sofort. Er hatte großes Geschick darin, Menschen die Befangenheit zu nehmen. Das gehörte zu seinem Beruf. So schlug er vor, rauszugehen und sich dort zu unterhalten, um etwas Privatsphäre zu haben. Schließlich setzten sie sich auf die Bank draußen vor dem Hospital, die weit genug vom Gemeindesaal entfernt war.

»Ist dir irgendwas eingefallen, das du mich gern fragen würdest?«, erkundigte sich Lyle.

»Ja, Dr. MacAllister«, antwortete Marcus.

Lyle lachte, und Marcus schaute ihn verblüfft an.

»Du kannst mich doch nicht immer noch Dr. MacAllister nennen«, sagte Lyle. »Jetzt, da du weißt, wer ich bin.«

»Wie soll ich Sie … wie soll ich dich denn nennen?«, fragte Marcus.

»Na ja, jedenfalls nicht *Dr. MacAllister*«, antwortete Lyle. »Du bist nicht mein Patient. Du bist mein Sohn.« Es tat ihm gut, diese Worte zu sagen.

Wieder schaute Marcus höchst verlegen drein.

»Ich weiß, du siehst Aldo Corradeo als deinen Papà«, sagte Lyle einfühlsam. Ihm war klar, dass es schwer war für Marcus.

»Er will mich doch nie wiedersehen, weil ich nicht sein Sohn bin«, sagte Marcus.

»Das muss schlimm für dich sein«, erwiderte Lyle. Es war offensichtlich, dass Aldo Marcus wirklich tief gekränkt hatte.

Der zuckte mit den Schultern. »Zuerst war es das, ja. Aber wir standen uns nie sehr nah, dazu sind wir viel zu verschieden«, erklärte er.

»Tja, dann wollen wir doch mal sehen, was wir zwei für Gemeinsamkeiten haben«, sagte Lyle. »Magst du grüne Bohnen?«

Marcus warf ihm einen erstaunten Blick zu und zog die Mundwinkel hoch. »Die sind in Ordnung.«

»Das finde ich auch. Wie steht es mit Leber?«

Marcus schüttelte den Kopf.

»Mag ich auch nicht. Außerdem steht schon mal fest, dass wir beide nicht gerade versessen auf Lebertran sind, aber wie steht es mit Rinderzunge?«

Marcus schaute angeekelt drein. »Nein«, sagte er. »Die magst du doch auch nicht, oder?«

»Kommt drauf an, wie sie zubereitet wird«, sagte Lyle und lachte über den Gesichtsausdruck seines Sohnes. »Und wie steht es mit Fischaugen und Riesenseeschnecken?«

Marcus lachte und schüttelte den Kopf. »Igitt, nein«, sagte er.

»Pastinaken?«

»Gebraten mag ich sie«, sagte Marcus.

»Ich auch«, meinte Lyle. »Da hätten wir also schon mal ein paar Gemeinsamkeiten. Was ist mit Maden? Hast du je Maden gegessen?«

»Nein, du etwa?«

»Ich war viel im Einsatz in Gemeinden der Aborigines, und so habe ich auch schon ziemlich seltsame Lebensmittel probiert.«

»Zum Beispiel?«, fragte Marcus mit makabrem Interesse.

»Na ja, zum Beispiel eben Witchetty-Maden.«

»Billy-Ray isst die auch«, sagte Marcus.

»Flughund im Palmenblatt gekocht?«, sagte Lyle. »Sehr schmackhaft.«

»Ist ein Flughund nicht eine Art Fledermaus?«, fragte Marcus ungläubig.

»Stimmt genau. Gebratene Fledermaus ist gar nicht so übel, mein Sohn, vor allem die knusprigen Flügelchen schmecken köstlich.« Lyle lachte, und Marcus stimmte ein, es klang wie Musik in Lyles Ohren.

Auf einmal fiel Lyle ein, dass er Marcus ohne alle Mühe *Sohn* genannt hatte. Sie schwiegen eine Weile, dann sah Lyle Marcus an. Er lächelte, drehte sich dann aber schüchtern wieder weg. Diese Beziehung war so neu für sie beide. Lyle war klar, es würde eine Weile dauern, bis sich Marcus in seiner Gegenwart wirklich wohlfühlte. Aber das war in Ordnung. Sie hatten Zeit. Alle Zeit der Welt.

»Hast du viel zu tun in den Gemeinden der Aborigines?«, erkundigte sich Marcus.

»In der Vergangenheit ja, aber ich werde Dr. Tennant bitten, vermehrt die Flüge übernehmen zu dürfen, die mich nach Winton führen. So können wir zwei mehr Zeit miteinander verbringen. Würde dir das gefallen?«

»Ja, das wäre richtig toll«, antwortete Marcus aufrichtig. »Und wenn du Zeit hast, würde ich es schön finden, wenn du mir bei meinen Prüfungen helfen könntest. Ich habe eine Klasse übersprungen wegen meiner guten Leistungen, deshalb wird es schwer. Wenn ich nächstes Jahr anständig abschneide, dann sind meine Zensuren vielleicht gut genug für die Hochschule, eventuell sogar für ein Medizinstudium. Das heißt, natürlich nur, wenn du willst … und wenn du Zeit hast.« Aldo war praktisch Analphabet, und er hatte nie Interesse daran gehabt, an dem Zustand etwas zu ändern.

»Nichts wäre mir lieber, deshalb werde ich mir die Zeit auf jeden Fall nehmen«, antwortete Lyle.

Marcus war hocherfreut.

»Lyle! Wir müssen weiter, es gibt einen Notruf.« Der Pilot, mit dem er an diesem Abend Bereitschaftsdienst hatte, rief nach Lyle. Er hatte inzwischen ein paar Kinder zusammengetrommelt, die die Kängurus von der Startbahn vertreiben sollten, damit sie starten konnten.

»Ich muss los, aber ich habe unser Gespräch wirklich genossen«, sagte Lyle und stand auf.

»Ich auch«, meinte Marcus und erhob sich ebenfalls.

»Hast du dich schon entschieden, wie du mich nennen willst?«

Marcus wurde rot und sah auf den Boden.

»Denk drüber nach, und lass dir Zeit damit. Es wäre schön, wenn du mich Dad nennen könntest, aber wenn dir das nicht recht ist, dann sag ruhig Lyle zu mir.«

»Lyle! Echt? Es würde dir nichts ausmachen, wenn ich dich Lyle nenne?« Marcus war verblüfft. Er fand es wirklich schön, wie Lyle ihn behandelte, beinahe wie einen Erwachsenen. Er kam sich irgendwie besonders dabei vor.

»Das liegt ganz bei dir«, sagte Lyle.

Marcus nickte. »Ich denk drüber nach«, versprach er.

»Bist du so weit, Lyle?«, fragte der Pilot.

»Ja, ich komme«, rief Lyle zurück. Er sah Marcus an. »Wir sehen uns bald wieder, mein Sohn«, sagte er und legte ihm die Hand auf die Schulter, ehe er wegging.

»Bis bald dann, Dad«, rief Marcus ihm hinterher.

Lyle drehte sich um und winkte. Ein Stein war ihm vom Herzen gefallen. Er hätte nie gedacht, dass er dieses Wort je wieder hören würde. Er war glücklich und traurig zugleich, denn er dachte an Jamie.

Marcus lächelte und winkte und rannte dann zurück zur Party. Er musste sofort seine Mutter suchen.

44

In der Stille des Outback war der Motor der *Victory* je nach Windrichtung aus bis zu fünf Meilen Entfernung zu hören. Wann immer Marcus das unmissverständliche Summen hörte, raste er zur Landebahn hinter dem Krankenhaus und suchte den blauen Himmel nach dem Flugzeug ab. Sobald sich die Maschine als winziger Fleck fern am Horizont zeigte, lächelte er breit und wartete, bis sein Vater wieder sicher auf dem Boden war.

Aus den Wochen wurden Monate, und aus den Monaten wurde ein Jahr, und Vater und Sohn kamen sich immer näher. Abgesehen von Deirdre und Neil Thompson, mit denen Lyle sich eng angefreundet hatte, wusste kaum einer in der Stadt, dass Marcus und Lyle miteinander verwandt waren. Es kam wie in jedem kleineren Ort zu Spekulationen, doch Elena weigerte sich, zu irgendwelchen Gerüchten Stellung zu nehmen, und so nahm die Mehrheit der Einwohner an, dass sich Lyle nach dem Schicksal, das den Vater des Jungen getroffen hatte, einfach besonders um Marcus kümmerte. Und Lyle konnte sein Schicksal endlich annehmen. Marcus füllte die Lücke in seinem Herzen, die Jamie hinterlassen hatte, beglückt stellte er fest, dass es etliche Ähnlichkeiten zwischen den beiden Jungen gab.

Marcus entwickelte sich zu einem selbstständigen jungen Mann. Allen fiel auf, wie sehr er an Selbstsicherheit gewonnen hatte, vor allem seine Familie bemerkte das. Er war reifer geworden und mittlerweile fast so groß wie Lyle.

Anfang 1934 standen für Marcus die Abschlussprüfungen an der Schule an. Er hatte beschlossen, Arzt zu werden und in die

Fußstapfen von Vater und Großvater zu treten. Lyle war begeistert und sehr stolz. Er verbrachte so viel Zeit, wie er konnte, mit seinem Sohn und half ihm beim Lernen, damit er die bestmöglichen Zensuren bekam und an einer guten Medizinischen Hochschule zugelassen wurde.

Elena war hocherfreut darüber, dass Marcus sich dazu entschieden hatte, Medizin zu studieren, aber es brach ihr das Herz, dass er nun von zu Hause fortgehen würde. Marcus' Abwesenheit würde in ihrem Herzen und in ihrem Leben eine riesige Leere hinterlassen, sie war jedoch fest entschlossen, sich ihren Kummer nicht anmerken zu lassen. Sie lächelte, wenn er von seinen Plänen erzählte, und ermutigte ihn, seine Träume zu verwirklichen.

Lyle sah Elena beinahe so oft, wie er sich mit Marcus traf, und sie freute sich genauso sehr wie ihr Sohn auf Lyles Besuche. Von ihrem Leben zu Hause erzählte sie kaum etwas, doch er vermutete, dass es nicht gerade leichter wurde. Marcus wohnte immer noch bei seinen Großeltern, und Lyle war dankbar dafür, dass Elena Dominic und Maria bei sich zu Hause hatte. Nur ihre Arbeit im Krankenhaus ermöglichte es ihr, zeitweise der seelischen Grausamkeit, die sie von Aldo zu erdulden hatte, zu entfliehen.

Aldo wurde, wenn das überhaupt möglich war, noch verdrießlicher. Er quälte Elena, wann immer er konnte. Es behagte ihm nicht, dass ihre Arbeit ihr Spaß zu machen schien, er war überzeugt davon, dass ihre einzige Freude die im Krankenhaus mit Lyle verbrachte Zeit war. Es ärgerte ihn auch, wenn sie im Haus ihrer Eltern Zeit mit Marcus verbrachte. Doch auch wenn sie bei ihm zu Hause blieb, war er missmutig oder er beachtete sie gar nicht. Lud man ihn zu Familientreffen ein, weigerte er sich, mitzukommen. Schließlich fragte Elena ihn gar nicht mehr, aber auch das war falsch. Was immer sie machte, war falsch.

Aldos Verdrießlichkeit machte sich auch in seiner äußeren Erscheinung bemerkbar. Er war so ungepflegt, dass Elena inzwischen froh war, dass er das Haus nicht mehr verließ. Selbst für den Garten oder für die Hühner brachte er kein Interesse auf, Elena musste sich um alles allein kümmern. Es gab Momente, in denen sie so unglücklich war, dass sie sich wünschte, sie hätte Aldo auf der Farm gelassen.

Dominic und Maria bekamen natürlich mit, was Elena durchmachte, aber sie litten nicht so sehr unter der Verbitterung ihres Vaters wie sie. Die beiden stritten sich immer noch häufig, aber ihr Lärm füllte wenigstens die bedrückende Stille im Haus, und so ließ Elena sie gewähren. Maria war jetzt dreizehn Jahre alt und zeigte Interesse am Beruf der Krankenschwester. Deirdre war Lehrschwester geworden und wollte Maria zur Ausbildung annehmen, wenn sie fünfzehn war. Sie ermutigte das Mädchen, bis dahin an den Wochenenden freiwillige Dienste im Krankenhaus zu verrichten, was Maria freudig tat.

Luigi hatte gehofft, Dominic hätte Interesse an der Fleischerei und würde eines Tages sein Geschäft übernehmen, denn er war nicht einmal annähernd so gut in der Schule wie Marcus. Doch Dominic hatte andere Vorstellungen. Er hatte einen Freund, dessen Vater Schafscherer war. Der hatte eines Tages in der Schule von Winton das Schafscheren demonstriert und den Kindern erzählt, er reise durch ganz Australien und verdiene sehr gut. Das weckte Dominics Interesse. Elena ermutigte ihn, den Beruf des Schafscherers anzustreben, denn sie wünschte ihm sehr, dass er seinen Horizont in irgendeiner Weise erweiterte. Sie hätte sich darüber gefreut, wenn er irgendwann das Geschäft ihres Vaters übernommen hätte, aber wichtiger war ihr, dass er aus Winton und von Aldo fortkam. Und Marias Ausbildung zur Krankenschwester sah sie als Möglichkeit, dass ihre Tochter eines Tages eine Stelle in einem Großstadtkrankenhaus annahm. Elena wollte, dass ihre Kinder etwas aus ihrem Leben machten und dass es ihnen einmal besser erging als ihr.

Eines Tages, Elena hatte gerade ihre Schicht begonnen, kam Lyle mit einem Patienten ins Krankenhaus. Elenas Herz klopfte, wie immer wenn sie ihn sah. Jetzt, da sie sich häufiger begegneten, gerieten ihre Gefühle immer öfter ins Wanken. Sie wusste, dass sie das nicht zulassen durfte, solange Lyle jedoch nicht wieder verheiratet war, gestattete sie sich gelegentlich, sich ihren Träumen hinzugeben. Zu gerne würde sie ihn fragen, warum er und Alison sich noch nicht fest gebunden hatten. Aus gelegentlichen Bemerkungen Lyles zog sie den Schluss, dass die Beziehung zwischen den beiden recht kompliziert war, da sie ganz unterschiedliche Interessen hatten und Alison immer von Unruhe und Abenteuerlust getrieben war. Als Lyle Elena jetzt begrüßte, nahm sie sich ein Herz und fragte ihn geradeheraus.

»Wie geht es dir und Alison? Habt ihr vor, eure Heiratspläne bald zu verwirklichen?«

»Meine Scheidung ist erst seit ein paar Wochen durch«, erklärte Lyle.

»Ich dachte, das wäre schon passiert, nachdem Millie wieder abgereist ist«, sagte Elena überrascht.

»Millies Anwalt hatte da andere Vorstellungen. Ich hatte angeboten, sie könne das Haus in Dumfries haben, aber das reichte ihm nicht. Er wollte für sie außerdem einen Anteil aus den Einkünften der Praxis, die ich eröffnet hatte, aber dagegen habe ich mich gewehrt, weil meine Kollegen, die die ganze Arbeit gemacht haben, darauf mehr Recht haben.« Er hatte gehört, dass Millie nach ihrem unerfreulichen Gespräch mit dem nächstmöglichen Zug, den sie buchen konnte, zur Küste gefahren war, von wo aus sie, wie er vermutete, das erste Schiff genommen hatte, das sie wieder nach Großbritannien zurückbrachte.

»Die Scheidung ist seit einigen Wochen durch, aber ihr seid immer noch nicht verheiratet?«, fragte Elena. Alison musste es allmählich leid sein zu warten.

»Wir hatten einfach noch nicht die Zeit, die Hochzeit zu organisieren. Alison ist immer so beschäftigt, und ich verbringe meine gesamte Freizeit in Winton mit Marcus.« Einer der Piloten, der für die Fliegenden Ärzte arbeitete, hatte eine Freundin in Winton, sodass die beiden Männer sich so oft wie möglich freimachten, um nach Winton zu kommen. »Ich nehme an, wenn Marcus zum Medizinstudium fortgeht, werde ich wieder mehr in Cloncurry sein, und dann werden wir die Formalitäten erledigen.«

Elena spürte einen Stich der Eifersucht. Sie würde seine Besuche schrecklich vermissen. Und während sie der Tatsache ins Auge sah, dass sie ihn bald nicht mehr wiedersehen würde, wurde ihr klar, was sie sich so lange Zeit nicht erlaubt hatte zu denken: Lyle, nur Lyle war der Grund dafür, dass sie jeden Tag mit Aldo durchstand.

Im Mai 1934 bekam Marcus per Post seine Prüfungsergebnisse. Er hatte mit Auszeichnung bestanden und war von der Medizinischen Hochschule in Brisbane angenommen worden. Kaum hatte er den Brief mit der Bestätigung erhalten, rief er aufgeregt Lyle über Funk an. Dann erzählte er es seiner Mutter. Elena regte sich nicht darüber auf, dass sie es nicht als Erste erfahren hatte, denn schließlich war es ja Lyle gewesen, der Stunden über Stunden mit ihm gelernt hatte.

Luigi und Luisa beschlossen, die Glanzleistung ihres Enkels am darauffolgenden Sonntagnachmittag mit einer Barbecue-Party zu feiern. Marcus sagten sie, er könne einige Freunde einladen, aber als Erstes lud er seinen Vater ein.

Als der Sonntag kam, nahm Elena mit leiser Überraschung zur Kenntnis, dass Lyle in Begleitung von Alison eintraf. Sie kam ihr irgendwie verändert vor, aber es war das erste Mal seit fast einem Jahr, dass sie sie wiedersah, und so wunderte Elena das nicht besonders.

»Ist heute kein Tennis- oder Schwimmturnier, Alison?«, fragte sie.

»Ich habe mein Tennismatch abgesagt, weil ich heute hier sein wollte«, erwiderte Alison. »Ich dachte, ich sollte Lyle unterstützen. Aber ich habe noch einen Grund, hier zu sein – wir wollen mitteilen, dass wir ein Datum für die Hochzeit festgesetzt haben, endlich. Wir werden im Juni heiraten. Wir hätten es gern früher gemacht, aber ich will eine Hochzeitsreise, und Reverend Flynn findet vorher keine Vertretung für uns.«

Es ergab sich ein verlegenes Schweigen. Luisa sah Elena an, und Elena warf einen verstohlenen Blick erst auf Alison, dann auf Lyle. Vielleicht bildete sie es sich ja nur ein, aber sie meinte, dass Lyle sich leicht unbehaglich fühlte.

»Wir wollen nicht vergessen, weshalb wir hier sind, Liebes«, sagte Lyle errötend und legte den Arm um seine Verlobte. »Heute ist Marcus' großer Tag.«

»Ich weiß, aber unsere guten Neuigkeiten können wir ja wohl mitteilen, oder?« In ihrem Ton schwang ein Hauch von Ärger mit.

»Natürlich können Sie das«, meinte Elena. »Das sind wunderbare Neuigkeiten«, fügte sie hinzu und zwang sich, heiter und fröhlich zu klingen. »Herzlichen Glückwunsch.«

Auch wenn sie gewusst hatte, dass der Tag kommen würde, trafen Alisons Worte sie wie ein Schlag in den Magen. Lyle würde Alisons Ehemann werden. Elena merkte, dass sie es nicht länger in der Gesellschaft der beiden aushielt. Sie musste unbedingt allein sein. Rasch entschuldigte sie sich und ging nach draußen. Sie lief über die Straße zu der Bank vor dem Krankenhaus und setzte sich. Wie oft in letzter Zeit war dieser Platz ihr Zufluchtsort gewesen! Es war Sonntag, und so war die Stadt ruhiger als sonst. Es war kaum eine Menschenseele auf der Straßen zu sehen, das einzige Geräusch, das sie hörte, war das Krächzen von Krähen in einem Gummibaum in dem kleinen Krankenhausgarten.

»Geht es dir nicht gut, Elena?«, hörte sie plötzlich Lyles Stimme. Er sah sie besorgt an, dann setzte er sich neben sie.

»Doch, es war nur alles ein bisschen zu viel für mich«, antwortete Elena. Sie vermied es sorgfältig, ihm direkt in die Augen zu schauen, denn er sollte ihre wahren Gefühle nicht erraten. »Ich freue mich einfach so sehr für Marcus.«

»Du wirst unseren Sohn schrecklich vermissen, oder?«

»Ich weiß, es ist gut für ihn, dass er fortgehen kann, aber ja, mein

Leben wird ohne ihn nicht mehr dasselbe sein. Wir standen uns immer so nah, und dieses letzte Jahr ist so wunderschön gewesen. Dafür muss ich mich bei dir bedanken, Lyle. Durch dich hat sich in unserem Leben alles zum Besseren gewendet. Aber jetzt werde ich auch von dir nicht mehr viel zu sehen bekommen, nicht wahr?«

»Ab und zu werde ich noch mit einem Patienten ins Krankenhaus kommen, Elena.«

Elena glaubte, auch bei Lyle eine leichte Traurigkeit wahrzunehmen. »Du wirst Marcus genauso sehr vermissen wie ich.«

»Ja, aber wir können ab und zu nach Brisbane fliegen und ihn besuchen.« Er hatte seine Worte noch nicht ganz ausgesprochen, da fiel Lyle ein, dass das für Elena wegen Aldo vielleicht nicht möglich wäre. »Ich bin sicher, Marcus kommt dich hier zu Hause besuchen, so oft er kann«, fügte er deshalb schnell hinzu. »Und bestimmt schreibt er häufig.«

»Ich habe mich in meinem Leben eingerichtet, Lyle. Und jetzt wird alles anders.«

Lyle wusste genau, wie viel Freude Marcus in Elenas Leben gebracht hatte. Er wusste auch, dass Marcus ein Ausgleich für einen großen Teil des Kummers war, den Aldo seiner Frau bereitete. Lyle rutschte näher an Elena heran und legte ihr den Arm um die Schultern. Sie wollte nichts lieber, als sich an ihn lehnen und weinen, aber sie tat es nicht.

»Du hast ja noch Dominic und Maria, die werden dich auf Trab halten«, sagte Lyle.

»Ja, bis sie groß sind und auch wegziehen«, erwiderte Elena. Sie konnte sich gar nicht vorstellen, wie ihr Leben aussähe, wenn die beiden auch weg wären.

Lyle ertrug es kaum, Elena so traurig zu sehen. Er ertappte sich dabei, wie er sich wünschte, es wäre alles anders, sie wären beide immer zusammen gewesen, aber solche Gedanken musste er sich schnell wieder verbieten, sie führten zu nichts. Das Leben war für sie nicht wie erhofft verlaufen, und daran konnte man nichts ändern.

»Lyle!«, rief Alison. Sie stand im Vorgärtchen des Hauses der Fabrizias und schaute zu ihnen herüber.

»Du gehst jetzt wohl lieber«, sagte Elena.

»Ich komme«, rief Lyle. Er stand auf. »Ist auch wirklich alles in Ordnung mit dir?«, fragte er Elena zärtlich.

»Ja, es ist alles in Ordnung«, log Elena. »Ich komme gleich auch.«

Sie sah Lyle nach, wie er zu seiner Verlobten zurückging, die ihn besitzergreifend unterhakte, als sie wieder ins Haus gingen. Elena wusste, es käme eine Zeit, in der sie Lyle kaum noch sehen würde. Sie würde ihn so schmerzlich vermissen, aber das durfte sie ihm nicht sagen. Wieder einmal spürte sie ihre Einsamkeit so sehr, dass es sie körperlich schmerzte. Warum nur war es ihr nicht vergönnt, Frieden zu finden?

Der Tag von Marcus' Abreise nach Brisbane war einer der schrecklichsten, die Elena je erlebt hatte. Lyle kam mit Alison nach Winton, um ihn abzuholen. Sie hatten vor, Marcus mit der *Victory* nach Townsville zu fliegen. Von da konnte er mit dem Zug nach Brisbane fahren. Lyle fragte Elena, ob sie mit ihnen nach Townsville komme wolle, aber sie lehnte ab. Sich zu verabschieden war schon schwer genug, ihn auch noch ein Stück zu begleiten hätte sie nicht ertragen. Und sie hatte Marcus versprochen, dass sie nicht weinen würde.

Elena küsste und umarmte ihren Sohn auf der Landebahn hinter dem Krankenhaus, dann startete Alison die Maschine. Kaum war das Flugzeug in der Luft, fing Elena an zu schluchzen. Luisa, die sie bei der Verabschiedung begleitet hatte, nahm ihre Tochter gleich mit zu sich nach Hause und kochte ihr einen Tee, in den sie einen kräftigen Schuss Whisky goss. Elena gab sich ihrem Kummer hin. Wieder einmal begann ein neuer Abschnitt in ihrem Leben.

Die nächsten Monate ging Elena jeden Tag zur Post, um nachzusehen, ob ein Brief von Marcus gekommen war. Hatte er ihr geschrieben, konnte sie den Umschlag gar nicht schnell genug öffnen, um von seinen Neuigkeiten zu erfahren. Meist las sie Marcus' Briefe wieder und wieder, bis er erneut schrieb. Er hatte sich an der medizinischen Fakultät eingerichtet und offenbar viele Freundschaften geschlossen. Er schrieb, er liebe Brisbane, es sei so anders als Winton. Elena hörte heraus, dass die Stadt und sein neues Leben ihn beeindruckten, und sie hatte eine Ahnung, dass er sich in einem Ort wie Winton wohl nie wieder wohlfühlen würde. Er erwähnte Lyle oft und schrieb, wie sehr er ihn vermisse. Immer wieder einmal bat er Elena, Lyle zu grüßen oder ihm etwas Interessantes auszurichten, obwohl er ihm auch Post zukommen ließ.

Lyle brachte nur alle paar Wochen einen Patienten nach Winton. Seine Besuche waren meist sehr kurz. Er und Elena sprachen ein paar Minuten miteinander, dann mussten er und Alison auch schon wieder los, weil ein weiterer Notruf eingegangen war oder sie aus irgendeinem anderen Grund schnell nach Cloncurry zurückkommen sollten.

Eines Nachts, als Elena von der Arbeit nach Hause kam, stand Dominic aufgeregt an der Tür, wo er auf sie gewartet hatte.

»Mamma, du musst mal nach Papà sehen«, sagte er aufgeregt. »Er stöhnt so seltsam. Und das schon seit ein paar Stunden.« Verängstigt schaute der Junge seine Mutter an. »Was ist nur los mit ihm, Mamma?«, fragte er. »Er wird doch nicht sterben, oder?«

»Nein, natürlich nicht«, versicherte ihm Elena, aber Sorgen machte sie sich doch. »Vielleicht hat er nur Bauchweh.«

Sie schickte Dominic ins Bett und versprach ihm, sich um seinen Papà zu kümmern.

Aldo lag im Bett, als Elena hereinkam, und sie erschrak. Er sah furchtbar krank aus.

»Was ist mit dir?«, fragte sie. »Hast du Schmerzen?«

Wie erwartet fertigte Aldo seine Frau mürrisch ab. »Kümmer dich um deinen eigenen Kram!«, maulte er. »Lass mich in Ruhe.«

Am nächsten Morgen, Aldo hatte die ganze Nacht gestöhnt und kaum geschlafen, lief Elena ins Krankenhaus, um Neil zu bitten, nach ihm zu sehen. Er kam gleich mit ihr.

»Aldos Aussehen wird Sie erschüttern«, warnte sie ihn, als sie zu ihrem Haus gingen.

»Ich nehme an, er wird an Muskelmasse verloren haben, Elena«, sagte Neil. »Das ist durchaus normal.«

»Das ist nicht alles«, erwiderte Elena. »Aldo hat sich auch in anderer Hinsicht verändert.« Elena machte sich Sorgen, Neil könne womöglich denken, sie habe ihren Mann vernachlässigt und wollte ihn deshalb auf seinen Anblick vorbereiten.

»Was meinen Sie, Elena?«

»Seit er von der Farm in die Stadt gezogen ist, hat er sich die Haare nicht schneiden und sich auch nicht rasieren lassen«, fügte sie hinzu.

Neil war überrascht. »Sie sind vor ungefähr zwei Jahren umgezogen, oder?«

»Stimmt. Er erlaubt mir nicht, ihn zu waschen, und er will auch nicht zu Tony in den Laden. Tony hat angeboten, ins Haus zu kommen, als ich ihm erzählte, dass Aldo dringend einen Haarschnitt und eine Rasur brauche. Ich habe das gerne angenommen, aber kaum war Tony zur Tür hereingekommen, warf Aldo einen Stiefel nach ihm. Also ging er wieder. Er hat geschworen, sich nie mehr bei uns blicken zu lassen.«

Trotz der Vorwarnung war Neil schockiert, als er Aldo sah. Aldos Haare hingen ihm bis über die Schultern, sie waren strähnig und schmutzig. Er war vollkommen ergraut. Sein Bart reichte ihm bis auf die Brust. Der Oberkörper war eingefallen, die Gesichtszüge verhärmt. Neil sorgte sich um Aldos körperliche Gesundheit, aber mehr noch beunruhigte ihn die seelische Verfassung des Mannes.

»Was wollen Sie hier?«, brüllte Aldo, als Neil ihn begrüßen wollte. »Verschwinden Sie! Ich brauche keinen Arzt.«

Neil ignorierte die heftigen Proteste Aldos und schob ihn im Rollstuhl unverzüglich ins Krankenhaus. Auf dem ganzen Weg dorthin fluchte Aldo laut. Die Leute, die ihn seit Jahren nicht mehr gesehen hatten, blieben mit offenem Mund auf der Straße stehen. Elena war das peinlich, aber sie hielt den Kopf oben und folgte Neil und ihrem Mann schweigend.

»Sie brauchen eine medizinische Untersuchung«, sagte Neil zu Aldo. »Und die bekommen Sie jetzt, ob Sie wollen oder nicht.«

Als Aldo Neil zu schlagen versuchte, während der ihn mithilfe einer Schwester auf eine Untersuchungsliege legte, drohte der Arzt damit, ihm ein Beruhigungsmittel zu verabreichen. Das hielt ihn still.

Es dauerte einige Stunden, bis alle Untersuchungen abgeschlossen waren. Neil kam mit dem Ergebnis ins Untersuchungszimmer zurück und bat auch Elena dazu.

»Die Diagnose steht jetzt fest, Mr. Corradeo«, sagte Neil. »Sie haben Nierensteine. Das Beste wäre, Sie ließen sich bald operieren. Damit ist nicht zu spaßen.«

Aldo begehrte sofort wieder auf. »Ich brauche keine Operation!«, brüllte er.

»Ich rate Ihnen aber dringend dazu«, sagte Neil. »Es kann im Krankenhaus von Winton gemacht werden. Besser wäre es allerdings, wenn Sie nach Townsville in ein größeres Hospital gingen.«

»Ich gehe nirgendwohin«, schnauzte Aldo Neil an. Auf der Stelle hätte er das Krankenhaus verlassen, hätte Neil ihm nicht den Rollstuhl weggenommen.

»Ich kann Sie zu der Operation nicht zwingen, Aldo, aber Sie werden dauerhaft Schmerzen haben, wenn Sie nichts machen lassen. Eine Nierenbeckenentzündung könnte ebenfalls eine Folge sein.«

»Die Schmerzen verschwinden schon wieder. Sie kommen und gehen, das ist schon eine ganze Zeit lang so«, sagte Aldo.

Neil bat Elena hinaus auf den Korridor. »Wenn er sich nicht operieren lässt, werden die Schmerzen bald so schlimm, dass Aldo es sich noch anders überlegen könnte«, erklärte er. »Vor allem, wenn er nicht mehr Wasser lassen kann. Auf jeden Fall behalten wir ihn ein paar Tage hier. Gehen Sie nach Hause, und holen Sie ihm ein paar saubere Sachen. Ich sorge dafür, dass jemand bei ihm ist.«

Elena war gerade gegangen, als ein Flugzeug der Fliegenden Ärzte kam und einen Patienten brachte. Lyle hatte Mick Crawley, einen früheren Nachbarn von Aldo und Elena, dabei. Mick hatte sich mit dem Fuß im Steigbügel verfangen, als er von seinem Pferd steigen wollte. Als er stolperte, scheute das Pferd, und Micks Knöchel war gebrochen. Da Dr. Rogers seinen freien Tag hatte, war nur Neil da, der sich um Micks Knöchel kümmern konnte. Er schickte Deirdre zu Aldo.

»Lassen Sie ihn besser nicht allein«, sagte er. »Er ist vielleicht nicht ganz zurechnungsfähig, wenn er eine neue Schmerzattacke hat. Am besten, wir lassen ihn vorerst hier im Untersuchungszimmer liegen, da kann er niemand anderen belästigen.«

Deirdre schlug Aldo vor, ihn zu baden, aber davon wollte er nichts wissen. Er weigerte sich, ihr zu erlauben, ihn anzufassen, erst recht, ihn auszuziehen, und verlangte, sie solle ihm seinen Rollstuhl wiedergeben.

»Ich fahre nach Hause«, fuhr er sie an.

»Sie können erst nach Hause, wenn Dr. Thompson das genehmigt«, informierte ihn Deirdre.

»Dessen Erlaubnis brauche ich nicht, Sie dumme Person«, schrie Aldo. »Und jetzt holen Sie mir auf der Stelle meinen Rollstuhl.«

Lyle hörte das Geschrei und kam über den Flur in Aldos Zimmer gerannt.

»Ist alles in Ordnung hier?«, fragte er Deirdre von der Tür her. Er sah Aldo an, aber er erkannte ihn nicht.

»Ja, Dr. MacAllister«, sagte Deirdre und kam auf ihn zu. »Ich hole Mr. Corradeo eine Tasse Tee. Das beruhigt ihn vielleicht ein bisschen.« Sie verdrehte die Augen, als sie an Lyle vorbei auf den Korridor trat.

Mr. Corradeo! Ungläubig starrte Lyle Aldo an. Der sah wütend zurück. Lyle konnte kaum glauben, wie sehr sich sein Zustand verschlimmert hatte.

Aldo fiel Lyles Gesichtsausdruck auf. Der Doktor sah ihn bestürzt an, genauso hatte Neil ausgesehen. Er kam sich wie ein Monster vor, und das machte ihn nur noch wütender.

»Weiß denn jeder hier, was zwischen meiner Frau und Ihnen abläuft?«, fragte Aldo bösartig.

Lyle versuchte, sein Entsetzen zu verbergen, sein Entsetzen über Aldos äußere Erscheinung und über die Verdächtigung, die er ausgesprochen hatte. »Elena und ich haben einen Sohn zusammen. Das ist alles«, sagte er.

»Und Sie haben nichts Eiligeres zu tun, als mir das mitten ins Gesicht zu sagen«, spie Aldo aus.

»So ist das nicht, ich erwähne lediglich eine Tatsache, den Grund dafür, dass etwas uns verbindet«, erklärte Lyle.

»Das etwas Sie *verbindet* ... so nennen Sie das also«, meinte Aldo sarkastisch. »Ich kann mich wegen euch beiden in dieser Stadt nicht mehr auf der Straße blicken lassen. Und dann kommen Sie her und prahlen noch mit Ihrer Beziehung zu meiner Frau. Sie haben mich zum Gespött der ganzen Stadt gemacht. Alle reden hinter meinem Rücken über mich. Alle haben Mitleid mit mir. Haben Sie überhaupt eine Ahnung, wie ich mich dabei fühle?«

Lyle konnte kaum glauben, dass Aldo ihre Situation so sah. »Ich bin sicher, das stimmt so nicht«, sagte er. Aber Aldo bot nun wirklich einen bemitleidenswerten Anblick. Wie konnte man da nicht Mitleid mit ihm haben?

»Natürlich stimmt das. Was tauge ich schon als Ehemann? Ich kann meine Familie nicht versorgen. Ich kann mich nicht mal um mich selbst kümmern. Ich kann Dominic und Maria kein Vater sein. Und ich kann auch nicht das Einzige sein, was ich je sein wollte. Farmer!« Lyle fehlten die Worte. »Und meine Frau ist in Sie verliebt.«

»Das stimmt doch gar nicht«, konterte Lyle.

»Mich liebt sie jedenfalls nicht. Sie hasst mich. Ich bin sicher, sie wünscht sich, ich wäre tot.«

»Natürlich wünscht sie sich so etwas nicht«, erwiderte Lyle.

»Meine Frau kann sich nicht von diesem Krankenhaus fernhalten, und von Ihnen auch nicht. Wieso laufen Sie nicht einfach mit ihr auf und davon, dann hat endlich alles ein Ende? Stattdessen macht ihr zwei einen kompletten Idioten aus mir.« Aldos Stimme wurde plötzlich brüchig, so erregt war er.

Lyle war irritiert. Aldos Kummer anzusehen war herzzerreißend. Die ganze Zeit hatte er Mitleid mit Elena gehabt, weil sie mit diesem verbitterten Mann zusammenleben musste, aber jetzt sah er, was aus dem früher einmal so stolzen Farmer geworden war. Er fühlte sich ungeheuer schuldig. Er war so glücklich darüber gewesen, dass er Marcus in seinem Leben hatte, und dabei hatte er kaum je einmal an Aldo gedacht und an das, was er verloren hatte.

»Das war mir nicht klar«, murmelte Lyle. »Ich werde nicht wieder nach Winton kommen. Darauf gebe ich Ihnen mein Wort.«

Er drehte sich um und verließ das Krankenhaus, entschlossen, Wort zu halten.

Durchs Fenster sah Aldo das Flugzeug starten. Zum ersten Mal seit langer, langer Zeit lächelte er. Endlich zahlte er Elena heim, dass sie ihn so gemein belogen hatte.

EPILOG

1939

Zum ersten Mal seit Jahren kam Elena aus Winton heraus, und auch, wenn sie voller Vorfreude war, empfand sie doch eine unsinnige Angst. Sie hatte ihre Kinder ermutigt, in die große, weite Welt hinauszugehen und Entdeckungen zu machen, aber aus irgendeinem Grund hatte sie selbst nie die Gelegenheit gehabt, das Gleiche zu tun. Jetzt hatte sie den denkbar besten Grund zum Verreisen, und es hatte Wochen gedauert, ehe sie den Mut dazu aufbrachte.

Sie fuhr nach Brisbane, wo Marcus gerade sein Examen an der medizinischen Fakultät gemacht hatte. Die Reise würde zwei Tage dauern und sich über fast neunhundert Meilen erstrecken. Sie würde Orte wie Longreach, Charleville, Roma, Dalby und Toowoomba passieren, ehe sie Brisbane erreichte.

Bei jedem Halt des Zuges schaute Elena in kindlicher Verwunderung durchs Zugfenster auf die Städte und verglich sie mit Winton. Zwischen Winton und Charleville veränderte sich die Landschaft kaum, und Elena dachte, es sehe überall in Australien gleich aus, aber kaum war der Zug durch Roma gefahren, stand die Landschaft in völligem Kontrast zum Outback.

Der Zug setzte seine Fahrt durch eine atemberaubende Gebirgskette fort, die Great Dividing Range. Er tuckerte über Brücken, die eine Schlucht oder Klamm überwanden, dann wieder schmiegte er sich an einen Berg mit einem spektakulären Wasserfall oder passierte stille Kraterseen, in denen sich der Himmel spiegelte. Immer wieder wurde der Zug von einem Tunnel verschluckt, der durch einen Berg führte, und wenn er auf der anderen Seite herauskam, bot sich eine weitere aufsehenerregende Aussicht. Der drittlängste Gebirgszug der Welt war auch bekannt als die Ostaustralische Kordillere. Er erstreckte sich vom nordöstlichen Zipfel Queenslands gut zweitausend Meilen entlang der gesamten Ostküste Australiens.

Voller Bewunderung bestaunte Elena die Aussicht aus ihrem Zugfenster, entschlossen, die Erinnerung daran für immer im Gedächtnis zu bewahren. Einziger Wermutstropfen war die Tatsache, dass sie diese Reise allein machte und niemanden hatte, mit dem sie die Erinnerung teilen konnte.

In den fünf Jahren, in denen Marcus studiert hatte, war er nur einmal nach Hause gekommen, hatte aber, ohne es je einmal zu versäumen, seiner Mutter jede Woche einen Brief geschrieben. Ein paar Mal hatte er auch über Funk mit ihr gesprochen. Er hatte mit keinem Wort erwähnt, ob er seinen Vater und Alison ebenfalls zu seiner Abschlussfeier eingeladen hatte, doch davon ging Elena aus. Sie hatte vor Langem aufgegeben, sich nach Lyle zu erkundigen, denn es schmerzte zu sehr, wenn sie von ihm hörte. Einige Monate, nachdem Marcus nach Brisbane gegangen war, hatte sie ihn das letzte Mal gesehen. Neil Thompson hatte ihr erzählt, Lyle arbeite nun in sehr entlegenen Gemeinden der Aborigines, in Gebieten wie Normanton und Burketown. Sie wusste nicht, wo er sich gerade aufhielt. Je nachdem, wo er war, konnte es sein, dass man ihn nicht erreichte, aber Elena hoffte für Marcus, dass er an der Examensfeier teilnehmen würde.

Lyle hatte Elena nie erklärt, wieso er seine Besuche in Winton so abrupt eingestellt und sie in der Annahme gelassen hatte, dass sein Eheleben mit Alison ihn in eine gänzlich neue Welt geführt hatte und dass Marcus seine einzige wirkliche Bindung an die Stadt gewesen war.

Zwei Tage vor der Abschlussfeier traf Elena in Brisbane ein, und so hatte sie Gelegenheit, sich etwas Nettes zum Anziehen zu kaufen und sich die Haare machen zu lassen. Sie war überwältigt von der großen Stadt und den vielen Menschen, aber sie genoss die Abwechslung und war voller Vorfreude auf ihren Sohn.

Am Tag der Examensfeier nahm Elena ein Taxi von ihrem Hotel zum Gelände der Medizinischen Hochschule von Brisbane. Viele Menschen, alle ganz aufgeregt vor lauter Vorfreude, hatten sich dort eingefunden. Elena war froh über die Wahl ihrer Kleidung – in dem scharlachroten Kleid mit dem violetten Saum fühlte sie sich selbstsicher und so attraktiv, wie sie sich in all den Jahren zuvor nie gefühlt hatte. Sie hatte sich einen eleganten violetten Hut gekauft und dazu passende Schuhe, die Haare waren frisch gewaschen und onduliert. Elena hoffte, dass Marcus sich wegen seiner Mutter aus Winton, der Stadt im Buschland, nicht schämen würde.

Auf einer großen Rasenfläche vor einer eigens aufgebauten Bühne waren etliche Stuhlreihen aufgestellt worden. Elena setzte sich und wartete auf den Beginn der Feier. Aufgeregt hielt sie Ausschau nach ihrem Sohn. Die Studienabsolventen trugen schwarze Umhänge über weißen Hemden und dazu das typische Barett, es war also nahezu unmöglich, ihn unter all den anderen zu entdecken. Nach und nach füllten sich die Reihen der Zuschauer, denn die Zeremonie sollte bald beginnen.

»Ist der Platz noch frei?«, fragte jemand und deutete auf den leeren Sitz neben ihr.

»Ja«, sagte Elena, den Blick noch immer auf die Studenten gerichtet.

Ein Mann ließ sich auf den Stuhl neben ihr sinken. »Guten Tag, Elena«, sagte er warmherzig.

Elena wandte sich zur Seite. »Lyle!«, rief sie. »Ich habe mich schon gefragt, ob du wohl kommst. Marcus hat mir nichts erzählt.«

»Nichts und niemand hätte mich davon abhalten können, heute hier zu erscheinen«, erwiderte Lyle. »Ich bin so stolz wie noch nie zuvor in meinem Leben.« Sein breites Lächeln und seine funkelnden Augen waren ein sichtbares Zeichen dafür.

»Mir geht es genauso«, sagte Elena und erwiderte sein warmherziges Lächeln.

»Du siehst wunderschön aus«, sagte er. Wieder schlug die Erinnerung wie ein Peitschenhieb auf ihn ein. Er war nicht darauf vorbereitet gewesen, Elena in Brisbane anzutreffen. Und jetzt fühlte er sich erneut in die Zeit zwanzig Jahre zuvor versetzt.

»Oh, herzlichen Dank«, sagte sie und wurde rot. »Ich hatte gehofft, unseren Sohn nicht in Verlegenheit zu bringen.«

»Er wird sich so sehr freuen, dich zu sehen«, sagte Lyle. Er trug einen dunklen Anzug und ein frisch gebügeltes Hemd nebst Krawatte.

»Du siehst selbst auch gut aus«, sagte Elena. Er hatte gut ausgesehen, als er jung war, aber er war einer der Männer, die im Alter nichts von ihrer Attraktivität einbüßten, sie fand, er war eher immer attraktiver geworden.

»Ich habe jahrelang im Busch gearbeitet, da hatte ich richtig viel Gelegenheit, mich rauszuputzen«, sagte Lyle und lachte.

»Hast du Marcus schon gesehen?«, fragte Elena und suchte zum wiederholten Mal die große Gruppe der Hochschulabsolventen ab.

»Nein, du?« Auch Lyle sah sich um.

»Nein, aber wir werden leichter zu erkennen sein als er. Erinnert dich diese Zeremonie an deinen Abschluss an der medizinischen Fakultät?«

»Ja, aber es bedeutet mir mehr, zu wissen, dass der Absolvent mein Sohn ist. *Unser Sohn.*« Er lächelte und schaute Elena in die Augen. Schmetterlinge begannen in ihrem Bauch zu tanzen. Schnell sah sie weg.

»Wo ist Alison?«, fragte sie dann.

»Keine Ahnung«, antwortete Lyle.

Elena war verwirrt. »Ich … ich verstehe nicht. Wie meinst du das?«

»Kurz nachdem Marcus nach Brisbane fuhr, heiratete Alison ihren Exmann. Das Letzte, was ich hörte, war, dass sie mit ihm nach Neuguinea ging, aber inzwischen können die zwei auch gut wieder was anderes machen, sie waren ja recht abenteuerlustig und hatten beide immer viele ehrgeizige Pläne.«

»Hast du ihren Exmann je kennengelernt?«

»Ja, Bob ist attraktiv, sportlich und sehr reiselustig. Ich war zu ihrer Hochzeit eingeladen, aber ich bin nicht hingegangen. Es wäre womöglich ein Zeichen schlechten Geschmacks gewesen.« Lyle grinste schelmisch.

Elena fiel auf, dass in seiner Stimme nicht einmal eine Spur von Bitterkeit mitschwang. »Tut mir leid, dass es nicht so gekommen ist, wie du erwartet hast, Lyle«, sagte sie, aber dann musste auch sie grinsen. »Also, ehrlich gesagt, so richtig leid tut es mir nicht, denn sie war sowieso nicht die Richtige für dich.«

Lyle stutzte ob dieser Bemerkung, aber dann sah er das Funkeln in Elenas dunklen Augen. »Da könntest du sogar Recht haben.«

»Es steht mir nicht zu, das zu sagen. Aber eigentlich bin ich überrascht, dass sie es überhaupt so lange in Cloncurry ausgehalten hat«, fügte Elena hinzu. »Eine Frau wie sie ist doch immer auf der Suche nach neuen Herausforderungen.«

»Eine Frau wie sie?«, fragte Lyle und zog die Augenbrauen hoch.

»Eine so emanzipierte Frau, eine so abenteuerlustige Frau.«

»Oh, so meinst du das. Aber eigentlich ist sie doch zu ihrer alten Herausforderung zurückgekehrt, oder?«, sagte Lyle, und beide mussten sie lachen.

Nach einer Weile wurde Lyle wieder ernst. »Ich bin ganz zufrieden so allein«, sagte er tapfer. »Inzwischen bin ich daran gewöhnt.«

Auch wenn er sich die größte Mühe gab, überzeugend zu wirken, spürte Elena, dass er nicht ganz ehrlich war. Sie sah Einsamkeit in seinen Augen. Es war dieselbe Einsamkeit, die sie seit etlichen Jahren schon spürte. »Man kann mit vielem zufrieden sein, doch das Alleinsein hat auch seine Schattenseiten«, sagte sie.

Lyle wusste genau, was sie meinte. »Wie geht es Aldo?«, fragte er dann.

»Er ist vor drei Jahren gestorben. Er hatte Nierensteine, aber er war zu dickköpfig, um sie sich herausnehmen zu lassen. Neil hat ihn davor gewarnt, was passieren würde, aber er hat einfach nicht auf ihn gehört.«

Lyle bezeugte Elena sein Beileid. Aldo war kein guter Mensch gewesen, aber ganz kalt ließ ihn sein Tod dennoch nicht.

In diesem Moment bat der Dekan der Medizinischen Hochschule um Aufmerksamkeit und Ruhe, denn die Zeremonie sollte beginnen. Nach einer feierlichen Ansprache erhielten die Absolventen ihre Urkunden. Jeder einzelne Name wurde aufgerufen, und Lyle und Elena warteten ungeduldig auf den Namen ihres Sohnes. Als er endlich aufgerufen wurde, griff Lyle nach Elenas Hand. Sie waren beide so stolz und glücklich. Selbst Lyle hatte vor Rührung Tränen in den Augen. Es war ein ganz besonderer Tag, und sie durften ihn miteinander verbringen. Nachdem Marcus sein Zeugnis erhalten hatte, applaudierten sie, bis ihnen die Hände wehtaten.

Nach der Zeremonie kam Marcus aufgeregt auf seine Eltern zu. Elena umarmte ihn und küsste ihn, und sein Vater schüttelte ihm die Hand und umarmte ihn dann ebenfalls voller Zärtlichkeit.

»Wir sind ja so stolz auf dich, Marcus«, sagte Elena enthusiastisch.

»Danke, Mamma.« Er musterte sie. »Mann, du siehst absolut klasse aus«, sagte er bewundernd. »Ich denke, keiner meiner Kommilitonen wird mir glauben, dass du alt genug bist, um meine Mutter zu sein.«

Elena wischte das Lob mit einer Handbewegung beiseite, aber sie fühlte sich so gut dabei.

»Sie sieht wirklich hinreißend aus«, fügte Lyle hinzu und strahlte Elena an.

Als er sie das letzte Mal gesehen hatte, war sie abgemagert und so angespannt gewesen, aber inzwischen hatte sie ein bisschen zugenommen, und die Verhärmtheit war aus ihrem Gesicht gewichen. Schmerzlich wurde ihm bewusst, dass es vielleicht einen neuen Mann in ihrem Leben gab.

»Danke, dass du den weiten Weg nach Brisbane gekommen bist, Dad«, sagte Marcus glücklich. »Brisbane ist ein ganzes Stück weg von Weipa, ich weiß das also wirklich zu schätzen.«

»Und wenn ich am anderen Ende der Welt gewesen wäre, ich wäre trotzdem gekommen, Marcus. Nie war ich so stolz auf dich wie heute, und ich weiß, auch dein Großvater wäre stolz.« Lyle wünschte, sein Vater hätte diesen Tag mit ihnen teilen können. Er hoffte, er schaute von oben auf sie herab.

»Danke, Dad. Ohne deine Hilfe hätte ich das nicht geschafft, und ohne deine Hilfe auch nicht, Mamma. Ich hätte nicht einmal zu träumen gewagt, dass ich Medizin studieren könnte. Aber ihr habt beide an mich geglaubt, und das gab mir den Mut, das anzugehen.«

»Du hattest immer schon die Fähigkeit in dir, einmal etwas Großes zu vollbringen«, sagte Elena.

»Und ich habe weiter nichts getan, als dich in die richtige Richtung zu lenken«, sagte Lyle. »Ich möchte dich und deine Mutter gern zu einem Festessen einladen.«

»Äh …« Marcus geriet ins Stottern, dann warf er einen Blick zurück zu seinen Freunden. Ein sehr hübsches Mädchen winkte ihm zu. »Ein paar von uns wollten was trinken in der Bar der Hochschule, aber das kann ich ja auch später machen, wenn ihr essen gehen wollt …«

»Ach, ist schon gut«, meinte Lyle. »Geh du nur mit deinen Freunden.«

»Meinst du wirklich?« Wieder schaute er zurück, und dieses Mal lächelte das hübsche Mädchen ihn an. »Ich kann das sonst auch verschieben …«

»Nein, geh nur, Marcus. Ich führe deine Mutter zum Essen aus«, sagte Lyle. Schnell warf er Elena einen Blick zu, ihm wurde bewusst, dass er sich ein bisschen zu weit vorgewagt hatte. »Tut mir leid, das war anmaßend von mir«, sagte er. »Vielleicht hast du ja auch schon etwas anderes vor.«

Elena war die Enttäuschung darüber, dass sie den Nachmittag nicht mit Marcus verbringen konnten, anzusehen, aber sie hatte Verständnis dafür, dass er mit seinen Studienkollegen feiern wollte. »Ich war noch nie in Brisbane, und ich kenne hier keine Menschenseele, also … also ein Essen wäre schön«, sagte sie.

Marcus sah erst seine Mutter, dann seinen Vater an, dann lächelte er. »Wunderbar, dann habt ihr zwei Gelegenheit, endlich mal wieder miteinander zu reden«, sagte er. Er grinste, als wüsste er etwas, das sie nicht wussten. »Ich treffe euch dann um drei Uhr im Café an der Medizinischen Hochschule. Und später können wir zusammen zu Abend essen. Wenn es euch recht ist, würde ich gern eine ganz besondere Freundin dazu mitbringen, die ihr kennenlernen solltet, ja?«

»Natürlich«, antworteten Lyle und Elena.

Sie schauten sich an und dann Marcus. Aber der war schon auf dem Weg zu seiner hübschen Freundin, einer sehr attraktiven jungen Chinesin.

»Dies ist ein Tag voller Überraschungen«, sagte Lyle.

»Vor zwanzig Jahren durfte ich mich nicht mal mit einem Mann treffen, der nicht Italiener war, und jetzt sieh dir unseren Sohn an«, sagte Elena. Sie versuchte, sich vorzustellen, wie Marcus seine chinesische Freundin nach Winton brachte, um sie seinen Großeltern zu präsentieren, und ein Lächeln huschte über ihre Lippen. Sie hatten schon Schlimmeres durchgemacht.

Lyle führte Elena in ein Restaurant mit malerischem Blick auf den Brisbane River und die Story Bridge.

»Oh«, rief Elena und sah aus dem Fenster. »Das ist ja traumhaft. Es sieht so ganz anders hier aus als in Winton.«

»Und als in Weipa, wo ich jetzt arbeite«, meinte Lyle.

»Wo genau liegt eigentlich Weipa, Lyle?«

»Es ist eine der höchstgelegenen Siedlungen auf der Halbinsel Cape York. Nur drei Weiße leben dort in einer kleinen Gemeinschaft von Aborigines. Was an Menschen fehlt, wird ausgeglichen durch Krokodile und Moskitos.«

»Bist du noch bei den Fliegenden Ärzten?«

»Nein, nicht offiziell. Die letzten zwei Jahre bin ich einfach hingegangen, wo ich gebraucht wurde. Bevor ich nach Weipa kam, hat es keinen Arzt dort gegeben, es gab also viel zu tun. Und wie ist es mit dir? Arbeitest du noch als Krankenschwester im Hospital von Winton?«

»Ja, aber ich wünschte, ich wäre nicht dort. Meine Tochter ist jetzt achtzehn und beendet gerade ihre Ausbildung als Krankenschwester im Hospital. Nach ihren Prüfungen möchte sie gern nach Sydney oder Melbourne gehen und in einer der großen Kliniken dort arbeiten.«

»Maria als Krankenschwester. Das ist ja wunderbar. Du solltest wirklich stolz sein, dass du einen Arzt und eine Krankenschwester in der Familie hast. Das ist eine ziemlich beachtliche Leistung, Elena. Und was ist mit Dominic? Was macht er?«

»Er hat gerade als Schafscherer angefangen. Vor ein paar Monaten ist er mit einem Schulfreund und dessen Vater weg aus Winton gegangen. Sie sind irgendwo in New South Wales. Dominic ist nicht gerade der geborene Briefeschreiber, ich weiß also nicht allzu viel, aber offensichtlich liebt er dieses Leben. Sie ziehen von einer Farm zur anderen zum Schafescheren, und obwohl er erst sechzehn ist, verdient er sehr ordentlich. Er hat vor, Großscherer zu werden, was immer das heißen soll.«

»Die Spitze in seinem Beruf«, sagte Lyle. »Er wird dann also richtig viel Geld verdienen.«

»Ich kann ihn mir einfach nicht für immer an einem Ort vorstellen, aber man kann ja nie wissen.«

Lyle bestellte eine Flasche Wein, und dann tranken sie auf Marcus, Dominic und Maria.

»Tja, da wären wir nun, Elena«, sagte Lyle und seufzte. Er schaute ihr tief in die Augen. »Du weißt doch, weshalb ich aus Winton und von dir wegbleiben musste, oder?«

»Marcus war nicht mehr da, also hattest du keinen Grund mehr zu kommen«, sagte Elena.

»Wir wissen beide, dass ich nie nur wegen Marcus gekommen bin«, erwiderte Lyle.

Elena seufzte. »Dann nehme ich an, Aldo hatte irgendwas damit zu tun, dass du nicht mehr gekommen bist«, sagte sie. »Er hat mich immer mit einem solch seltsamen Ausdruck tiefer Zufriedenheit angesehen, seit du nicht mehr kamst.«

»Ich weiß, er wollte, dass ich Mitleid mit ihm habe, und das hatte ich auch, aber ich wusste, er würde dich leiden lassen, und das wollte ich nicht länger. Mit meiner Anwesenheit in Winton habe ich dir unabsichtlich geschadet, und das konnte so nicht mehr weitergehen. Ich habe nie aufgehört, dich zu lieben, Elena. Weißt du das überhaupt? Alison wusste es. Das ist einer der Gründe dafür, dass sie zu ihrem Exmann zurückgegangen ist.«

Elenas Augen füllten sich mit Tränen. »Ich weiß, dass ich nie aufgehört habe, dich zu lieben, aber wegen meiner Schuldgefühle hatte ich beschlossen, bei Aldo zu bleiben. Nach einer Weile wurde ich es leid, mich schuldig zu fühlen. Es war ein Fehler, dass ich meine Schwangerschaft vor Aldo verheimlicht habe, vor Aldo und vor dir. Ich will nicht mehr zurückschauen, Lyle. Ich will von jetzt an nur noch nach vorn sehen.«

Lyle hob sein Glas. »Dann lass uns das tun, Elena. Lass uns auf die Zukunft trinken, was sie auch bringen mag.«

Elena hob ihr Glas. »Das hört sich gut an«, sagte sie lächelnd. »Hast du irgendwelche Pläne für die Zukunft?«

»Ja, die habe ich tatsächlich. Ich werde hier in Brisbane eine Praxis eröffnen.«

»Wirklich? Bist du es leid, im Busch zu arbeiten?«

»Ja, es ist an der Zeit, wieder in die Zivilisation zu kommen. Siehst du das Gebäude dort am anderen Ufer, das mit den gestreiften Markisen?«

Elena folgte Lyles Blick. Es war ein wirklich schönes Haus, auf das er jetzt zeigte, sechs Stockwerke hoch und nahe am Fluss. Die es umgebenden Gärten waren üppig grün. »Ja«, sagte sie. »Was ist damit?«

»Ich habe die Wohnung ganz oben gekauft, die mit dem großen Balkon, und ich habe Büroräume im Erdgeschoss gemietet, die sich gut als Praxis eignen. Ich dachte, wenn ich in Brisbane wohne, habe ich Gelegenheit, Marcus öfter zu sehen und ein paar Annehmlichkeiten des Lebens zu genießen, wie zum Beispiel gute Restaurants und das Theater. Diese Aussicht werde ich jeden Tag haben.«

»Das ist ja wunderbar, Lyle. Ich freue mich so für dich.«

Lyle musterte sie. »Ich werde eine gute Schwester in meiner Praxis brauchen. Kennst du jemanden, der interessiert wäre?« Elenas Augen weiteten sich, und ihr Herz fing an zu rasen. »Es wäre wie in alten Zeiten, wenn wir wieder zusammenarbeiten würden«, sagte Lyle. »Damals waren wir wirklich ein gutes Team. Ich weiß, es könnte wieder so sein.«

Elena hatte nichts mehr, was sie in Winton hielt. Eine Zukunft mit Lyle war alles, was sie sich je gewünscht hatte. »Wenn du mir eine Stelle anbietest, Lyle, ich nehme sie«, sagte sie spontan.

»Ich biete dir sehr viel mehr an als das, Elena«, sagte Lyle. Elena starrte den Mann an, der ihr alles bedeutete. Sie konnte kaum fassen, dass sich ihre Träume nun erfüllen sollten. »Mein Herz hat dir von Anfang an gehört, aber jetzt würde ich auch gern mein Leben mit dir teilen. Lass uns machen, was wir schon vor so vielen Jahren hätten tun sollen. Willst du mich heiraten, Elena?«

Elena konnte nur nicken. Ihre Kehle war wie zugeschnürt. Tränen schossen ihr in die Augen und liefen ihre Wangen hinab. Lyle stand auf, nahm sie in die Arme und küsste sie sanft. Dann stießen sie miteinander an.

»Auf uns, meine Liebste, auf unser neues Glück«, sagte er und fügte grinsend hinzu: »Wir haben nach dem Essen vielleicht gerade noch Zeit, einen Ring zu kaufen, bevor wir uns mit unserem Sohn treffen.«

»Ich kann es gar nicht erwarten, ihm zu sagen, dass seine Eltern heiraten werden«, erwiderte Elena selig.

Lyle lächelte sie an. »Ich glaube kaum, dass er allzu überrascht sein wird.«

Spüren Sie die Hitze Australiens
Schmecken den Staub des Outbacks
Hören den Gesang der Aborigines

Elizabeth Haran
IM HAUCH DES
ABENDWINDES
Roman
Aus dem australischen
Englisch von
Sylvia Strasser
480 Seiten
ISBN 978-3-431-03834-7

Für Ruby gerät plötzlich die Welt aus den Fugen. Ihr Verlobter betrügt sie, ihr wird die Arbeit gekündigt, und zudem erfährt sie bei einer Testamentseröffnung: Ihr Vater, den sie nie kennen gelernt hat, ist vor wenigen Tagen verstorben.
Ruby beschließt, ihr seltsames Erbe – sie ist Mitbesitzerin eines Rennpferdes – zu Geld zu machen. Sie fährt ins Outback, um den Pferdetrainer Jed ausfindig zu machen, mit dem sie das kostbare Pferd teilt. Sie ahnt nicht, was sie dort erwartet: Eine ganze Stadt lehnt sie als Eindringling ab. Jed ist unauffindbar. Skrupellose Buchmacher sind bereit, alles zu tun, damit ihr Pferd kein weiteres Rennen läuft. Und der ansässige Aborigines-Clan will das Verschwinden einer jungen Aborigine rächen …

Lübbe Ehrenwirth

Australien pur: atemberaubend, weit, geheimnisvoll

Elizabeth Haran
LEUCHTENDE SONNE, WEITES LAND
Roman
Aus dem australischen Englisch von Sylvia Strasser
512 Seiten
ISBN 978-3-404-16612-1

Jacqueline und Henry haben Amerika hinter sich gelassen, um auf dem roten Kontinent ein neues Leben zu beginnen. Doch kurz vor ihrem Zielhafen Melbourne bricht für Jacqueline eine Welt zusammen: Henry verlangt plötzlich die Scheidung. Er hat an Bord eine jüngere Frau kennen gelernt, mit der er eine Familie gründen will – denn Jacqueline hat ihm in den zehn Jahren ihrer Ehe keine Kinder schenken können.
Überstürzt und tief gedemütigt verlässt Jacqueline das Schiff im Hafen von Adelaide. Nun ist sie in einem fremden Land, fast mittellos, völlig auf sich allein gestellt ...

Bastei Lübbe Taschenbuch

Wie weit würden Sie gehen für die Liebe Ihres Lebens?

Nicole C. Vosseler
JENSEITS DES NILS
Roman
576 Seiten
ISBN 978-3-7857-2447-7

Es war der beste Sommer ihres Lebens, jener Sommer 1881. Ein Sommer der rauschenden Feste, der Freiheit und der ersten Liebe. Doch auf den Sommer folgt der Herbst, und Jeremy, Stephen, Leonard, Simon und Royston ziehen für Queen Victoria und ihr Empire in den Krieg. Für Grace, Ada, Becky und Cecily beginnt eine Zeit des Wartens auf den Bruder, den Freund, den Liebsten. Nicht allen jedoch ist es vergönnt, unversehrt aus diesem Krieg zurückzukehren, in ein Leben, in dem nichts mehr so ist wie zuvor. Und Grace, die sich nicht damit abfinden will, dass Jeremy im Kampf gefallen sein soll, macht sich auf, um ihn jenseits des Nils, in der Wüste des Sudans, zu suchen ...

Lübbe Hardcover

Dumfries
Blackpool
GROSSBRITANNIEN
AUSTR
N.